筒井康隆コレクションIII

欠陥大百科

日下三蔵・編

出版芸術社

筒井康隆コレクションⅢ　欠陥大百科

目次

PART Ⅰ
欠陥大百科　7

PART Ⅱ
発作的作品群

《発作的ショート・ショート》
ブロークン・ハート　334
訓練　336
タバコ　337

《発作的エッセイ》
公的タブー・私的タブー　338
凶暴星エクスタ市に発生したニュー・リズム、ワートホッグに関する報告及び調理法及び見通しについて　342
仕事と遊びの〝皆既日食〟　345
肺ガンなんて知らないよ　347
まったく不合理、年賀状　349
大地震の前に逃げ出そう　351
都会人のために夜を守れ　353
いたかつただらうな　355
恰好よければ　358

わが宣伝マン時代の犯罪　360
可愛い女の可愛らしさ　363
犯・侵・冒　370
人間を無気力にするコンピューター　373
アナロジイ　380
情報化時代の言語と小説　389
《発作的講談》
岩見重太郎　400
児雷也　409
《発作的雑文》
当たらぬこそ八掛——易断　417
悩みの躁談室　424
レジャー狂室　430
《発作的短篇》
最後のＣＭ　436
差別　440
《発作的戯曲》
荒唐無稽文化財奇ッ怪陋劣ドタバタ劇——冠婚葬祭葬儀編　442
《発作的座談会》
山下洋輔トリオ・プラス・筒井康隆　491
発作的あとがき　526

PART Ⅲ

単行本未収録ショートショート

ナイフとフォーク 530
アメリカ便り 532
香りが消えて 534
タイム・マシン 536

PART Ⅳ

筒井康隆・イン・NULL3（6号〜8号）

第6号 540
神様たち　櫟沢美也 541
逃げろ 545
会員名簿4 547
第五号批評・来信 548
第7号 550
姉弟　櫟沢美也 551
たぬき　櫟沢美也 555
やぶれかぶれのオロ氏 557
会員名簿5 572

第六号批評・来信 573
第8号 577
睡魔のいる夏 578
会員名簿6 585
第七号批評・来信 586
「NULL」と「宇宙塵」のころ　加納一朗 590
後記　筒井康隆 592
編者解説　日下三蔵 594

装幀・装画　泉谷淑夫

PART 1

欠陥大百科

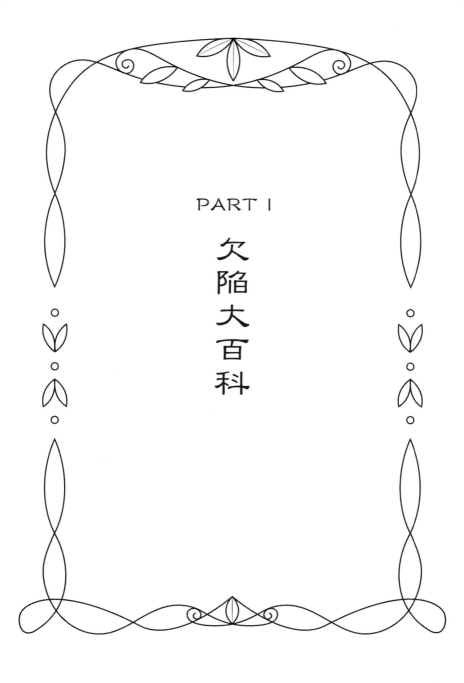

はじめに

完全なる百科辞典というものは絶対にない。必ずどこかに欠陥があり、採録されていないことばがある。辞典を一度でも使ったことのある人なら、これに同意してくださるだろう。ぼくなどは、自分の知りたいと思う項目に限って脱落しているのが即ち百科辞典であるという、ほとんど確信に近い考えと、諦観の念を持っている。それなのに、ほとんどの辞典類の宣伝文句には「完璧」という文字が使われている。多くの人が自分だけにしか通じないことばで喋り散らしているこの現代に於て「完璧なる辞典」などは幻影でしかない。すべての人が、自分用の辞典を作ればよいのだ。それが即ちその人にとっての「完璧なる辞典」である。ぼくの認める辞典はただひとつ、アンブローズ・ビアスの「悪魔の辞典」だけだ。

さて、この辞典の題名を「欠陥大百科」としたのは、前記のような、どうせ他の辞典だって欠陥だらけではないかという反語的な厭味を含めたものではない。ただただ「ぼく自身のための辞典」としても完璧にはほど遠いものであるという謙遜の意味でしかない。だからこそちゃんと「欠陥大百科」と謳っているわけであって、この点完璧を謳っている他の辞典類よりはいささか正直であると思っていただきたい。やっぱり厭味だな。

もともと本文中の各項目は、辞典に編纂するために書いたものではない。五年ほど前からあちこちに書き散らした雑文、詩、マンガ、ショート・ショートの類を寄せ集めたものである。書いた時はそれが一冊の本にまとまるとは夢にも思わなかったものだから、中にはずいぶん無責任な文章もあり、それがそのまま載っている。

故に本辞典の特徴はその無責任さにあるわけで、買ってしまわれたかたはせめてそこのところを楽しんでいただきたい。他の無責任な辞典類の謳い文句の如く「座右の書にしてくれ」などという気ちがいみたいなことは絶対に申しません。

最後に、A・ビアス「悪魔の辞典」より、「辞書」の項目を引用しておこう。

辞書（Dictionary）〔名詞〕ひとつの言語の自由な成長を妨げ、その言語を弾力のない固定したものにするために案出された、悪意にみちた文筆関係の仕組み。とはいうものの、本辞典にかぎり、きわめて有用な製作物である。（西川正身訳）

凡　例

1　現代日本語を中心としたが、必要と思われるものは外来語をも加えた。

2　見出し語は現代かなづかいに従い、その配列は五十音順にした。なお、外来語は原則としてカタカナで示した。

例「あんぐら」→「アングラ」

3　ひとつの語句に複数の異った意味がある場合は、①②③の符号を用いて区別した。

4　本書の中に、しばしば現存する人物と思われる固有名詞が出てきて、その当人を困惑させることがあるかも知れないが、編者は一切関知しないから、そのつもりで。なお、この辞典は早く読まないと自動的に消滅する。

5　アクセントと発音は、原則としてすべての見出し語につけるべきなのだが、地域によってしばしば異なるという事実を重視して、各地方の自由なアクセントにまかせることにした。たとえば「女」「阿呆」という語句が関東では「オンナ」「アホ」、関西では「オンナ」「アホ」という風に違うのは、しかたがないからである。

6　品詞名も、原則として付記すべきであるが割愛した。同じ語句についてもいろんな品詞になり得る可能性があるし、また言語学者たちの間にも、ひとつの語句についていかなる品詞であるか、諸説があるからである。たとえばキス〔接吻・口づけ〕という語句に限っても、名詞という説と、接続詞だという説があるからである。

7　項目によっては、以前独立的に雑誌等へ発表した際と見出し語が変わっているものがあるので注意されたい。

8　筆者が浅学菲才のため、間違ったことを書いている場合もあるので注意されたい。

9　なにぶん採録総語数が百にも満たぬため、本書を受験勉強、論文執筆等の目的に利用されることについてはご一考ありたい。万一、本辞典を前記目的に使われた結果、落第、錯乱、ヒステリー、発狂等の異常事態が起っても、筆者並びに編集部はその責任を持たない。

10　時どき作家が、辞典の引きうつしをしているが、本辞典に限り無断引用をかたくお断り申しあげます。これは誤った常識がこれ以上世間に拡まるのを防ぐためであり、また、これ以上気ちがいじみた人間が増加して作者の稀少価値が失われるのを防ぐためであります。

ア

あくま〈悪魔〉

ホテルから出てきた男女が、今後の計画などを話しあいながら電車通りへ出てきたころ、男の意図を悟り、自分が弄ばれたことにはたと気がついた女が、人混みの中であるにもかかわらず絶叫することば。ぼく自身がこれをやられたのだから、まちがいはありません。

あっこうぞうごんばりざんぼう〈悪口雑言罵詈讒謗〉

悪口の分類はとてもむずかしい。だが、悪口論を書こうとすれば、悪口の分類はぜひ必要である。しかし、考えれば考えるほどむずかしい。

たとえば、動機によっても分類することができる。悪口の動機はふた通りに分けることができると思う。ひとつは社会的動機であり、片方は心理的動機である。

社会的動機には、嫉妬、復讐、羨望、情痴、名声、金銭（職業的悪口家）などがある。

心理的動機には、優越感、劣等感、気晴らし、裏がえしの自責、サディズムその他の倒錯などがある。

また、悪口は、その目的によっても分類することができる。

悪口の目的——これは山ほどある。ちょっと考えただけでも、制裁、挑発、陰謀、嘲笑、撹乱、ボイコット、サボタージュ、ストライキなど、数かぎりない。中には親近感の表現なんてものもあるし、話がでかくなってくると叛乱、クーデター、暴動、ついには戦争という具合だ。

また、はっきりと表面にあらわれた性質などによっても分類できるが、これは複雑微妙だから、むしろ二元論で論じた方が都合がいいかもしれない。

つまり、一方の極を積極的悪口とし、これの極端な例を「面罵」——つまり、相手を前にして悪口雑言を浴びせかける場合を想定する。

反対側の極は消極的悪口で、この極端な例は「陰口」——相手のいないところで、第三者に向かいわめきちらす場合だ。

この中間の例としては、「聞こえよがしの悪口」というのがある。これは悪口を直接当人に浴びせかけるのではないにしろ、相手がすぐ傍にいるのを意識してやっているわけだから、どちらかといえば積極的である。

消極に近い中間例には「公開罵」というのがある。テレビ出演中に第三者を非難したり、新聞雑誌に公開状を載せたりする場合だ。万一相手に見聞きされてもかまわないという態度で、一応堂々とやってみせる悪口だが、相手に面と向かってはちょっと言いにくいという悪口が多いから、やはり消極的な部類に属するだろう。

ただ、この分類だと、自責とか自虐とかいった、自分自身に投げつける悪口をどこへ納めていいのか、ちょっとわからない。分類は言語学者にまかせた方がいいかもしれない。ぼくはむしろ、自分なりのやり方で、形容詞だけを分類してみよう。

悪口の形容詞には、「あの婆あ、まるで執念の白蛇だね」とか、「なんだあの女は。髑髏みたいな化粧しやがって」などのように、「まるで」や「みたいな」を使って比喩する場合と、「この豚め！」とか「雌犬の息子め！」などのような、直接的な決めつけがある。この分類では、前記のような違いは勘定に入れず、「白蛇」「髑髏」「豚」「雌犬」などの名詞によって分類したいと思う。名詞がいくつか重なっている場合——たとえば「ゼンソクの豚がノコギリで首をひかれてるみたいな声を出しやがって」とか、「この腑抜けの抜け作のうすら馬鹿のどん百姓め！」の場合は、複合形として分類表からは除外する。

形容詞と動詞がある場合——たとえ、「このうすらトンカチめ。手前のヘソ噛んで死ね」だとか「やーい。お前の母ちゃん犬の仔生んだ」などの場合は、「うすらトンカチ」「ヘソ」「犬の仔」などの名詞で分類する。

分類A・架空の動物

例＝悪魔・鬼・魔女・天狗・おたふく・ひょっとこ・ヌエ・猫又・吸血鬼・ドラキュラ・死神・疫病神・貧乏神・幽霊・亡霊・幽鬼・怨霊・生き霊・鬼畜・餓鬼・般若・夜叉・女夜叉・化けもの・お化け・怪物・濡れ女・磯姫・灰婆・ろくろ首・コロポックル・一本足のタタラ・山父・さとる

書いていて気持ちが悪くなってくるが、悪口なのだから、どうせろくなものはない。

これらの動物の名を語尾にくっつけた「債鬼」だとか「マージャンの鬼」だとか「競馬の鬼」だとか「過去の亡霊」だとか「電話魔」だとか「セックスのお化け」などというのもこの中に入る。「鬼婆」というのは、鬼に比重が傾いているから、やはりこの中に入るだろう。「餓鬼」は子供の代名詞になってしまっている。

使用例＝「作品の評判がいいもんだから、あいつ近頃天狗になっているんだ。あの鼻をへし折ってやれ」

「お前の母ちゃん猫又生んだ。やーい」

「そうら。白髪鬼がキバむいて、笑いながらやってきたよ」

「女は化けものだねえ」

「気をつけなさい。あの人ドラキュラよ」

「鬼畜米英を倒せ。撃ちてしやまむ」

「なんだお前のその顔は。水ぶくれの般若だ」
「出て行きなさいこの貧乏神。あんたのおかげで客がよりつかないわ」

分類B・人間

例＝野郎・黒んぼ・デカ・チビ・小人《こびと》・一寸法師・赤ん坊・坊や・ぼんぼん・悪童・若造・青二才・低能児・特殊児童・おっさん・おばはん・年増・じじい・ばばあ・亡者・死人・いろ・甚六・私生児・捨て子・異分子・のけ者・味噌っかす・情夫（婦）・妾・てかけ・黒人・あいのこ・混血・毛唐・蛮人・生蛮・南蛮・夷狄・アイヌ・インディアン・熊襲・蝦夷・支那人・チャンコロ・朝鮮人・鮮人・チョーセン・チョーレン・アサ公・土人・伊太公・（以下十六字抹消）・貧民・賤民・愚民・奸臣・暴君・暗君・奴隷・月給とり・浪人・鈍才・小人《しょうじん》・匹夫・匹婦・馬鹿・阿呆・たわけ・でくの坊・俗物・変人・エゴイスト・ニヒリスト・人非人・人でなし・悪人・悪《わる》・ちんぴら・軟派・不良・非国民・前科者・兇状持ち・売国奴・戦犯・成りあがり・成金・しろうと・藤四郎・新参者・新入り・策士・出しゃばり・山師・うるさがた・利け者・泣き虫・弱虫・甘えん坊・あわて者・おっちょこちょい・なまけ者・酒のみ・酔っぱらい・アル中・ニコ中・うそつき・ほらふき・あまのじゃく・だだっ子・けち・守銭奴・フラッパー・宿なし・赤毛布・ラリ公・ぼけ・うすのろ・のろま

読んで怒る人がいるかもしれないが、実際上こういう悪口が巷間で言われているのだからしかたがない。こっちだって何も面白がって書いているわけではない。「ぼんぼん」「甚六」「おっちょこちょい」「ほらふき」などはぼく自身に当てはまることだから、書いていて腹が立つ。しかしこれも学術的な作業上必要なのだからしかたがない。

注意すべきは、この分類B「人間」の場合、使われ方によっては悪口にならないものがあるということだ。

　たとえば母親が幼ない子供に「坊や」というならいいが、いい若い衆に他人が「坊や」などと言ったら喧嘩になる。同様に、まだそれほどの歳でもない女性に「おい、おばあちゃん」などというのは挑発である。

　これとは逆に、蔭でしか言えない名詞もある。前科者に面と向かって「前科者」といったら、ただではすまない。妾の子に「妾の子」と呼びかけてもまずい。実際はその通りなのだが。

使用例＝「まあ、あんたはぼんぼんやさかい、そんなこと知らんやろけど……」（挑発）

「あの女が三〇前？　うそつけ。あれはばばあだ」

「すごい胸毛ね。熊襲の子孫じゃない？」

「馬鹿阿呆間抜け。死ね死ね死んでしまえ！」

「気でも狂うたか、このうすら馬鹿め」

「しろうとはんが相場に手え出したら、ろくなことおまへんで。やめなはれ」（いや味）

「一日に五〇錠も飲むんだって。一日中ラリってるわ。のけぞっちゃうわね。あのひとラリ公よ。のけぞるわ」

「三万円ぐらいの金、待ってくれたっていいじゃねえか。わあわあ言うなよ。けち。守銭奴。債鬼」金を貸してこんなことをいわれるのでは、たまったものではない。

「馬鹿」「阿呆」など、普遍化した名詞は、他の語の頭について熟語になっている場合が多い。「馬鹿丁寧」「馬鹿正直」「馬鹿力」「阿呆声」などである。

　甚六の変形として甚七がある。ぐうたらな次男坊の意味だ。

　この「人間」に関する名詞では、地方独特の言葉がそれぞれにあり、それまで書いていては大変だから、ひとつだけ「けち」を例にとってみよう。

けち・けちんぼ・こすい奴・こすからい奴・欲どしい奴・エグ芋・エゲホイト（ホイトは乞食）・しみったれ・がしん・がしんたれ・かんじん・しぶ・しぶちん・しぶ柿・吝嗇

とにかく、この何倍かあるだろう。枚挙にいとまがない。けちんぼはよくよく嫌われるらしい。なお、「山の神」はAかBかでだいぶ迷ったが、やはりBに分類すべきだろう。

分類C・職業

例＝藪医者・先公・三文文士・ピエロ・道化・芸人・密偵・スパイ・まわし者・坊主・生臭坊主・小役人・伴天連・かつぎ屋・高利貸し・屑屋・ゴミ屋・ゴミひろい・モクひろい・小僧・丁稚・貧農・百姓・どん百姓・水呑み百姓・農奴・山窩・猿まわし・野師・香具師・土建屋・とび・人足・土方・ニコヨン・仲仕・沖仲仕・立ちん坊・雲助・馬方・馬丁・車夫・デカ・おまわり・ポリ・ポリコ・ポリ公・岡っ引・召使い・しもべ・下僕・忠僕・下女・女中・飯炊き・公僕・奴・木っ葉役人・小使い・三助・チンドン屋・マネキン・芸者・芸妓・娼妓・遊女・おしゃく・太鼓持ち・幇間・娼婦・公娼・売春婦・街娼・男娼・おカマ・パン助・パンパン・パンマ・ポン引き・博徒・ばくち打ち・盗賊・山賊・海賊・馬賊・ぬすっと・泥棒・こそ泥・空巣ねらい・強盗・辻強盗・追い剝ぎ・すり・ごまのはえ・かっぱらい・ギャング・巾着切り・乞食・ルンペン・非人・浮浪者・浪人・影武者・落ち武者・兵隊・雑兵・弱卒・敵・敗残兵・番兵・二等兵・新兵・憲兵・足軽・組長・番長・頭《かしら》・酋長・首領・頭株・首魁・ダラ幹・黒幕・張本人・主謀・側近・取りまき・腹心・家来・家の子郎党・手下・手先・下まわり・番頭・親方・ボス・姐御・親玉・顔役・親分・子分・下っ端・下役・小者・古顔・古株・古手・犯人・引立て役・端役・悪

玉・三枚目・代役・前座・エキストラ・大根役者・弥次馬・弁護士・パトロン・旦那・オルグ・アジテーター・主《ぬし》・ドサまわり

江戸時代に流行した悪口で、こんなのがある。

「紺屋の明後日《あさって》、医者の只今、髪結《かみゆい》のそこへ行こ、鍛冶屋の明晩、問屋の只今」返事だけはよいが、なかなか来てくれないこと。現代でいうなら「そば屋のもう出ました。寿司屋のつく頃です。印刷屋のおかしいなあ、もうとっくについてなきゃいけないんだが」他に「紺屋の白袴」というのもある。

このように、あらゆる職業が使いかた次第で、いくらでも悪口になり得る。だから例として列記したのは、もっとも悪口になりやすい職業だけだ。この中には反社会的職業が多い。

また、分類Bと同じく、使い方によって悪口にならないのもある。炭屋に炭屋さんといってもいいが、色の黒い社長に炭屋さんといったらクビになる。「天皇」は職業ではないが（以下十四字抹消）などという陰口がある。もっとも面と向かって言ったらたいへんで、お手伝いが右翼から刺されたりする。

これも職業とはいえないが、あるグループが仲間うちで他のグループの名を出して笑いあい、自分たちの結束を固めるのがある。生活圏の小さいグループほどそうらしい。

「見てもいやになる金山男。虱こぼれる袂《たもと》から」

（能美郡民謡）

「京の着倒れ、大阪の食いだおれ」などもそうだろうし、「神戸のはき倒れ」（靴が綺麗なこと）「近江泥棒」「伊勢乞食」というのもある。

子供というのは残酷だが、相手の子供の名前を露骨に歌に入れてはやし立てる。

「鉄ちゃん手もなし足もなし。だるまの形によく似てる。……」

「芳ちゃん四つで嬶《かか》とった……」

「みっちゃん道みちうんこして……」
使用例＝「あの課長は宴会用だね。芸人だから」
「まあ。派手な恰好してらっしゃるのね。チンドン屋さんみたい」
「三下役人め。木っ葉公務員め」（三下奴とか国家公務員に引っかけた洒落）
「よくも亭主の顔に泥をぬりやがったな。この尻軽女め。パン助！　売女《ばいた》！　淫売！　毒婦！　色きちがい！」
「お前なんかに三千円も出せるもんか！　この淫水ばばあめ！　性器《おめこ》ひんむくぞ！」
「あの女、コールガールだよ。二万円でＯＫだってさ」こういう話はたいてい嘘だから、やはり悪口である。もしほんとなら、その場合は悪口にならない。
「あいつ、まだ浪人している」（この場合、浪人が動詞になっている）
「この泥棒猫め！」（もちろんこれは、人間に向かっていう場合である。泥棒猫に向かって「泥棒猫」といったのでは悪口にならない。あたり前になってしまう）
警官に対する悪意ある俗称には、ポリ、ポリ公がある。東京では「ポリ公」、関西では「ポリコ」である。アクセントは中高形。

分類Ｄ・身体

例＝老体・老軀・かばね・死骸・しかばね・ミイラ・弱体・図体・骨っぷし・まるはだか・ヌード・全スト・すっぱだか・はだし・おつむ・かま首・はげ頭・いがぐり頭・面《つら》・横っ面《つら》・しゃっ面《つら》・ほおげた・眉間・脳天・眼《がん》・血まなこ・酔眼・片眼・目じり・目の玉・どんぐり眼《まなこ》・白眼・義眼・づら・かつら・小鼻・鼻柱・くちばし・舌の根・つむじ・横眼・流し眼・上眼・聞き耳・ひげ面・あから顔・面相・相好・顔面・胴体・むなぐら・脇腹・片腹・どてっ腹・太鼓腹・み

ぞおち・へそ・出べそ・腰つき・屁っぴり腰・尻・けつ・おけつ・肛門・しっぽ・蛇尾・局部・陰部・陰唇・陰茎・ペニス・ちんぽ・ちんぼう・ちんぽこ・睾丸・ふぐり・おまんこ・おめこ・おそそ・魔手・毒牙・細腕・拳骨・後足・土足・脛・向こう脛・ふた股・足の裏・腕っぷし・奥の手・うしろ指・あげ足・小手先・ふところ手・肋膜・贅肉・アキレス腱・脳みそ・脳・神経・臓物・エラ・肝・肝っ玉・心臓・青筋・胃・胃袋・はらわた・鳥肌・毛穴・いぼ・うろこ・こけら・鼻毛・骨・骸骨・白骨・されこうべ・髑髏・あばら・歯牙・そっ歯・出っ歯・歯並み・けづめ・ぬけがら・生き血・冷血・鼻血・月経・メンス・脂《あぶら》・溜飲・空涙・鼻水・鼻汁・水ばな・生つば・よだれ・青痰・油汗・冷汗・糞・糞尿・うんこ・小便・寝小便・屁・反吐・めやに・はなくそ・膿・尿毒

排泄物まで書いてしまったが、分類するとここにしか入らない。

使用例＝「あいつとうとう、競馬と競輪でまるはだか」（すってんてんともいう）

「耳の穴から手ェ突っこんで、奥歯ガタガタいわしたろか」

「爪に火をともす」「足の裏の飯粒をこそげる」「石から綿」（いずれも非常にけちなこと）

「おたやんこけても鼻打たん」（鼻の低いことを嘲った歌）「おたやん」は大阪弁で「おかめ」のこと。

「竜頭蛇尾だよ。あんたの小説は」

「おっさん飯をくれ。くれんとちんぽ齧《かじ》る」（「元寇」の変え歌）

「づら」「かつら」「義眼」などは、身体ではなくて加工品だが、便宜上Dに分類した。

「づら」の新製品に「レオンカ・トーペ」がある。「そろそろレオンカ・トーペを買ったらどうですか」などといって、禿頭をひやかすわけだ。

分類Ｅ・けもの

例＝けもの・けだもの・四つ足・野獣・猛獣・家畜・猩猩・ゴリラ・チンパンジー・ひひ・さる・山猿・こうもり・モルモット・ぬれねずみ・山猫・のら猫・どら猫・いぬ・走狗・飼い犬・番犬・のら犬・狂犬・トラ・大虎・おおかみ・たぬき・きつね・くま・いたち・スカンク・牛馬・うま・野次馬・種馬・つけ馬・きりん・ぶた・白豚・らくだ・かば・爬虫類・すっぽん・へび・毒蛇・大蛇・まむし・ガラガラ蛇・青大将・とかげ・かえる・ひきがえる・いぼがえる・がま・ワニ・くじら

「ゴジラ」などは、Ａに分類すべきかもしれないが、あれに似たのは昔実在したわけだから、こちらに入れてもいい。爬虫類や両棲類も、便宜上ここへ含めた。

「濡れねずみ」というねずみや「野次馬」「つけ馬」という馬は実在しないが、やはりここへ入れた。「走狗」も、もともと狩猟犬のことだが、今ではほとんど人間のことだ。犬は特に、探偵の意味で多く使われている。

使用例＝「帝国主義の走狗め。政府の番犬め」
「キャーッ！　はなしてえ！　ゴリラ！　けだもの！　助けてえ！」
「まあ、狂犬に噛まれたと思うさ」
「あいつの顔、どう見ても爬虫類だね」

分類Ｆ・鳥

例＝渡り鳥・ひよこ・ひよっ子・からす・すずめ・もず・つばめ・若い燕・おうむ・ふくろう・とんび・たか・さぎ・がちょう・かも・あひる・でんしょばと・つる・しちめんちょう・ラドン

「夜鷹」は江戸時代の下等売春婦だが、今では悪口としてもほとんど使われていない。

「材木屋の鳶」というのは、お高くとまっていることだが、この悪口も今は通じない。

使用例＝「くちばしの黄色いひよっ子の癖に、何を小生意気な」

「やい。あひるみてえにがあがあいうな」

「あの女はさぎ娘だよ。ガリガリだ」

「伝書鳩でもあるまいものを……」（歌謡曲『おうい中村君』）

分類Ｇ・魚貝

例＝ザコ・ひらめ・めだか・ちりめんじゃこ・すけそうだら・うなぎ・どじょう・出目金・なまず・さめ・ふか・しゃちほこ・ごまめ・なまこ・かに・えび・さそり・たこ・いか・かたつむり・なめくじ・さざえ・あわび

「カマトト」もこの中に入るかもしれない。もっとも最近では「カマゴジラ」「カマメジラ」などとも言っているようだ。

以下、例の比較的少ない項目だけが残ったが、とにかくぼくの分類だけを列記しておこう。

分類Ｈ・虫　例＝うじ・虫けら・だに
分類Ｉ・植物　例＝もやし・ぼけなす
分類Ｊ・鉱物　例＝軽石・消し炭・焼石
分類Ｋ・加工品　例＝ひも・鬼瓦・破れ鐘
分類Ｌ・自然現象　例＝雷・蜃気楼・山びこ
分類Ｍ・生死　例＝露命・お陀仏・横死
分類Ｎ・病気　例＝中風・癲癇《てんかん》・水膨れ
分類Ｏ・身体障害　例＝かたわ・ちんば・盲《めくら》
分類Ｐ・精神障害　例＝ヒステリー・気違い

アングラ

千日谷公会堂へアングラ演劇を見に行く。劇団「発見の会」からは戯曲を頼まれてすでに一年半。いいわけかたがた出かけたのだが、プログラムの最初は劇団「駒場」のハプニング。フーテン十数人が客席の中までおどりこみ、棺桶を踏み抜くやら本気で喧嘩をはじめるやら、そのうちにおれの前で、頭へコーラを浴びはじめたので、服を汚されないうちにと、二十分ばかりでとび出してきた。

観客におどろきをあたえるのは難かしい。彼らはおどろかせるのではない。さあ、おどろけおどろけといって〝おどす〟だけだ。あんなものが劇団であってたまるものか。

手に技術がなくても、メチャクチャをやるだけで観客が集まり、商売として通用する世の中になってしまった。

○

アングラとは、最初アメリカのアンダー・グラウンド・シネマのことだった。それが東京では小劇場の意味に使われはじめ、ついで地下にあるものや、貧乏くさいもの全体をアングラ、アングラといいはじめた。たとえばアングラ喫茶店、アングラ・バーなどといった具合である。

アングラ演劇にしたところが、アメリカの実験映画のそれのように、ビルの地下などで秘密に、少人数だけに見せているといったものではない。大っぴらである。しかも、よく儲《もう》かっていて、劇団員に給料までだしているところもあるのだ。これではちっともアングラではなく、むしろアングラの看板によって儲けている商業劇団といった方がいいだろう。

こういう状態になってくると、もとから新劇運動を続けている小劇団——本来の意味でのアングラ劇団が、アングラと呼ばれるのをいやがりはじめるのは当然だ。おれたちはマスコミに媚びてはいないぞ、と、叫びたいわけだろう。

ことばの意味の移り変りははげしい。アングラということばも、明日はどうなるかわからない。しかし、現在に限っていうならば、アングラを標榜している劇団は、商業主義劇団であるということはいえる。

○

アングラ喫茶、アングラ・バーに至っては言語道断である。アングラを自分の眼で確かめようとして、こういうところへやってくる人たち、善良で物見高い市民や観光客は、ほんとに可哀そうだ。いいカモなのである。たとえば、最初アングラということばが流行りだしたころ、すかさずこれに便乗し、アングラ・バー・チェーンをはじめたやつは、なんと数十億の金を儲けたという。まるで泥棒だよ。

あんぽ〈安保〉

安保とは何か。

いうまでもなく安保とは、日米安全保障条約のことである。

昭和二十六年九月八日、サンフランシスコで調印された。

内容について説明しよう。

アメリカには、フロリダという海水浴に適した海岸がある。毎年、多くの海水浴客がここへ集まる。

ところが、この近所の海にはフカが出て、海水浴客の足を食いちぎったり、頭や尻をかじったり、時には丸ごと食べたりする。

アメリカでは、フカを食べる風習がない。その証拠には、アメリカにはカマボコというものはないし、フカのヒレのスープなどという乙な料理もない。だからこれらのフカを漁獲することもないわけである。そこで当然のことながら、フカはどんどん殖える。

これらのフカを捕獲するため、日本の漁船がフロリダの沖へ出張してやらなければならない。そうしないことには、フロリダの海はフカでいっぱいになるからである。

こうして、日本人が、アメリカ人の安全を保障してやっているわけである。つまり日本漁船が定期的にフカ退治をしてやることを条文化したのが、前述の「日米安全保障条約」なのである。

条文は、前文と本文十ヵ条からなっている。国連の目的にかなうアメリカの自衛力の養成を期待され（前文）、かつ本条文にかわって将来フロリダ海域における海水浴客の平和と安全を維持する国連の措置またはこれにかわるその他の安全保障措置ができることを予想している（第四条）。つまり、その措置のできるまでの、また自衛力漸増の責任を果たすまでの暫定措置である。

とはいうものの、フカ一匹とれないようでは国連の安全維持措置も将来期待することはできないであろう。もちろん、単にあちこちから遊びにやってきただけの、いわば規律のない寄せ集めの群衆である海水浴客が、自衛力を持つようになるとも考えられない。

これが、日米安全保障条約の大まかな説明である。つまり、われわれにとってはどうせたいしたことはないのであって、これにつけ加えるべきことは、もう何もない。

こんなことで、なぜ皆があんなに大騒ぎしているのか、ぼくにはちっともわからないよ。⬇90年安保の全学連をみよ。（69ページ）

イ

いたずら〈悪戯〉

フランク・シナトラは、ディーン・マーティンを自宅に招待する時、彼に飛行機の切符と、本ものパラシュートを送ったという。本もののパラシュートがいくらするかしらないが、こういうのは、金がなくてはできないいたずらだ。また、相手が自分のユーモアを理解してくれるセンスがあると、はっきりわかっていてこそできるいたずらだ。

日本人というのは体面を重んじるから、いたずらをされたり、自分が一杯食わされたと知ると怒り出す。だからぼくは、めったにいたずらをやらない。現代の日本人のユーモア感覚には、ぼくは失望している。学生時代にはよくいたずらをやったが、いいセンスだといってほめられたことは一度もない。さんざん叱られた。

中学生時代には、ものまねがうまかった。電車で通学していたので、ときどき車掌のまねをして乗客をあわてさせた。

「皆さま。この電車は千里山までとまりません。途中下車のお客さまは、通過駅にご注意ねがいます」

千里山は終着駅である。こちらは学生服を着ているので一見車掌風。おどろいた乗客が一瞬立ちあがったりするのを見てげらげら笑っていると、とうとう保安係につかまり、ねちねちと叱られた。飛躍が少なかったかと思い、次からはワン・クッションおくことにした。

「皆さま。左右に見えますのは、右と左でございます」

「皆さま。この車両は、ときどき床がひらきますので、ご注意ねがいます」

これでも本気にしておどろく人がいるのには、こっちがびっくりした。また車掌につかまり、ねちねちと叱られた。

日本人がいたずらをするのは酒を飲んだ時で、それも下品ないたずらだ。キャバレーなどで、でかいソーセージをズボンからにゅっとつき出し、ホステスをおどかしたりする。

その場合、いったん顔をそむけたホステスは二度と見ようとしないから、最後まで本ものだと思われ、冗談にならないおそれがある。

時と場所によって冗談の内容も変わる。ＳＦ界では有名な笑い話をひとつ紹介しよう。

ある男が未来へ行くと、そこでは着物をたくさん着こんでいるほどエロチックなのだ。ストリップ小屋へ入ると、ストリッパーが着物をつぎつぎと着はじめる。客が興奮して、

「もっと着ろ、もっと着ろ」

いちもんいっとう〈一問一答〉

世界でいちばん短い怪談。
Ａ「幽霊なんて、いるものか」
Ｂ「そうかね。ひひひひひひ」
そういってＢは、どろんと消えた。

○

このまねをして、ある人が、世界でいちばん短い推理小説を作った。
Ａ「君が犯人だ」
Ｂ「そうだ。わたしが犯人だ」

○

つまらないことおびただしい。こんなものなら誰だって作れる。たとえば世界でいちばん短いＳＦ。
Ａ「君は誰だ」
Ｂ「わたしは宇宙人だ」

○

世界でいちばん短い一問一答。
Ａ「や」
Ｂ「や」

いぬ〈犬〉

「さあ、みなさん。きれいなお花を作りましょうね。千代紙をこう折って、こんなふうにハサミで切りましょう。さあ。ひろげてごらんなさい。

きれいなお花ができましたねえ。さ、ではこんどは、ワンちゃんを切ってみましょうね。どうなるかしらねえ、これ。はいっ。ひろげてみましょう。あらあらあら。これはいけません。みなさんっ。すぐに破ってお捨てなさい」

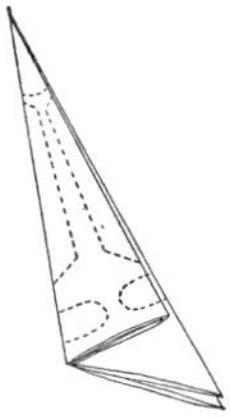

イラストレーター

「やあ。お待たせしました。わたしがこの日本デザインスクールの教授、赤羽喜一です」

はっとするようなみごとな着こなし、ベスト・ドレッサーの中年紳士、二科会会員の赤羽という人がぼくの前にあらわれた。こういう人と対面すると、ぼくは自分がいかにも、青二才に感じられ、猛烈な劣等感に苛まれる。

まあ、そんなことはどうでもいい。この商業美術界の重鎮、イラストレーターの卵たちの指導者に、いろいろ聞いてみよう。

「最近、イラストレーター志望の若者が、いわば、むやみやたらとふえました。これを、どうお考えですか」

「いくらふえたって、使いものにならなきゃだめなんで、イラストレーターを養成する学校はやたらにふえたけど、学校を卒業してすぐ使いものになるかというと、ちっともそんなことはない。実社会で修業しないことには、てんでものにならないよ」

これはぼく自身もよく知っている。以前、大阪で商業美術の会社に勤務していたことがあるからだ。工芸高校卒業程度の新入社員が、ひとり前のデザイナーになるには、まず二年はかかる。線の引きかた、色の塗りかたを知っているだけではだめなのである。イラストレーターとて同じ、技術習得以後の勉強が、たいへんなのだ。

「ところが最近の若い人は根性《こんじょう》が足りないよ」

と、赤羽氏。

「人物は描けるが車はだめだとか、女の子しか描けないとかいう連中が多すぎるんだ。ところが、実社会へ出ればそれではだめなんだ。車に乗った女の子の絵を描かなきゃいけない場合もあるんだからね」

　ところがぼくは、人物しか描けないくせにプロのイラストレーターでございという顔をしている連中を、ゴマンと知っている。つまり日本では、人物しか描けない奴でもイラストレーターとして認めてしまうのだ。

　だが、これに関しては、ぼくもでかい口はきけない。ぼく自身、大阪でデザイナーとして独立し、四年ばかりスタジオを経営した経験があるのだが、ぼくは車が描けなかった。女の子の絵も下手だったし、建物も下手だった。描けるものを列挙した方が早い。いやもう、はずかしい。まったくはずかしい。

「アメリカでは、それじゃ通らない」と、赤羽氏の話は続く。「何でも描けなきゃプロとして認めてもらえない。そのかわり待遇はいいよ。すごくいいよ」待遇の点を彼は力説した。「日本とは比較にならないよ」

　日本では企業体がイラストレーターの個性を決めてしまう傾向がある。たとえばＡ社のイラストを長い間やったイラストレーターは、Ａ社をクビになったら、もう使い道がないのだ。

　これとは逆に、イラストレーターが企業イメージを決定してしまう場合がある。

　たとえば、『アンクル・トリス』の柳原良平、『平凡パンチ』の表紙の大橋歩といった具合《ぐあい》。だが、ここまでになるにはなかなかである。

「ところで、この学校の方針は」

「高校卒程度の学力の者なら、だれでも入れるよ。入学試験は常識テストと面接だけだ。芸大では、英語の点が悪いというので、ピカソみたいなすごい奴を平気で落第させるが、ここはそんなことないからね。そのかわり入学してからがキツい。毎週課題を一つだし、その平均点が悪いと卒業させない。だから、就職率はいいよ。二月に卒業した四百人のうち、ぼくに就職のあっせんを頼んできたのが三百人。そのうち、未就職の生徒は二十人しかいない」

この赤羽という人、たいへんな政治力の持ち主だ。

○

イラストレーターの卵、カッコいい若者たちに、何がやりたいか訊《たず》ねてみた。おどろいたことに、その返事はみんなちがっていた。

いわく、創作レタリング、童画、新聞広告、カラーの人物画、女性ファッション・イラスト、詩のイラスト、さし絵。

ただ、男性ファッション・イラストと答えた男の子だけが、ふたりいた。

こういうものがすべてイラストにふくまれるのだ。しかもそのイラストということば自体、三、四年前にはなかったものなのである。

流行とはいいながら、こんなに大勢の若者がイラストの勉強を始めて、いったい将来はどうなるのか。まさか自分で自分を消耗品だからかまわないと思っているわけでもあるまいし、いささか心配である。

イラストの第一人者、真鍋博氏のところへ、このあいだ出たぼくの短編集の表紙を描いてもらったお礼を兼ねて、ぶらりとでかけた。彼はアメリカから帰ってきたばかりだ。

「や。どうもどうもどもども。ああ。デザインスクールへ行ってきたの。ふん。ふんふんふんふん。いやあ。ぼくのところへも弟子にしてくれといって、わんさかくるよ。このマンションの前まで来て、そこの公衆電話からかける奴もいるよ。はあっはあっはあっ。ふんふん。いや、このあいだ婦人雑誌で〈有名人の弟子になる法〉って特集記事がでたときはすごかった。履歴書が百通ぐらいくるわ、大阪や北海道から長距離電話はかかってくるわ、いやもうほんとに。はあっはあっはあっ」

　仕事に追いまくられていながら、実に陽気なものである。仕事場は本とポスターの山で、その他にも、ゴルフ用具、プラモデル、画材、メモ用紙を貼りつけた黒板、受話器二台、人形、オモチャなどでいっぱいだった。

　話を聞くと、仕事の受注量は一日平均十件。もちろん、そのなかにはインタビューとか雑文などの依頼もあるが、そのかわり〝鳥の眼〟みたいなすごい仕事もある。また、本のさし絵など、受注としては一件だが、五十枚ほど描かなければならないものもある。ぼくなんか、そんなに仕事があったら死にたくなってしまい、とても笑ってなどいられないだろう。

「ふんふん。ふん。若いイラストレーターへの注文か。そうねえ。まず、一般教養がないねえ。ぼくの助手で、正宗白鳥を知らない奴がいたよ。あんなのいけないよ。ふんふん。それから朝刊を読んでこない奴。こんな奴はぼく叱ってやるんだよ。ふんふん」

　これは、耳が痛かった。自慢じゃないが、ぼくは朝刊を読まない日が多い。

「若い連中にいえることは、なんでも勉強してやろうという気がないことだろうねえ」

　これは赤羽氏と同意見だ。とにかく真鍋氏の勉強のしかたのすごさは、とても常人に真似《まね》のできることではない。

「だってイラストレーターは、なんでもこなさなくちゃいけないんだものね。恋愛から原子力にいたるまで」

最後にぼくからも、イラストレーターの卵諸君にひとこと。勉強しろというのは、ただ、知識を詰めこめ、ということではない。たとえば、スタイル画をやろうと思えば、スタイル画ばかり勉強していてはだめだということなのである。マイホーム主義みたいなイラストレーターなんて、気持ちが悪いだけだ。

もっといろんな経験をしろ。酒を飲め。女の子を口説《くど》いて、ホテルへしけこめ。ニイチェを読み、吉川英治を読み、埴谷雄高を読み、エロ本を原書で読み、筒井康隆のＳＦを読め。そしてベートーベンや水前寺清子を聞け。真鍋博氏は、こういっている。

「イラストレーターにとって、技術は四分の一、あとの四分の三は、技術以外の何かです」

○

さて、東京都内にイラストレーターを養成するところは、どのくらいあるだろうか。

調べてみたら、あるわ、あるわ。いやもう大へんな数である。各学校のイラスト部門の生徒数を計算してみよう。

東京芸大（四十人）、武蔵野美大（五百人）、多摩美大（三百人）、日大（千人）、女子美大（六百人）、文化学院（五百人）、東京造形大（六百人）、阿佐ヶ谷美術学園（二百人）、桑沢デザイン研究所（二百人）、東京デザイナー学院（五百人）、日本デザインスクール（六百人）、中央美術学園（二百人）、代々木ゼミ（百人）、お茶の水美術学院（三百人）、日本デザイナー学院（四百人）、青山デザイン専門学校（二百人）。

ここまでを合計したら六千二百四十人。

まだ、これだけではないのである。

イラスト部門の生徒数のつかめない学校がまだまだいっぱいある。学校名だけしるそう。

スイドーバタ美術学園。トキワ松学園。玉川大学。インテリア・センター・スクール。日本美術学校。東洋美術学校。東京デザイン・アカデミー。大塚テキスタイル・デザイン専門学校。東京デザインスクール。東京造形美術学校。昌平デザイン・アカデミー。東京家政大。東京純心女子短大。セツ・モードセミナー。これだけでも十四校ある。一校平均二百人いるとして二千八百人。

このほかにも、まだ日美学園というのがある。これは通信教育だが、グラフィック関係の生徒は一万人という話。

さらに、プロのイラストレーターの助手をしている奴、デザイン・スタジオなどで修業している奴、個人で先生にきてもらっている奴を入れると、すごい数だ。

東京都内にいるイラストレーターの卵は、ざっと計算して一万五千人。これがぜんぶプロになったら、日本はどうなるのかね。

インタビュー

問　現代は〝断絶の時代〟だそうで、世に断絶を憂い、恐れるオトナどもが輩出しているようですが、一面、断絶がこう幅をきかせては、なにやらの正体見たり枯尾花の連想もあり——で、この断絶流行の風潮について……

断絶にしろ、水平思考にしろ、いまたしかに大流行していますが、流行ということを別にすれば、内容はちっとも新しいものじゃないと思いますね。水平思考というのは、その逆の立場から考えたり、突拍子もない連想を結びつけようとする思考法ですが、広告マンなんか、もう十年以上も前から、こういう思考法でやっているわけです。断絶にしたって、言葉は刺激的だが昔から世代の対立とか、愛の不毛とかコミュニティー（連帯）

への絶望はいつの世にもありましたね。ところが、それが流行語となると、大人は青年の気持ちがわからないというだけでなく、大学生は高校生がわからないというし、高校生は中学生をミニ怪物なんて呼んで〃断絶〃しちゃうんですね。

問　断絶を唱えるほうが生きやすい世の中ということ？

ぼくは平和の時代というものは、「もっといいことがあるはずだ」という視角がワイドになっちゃう時代だと思うんです。断絶もその材料の一つで、「断絶の時代なんだ、さあどうしてくれる」っていうわけでしょ。それだけ甘えられるいい世の中なんでしょうが、日本人はもともと団結好きなんだから、連帯を拒否する孤立はムリがあるんですね。先日、ある洋品店主たちの寄合があって、最後は皿小鉢《ばち》をたたく宴会になったんですが、五十代の人から二十代まで、年齢層が分れているから、民謡をやってもフォークソング歌っても、座が白けちゃうんですね。で、どうなったと思います？　結局、コマーシャルソングの大合唱になっちゃったそうです。いま『黒猫《ねこ》のタンゴ』っていう歌が大人にも子供にも受けてるけど、この歌詞、実は大人向きなんですが、子供たちは子供たちの受取り方で歌っている。言葉以外の共感、これは日本人がいちばん好きなものなんですよ。

問　情報化時代なる言葉もにぎやかに使われていますが……

これはヤングパワーの陰謀じゃないかな。たしかに〃ハンランする情報〃にうといと住み心地の悪くなる年寄りはいるかも知れないけど、問題はそれを知らねば生きてゆけない情報なんてどのくらいあるかですね。アメリカのコンピューターはアポロ計画のような大きな組織工学に使われていても、これはあくまでも〃隠れた機能〃ですね。ところが日本では、ネクタイを選ぶのにもコンピューターが出て来るほど顕在化しています。これは文明への甘えですね。ぼくはいまだに飛行機は落ちるこわいもの、テレビは少したてば映らなくなるもの、電球はたちまち切れるものといった認識を持っているんですが、最初からそう思っていれば〝文明との断絶〟は相当カバーできるはずですよ。

(妙にまともに整理されているが、実際はもっと気違いじみたことを喋ったのである。編者付記)

ウ

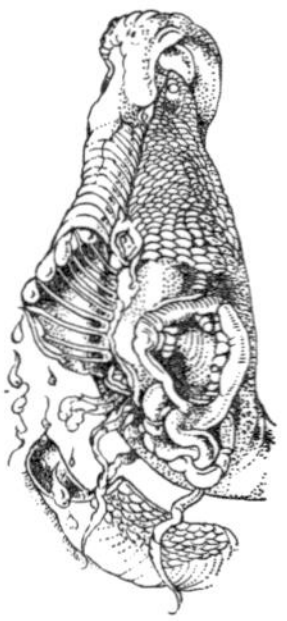

うちゅう〈宇宙〉

宇は天地四方、即ち空間をあらわし、宙は古往今来、即ち時間をあらわす。天文学的空間しか考えないのは誤り。即ちSF作家に於て未だこれを描き尽したる者なし。即ち筒井康隆宇宙を描かぬ理由はこれなり。

ウマ〈午・馬〉

①正午のこと。②借金をとるため自宅までついてくる人物。③インフレ麻雀のルール。④木製の体育用器具。⑤「乳母」から転じ、子供が母にいうことば。⑥発行部数十五万を誇る業界二位の新聞名。⑦性交の体位。⑧たしか他にも意味があったと思うが、失念。

うんどうかい〈運動会〉

小学校の運動会・子供をダシにして大人が運動する会。

中学校の運動会・最近よく発育した女生徒のブルーマ姿をエロな大人が見に行く会。

高等学校の運動会・運動会とはいわない。体育祭という。

エ

えいりん〈映倫〉

映画倫理管理委員会の略。売れそうもない映画ができてしまうと、エロだエロだとさわぎ、その評判で観客を映画館に誘う組織。

エスエフ〈S・F〉

ここのところ、ぼく自身の仕事について、その内容をふりかえってみると、SFがかった中間小説と、ぜんぜんSFに関係のない中間小説及び雑文の、この二つに分類できる。量的にもほぼ等分されている。中間小説誌の増加で、そちらからの注文が多くなり、SF専門誌にあまり書かなくなったため、しぜん、こうなってしまったわけである。

こういう地点に立っていると、いわゆるSF界にいた頃と違い、SF界外部の人たちのSF観がいろいろな形でわかって面白い。もっともその中には、あまりSFを読んでいない人も含まれているから、厳密にはSF観ではなく、むしろSF界批判といったものかもしれない。

中間小説誌の編集者から注文された時のことばに、こんなことばがあった。

「宇宙人とか、ロボットとかいったSF方言を、なるべく使わないで書いてください」

先方としてはぼくを、SF界よりはむしろ自分たちに近い立場の人間と思って、不用意にそういったわけだろうが、あいにくこっちはSFを愛しているから少し腹が立った。だが、時が経つにつれ、次第に彼らのいうSF方言なるもののニュアンスがわかってきた。

作家も含めてだが、一般にＳＦファン同士の会話には、外部の人にわからぬような話題が多い。また、ぼくの経験では、なぜかＳＦファンという人種は、もしその場に第三者がいたとしても、平気で自分たちのことばだけで喋るという癖がある。会話の内容がのみこめず、第三者がぼくに解説を求める。ぼくが解説していると、ＳＦファンたちは、こんなことがわからないのかといいたそうな、また、お前なんかにはどうせわからないよといいたそうな、優越感と軽蔑のまじりあった視線をその人に向ける。こういったことはＳＦに限らず、特異なジャンルを形成しているグループにはだいたい例外なくあるのだろうが、第三者にとっては、はなはだ腹立たしいことであろうと想像できる。そこで前述のＳＦ方言なることばも出てくるのではないだろうか。

ちょうど子供が、お前なんか仲間に入れてやらないよといわんばかりに、新しくやってきた子の前で遊び続け、見せつけるのに似ていて、こういった意識がある以上は、まだＳＦが幼年期を脱し切っていない証拠にもなろう。

また、たとえばＳＦ用語を省き、一般にわかりやすく書いた作品を低度のＳＦと断じる傾向もあり、こういういわばＳＦ小児病的な考えかたがある以上は、「ＳＦ界の芭蕉」も出ることはあるまい。出るのはただ、ＳＦ界を見限ったＳＦ界出身作家だけだ。ＳＦ界のためには、悲しむべきことである。

しかし一方では、ＳＦ界外部に、ＳＦに対する偏見があることも確かなようである。たとえば、太閤は秀吉しかいなかったり、コンプレックスは劣等感だけだったりするまちがいはどこにもありそうだが、困るのは、一般の読書人に、サイエンス・フィクションの「サイエンス」が、自然科学のことだと思われていることだ。ＳＦに関して食わずぎらいの人のほとんどが、どうやらそういう早のみこみをしているらしく思える。

それがなぜ困るかというと、科学はなにも自然科学だけではないので、社会科学、人文科学だってやっぱり科学なので、特に日本のＳＦには、社会学を基礎としたＳＦが多いからなのである。たとえば小松左京書くところの未来、ぼくのマスコミ――といったぐあい。

日本の教養人、ことに読書大衆は、科学者をのぞいて自然科学を毛ぎらいする傾向がある。劣等感を持っている。科学時代になったとはいえ、まだまだそうなのである。逆に彼らは社会・人文科学が好きだ。だいたい日本人は学生時代からマルクスやエンゲルスを必ずといっていいほど勉強し、ツアラトゥストラを愛読している。その他カント、ヘーゲル、ベルグソン、かぞえあげれば限りはないが、いずれも社会・人文科学である。マクルーハン・ブームもこういう下地があったればこそではないかと思える。ぼくはフロイトを読んだが、今やこれだって自然科学とはいえない。

さて、次に悲しいことには、こういった知識人がたまたま日本のＳＦを読み、そこに自然科学がないと、今度は期待を裏ぎられて不満を感じるらしいことである。こちらはけんめいに、固定ファン以外の幅ひろい読者を開拓しようとデモンストレーションしているのだが、これではもとも子もない。ＳＦイコール自然科学小説といった固定観念が、ここでも災いしているのだ。

現在第一線で活躍している日本のＳＦ作家は、ほとんどが文科系出身者である。社会・人文科学の教養を身につけている。当然彼らが取り組もうとするのは社会であり、未来であり、組織と人間の問題であり、人間精神の進化の問題であり、機械と人間の相克の問題である。冒険や科学技術を描いたＳＦは、次第に過去のものとなりつつある。そしてそれは日本だけではない。本家アメリカ、元祖イギリスでも同様である。
アメリカのSF作家アイザック・アシモフは、SFの発展段階を区分し、次のように要約している。

第一段階（一九二六―三八）冒険主流
第二段階（一九三八―五〇）科学技術主流
第三段階（一九五〇―？）社会学主流

日本のSFは、最初から第三段階へとびこんだわけだが、これは日本のSF作家が第一・第二の基礎を知らずに書きはじめたのでないことはもちろんだ。彼らのだれもが数年以上のファン時代を経てきているし、多少なりとも英米の科学技術主流SFに刺激を受けて書きはじめたのだから。

ぼくの場合を例にとってみよう。最初は科学技術のアイデア・ストーリーを読み、このSFというジャンルは新しい文学たりうる可能性があると考えた。父は自然科学者だったし、親戚《しんせき》には自然科学畑の博士が五人いたし、学生時代から科学的認識の何たるかは心得ているつもりだったし、その上演劇などをやっている一種の文学青年で、家系的には異端者だった。だから、日本独自のSFは、ひょっとするとおれ以外に書く人間はいないんじゃないか――そんなたかぶった気持ちが起こったのである。日本のSF作家はみな、最初はそう思ったらしい。

ところがいざ書き出してみると単なるアイデア・ストーリーでは満足できなくなった。なにも自然科学に固執しなくていいんだ、科学的な（あるいは擬似科学的な）論理さえあれば、何を書いてもいいんだ――やっとそれに気がついたのは、ほんの五、六年前、ロバート・シェクリイその他の、社会科学派作家の作品をよく読み返した時である。

話をもどそう。自然科学的教養を身につけていた方が、科学技術SFをより面白く読めたのと同様、現代の多くのSFは社会学のABCを知っていた方がより面白く読める。これが事実であることは歴史小説の場合を考えればわかることである。

歴史というのは人文科学だ。すると歴史小説はＳＦか——という問いが生まれるだろう。もちろん新しい科学的な歴史観があればＳＦといえる。歴史をテーマにしたＳＦは、日本でも豊田有恒らによって書かれている。とにかくそういうわけで、内外を問わず現代のＳＦは、日本人の気質にぴったりの内容を持っているのだ。

ところが最近の情報では英米で、第四段階——内宇宙ＳＦとでもいうべきものがあらわれているらしいのである。立て役者はイギリスの若いＳＦ作家Ｊ・Ｇ・バラード。「新しい波」ともいわれるこの傾向は「人間が探求しなければならないのは外宇宙ではなく、内宇宙だ。われわれは実験したい。自由になりたい。バローズのような新しい文章形式を試みたいのだ」というもので、バローズといっても、ターザンや火星シリーズのエドガー・ライス・バローズではない。邦訳もある「裸のランチ」の麻薬中毒作家ウイリアム・Ｓ・バローズのことだ。

つまりバラードは、人間精神の内部にひろがる空間こそ、ＳＦの新しい領域だと主張しているわけだが、こうなってくるとＳＦはますます純文学に接近して行きそうである。この新しい波を取材したロンドン・タイムズの記事を抜き書きしよう。

「ＳＦは宇宙のひろがりから〈社会学的〉ＳＦのとほうもない複雑さへとせばまっていった。しかし今それは、さらに倍率をあげ〈内宇宙〉の細部へと問題をしぼりつつある。語調は個人的、主観的であり、表現のしかたが重要視される。予言者はＪ・Ｇ・バラード、空に輝く星はウイリアム・バローズ……」

ではここで、ＳＦにおける最も尖鋭的な作家Ｊ・Ｇ・バラードの短編集『時の声』を眺めてみよう。これには表題作を含め七つの短編が収録されている。

破滅寸前の世界、異様な環境、あるいは異様な状況に追いこまれた人間、そういった一種の極限状況を背景にしたものばかりである。もっとも、それだけなら他のＳＦとあまり違わない。大きく違っている点は、これらの短編の主人公、あるいは主人公たちがいずれも、その状況にもっともぴったりした人間であり、彼の心象風景がそのまま、物語の背景そのものと融合してしまっている点なのだ。だからぼくはさっき、この短編集を「眺める」と書いた。それはつまり、これらの短編が従来のＳＦのつもりで「読まれる」ことを拒否しているかの如く思えるからである。読者は状況や風景の説明や描写を読み進むうち、いつかそれが主人公たちの心象風景であることに気がつく。もっとも、風景描写を心理状態とだぶらせた小説はいくらでもある。ところがこれらの短編は、周囲のＳＦ的状況の推移までが、主人公の心理の経過に重なってくるのである。

枚数がなくて、細かく説明できないのが残念だが、いちばん短い『重荷を負いすぎた男』なら、なんとか簡略して書けそうだ。

主人公は実業学校の講師なのだが、過労に疲れて辞職する。口やかましい妻が働きに出かけたあと、家でぼんやりしているうち、彼にはあたりの物体が「もとからの、あるべき正体」を失い「抽象派風の幾何学的な形」や「わけのわからない、白いぐにゃぐにゃしたもの」などに変化してしまうのを発見する。彼はそれを「自分の才能によるものと思う。彼が物体をじっと見つめているうち、それらはすべて、片っ端から正体を失っていくのだ。このあたり、ロブ＝グリエの『嫉妬』を連想させるすばらしい描写である。

最後に彼は、帰宅してわめきたてる妻も「ピンクとグレイのいりまじった楔形のパン」に変えてしまい、庭の池の底に横たわり「顔の六インチほど上にある水面を通して、雲ひとつない丸い青空を見つめ」るのである。

新しいＳＦの探究すべきテーマは、「内宇宙、すなわち外なる現実と内なる精神が出会い、触れあう場所にある」というバラードの宣言は、体制べったりの日本のＳＦ作家がもういちどよく考えるべきことばであろう。

このように、日本の読書大衆の知らぬうちにも、ＳＦは刻々と変化を続けているのである。

えちごつついしおやしらず〈越後つついし親不知〉

越中ふんどし恥不知。

オ

おおげさ〈大袈裟〉

弔辞。祝辞。プロペラのついたジェット機。海外旅行から帰ってきた奴。戦争体験。

おこらないおこらない〈怒らない怒らない〉

『馬鹿』といわれると関西の人間が怒り、『阿呆』といわれると関東の人間が怒る——ということは、以前からよく聞いていた。関西の人間は、のべつ阿呆といわれているから、面と向かって阿呆といわれても笑っている。関東も同様である。『馬鹿だなあ』『阿呆やなあ』は親近感の表現でさえ、ある。

ところが最近では、馬鹿といわれようが阿呆といわれようが、よほど腹の立つ附随問題が伴わぬ限り、誰も怒らなくなってしまった。罵倒のことばに馴れてしまうと、怒る人間がいなくなる。関西でも、もはや馬鹿といわれても怒る奴はあまりいない。相手を怒らせるために、最近では『うすら馬鹿』が使われている。『うすら馬鹿め』になると、それよりもう少し強くなる。関東で『ど阿呆』が使われると、やや強い罵倒になる。

このように、罵倒のことばに誰もが馴れてしまうと、親近感の表現との区別がつきにくくなり、思わぬ障害が起こる。

たとえば東京のように、地方から出てきた人たちが集まっている都会では、いい気になって悪口で親近感を表現しているうち、突然相手の血相が変わったりする。その悪口に、相手がまだ馴れていなかった場合などである。


こういう場合、最近若い人の間では、ぽんと相手の肩を叩き、「ま、怒らない怒らない」あるいは「気にしない、気にしない」といって宥めることが流行している。これをやられてまだ怒っているようでは、流行遅れなのである。いいスタイルを考え出したものだ、といつも思う。これはことばとして定着するのではないか、と思う。

ところが、これを逆手にとる奴がいる。相手にさんざ厭味をいった末、ぽんと肩を叩いて「ま、気にしない気にしない」、また厭味をいって「ま、怒らない怒らない」。

これをやられると、要するに頭へくる。怒鳴り返せないから頭へくるのである。いずれ皆が、これにも馴れてしまうだろうが、しかしそれにしても、しゃあしゃあとして厭味がいえる、うまい手を考え出したものだなあ、と、いつも感心するのである。

おしゃべり〈お喋り〉

おしゃべり――とくれば、誰もが女性を――しかも奥様連中のおしゃべりを連想する。だからこの項目も、主として奥様がたのおしゃべりについて論じよう。

だがその前に女性が男性に比べて本当におしゃべりなのかどうかということを、はっきりさせておかなくてはならない。

そんなことはわかりきっていると、たいていの男性なら言うだろうし、女性も、いやいやながら肯定する人が多い。だけどおしゃべりそのものが悪いことかというと、いちがいにそう決ったわけでもないので、女性はおしゃべりだと言われたって、何もすぐ怒ることはない。

ここでは、最近のひとつの例をとりあげておくだけにしよう。東京都調布市の選挙管理委員会の話である。

この前の衆院選挙の開票の時、票分けをまちがえるという事件があった、開票立会人はかんかんになって怒った。「こんなミスはめずらしい。票分けの最中におしゃべりが過ぎたからだ」

つまり女子職員と男子職員が、開票台でぺちゃくちゃおしゃべりをしながら、票の区分けや点検をしたためだというのである。

そこで市選管は、次の都知事選挙の開票の時には女子職員を全員締めだしてしまった。腹を立てた女子職員がこの男女差別に抗議した。

「おしゃべりは男子職員もしました。わたしたちだけ責めるのはおかしいわ」

しかし、都知事選挙を男子職員だけで行なった結果は、まるでお通夜のように静かだったという。

これには反論もあろう。「男子職員が静かだったのは、いちど叱られたからだ」

学術実験的な厳密さのない事例だから、そこのところは何とも言えない。しかし、座談の席にいるたったひとりの女性が、男性どものおしゃべりの潤滑油の役を果すことは、皆さんもご存じのことと思う。

またアメリカではギャップ・フェスト（おしゃべり会）というのがあって、これに出て96時間54分11秒を休みなしにまくしたて、みごと一位になったのも、ノースカロライナのアルトン・クラップという女性である。

たったこれだけの例で、女性がだいたいにおいておしゃべりであると決めてしまってはご不満の向きもあるだろうが、何ぶんさきをいそぐのでお許し願いたい。

○

おしゃべりの心理的動機として一番にあげられるのは、やはり自己顕示欲だろう。自分のことを他人によく見せたいというのは、人間ならだいたい誰でも持っている願望で、これが嵩じるとホラ吹きになるのだが、ホラは必ずしも反社会的ではないので、中国には昔からホラ吹き競争というのがあったし、現在でも嘘八百を並べ立てて社会的に通用する場合はいくらでもある。

講談に落語、それに字で書いた場合は小説、小説の中でもはなはだしいのはＳＦという奴で……。

まあ、そんなことはどうでもよい。自己顕示欲によるおしゃべりの中に自慢話が多いのは、これはあたり前だが、街かどでの奥さんたちの会話を盗み聞きした限りでは、いかにして自慢を自慢らしくなく喋ろうかと苦心しておられる様子がありありとうかがえて面白い。

これがアフリカのケニヤに住んでいるマサイ族なんかだと自慢もストレートで、部落の中を詩のようなものを朗誦しながら歩きまわっているのだが、その内容というのが、自分がライオンと戦った時にいかに勇ましかったかという種類の自慢で、はなはだ単純明快である。

これが現代の奥様のおしゃべりの場合だと、自慢も非常に手がこんでくる。そのひとつの例に、他人の言葉を引用して自分の自慢をするというのがある。

「それでね、わたし、こんな派手なものはとても着て歩けませんって申したんですの。そしたら先生が、いいえ、あなたはお若く見えますから大丈夫ですっておっしゃいますの。でもねえ、いくら何でも、四十近くなってこんな明るい色をって言いましたらね、先生が、そりゃあ色の黒い方にはちょっと無理でしょうけど、さいわいあなたは色がとても白くていらっしゃるし、デザインにしたって、中年の方には珍しく、あなたは身体の線が崩れてらっしゃらないし、それに……」

と、いう具合。

女性のおしゃべりが最も盛んになる年齢は、社会的虚栄心が最も強くなる年齢と比例するのではないかと思い、統計を調べてみたらこんなのがあった。これは労働省婦人少年局の今年の調査で、「近隣との交際はどの程度にするか」というアンケートの答え。近隣との交際すなわちおしゃべりと考えていいだろう。

	20代	30代	40代	50代以上
かなりする	一二・〇	一六・六	二五・二	二五・二
ふ つ う	四八・六	五七・〇	五二・一	四九・三
あまりしない	三八・六	二六・四	二二・七	二五・五

婦人のおしゃべりには他人の悪口が多い。しかしこれも自慢の裏返しと考えられないことはないだろう。他人の欠点をあげつらいながらも、自分にそんな欠点はないのだという自信の表現、そして自己満足である。

「それは女ばかりじゃないでしょ。男だって他人の悪口を言うじゃありませんか」

なるほど、そういう意見もあろう。言われてみればそのとおりだ。たとえばわれわれ作家でも、常連が数人集まると、そのグループ外の作家の小説を糞味噌にけなしはじめる。もちろんその裏には、何といってもおれの作品がいちばんいいんだという自信が見えているわけだ。異教時代のアラビヤには悪口雑言競争などというのもあった。

ただ女性の場合は、A夫人とB夫人がC夫人の悪口を言い、次の日はB夫人とC夫人がA夫人の悪口を言い、さらに次の日はA夫人とC夫人がB夫人の悪口を言うという、一種の無節操な無思想性があって、これは男の場合あまりない。普段陰で悪口を言ってる人に出会ったりすると、まことに具合が悪い。ましてその人と、他の男の悪口を言い始めるということはまずないことで、これは男の処世術の上から考えてもまず当然のことだ。

ところが、女性の場合はそれどころではない。第三者を通じての口喧嘩というのまである。第三者のCという女性がAとBの間を往復するわけだ。まだある。昨日喧嘩した人のところへ今日平気であらわれて話し込み、他の人の悪口を喋ったりしている。訪問された方もにこにこ応対している。おしゃべりが対人関係に先行している。こういう心理は男にはまったくわからないよ。

○

女性のおしゃべりの特徴としてはいろいろなものがあるが、主として無内容、無性格、冗長、反復、脱線、論理性の欠如などがあげられるだろう。こうして並べてみると悪いことばかりだが、実際眼につくのはこういった点ばかりなのだからしかたがない。これはひとつには、おしゃべりに使われる女性語に原因があろう。日本の女性は古来忍従を強制されてきたから、女性語というのは意志をはっきり述べなくてすむ隠れミノの役を果たしている。

「……ではないかと存じますのですが……」つま

り語尾がないのだ。だから物ごとをはっきり述べなければならない時には、必然的に語尾の変化に時間がかかり、内容のないことをたくさん言う結果になってしまう。なぜかというと、言う方も聞く方も、言葉のていねいさに気をとられてしまい、論理的思考がさまたげられてしまうからだ。もっとも、最近では女性の会話も乱暴になり、むしろ怒っている時にていねいな言葉遣いをする。「はい。どうせ左様でございましょうよ」などというあれだ。

女性の言葉が論理的でないのは、女性の思考が直感的だからである。つまり意識内容が混沌としていてヘニーデの状態にあるわけだから、その言葉も心理学用語でいえば思考感情の表現ということになる。

しかし冗長であるという点は、別に悪いことではないのだ。最近のサイバネティックス理論によると、情報内容をあまりにもぎっしりとプログラミングした場合、たったひとつの誤差が生じただけで全体が意味のないものになってしまう。これを避けるため、反復や脱線や雑音をわざと入れると、かえって正確な情報を相手に伝えることができるというのだ。だから奥様がたも、胸を張って冗舌をもてあそんだ方がよろしい。

内容が貧弱だという点でも卑下することはない。今はやりのマクルーハンによれば、談話もテレビ同様クールな媒体であって、情報量は少ないが受け手の参加を大きく要求するということだから。

○

女性の長電話に待たされて、腹立ちまぎれに、いったいこのおしゃべりのエネルギイはどこからくるのだろうと考えることがある。しかし、男性に比べて女性の余剰エネルギイが多いことは、考えてみれば当然かもしれない。家庭電化製品の開発で主婦の労力が少なくてすむようになったからだ。そういえば電話だって一種の電気製品で、これもひょっとしたら女性専用のものなのかもしれない。電話が婦人のおしゃべり時間をさらに増大させているのだろうか。

さいわい電話局は、近く料金（度数料）を十円に値上げするそうだ。公衆電話の料金だけは据置きで、そのかわり通話時間を二分とか三分とかに区切るというから、少しは女性の長電話も減るだろう。しかしそのくらいのことでは、女性のおしゃべりがおさまるとは思えない。

電話時代からいずれはビューフォン時代になるだろうし（ビューフォンというのはテレビ電話のこと。詳しくは、ぼくの書いた「露出症文明」という小説が短編集『アフリカの爆弾』に出ていますから読んでください）おそらくそれも女性の占有するところとなるだろうから、ますます女性のおしゃべり度は増大するだろう。

そこで提案がひとつ。おしゃべりの音波を吸収してエネルギイに転換するような装置を誰か作らないものだろうか。これは現在の科学技術でもってすれば至って簡単のはずだ。塵もつもれば山となる。その装置を受話器にくっつけて全おしゃべりエネルギイを集めれば、すごいものになる。いずれはおしゃべり発電、おしゃべり動力なんてのも、できるかもしれない。

おんがく〈音楽〉

まっとうな音楽論をお読みになりたいかたは、どうか、まっとうな百科辞典をお読みいただきたい。

ここでは、ぼく式の音楽論をやる。音楽の未来を論じながら、音楽のそれぞれのジャンルを考えてみたいと思う。

1　クラシック音楽

通常、音楽がちょいとばかり好き——と、いう程度の、ぼくを含めた一般大衆が、クラシックという時、それは流行歌と、ポピュラー・ソングと、ジャズ以外の『古い芸術的な音楽』を意味している。時には浪漫派の一部の音楽を指して『セミ・クラシック』略して『セミ・クラ』などともいっている。

専門家の間で古典派といわれているのは、十八世紀ウィーンを中心に栄えた、ハイドン、モーツァルト、ベートーベンを代表とする交響曲やソナタや弦楽四重奏曲などで、彼らの間では、これ以前のバッハ、ヘンデルなど、つまり十八世紀中葉までの音楽をバロック音楽と呼び、古典派以後——十九世紀ドイツのシューベルト、ショパン、シューマン、ワーグナー、ブラームスなどを浪漫派と呼んでいる。これに印象派や現代音楽などを含め、総称して『芸術音楽』といっているようだ。

ここでは便宜上、バロック、古典、浪漫——そして印象派の一部までを含めて、クラシックと呼んでおくことにしよう。

そういったものに未来はあるか?

はっきりいって、ない——としか、言いようがない。過去のものに未来はない。未来がないからクラシックだ。

ちょっと待った——と、いう人が必ずいるだろう——。バッハなどでは楽譜に、楽器やテンポや音の強弱など、指定のないものもかなりある。だいいち、その頃は楽器の種類も少なかったし、現在とは楽器そのものもちがう、だから演奏解釈——つまりインタープリテイションの未来は、実に洋々たるものではないか——と。

たしかにそうだ。これから先、新しい音を出す楽器はいっぱい出てくるだろうし、演奏のしかただって、聴衆に一応の感動をあたえる演奏にまで範囲を限定してさえ、無限にある。しかしそういったものは『クラシックの未来』ではなくむしろ『オーディオの未来』『演奏器具の未来』『演奏解釈の未来』に分類されるべきものである。

　では、伝統としては残るか？　これも絶無に近い。ドビュッシーが出てきて、それまでの音楽理論を破壊するや否や、二十世紀の前半は未曽有の大混乱に陥り、出てくる音楽家たちはわれもわれもと権威に反逆し、伝統を破壊しつくしてしまった。それは現在にまで続いている。

　伝統をとり戻せと絶叫している人は大勢いる。しかし、いったん破壊されてしまったものは、もうもとへは戻らない。

　しかし日本人にとっては、もともと自分たちの古典というものはなかったのだから、それほどヒステリックに嘆き悲しむこともあるまい。それよりむしろ、民謡とか能楽を、現代的知性や感性に納得させる方法でも、のんびり考えていればいいのである。

　とどのつまり、クラシックの未来の顔は、時たま起こるリバイバル・ブームの片隅にあらわれて、おや、こんなものも昔はあったんだね、なかなかいいじゃないか――と、ささやき合われるか、さもなければ、専門家のための教材ということになってしまうだろう。

　普通の中学や高校は、いずれ音楽という学科を廃止してしまう。なぜなら受験地獄という奴が、今よりももっとひどくなっているだろうから。機械文明による社会は、一方で平均的サラリーマンを生み出すとともに、片方では高度な専門家を要求するようになっている。芸術とて例外ではなく、音楽大学には付属高校や付属中学ができるだろうが、それらは一般大衆とは遊離した音楽エリートを作りあげるだけだろうし、一般の小学校や幼稚園では唱歌と童謡を教えるだけだから、クラシックの基礎的理解を助ける役には立たない。だから『ぼくとドビュッシーの出会いは……』などという言葉も、いずれは聞かれなくなるだろう。

2 現代音楽

この小見出しには矛盾がある。未来にもし音楽があるとすれば、その音楽がすなわち未来における現代音楽である。

ここでは、印象派以後の、二十世紀の芸術的音楽の総称であると解釈しておこう。しかし、一般大衆の大半は、ドビュッシーやラベルまでこの中に含めているが、それでもまあ、かまわない。

その一般大衆が、『現代音楽』という言葉から受ける気持は、ほぼ似かよったものではないかと思える。

いわく——不協和音はもちろん、機械音や具体音などをもてあそんでいる音楽。

いわく——表面的な新しさを追ってジャーナリズムにもてはやされようとたくらんでいる前衛芸術。

いわく——奇矯な演奏をして人をおどろかせるナンセンスの芸術。

いわく——自分たちだけにしかわからない理論の遊戯にふけり、今や大衆とは無縁のものとなった抽象音楽。

いわく——アタマガイタクナルオンガク。

いわく——おれたちには関係ねえよ。

いわく——雑音である。

いわく——糞くらえ。

等、等、等。いずれも一面をつかんでいると言えよう。大衆は正直だ。

大衆を持ち出すのは卑怯だ、ジャーナリスティックだ、芸術はマス・コミとは関係ないぞ——そう言い出す前衛芸術家諸氏もおられるだろう。——新しい芸術を理解しないのは聴衆の愚昧だ、過去の名曲は、最初のうち必ず大衆に理解されなかったではないか！

ところが、ちがうんだなあ。

昔と違って現代ほど、国際現代音楽祭以来、多くの啓発的音楽会が開かれている時代はない。そしてその成果は無に近い。

聴衆を、馬鹿にしてはいけない。昔とちがって現代の聴衆は、それほど愚昧ではない。彼らは何ものもあたえてくれない音楽には、あっさりとそっぽを向くのだ。

しかも現代は大衆社会である。大衆はあたえられたものをうのみにして満足してはいない。自分の鼻で、すべてを鋭く嗅ぎわけていく。大衆の投書でぶっつぶれる会社が出てくる時代である。昔、芸術家は王侯貴族の庇護を受け、彼らに奉仕した。これから先の芸術家は、自分の身柄を大衆に委ねなければならない。そんな情ないことはいやだといって泣こうがわめこうが、そうなるのだからしかたがない。

聴衆とは関係のない場所で、音楽理論というものができはじめたのがいつの頃か、ぼくは知らない。とにかくクラシックの音楽家たちが、音楽を楽譜にする上に、こういう具合いにやればこうなるという秘訣みたいなものを作りはじめ、和声学とか対位法とかいったものが生まれた。理論の数は次第に増え、専門的になり、複雑になった。最後には、コンセルバトワールの和声教程に、フランク流とかフォーレ流とかいった、大家の作風を模した課題が出るに至った。

で、それは結局ドビュッシーが、それまでの三和音体制を黙殺し、平行する七度とか平行する二度などの、それまでの理論が不可能とした音を使った作品を作って、けりをつけてしまったのだが、さあ、そのあとがえらいことになってしまった。

音楽家たちは、とにかく何かやらなけりやと、禁じられた音を探し求め、リズムを解体するわ、土人の音楽は持ち出してくるわ、鳥の声はいうに及ばず街の騒音までテープに吹き込んでくるわ、テープを逆にまわすわ、あるいは回転数を変えるわ、電気の発振音を電磁気テープにとるわ、咳はするわ、ウガイはするわ、泣くわわめくわ、いやもう、たいへんな騒ぎになってしまったのである。

オーストリアでは、シェーンベルクという作曲家が十二音的技法で作曲を始めた。これは無調——つまり特定の調性を感じさせない音楽で、わかりやすくいえばハ調でもニ短調でもC《チェー》でもD《デー》マイナーでもない音楽で、十二の半音の組みあわせを単位として動いていき、調性を感じさせまいとするのである。

なるほどたしかにドからシまでは十二の半音でできている。だからこんな技法ができるにも西欧的合理主義の産物として歴史的必然性はあったのだろう。事実シェーンベルクの弟子のベルクやウェーベルンをはじめ、オネゲル、バルトーク、メシアンなど、この影響をこうむらなかった作曲家は珍らしいくらいで、模倣の大天才種族われらが日本人の作曲家先生も、もちろんこの技法によって作曲をはじめた。

だが一般大衆にとっては、この十二音音楽は、とらえどころのない抽象的な響きの羅列に過ぎなかったのである。いわば十二音音楽は、それまでの音楽の否定だったのだから、聴衆——音楽を聞きにきた聴衆を納得させるところまでは行かなかった。

ベルクの場合は、それまでの音楽と新しい技法の板ばさみになって、どっちつかずの作品を下痢気味に生み続けた。

ウェーベルンは理論の遊戯の中へ没入してしまった。つまり師匠シェーンベルクの技法を、いっそう抽象化してしまった。

ライポビッツという人は、『ベルクは過去につらなる意識であり、ウェーベルンは未来につらなる意識である』といっているが、聴き手を拒絶して作られた音楽が、未来で聴衆を得ることができるだろうか？　現在をとび越した未来などは、いくらぼくでも考えられない。

では、その他の作曲家、演奏家は？

メシアンやジョリベは、ただ神よ神よとわめいているだけである。

ジョン・ケージは偶然性と禅的『無』の中へ没入してしまった。『無』からは何も生まれない。だから未来もない。

ではこれから先、これらの音楽はどうなるか？

二派に分れ、どこまでも大衆から離れていくだろう。片方はミュージック・コンクレート、電子音楽、コレクティブ・ミュージック、抽象記譜などを使う偶然性音楽などをやっている一派で、この連中は、まだ誰も手のつけていない珍奇なものを追って、とにかく大衆の好奇心に訴えかけようとしながら変転して行く。まあ、マスコミは騒ぐだろうが、賢明な大衆はもうだまされることはあるまい。銀座のまん中でオナニーをする恰好で這いずりまわったり、ああいった無茶苦茶をやってひと旗あげてやろうとする内容のない前衛芸術家は、いつの時代にでもいるから、完全に消滅はしないだろうが。

将来、電子音楽が盛んになるなどといっている奴がいるけど、あれは嘘っぱちだ。現在だって電子音楽はＳＦ映画のＢＧＭに使われているだけではないか。残ったとしてもせいぜいムード・ミュージックだ。

他方の一派は、次第に難解な理論をもてあそび、精密な規則を作ってそれを誇りとする抽象音楽の作曲家たち――すなわち未来の音楽エリートたちである。純粋な抽象世界の中で技巧の極致にまで達しながら、象牙の塔に立てこもり、大衆からは忘れられていくだろう。

それじゃあいったい、未来の音楽芸術はどうなるのだ？　何も残らないではないか？　芸術としての音楽は、なくなるというのか？

まさか音楽までなくなるわけはあるまい。いったいどうなのだ。ここまで読んで、せっかちにそう反論する読者もおられるだろう。

　もちろん、音楽がなくなるなどという暴論を吐くつもりは、いささかもない。ぼくだって音楽は好きである。音楽のない世界などという、そんな悲しい未来など、考えたくはない。

　では、芸術としての音楽はどうだろう？　なくなるか？　なくならないか？

　さっき、伝統は破壊されたと書いた。

　伝統のないところに、芸術はあるか？

　今までの『芸術』というものの概念から考えれば、ない、としか言いようがないだろう。

　こわい先生たちは、こう言う――。

「伝統がなくても芸術は生まれるだろうなどというルーズな希望的観測の入りこむ余地はない。伝統のないところには、いかなる芸術も決して生まれない」と。

　たしかに、現代において、どんな伝統もないとすれば、芸術がどこにもないことは明らかである。伝統というのは、そこから創造が湧き出る基盤だから。

　前衛というのも、伝統があっての前衛だ。伝統のあるところには必ず、因習や形式がある。そういうものに反抗するのが前衛であって、伝統まで破壊したのでは前衛ではない。因習と伝統はちがうのだ。

　そう考えてみると、現在『前衛芸術』と呼ばれているものは、『新しい芸術』でもなんでもなく、単なる『新しさ』に過ぎないということになってしまう。

　まあ、いいだろう。では、今までの概念における芸術は、なくなったとしておこう。

　では、未来でもしも『芸術』という言葉の意味が、変わってきたとしたら、どうだろうか？

　歌謡曲が、ポピュラー・ソングが、民謡が、フラメンコが、フォーク・ソングが、カンツォーネが、ゴーゴーが、すべて芸術であるということになってきたらどうか？

事実、現在そう呼ばれはじめているではないか。流行歌手も芸術家、テレビ・タレントも芸術家、映画俳優芸術家、服飾デザイナー芸術家、料理の先生芸術家、左官屋さんも芸術家、ペンキ屋さんも芸術家、日曜大工も芸術家、だからパパさん芸術家、ママはお化粧の芸術家、ぼくもわたしも芸術家、日本一億芸術家。

その通り、未来の大衆のエネルギーは権威を有難がるのではなく、権威に親密さを感じて身近に引きよせる方向へ向かうのである。だから誰にでも芸術家という肩書きをつけてしまう。現在、そうなりつつある。そうでないのはＳＦ作家ぐらいである。

「無茶をいうな。そんなに簡単に、芸術というものの概念を変えられてたまるものか」と、こわい先生たちはいう。

「マス・コミュニケーションや大衆社会の発達が、芸術の新しい可能性に道を開いている——などと言ってみたって駄目だ。古い芸術概念にとらわれ、その固定観念によって新しい芸術を律してはならない——などというのは新しがり屋の言いのがれである。古今東西を通じて、芸術は芸術である。過去の芸術と未来の芸術をはかる別々の基準があるわけではない」

なるほど。

それほどまでに『芸術』という言葉にこだわるなら、今後の大衆のための音楽は、別に芸術でなくってもいいではないか。

だいいち現在、芸術ということばが、今までの芸術という意味で使われているだろうか？

マス・コミが流行歌手を芸術家と呼ぶとき、大衆もそれにならって、彼らを芸術家と呼んでいる。しかし賢明な彼らはその芸術家ということばが、今までの芸術家という意味では使われていないことを、うすうす知っているのだ。ただ、他にかわるべき称号がないから、そう呼んでいるだけなのである。

では、何か他に、芸術家、あるいは芸術にかわるべきことばを見つければいいのだ。そうだ。『芸術』のかわりに『術芸』と呼んだっていいわけだ。『芸術家』ではなく、『術芸家』である。

フォーク・シンガー術芸家、グループ・サウンズ術芸家、トリオ・ザ・××術芸家、ミュージカル・スターも術芸家、コマーシャル・ガールも術芸家、バハハーイのケロヨン術芸家、筒井康隆術芸家、乞食もテキヤも術芸家。

この方が、よっぽどさっぱりしていていい。できればそうなってほしい。

ところが、コワい先生がたをがっかりさせて、まことに悪いのだが、芸術ということばは、どうしても残ってしまうのである。いくらぼくが、「芸術というコトバを使うとオコる人がいますから、これからは術芸といいましょう」とけんめいになってふれ歩いたところで、大勢はもう、どうにもならないところまできてしまっているのである。

では、未来世界で、人間みな芸術家になったとしよう。そうすると、過去の芸術はどうなるか？

以下は、過去の音楽をたまたま耳にしたふたりの未来人の対話である。

「なかなか、いいじゃないか」

「昔は、きっと、こういうのが芸術だったんだろうなあ」

「そうだね。だけど今となっては、やっぱり『昔の歌』だね」

「重いしねえ」

「そう。言うなれば重芸術かな」

「うん。重労働のあった頃の音楽だからね」

「芸術ってものは、もっと軽くなくちゃねえ」

「うん。これだと、演奏するのに猛練習が必要だしねえ。だいいち、誰でも口ずさむってことができないよ」

「そうだ。だからやっぱり、芸術とは言い難いなあ」

と、いうことになるのである。お粗末。

3　ジャズ

さあ。これがむずかしい。

と、いうのは、ぼくが音楽の中で多少とも知識をひけらかすことのできるのはこの、ジャズだけだからである。

ところが、具合の悪いことに、多少なりとも知っているものは、どうも無責任に描くことはできないのである。

だがためらっていてもしかたがない。書いてみよう。

まずここに、ひとりのピアニストがあらわれる。

舞台にあがり、ピアノに向かうと同時に、彼は、最初から機関銃のようなソロをとりはじめる。憂鬱な不協和音が奔流のように迸り、散乱する波のしぶきとなったかと思うと、こんどは馬糞にむらがるハエのように一点に舞い戻る。聴衆は心臓を打ち抜かれ、ぜいぜいあえぎながら、ピアニストの吐き出す饒舌な音響にじっと耳を傾ける。

リズム、メロディ、ハーモニーというあの音楽の厳粛な三位一体を徹底的に破壊しながら、彼の意識では、もはやどんな選択も裁断も許されない、意識下から解放された混沌としたものが、悲鳴をあげながらころがり出てくる。やがて、ホール全体が、そのような雑然としたピアニストのケイオス宇宙の中に呑み込まれてしまう。

ピアニストは、拳固で鍵盤を殴りつける。ピアノの上に駈けあがって足で踏み鳴らす。それから斧で鍵盤をめった打ちにする。鋭い金属音とともに舞台の隅にとび散ったマイナーが、壁にぶちあたり鈍いメージャーとなって暗闇に消える。断ち切られた何本かの弦が、空気を引き裂いて悲劇的音色を奏でる。聴衆は拳をきつく握りしめ、ピアニストの動きに同調して、強烈な右フック、左フックを突き出す。やがて誰知らず、痙攣的な嗚咽に身をゆだねる。突然、強烈な打撃音とともに、ピアノの脚が折れ、まるで象が倒れるように、グランドピアノの巨体が地ひびきたてて崩れる。疲れ切ったピアニストは、舞台全体にとび散ったピアノの残骸にけつまずき、怠惰なエンディングを奏でながら退場する。聴衆は、もうもうとした埃の中で虚脱状態になり、拍手を忘れている。

これが、ジャズである。

さて、次に、ふたりめのピアニストがあらわれる。

彼は深ぶかと頭をさげ、おもむろに椅子をひきよせる。大きな深呼吸をひとつして、指をぽきぽき鳴らす。それから両肘を折って、鍵盤の上にそっとのせる。

静かな不協和音がひびく。

ピアニストは、組んだ両肘の中で、頭をそれにのせて眠りはじめる。最初の余韻が完全に虚空に消えた後も、彼は頭を鍵盤にのせたまま微動だにしない。

緊迫した瞬間が続く——。

聴衆は、生唾を呑みこんで、ピアニストを見まもる。その時から、聴衆の心の奥でジャズが始まる。

——いったい彼は、何をしているのだ。

——おれは、何を待っているのだ。

——おれはここで何をしているのか。

——おれは生きているのか?

それは、まぎれもないジャズである。

何分かして、ピアニストはゆっくり頭をもたげる。そして、周囲を静かに見まわし、大きなあくびをする。

立ちあがり、深ぶかと頭をさげて退場する。拍手が渦まく。

これも、ジャズである。

そしてこれが、ジャズの精神である。

伝統的なジャズの精神――それは人間解放への欲求だ。

アメリカの黒人が、ながい苦渋の底から声をあげた時、ジャズが始まった。そして今では、満員の通勤電車が、サラリーマンの悪夢の中をつっ走る時、彼がふと洩らす屈辱的な断章――そこにもジャズがあるのだ。

アメリカの黒人は、たしかに想像を絶するほど多くのものを失った。しかし現代人はもっと多くの、しかも致命的なものを失いつつある。そして今後ますます失いつづけるだろう。

ジャズを語る時に、いちいち、あのアフロ・アメリカンの何世紀にもわたる辛苦の歴史というカテゴリカルな導入部を必要とする時代は終った。残ったのは、ジャズの伝統――これこそ今後、黒人たちが誇りとすべきジャズの伝統である。芸術音楽の伝統は破壊された。しかし、ジャズの伝統はまだ残っている。――いや、残っているどころか、これからもまだまだ生き続けるだろう。

だから未来においては、黒人たちがジャズをではなく、ジャズの方で、もう黒人たちを必要としなくなるだろう。前衛前衛と叫ばずにはおれない急進的なニグロ・ジャズメンの小児病的な混乱したジャズ演奏の中に、彼らの手をはなれて行くジャズへの、救いがたいあがきがすでに見られるのだ。

ジャズは、文明――そして文明病には不可欠の音楽だ。文明――機械文明が人間の生気を吸いあげるようになればなるほど、ジャズはより強烈に、自由をうたいあげるだろう。

文明のたゆまざる発展とはうらはらに、ジャズは、あの精神と肉体の未分化の世界へ、すなわち極端なバーバリズムへと近づいていくだろうことは、目に見えている。

ジャングルの奥深く、パプア族の土人が打ち鳴らす太鼓の音は、ジャズにはならない。しかし近い未来、文明から脱出しようとして、ひとびとが、あの土人の火祭りを徹底的に吸収しようとする時、それはジャズになる。

ジャズは自由な意志の交歓だ。今のジャズは、演奏者と聴衆とが分化されたものだ。もちろんジャズというものは、演奏者の白熱するアドリブ・ソロが聴衆を啓発し、その聴衆の同調と、ある時にはまったく冷徹な反応さえも、演奏者のソロを大きく変化させることのできる相乗作用を持った、唯一の音楽形態である。演奏者と聴衆とによって生み出される感興の高まり――それが、ジャズはセックスであるといわれるゆえんだ。

しかし未来になれば、聴衆は単なる聴衆にとどまることを拒否するだろう。彼らはより積極的にジャズに参加するようになる。彼らはものを打ち鳴らし、声をあげ、踊り狂い、呪術的な香気に酔いしれるだろう。

そこでは、すべてがジャズマンである。その会合の中央では、火があかあかと燃やされることだろう。それはハプニングの究極的な姿だ。

原始の火をともすことは、たとえそれが単なるポーズであったとしても、未来人にとっては大きなカタルシスを呼びおこすことはまちがいない。

4　ポピュラー、歌謡曲、グループ・サウンズ、フォークソングその他一切合財

モダン・ジャズのところで、聴衆が演奏に参加するようになると書いた。

マクルーハン理論にかぶれているわけではないが、今後、すべての音楽愛好者は、ただ聴くだけでなく、楽器を手にとり、歌い、演奏に参加するようになるだろう。いや、未来では、ただ音楽を聴いているだけという人などは、もはや音楽愛好者でもなんでもないということになってしまう。

いい例がグループ・サウンズで、音楽が好きと

いう連中が隣り近所四、五人から八、九人集まれば、ちょっとした演奏ができるようにまでなってしまっている。楽譜を何もやれなくても、歌っているだけでもいいのだ。曲も簡単なものが多いし、ひとりかふたり音痴がまじっている方が、味が出ていいくらいだ。

グループ・サウンズ――小編成の、エレキを使ったインストルメンタル・ボーカル・グループ。これがブームになった。外国同様、日本でもグループ・サウンズが氾濫した。その頃の日本の状態は、一九六〇年初めのイギリスそっくりだった。つまりビートルズの売り出したころだ。

一九六四年になると、イギリスだけで約十万のグループができていた。それがアメリカと日本に伝染したのだが、日本ではもちろん、外国でもどんどん増加し、グループ数が全世界で軽く百万を越しているといわれた頃もあった。

グループ・サウンズが、そんな大勢の勢力を持つようになったのは、その前のエレキ・ブーム、フォーク・ブームの下地があったためだ。

エレキ・ギターという楽器は、べつにカルカッシやその他の教則本で基礎をやらなくても、誰にでもすぐ弾けるという重宝な楽器だった。そして誰が弾いても、大きないい音が出たし、アンプやスピーカーが弾き手のテクニックに参加した。ダイヤルやレバーの調節ひとつで、いくらでも演奏を巧みに見せかけることができた。いや、見せかけるのではなくダイヤルやレバーの操作そのものが、演奏のテクニックだった。機械の扱いに馴れた現代人にぴったりの楽器だったわけだ。

次にフォーク・ブームがやってきて、これは現在にまで続いているし、今後も続くだろう。これも、誰にでも歌えたし、誰が歌っても味が出た。つまり、フォーク・シンガーは、昔流の上手な歌手であってはならなかったのだ。誰が歌ってもその程度には歌えるというふうに歌わなければならなかったわけで、実際フォーク・ソングをコールユーブンゲン的に歌ったのでは味もそっけもないし、オペラを歌うような声量で堂々と歌ったのでは興ざめもはなはだしい。そういうひとはカンツォーネを歌えばいいわけだ。

そしてグループ・サウンズ時代に突入し、歌うことと楽器に馴れた若者たちが寄り集まって演奏をはじめた。孤独にひとりレコードを楽しむという音楽愛好家に、存在の場所がなくなってしまった。仲よく、楽しく、できるだけたくさん集まって演奏する——それがグループ・サウンズだ。何十年かののちには、若者のすべては、グループ・サウンズのどれかに参加しているか、フォークソングを歌っているだろう。そしてその頃は、音楽好きの一般大衆のほとんどは、いずれかの楽団に参加しているだろう。

音楽は、参加することに意義がある——そういわれる時代が、やがてやってくるのだ。しかもグループ・サウンズの場合は、自分たちで作った歌を歌うのだ。アマチュアのグループ・サウンズだって、自分たちの歌というのを必ずひとつは持っている。自分たちで作曲しなければ、グループ・サウンズをやっている意義がない——そういう彼らの考えかたによって、彼らがグループ・サウンズの音楽史的な立場を本能的に理解していることを知ることができるのである。

だから未来は、人間すべて作曲家になる。簡単なメロディさえ作れば、機械が複雑な和音を教えてくれる。リズムも、スイッチひとつで変幻自在。誰でもが、自分の歌を持つことができるのだ。名刺がわりのテーマ・ソングができるのだ。実にすばらしいではないか諸君。道ばたで、挨拶がわりに自分のコマーシャル・ソングを歌いあっている光景が見られるのは、何年さきのことだろう。

では、その他の大衆歌謡はどうなるか？ グループ・サウンズは、和製歌謡曲と外国製ポップスの中間形態と思える歌を歌っているが、これがこのまま、今後の大衆歌謡の主流になるだろう。

では、流行歌手はなくなるのか？

そんなことはない。大衆は常に、自分たちの理想的モデルというのを求めているので、有名人というものはいつになってもなくならないだろう。ただ、有名人というイメージが、かつての雲の上の美男美女というのではなく、できるだけ自分たちに近い、親しみ易い人物というふうに変わってくるだけである。そして有名人の最もポピュラーなものは、やはりテレビ・タレントである。

だから未来のテレビ・タレント――俳優にしろ歌手にしろ――というのは、その辺にいくらでもいそうな男女がそのままブラウン管にあらわれたという感じの人物ばかりになる。歌手というのは、だから特に歌がうまい必要はないわけで――ある程度みんながうまいわけだから――ただふつうに、自分のコマーシャル・ソングを歌っていればいいわけだ。違っている点は、コマーシャル・ソングの数が少し多いというだけである。

5　楽器、演奏、再生装置その他オーディオ

エレキ・ギターのところで少し書いたが、未来の楽器は、今までのピアノやバイオリンなどのように、教則本で、何年か練習しなければ一人前に弾けないなどということはなくなってしまう。音感の発達した人間なら――そして未来の人間のほとんどは音感が発達しているから――誰でもすぐ演奏できるような便利な楽器が、つぎつぎと作り出される。

エレクトーンなどはそれ自身、一台でひとつのオーケストラだが、あれなどはまだまだ演奏法がやさしくなる。そのかわり、機械の操作はもっと複雑になるだろうが、むしろその方が未来人向きだ。

エレクトーンには、スイッチひとつで勝手にリズム・セクションを奏でている機械が横についいて

いるが、あれなどは機械が演奏に参加しているわけだ。逆にいうなら、人間が機械の演奏に参加しているともいうことができよう。

筒井康隆という男などは、ステレオ・スピーカーの低音部を完全に消してしまい、自分はボンゴを叩いている。この男なども、機械の演奏に参加しているわけである。

とにかく、未来人はすべて演奏に参加するわけだから、音楽会を開いたって聴衆なんかいない。誰も聴衆になろうとなんかしない。だって、自分でもそれくらいの演奏はできるのだから。

だれかひとりが、ある楽器を使い、すごく高度なテクニックを使ってみごとな演奏をしたとすると、たちまち楽器が改良され、テクニックなしでそれと同程度の演奏が誰にでもできるようになる。

では、誰でもが演奏ばかりしていたのでは、ステレオ・プレイヤーやレコードが売れなくなり、レコード会社はぶっつぶれるか？　そんなことはない。

やっぱり、たまには他人の演奏もきかぬことには批評眼ではない批評耳が退化する。だから自分でも、いい演奏はできなくなる。仕事しながら、食事しながら名演奏をきくことはやはり必要だ。

しかし、何も金を出してレコードを買う必要はない。未来はコマーシャル時代である。スポンサーが、自社の製品のCMを曲の間に挿入したレコードを、ただでくれる。いずれはCM入りレコードばかりになるだろう。

食料品会社は、食えるレコードというのを売り出す。曲は流行がはげしいからその曲を吹き込んだレコードも、すぐにいらなくなる。そんな時、レコードそのものがチョコレートで作ってあれば、パリパリ食ってしまえる。おどろいたことに、チョコレート・レコードというのは戦争前に一度、日本で作って売り出されたことがある。

もっとも、よっぽど冷やしてから、蓄音機にかけなければならなかった。一回か二回はきくことができたという話である。

また、桂春団治という落語家は、せんべいレコードというのを研究していたそうだ。実現したかどうかはききそびれた。

6　ミュージカル

「エノケンの権三と助十は、日本ミュージカルの、ある意味での頂点ではないか？」

ぼくの兄貴分にあたるSF作家で、小松左京という肥った行儀の悪いひとが、ぼくにそういったことがある。

『権三と助十』というのは終戦後四、五年目に封切られた映画で東宝作品。権三をエノケン、助十を藤山一郎、権三の女房を笠置シヅ子がやった。

これはどういう映画だったかというと、セリフのほとんどを、その頃流行していた歌謡曲のメロディに乗せて歌ってしまうのである。今ほど著作権がうるさくなかったからこそできた映画にちがいない。主題曲はひとつだけで、たしか甘い恋歌で、藤山一郎が歌っていたように思う。

考えてみると、日本人というのは替え歌が実にうまい。即興で曲と歌詞を入れ替えたりもする。この才能がどこからきたのかは知らないが、おそらく西欧の歌曲に日本語の歌詞をくっつけるのに苦心したために発掘されたものではないかと思う。この映画はそれをうまく利用していた。小松氏もおそらくそのへんのところをいったのだろう。

さて、流行歌手が大衆の理想的モデルだとすると、ミュージカルというのは、その大衆社会の理想的モデルだといえる。道ばたで歌をうたい、踊るというのが現実になってくれれば、それはミュージカルとたいして変わりはなくなってしまうわけだ。ミュージカルを見た直後、道ばたで歌をうたい、歩きながらタップを踏みたくならないか？

それがやがて、できるようになるのだ。

いやあ諸君。未来は面白いことになるよ。

奥さんが旦那を朝起すのも歌。

出勤電車の中では、サラリーマンの大合唱——もっともその頃は、電車じゃないだろうけど。

会社での挨拶も、仕事の打合せも歌だ。

そうとも、一日歌ってりゃいい。

しぶい顔をする社長なんかクビだね。

電話のベルはサンバのリズム。

タイピスト、キイパンチャーもリズム担当。部長も課長も平社員も秘書嬢も受付嬢も、みんな歌いながら仕事だ。

学校じゃ先生が歌って授業。

奥さんは八百屋の親爺と歌でやりとり。値切るのも歌だし計算も歌、最後はデュエットになってニコニコさよなら。

国会じゃ議員がドン・コサックまがいの大合唱——と、まあ、そこまではいかないけどね。

とにかく、ミュージカル愛好者にとって未来はバラ色だ。

おんな〈女〉

「女性雑誌に、女性の悪口を書いちゃいけないんでしょうね」

ある日、原稿依頼に来た女性雑誌の編集者にそう訊《たず》ねてみた。

「かまいません」と、彼はいった。「女性というのは、女の悪口を喜んで読むのです」と笑った。

「おそらく自分のこととは思わないんでしょうね」

女性のみなさん、こういう男が、あなたがたの雑誌を作っているんですぞ。

また、男性雑誌にも女性の悪口はよく載っている。女性が強くなってきたので、これはいかんとあわてた男性たちが、急に女性の悪口を言い出したのだろうか。

決してそんなことはない——と、ぼくは思う。むしろ男性が強くなくなったのだ。女性の強さなんて昔からあまり変わっていない。戦後、身体の発育は良くなっただろうが、これは男だって同じの筈だ。たまに護身術を知っている女性も見かけるがこんなのは例外で、どうせ巴御前《ともえごぜん》の足もとにも及ぶまい。社会的地位が向上したというものの、グループの指導的立場に立つべき性格の人間は、もともと社会的地位には影響されないものである。女房の尻に敷かれている亭主は大昔からいたのだ。

男性の女性化を象徴しているような男性モード雑誌には、よく若い男たちが集まって『女の子のこんなところがキライ』などという座談会をやったりしているが、これなどは井戸端会議であって、女の子の欠点を見つけて喜ぶなどという『女々しい』心理は、ぼくにはわからない。たしかに女の子には欠点は多いが、だからこそ女の子は可愛いのだ。『女の子』が『女のひと』に成長した時は、今度は欠点がなくなってやけに実際的になってしまい、むしろ男の方に欠点が多くなってしまう。もちろんそうなった時でも、やっぱり女性は可愛いのである。

ぼくは小説の中へよく悪妻や悪女を登場させるが、これは自分の作品をエンターテインメントと割り切っていて、物語の構成上そうしているだけだ。決して決して本心から女性を憎んでいるわけではないのであります。

むしろぼくは女性が可愛くてしかたがない。だって、そうではないか。ヒステリーを嫌う男性もいるが、あの小さな口を大きくあけ、見ひらいた眼から涙を流し、せいいっぱい自己を主張している姿はいじらしい以外の何ものでもない。引っ掻かれたくらいで参るほどこちらは肉体的に虚弱ではない。お得意の『いやがらせ』だってご愛嬌《あいきょう》だ。いやがらせで殺された男なんて聞いたこともない。

もしあなたに面と向かって『あなたの欠点は……』などと批評しはじめる男がいたら、そんな奴は男じゃないからバカといってやればよろしい。男にとって、女は可愛くてあたりまえなのであります。

沈滞のマンガ界に挑戦する！
ＳＦ作家の
ストリーマンガ
第１作！
90年後の全学連
筒井康隆
このマンガはショートショートとして週刊誌に発表したものですが、視覚に訴えたい部分が多い為あらためてマンガに書き直したものであります。作者
あっ やってまいりました 皆様 お待ちかね 全学連であいります
でも たった三人だよ
かまわん 望遠レンズを使え クローズアップでとるんだ
GTV
ガタ
ガタ
ガタ
ブル
ブル
GTV

社会評論家
どうして今日はこんなに低調なんでしょう
アゴ
えー今日のデモは三十年前からの安保条約を今度こそ破棄させようというのですだが全学連が分裂ばかりであの三人は百十派系のマル角チョン助社性同分派なのですが　あれでも多数派です
台本
ディレクター
くそっこれじゃニュースにならない　バリバリバリ
そっちへカメラを向けるおそいかかってくれ
了解
CINERAMA
COLOUR by TWO-TONE COLOUR
たすけてくれえっ
ひやぁきたあっ
こわいこわいこわい
ちょっと待った
売れないマンガ家
やいやいどうして小説家なんかにこんなへたなマンガをかかせておれたちマンガ家にかかせないんだ
編集者

編集室
待て どこへ いく
このへたくそなマンガがいいというのか
エレベーター
マンガ出版KK
ズケズケ
おぼえてろ 売れっ子のマンガ家たちにいいつけてやるぞ
今に 活字文化はほろびて マンガばかりの世の中に なる おれたち新人のマンガ家をそまつに扱うと その時になって泣くことになるんだ そうなった時には小説家はみんなルンペンだ
TOILET

ご注進
ご注進
けしからん
よしその出版社
みんなでボイコット
してぜったいに
かかないことに
しよう
若手の売れっ子マンガ家
と、いう
わけです
協力して
もらえま
せんか
先生っ
タタ大変
かくかく
しかじか
年令は21才だが
もう数千萬円の財産あり
ぜったいに
小説をのせる
なといってやれ
作家にも圧力を
かけよう
しかたが
ありません
な
雑誌
MAGAZINE
よし
ぜんぶの編集者に
圧力をかけてやろう
劇画界の大御所
ベテランストーリイまんが家・売れっ子
ええっ
ニュースまで
まんがにしろ
ですって
では
そうしま
しょう
新聞社
PRESS
昔のタイトルバックの方がよかったなァ
METRO
GOLDWIN
MAYER
マンガばか
りになって
小説の注文が
ばったりとこなく
なってしまったぞ
どういうこと
だい
歌でも
歌って
もうけようか
しら
しかたがない
こうなればわれわれ
もまんがの勉強を
はじめよう
青い部屋

わが社は圧力には屈しません　さあ続きを書いてください
作者（あまりオトコマエだかマンガの似顔絵はかけない）
ひやっきたあっ
たすけてくれえっ
ヘタ
こわいこわいこわい
ヘタ
モヤシめ！
なんだなんだあのザマはおれの学生時代などは、もっともっと派手にやったもんだなさけないああ
金歯
入れ歯
ギュウギュウギュウ
ワーーン
おいっおいっあまり手荒くするなその三人の中にはうちの局のエキストラもいるんだ
保護協会の連中はどうしてこないんですか
協会の連中は進歩的文化人ばかりでいそがしいのですほかの全学連だって今やタレントですからテレビに映画にといそがしいのです
パンパカパーン
パンパカパーン
パンパカパーン
みなさん全学連のようこそいらっしゃいましたしっかり戦ってください
おおいに角材をふるってください
ああ彼らはついに逮捕されてしまいました
彼らを救い出す人はだれもいないのでありましょうか
GTV
ばかばかしいもうよそう昔の安保デモの時のフイルムと重ねて適当にごまかそうじゃないか
テレビ局は十数年前から国会議事堂の中へ引っ越している。もとの局舎は現在、タレント養成所になっていて、そこでは……
OH! MAMA MAMA!
OH! MAMA MAMA!
もと国会議員だった連中が、タレント修業をやっているのである。

そして国会議事堂内の議場ではタレント議員たちが大活躍なのであるいつも必ず何かしら面白いことをして見せてくれるから傍聴席は今日も満員だ
スポンサー様 御席
末端逆ザヤ赤字がふえて便乗値上げの消費者米価

ではカメラを第××回通常国会の議場に向けて見ましょうただ今野党の質問が行われています

WANTED

この男裏切り者

DEAD or ALIVE

¥10000

日本小説家クラブ

日本ＳＦ作家組合

とにかくぼくは、どんな女性でも可愛くてしかたがない。お婆ちゃんだって大好きだし、メスであればイヌでもネコでも……。もうよそう。今度は色情狂と間違えられる。

しかしあなたはどう思いますか。女々しい男よりは色情狂の方がずっと……。

（とか、何とか豪快なこと書いているけど、実際はいつも女房にいじめられて、便所の中でクククーなんて泣いてるんだよナー）

カ

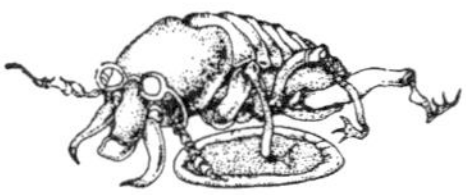

かみ〈紙・髪・神〉

汚した場合、罰を受ける恐れがあるから、ヘア・シャンプーで洗ったり賽銭をやったりすればよいが、日本国中どこにでもあるものだから、さほど気にする必要はない。ただしよく燃えるから火事に注意すること。

カラーテレビ

ある週刊誌のテレビ評を引き受けた時、女房は、カラーテレビを買ういいきっかけができたといって、ぼくに買わせようとした。しかしぼくはカラーテレビを買うのはいやだった。もちろん、おいそれとカラーテレビを買えるほど裕福ではないからでもあったが、それよりもＮＨＫがよろこんで、さっそくカラー受信料をとりにくるだろうと思うと腹が立ったからだ。集金人の吹かす役人風が嫌いだったからだ。

「でも、カラー番組の批評だってしなければならないわよ」と、女房はいった。

「たくさんの人がカラーテレビを見てるのに、批評する人が白黒を見てちゃだめだわ」自分が見たいものだから、けんめいにそういう。

しかし、ほんとに、そんなに多くの人がカラーテレビを持っているのだろうか。カラー時代というのは、あれは実は消費ブームに便乗したマスコミの宣伝であって、本当のところ虚妄ではないのか——。

そう思ったので、ぼくはある日、テレビ週刊誌の記者氏に、それを訊ねてみた。

「六八年の九月末で、カラー受像機の普及台数は八十九万です」と、彼は答えた。「今は百万を越えている筈です。この数字は、だから、全国の一般家庭の三〜六%ぐらいがカラーテレビを持っているということになるんじゃないでしょうか。もっとも、団地は一%だそうですよ」

たったそれだけでは、とてもカラー時代とはいえない。

それならいっそのこと、白黒テレビでカラーの番組を見て〝カラー番組を白黒で見るといかに見にくいものであるか〟（これは事実、そうなのである）ということを毎回その欄に書き続けていれば、団地族の共感を得るかもしれないぞ、そうこうしているうちには、見るに見かねてメーカーがカラーテレビを寄付してくれるのではないか、いやいや、カラー番組のスポンサーも寄付してくれそうだ、うまくいけばカラーテレビが五、六台たまるかも——などという、人間なら誰でも考えるような、そして誰も口にはしないようなあさましい考えが起こってきた。（おれは書いたけど）

そうこうするうち、ぼく自身がカラー番組に出演する機会があり、それを見るためというので、女房のやつ独断でカラーテレビを買ってしまった。

買った当座、物めずらしさから色彩調節ダイヤルをいじりまわし、人間の顔を血みどろにしたり、植物人間にしたりして喜んでいたが（コドモだね）そのうち、おかしなことに気がついた。日本人の顔が、黄色人種の顔に映らないのだ。無理に黄色い顔にすると、同じ場面に出演している外人の顔が緑色になってしまう。カメラをそうしてあるのか、局の方でそう調整するのか、あるいは受像機がそう作ってあるのか、未だにわからない。

たしかに日本人の顔色が誇張して映し出されれば、これはカラー写真を見ればわかるように黄疸みたいになってはなはだ醜い。しかし、日本人の顔色すべてがほろ酔い機嫌のような桜色に調節してあると、その影響で他の部分の色彩だって変化して映っている筈と思い、はては、このテレビははたして真実の色彩を伝達しているのだろうかと疑問になってくるから勝手なものだ。しかしぼくの希望としては、虚妄の多すぎる現代、カラーテレビの普及率だけでなく、色彩も虚妄であってほしくはないのである。

がん〈癌〉

「昨夜、悪魔がやってきました」と、患者は医者にいった。「癌で死にかけているわたしに、地獄へ落ちてもいいのなら、もっと生き続けさせてやるという取り引きを申し出たのです。もちろん、わたしは喜んでこの申し出を受けましたよ。わたしはまだ生き続けなきゃならんのです。仕事がありますのでね」

そこは癌研究所の患者病棟の一室だった。

医者は、この患者のことばに、あまり驚かなかった。死期の迫った患者の妄想だろうと判断したのである。なにしろこの患者は、ただ胃癌であるというだけではなくその癌が食道や肝臓へも移っていて、死ぬのは時間の問題だと思われていたからである。

ところがそれから一ヵ月経ち、二ヵ月経っても、患者は死ななかった。それどころではない。入院当初は半死半生だったこの患者はますます血色がよくなり、元気になってきたのだ。しかも癌はどんどん彼の全身に拡がり、彼の内臓の器官すべてに移り、今や人間のからだの中に癌があるというよりは、癌が人間の形をしているといった方が早いというような状態になった。医者は診断のしようがなく、これにはただ、あきれるばかりだった。

ついに癌が、患者の全身を占領した日、完全に元気をとり戻した患者は、医者に退院の許可を求めた。

「まあ、元気なんだから退院したっていいんですがね」医者は首をひねりながら答えた。

「しかし不思議だなあ。あなたは本当ならもうとっくに死んでなきゃ、いけないんですがねえ」

「わたしは、それほど不思議とは思いませんね」患者は健康そうに朗らかな笑いを見せ、医者にいった。「ほら、昔バンパイヤ（吸血鬼）というのがいたでしょう。あの連中は、血を吸いとられることによって永遠の生命を得たのです。わたしも、全身を癌に犯されたため、完全に癌と一体になり、もしかすると、これで永遠の生命を得たのかもしれないのです」

唖然としている医者に向かって、患者はさらにいった。

「ところで、ながい間病人用の食事だったもので、腹が猛烈に減っています。いかがでしょう。この病院の患者の体内から切除した肉腫を——つまりその、癌を、少しゆずっていただけないでしょうか」

かんこう〈観光〉

観光をおおまかに分類する。

1　自然の風物を見に行く。

2　未開地の風俗を見に行く。

3　逆に、大都会へ遊びに行く。

このほか1、2の混合形もあるが、だいたいそういったところだろう。

もう何十年かすると、1の自然の風物というのがますます残り少なくなってくる。山は切り開かれ、海は汚れ、わずかに残る天然の名所は、どこへ行っても人でいっぱい、写真や映画で見たほうがずっと美しいということになってくる。さすがに高い山の頂上にはだれもいない。登山者はいるが、からだをきたえるための登山は観光とはいわない。しかもどの山の頂上付近にも一応ヘリポートがあって、ヘリコプターでこようと思えばいつでもすいすいやってくることができるのだから、登山の連中はだんだんばかばかしくなり、しまいには来なくなってしまう。一方、たまにヘリでやってくる観光客のほうは、あたりの景色を眺めてしまえば何もすることがない。温泉や土産品もないから、つまらなくなってすぐ帰ってしまう。

今でもそうだが、未来でも観光客はぜいたくだ。ただ景色がいいというだけではおさまらない。何かそこに面白いものがなければいけないし、うまいものが食え、あたたかいシャワーの出る快適なところでないと不満を抱くのだ。そういう設備がない限り、いくら眺めがよくても、あの観光地は「悪かった」ということになる。

海岸で泳ぐなんてことも、だんだんなくなってくる。プールの方が清潔だし安全だ。つまり文明人向きなのである。現在、河川で泳ぐことが危険視されているように、未来では海岸のほとんどが水泳禁止地帯になる。海岸は工場地帯になっているだろう。

文明人は怠惰である。だから交通の便のよいところでないと行きたがらない。だから観光会社は観光地と名のつくところならどこへでも簡単に行けるようにしてしまう。

未来では、ヘリコプターが観光客のために、おおいに活躍する。飛行機とちがい、離着陸用の場所が小さくてすむから便利だ。五百人乗り、千人乗りの大型ヘリも開発されるだろう。一方、飛行船の再開発も、現在研究が進められている。僻地への大量輸送手段としては、これにまさるものはあるまい。

ところがそういうぐあいに、観光地へ客を送りこむために開発された輸送手段のため、逆にますます観光地が面白くなくなるという皮肉な現象が起こるのだ。交通が便利になると、そこにホテルができる。そこでたちまち、どこへ行っても同じということになる。

2の、未開地の風俗というのはそもそも未開地というものがなくなってしまうから観光会社はなんとかそこを未開地らしく見せようと四苦八苦する。しかし文明の波はどんな僻地にも押し寄せてくる。観光客のほうでは、エスキモーの酋長がテレビを見ていたり、太鼓の叩きかたを忘れたアフリカ土人がテープレコーダーでごまかそうとしたりするのを見てつまらなくなり、来なくなってしまう。

さて、そうなってくると、残るのは3だけ——つまり田舎の人が都会へ遊びにやってくるのが、唯一の観光らしい観光ということになる。田舎といっても、未来では人間が住んでいるところならほとんど都会と変わりはなくなり、都会にあるような遊び場所なら、どんな田舎町にもできるのだが、それでもやっぱり新しいものが生まれるのは大都会においてである。これは今も未来も変わりはない。

つまり未来の観光ということばは、古いものや自然のものを見に行くのではなく、人工的にできた新しいものを見に行くということを意味するようになるのだ。この傾向は、現在すでに始まっているといえよう。東京に住んでいる人間でさえ、新宿のゴーゴー喫茶にいる若者たちの風俗、駅前のフーテン族の生態などを観光気分で見に出かけていくではないか。

この傾向がさらに進むとどうなるか。

大都会そのものが一大観光地と化してしまう。

大都会には世界中の観光地の風物や風俗、民芸品などが一度に見られる観光博物館、観光映画館がある。しかも解説つきで編集してあるから現地で見るより面白い。

その上テレビ局がある。高層ビルもつぎつぎと建つ。おまけに都会では「とてつもなく面白い惨事」が毎日のように起こるから、アトラクションにはこと欠かない。

国会議事堂まである。そこではタレント議員が、いつも何かしら面白いことを、かならずやって見せてくれるのである。

かんたい〈歓待〉

「ああ。V13番星かね。あれはいい星だよ」去年、V13番星を探検して帰ってきた宇宙飛行士W大佐は、ぼくとYにそう教えてくれた。

ぼくとYは、こんどV13番星の第二回調査隊として、出発することになったのである。

「あのう」と、ぼくはおそるおそる訊ねた。

「住民は、兇暴ではないでしょうか」

ぼくもYも、どちらかといえば臆病な方なのだ。

「その点は、心配いらない」W大佐は笑ってかぶりを振った。「おとなしく、礼儀正しく、そして人なつっこい。われわれがV13番星へ到着した時、住民たちは、何の敵意も示そうとはしなかった。それどころか、にこにこ笑いながら宇宙船のまわりに集まってきて、われわれが船の外へ出ると、大喜びで花などをささげ、歓迎の歌などを歌ってくれた」

「それで少し安心しましたが」と、Yがいった。「でも、その住民は、どんな姿かたちをしているのでしょう。まさか、蛇やトカゲに似ているなんてことは……」

Yは病的なほどの爬虫類ぎらいなのだ。

「いや。その心配もない」と、W大佐はいった。「V13番星の原住民は純然たる哺乳類、しかも人間そっくりだ。恐ろしい姿はしていない。むしろ」W大佐はわれわれに顔を近づけ、ひひひと笑った。「女性は地球人なんかより、もっと美しいぞ」

「食物はどうでしょう」と、ぼくは訊ねた。

「むろん、食糧の用意はして行きますが、万一の場合はあちらで食いものを見つけなければなりません」

「食いものは山ほどある。うまいものばかりだ。われわれは滞在中、ご馳走攻めだった。こっちから用意していった宇宙食なんか、とてもじゃないが食えたもんじゃなかったぞ」

「安心しました」ぼくたちは、ほっとして顔を見あわせた。

そしてぼくとYは、数日後、小型宇宙船で地球を発ち、V13番星に向かった。

途中、これといった事件もなく、平穏な宇宙の旅を続け、やがてぼくたちはV13番星の属する恒星系に到達した。

V13番星というのは、地球によく似た大きさ、質量を持つ、緑色の星である。ぼくたちはこの星の地表に、逆噴射で着陸した。しばらく外の様子をうかがっていたが、住民たちがあらわれそうな気配もない。しかしW大佐の話だと危険はまったくない筈だから、ぼくとYは宇宙船を出て、地上におり立った。

と――まるで、それを待ちかまえていたかのように、近くの森の中から数十人――いや、数百人かとも思えるこの星の生物が、わらわらと走り出てきて、あっというまにわれわれをとりかこんでしまったのである。

「こ、こ、こいつらは何ものだ」Yが、あまりの恐ろしさにガタガタふるえながら、悲鳴まじりの声をはりあげた。

その生物は、からだ中にぎらぎら光る銀色のうろこを持ち、手足には水かきがあり、悪魔のように先の尖った尻尾がはえ、そして蛇のような赤い目をしていたのである。爬虫類ぎらいのYがふるえあがったのも無理はなかった。

「な、なにが人間そっくりだ」と、ぼくも叫んだ。「女は美しいだって。これじゃ、男か女かの見わけさえ、つかないじゃないか」

あまりの不気味さに、ぼくたちはあわてて宇宙船の中へ逃げこもうとした。だが彼らはぼくたちをかこんだ輪をちぢめ、罵声をあげながら石を投げはじめたのである。

「うわっ。これじゃ、宇宙船に近づくこともできない」Yが泣き声を出した。

「花のかわりに石。歌のかわりにののしり声か。あのW大佐、うそをついたな」

「われわれは、だまされたんだ」

恐ろしい姿かたちのV13番星人たち数人が、ぼくたちに、おどりかかってきた。すごい力である。なんの抵抗もできぬまま、ぼくたちは彼らに捕まってしまった。

「ど、どうしよう」

「どうすることもできないな。もう少し様子を見よう」

ぼくたちは彼らに引き立てられ、彼らの部落らしいところへつれて行かれ、石造りの頑丈な部屋の中へ閉じこめられてしまった。

そのまま、ながい時間が過ぎた。

「腹がへった」と、Yがいった。

「なにが、ご馳走攻めだ。これじゃ、われわれの持ってきた宇宙食さえ食えない」

「そうだ」Yが、思い出したように、ぼくに声をかけた。「小型の自動通訳機があっただろう。あれで原住民に話しかけて、なぜ、われわれをこんな目にあわせるのか訊ねてみよう」

ぼくはポケットから自動通訳機を出し、部屋の片隅の小さな窓から首を出して、ちょうど通りかかった原住民のひとりを呼びとめ、話しかけた。

「おい。教えてくれ。なぜわれわれを、こんなひどい目にあわせるのだ。去年ここへきた男の話では、この星の連中はみんなおとなしく、姿かたちはわれわれそっくりで、毎日ご馳走を食わせてもらったということだった。もしそれがほんとだとすると、どうしてこんなに待遇がちがうんだね」

「なあに。待遇はちっともちがわないよ」と、その原住民はいった。「この恰好が、今年のこの星での、流行のモードなのだ。あんたたちそっくりというモードは、もう去年の流行だから古いんだよ。その、去年やってきたという男には、去年流行した方法で歓待した。そして、石を投げたり、ののしったり、そういう部屋へとじこめたりしておくのが、今年流行している最高の歓待の方法なんだ。しかもあなたたちは、この星にとってはいちばんだいじな賓客だ。まだまだ歓待することになっている」

「まだまだだって」Yが眼を丸くして、びくびくしながら訊ねた。「いったい、これ以上どんなことをやるというんだね」

その原住民はにやりと笑い、部落の中央にある広場を指さした。

そこには絞首台がふたつ作られていた。

キ

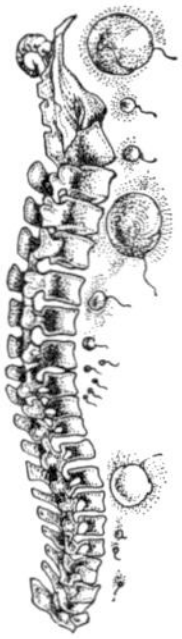

きかい〈機械〉

ぼくはSF作家ということになっている。そのぼくが、機械への不信感を持っているというと、おどろく人もいるだろう。しかし、本当のことだからしかたがない。最初から不信感を持っていれば腹も立たない。ぼくの考えでは、だいたいにおいて、飛行機は落ちるもの、電車は脱線するもの、車は衝突するもの、電話はかからないもの、電灯は点《つ》かないもの、水道は出ないもの、ボイラーは爆発するもの、ストーブは倒れるもの、電気毛布は燃えるもの、映画は切れるもの、ラジオは聞こえないもの、そしてテレビは映らないものなのである。

ところが、そういった考えかたは最近、はやらないらしい。いつだったか東京12チャンネルが、午後九時三十七分から一時間二十六分にわたり見えなくなってしまったことがある。ぼく以上に機械を信用していた人たちが、局へ抗議の電話をかけ、二十五本の回線がぜんぶ塞がったそうだ。

この「抗議の電話が殺到」という記事を読むたびに、ぼくはつくづく天下泰平だなあと思う。「不可抗力とはいえ、技術責任者の譴責処分は免れまい」という声もあるらしいなんて話を聞くと、故障しないのがむしろ不思議なくらいの機械のため、人間がどうにかされるということが不合理に思えてしかたがない。そんなに機械を信じたいのか。

ぼくだって常識は人並みにある。だから、旅客機が墜落した時には、こんなことは書かない。しかし心の底で、飛行機が落ちるのはあたり前じゃないか、あんな重いもの、無事に飛ぶわけがないと思っていることも確かだ。まして今度の場合、相手は故障しても死者の出るはずのないテレビなのだ。さわぎ立てる人間の気持ちが、どうにも理解できないのである。

きさま〈貴様〉

たとえば「貴公子」は、身分の高い若殿、「貴婦人」は身分高き婦人のことである。つまり「貴」は、とうといということである。

それなのに「貴様」だけが、なぜ罵倒のことばなのだろう。いつも小説を書いていて貴様と書こうとする時、考えこんでしまう。

思うにこの「貴様」は、もともとは「貴下」とか「貴顕」とか「貴人」「貴紳」などのように、身分が自分より高い人をいうときのことばだったのだろう。それが次第に「貴兄」とか「貴殿」などのように、同輩の者にいうことばとなり、次には茶化して「先生」などという場合に相当することばとなり、ついには罵倒のことばになったにちがいない。

事実、岩波の『国語辞典』にも「もとは目上に使った」となっている。

もし、なま半可にしか日本語を知らぬ外人なり宇宙人が、こんな手紙を日本人に寄越したらどうだろう。

「貴様のおてがみ読みました。貴様も、貴様の奥様も、お変わりないようで何よりです。さて、貴様のお申し越しの件ですが……」

こういったことは「貴様」だけに限ったことではない。いちばんわかりやすい例をひいただけなのだが、とにかく時代がかわるにつれて意味の逆転することばがある。

「貴様」は最近、「きさま」とかなで書かれている。「破廉恥」が「ハレンチ」になってカッコ良くなったのと同じだろう。書かれる分にはいいが、喋る場合はいちいち「もとの意味での……」とか、「最近いっている意味での……」というのを頭へつけ足さなければならないからややこしい。そうでないことには、たとえば、

「イヤーねえ、君はまったく、エラーイやつだよ」

と、言われた場合同様、ほめられているのか小馬鹿にされているのかわからなくて困る。最近では、わざとどちらにでもとれる喋り方をするような人も出てきた。この場合は、はっきり厭味なのだが、とにかくややこしい世の中である。

ギター

ギターならぼくもやったことがある。

中学時代はクラシック・ギター、高校時代はピック・ギター。そのころ、エレキはなかったから、当然グループ・サウンズもなく、したがって、バンドはハワイアン。あちこちのダンス・パーティーに出没して、さかんにもうけたものである。こういうのはその頃、不良と呼ばれた。

ギターの応用範囲は広い。ピアノ、ドラムにゃ及びもないが、ベースには匹敵《ひってき》するだろう。ハワイアン、フォーク、グループ・サウンズ、モダン・ジャズ、ウエスタン、ディキシー、そのほかタンゴ、スイングなどのバンドにつかわれることもある。クラシックとしてつかわれるときは、主としてソロ、また二重奏、三重奏などもできる。フラメンコのときは、打楽器との合奏だ。

楽器としても安く買えるし、そういった点からも、比較的手軽にできると思うのだろうか、ギターをやろうとする人は、多い。最近のフォーク・ブーム、エレキ・ブームもあって、ギター人口は、急激に増加したようである。

ぼくは渋谷にあるヤマハ・ギター教室へでかけてみた。ちょうど新入生が第一回めの授業を受けるところである。ぼくも頼んで、いっしょに授業を受けさせてもらった。

この教室は女性十人、男性四人。先生は伴田啓子さんで、もちろん美人である。(正直のところ、美人だから授業を受けた)

最初はドレミファから始まる。主としてポピュラー曲をやり、少し上達するとアンサンブルでやったりもするそうだ。

講義が終ってから、生徒ひとりひとりに、ギターを習おうと思い立った動機みたいなものを、たずねてみた。生徒といっても、ぼくよりも年上と思える男性もいて、この人の動機というのは、

「なんでもやってやれ」

という立派な精神であった。

女性のほうの動機には、「音がきれいだから」というムード派が三人もいた。また、兄がやっているから、妹がやりだしたからという、家族に刺激された人もいた。

男性のほうには、グループを組んでやりたい、という人が多く、抽選でギターが当ってしまったから、などという青年もいた。女性のほうはひとりソロを楽しみたい、という欲求が強く、男性のほうは、他人に聞かせたいという欲求が強いわけだろうか。

男女双方にいえること――。

「手軽である」「値段が安い」などの理由から、比較的早く弾けるようになるのではないかという考えで習いはじめた人が多かった。だが、ギターはそんなに手軽な楽器だろうか。ぼくはちっとも、そうは思わないのである。

もちろんギターは、音をだすのにたいして苦労はいらない。爪弾《つまび》きくらいなら、だれにでもできる。だからギターを手軽な楽器と思って習いはじめる人には、ギターは手軽に応じてくれるだろう。

しかし、ギターを手軽に弾くことになれてしまうと、その人はもう上達しないのである。そしてその人は、ギターの奥行きの深い可能性を見つけだせぬまま、一生を終ることになるのである。ギターを馬鹿《ばか》にしちゃいけないよ。これは、ぼくの経験からの忠告だ。

授業が終り、伴田啓子先生とロビーで話すことができた。髪が長く、目が大きい。

「ギター人口が最近急に増加した原因は、なんだとお思いですか。やはり例のフォーク・ブームが原因でしょうか」

「それと、映画の主題曲にギターが多く使われだしたことにもよるでしょうね。昔は『禁じられた遊び』、最近では『夜霧のしのび逢い』。ギタリストの演奏会もあって、皆さんご自分で弾きたくなるんでしょうね」

「外国でも、ギター・ブームでしょうか」

「日本が一番でしょうね。ギターの本場と思われているスペインでも、個人教授はないんですよ。プロになる人のための先生が、ほんとわずかにいるだけ。しかも留学生は、日本人がいちばん多いんですって」

「それはおどろきましたね」

「ここへは外人のかたも習いに見えますのよ。イギリス大使館の女性が三人でいっしょにこられます。その他アメリカ、スペインのかたも見えます。チェコの、十四歳になる可愛いお嬢さんも見えます」

「その人といっしょに授業が受けられますか」

ぼくは身をのりだした。

「だめよ。その人は個人レッスンだから」

「ああ、そうですか」

「わたしが教えて、ここの講師になった人もいるわ。それから寿司屋《すし》さんで、ここを卒業してから流しのギター弾きになった人もいます。裏街で会った時はびっくりしたわ」

「先生は、いいギターをお持ちになっていますね。あれはなんですか」

「ラミエレスです」

ラミエレスはギターの最高級品でスペイン製。バイオリンのストラディバリウスに匹敵する名器。値段は三十万円以上する。

いっぽう、安物は二千円、三千円などのものもあり、大安売りで千円などというのもあるが、こういうのはやめたほうがいい。フレットの位置が狂っているし、使っているうちにネックが曲がってくる。

「おすすめできるものでいちばん安いもの――そうねえ。ヤマハのG100かしら」

これは九千円だ。最低これくらいは出費しないと、いいギターは手に入らないのである。（宣伝に非ず）

ギャグ・マンガ

一時期、マンガの中間小説化がうんぬんされたことがある。これは主としてストーリイ・マンガに対していわれたことであった。しかしぼくにいわせれば、ストーリイ・マンガが高度になればなるほど、中間小説化は必至であって、ある意味では中間小説の方がマンガに近づいているということもいえよう。

ストーリイ・マンガの勢いに押されて一時あまりぱっとしなかったギャグ・マンガ、ナンセンス・マンガが、最近まき返しに出ているのを、ぼくは嬉しく思っている。これらのナンセンス・マンガがより高度になればそれらはやがて文学の世界や、シュール・リアリズムの世界に近づいていく。

もちろんぼくは、ナンセンス・マンガがストーリイ・マンガよりも高度なものであるなどというつもりはない。両者を比較することは不可能である。だが、下品なナンセンス・マンガはあり得ないが、下品なストーリイ・マンガはあり得る。

赤塚不二夫の「天才バカボン」、永井豪の「ハレンチ学園」など、当代最高のナンセンス・マンガではあるが、少年ものという制約で損をしている。ナンセンス喜劇映画が、芸術として認められなかったのと同様の運命をたどることになるだろう。残念なことである。だが、その制約の中では、これ以上シュール・リアリズムに近づいた表現は望めない。

一方、大人もののナンセンス・マンガでは、秋竜山、タイガー・立石、砂川しげひさ等がいる。特に砂川しげひさなどになってくると、表現が極端に単純化されてしまい、線が数本だけというコマまである。ちょっと見ただけでは何が描いてあるのかわからないくらいだ。

ギャグ・マンガの最高のものがピカソの作品である、などと書くと、芸術を冒瀆するのかといって怒る人がいるだろう。だが、たとえばピカソの「男」などという作品を見て、笑わずにいられる人間はよほどユーモア感覚のないやつだと思う。また「ゲルニカ」の、牙をむき出したウシに滑稽を感じないとしたら、それはあまりにも戦争否定という先入観念にとらわれ過ぎているのではなかろうか。思想的背景を見るためには、笑ってはいけないと思っているのである。だが心理学的には、否定の最高の表現が黙殺、次いで〝笑い〟なのである。にもかかわらず、ピカソ展会場でゲラゲラ笑ったら周囲の鑑賞者から白い眼を向けられることは確かなのである。おれはやられた。

信じられないことだが、ナンセンスを本質的に理解できない人間、また、その人間たちの考えに毒されて、ナンセンスを理解しようとしない人間がいることは事実だ。彼らはナンセンス・マンガをいやしむ。彼らのよりどころとするものは主義とか思想とかいった、時によって変化する、うつろいやすいものである。イデオロギーが終焉を告げた現代に、まだ思想でもってナンセンス・マンガを否定しようとする人間がいるのは驚くべきことであろう。

ナンセンス・マンガの道は、地獄への道である。だが地獄を見るのを恐れ、思想によりどころを求めるのは、逆にその人間の精神の不安定性を示しているといえよう。

精神分裂病という精神病がある。現代では、まだ治療法はない。患者は救い難い。これらの患者は笑わない。ユーモアを理解する精神——人間を他の動物と区別する精神を失っているのだ。だが、彼らの行動自体にはナンセンス・ユーモアがあり、第三者を笑わせる。

ナンセンス・マンガを理解できない人間は、ナンセンス・マンガがこれから先、復権し、次第に高度になるに従い、理解できる人間たちを、最後には憎悪しはじめるだろう。そして悪口をいう。

「思想がない」

「ここからは、何も出てこない」

あたりまえである。精神の地獄から、意味や思想が出てきてたまるか。精神の根源には、出来あいのものは何もない。

ナンセンス・マンガをいやしむ人間すなわちナンセンス、すなわちマンガなのである。

きょうりゅう〈恐竜〉

幸夫は、春休みを利用して、網走にある叔父の家に旅をした。そんなに遠くまで、たったひとりで旅をしたことなど、中学生の幸夫にははじめての経験だった。

中学校では、幸夫は理科が好きだった。特に、生物が好きだった。だから、こんどの旅で幸夫がいちばん楽しみにしていたのは、網走原生花園の見学だった。

網走湾を左に見て、叔父の運転する車に乗り、幸夫は海岸ぞいの道路を原生花園に向かった。晴れた日で、黒い海はおだやかだった。

「おや」

幸夫はふと、車の窓ごしに、沖あいをながめた。

不気味な色をたたえた海の一部分が、ざわざわと黒く波立ち、わきかえるように、白いアワを立てているのだ。

「あれは、なんでしょう」

叔父は車をとめ、海に眼を向けた。

「なんだろうな。あんなものを見るのは、わしもはじめてだ」

ざ、ざ、ざざざざっ。

波の表面が、めくれかえった。白いしぶきをあげ、黒い、巨大なものが、ぬっと海上に立ちはだかった。

「あ……」

幸夫も、叔父も、しばらくはものもいえず、眼を見ひらいて、それをながめた。

それは、恐竜だった。

中生代にさかえ、今はもうほろびて、地球上にはいないとされている恐竜が――。その恐竜が、今、幸夫たちの眼の前へ、網走湾の海底から立ちあがったのである。そして、それは、海岸めがけて歩いてくるのだ。幸夫たちの方へ、近づいてくるのだ。

幸夫には、信じられなかった。幸夫の横で、あんぐりと口をひらき、逃げようともせず、ただぼんやりしている叔父にしても、今、眼の前に起こっていることが、信じられないにちがいなかった。

ふたりとも、何も考えられなかった。頭の中が、からっぽになったようだった。

恐竜は、短い前肢を胸のあたりにだらりとさげ、あと肢だけで歩きながら、砂浜にあがってきた。からだの大きさは十メートルもあるだろうか。眼を赤く光らせ、からだ中から水をしたたらせながら、その恐竜は、幸夫たちの乗っている車の前を、通りすぎていこうとした。

「ティラノサウルスだ……」

幸夫は、ゆっくりと、そうつぶやいた。中生代の爬虫類のことには、幸夫はくわしかった。

そのつぶやきが、まるで聞こえたかのように、恐竜は幸夫たちの方を、ふりかえってにらみつけた。

「わ……」

叔父が、がたがたとふるえはじめた。

ティラノサウルス――それは中生代の爬虫類の中でも、もっとも獰猛な肉食の恐竜なのだ。その大きな口からはみ出した、白い、するどい歯をひと眼見れば、叔父でなくてもふるえだしただろう。

その時――。

幸夫の頭の中には、恐竜の声が聞こえた。幸夫だけに、はっきりと聞こえたのだ。

「お前は、わたしを知っているのか」

「知っている」幸夫も、心の中でそう答えた。「君は、ティラノサウルスという、あばれん坊の恐竜だ。いったい君は、何のためにあらわれたのだ」

「なんのためだと」幸夫には恐竜が、白い歯をむきだして、にやりと笑ったように思えた。「教えてやる。人間どもに、ほんとうのことを知らせてやるためだ」

「ほんとうのことって……いったい、何を」

幸夫が心の中で、そうたずねかえした時には、すでに恐竜は、車道をわたり、馬の群を追いちらしながら、牧草地帯の中へ入っていってしまっていたのである。

「……に、逃げよう」

やっと正気にもどった叔父が、あわてふためいて車をUターンさせ、網走の町の方へ走らせはじめた。


「あいつはいったい、何をする気だろう……」幸夫は考えつづけた。「人間に、何を知らせるというのだろうか……」

幸夫にはそれが、いつまでも気にかかっていた。

恐竜は、網走に上陸したのち、石狩山を越えて、どんどん西に向かっていた。恐竜の行く先ざきの村では、大さわぎになっていたが、恐竜は、たいした被害をあたえることもなく、それらの村や小さな町を通りすぎていった。そういったことを、幸夫は、網走の叔父の家で、新聞やテレビによって知ることができたのである。

やがて春休みも終りに近づいた。幸夫は東京に帰るため、まず網走から鉄道で、札幌に向かった。

列車は、次第に札幌に近づいた。列車の中で、幸夫は、あの恐竜が今、札幌の町であばれまわっているという話を耳にした。

「あばれているんだって……。だが、どうしてだろう。あばれることが、人間たちに、何を教えることになるんだろう……」

列車は札幌の町に入った。

その時、幸夫は、恐竜の叫ぶ声を、頭の中に聞いた。恐竜は、あばれながらわめいていた。

「さあ。思い知ったか。おれの恐ろしさを」

恐ろしさだって――。そんなことは、誰でもが知っていることじゃなかったのだろうか。

幸夫がそう考えた時、列車は札幌駅の手前で急停車した。

「怪獣が、あばれています」と、車内放送のアナウンサーが叫んだ。「列車は、これ以上先へは進めません」

幸夫たち乗客は、停車した列車からレールの上へ、おりなければならなかった。

雷のような咆哮が、すぐ近くでとどろいた。幸夫は顔をあげた。恐竜が、札幌駅のビルをたたきこわしていた。

「やあ、カイジュウだ。すごいな」列車からおりたばかりの、小学生らしい男の子と女の子が、レールの上を、恐竜の方へ走りだした。

「これっ。どこへいくの」母親らしい若い女が、子供たちを追ってかけだした。

「あっ。あぶない」と、幸夫は叫んだ。

恐竜が、子供たちの方へ近づいてきた。

あたりにいる、おとなたちは、子供たちをとめようともせず、だまって見ていた。それはまるで、恐竜がいくらあばれようと、子供たちにだけは害をあたえるはずがないと、たかをくくっているように思えた。

「こっちへくるな」と、幸夫は、心の中で恐竜に叫んだ。「そこに子供がいるんだ」

「かまわん」

恐竜はそう答えた。そして、その巨大な足で、子供たちふたりを、ぐいと、ふみつけてしまったのである。

わっ――という声が、幸夫のまわりの、おとなたちの中から起こった。

子供たちの母親は、半狂乱になり、恐竜に叫んだ。

「なんてことするの」

だが恐竜は、その母親さえ、足でふみつぶしてしまった。

「なぜだ。なぜ、そんな、ざんこくなことをしたんだ」幸夫はまた、自分のそばを、あばれまわりながら通りすぎていく恐竜に、そう叫んだ。

「いいか、おれは恐竜なんだぞ」と、恐竜の声が幸夫の頭の中に、大きくひびいた。「恐竜には、ざんこくなどいう、人間の考えかたはない。わかるか。これが、あたりまえなのだ。おれの方へ走ってきた子供たちは、おれのことを、おもしろいと思っていた。その母親も、おれのことを、話のわかるカイジュウだと思っていた。ほかの、おとなたちも、おれのことを、子供にだけは害をあたえない、やさしい恐竜だと思っていた。だが、それはまちがいだったのだ。お前はおれのことを、よく知っている。だから、わかるだろう。それは、まちがいだったのだ」

たしかに、そうだった。恐竜は、もともとおそろしいものなのに、子供たちはおもしろいと思っていた。それは、まちがっていた。そのまちがったことを、子供に教えたのは、いったい、だれか――。幸夫は、千歳空港へ向かうバスの中で、そう考え続けた。――若い母親や、おとなたちに、恐竜には話が通じるのだという、まちがった考えかたを教えたのは、いったい、だれか――。

恐竜は、札幌の町を、さんざん荒らしまわってから、幸夫の乗ったバスのあとを追いかけるように、こんどは南へ向かっていた。その恐竜は、ずっと幸夫の頭の中に、話しかけていた。いや、話しかけているのではなく、それは恐竜が、ただ考えているだけのことなのかもしれなかったが、その考えが、幸夫の頭には、なぜか、しみこむように、入ってくるのだった。

「そうとも、おれは恐竜なのだ。けっして、おもしろいものではないのだ。恐ろしいものなのだ。話のわかるカイジュウなどというものではない。おれには、人間の話など、通じないのだ。おれはそれを、人間たちに教えてやるのだ。話しあいなどというものが、通じない相手もいるのだということをな。おれは、子供だって、へいきで殺すのだ。おれには、やさしい気持ちなんてものはないのだ。なぜなら、おれは、爬虫類なのだ。血の冷たい恐竜なのだ」

そうだったのか――。千歳空港から、ジェット旅客機で東京へ向かいながら、幸夫は考えた。――人間たちに、知らせてやるとは、そのことだったのか――。

恐竜は、ジェット旅客機のあとを追って、さらに、南へ南へと進んでいた。千歳や、室蘭の町であばれまわり、内浦湾を渡って函館の町にあばれこみ、建物をたたきこわし、人を殺し、そして、津軽海峡を越えて、本州へ渡ろうとしていた。

東京へ帰ってきた幸夫の頭には、恐竜の声は、もう響かなくなっていた。遠くはなれてしまったからにちがいない――幸夫はそう思った。

しかし、恐竜のうわさは、毎日のように、新聞やテレビで見たり聞いたりした。恐竜はあいかわらずあばれまわりながら、東京へ向かっていた。いずれは、東京にもやってくるだろうと、東京の人たちは話しあっていた。それはしかし、恐竜をこわがっているのではなく、スリルを楽しむような気持ちで、むしろおもしろがり、恐竜がやってくるのを期待しているかのように、幸夫には見えた。

みんな恐竜のこわさを知らないんだ――幸夫は悲しくなった。このままでは東京は、きっとひどいことになるぞ――なぜなら、恐竜は、自分をこわがる人間には手出しせず、おもしろがったり、カッコいいと感じたりする人間だけを殺しているからだ。もちろん恐竜にしてみれば、逃げていく人間を追いかけなくても、彼を見ようとしてやってくる人間を殺すだけでせいいっぱいだったのかもしれない。それほど、恐竜をこわがらない人間はたくさんいたのだ。

恐竜が、東京に近づいてくるにつれ、幸夫にはふたたび、恐竜の声が聞こえるようになってきて、それは次第に、頭の中で大きくひびきはじめた。

「どうだ、思い知れ。おれは、ほんとのおれは、映画や、テレビや、ＳＦマンガの中に出てくる、オモチャのようなカイジュウとは、わけがちがうのだ。わかったか。わかったか。今こそおれは、恐竜としての権威を、とりもどすのだ。怪獣などではない。おれはティラノサウルスなのだ。今こそおれは、巨大な爬虫類としての、トカゲの先祖としての力をとりもどすのだ」

そして彼は、ついに東京へあばれこんできた。

東京タワーなど、テレビの電波を送る高い鉄塔は、まっ先に、片っぱしから倒された。テレビ局などの建物も、第一番にふみつぶされた。恐竜を写真にとって、コマーシャルに使ってやろうという考えから、かけつけてきたカメラマンは、いちばん先にふみ殺された。カイジュウにキャラメルをやって、仲よく遊ぼうと思い、かけよってきた子供たちは、ぜんぶ、たたき殺されてしまった。なぜ、そんなにあばれるのかと、いろいろ質問し、カイジュウを理解してやろうと考え、やってきたおとなたちも、ひとり残らず、ふみつぶされてしまった。話せばわかりますと叫んで、子供たちが殺されているくせに、なおも対話しようとやってきた母親たちも、すべてふみにじられ、ぺしゃんこにされてしまった。

やっとのことで、あのカイジュウを殺せという声が、あちこちから、あがりはじめた。それでもまだ、殺すのはかわいそうだと叫ぶ人たちがいた。そんな人たちは、つぎつぎと、たたき殺された。

　とうとう、自衛隊が出動し、ミサイルで恐竜を殺すことになった。

　ミサイルなどを使うと、いっしょに、たくさんの人が死ぬから、やめろという声もあった。しかし、そんなことをいった人たちも、恐竜からいよいよ殺されそうになった時、自分のいったことを後悔した。

　さらに、いくつもの建物がこわされ、何百万人もの人が死んだ。自衛隊が、いよいよ恐竜に向けて、ミサイルを発射した時には、すでに東京の町は、廃墟のようになってしまっていたのである。

　恐竜は、胸にミサイルを受けて、倒れた。

　死んでいこうとする恐竜の、さいごのつぶやきが、幸夫の頭に、かすかに、かすかにひびいていた。

「そうだ……それでいいのだ……。やっと、わかってくれた……人間は、そうあるべきなのだ……恐竜とは、はじめから、こうして、殺されるべきだったのだ……そう……これでいいのだ……」

ぎんざ〈銀座〉

1

船場で生まれた船場のぼんが
なんの因果か大阪嫌い
ぜに金勘定御堂筋
上方ど根性えびす橋
秋風吹いてあとにして
東京に住んで早四年
小説書くならやっぱり中央
なんぼえらそうにいうたかて
文化的には浪花は僻地
出てきてよかった得をした

書いて喋って大っぴら
とうとう浪花で鼻つまみ
関西見捨てた裏切者よ
二度と戻ってくるなよと
いわれてたちまちしょげかえり
どうすりゃいいのさ思案橋
ふた股膏薬二重橋
ここが思案の四条橋
行こか戻ろか新幹線
迷いに迷ったそのあげく
ままよ男は仕事が勝負
せっかく小説売れ出して
女房貰うて子ができて
ここで尻割りゃ笑い者
故郷を出てきた甲斐がない
東京っ子になりましょう
やっと巻き舌アクセント
イントネーションエロキューション

標準語らしくなってきて
物価高にも馴れはじめ
知人友だち顔なじみ
つけのお店もできました
やさしい東京の嬢ちゃんよ
仲よく遊んでやっとくれ

2

そもそもこっちへ出てきた動機
語るもはずかしミーハー気質
有名人が大好きで
赤坂歩けば女優に会える
青山通ればファッション・モデル
夜の新宿文化人
いろんな人には会えたけど
ここで肩書き災いし
作家としての自意識が
サインくれとも言い出し兼ねて

話しかけるも気がひけて
ただ遠くからちらちらと
お顔眺めて溜息ついて
いずれ親しくお話も
できる日がくる朝がくる
いうて暮しているうちに
真澄まりちゃんまりこちゃん
おたま姐さん瞳子さま
誰やかれやの紹介で
だんだんつきあいできてきて
やれ嬉しやと有頂天
大喜びはしたものの
肝心かなめの流行作家
記者編集者評論家
お飲みになるとこほとんど銀座
こっちは駈け出し金がない
つろうござんすＳＦは
テレビ化されることもなく

映画化されるあてもない
それにひきかえ治郎さん
昌子おばさま黒メガネ
ガッポガッポと原作料
あな妬ましや腹が立つ
酒中日記や交遊録に
連中おのれの豪遊ぶりを
当てつけがましく書きなぐり
あれは厭味か陰謀か
夢にも見ました銀座のバーへ
行くに行けないこの気持
銀座は近きにありながら
ふところ寒けりゃあくまで遠い

3

たまたま会ったよあるパーティで
『姫』のママさん山口洋子
淋しそうねとやさしいことば

かけられ眼尻はだらりとさがり
からだぐにゃぐにゃ夢うつつ
心も軽く身も軽く
見よ東海の空あけて
天にかわりて不義を打つ
くにを出てから幾月ぞ
勝ってくるぞと勇ましく
誓って『姫』へと思ったものの
だめよだめだめいけないの
あそこは高いと忠告されて
よしそれならば女房子供
質に置いても通ってみせる
こうなりゃ意地さと見得切りながら
その実内心びくびくもので
通いはじめた東京の銀座
スモッグ化粧のネオン街
たちまち魅力にとりつかれ
こんなおもろいええ場所が

またとあろうかまたとない
酒はうまいし姐ちゃん綺麗し
『魔里』の衣久ちゃん可愛いし
『眉』は広いな大きいな
今日も行く行く明日も行く
月月火水木金金
のぼせあがって酔っぱらい
家に帰って酔いさめて
今夜の勘定なんぼやろ
きっと稿料右から左
いやそれどころか銀行預金
家財道具に不動産
みなイかれるのンちゃうやろか
おどおどびくびく請求書
待ち続けたが何も来ず
どうせおれなど小口の債務者
あっちは気にもしてないだろう
よしこうなればやけくそだ

ふたたび夜がやってきて
またまた出かける電通通り
だけどいいこと長くはないよ
そのうち目玉がとび出るほどに
請求される夜がくる

ク

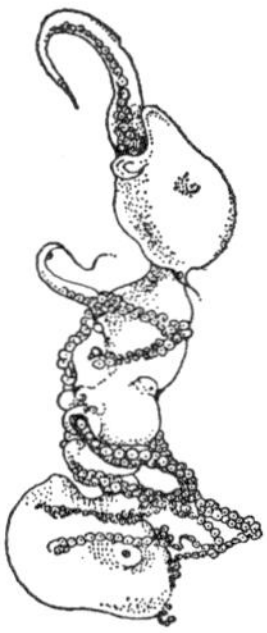

クイズ

読売テレビが「巨泉まとめて百万円」で「ＳＦ作家大会」をやるから出ろといってきた。星新一氏、小松左京夫妻、真鍋博夫妻も出るという話なので、ぼくも義妹といっしょに出ることにした。

これは買いものクイズの一種で、次つぎとコンベアに乗ってあらわれる商品の値段をあて、ピタリ当ればその商品が貰え、合計金額が当れば百万円もらえるというものである。

ぼくは良家のぼんぼんであって、物欲とはあまり縁がない。それでもダンヒルのパイプセット、天体望遠鏡に顕微鏡、でかい地球儀などが次つぎにあらわれると、さすがに血がさわぎはじめ、これを当ててやろうとけんめいになる。ぼくでさえそうなのだから、一般家庭のご夫人連など、豪華な衣類、立派な家具、気のきいた食器セットで眼の色の変わらぬはずはないのである。視聴者だって出場者に感情移入して、歯がみしたり吐息をついたりしているのであろう。

ところで、こういったクイズ番組をはじめ、賞金や景品の出る視聴者参加番組は、マイホーム主義者を養成しているのではないかと、ぼくは思う。

いかに、マイホーム主義者とはいえ、人間である以上は、やはり分不相応な欲望もあるだろう。たまには大金を派手に使って遊びたい。ぜいたく品がほしい。世界一周旅行がしたい……等等だ。ところが競馬だと、元も子もなくすおそれがある。内職は手間がかかるし、だいいち面倒くさい。へたをするとマイホームにひび割れが生じる。といって、株式投資にはもとでが必要だ。そこで、テレビのクイズ番組に出ようよということになるのである。

つまり現在のところは、単にマイホーム主義者の欲求不満を処理する役割しか果たしていないが、これがたとえば二十年ほど未来になればどういうことになるか。

テレビ局はもっと増加する。クイズ番組もふえる。賞金の額はうなぎ昇り、賞品はますますデラックスになる。とすると、よほど運が悪くさえなければ、たいていの人は出演でき、ズバリ当てなくても残念賞がもらえ、それも今よりはずっと豪華なものになっている。いや、そもそも正解を出さなくてもいいクイズ番組だって、現にあるではないか。そういえば大統領をクイズで決めるというＳＦもあった。

もしそんな世の中になったら、誰が好きこのんで、報いられるかどうかもわからぬ真面目な努力をしようとするだろうか。毎日食えるだけのものは会社勤めで堅く確保し、あとはテレビに出て、運がよければ大儲けという時代になってしまう。クイズ番組がマイホーム主義者を養成しているといったのは、その意味である。

ケ

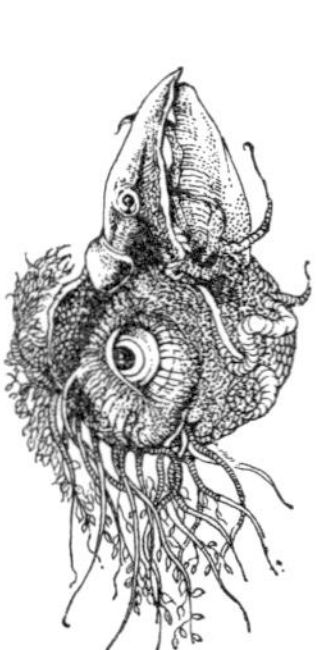

けいこうひにんやく〈経口避妊薬〉

コップ一杯の水でＯＫというだけに、このピルの中へ、もし習慣性の成分が入っていたら大変である。ながく愛用してもらおうとして、わざと混入する薬剤メーカーが出てこないとも限らない。そうなってくると、失敗してできた子供というのがいなくなり、世界人口がガクンと減る筈だ。現在の人口の半分は失敗してできた子供なのである。ぼくは知っているのである。

けいはく〈軽薄〉

文学の世界にしろ、発明発見にしろ、科学の世界にしろ、探検にしろ、何か新しいことをやるのはつねにおっちょこちょいとか、お先っ走りとか、向う見ずとか、いわば軽薄に類する人種であって、では軽薄の反対の、重厚とは何かといえば、これは要するに軽薄のなれの果てであって、常識ができてしまい貫録がつきすぎて、下っ腹がつき出て動きがとれず、新しいものを何も生み出せなくなった状態である。世の中を進歩させるのは常に軽薄さなのである。軽薄万歳。ぼくは軽薄な老人になりたい。

けっかん〈欠陥〉

道路のコンクリートが陥没しているのを見て、若者が指をさし、「ひやー、欠陥道路」と叫んでいた。「欠陥車」以来、「欠陥」が大流行である。「欠陥亭主」「欠陥親父」「欠陥社長」「欠陥大学」そして最近の「欠陥食品」騒動は、ご存じの通りである。

〔**欠陥・缺陥**〕欠けて足りないもの。不備。欠点。（岩波国語辞典）つまり欠陥のないものは、完全である、ということになる。しかし、世上取沙汰されているもの以外がすべて完全かというと、そうではないわけで、アメリカ映画「お熱いのがお好き」のラスト・シーンで珍優大口ブラウンの吐く名せりふを盗用すれば「完全なものはひとつもない」のである。「欠陥」が騒がれるのは前記欠陥道路の如く、はっきりと陥没個所が眼に見えたような場合だけだ。
大口ブラウンは「完全な男はいない」といった。もちろん、女にだって完全なものはない。完全な人間もいない。とすれば「完全なる結婚」などあるわけはないので、あるのは「欠陥結婚」だけだ。亭主、親父の信用や値うちが下落したため「欠陥」の名を冠せられているが、たいていの女性が「欠陥妻」「欠陥母」であることは言を待たない。だから子供が「欠陥息子」「欠陥娘」である。これが「欠陥大学」へ行き「欠陥内閣」粉砕を叫ぶ。

チクロ入りの欠陥食品がなくなったとしよう。砂糖には害はないか。あるある。糖尿病である。乗用車に欠陥がなくなったとしよう。だが、道路が欠陥だらけでは事故はなくならない。欠陥車が完全車になったとしても、運転している人間が欠陥人間なら、それはやはり欠陥車である。だいいち車がこの世に二台以上あれば、衝突事故の可能性はいつまでもあるわけだ。

文明が進むにつれて人間は完全を求める。それは原始時代以上に欠陥が眼につくからだ。その欠陥が、何とかなおると思うからだ。だが、完全が夢であることは、昔も今も同じである。われわれの住むこの地球が「欠陥星」でないとは誰にいえよう。もしかするとこの宇宙だって、じつは「欠陥宇宙」かも……。

コ

こっかい〈国会〉

参議院予算委員会総括質問の中継を見た。たとえば質問者が、農政改革・中小企業に対してどういう考え方を持っているかという質問をすると、総理はこれに答え、関心を持っているという意味の答弁をする。

また質問者が、二万円年金はイギリス・西ドイツなど諸外国のそれと比較し、どの程度のものと思うかという質問をすると、厚生大臣はこれに答え、先進国に負けないようにしたいという意味の答弁をする。

こういったやりとりが、ながい間続く。

はっきりいって、ちっとも面白くない。

もっとも、国会を面白くやる必要はちっともないので、たとえば、もっと面白くやれなどとでもいおうものなら、たちまち不真面目きわまるという非難を受けるに、ちがいないのである。

ただ、国会中継がどういうものであるかということぐらいは、番組制作者は放送以前にわかっていた筈であって、また、今までに何度も中継されている以上、視聴者は、国会の質疑応答がいかにお座なりなもので、つまらないものであるかということも、すでによく知っている筈なのである。

そう。それを視聴者――つまり国民に知らせたということについては、今までの国会中継は、おおいに意義があったといえよう。

それはそれでよい。

問題は今後、国会中継のつまらなさを知ってしまった国民に、いかにして国会中継を見させ続けるかという点にあるのだ。

提案する。解説と批評をやればどうだろう。

最近の面白くない野球中継を、どうにか見られるものにしているのは、いうまでもなく野球評論家の解説である。相撲も同様である。

一億総評論家といわれるこの時代に、どうして国会評論家という肩書きの人物があらわれないのか、ぼくには不思議でしかたがない。

いなければ、そんなもの、でっちあげればよろしい。政治通の記者はどの新聞社にだっているから、つれてくればよい。

そしてたとえば、こんなふうにやるのだ。
「そうですねー。まあ何と申しましょうか、今の答弁はじつにのらーりくらーり、答弁にはなっていないいんじゃーないでしょーかねー。しみじみとか、ほとほととか、まったくとか、誠心誠意とか、これは皆さまもよくご承知のとおりとか、あってもなくてもいいようなことばが多すぎるんじゃーないでしょーかな。形容詞の制限、あるいは不許可制度を作るべきでしょーねー。あの大臣は、昨夜、赤坂でだいぶ飲んでますから、当然、二日酔いであり、まあ、あんな返事になってしまうのも、あたりまえじゃーないでしょーかねー」

これは国民に、政治に対する批判精神を植えつけることになり、一方では議員たちの、なれあい質問やお座なり答弁を牽制する役目も果たすことになるだろう。

面白い解説が出れば町の話題にもなる。大衆というものは、自分たちにも話しあえる、やさしい政治問題ができるということを、実に喜ぶものだからである。

ただ、ぼくがいくらこんなことといったって、NHKはおそらく、やらないだろうなあ。

コマーシャル〈CM〉

このあいだ映画館で映画を見ていて、どうも何かものたりないと思って、はっと気がついたらCMがない。

もっとも映画館では上映の前に、近所の喫茶店とかホテルなどの広告をスライドでやっているが、やっぱりCMの本命といえるのは番組の中に挿入されるいわゆる中コマ。それも、クライマックス直前に入るやつこそCMのダイゴ味といえるだろう。

「ちぇっ。いいところで……」と、顔をしかめたのは昔の話。今ではストーリーを中断されたために起こる欲求不満と軽い衝撃と期待といらだたしさの、ないませされた快感に、身も世もあらずと、りのぼせ、ああ、いいわいいわと身もだえながらCMを眺《なが》めるのが流行している。日本映画界が低調なのも、実は中コマを挿入しないためではないか。またNHKの番組の評判が悪いのもCMがないからではないか――ぼくはそう思うのだ。

『二〇〇一年宇宙の旅』という大愚作を見たあとで、ぼくの先輩の星新一はいった。

「退屈だったなあ。あんなシネラマの大画面だから、余分のスペースはいくらでもある。そこを一部分切り抜いて、のべつCMを流し続けていりゃ、退屈しなかったろうし、映画だって、もっとおもしろくなったはずなのになあ」

同感である。最近ではぼくもテレビを見ていてさえ本番組よりCMのほうがおもしろい。なぜだろう。それは確かに、登場人物はドラマなどのほうがずっと多い。そのかわり、アイデアをだしている人間はCMのほうが多い。当然、CMのほうがアイデアがいい。したがって本番組よりはCMのほうがおもしろいということになる。ぼくの創作のヒントだって、本番組よりはCMのほうから役だつものをより多く得ているのだ。

もっともこれは、ぼくの書く小説が軽薄《けいはく》だからこそ、CMから多くのものを得られるわけなのだ。つまりCMは軽薄なのだ。

視聴者は、コマーシャルの中の軽薄さが、現実のものであるという錯覚を起こす。そこで、その軽薄さを、実際の日常生活でまねることになる。たとえばCMのせりふで会話したりするあれだ。みんながみんな、そうするようになる。老人でさえCMソングを口ずさみはじめる。そこで軽薄文化が蔓延《まんえん》するということになる。しかしそれでも、いっこうにかまわないではないか。

軽薄なのは、いいことなのである。

草月アートセンターと、映像デザイン研究会の主催で〈饒舌《じょうぜつ》の映像〉というタイトルでテレビC

Mフィルムの大会があり、なんの因果《いんが》かこのぼくもひっぱりだされ、ティーチ・インみたいなものに参加させられた。実のところ、今まで書いたことは、その時にぼくが喋りまくった内容の概略だ。もちろん実際には、もっと無茶苦茶を喋った。

さて、この会でアメリカのCM傑作集と、日本のCM集をたてつづけに見ることができたのだが、結論としては、やはりわが国のCMはアメリカのそれに、約十年ばかり遅れているという感じを受けた。もちろん、出品作品は両国のCM技術の最高に発揮されたものばかりだから、平均点をつけた場合は、アメリカのCMの愚作は日本のそれより多いかもしれず、どちらがどうとはいえなくなるだろう。だがここでは、最高傑作同士の比較だけを、することにしておこう。

まずアメリカCMの特徴――。
一、演技者にたっぷり演技をさせる。二、CMの中にドラマがある。三、ロング・ショットが多い。四、一《ワン》カットが長い。五、商品名のくりかえしが少ない。などなど。
つぎに日本CMの特徴――。
一、カット数がやたらに多く、目まぐるしい。二、さわがしい。三、海外ロケ、特殊撮影に金をかけている。四、アップ、ズーミングが多い。五、流行をとりいれている。
どちらも最高級の作品なのだから、金がかかっていることはたしかである。ただ、金のかけかたがだいぶ違う。アメリカ製CMは演出、演技などに時間をかける。つまり稽古《けいこ》したり演技指導したりする長時間の人件費に金をかける。

ところが日本のスポンサーは、そんなものに金をかけるのはばからしいと思うのだろうか。すぐ有名タレントを使いたがり、あっとおどろく特殊撮影を喜び、豪華ケンランたる金ピカ趣味を見てうなずく。これは後進国特有の現象ではないだろうか。

一言いっておくが、ぼくはアメリカ礼賛《らいさん》者ではない。アメリカにはいいところもあれば悪いところもある。日本も同様だ。

十年ほど前、アメリカ映画『群衆の中のひとつの顔』というのを見た。『ママ・ギター』という曲が主題歌だった映画である。その中でテレビCMをやっているのを見たが、それはちょうど現在の日本CMと同じで、チャカチャカと目まぐるしく動きまわる手法を使っていた。

CMは常に進歩しつづけている。連呼型のCMもまだたくさんあるが、視聴者はこういうのをばかにしている。そして今や日本の一般視聴者も、CMの良し悪しを語りあい、自分で採点しているのだ。

こうなってくるとCMを製作する側でも、商品やスポンサーは二の次で、表現の魅力だけを追求するようになり、CMはますます洗練されたものになり、スポンサーは金だけだす存在になるだろう。そしてCMはその時、すでにCMであることをやめ、大衆文化のひとつの形式となり、CM美術、CM芸術へと発展していくだろう。すばらしいことではないか。

サ

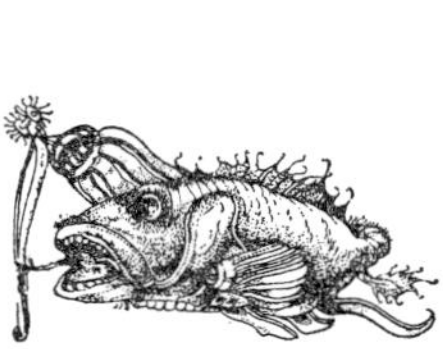

さっかけいえいがく〈作家経営学〉

「作家経営学」というテーマのこの原稿を依頼され、下司の勘ぐり、ぼくは編集者の意図をあれこれ想像した。

経営者の職務のうち、最も重要なものは、いうまでもなく経済的成果の達成であり、これを作家にあてはめていえば、原稿料の獲得ということになる。

ところが昔の作家は、最大利潤の追求をやろうとはしなかった。原稿料のことを口うるさくいうのは、作家大先生にあるまじき見苦しい態度であるとし、むしろ生産物、つまり商品の品質管理に重点を置き、たまに市場の拡大と、市場における地位のために奔走した程度であった。

現在の若手作家は、比較的すっきりと原稿料のことを口にする。だが、このテーマで書けと他の誰でもないぼくのところへ原稿依頼がきたということは、編集者の間に、若手作家中最も原稿料にうるさいのがこのぼくなのだという風評が立っているからではないだろうか。

そういえば、思いあたることもある。

作家業をはじめて間もない頃、なかなか原稿料がこないため電話をかけ、「請求書を出しましょうか」とやって失笑を買った。もちろんこれは出版界の特殊性に対する無知からやったことであって、こちらはそれまで大阪にいて、社長ひとり事務員ひとりの会社を経営した経験から、当然そうするのだろうと思っただけのことである。

まだある。

やはり作家になりたての頃、ＳＦファンの会合で、一席喋れといわれた。そこでぼくは、作品に対し支払われるべき原稿料の見積りのしかた、原稿一枚についての原価計算を、えんえんとやったのである。作品をこの方向から追求した作品論はまだないから、新しい作品論になる筈だと確信し、研究成果を発表したわけである。百人あまりのＳＦファンがあきれかえり、笑いもせず、茫然とぼくを眺めていたことを思い出す。

その後、作品があちこちの出版社に売れ出すにつれて、次第に出版界や作家の世界の特殊事情がわかってきた。

わかってきた、といっても、理解できたという意味ではない。理由はわからないながらも、そういうものなのだということを知った、というだけである。だから前記のような失敗をくり返すことはなかったが、ただ、原稿の依頼があるたびに、原稿料に関してくどいほど念を押すという習慣だけは今までずっと続けてきた。この辺のところがどうやら、ぼくに「作家経営学」を書かせる企画が立案された原因らしい。

原因がどうあろうと、頼まれたからには書かなければならない。書くことによって、この情報産業時代に生きる作家のための、新しい作家論、作品論が生まれるかもしれないのである。

工業社会における作家は、経営者ではなかった。それは家内手工業的な零細企業といえた。この時代の経営者というのは、産業社会が、工業的生産資源を託している企業にのみ必要だった。

だが今は違う。現代の西欧文明社会が情報産業時代に移ろうとしている今日、それに携わっている作家も、経営者としての能力を持たなければならない。なぜなら作家は今や、今日の情報社会から、その社会の経済を発展せしめる責任の一端を託されているのである。どのような作家も身勝手は許されない。この社会に生きている以上は、誰であろうと当然の社会的責任は果たさなければならない。このような意味から、ぼくはここに新しく、「作家機関説」を唱えるものである。

経営者というものは、経済的な繁栄が人類の進歩と社会正義の達成に貢献するのだという、現代西欧文明の根本理念に基づいて生まれたものだ。情報社会では、作家が「最大利潤の追求」をすることによって、人類及び社会にも経済的な繁栄をもたらすのである。

工業時代から、いや、それ以前の社会に於てさえ、伝統的な唯物論の中にも見られる如く「物財は人間精神の向上発展に資することができる」という信念が発生していた。まして精神財を生産する情報時代に、利潤の追求を卑しむあまり、締切を守らず（契約不履行）、原稿料も決めずに書き

（絶対価格表示の拒否）、内容への注文や干渉を憤り（顧客の抛棄）、読者を馬鹿にし（市場調査無視）て好き勝手に書いているような作家は、この脱工業時代のうちはまだいいが、あと十年もすれば社会に害毒を流す存在となる。

もっともこれは、こういう作家を生み出した編集者にも責任はある。たとえば契約書の交換はもとより取引価格の決定さえせず、つまり作品の譲渡売買は「商取引などという下賤なものではない」という、宇宙的規模の絶対的大矛盾をはらんだ前提のもとに、実質的にはあきらかに商取引であるところの行為を行なおうとし、時によっては内容より作家の名前で売ろうとしたりするから、両者の権限と責任がはっきりしないままで商取引が進行して、その結果、信じられないような前近代的ゴタゴタが発生して悪い結果に終るのである。

悪い結果とは何か。

両者の損失である。

作家にとっては金銭と労働時間の損失である。編集者にとっては、入稿が遅れた上、注文したものとは違った内容、違った枚数の作品を掲載出版しなければならず、それは当然見積っていた市場価値に劣る品質のものである場合の方が多いから、やはり損をするわけである。こういったことをやり続けているうちには出版社が倒産することさえあり得るのだ。

ドラッカーによれば、現代における最も尖鋭的な経営経済学の指導原理は「最大利潤の追求」にあるのではなく、むしろ「損失の回避」にあるのだそうだ。第一に事業が義務とすべきもの――それは何よりも「存続すること」だというのである。

作家が我を通したために貧乏し、それによって出版社が倒産し、連鎖反応で次つぎとぶっ潰れ、下請の印刷屋までぶっ潰れていくことは、結果として情報産業社会の大きな損失となるのである。全世界が迷惑するのだ。

ばかをいえ。「より高い利益の追求」などということが、いやしくも作家である人間にできるものか——と、いう人がいれば、それは「利益」ということばを資本主義的（それも相当古い時代の）に考えているのであって、ここでいう「経済的成果の達成」とは、「社会性を無視した個人的欲望の追求」とは意味が大きく違うのである。そんなに「利益」ということばに罪悪感を抱くのなら（ぼくなどはむしろ、利益を考えない対社会的行為に罪悪感を抱くのだが）「損失の回避」と考えればいいのである。

経済的成果を達成できない作家は、読者の精神の向上、社会福祉、文化への貢献といった、昔から小説が意図していた非経済的な成果さえ達成できなくなるだろう。個人的にも利益をあげ、それによって出版社をも維持あるいは発展させていくことのできない作家、また、読者（消費者）の納得のいく値段で作品（商品）を提供できない作家は落第である。

もちろん、いい作品ならいくら高価であってもよく（つまり高価ではないわけだから）堂々と正当な金額を表示すればいいわけだが、ではそれを読者に、どうやって納得させるかという問題が次に出てくるだろう。

ぼくは、作家の収入を表示すればいいと思うのである。たとえば雑誌なら目次の、それぞれの作品名作家名と並べて、一枚の原稿料の単価を掲載すればよい。

高い原稿料をとっている作家なら、こうすることによって、当然それだけの価値のある作品を書こうとするだろう。つまりメーカーのマークだけでは売れなくなるわけだから、編集者とのなれあいもなくなる。作品と比べて原稿料を不当に高く表示してあると、読者はそれを見て大いに憤り、次からその作家のものは読まなくなる。その逆であれば、多くの読者を獲得でき、市場における地位があがる。つまりこれは、経済学でいう、生産性の定義に必要な「寄与価値《コントリビューテッド・バリュー》」ともなるのである。

ただ、雑誌の場合問題となるのは、「雑誌」自体が、ひとつの商品であり、各作品は雑誌の部分品に過ぎないという見かたも成立するという点である。

雑誌編集者がある主張を持つことによって、その雑誌のセールス・ポイントつまり商品としての特徴が決定する。主張がなくても、購買者に同業種の商品と区別してもらうため、なんとか特徴づけようとする。（もっとも最近は主張も特徴もない類似品が多いが）だからその雑誌に掲載された作品はすべて、その雑誌だけのための部分品でなければならないという考え方だ。（主張に反する作品も、部分品となり得る。たとえば車両機械における制動機《ブレーキ》みたいなものである）

この場合、ある種の部分品が不当に高価であっても、それは仕方がないではないかという議論も成立する。たしかに、その部分品に稀少価値があった場合は高価でもいいわけだが、そのかわり、もっと安価で良質なものが大量に生産された場合は、あっさりお払い箱になる運命を背負わなければならないのである。

このあたりのことも、ぼくが「作家機関説」を唱えるひとつの理由でもあるのだ。特にイエリネックの国家法人説を持ち出さなくとも、単に情報産業の一機関であると考えればいいわけだから。

単行本として商品化された場合は、雑誌の場合よりも簡単である。奥付に作者の得る印税額を記せばよい。当然のことだが、再版、三版されるにしたがい、その印税額はどんどん上昇するわけである。

営業政策上それはまずいのではないかという人もいるだろうが、読者にとっては確実な商品選択基準となり、その作家の社会的責任の度合いも知れるわけだから安心して買える。もし買った本が作家の印税額にふさわしくないと思えば、その読者は次から買わない。この場合はあきらかに営業政策上まずいが、不良品を売りつけるのはもともとよくないわけである。

いったん不良品を高く売りつけたメーカー或は商社は、次の製品を誰にも買ってもらえないのである。

不良品でなくても、買ってもらえない場合がある。そこで作家には、出版社から離れた立場での市場調査係が必要になってくるのである。

この辺で、議論を経営学に戻そう。

小説を書くことは、ひとつの事業である。だから作家が経営者でなければならないのだ。だが、それは、ただひとりの人間、つまり作家ひとりによっても充分になし得る事業だ。そのようなものを事業と呼べるだろうか。事業と呼んだところで、それを経営するとは如何なることか。


事業が「経済的成果の達成」を目標とすることはすでに書いた。作家の経済的成果が、単に原稿料や印税収入だけではないことも、おわかりいただけた筈である。つまり社会的責任を持って「事業を存続」させて行かなければならないのだ。

事業を存続させるには、どうすればよいか。

現在の成果だけを保守的に続けて行こうとしているような事業が、すぐにぶっ潰れることは先刻ご承知だろう。

事業を存続させるには顧客を増し、市場を拡げることによって、事業を拡張して行かねばならない。仕事を増やすのである。

そのためには、ひとりで生産を続けていてはいけない。働く人間を雇用しなければならない。助手、資料係、速記者、市場調査係、コンピューターのオペレーターやプログラマー、電話番、掃除夫、それらを管理するマネージャーなど、できるだけ多くの人間を雇用し仕事をあたえることが、情報社会の作家の使命である。

　雇用者が多ければ多いほど作品は量産可能となり、パーキンソンの法則によって品質の良いものがたくさんできる。

　いつまでも、ひとりで品質管理にのみ力を注ぎ、社会に背を向けて責任を果たそうとしない作家は、要するに専門馬鹿であるから、粉砕しなければならない。また、個人の利益にのみ執着し、姿をたくさん作るばかりでちっとも社会福祉を計ろうとしない作家は、情報社会に害毒を流すものであるから、これにもゲバルトをかける必要があろう。

　事業を、より組織的にするためには、小説以外の情報産業も経営しなければならない。なぜなら、小説が個人の名前でなければ発表できない時代が続く限り（もちろん、いつまでも続くわけはないが）小説産業が雇用する従業員の人数には限りがあるからである。

　それならば、自分の小説をマンガ化するためのプロダクションを作ればいいわけである。小説には現在のところ、なぜか代筆を許されないが、マンガには許されるから量産可能である。「サイトウ・プロ」などを見ればわかる。鉄筋数階建てのビルで劇画が大量生産されている。

「マンガ化不可能な小説もある」などは、現在のマンガの高度さを知らぬ人のいうことである。哲学の本一冊の内容を、数ページの図解で伝達してしまえるほど、現代のマンガは高級なのだ。劇画になったため、さらに高度になった小説さえある。

　歌を歌おうとする作家は芸能プロを設立するか、あるいはレコード会社を作ればよい。無論、一方では新人歌手の育成などもやるべきだろう。さらに拡張してオペラ・ハウスやテレビ局を作ってもよい。

　女流作家は音楽喫茶や、バーや、スナックのチェーン店を作るなど、サービス産業をやってもいい。

いっておくが、これらはすべて「作家の多角経営」などではなく、あくまで「事業の拡張」という未来的なものなのである。その点に注意していただきたい。

もちろん、出版社を作る作家もいるだろうから、事業の提携もできるわけで、それぞれの作家が拡張した企業だけのカルテルなども登場するだろう。カルテルといっても心配することはなく、厳密には同種企業の結合ではないから、どうせ市場の独占などできっこない。

むしろ提携してそれぞれの事業をさらに拡張し、情報社会に大きな貢献をすることになるだろう。情報産業社会に大きな進歩と発展をもたらすことになるだろう。その時代——来たるべきその社会の作家は、すべからく、そのようでなければならないのである。

そんな馬鹿な時代がくる筈はない、来てたまるものか、なぜなら——という具合に、もし正面から議論を吹っかけてくる人がいたら、それにはもっと詳細にお答えしよう。なにぶん圧縮して書いたから、説明不充分のところがいっぱいある。納得のいくまでご説明申しあげ、言い足りなかった点を補足させていただこう。

ふん。どうせＳＦ的な夢さ、と笑う人には、その通り、これはＳＦ作家の描いた経営学のパロディなのです、と、申しあげておこう。

かんかんになって怒り出す人もいるかもしれない。そういう人が出たら逃げ出そう。逃げ足は早い。

——と、ここまで書いた時、某週刊誌編集次長の来駕を得た。仕事の話が一段落したので、ぼくは座興に、この「作家経営学」の内容を話した。次長は全部聞き終ってからにやりと笑い、こういった。

「それはいい話です。むしろそうなるのが当然で、作家にとってもいい話だが、われわれ編集者にとっても、そういう具合になるのは願ってもないことです。合理化されて悪くなる筈はありませんからね。ただ、あなたがおっしゃるような、最高利潤を追求しない作家は、現在すでに少数派になっていますよ。あなたのようにはっきり言ったり書いたりしないだけで。誰でもがそうなのじゃないでしょうか。それからもうひとつ。編集者にとっては、やはり金のことなど頭にない作家というのも、ひとりぐらいはいてくれた方が、バラエティがあっていいいんですがねえ」

ぼくは、はてなと思い、それからおやおやと思って考えこんでしまった。次長のいいかたは、ぼくがいつも編集者に原稿料のことを訊ねたあとで、必ずつけ加えることばによく似ていたからである。

「ねえ。そんな顔をしないでください。金のために小説を書くという作家だって、ひとりぐらいあっていいでしょうが」

サラリーマン

サラリーマンとはなにか。

字義どおりの解釈では、サラリーをもらうひとということになる。しかしこれでは、世にいうサラリーマン以外の人種までふくめてしまうことになりかねない。

テレビ局のディレクターなど、サラリーマンには違いないが、彼らにしてみれば、むしろ芸術家という気でいるだろう。会社の宣伝部に属しているデザイナー、カメラマンなど、われわれ作家の立場から見てさえ、サラリーマンという感じではない。そういえば大学教授だってサラリーマンといえないことはないし、病院に勤務する医者、研究所に通勤する科学者もサラリーマンといえるし、そんなことをいいだせば、だいたいお役人だって議員さんだってサラリーマンだ。もっとも、賄賂《わいろ》その他の副収入は別である。ポピュラー・サラリーマンにだって莫大な副収入を得ている人がいて、こういう人たちはサラリーのほうが副収入になっている。

「ホワイト・カラー」「ブルー・カラー」などというういいかたもあるが、標準的サラリーマンは「ホワイト・カラー」に相当する。この分類だと、白いワイシャツを着ていなくても勤務に支障のない人は、サラリーマンとはいえないことになり、やや一般的サラリーマンのイメージに近づくわけだ。

サラリーマンに相当する日本語は月給とり。これは「月給取り」と書くべきだろうが、口の悪い人はスーダラ・サラリーマンを指して「月給盗り」などのあて字を使い、はなはだしいときには「月給泥棒」などと呼ばわったりする。

〇

告白するが、ぼくは会社員時代、はっきりいって「月給泥棒」であった。この点、経営者にはすまないと思っている。しかも盗《ぬす》んだのは月給だけではない。「サラリーマンとしての体験」をも盗んだ。この時代の体験は、いま、小説を書く上に、おおいに役立っているのだから。

もっとも、サラリーマンのすべてが月給泥棒だなどというつもりは少しもないので、むしろ、ぼくのようなスーダラのほうが例外だということは、自分でよく知っているから、自分を弁護する気はぜんぜんない。ぼくは悪い悪い奴《やつ》である。

ではなぜ、そういう気楽な稼業をやめて、心身ともにすりへらすような苦労のともなう、作家稼業に身を転じたか。その理由はいくつもあるが、ここではそのひとつだけを書いておこう。

つまり、月給泥棒が会社の中に存在すること自体、最近しだいに困難なことになってきたのである。時代の流れであろうか。世に盗びとの種は尽きまじなどというが、最近の企業の合理化によって、すくなくとも、月給泥棒だけはいなくなりつつある。そういうものは会社を追い出され、ＳＦ作家などに身を落とすのである。

ただし、才能もある真面目なサラリーマンが、結果的に月給泥棒になってしまう場合は、これはあきらかに会社が悪い。適材を適所に使わなかったとか、その他さまざまな原因でこういうことが起こる。

しかしこれも、最近では少なくなりつつあるそうだ。

未来へいくにつれ、ますます月給泥棒の存在を許す会社は減少し、ついには、月給泥棒族滅亡の日がくるであろう。数人残った月給泥棒は、国家が無形文化財に指定する。ただし、この場合、彼らがサラリーをもらっていなければ、月給泥棒とはいえないわけだから、月給泥棒株式会社というのが国家の援助で作られ、彼らはそこで飼い殺しにされる。じょうだんはともかく、未来がどうなるかを考えるためには、現在こういった傾向になってきたのはなぜかということを、考えなければならないだろう。

○

会社に対する、その社員の貢献度を計る物差しは、いままでは直属上長の勤務評定表一枚に過ぎなかった。どうせ人間のやることである。見落としもやれば私情もまじる。歳暮中元の程度しだいで、昇級昇格する場合もあれば、だしぬけに地方の支社へとばされる場合もあった。

また、いくらけんめいに勤めても、人間には好き嫌いというものがある。虫が好かないという奇妙な感情まである。直属上長にいちど嫌われたが最後、それまで――そういったことがある一方では、スーダラ社員が仕事以外の面で腕をふるい、直属上長をたくみにまるめこんで机の上に靴をの

せ、左うちわのままほいほい出世していくという
ことさえあった。
東宝の喜劇映画だけではなく、そういうことは
現実にあったのだ。
ところが最近では、様子が変わってきた。
社内での命令系統の複雑化――つまり、それま
で上から下への天くだり方式だけであったもの
が、横の連絡の重要性が増してくるにしたがい、
タテだけの関係の中に、ヨコの関係の要素が加
わってきたのである。そうなってくると、必然的
にこれは、勤務評定表に内在する非合理性が明ら
かになってくる。
はやいはなしが、直属上長以上に、よその課と
の接触の多い部署についている社員の仕事ぶりの
評価を、だれがするか――という問題。
まさか社内の人気投票で決めるわけにもいかな
いし、といって、直属上長の評価だけでは、あま
りにも片手落ちすぎる。ところがいままでは、そ
れさえ直属上長の勤務評定だけですんでいた。
もし現在、直属上長が部下の有能さを認めな
かったり、無能なスーダラを認めたりすると、ど
ういうことになるか。直属上長自身が、無能であ
りスーダラであるということになって、失脚する
のである。最近では、上役が自分の下役間での人
気を気にするという事態が起こっているが、これ
は、そうなって当然なので、いままではあまりに
もそうでなさすぎた。
ところがそのため逆に、近ごろは自分の思った
とおり強引に部下を叱咤《しった》激励して、仕事を遂行す
る鬼係長、鬼部課長という人種が、少なくなりつ
つある。部下の人気を、気にするためである。社
長は秘書の人気を気にし、部長は次長、課長の人
気を気にしている。これはよいことなのか、悪い
ことなのか。
リースマンというアメリカの社会学者がいる。
彼は大都会に住んでいるアメリカ人を、おおまか

に二つに分類した。「内部指向型」と「他人指向型」という二つのタイプである。

日本はアメリカ同様資本主義国家であるし、会社組織もアメリカの会社のそれをまねしているから、このリースマンの分類を日本のサラリーマンにあてはめても、それほどおかしくはないだろう。

「内部指向型」――これは他人の評判をあまり気にせず、自分を信じていて、自分の思ったとおりのことをどんどんやっていくタイプである。つまり自分の心の中に、ジャイロスコープをもっているのだ。他人とうまくやっていこうという気がなく、唯我独尊《ゆいがどくそん》、思いこんだら命がけ、正しいと思えば多少の無茶も平気でやり、そのため他人に迷惑をかけてもわりとへいぜんとしている。考えるのは自分の仕事のことばかりで、世の中のできごとも、ぜんぶ自分の仕事に結びつけて考える。必然的に、その視野はせまい。日本では、このタイプは田舎《いなか》から出てきた国会議員や、成功した成りあがりの実業家に多い。

一方「他人指向型」というのは、頭の上にレーダー・アンテナをつけているタイプである。自分の思惑よりも他人の評判を気にし、できるだけ摩擦を少なくして仕事していこうとする。協調の精神は十分で、自分ひとりの考えで進めていく仕事よりは、他人と共同でやる仕事のほうを選ぶ。そのほうが失敗が少ないし、どちらかといえば大きな仕事ができるからだろう。典型的な柔弱都会人だ。自分の信念にしたがって行動することは少ないし、信念をもっていても、それに固執するということはあまりない。

そして多くの人は、この二つのタイプのうちのどちらかに傾いているはずだというのである。

リースマンは、アメリカの大都会に住んでいる人種は、「内部指向型」から、しだいに「他人指向型」へ移行しつつあると報告している。アメリカの社会から多くの影響を受けてきた日本も、同じ傾向にあると想像することができる。「内部指向型」は、会社でいえばタテの組織に関係の深い人材といえるし、「他人指向型」はヨコの組織に関係が深い。会社の組織がヨコの連絡を重視しはじめるにつれ、「他人指向型」社員はますますふえるだろうし、それがさらに、社内でのタテの関係を、軽視する傾向にはしらせることになるだろう。

○

さて、未来になってくると、適材適所主義が徹底して実施される。「会社ぜんたいのことを理解させる」ために「定期的配置変え」をするなど、とんでもないことである。そんなことは能力の無駄づかいでしかないし、その人間の一生の貴重な一時期を、空費させることになるからである。「しかし、すべての仕事をやらせてみないことには、その人間が、どんな仕事に向いているかわからないではないか。埋もれた技能を発掘してやることになるかもしれないのだぞ」そんなことは、いいわけに過ぎなくなる。なぜなら、新入社員は入社早々、まず性格テストを受け、作業テストをやらされ、脳波を測定され、精神分析を受けて、もっともその社員にぴったりしたもち場を、いやおうなしに、彼自身の中から引きずり出されてしまうからである。

その方面の才能があるにもかかわらず、その仕事がいやだという場合、これは本人の深層意識、気づかないが、底にひそんでいる気持の中に、何かよくない抑圧があるのだからという理由で、そういうものも精神分析でとり除かれてしまう。性格を改造するというほどのものではないから、これはむしろ本人のためになるかもしれない。

また、「おれは科学をそこまで信じることはできない。精神分析を受けるのはいやだ」などという出す人物は、その時代に生きつづけることは不可能だ。いまでさえ、ある程度科学を信じないことには社会から参加を許されないではないか、まして未来は科学万能の世の中になるのである。

さて、新入社員の能力に関するそれらさまざまなデータは、コンピューターに与えられ、コンピューターはそのデータから、その新入社員にもっとも適した部署を解答する。コンピューターには、情実とか偏見とか先入観とかいうものがないから、社長の息子を倉庫番に命じることもあれば、大学をビリで出た男に管理職を命じることもある。

この点では、人間は機械を信じる以外にない。なぜなら、ひとりの人間に関するあらゆるデータ――つまり、生まれてから今日までの、その人間の身の上に起こった事件、その人間のしたこと、その人間の現在の精神内容と健康状態――こういった厖《ぼう》大な資料を、すべて睨《にら》みあわせて結論を出すなど、生身の人間には不可能だからである。

さて配置は決定した、各社員は自分に適した部署で、その能力をフルに発揮すればいいわけなのだが、あるいは自分の属する部課以外でやっている仕事に関係した、いいアイディアが出るかもしれない。そんな場合はどうする。

○

現在では、他の部課のやっている仕事に口出しをすると、出しゃばりめと一喝される。また、他の部課長に気に入られようとする点数稼ぎだと、誤解される場合もある。しかし、ほんとにいいアイディアが埋もれてしまうのは社の損失だから、現在ほとんどの会社では提案箱というのが設置されている。だが、この提案箱は、たいていの社員から無視されているのが現状だろう。署名入りで書くのは気がひけるし、かといって無記名で書けば自分の功績にはならない。

そこで未来では、またまたコンピューターが登場する。コンピューターは、その提案をだれがしたかということを、いつまでも記憶していてくれるうえ、たとえいまは役に立たない提案であっても、それをその社員の貢献度に加算し、自動的に給料をあげてくれるのだ。こうなるとだれでもが提案をはじめるから、気がねも遠慮もなくなってしまう。

そう。社員の、社に対する貢献度を評価するのも、コンピューターなのである。社員の、勤務成績を計る物差しは、いまではせいぜい営業部員の売上成績、販路拡張成績ぐらいで、その他の部署の社員の成績をはっきりグラフで表現できるものはなく、せいぜいがタイム・カードと本人の記入した営業日報、そしてあとは直属上長の勤務評定表に頼るしかなかったのではなかろうか。ところがコンピューターは、社員の行動のひとつひとつを、会社の利益という視点にたって評価し、給料に換算してくれるのである。

こうなってくると、管理職も部下ににらみをきかせる必要はなくなってしまう。管理するのは人事面以外の、本業の仕事だけだから、たいへん楽である。

社員にしたって、自分の仕事の能率をあげるために全力をつくす。陰謀術策などは時間のロスでしかないし、コンピューターに発見されたら、マイナス点をつけられかねない。いやがらせだとか、新入社員いじめなどもなくなってしまう。社員のだれもが、自分の仕事をやりやすくするために、同僚とできるだけ仲よくしていこうとする。また、上役だけでなく、下役とも仲よくしようとする。もちろん、競争心はあるわけだが、それがすべての面にプラスになって現われる。

新入社員は可愛いがってもらえる。だが、それに甘えているとたちまちコンピューターににらまれるから、けんめいに仕事をおぼえようとする。

つまり未来では、すくなくとも、人事面でのストレスはなくなるということである。そのかわり、好かれるようにつとめなければならない。社長だってそうだ。社長は、テレビや映画によく出てくる「ものわかりのいい社長」の役を演じようと、けんめいの努力をする。つまり、未来ではテレビがますます発達するから、現実をテレビがまねするのではなく、テレビを現実がまねするようになってくるだろう。この傾向は、現在すでにはじまっているといえよう。

これからのサラリーマンは、仕事のことと、ひとに好かれる方法だけを考えていればいいということになる。画策は意味がない。他の部署へ変わりたければ、まずその方面のアイディアをどんどん出せばいいのである。からりと明るく乾いた、職場らしい職場になるだろう。ぐうたらな社長や重役の息子は、追放される。

そんなのはいやだ、もっとじめじめしていた方が住み心地がいいし面白いなどという奴は、未来のサラリーマンとして落第だ。

そういう時代は、もう目の前にきているのである。サラリーマン諸君は自分の能力だけを信じて働けばよろしい。そのかわりそれ以外に信じるべきものは何もないのである。

さんいん〈産院〉

産院の待合い室で、いまかいまかと待っているときの亭主の気持ちは、他に形容すべきことばがないので書きようもない。決して、いい気持ちではない。まして女房が初産で、その上逆子《さかご》ときては、とても平静ではいられない。ソファを立ったりすわったり、あたりをうろうろ歩きまわっているうちに出産予定時刻ははるかに過ぎ、いったいどうなっているのかと、ついにがまんしかねて看護婦詰め所へ聞きに行くと、

「ご心配なく。産まれたらお知らせします」と、木で鼻をくくったような返事だった。

ぼくはしかたなく、また待合い室に戻った。

さらに十分、二十分……三十分。ただごとではないな——そう思いはじめたとき、さっきの看護婦がやってきて、無表情なままで告げた。

「こちらへいらしてください。先生が、お話があるそうですから」

お産が無事だったのなら、お話などする必要はないわけなのだから、いやな予感を覚えながらさっきの看護婦詰め所へ行った。ぼくを呼びにきたあの看護婦はいち早く姿をくらまし、部屋にいたのはKという医者ひとりだけである。彼はタバコをふかしながら、ぼくを横目で見ていった。

「赤ん坊は、あきらめてもらわなしようおまへんな」

ぼくはあまりあっさりいわれたので、しばらく茫然とした。

「どうしてですか」

「逆子でしたから、ヘソの緒が首に巻きついて窒息したのです」

「逆子ということは最初からわかっていたのでしょう」ぼくはあわてていった。

「どうして帝王切開できなかったのですか」

「馬鹿なこというたらあきまへん」医者はだしぬけに、ぼくを怒鳴りつけた。

「あんた、そんな簡単にいうけど、帝王切開いうのは大手術なんですよ」

そんなことは知っている。しかしここは、産院ではなくて病院である。しかも神戸でも有数の大病院だ。こういう場合、いち早く帝王切開をするために病院というものがあるのではないのか。

こっちだって、逆子でさえなければただの産院で間にあわせている。そういったことをいってやりたかったが、まだ女房を返してもらっていないし、産後しばらくは厄介になる予定だから、ここでケンカしておこらせてしまうとまずい。

「じゃあ、しかたがないですな」

ふたたび待合い室へ戻った。ところがこんどは、女房がなかなか出てこない。

二十分。

三十分。そして一時間。

これはどうやら、女房まで殺《や》られたかと、もはや忍耐力の限界まできたとき、蒼い顔でぐったりとなった女房が手押し車に乗って出てきた。

二の腕は注射の針の跡で蜂の巣のようにささくれ立ち、ひどいありさまである。

どうにかしゃべれるので、話を聞いてみると、たいへんな難産だったらしい。三時間もかかったうえ、しまいには看護婦二人が腹の上に乗ってぎゅうぎゅうぎゅう押したというのだから野蛮な話である。

その日はそのまま帰ったが、廊下にはいま生まれたばかりの赤ん坊が数人並べられて泣いていた。

あたりにはだれもいない。すぐそばに消火器が置いてあったのでそれをふりあげ、赤ん坊を片っぱしから叩きつぶしたい衝動に駆られた。もちろん、やらなかった。

さいわい若かったので、女房の体力はすぐ回復した。それでも相当の精神的ショックを受けていた。病室は二人用で、片方の女性はかわいい女の子を産んだばかりである。その子を見るたびに女房の目がぎらりと光るので、これはよくないと考え、早いめに退院させた。

あとで近所の人の話を聞くと、この病院は、なるべく、自然分娩をさせるということだった。

それならそれで、逆子としてもっと慎重に扱ってもらわなければ困るので、最初女房がレントゲン写真を撮ったときなど看護婦のひとりが、

「アーラ逆《さか》ちゃんですか」

などといって笑っていたそうである。あとでそのことを思い出した女房は、涙を流してくやしがっていた。

宗教法人の病院だから自然分娩だというのもお

かしな話で、それなら帝王切開をしなかったためにこどもが死んでも「神のみこころ」というわけだろうか。野蛮きわまる話である。だいいち、いざというときに切開手術ができないような病院は病院ではない。

また、破水しているのにこどもが下がってこなかったり、陣痛微弱だったり、胎児が胎便をしていた場合は、早く出さないと窒息死することが多いから、帝王切開とか、鉗子《かんし》を使うとか、吸着牽引器を使わなければならないはずだ。

女房はこのすべてにあてはまったのに、医者はなにも使わなかったらしい。

せっかく里帰りをさせ、高い入院料をはらい、こっちは仕事を犠牲にして東京・神戸間を数回往復したのだが、すべて無駄になってしまった。ぼくたち夫婦は、泣く泣く東京へ帰ってきた。

女房はしばらく、めそめそしていた。死んだのが男の子で、それもすごく大きくてかわいかったというので、よけいあきらめきれないらしい。

そのうちに、ひとりごとをいうくせが出てきた。東京に親類が少なくて孤独なためらしい。悪い傾向である。ほっとくわけにもいくまいが、といって、どうしてやることもできなかった。

東京には若い人が多く、町を歩いていると妊婦の二、三人にはかならず出会う。彼女たちの腹を見つめる女房の目つきには、ぼくがぞっとするような光りが見られた。兇悪な光りである。

尖った指さきで、妊婦の腹をばりばりと裂き、とり出した血まみれの胎児を自分の腹の中へ押しこもうとしている女房の白昼の異常な妄想が、ぼくの心にテレパシーで伝わってくるかのようにも感じられた。

そんなある日、たまたま、あるパーティーの席で医事評論家のM氏に紹介された。この人は本職が産婦人科の先生である。ぼくはさっそく、こどもが死んだことをお話しした。

「そういうこともあるでしょう」M氏はうなずいた。

「もっともいまは、キリスト教だから手術をしないなどということはありませんよ。しかし設備はととのっていないし、医者も不馴れだから、しぜん手術を避けるのでしょうな」

「ぼくは、もうこどもはいらないと思い、いちどはそう決心しました。しかし女房がさびしそうなので、やはりつくろうと思います。どうでしょう。こんどはうまくいくでしょうか」

「若いんだからだいじょうぶですよ」

女房は妊娠した。いま、七ヵ月めである。とにかく前回のことがあるので、大事をとって慶応病院へ行かせることにした。ここなら設備はととのっているし、先生は一流だし、どんなことがあってもだいじょうぶのはずである。

ところが、やはり心配でならない。

待合い室で待っている間の気持ち——あれだけはもう、味わいたくない。いやだ。

お産のときは、ぼくは逃げるつもりだ。北海道でもアメリカでもいい。とにかく慶応病院からいちばん遠くはなれたところへ行って、酒でも飲むことにする。亭主として無責任だといわれそうだが、そばにいたって死ぬこどもは死ぬのである。医者を信じていまいが信じていようが、死ぬこどもは死ぬのである。

生まれてから喜ぶことにしよう。

（この項〈父親〉に続く）

シ

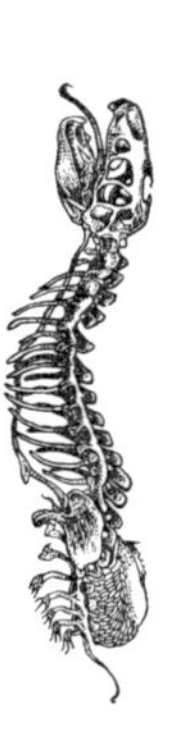

じこへんかく〈自己変革〉

全学連各派諸君の演説を聞いたり、書いたものを読んだりしていると、ぼくのぜんぜん知らないことばや耳新しい難解なことばが次つぎととび出してくるので大いにとまどう。

だが、ただひとつ、いつも感心することばがある。「自己変革」ということばである。このことばが前からあったものなのか、全学連諸君の生み出したものなのかどうか、それは知らない。とにかく「自己批判」などよりはずっと前向きだし、あたって砕けろみたいな語感が快い。「自己否定」をしなければ、「自己変革」は不可能なのだから、あたって砕けろという印象も当然のことなのだろう。

全学連を眼の敵にしている人も、この「自己変革」ということばには留意すべきだと思う。ただし、変革する前に自己を全人格的に否定したりしたら大変で、すべての人がこれをやったら社会は崩壊する。もっとも、全学連各派諸氏はそれを狙《ねら》っているのだろうが。また、絶え間なく自己否定を続けるというのは理論上可能なだけであって、常にこれをやっていたら、たとえばぼくなどは一行の文章さえ書けないことになる。

それほど厳密に規定しなくても、ある程度の自己否定、そして自己変革、これは社会人のすべてに必要なことではないだろうか。いや、現に賢明な人は、軽薄に見られるのも恐れず、それをやっている。こう考えてみると、いろいろな人間関係のもつれから起こるいさかいのかなり多くの部分は、「自己変革のある人」と「自己変革のない人」の間に起こるものともいえそうだ。

ところでぼくも今、けんめいに自己変革しようと努力してはいる。ぼくの場合は、新しい作品を書くためだ。だから当然のことながら「昔の作品の方がよかった」という批評も出てくるだろう。つまりぼくの場合は、それまでの読者の多くを失う覚悟でないと自己変革できないのだが、しかしぼくは、それでついてこられないような人はもともとぼくの読者ではないから、一向にかまわないとも思っているのである。

ジャズ

今はもう、バロック音楽への傾斜と前衛ジャズしかないみたいだが、今ほどポピュラーにならない前のファンキーはよかった。クインシー・ジョーンズなんか、コマーシャリズムに酔ってファンキーのソウルを忘れちまっている。「サイド・ワインダー」みたいな大ヒットをとばしたトランペットのリー・モーガンも、あんなすごいテクニックを持っているんだし、ファンキー衰退のために消えちまうのは惜しい。

聞くだけならコルトレーンのものすごいやつが良いが、こっちは原稿を書かなけりゃいけないので、書きながら聞ける奴の方がいい。アーチー・シェップやアルバート・アイラーでは、心臓がおどりあがってペンが進まない。「幽霊」なんか、ＳＦそのものだから、聞いても意味がない。バロック・ジャズなんか、ただの流行だと思うから聞く気がしないし、だいいち本もののバッハの方がずっといい。

書きながら聞くんだったらビル・エヴァンスだ。あのピアノのメロディック・ラインと、間と、余韻はいい。ダリの「ザクロのまわりを一匹の蜜蜂がとんだために生じた夢から醒める一瞬時」という題の絵を思わせる。その他では、今売り出しの若手ピアニスト、マッコイ・タイナーとか、クレア・フィッシャーとか、ハービー・ハンコックとか、ドン・フリードマンなんかがいい。またウォルト・ディッカーソンのヴァイブも、あの独特の不協和音がいい。

好みはそれくらいにしておこう。

よく人から、モダン・ジャズとＳＦとは、どこが似ていますかと聞かれるが、そんなに似ているとは思わない。強いていえば、その発生と普及のしかたが似ているだけだろう。どちらもいわゆる巨匠といわれる人がいなくて発生した。クラシックなら誰それ、文学なら誰それというように、すぐ名前をあげることのできる中心人物がいなくて発生した。クラシックなら誰それ、文学なら誰それというように、すぐ名前をあげることのできる中心人物がいなくて群雄割拠だ。そしてどちらも、熱狂的なファンやマニヤによって普及してきたというわけである。

しゅうかんし〈週刊誌〉

現代は週刊誌時代である。いったい週刊誌というのはどれくらいあるのか。ぼくは週刊誌を買いにぶらりと渋谷へ出かけた。

ガード下の仮台の上にはずらりと色とりどりの週刊誌が並べられ、まことにはなやか。

「これ、全部一冊ずつください」

ぼくがそういうと、親爺《おやじ》さんは目を丸くした。

「全部ですか」

「そうです。日本で出ている週刊誌を、全部集めたいのです」

「全部というわけにはいきません」親爺さんは困った表情をした。「明日あさって発売の分は、ありませんからね」

「足りない分は、あさって買います」

数十冊の週刊誌を、親爺さんは紙に包んでくれた。厚さは三十センチ以上になった。

「これ、屑屋に売ればチリ紙一束なんだよね」と、ぼくはいった。

「チリ紙一束にはならんでしょうよ」と親爺さんはいった。

「むしろ新聞の方がいい値で売れるはずです。特に最近はね」

「お客を見ただけで、その人がどの週刊誌を買うかわかりますか」と、訊《たず》ねてみた。

「わかります」と、親爺さんは答えた。「種類別に並べてあるし、本日発売という奴《やつ》は前に出してある。だからお客の立つ場所と、そのお客の服装から判断して、だいたいわかります。だけど最近は、常連の人がほとんどですな。また、奥さんから頼まれて買って帰る人もいます。奥さんと相談の上、何を買うか決めている円満な人もいます」

「総合誌とエロ雑誌を買う人とでは、人種が違いますか」

「違いますね。しかし、いつもカタいのを買うサラリーマンがたまにエロものを買うことがありますす。そんな時は、こいつは家へ持って帰れねえとか何とか、照れながら買って帰ります」

二日ののち、今度は別の所で足りないものを買い、一通り揃《そろ》えてみた。全部で七十四冊。これを大まかに分類してみた。

〈総合〉週刊朝日、サンデー毎日、週刊読売、週刊サンケイ、週刊文春、週刊現代、週刊新潮、朝日ジャーナル、世界週報、週刊時事、週刊言論、週刊ポスト（以上十二冊）

〈大衆〉週刊アサヒ芸能、週刊大衆、週刊実話（以上三冊）

〈ヤングメン〉平凡パンチ、プレイボーイ（以上二冊）

〈芸能〉週刊平凡、週刊明星、ＴＶガイド、週刊ホーム（以上四冊）

〈女性〉女性自身、ヤングレディ、女性セブン、週刊女性（以上四冊）

〈少年〉少年サンデー、少年マガジン、ぼくらマガジン、少年キング、少年チャンピオン（以上五冊）

〈少女〉少女フレンド、マーガレット、ティーンルック、セブンティーン（以上四冊）

〈経済〉ダイヤモンド、日本経済、エコノミスト、東洋経済（以上四冊）

〈医事〉医学のあゆみ、日本医事新報（以上二冊）

〈スポーツ〉週刊ベースボール・マガジン（以上

一冊）
〈グラフ〉アサヒグラフ、毎日グラフ（以上二冊）
〈漫画、劇画〉漫画サンデー、週刊漫画、漫画アクション（以上三冊）
〈競馬〉競馬週報、週刊勝馬、競馬研究、週刊馬（以上四冊）

これで五十冊である。ではあとの二十四冊は何かというと、これがニセの週刊誌、つまり表紙に週刊と書いてあったり、週刊誌に見せかけたりしてあるものの、その実、月二回とか隔週刊とかに発行してる雑誌なのだ。

ところがこのニセ週刊誌、読んでみるとスゴく面白いのだ。

ほんものの週刊誌が有名人のゴシップなどにたくさんのページをさいているのに比べ、こっちのほうは大衆の体臭というやつが、プンプン匂ってくる。

分類すると二種類に分けられる。

〈劇画〉ビッグコミック、プレイコミック、劇画クラブ、アパッチ、ヤングコミック、漫画パンチ、漫画情報、漫画オール娯楽、漫画パック、コミックVAN、㊇、任侠劇画、コミック・エース、コミック・マガジン、漫画Q、漫画天国、漫画エース（以上十七冊）
〈猟奇実話〉ニュース特報、週刊話題、内外実話、週刊㊙、週刊特報、週刊情報、実話と秘録（以上七冊）

このほかにも、ニセ週刊誌で、買えなかったものは五冊以上あると思う。

とにかく面白い。どこが面白いか。面白いから面白い。ほかに言いようがない。この種のものはこれなりに、昔からあるわけで、たまに読んだから面白いので、実はマンネリになっているのかもしれないが、買ったことのない人には一読をおすすめする。

いっておくが、けっして役に立ち、ためになるというものではない。内容のナンセンスぶり、無軌道ぶり、ムチャクチャぶりはすごい迫力となって読む者を圧倒し、熱心な固定読者のいることもなるほどとうなずけるのだ。

ほんものの週刊誌のほうは、たとえば小説や漫画の作者は流行作家だけにしぼられている。ひとりで何種類かの週刊誌に書いている人もたくさんいる。

もちろん、全部の人にあてはまるわけではないが、たくさん書いていれば当然アイデアのタネも尽き、マンネリにもなってこようというもの。ところが隔週刊誌の世界で売れっ子らしい人は、あまり見あたらない。いろんな作家が、技術は二流なりにも全力投球している点、高校野球のような面白さがある。

さて、全体を眺めてみていえることは、第一に有名人のゴシップ、スキャンダル記事がやたらにふえたこと。本家はもちろん女性週刊誌だが、最近ではそれが相当保守的な総合誌にまで波及している。大衆の生活からはなれた世界に住む、ひとにぎりの有名人の一挙一動がニュースとしてとりあげられるのは、昔なら囲み記事ていどだった。

今は表紙にでかでかと内容の一部が紹介されている。有名人は大衆ではなく単に〝大衆の理想的モデル〟にすぎないということを、一流週刊誌の編集者までが忘れかけているのだろう。

ところがニセ週刊誌になるとニュースの内容は大衆にとってぐっと身近に感じられるようになる。迷宮入り猟奇犯罪や名もない女の性犯罪など、でっちあげ記事もあろうが、今日どこかで起こっていたとしても珍らしくないような事件が扇《せん》情《じょう》的な文章で書き立てられている。

女性がこういったものをいやらしいと感じるのは、エロだからということもあろうが、反面それが自分の生活から逃避させてくれる夢を持っていないからでもあろう。クソ・リアリズムを喜ぶのは常に男である。

第二には漫画、劇画の占めるページ数が多くなったこと。そして漫画、劇画誌の激増である。長編劇画は少年少女誌から始まってヤングメン誌、女性誌に食いこんでいき、今や総合誌にまで侵略の触手《しょくしゅ》を動かしている。

このほうの急先鋒《せんぽう》はもちろん手塚治虫、石森章太郎の二人。

テレビの発達が劇画ブームを起こしたのだろうか。とにかく今や視覚文化の花ざかり。もうすぐニュースまで劇画で見られそうな勢いである。ぼくもこのへんで原稿用紙のマス目に文字をはめこんだりするのをやめ、劇画の勉強をはじめたほうがいいのかもしれない。

〇

前記週刊誌七十四冊の値段＝六千百九十円。

同じく一冊の値段の平均＝八十三円六十四銭。

同じく七十四冊の厚み合計＝五十一センチ八ミリ。

週刊誌の出版点数は、昭和二十五年にはたった五点だった。三十年には十一点、そして三十三年には二十一点と、すごい勢いでふえた。さらに翌三十四年には一挙に十三点もふえて三十四点となった。面白いのは三十四年に三十四点。三十八年に三十八点。四十二年に四十二点と年度と同じ数で、それ以後年に一点ずつふえていることだ。

現在は五十点だから、二十五年の五点とくらべて十倍になったわけである。これを月刊誌と比較してみよう。二十五年の月刊誌出版点数は五百七点、現在は千三百六十五点だから、約二・五倍にしかなっていないのだ。出版ブームである以上に、週刊誌ブームであることはたしかなようである。

発行部数に関してもこれはいえる。月刊誌の発行部数は、二十五年に二億五千八百十七万部だった。現在六億四千三百二十一万部。やはり約二・五倍だ。

　ところが週刊誌のほうは二十五年には三千三百六十万部にすぎなかったのが、現在はなんと月刊誌をはるかに追い越して一年間の発行部数は八億六千百十万。約二十六倍になっているのである。こいつを全部積みあげたら、どれくらいの高さになるかやってみよう。

861,100,000×7＝6,027,700,000　つまり六百二万七千七百メートル、東京タワーの一万八千百一倍の高さになるのだ。

　四捨五入してキロになおしたら六千二十八キロメートル。驚くなかれ、北海道の北の端から沖縄の南端まで、日本列島の中央部をなぞって行った距離の二倍なのである。目をむいてウソだろうといったって、ほんとのことなのだから仕方がない。

しゅうしょく〈就職〉

同志社大学の後輩諸君よ。このぼく、即ち筒井康隆は同志社出てから十二年経つが、就職について書いてくれといわれたのは初めてである。ただのＳＦ作家であるぼくに、就職に関するどのような文章を期待したのだろう。まだ就職が決まっていない学生諸君がワラをもつかみたい気持というもの——これは、わからないでもない。しかし、サラリーマン生活の経験もろくにないこのぼくに、就職に関する意義のある発言を求めるのはまちがいだ。

　ただ、就職ということばの意味を考えてみると、これは「職業に就く」ということなので、そうなるとぼくだって作家という職業に就いているわけで、就職ということばに必ずしも無縁ではない。しかしながら、作家であるということは周囲の人間が奴さんは作家であると認めてくれて、はじめて作家として通用するので、いくら自分ひとり「おれは作家だ」とわめいても、社会がそう認めてくれなければこれは作家という「職業に就いた」ことにはならない。現にこのぼくにしてからが「あいつはまだまだアマチュアだよ」などといわれているくらいだ。だから自分でも、けんめいにプロらしくなろうと努力し、「就職について書け」などという無理難題もほいほい引き受け、そこはそれプロの作家らしく、何でもこなしてやろうと、かくは四苦八苦している次第なのである。

就職ということばは最近、職に就くという意味よりも、職場を得る――つまり月給とりになるという意味に使われているらしい。だから就職運動というのは、コネをつけるとか、入社試験の準備をするとか、履歴書を濫造するとかいったことらしい。運動ということばの方は、働きかけるという意味であって、からだを動かす――つまり運動会の方の運動ではない。その証拠には、オリンピックの競技に就職運動とか学生運動とかいう種目はない。古くには、新劇運動ということばがあったが、これも働きかける方の意味である。つまり昔は、今のように新劇が商業演劇として自立できず、認める人が少なかったため、大衆に宣伝する必要があった。

それと同じ理屈でいけば、学生運動というのは、学生を学生として誰も認めてくれないからこそやっている宣伝活動であり、就職運動というのは、就職できる人間として認めてくれる人がいないからこそやっているおひろめだということになる。

もちろん大学を卒業してすぐ、プロの職業人としてやっていける者は少ない。だから職場の方ではそういう連中を一人前に仕立ててあげてやる義務があるわけだ。求人する場合、そういうことを承知の上で募集する筈である。それでも就職難であるということは、職場の側が大学卒業生を、いくらきたえてやっても一人前になれないだろうと予想しているからだろうか。

就職難と書いたが、これはぼくの独断かもしれない。

事実・採用希望数が卒業生数を上回るある大学のある学部の学生など、左ウチワに爪楊枝、山とある就職口をのんびり眺めてはてさてどれにしたものか、いやもううらやましい話である。

これとは逆の場合。

就職相談の時間である。ゼミの教授が学生を呼ぶ。「ええと。次は××君」

「はい」

「君はどういうことをやりたいの」

「映画の監督になりたいのです」

「困ったね。わたしはそんなところにコネはないよ」

「でも、どうしてもやりたいのです」

「だって、監督なんて、たとえ映画会社へ入ったとしても、なかなかなれないだろ」

「そうのようです」

「弱ったねえ」先生しばらく考えて「君の家は、何の商売」

「百姓です」

「なるほど。じゃあ君、百姓をやらないか」

笑いごとではない。ほんとにあった話である。

昭和三十二年度、同志社大学文学部美学芸術学専攻課程の卒業生——ぼくもそうなのだが——は、みんな、こんな経験をした。先生だって困っただろうと思う。だいたい私立の文学部などという就職率の少い学部の中の、そのまた美学なんてものを専攻する奴は最初からまともな就職をする意志などはなかったものと見られてもしかたがない。ところが本人たちは大真面目。やれ新聞社に入社して美術評をやりたいの、やれ化粧品会社の宣伝へ入ってポスターをやりたいのと勝手なことをいう。こういう連中とともかくひと通り話し合われたのだから、園頼三教授——そのころのぼくたちのゼミの先生——も大変だったろうと思う。

と、いうように、物ごとすべてピンからキリまであり、今これを読んでいる君が、どちらに近い地点に立っているか、それは知らない。だが、ひとことといっておくが、まだ卒業もしていないうちから楽観したり悲観したりするのはよくない。エリート・コースをたどって大会社へもぐりこんだと思っていても出世は遅いし仕事はつまらない。だいいち大会社だってぶっつぶれることはある。

お説教じみたことは、いやらしいからいうのはやめよう。

同志社大学は就職率がいいと聞く。それはなぜかというと中小企業の社長の息子が多いからだと聞く。それなのに、こういう連中は卒業しても親の会社を継がず、できるだけ大会社へ入ろうとする。なぜか。人生修業のため、仕事を憶えるため、親の会社にコネをつけるため、等々。ふざけるな。こういう奴がいちばん嫌いだ。

ほんとに入社したい連中を蹴落とし、親の威光で楽らくと大会社に入ったこういう奴らは、ろくな仕事の憶えかたをしない。ちょっと気に食わないことがあればいつでもとび出し、親の会社へ戻る気でいるものだから、仕事も投げやりだ。あげくのはてその会社のBGの腹をでかくして問題を起こし、クビになり、親にまで迷惑をかける。こういう奴はブチ殺されるべきである。少くとも大学事務局の学生課が、他の学生のためにも、こういった連中を大会社へ入れないような何かの対策を講じるべきであろう。

さて、話が前後したが、就職する側が就職難だといって騒いでいる一方では、職場の方では求人難だといって嘆いているという、おかしな傾向が見られる。その証拠に毎朝の新聞を見ると、求人広告がぎっしりだ。なぜこういうことが起こるかという理由を考えてみよう。
1　大学卒業生は使いものにならない。

2　就職側、求人側の条件にギャップがある。
3　大学卒を採用させまいとするＣＩＡの陰謀。
4　大学卒業生の、足のひっぱりあい。

その他いろいろなことが考えられるが、ぼくの思うには2のケースが多いのではないだろうか。世の中が平和になると人間みんなぜいたくになり、少しでも条件のいい職場を得ようとしてより好みをはじめる、求人側もより好みをする。大学卒の方では、熔接工や自動車整備工になるにはプライドが許さない。だいいち技術がない。求人側では技術も持たないくせにプライドの高い大学卒は鼻もちならないから嫌う——という。これはたとえばの話だが、ひどく簡単なことではないだろうか。

では、これを解決するにはどうすればよいか。少なくとも職を求める側が、自分の目的をはっきりさせればいいのである。職を求めようとする動機には、どんなものがあるか。

1　カッコいい仕事をしたい。
2　マイホームを作り、平和に暮したい。
3　金をバカスカ儲けたい。
4　有名になりたい。

まず1であるが、これはだめだ。「カッコいい仕事」などというものはない。

次は2だ。最近はこういう奴がふえた。なんとなさけない考えであろう。少なくとも大学事務局の学生課は、こういう奴を見つけ次第ブチ殺すべきであろう。死体はチャペル・アワーにまとめて焼けばよい。

3金がほしい奴は清掃局のバキューム・カー係になれ。これは求人難で困っている。誰でもやらせてくれる。しかも日収五千円。つまり月に十五万円入る。それだけではない。家庭の主婦からは引っぱり凧で、ソデの下もたんまり入る。これは汚職ではない。仕事そのものが最初から汚ない。しかも、傍で見ているほど非衛生的ではないのだ。

4有名になりたい奴――これは作家になれ。作家というと、たいへんな技術が必要なように見えるが、ちっともそんなことはない。前にも述べた如く、アマチュアだといわれているぼくでさえ、何とか食って行ける。殊に最近はマスコミ全体が大衆化して、素人の文章の方がうけるくらいである。京都・大阪は文化的には僻地だから筆一本で飯を食うなど、やくざの仕事だと思っているだろうが、東京へ来てみろ、なんとか文章をこなせさえすれば引っぱり凧なのだ。雑文家・ルポライター・シナリオライターなど、なり手がなくてマスコミは困っている。そういうことをやりながら片方で小説を書き、機会をうかがえばいいのだ。

同志社大生諸君、作家になってぼくと組み、文壇同志社閥を作ろうではないか。黒岩重吾という人がいるが、あの人は東京にいないから頼りない。早く誰か出てきてくれ。淋しいよさびしいよ。

じょうしゃきょひ〈乗車拒否〉

いわば一種の被害妄想でしょう。ぼくには乗車拒否妄想というのがあるので困ります。

タクシーに手をあげて、呼びとめようとします。時間によっては、そのまま走り去っていく車があります。ちゃんと「空車」のランプはついているし、ぼくの人相風体がとくにあやしいはずもありません。容貌魁偉《かいい》な運転手さんが反感を持つほど、人並みはずれた好男子でもありませんし、見て嫌悪感をもよおすような、破壊された顔の持ち主でないこともたしかです。また服装はいつもきちんとしています。若手作家中のベスト・ドレッサーであるともいわれているくらいですから。

でも、走り去っていくのです。

もちろん、スッと停ってくれる車もあります。しかし、ドアは開いてくれません。運転手さんは、正面を向いたままです。ぼくはおそるおそる助手席の窓に近づき、運転手さんをのぞきこみます。だが運転手さんは、ぼくの行く先を訊ねようとはしません。自分の方からコミュニケートすることを恐れているようです。会話によって、人間的なつながりを持つと具合の悪いことがあるのです。

そうですそうです。そうなのです。この運転手さんは乗車拒否を――場合によってはするつもりなのです。そうに違いありません。

しかし運転手さんが、どちらにしろ、ぼくの行く先を知りたがっていることは確かなのですから、ぼくはそれを教えようとします。

ぼくの声はふるえます。「あのぅ。すみませんが、銀座のあの、あの日航ホテルまであの、あの、やってもらえませんか」

なぜこんな哀れっぽい、なさけない声を出さなければならないのですか。ぼくのハラワタは、腹立ちに煮えくりかえります。もしこの上、乗車拒否などしやがったら――そう想像し、ますますカッとします。

乗車拒否した運転手を車からひきずりおろし、袋叩きにした二人づれの客があったそうです。仲裁に入った人まで殴ったため、警察へ引っぱられたそうです。ぼくは警察へ行くのはいやですから喧嘩はしません。

では運転手さんに文句をいってやりましょうか。いやいや。窓にぶらさがったまま数十メートル引きずられ、死んだ人もいます。

でも、乗車拒否されっぱなしでは、恨みに燃えた心の火の消しようがありません。それなら死んだ方がましでしょうか。

しかし運転手さんは、黙ってドアを開いてくれました。

ああ。ああ。乗車拒否されずにすんだのです。警察へ行かずにすんだのです。喧嘩しなくてすんだのです。死なずにすんだのです。ぼくの心は歓喜にうちふるえます。なんていい運転手さんなのでしょう。こんな運転手さんにはお世辞をいってあげなければなりません。

「野球、どちらが勝ちましたか」

「青江三奈、やっぱりいい声ですねえ」

「あっ。今の車、危いですねえ。無茶ですよねえ。あんな運転して。気ちがいですね」

車を降りたあと、ぼくは自己嫌悪に責め苛まれます。顔が火照《ほて》ります。

「ああああああ。お、お、おれは、バ、バ、バッカだなああ」

じょうはつ〈蒸発〉

その時ぼくは、みじめな気持だった。

できが悪いというので原稿の書きなおしを命じられ、新しいアイディアはなにもなく、締切は迫っていた。いらいらしていたし、多少気分的にまいってもいた。

銀座の本屋でネタをさがし、丸の内付近をぶらぶらと散歩し、お濠ばたまでやってきた。きっと深刻な表情をしていたにちがいない。その男がぼくに話しかけてきたのは、ぼくがベンチに腰をおろし、お濠の白鳥をぼんやり見つめている時だった。

「もしもし」

声がするのでふり向くと、大会社の部長クラスと思える人物が立っていた。

「お悩みのようですな」と、彼はいった。

いつもなら、あんたに関係ないだろうと怒鳴るところだが、この人物には、本気でこっちのことを心配してくれているようなところが見られたので、ぼくは正直に答えた。

「その通りです」

「では、もしかすると、わたしに御用がおありかもしれませんね」彼はぼくの隣に腰をおろした。

「あなた、どなたですか」ぼくはそう訊ねた。——

わたしは悪魔です。あなたの望みをかなえてあげます。そのかわりあなたの魂を……。そんなせりふを彼が喋り出すんじゃないかと思い、ぼくは少しどきどきした。

だが、彼の答はもっと意外だった。

「わたしは、蒸発屋です」

その時ぼくが、いちばんさきに考えたことは、しめた、小説のネタができそうだ――ということだった。ぼくの創作衝動というのは、どちらかといえばジャーナリスティックである。だから蒸発屋という題材でミステリーを書くこともできるし、同時にルポルタージュを雑誌社へ売ることもできる――そう思ったのである。その男が、冗談をいっているのだ――などとは思わなかった。ぼくに笑顔を向けてはいるものの、冗談ではないのだと思わせるところが、その男にはあった。

「そういう仕事をきっと、誰かがやっているのではないかと、前から思っていましたよ」と、ぼくは彼にいった。

「誰かの手助けがない限り、あんなにうまく蒸発できるものじゃないです。とにかく、ぼくも蒸発したい。ぜひ世話してください」

紳士は、気軽な様子でうなずいた。「わかりました。では、行きましょうか」

「ちょっと待ってください」と、ぼくはあわてていった。「これからすぐ、蒸発させてくださるのですか」

「そうですよ。どうしたんです」

「今、二万円くらいしか持ちあわせていませんが、これで足りるんでしょうか」

紳士は苦笑した。「蒸発は、所持金に関係なく行なわれるのです。蒸発した人の、蒸発時平均所持金は三万円あまりですが、千円以下という人も、ざらにいます。調布に住んで養豚業をやり、月収十五万円の人を、このあいだ蒸発させました。その時の所持金は千円でした。いちど家に戻れば、多額の金を持ってくることができたでしょう。だがその人は、家に戻りたくない様子でした し、わたしも、それはおよしなさいといいました」

「どうしてですか」

「蒸発しようとする人にとって大切なのは、蒸発しようと決心した時の精神であって、お金ではないのです。むしろ、金のことを気にする人には、蒸発欲は起こりません」

「なるほど。ところでこれから、どこへ行くんですか」

「こっちです」紳士は先に立ち、丸の内のオフィス街に向かって歩きはじめた。

その十三階建ての大きなビルには、ぼくも名を知っている大きな会社四、五社が各階にあり、紳士とぼくは十階までエレベーターで昇った。

「十階から十三階までが、わたしたちの会社です」と、エレベーターの中で紳士はいった。

「会社組織になっているのですか」ぼくはびっくりした。

「そうです。もちろん表向きはS化学工業株式会社となっていますが、ほんとは蒸発斡旋株式会社なのです」

「おどろきました。従業員はどのくらい、いるんですか」

「約五十人です。さ、着きました」

十階でエレベーターを降りると、厳重な受付があった。受付係はみな、恰幅のいい青年たちである。

「無用の外来者は絶対中へ入れないようにしているのです。ここが事務所です」

広い事務所に入ると、ふつうの大会社のサラリーマンとちっとも変わらない男女が、いそがしそうに事務をとったり、電話の応対をしたりしていた。

「わたしはちょっと、やりかけた仕事があるので失礼します。女の子に、個室へ案内させますから、そこで待っていてください」紳士はそういって、若い女子社員を呼んだ。「新しく見えた方だ。十八号室へご案内しなさい」

「かしこまりました。こちらへどうぞ」彼女はぼくの先に立って、廊下を歩きはじめた。

「蒸発志願者のための個室があるのですか」と、ぼくは彼女に訊ねた。

「ええ。約二十室あります。いつも、半分以上空いていることはまずありません」

「その個室へ入る前に」ぼくは、あわてていった。「もう少し、社内を見学させていただきたいのですが」

「あら。興味がおありですの」

「もちろんです」

「喜んでご案内しますわ」彼女は可愛く笑った。

「じゃあ、階上へまいりましょう」

ぼくと彼女は、階段を十一階へ登った。

「ここは精神分析室です」最初の部屋のドアをあけ、彼女はそういった。

室内は白っぽい壁に囲まれた、清潔そうな調度を備えた部屋で、ソファに寝た男に分析医がいろんな質問をしていた。

「お邪魔します」と、ぼくは医者にいった。「蒸発に、精神分析が必要ですか」

「必要ですな」医者は答えた。「蒸発者には、いろんなタイプがあります。何かやりたいという意欲を持って蒸発するタイプ、ただ単に家庭や職場から逃げ出したいから蒸発したという現実逃避タイプ、中には記憶喪失などもいますから、そのふるい分けをするのです」医者は寝ている男を指していった。「この人のように、判然と新しい仕事を求めている意欲的なタイプの人には、職業適性検査などを行なって、指導したりすることもあります」

「でも、ただ新しい仕事をやりたいというだけなら」と、ぼくは寝ている男にいった。「蒸発するほどのことはなかったんじゃありませんか。家庭はそのままで、職だけ替えればよかったのでは……」

「とてもとても」ソファに横たわった中年の快活そうな男は、苦笑してかぶりを振った。「そんなわけにはいきません。四十近くにもなって、それまで無事に勤めてきた職を替えるような人間は、現在の日本の社会では一種の性格破綻者と見なされます。だいいち周囲がそんなことさせてくれません。無理にやれば隣近所、親戚などから爪はじきされて、女房まで肩身のせまい思いをしなくちゃならない。蒸発以外に方法はなかったのです」

「すると、あなたの奥さんのためにも、あなたは自分が蒸発したほうがよかったとお思いになりますか」

「ええ。そのほうが、女房を苦しめる度合いが少なかったと思いますね。わたしは女房と愛しあってきました。わたしが無理やり職を替えれば、その愛情が壊れていたかもしれません。職を替えても、女房の愛情を失ったのではしかたがありませんからね」

「でも、蒸発してしまえば、奥さんの愛情を失ったのと同じではないですか」

「わたしはそんなことはないと思います」

ロマンチックな男なんだな——と、思った。

「でも、それはちょっと勝手ね」ぼくを案内してきた女子社員がいった。「女性の側から見た場合、それは男性の独りよがりだと思うわ。そりゃ、だしぬけに蒸発するってのは、なかなかカッコいいかもしれないけど、奥さんにしてみりゃ、とり残されるよりは、やはり喧嘩しながらでもご主人と苦労をいっしょにしたいんじゃないかしら」

「あなたは結婚の経験がないから、そんなことをいうんだ」

ほっておくと大論争に発展しそうなので、ぼくはあわてて彼女をうながした。「さあ、次の部屋へ案内してください」

「今の人は、養子なのよ」と、分析室を出ると女子社員が説明してくれた。「奥さんのお父さんが社長をなさってる会社で、経理課長をしてらしたの。だから、自分のやりたいことができなかったのね」

「そんなものかなあ。蒸発するほどのことはないと思うんだが」

「その人の身になってみなきゃ、わからないわよ」

「そういってしまえば何だってそうだけど」

彼女に案内されて次の部屋に入ると、そこは証書類偽造室だった。デザイナーや製図士やレタラーや印刷工が数人、働いている。

「ここでは身分証明書や戸籍謄本や卒業証書などを偽造しています」と、この部屋の主任が説明してくれた。「私立探偵もいますから、履歴をでっちあげることもできます」

「犯罪になるじゃありませんか」ぼくはびっくりした。

「しかしそんなことを言い出せば、蒸発そのものだって、扶養義務不履行ということで、民法に反するわけですからな」と笑った。

「たいへんな金がかかるでしょう」

「もちろんです」

「その経費はどうするんですか。いや、そもそもこの会社は、どこから出る金によって賄われているんですか」

「蒸発者の寄付によってです」

「そんなに多額の寄付があるのですか。とても信じられませんが」

「ここから実社会へ再出発した人たちは、ほとんど例外なく大成功しているんです。だってそれは当然でしょう。みんな、自分が前からやりたかったこと、あるいは、職業適性検査の結果自分にいちばんぴったりした職について、何の気兼ねもなしにその仕事にうち込むのですからね」

「なるほど」そう言われてみれば、たしかにそうかもしれないが、同じ人間が、その職業によってそれほど違った働きぶりを見せるだろうか。適性というものを信じないわけではないが、才能があるなら何をやらせてもある程度うまくいくのではないだろうか。それとも問題は才能などではなく、本人の気持ちひとつなのだろうか。

女子社員に案内されて入った次の部屋は、おどろいたことに外科の手術室だった。整形外科手術の設備が整っていて、ベッドの上には、手術を終えたらしい男が、顔じゅう包帯でぐるぐる巻きにされ、横たわっていた。

「過去の顔を捨てたい人は、ここで新しい顔に変貌して再出発していただきます」眼を丸くしているぼくに、若い外科医がいった。「声の質を変えることもできますし、ある程度は背の高さや体格も変えられます。場合によっては、性転換の手術もします。女であることの煩わしさや気づかいから逃れ、生産的な仕事に打ち込みたいという女性が増加しましたので、そういう人は男性になってもらいます。なに、簡単な手術で済みます」医者はこともなげにそういった。

「喋れますか」と、ぼくは包帯の男に訊ねた。

「ええ。もう喋っても大丈夫です」と、彼は答えた。

ぼくは訊ねた。「あなたもやはり、新しい仕事をやりたいために蒸発なさったのですか」

「もちろんそうです。しかし、それだけではありません。私は不動産会社の課長をしていました。大きな会社でしたし、私の年齢から考えれば、人並み以上の地位と収入を持っていたということになります。月収は十万円以上でしたからね」

「なるほど。では仕事の内容がご自分に適していないと思ったわけですね」

「そうは思いません。私の能力で十分やっていける仕事でした。事実、うまくやっていました」

「では、家庭から逃げ出したわけですね。たとえば奥さんと仲が悪かったとか……」

「いいえ。妻は私によく尽してくれました。私も妻にとってはいい夫だったはずです。男の子も三人いました。誰が見ても文句のないいい家庭でしたよ」

「わかりませんね……。では、いったいなぜ蒸発なさったのですか」

彼はしばらく考えている様子だった。

やがて、ぽつりと言った。「死——ということを考えたのです」

「死ですって」ぼくは混乱して訊ねた。「死が、蒸発と何の関係があるんです」

「もしも仮に、自分がこのまま生きていったとしたら——自分が死ぬ時、どんな気がするだろう……そう思ったのです。満足して死ねるだろうか——」

「どうしてです。責任ある勤めを無事に果たし、男の子を三人も育てあげ、それで不満足だというのなら、世の中のほとんどの人は不満足なままで死んでいくことになりますよ」

「世の中のすべての人が、満足しないで死んでいるのではないか——私にはそう思えるのです。どんな大事業をなしとげた人でも」

「人生は実験に過ぎないという考え方もありますね」

「私は今まで死について考えたことがなかった。学生時代、けんめいに勉強したのは、いい会社に入り、いい家庭を持つためでした。立派な地位と、いい家庭を私は得ました。たった三十六歳の若さでですよ。これから先、どうしたらいいのですか。生きるということも人間としての責任でしょう。しかし、ただ無事に生きて死んだ——と、いうだけで人間としての責任がすべて果たされたとは、私にはどうしても思えないのです」

「でも蒸発すれば、家庭への責任を投げ出したことになる」

「人間の責任というのを、もう少し大きい目で見ることはできないでしょうか。人間として、私は家庭に対する責任は果たしたと思うのです。人間として、子供を作る義務は果たしました。家族が生活して行けるだけの貯金や財産も残してきました。また現代の亭主族は、子供の教育に責任を持つ必要は昔ほどありません。さて、そこで今度は私が、ひとりで、人生を考える時が来たのです」

「奥さんといっしょに考えてもよかったんじゃありません」たまりかねて、女子社員が傍から口を出した。

「もちろん、申し分のない妻でした。しかし私は、女性というものは、いくら話しても、実感として死ということがわかっていないのではないか——そう思うのです。もしかすると、死ぬ時さえ死を理解できないのではないのでしょうか」


「まあ、侮辱だわ」

「それ以上話すといけません」と、横から医者が、見かねた様子でいった。「手術直後ですからね」

手術室を出、次に私たちは隣の職業補導講義室に入った。数人の蒸発志願者が、商店経営法の講義に、熱心に耳を傾け、ノートをとっている。

「大きな組織の中で働いていらした方は、ほとんど個人商店の経営をご希望になりますのよ」女子社員が、ぼくにそう耳打ちした。

「なるほど。その気持はわかりますね」

教室を出て、ぼくたちは十二階へ登った。

「十二階と十三階が、個室になっているんです。あなたのお部屋はここです。さあどうぞ」

入ってみると、ホテルのシングル洋室に似た、居心地のよさそうな部屋だった。換気もきいているし、仕事用のテーブルもある。

「用がおありでしたら、社内電話でわたしを呼び出してくださいな」と、彼女はいった。

「わたしはマリよ。あとで係員が来ますから、しばらく待っててくださいね」

彼女が去り、ぼくは部屋にひとり残された。

白い壁に囲まれた部屋の中で、ぼんやりしているうちに、ぼくはだんだん不安になってきた。蒸発会社などではなく、ここはひょっとしたら精神病院ではないのか。ぼくはいつの間にか気が狂っていて……。

あわてててとび起きた。

いたたまれなくなり、ぼくはドアをあけ、ふらふらと廊下にさまよい出た。広い廊下の両側には同じ形のドアが、向きあって並んでいる。ぼくは隣室のドアをノックした。

「どうぞ」と、男の声が中でした。

中に入ると、白い上っ張りを着た中年の男が、油絵を描いていた。

「お隣の個室に入った者です」と、ぼくはいった。「どうぞよろしく」

「ここでは、ご挨拶は無用ですよ」彼はタバコに火をつけて一服しながら答えた。

「あなたは、油絵画家志望ですか」

「そうです。個人が、その才能の限界ぎりぎりのところまで打ち込むことのできる仕事がしたくてね」

「蒸発前は、どんなお仕事だったんです」

「大きな鋼材会社の社員でした。今は組織の時代です。その組織の中で、私は生きて働いているという実感がどうしても得られませんでした。組織の中にあるのは仕事ではなく、ややこしい人間関係の処理だけです。その処理だけで一日が暮れてしまう。そんなもの仕事といえるでしょうか。個人でできる創造の仕事を、私はやりたかったのです」

「しかし」ぼくは首をかしげた。「そういう欲求なら、組織の中にいる人間なら誰でも持っていると思うんですが」

「もちろん持っています。しかし試みようとしないのなら持っていないのと同じです」

「才能がなければどうします」ぼくは彼の描きかけの抽象画を見ながらいった。「もちろん自信はお持ちなんでしょうが、絵はとくに、社会的に認められることの少ない芸術です。その点、どうお考えですか」

「絵が認められるまで、ここにいてもいいと、この会社の人がいってくれました。生活費も出してくれます。一生ここにいることになるかもしれませんが、それでは心苦しいので、どうしてもせい一杯の努力をすることになります。ぼくは自分の才能を信じています」

「もちろん、そうでしょうね」

彼がまた仕事を始めたので、ぼくは部屋を出た。彼の絵を見た限りでは、この会社は一生彼を飼い殺しにすることになりそうな気がした。自信があるということは罪なものである。だが、自信がなくては何もやれない。むずかしい問題だ。

今度は向かい側のドアをノックした。

「あいてますよ。どうぞ」

部屋の中では、上品な初老の紳士が本を読んでいた。

「お向かいの個室へ来た者です。よろしく」

「こちらこそよろしく。さあどうぞ」

ぼくは紳士と三点セットで向かいあった。

「こういう会社があったのなら、だしぬけに蒸発する人間があれだけたくさんあったことも、うなずけますね」

「そのとおりです」紳士は答えた。「ほとんどの人が、たいした金も持たず、時には外出着に着がえもしないでサンダルばきのまま消えて行くのですからね。世間じゃきっと、さわいでいるでしょうな」

「大さわぎです。主婦たちは戦々兢々、女性週刊誌は何度も特集をしています」

紳士はうなずいた。「そうでしょう。その上たいていの男はそれほどさしせまった原因もなく家出するのですからね。しかも、ほとんど家庭ではいい夫でありやさしいパパです。蒸発前夜は大半が妻と交渉を持っている。主婦たちがびくびくするのも当然でしょう。自分の夫もいつ消えるかわからないのですからね」

「じゃ、あなたも奥さんを愛していられた」

「ええ。妻はきっと驚いているでしょうな。夫婦喧嘩など、したことがなかった――もっともこれは、蒸発した人のほとんどがそうですがね。家庭は健康的でした。そして私には、それが重荷だった。現実的なしっかりした妻まで重荷になってきた。私だけでなく、男はすべて空想家です。だが、空想は一文にもならないと妻は言います。そのとおりです。仕事の上で冒険をやろうとしても、失敗した場合のことを男に思い出させるのも女です。

実際、子供の将来のことを考えれば、何もできなくなってしまいます。昔の男は、大きな仕事をするために家庭をほったらかしにした。家庭を破壊状態にしてまで、偉業をなしとげた男もいます。だが現代でそれをやれば、どんな仕事をしとげたところで罰せられます。だが、男が空想的、改革的であることは今も昔と変わりはないわけで、新しい冒険を求め、ともすれば家庭からとび出そうとします。女は実際的で保守的ですから、家庭の平和を維持しようとします。

だが、男がどこかで冒険をやらない限り社会の発展はあり得ません。この両者の均衡のうまくとれた状態がいちばんいいんでしょうが、現在の社会はどちらかというと女性文明に近いわけで、だからマイホーム亭主などもたくさんいるわけです。ところが男にとっては妻への、子供への愛情以外に、やはり仕事への愛情というものがある。

知っているつもりではいても、女性には、これはなかなか理解し難いものなんですよ。

　仕事に抱いている愛情度の大きい男ほど今では旧式なんですかな。いっそ完全に旧式なら女房を引きずってでも暴走できますが、一方じゃ家庭も愛している。ことに私の場合は酒もタバコもやらぬマジメ人間でしたから、空想欲や冒険欲のはけ口がなかった。こう考えてみると、誠実でない人間はむしろ蒸発なんかしないんじゃないでしょうか。できるだけ妻に衝撃をあたえまいとして蒸発するわけで、それが自分を信じている妻に対しての、いちばん配慮に満ちた方法ならしかたがないでしょう。破産したり発狂したりして妻を困らせ苦しめるよりは、いいのじゃないですか」

「おかしなことになってきましたね。すると蒸発する男こそ、妻への愛情と新しい改革への欲求と両者を兼ねそなえた、もっとも理想的な人間だということになりますよ」

「いや。現代にとって理想的な男性は、むしろ仕事より家庭に幸福を求める男性であるべきなのかもしれません。人類文明はすでに絶頂に近づいていて、もう仕事などしなくていいのかもしれませんよ。その証拠に、あちこちで勤務時間がどんどん短縮されています」

　では男が家庭を愛し、女が男の仕事を理解すれば蒸発はなくなるのだろうか——自分の部屋へ戻り、ぼくはひとりで考えた——それともこれは社会現象で、責任は社会全体にあるのだろうか……。

「やあ、お待たせしました」ぼくをここへつれてきた例の紳士が、部屋へ入ってきた。

「ところで」と、彼はぼくと向かいあい、質問した。「あなたは、どういうご職業がご希望なんですか」

　ぼくは、しかたなしにいった。「SF作家です」

そう答えてから、ぼくは幸福だなあと思った。それからまた、こうも思った。

自分の職業を愛し、蒸発など夢にも考えないぼくは、ひょっとしたら馬鹿なんじゃないだろうか……。

しょくどうらく〈食道楽〉

三十過ぎの若さで味覚について書くのには、罪悪感が伴う。

ほんの数年前までは、たとえばビフテキなら、うまいビフテキとまずいビフテキの区別がつかなかった。

だが、星新一、小松左京という二人の先輩が、揃って食道楽だったため、うまい店へばかりつれていってもらい、うまいものばかり食べたため、しぜんとそうなったのだろうか、たまにまずいものを食べると、これはまずいとはっきりわかるようになった。

うまい店も、たくさん憶えた。

すぐ近所の青山通りに面した「永坂更科」や日本料理「吉橋」、明治通りの中華料理「天壇」、平河町の越後料理「まつ井」等々である。

つまり、強いていえば麵類と和食が好きなのである。

星、小松氏は、和食があまり好きではないようで、もっと油っこい、中華、イタリア、朝鮮、ロシア料理などをお召しあがりになる。だから、ご両所ごひいきの店も、ぼくのリストに加わるのである。

魚の味にうるさくなったのは、神戸垂水の妻の父の影響だろう。淡路島、明石あたりまで足をのばし、活鯛料理を食べあるいたのだから、東京で食べる魚がまずいのは、これはあたり前だろう。

SF作家は、先輩も後輩も、みな肥っている。ぼくは今のところ、まだ痩せている。

しかし、やがて肥り出すのだろう。

ブルジョア文化人らしく、舌が肥え、食べものに口やかましくなり、血圧を気にし、どんどん肥り、さらにどんどん肥り、そして死ぬのである。

しんやぞく〈深夜族〉

〈女の悲鳴の警笛〉というのをご存じだろうか？ まだある。〈クワイ川マーチの最初の三小節半の警笛〉というやつだ。〈フランス警察のパトカーのサイレン〉というのまである。これ以外にもいろんな警笛があって、窓からのぞいて見なくても、ああ今夜はあの連中が来ているなとわかる仕掛けである。

二年前まで、ぼくは原宿駅前に住んでいた。週刊誌などで原宿族の溜り場と喧伝されていたスナック〈コンコルド〉があるビルの四階だ。しかも道路に面していたから、昭和四十一年ごろのやかましさといったら大変なものだった。

金もないくせに女の子を誘って店にはいり、さんざん飲み食いした男が、自分の分だけ勘定を払って店を出てしまうので、おどろいた女の子が泣きわめきながら後を追い、道ばたでののしりあう。女の子も金がないのだ。かと思うと男同士のハデな喧嘩《けんか》もあった。

朝の五時ごろ家へ帰ってくると、ビルの階段に三、四人がうずくまり「寒いなあ」といって顫《ふる》えている。傍《そば》へ行くとこそこそ隅《すみ》へかくれる。階段へ新聞紙を敷いて寝ているのだ。これは原宿乞食と呼ばれていた連中で、帰りのタクシー代がないから国電の始発を待っていたのである。服装だけはぱりっとしたコンチ・スタイルだった。

「輝ける青春」などというが、その青春にはだいたいにおいて金がない。こういう連中を見るとこっちまで惨《みじ》めな気持になってしまう。

付近の住民が東郷神社の社務所へ集まって「原宿族追放決起大会」を開いたが、たかが子供のことで徒党を組むなど大人も大人だ。だらしがなくて意気地がない。

やがて取締りがきびしくなって原宿族の数は少なくなり、原宿には大人のムードが戻り始めた。

中年男が精神的締め出しをくった〈コンコルド〉の地下はサパー・レストランに改装された。〈ルート5〉にも〈クレドール〉にも〈ブラッキイ〉にも、また、顔見知りでないと入れてもらえない通称穴倉の〈ラ・カベルナ〉にも、子供の姿は見られなくなった。そして数ヵ月経った。

「彼らはどこへ行ったのだろう?」

ぼくの質問に、やはり深夜族のタクシーの運転手が教えてくれた。

「自由が丘や田園調布のほうへ移動したそうだよ」

週刊Pにもそんな記事が載った。ぼくはさっそく、夜の二時ごろ自由が丘へ行ってみた。駅前の交番へはいって若い警官に尋ねた。

「原宿族がこっちへ来ませんでしたか?」

「週刊Pを見たな」彼は苦笑した。「あれはでたらめだ。でっちあげなのです」

「週刊Pの記者がここへ来たんですか?」

「よう来るもんか」彼はおこっていた。

「来やがったら、ただじゃおかねえ」

おこるのも無理はなかった。その記事を見た少年たちが本当にやってきたら、彼らの仕事がふえるのである。

自由が丘の〈タンポポ〉〈シャルム〉などスナックを四、五軒まわったが、それらしいのは二、三組見かけただけだった。ちょうど給料日で土曜日だったからネクタイ姿が多く、どの店もほぼ満員だった。

また駅前まで戻ってくると交番で何か揉《も》めていた。若い男が警官と小突きあいをやっている。若い酔っぱらい同士の喧嘩らしい。もっと詳しいことを聞こうとして「何ですか、なんですか」といいながら、はいっていくと「もうおそいから帰りなさい」と押し戻された。

もうおそいから帰りなさい――これは子供にい

うせりふである。しかしこのことばを聞くと、ぼくでさえ超自我を刺激され、一種の罪悪感を覚える。子供のころ、もうおそいから寝なさい、と親にしかられ、寝たあとの世界——大人の時間の甘そうなムードに未練を残しながら、ふとんにもぐりこんだ記憶はだれにでもあるだろう。

ところが受験時代になると大っぴらに徹夜ができる。現在ラジオの深夜放送を楽しみながら勉強している中学生が、午前三時で約五万人、高校生だと約十四万人もいる。勉強もさることながら無理やり寝かされたことへの反動形成もないとはいえまい。だからたまに試験のない時とか休みの前の日など、こんどは寝ようとしても、寝られない。そこで夜の巷《ちまた》を徘徊《はいかい》しはじめる。これが原宿族など〈少年深夜族〉の仲間にはいる。こういう連中が大学へはいっても、夜型の生活しかできない。夜でないと頭が働かなくなってしまっているのだ。実社会へ出てもそうである。そこでどうしても夜の生活から脱しきれない者が、大人の深夜族の仲間入りをするという寸法だ。こう考えてみると、夜ふかしというのはエディプス・コンプレックスの所産かもしれない。

さて、ところで原宿族はどこへ行ったのか？ 結局ぼくにはわからなかった。

○

〈深夜族〉ということばから、読者は何を連想されるか？ 犯罪のにおいのする、いかがわしい、うさんくさそうな人間たちか？ ビルの谷間、ネオンの洪水に涙するロマンチックな都会派詩人か？ はたまた歓楽の巷に酒を浴び、女と戯れる蕩児の群れか？

数年前ぼくは大阪のある工芸社に入社した。この会社はデパートの催し場や売り場の展示装飾を請け負っていて、デパートの定休日の前後はたいてい二日続けて徹夜をし、一日と二晩で完全に模様替えをしなければならない。ぼくもほとんど毎週、平均二、三回は徹夜をした。若かったし、さほど辛《つら》くは思わなかった。その時のぼくは、深夜起きていることに一種のエリート意識を持ったようだ。仕事が終り、静かな夜の舗道を歩く時、寝ている人間たちへの優越感がぼくを浮きうきさせた。

だが一方では劣等感もあった。それは要するに、夜の仕事というものは、昼間からはみ出して、夜へ追いやられた仕事なのだというふうに考えていたからである。たとえばデパートは昼間活動している、だからデパートの装飾業者は夜仕事しなくちゃいけない。鉄道も昼は動いている、だから鉄道工事は夜しなくちゃいけない。地下鉄工事、舗装工事みなしかりである。昼間の企画会議で方針が決まる、そこでデザイナーやコピーライターは、それを夜図面にしなければならない。昼間建設工事にミスがあった、そこで設計士が図面をひき直すのは夜である。――と、そう考えていたのだ。しかし精神労働に関しては、これはどうも誤っていたようだ。つまり、その後独立して商業デザイナーになった時、ぼくはやっと、どっちみち自分は夜にならなければいい仕事ができないのだと悟ったのである。

だからぼくの場合は、受験勉強がきっかけではなく、タクシーの運転手その他の深夜労務者と同じプロセスで、いや応なしに夜間の仕事をやらされたため、自然に体質が変化し、いつのまにか精神的にも肉体的にも深夜型の人間になってしまっていたというわけだ。しかしこの時はまだ、得意先まわりや来客の応対など、昼間の仕事がどうしても必要だった。完全に深夜族の仲間入りをしたのは東京へ出てきてからである。深夜遊ぶようになったのも二、三年前からだ。遊ぶところは多い。ぼくがいたころ大阪には、千日前に、御堂筋に面してオールナイト食堂が一軒あっただけだが、いま、東京には深夜営業の店がいくらでもある。二十四時間営業の店にしても、三宿池尻の〈AOI〉など数軒ある。

われわれにとって夜気はカンフルだ。

昼間無理して起きている場合でも、それは単に目を覚ましているというだけであって、活動するにはまったくふさわしくない状態なのだ。血は冷たく、ゆっくり流れている。

これに近い人種は昔からあった。

十八世紀のロンドンに住んでいた上流社会の人間たちもそうだ。彼らは毎日、昼近くに起き出し、化粧部屋に二時間こもる。午後三時ごろにセント・ジェームス宮邸近くのホワイト軒というコーヒー店へ行き、バカ話をし、つれ立って劇場へ行き、芝居などは見ないでロビーでバカ話をし、だれかの家へ行ってカルタ遊びをやり、午前三時ごろに家へ帰ってきて寝るのである。

○

深夜起きている人間の数は、全国で約三百万人、首都圏内だけでも六十万人を越すと推定されている。

ラジオの深夜放送の聴取者調査では、学生が七割を占めていて、あとは宿直、通信、輸送、デザイナーとなっている。この他にも、ラジオを聞けない業務にたずさわっている者——水産業者、建設工事関係者、警官などの公務員がいる。だが、これらの人がすべて深夜族かというとちょっと疑問だ。当番制の宿直員などのように、もともと夜間勤務の専門家ではなく、超過勤務あるいは振りかえでいやいや夜起きている人間ははぶかなければなるまい。

深夜族ということばをはっきりさせる必要がある。「昼間の活動よりは夜間の活動に適した精神と肉体を持ち、そして事実上継続的に夜間活動している人間」という定義ではどうか。

この他に、現在急速に増加しつつある〈深夜指向族〉がある。体質的には深夜型なのだが、仕事の関係で仕方なしに昼間起きているといった連中だ。これは主としてサラリーマンに多く、土曜の夜、スナックや深夜興行映画館を満員にする人間の大半は、この深夜指向族である。

深夜興行映画と聞くと、たいていの人はガランとした観客席、居眠りしている観客、浮浪者やその他反社会的な人間たち、ホテルを締め出されたアベックなどを連想する。ところが実際は違う。大へんな盛況である。浅草、新宿などで鶴田、高倉ものを見ようとすれば、午前四時に行こうが五時に行こうがまず空席はない。立ち見している客のうしろから首をのばしてスクリーンを見なきゃいけない。寝てるやつなんかめったにいない。昼間の観客よりも生きいきとした目で、鶴田浩二の非業の最期に涙し、安藤昇の捨てぜりふに拍手する。実に反応の鋭い観客である。

東映本社の輸出部から警備に来ている人に尋ねてみた。

「観客調査はしましたか?」

「しました。ご覧のように観客の三割は女性ですが、これはバーなどのホステスです。いっしょに来てる人はサラリーマンが多くて、深夜興行映画の常連ファンですな。そのほかに飲食店の若い衆たちが仕事が終ってから来ます。何かの調査ですか?」

「組関係の連中はどうですか?」

「あそこにも数人いますね。でも少数です。おとなしくしています。ところで、なんの調査ですか?」

「さようなら」

このほか、深夜族は、レストランなどを借りてパーティーを開く時もある。渋谷のインドネシア料理店では、いかがわしいレコードをかけて、中央のフロアで男女が身をくねらせ踊っている。れいの「ジャングルの中でライオンに追われている土人の女の息づかい」という音楽だ。知らない者同士も踊る。貸し切りのパーティーではないから、普通の客も来て踊るのだ。客は上品である。芸能人などがよく来て、いっしょに踊ったりもするらしい。

　深夜族のプレイボーイには、たしかにロマンチストが多い。放送関係者、デザイナー、作家、医者、建築士、特に少年深夜族のほとんどはそうだろう。彼らは夜のムードを満喫している。

　彼ら少年深夜族が流行の服装でやってくるのも、自分を、ミッドナイトという華麗なスクリーンに登場するタレントとして眺めてもらいたい――あるいは自分でそう思い込みたいためなのだろう。だから彼らの一挙一動はすべて、いつカメラに収められてもいいようなポーズの連続で成り立っている。何かを指し示すポーズ、スナックにはいって行く時のポーズ、実にツボにはまっている。ぼくにも芝居っ気はあるが、のべつまくなしにあんな動きかたはとてもできない。うそだと思ったらためしにまねをしてみるがいい。足をもつれさせて、たちまちひっくり返るから。

○

〈深夜族〉とは何だろう？

爛《らん》熟した人類文化が、その退廃の中から生み落とした突然変異体《ミュータント》か？

　なるほど深夜興行映画館で見た、彼らの一種異様な目の輝きから、そう判断するのも無理はないかもしれない。しかし、ぼくは決してそうは思わない。文明化へのスピード・アップによって、いや応なしに夜に適応させられた一部の人間というにすぎないのではないか？

　しかしながら、その人間の数はいまや激しい勢いで増加している。そうだ、ミュータントと呼ぶにはその数はあまりに多い。そう考えてみると、もともと霊長類は昼行性なのだから、これは当然獲得形質の遺伝による「進化」以外の何ものでもないのだ。「進化」が大ゲサだというなら「個体趨《すう》異」と「進化」の中間過程だとでもしておこう。

社団法人・日本能率協会発行の『能率手帳』は、かくれたベストセラーといわれている。

見たところは普通の手帳だが、日記欄の時間目盛りが二十四時間に区切られていて深夜族には実にぐあいがいい。需要が多いのは当然だろう。

人間の生活空間の変化と拡大は、当然、生活時間の変化と拡大でもある。ニューヨークでは地下鉄が二十四時間運転をやっている。

しかし盛田昭夫氏の「東京二十四時間三交代説」が実現するには、もう少し時間がかかりそうだ。なるほど数十億円のコンピューターを入れたら、二十四時間フルに使ったほうが有利だということはわかる。だが問題は、それを扱う深夜型の体質をした人間が、いますぐ数えてどれだけいるかということである。

もちろん十数年後にはそうなるに違いないのだが、ぼくはそうなってほしくない。もしそうなったら、エリート意識を持つ深夜族のすべては嘆くだろう。もしそうなったら、ちょうど旅行好きの人間が、異国趣味的な相違点が地球上から消えていくことを不愉快に感じるのと同様、深夜族は嘆いていうにちがいない。

「ちぇっ。何時になっても同じだなあ」

ス

スキャンダル

「スキャンダル」ということばと「マスコミ」と

いうことばを関連づけずに考えることは不可能である。最大のスキャンダルはマスコミによって作られるからである。もちろん、スキャンダルを起こした本人がいちばん悪いわけだが、もしそれが報道されなかった場合は「醜聞」ではないからだ。報道された場合も、そのやりかたによってスキャンダルの大小ができる。いちばん大きなスキャンダルになるのは、どのような種類のマスコミの報道によるかというと、これはもう、いわずと知れた週刊誌、記者編集者ルポ・ライターなど、悪名高きすご腕のご面々によってである。そこで、スキャンダルというテーマで書く以上は、この人たちのことを書かざるを得なくなるのである。なぜスキャンダルを起こした本人のことを書かないで編集者のことを書くのかと反論されそうだから書いておくが、たとえば荒木一郎、あの先生のやったくらいの悪いことは、下町の魚屋の兄哥や不良じみたチンピラ高校生なら日本全国で連日連夜やっているだろうし、自慢じゃないがぼくなんか、もっと悪いことをしている。時効になっているから書いてもいいのだが、書かない。枚数不足だから書かないだけである。とにかくそういったことがなぜ報道されないかといえば、要するに、たとえばぼくが、荒木一郎先生ほど有名でないためであり、先生ほどの才能に恵まれていないためであり、おふくろが荒木道子大先生ほど偉くないためであり、ただそれだけのことだからである。先生のやったこと自体、珍らしくも何ともないから興味が湧かず、書く気もしないから書かず、むしろ報道する側のことを書く方が手っとり早いと思うから書くのである。

最近、ある雑誌に、例によってのドタバタを書き、その中に編集者を登場させ、ドタバタを演じさせた。作品をその雑誌の編集者に見せたところ、彼はぼくの前で原稿を読み、作品そのものは傑作ですと褒めた上で「しかし、編集者のことはあまり書かない方がいいですね」と、やんわりぼくをたしなめた。だがぼくは、編集者を悪く書いたわけではない。編集という仕事はぼくにとっても魅力的な仕事だったし、やりたいと思ったことも一度ならず、ある。それだけに苦労もわかるし、感情移入しやすいから、作中人物として登場させたわけである。だいいち、ぼくの知っている編集者には悪い人はひとりもいない。みんな、いい人ばかりである。もっとも、ぼくの好きな編集者と、嫌いな編集者はたしかにいる。いい人と悪い人が必ずしも好きな人と嫌いな人に相当しないのと同じである。

それはともかく、編集者という人種は、あらゆる社会人の中でも、ぼくが最も感情移入しやすい人たちだ。なぜなら、ぼくが会う人種はその約半数が彼らだからである。同業者であるともいえる。したがって彼らの心理は、ぼくには比較的よくわかるのである。と、いうより、ぼくに似ているといえる。人の悪口を書くのは好きだが、悪口を書かれるとすぐ怒るという点では、特にそうである。編集者は、出版という仕事をしている。活字文化の担い手である。したがって、文盲ではない。ある程度の教養がなければ、この仕事はできない。おそらく編集者と名がつけば大学卒と思ってよく、出版社へ入社できた以上は外国語も一応はこなせ、哲学や社会科学書の数十冊は読んでいると思って間違いはあるまい。つまり彼らはインテリなのである。インテリの大部分は、繊細な神経を持っている。早くいえば線が細い。

この線の細いインテリが出版社に入り、何の因果か週刊誌の芸能記者にされてしまう。週刊誌の芸能記者という職業は線が細くてはやっていけない。図太さが要求される。彼らは図太くなろうとする。その結果彼らの精神に抑圧と自己嫌悪が起こる。自己嫌悪があっては芸能記者はできない。彼らはそこで、自己に対する嫌悪感を外部に向ける。外部とは芸能界のことである。幸いにも、芸能界にはその嫌悪感をぶつけるべき対象はワンサカワンサとあるのだ。なぜなら芸能界には、前述した魚屋の兄哥、不良高校生などの理想的モデルがいっぱいいる。芸能記者諸氏は、それらの小悪党に毎日会うわけである。彼ら先生がたのお話を拝聴しなくてはならない。相手が売り出したばかりの美人タレントならまだよい。彼女たちのナルシズムに渦まく独白を上の空で聞きながら一方交通のテレコイトスで時間を潰せる。我慢ならないのは傲慢なる男性チンピラ・タレントである。

さて、ここでふたたび荒木一郎先生の登場である。だがその前にひとこといっておきたい。ぼくは先生の才能を認めている。作詞作曲の才、歌唱力などを、優れたものであると判断する。おそらく、ぼく以上に現代的才能を見る眼が鋭い芸能記者諸氏なら、尚さら彼の才能を認めている筈だ。だが荒木先生の傲慢さは、才能と加減して高額のお釣りがくるほどであったらしい。ぼくがもし芸能記者だったなら、あんなスキャンダルの前に、先生のことをぼろ糞に書いていただろう。先生の傲慢さが、事件の相手方や警察にも悪感情をあたえ、ついにあれだけの大スキャンダルが起こった。むろん第一に芸能記者諸氏が、ここを先途と書きまくったからである。荒木先生は男を下げ、才能の発表舞台がなくなった。ここで、彼の才能のために、彼を埋め去ってしまうのは惜しい——などというつもりはない。もちろん、今までの彼の才能にとってはその傲慢さが役割を果たしていたことであったろう。今後は彼にとって傲慢さはマイナスにしか作用しなくなった。しかし、もし彼の才能が本ものなら、彼はあの事件と、傲慢さを失ったことを、自己の才能のために有利に使う筈だ。その成果があらわれた時には、芸能記者諸氏はこぞって彼に拍手を送ってやってくださるよう、ぼくからもお願いしておきたい。もちろん、こんなことを書かなくても、才能を認めるにヤブサカでない賢明な芸能記者諸氏は、揃って彼のために絶讃を送ってくださることであろうが。

ストーリイ・マンガ

「のらくろ」の、本とじ箱入り布表紙の単行本が復刻された。「発売中」という新聞広告が出た二、三日後に、近所の書店数軒を歩いたが、売切れていた。結局、八重洲口の書店でやっと「のらくろ伍長」だけが手に入った。同時発売の「上等兵」と「軍曹」はやはり売り切れていた。

昭和十七、八年ごろ、ぼくの周囲には「のらくろ伍長」を持っている友人は比較的多かったが、「上等兵」「軍曹」はなかった。「伍長」だけが多い部数で発行されたのだろうか。とにかくぼくは「上等兵」「軍曹」には飢餓感のようなものを抱いていて、「伍長」の奥付の宣伝文句を見るたびに、泣きたいほどのいらだたしさを感じた。のらくろの本を持っているという友人に会うたび、今度こそ上等兵か軍曹かと思って胸をおどらせるのだが、借りてみると、またまた伍長であって、げっそりした経験も何度かある。

八重洲口の書店では、またしてもそれと同じ苛立ちを感じたわけで、あの頃の感情がデジャ・ヴ現象の如く次つぎと蘇ってきたのである。だが、ぼくより先に「上等兵」や「軍曹」を買っていった連中への腹立ちはなく、むしろ親近感のようなものが湧いた。そうかそうか、君たちもぼくと同様、上等兵と軍曹に飢えていたのだね、ぼく同様の経験も、きっとしてきたのだろうね。

はなはだセンチなことになってしまったが、「のらくろを読んだ」というだけで共感を持つ世代にだけは、理解してもらえるだろう。その後「上等兵」も「軍曹」も読む機会はあったし、それはたいていの人がそうだろうと思うのだが、記憶の中にある飢餓感が、何度でも読みたい気持にさせてしまうのだ。現にぼくも、何度となく読んだ「伍長」をふたたび八重洲口で買い、新幹線の中で読み返した。さいわいにも「上等兵」「軍曹」は神戸の垂水駅で買うことができた。

三冊を読み終り、何度も読み返したくなる気持というものを分析してみた。それは必ずしも飢餓感や郷愁のためだけではなかった。「のらくろに高い文学性があるため、再読、三読に耐えることができるのだ」などというつもりもない。高い文学性という点でなら、現代には、はるかに高い文学性を持ったストーリイ・マンガが数多く出ている。娯楽性についていえば尚さらである。たとえば石森章太郎の傑作「ミュータント・サブ」と「のらくろ」を比較すれば一目瞭然であろう。プロットの複雑さ、ギャグの高級さ、豊富さ、視点の多様性、すべての点で前者は、後者に優っているのである。

最近のマンガで、何度も読み返したくなる感情に襲われたものの最たるものは、つげ義春の「ねじ式」だった。事実これは、ぼく以外の誰もがそうであるらしく、作品集をはじめ、あちこちの雑誌にくり返し登場している。そしてそれは「ねじ式」の持っている文学性のためであるとは、あながち、いい切ることができないのだ。石森の「ジュン」にしても、決して「ねじ式」に劣らぬ高い文学性を持っているのだから。

この相違は、どこからくるのだろう。

その時代、その時代の傑作は、各時代の情報量によって大きく影響されているのではないかと思うのである。

つまり、のらくろの時代は、少年向けの情報の絶対量が不足していた。そのため、再読、三読に耐え得るのらくろの評判がよかったといえるのではないだろうか。即ちのらくろは、情報不足の社会に最も適していたマンガだったのではないだろうか。同様にミュータント・サブは、情報過多の時代に最も適したマンガであるとはいえないだろうか。

　のらくろには、ミュータント・サブに見られるような捨てゴマはない。一頁が三段に分かれていて、つまりコマの大きさが一定していて、したがってテンポも一定している。背景が、どちらかといえばカキワリ的で、最近のストーリイ・マンガに見られる奥行きもなければ、クローズ・アップもない。以前演劇に熱中していたぼくの経験から考えれば、のらくろの最も舞台劇的な点は、舞台、つまりそのコマのずっと奥にいて小さく描かれている人物を、舞台前面にいる人物がふりかえる場合、そのふりかえりかたは、観客に、つまり読者に、背を向けぬようにして、真横をふりかえっているのである。つまり正確には、相手をふりかえってはいないわけである。

　人物の動きだけをとりあげてみよう。（のらくろは犬であるが、人物ということにしておく）ミュータント・サブの登場人物はストップ・モーションの連続で動いている。だがのらくろはコマごとに見得を切っているかの如く、大きさ一定のコマに中で常に絵づらになるような動きをとっている。

　のらくろは演劇的であり、ミュータント・サブは、より映画的であるといえるだろう。この辺のことは何度も論じられているから、とりたてて書く必要はあるまい。

　この相違が、読者に何をもたらすかを考えてみよう。のらくろは読者に連想を強制するマンガである。ミュータント・サブはその逆であって、説明が充分である上に、読者を作者の世界へ完全にひきずりこんでしまうマンガである。のらくろファンが、のらくろの世界と思っているものは、実は半分以上、連想によってくりひろげられた読者自身の世界なのである。文章の行間のような、のらくろマンガの空間、コマとコマの間の余白、コマ数が少ないため必然的に多くなっている吹き出しの中のセリフなどから連想したものを、読み返すことによって確かめ、次第に自分の世界を作っていくわけである。年輩の人たちがのらくろを懐しがるのも、そういった少年時代の連想過程が蘇ってきて、それに伴なって当時のことを思い出すことができるからだ。

もしもこのマンガ情報時代にのらくろが初めて出版されたとしたらどうであろう。連想を強制されるわずらわしさに、読者は投げ出すことであろう。他に、読むべきマンガがいっぱいあるのだ。

石森章太郎に最近聞いたところでは、今でも月産五百枚の線は維持しているということである。もし彼が連想を強制するマンガを描いていたとしたら、ひとりの読者が彼の全作品を読もうとすることは不可能になってしまう、そこで彼のマンガは必然的に、ひとつの作品を読み終えた読者が彼の他の作品を次つぎと読んで行きたい気持にさせるようにできている。もっと作者の世界を知りたいという気持にさせるわけだ。読者の興味は、マンガの主人公たちよりも、むしろ作者と、その周囲に対して向けられている。これがマンガ情報時代のマンガの読まれ方であり、その条件を満足させるマンガが傑作マンガなのである。

一方、のらくろの単行本は一冊が百六十枚で、年に一冊出るだけだった。月産十三枚である。雑誌の連載や他の仕事を加えても、月産五十枚は越さなかっただろう。石森章太郎は現在、かつての田河水泡の十倍以上のスピードで描き続けているのだ。

「少年サンデー」も「少年マガジン」もなかった時代には、田河水泡の私生活を少年読者が知る手段はほとんどなかった。奥付に作者の住所は出ていないから、ファンレターの出しようもなかったであろう。しかしそれでもよかったのである。田河水泡イコールのらくろ——読者が感情移入し自つげ義春は、彼が寡作であり、いつも旅行していて、どこにいるかわからぬという伝説で、つまり彼に関する情報内容によっても人気を集めているのである。そして彼が、いつ次に作品を描くかわからないという情報によって、つげ義春の現在までの最高傑作とされている「ねじ式」が再読、三読されているのである。もちろんこれも、マンガ情報量の多さによる付随的な現象であるが、作家をよく知ろうとすることで再読されるケースはめずらしい。

とにかく現代ではマンガ家があらゆる意味で作品に先行している。現代のマンガ家は読者から作品中の主人公を抜きにして自己同一化されようとする運命にあるのだ。と同時に現代では大量のマンガ情報があるということを抜きにしてはマンガを語ることはできないし、マンガ家論もできないのである。

論旨が分裂したような気がしてならないが、この己同一化したのらくろだったのだから。だが、今は違う。作者の私生活を知っていないことには、安心して読めないという読者がいっぱいいる。たとえば石森章太郎の作品中でも、その作品の文学性を最も高く評価されている「ジュン」でさえ、読者が石森の世界を知るための、ひとつの手段として読まれているのである。最近の傑作といわれるマンガのほとんどが、作者を知ること、作者の内面を端的に知ることを目的とする読者の気持を満足させるものであったことでも、知ることができよう。つげ義春の「ねじ式」がそうなのだ。

では「ねじ式」は、何故再読、三読されるのだろう。これは「のらくろ」と違い、主人公の魅力で読まれているわけではない。連想を強制する点はあるが、それは「ジュン」とさほどの差はない。（内容は比較不可能なほどに異質であるが）それなのにどうして再読に耐え、雑誌に何度も収録されるのだろう。

れでこの小論を終る。今後、傑作の名で呼ばれることになるストーリイ・マンガとはいったいどんなものか、それを予想するのは楽しいだろうから、この小論がその予想のお役に立てばさいわいである。

セ

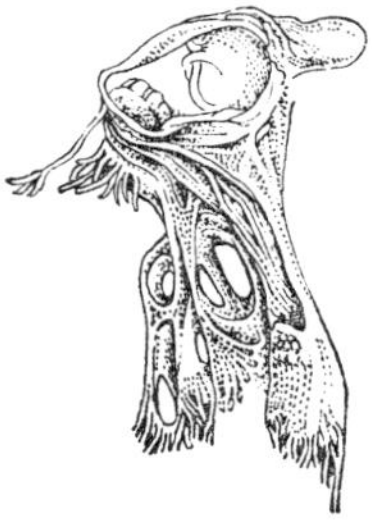

せいき〈性器〉

〈生殖器〉を見よ。

せいしょくき〈生殖器〉

〈性器〉を見よ。

せいしんびょういん〈精神病院〉

今、精神病院にいる。昨日入院したのだ。「可哀そうに筒井という奴、以前からナルシズムの強い男で、最近では火星人だ他次元空間だと騒いでいたが、とうとう狂気に蝕まれたか」

あいにく、そうではない。ぼくが気が狂うくらいなら、もっと先に入院しなくてはならない人間が、SF作家クラブにはいくらでもいる。

タクシーに乗っていながら、いきなり「車夫馬丁のやからは……」などと喋り出す、局面暴言症の星新一氏。人の顔を見ると相手かまわず「お前、ヘソねえじゃやねえか?」と訊ねてまわるCM性擬似イベント症の矢野徹氏。「月経時には吸血鬼とシックス・ナインを……」などという発明を三秒に一つする妄想性インターコーサー小松左京氏。まだまだいる。だがこれ以上書くと粛清される。

ところで、ぼくのことだ。ぼくは大学で心理学をやった。卒業してからも精神分析への興味は失わなかった。だが最近、自分が日本にいながら日本の精神病院のことを何ひとつ知らないことに気がついた。逆に欧米のことなら、メニンジャーの著作や、映画などで、わりあいよく知っている。いちど見学に行かなければと思っていたら、知人が精神病医を紹介してくれた。最近博士になったばかりの若いモダンな医者だ。新型の博士だ。入院の許可を求めると簡単に承諾してくれた。

ふつうは、たとえ見学でも精神病院の中へは入れない。入ろうとすれば知事の許可をうけて、患者としてでなければばならない。だからぼくの場合だと、大阪府の衛生課精神衛生係へ許可申請をし、精神病であることを認められ、選挙権その他の基本的人権の大部分を剝奪されて始めて入院できるのだ。

医者のいうのには、その上、他の患者に襲われてひどい眼にあったり怪我をさせられても、絶対に文句はいわないという念書を病院長に提出しなければならないのだ。考えてみれば当然のことで、なにしろ相手は気が狂っていて人間と認められていないのだから、殺されたって文句のいいようがないわけだ。

ぼくが少し顫《ぶる》っているので、医者はわざと薄気味悪い笑いかたをして見せた。

「ま、命には別条ないだろう。兇暴な患者は隔離病棟に入れてあるから」

それから真剣な顔で、あんたは正気なんだろうなと訊ねた。これには驚いた。おれは気違いだなどという気違いがいるものか。医者の癖に何てことをいうと思って、ぼくは正気だと答えると、彼はいった。

「あんたの家族や知人が、あんたを病院から出してくれるなと頼みに来て、病院長がそれを承認すれば、あんたは出られないよ」

「でも、正気ならいいでしょう」

そういってから、少し自信がなくなってきた。自分が正気だという自分に対する確証はあるのか、そんなものないじゃないか。でも、そんなこといい出せば、この医者だって正気でないかもしれないし、病院長だって、患者が何十年か勤めあげて昇進した奴かもしれない。患者ならぼくを見て、こいつは気違いだ隔離病棟へぶち込めなどといい兼ねない、いや言うにきまっている。はて、どうしたものか。

精神病院の風呂場で魚釣りをしている患者の傍へ、医者がやってきた。
医者「どうです。釣れますか？」
患者「ここは風呂場だ。魚なんか釣れるわけがねえじゃねえか」

考えた末、結局ぼくは入院した。

さいわい、五、六十人ひと組の大部屋でなく、空いた個室があったので、そこへ入った。窓の鉄格子とドアの覗き窓が気になるが、意外に清潔な明るい部屋だ。でも、こんな部屋でじっとしていたのでは患者達と変わるところがないので、あわてて医者に頼み、さっそく隔離病棟へ行った。

ここはぼくの部屋よりずっと暗く、電球は四〇ワットひとつだ。病棟の中央の少し広いロビーには、テレビ一台とベンチひとつ、それにピンポン台があった。

医者の恰好をしていたので、付添婦が挨拶した。診察室へ入った。

四十前後の男が、診察を受けていた。彼は表情に乏しく、喋りかたは正常だった。精神分裂症であることは、すぐわかった。診察していた医者が、彼のカルテをぼくに見せ、何でも聞いてくれと言った。

「あなた、自分が気が狂っていると思う？」

「以前は狂っていたけど、今は正気だよ」

「天皇陛下のこと、どう思う?」

彼は身をのり出した。「うん、実は昨日も天皇陛下が……」そういいかけて彼は、ちらと横眼で医者の方をうかがった。それから悲しげに首を振った。「いやいや、おれがこんなことをいうと、また……」そして黙ってしまった。可哀そうだった。

「そのノートは何? 日記?」

「そうです」

「あなたが書いたの? 見てもいい?」

「どうぞ」

字は読み易かった。

「佐藤栄作と谷本光治(患者の名)とは、どちらも四字だから、同一人物だと思う。日の丸は日本の旗です。血の色は赤い。日の丸は一番いい。日本人の民族の××(解読不明)と思います」

すごく文学的だねといってやると、彼はじっとぼくを見つめた。あきらかに喜んでいるのだが笑えないのだ。

カルテを見ると、彼は最初会社を休んで、家でぶらぶら過ごすようになった。ある日近所の人を、自分の家に集めた。何ごとかと不審顔で集まった人たちを前に、彼は、私の家の新聞は戦争のことばかり書いていると喋り始めた。それから彼は電気のコードを指した。

「これを引っぱると電気が消えます」

つまり当然のことを説明しはじめたわけだ。これはいかんと、近所の人たちは彼をつれてきたのである。

この患者の生活歴病歴は面白く、ぼくにでも分析できそうなので全部ノートした。詳細を、いつか発表しようと思う。

分裂病の患者でも、何をいってるのかわからないのがいる。ロビーにいた女の患者がそれだった。

「たった今お夕飯に行ってきたんですわ針ねずみが私ん所へ何を送ってよこしたのか知らなかった

のならどうしていつ青い青い今いった誰かできる人があれそれこれをやってみるんです皇后陛下の選挙なんてそんなもんですわ」

病室の覗き窓を順にのぞいて行くと、可愛い女の子がいたので、付添婦に入れてくれと頼み、入っていった。ぼくが入って行くと、着物でも脱ぎ始めるんじゃないかと期待したが、脱がなかった。鏡で、じっと自分の顔を見ていた彼女は、ぼくをちらりと見てから、また鏡をのぞきこみ、ぼくのいる方向から自分がいちばん美人に見える角度を研究しはじめた。なんだ、ふつうの娘と少しも変わらないじゃないかと思いながら、彼女の書きかけの手紙を見た。

「今日私は私はお風呂に入り入りました。お風呂に入った入ったので私は二時に買物に二時に買い物に買物に買物に買物に二時に買物に買物」（書写中枢障害）

付添婦が入ってきてぼくに、病院長が呼んでいるといったので、ぼくは病院長が呼んでいるなら行こうと思ってそれでその部屋を出て病院長が呼んでいるのだから病院長の部屋へ行って入ると病院長がそこにいた。

「これから外来患者の診察をします。見ませんか？」

医者の恰好をしているので、そのまま診察を横から見学することにした。

いろいろな患者が来た。

二十四歳の女性。美人。（どうして神経症の女性には美人が多いんだろう）中学二年の時に男の先生が好きになり、罪の意識で、それから男性の顔を見ることができなくなったという。最近では男でも女でも、他人の顔と直面できなくなってしまっているというのだ。この人は二度目の診察だった。

「具合はどうですか？」

「やっぱりだめですわ」俯向いたままだ。

医者はふた言み言話しただけで、何もせずにこの人を帰した。こういう患者は薬物療法では駄目なのだろう。説得が治療の主体になる。中学二年に先生が好きになった女の子など、ゴマンといるのだから、それ以前のことを調べなければいけないんじゃないか。しろうと考えながら、ぼくはそう思った。あとで聞くと、精神分析は時間がかかるので、ほとんどやっていないのだそうだ。現在用いられている治療法は、第一に、第２次大戦後、急に発達した薬物療法。これには主として、クロールプロマジン、クロロマイセチン抗生剤、ペニシリン抗生剤などを使っている。電撃療法（身体に交流の電気を流す）だとか、インシュリン・ショック療法なども、それに次いで、しばしば使われる。催眠術療法や、ぼくの専門の精神分析は、たまに使うが、ノイローゼの治療の際に使うことがほとんどだということだった。

この他に、脳波検査機がある。何本かの鉛筆が脳波をグラフにする。わりあい大がかりな機械である。だがそのグラフを見て、本人の考えがわかるなどといった精密なものではない。ぼくは以前、宣伝に利用するためこの機械を逆に使ったなどという、ひどいＳＦを書いたが、そんなことはできない。できないことを知っていて書く場合も、ぼくにはある。それを正直にいうというのもぼくのいい所だぼくにはもっといい所もあって……。

話を戻して、この脳波検査機は治療に使うのではなく、患者の病気のふるい分けに使う。たとえば分裂病やノイローゼでは、この機械には何の反応も出ないが、外傷のある場合やてんかんだと、異常波があらわれる。

日本にはてんかんが多い。ここに来る人も、てんかんが半数に近いと聞かされた。つい最近、会社の慰安会で酒を飲んで暴れ、生まれて始めててんかんを起こし、トラックの運転ができないという男が、社長に付き添われてやってきた。この男は運転手だから、トラックに乗れないとなると死活問題だし、社長の方も求人難で、この男にやって貰えないと困るというのだ。医者は困っていたが、まあ無理さえしなければ、運転中にてんかんを起こすようなことはないだろうと答えた。

「じゃ乗ってもいいんですか？」と社長。

「まあ、生活して行けなければ困るだろうから、やらせて見ましょうや」

「じゃあ、診断書を書いていただけますか」

「ううむ」医者はまた頭をかかえた。「そりゃあ、書かないわけにはいくまいが」

医者は結局、意見書を書いて彼らを帰した。ぼくは医者に訊ねて見た。

「もし彼が事故を起こせば、どうなります？」

「私にとって、どうということはありません。道義的責任はありますが……」医者はしみじみといった。「困った問題ですよ。むしろ、ああして診察を受けにくる人はまだいい。自分がてんかんだということを他人に隠して運転しているのがザラにいる。三河島事件でも、あとで関係者を検査したら、五人中四人までが異常波を出していて、しかも一人は、事件直前失神状態にあったらしいんですな」

そんなにひどいとは思っていなかったので、びっくりした。ぼくの友人でてんかんの人は、ぼくにだけそっと教えといて下さい。

十八歳の男の子。母親が付き添ってやってきた。大学の受験勉強中で、入試が目の前に迫っている。ところが去年の暮ごろから、自分の今までの生活を非難する人声が聞こえ始めた。幻聴だ。周囲でワイワイ喋っていて眠れない。最近ではテレビが、自分のことを放送しているような気がするというのだ。

「そりゃああんた、精神分裂症だよ」

彼はびっくりして、太股を硬直させた。

「うわっ。本当ですか。弱ったなあ」

「受験はあきらめろ。すぐ入院しなさい。まず六ヵ月だな」

母親がオロオロ声でいった。

「だけど、ここへ入ったら、まわりの気違いさんの影響で、本当に気が狂うんじゃありませんか?」

「そんなことはないさ」医者は患者を指していった。「皆、君みたいな人ばかりなんだ」

彼は苦笑して、顔を赤くし、頭を搔いた。

「チェッ。やんなるなあ」

母親は医者に、拝むようにいった。

「でも、でも……こうして見ると、普通なんですがねえ……」泣きそうな顔だ。

「でも、病気なんだよ。今のうちに治療しないと駄目だ。完全に狂ってしまうんですぞ」

「あの、あの、入院すると、世間がいつまでも……。ご近所がうるさくて……」

医者は怒って、ぼくの方を振り返り、大声で喋り始めた。

「こういう家族がいちばん困るんですよ。患者のことを考えないで、世間態だけを気にする。そしていつまでも放っとく。そのうちに、ますます病気が嵩じて、正気でなくなる。ここへつれてくると、また入院しろといわれるだろうからといって、他所の病院へつれて行く。そこでも入院をすすめられる。しまいに、カミサマの水を貰ったり、祈禱に行ったり、お祓いだとか……」

「ああ」

母親が貧血を起こした。抱きあげられると、ワッと泣きはじめた。息子が可哀想で泣いているのでは、ないらしかった。それは泣きかたでわかった。

患者A「おれはナポレオンだ」
患者B「そんなこと、誰が決めた?」
患者A「神様が決めた」

それを横で聞いていた患者C「おれはそんなこと、決めた憶えはねえ」

外来患者の診察を、ひととおり見てから、五十人ほどのベッドが並んだ大部屋へ行った。ここにはアル中患者が多い。

酒精中毒者数は、その国のアルコール消費量にほぼ比例している。日本では、戦前は男30に対し女1の割合だったが、戦後では男35に対して女20になっている。アメリカでは逆に男2に対し女3だ。暇と金がかかるから、上流階級に多い。

六十歳くらいのお爺さんの患者がいると思って、カルテを見せてもらったら、驚いたことに三十七歳だった。医者が彼を診察していた。

この男は南支戦線にいた時、酒が豊富だったのでガブ飲みした。ところが終戦で日本に帰ってきたら酒が手に入らない。屋台などで悪い酒を飲むようになった。次第に強い酒でないと物足りなくなり、今では朝起きてから寝るまで焼酎の飲み続け。血液中のアルコール分の絶え間がないわけで、これがいちばん悪い。この患者は震戦譫妄症《しんせんせんもう》だ。最初は奥さんが間男をしたといって騒いだ。情夫がまだこの部屋にいる、そらそこの欄間から覗いたといっては、夜中に廊下を追いかけたりした。酒精中毒者は、酒を飲めば色欲衝動が旺盛になる。ところがリビドーがあがるだけで、ポテンツがそれにともなわない。そこで幻覚のある嫉妬妄想が起こる。それから小さな虫が、チョコチョコと机の上をはって、ものを取りに来たりするのが見え始める。小さな象が、畳の上をやってきたり、小さな兵隊たちが攻めて来たりする。この患者の場合は大名行列だった。

同じ部屋にいた若い患者など、小さなジェット機が飛んでくるといって、のべつまくなしに身体をサッ、サッとかわしていた。ひどい話だ。この青年は、ぼくの友人にすごく似ていた。酒精中毒者は、直立不動の姿勢をとらせて最後に眼を閉じさせると、たいていはブッ倒れるからすぐにわかる。

医者は患者の両瞼の上を、両方の親指でぐっと押さえ、何が見えるかと訊ねた。

「星が見えます。だんだん綺麗になってきました」

医者はぼくがＳＦ作家だということを知っているので、ちょっとぼくの方を見てから、宇宙船は見えないかと訊ねた。

「それは見えないようです」

暗示をあたえると、患者は、いろんなものが見えるといい出す。ぼくも真似をして、今日、ひとりで患者たちに試してみた。なるほど、人工衛星や宇宙船が見えるというのはザラにいた。ひどいのになると、月の裏側が見えるというのがいた。ひどいでも、ひょっとすると、ぼくが患者たちにからかわれたのかもしれない。

麻薬を用いることは社会的にタブーとなっている。だがアルコール摂取は社会的に是認されている。だから、かえって大きな危険性を持っている。社交的な飲酒がいつの間にか悪質な習慣になり、警察の厄介になり、自動車で事故を起こす、女と間違いをしでかす、スキャンダルを流し、不作法な露出をやり、やがてそれらが、積み重なって、ついに進退きわまるのだ。この辺は小説家がうまく描写している。ヘミングウェイ、フィッツジェラルド、ジョン・オハラ、ドス・パソス、テネシー・ウィリアムズ等々である。診察を受けにくるのは、ごく一部の患者だが、それとても自発的に来るのでなく、家族や友人をカンカンに怒らせた結果、引っぱってこられるか、医者や警察の強制措置でつれて来られるのだ。患者にとっては相手がどんな名医いかなる組織であっても、自分の飲酒癖を救おうなどとする奴は、堪えられぬ日常の苦悩から逃れる唯一の手段を取りあげてしまおうとする、いわば敵なのである。アルコール浸りにならないではいられないという症状の背後には、何があるのだろう。動機は患者によって違うだろうが、あらわれたものは自己破壊、自殺の衝動である。自殺する気で、酔いどれ自動車を運転しようというので飲み始める奴がザラにいるという話を聞き、ぼくはふるえあがった。もう飲み友達の車には乗るまいと心に決めた。

医者といっしょに病棟を出ようとしたら、中年の男が、ぼくを弟だと思って話しかけてきた。早く金を返せというのだが、ちょうど持ちあわせがなく、もう少し待ってくれと頼んだ。これはコルサコフ精神病で、人、時、所の区別のない健忘症で、おまけに詐話症だ。まっすぐに物ごとを考えるということは、なかなか出来にくいものである。それは人が口にするだけで実は理想に過ぎない。われわれは皆、物ごとや記憶を歪曲（ディストーション）している。誰でもだ。このルポも、読み返して見るとすごく面白いが、これは詐話ではなく事実である。もしもこの文章が実際より面白く書けていたなら、それはぼくが天才だからである。

「コーヒーを飲みに外出してもいいでしょうか?」

医者はいいと答えた。病院にはインスタント・コーヒーしかない。庭に出ると、寒いので患者はあまりいなかった。青桐の根もとにうずくまってる奴がいたので、何をしているのかと行って見ると、穴を掘っていた。宝物でもあるのですかと聞こうとしたが、もしも、ここは精神病院の庭じゃねえか宝物なんかあるわけがねえとでもいわれようものなら、当分劣等感に苦しめられそうだから、訊ねるのをやめた。

郊外の道を私鉄の駅までぶらぶら歩き、駅でピースと新聞を買い、駅前の喫茶店でコーヒーを二杯飲んだ。うしろのテーブルで、男が二人喋っていた。よく聞くと、どちらも相手のいうことを聞いていなかった。自分のことだけを、交互に、会話の形式で喋りまくっていた。新聞を読むと、子供の誘拐が流行していて、この日は東京で二件あった。政治面を見ると、民社党が大会で日の丸の旗をあげたという、どうでもいいようなことが記事になっていた。レジで女店員同士が口喧嘩をはじめたので、ぼくは席を立った。

それからまた、精神病院へ引き返した。

せいぶげき〈西部劇〉

シェーン

映画のたそがれ
ヴィクター・ヤングが
呼んでいるよ
広いハリウッドに
陽は落ちて
胸にせまる名画の思い出

わたしゃ映画の
オールド・ファンだよ
ジョーイ坊や今はいずこ
西部劇のあの銃声に
今日も誘われてゆく

荒野の決闘

雪よ　岩よ
オウ　マイダーリン　クレメンタイン
俺たちゃ　クラントンを
恐れはせぬぞ

ドクよ　さよなら
ご機嫌よろしゅう
柵のハンカチ
忘れはせぬぞ

ベラクルス

主役ゆずって儲け役
プロ根性のランカスター
金もかけたぜ独立プロに
これぞメキシコ西部劇

さて終局のクーパーと
ランカスターの対決は
話題騒然たちまちどっと
出たぞ盗作模倣作

駅馬車

淋しい草原に
名コンビ初登場
テレビの名画座に
再登場いくたびか

リンゴー・キッド今は老い
ドク・ブーン今はなく
騎兵隊去り行きて
　残れるは主題曲

セックス

セックスに関するどんな知識であろうと、あなたの持っている知識が正しいのです。

せっちゃくざい〈接着剤〉

「さて、この博覧会に、わが社はどんな出品をしたものかね」

社長は、会議に出席した宣伝担当者を見まわして、そういった。

「わが社の接着剤は今や業界一、いやいや、すでに世界一などといわれている。ここらでひとつ、どかんとでかいことをやって、全世界の人間を、あっといわせたいものだ。その点、こんどの博覧会はまことに絶好のチャンスといわねばならぬ。予算もたっぷりとってある。どんな突飛なアイデアでもいい。いい案を出してくれ」

ひとりの宣伝係社員がいった。

「以前から考えていたのですが、接着剤だけを使い、建材の組み立てをやり、でかい建築物をつくるというのはどうでしょう」

「なるほど、それは面白そうだ」

社長は身をのり出した。

「で、どんな建物をつくるのかね」

「36階ビル、というのはどうでしょう」

と、別の宣伝係員がいった。

「ありふれているな。高層建築というだけでは、今では人目をひくことはできないよ」

社長は、かぶりをふった。

「ま四角のビルなんてつくるのは簡単だ。組み立てビルなんてものは、珍らしくもない。ざらにある」

「それでは、五重塔というのはどうでしょう」

もうひとりの社員がいった。

「ぜんぶ木造にするのです」

「なるほど、それは面白そうだな」

社長はやや乗り気になった。

「外人の眼をひくに十分だ」

「しかし、建材がすべて材木だとすると接着剤だけでつくるのは不可能かもしれません」

ひとりの社員が難色を示した。

「釘が必要になってきます」

「よし。それなら接着剤で釘をつくれ」

と、社長は叫んだ。

「頑強な透明の釘をつくるのだ。わが社の技術水準からすれば、簡単にできるはずだぞ。熱に強い性質にすればよい。また、釘打ちをしてしばらくすると、分子が材木の中へ浸透し、ぜったいに抜けなくなるようなものにするのだ。そうすれば今までの金属性の釘などよりもっといいものができるではないか」

「わが社の接着剤が熱に強いということは定評がありますし」

と、係の社員が叫んだ。

「ぜったいに、いいものがつくれるでしょう」

「よし。ではすぐに研究にかかれ」

社長命令が出た。

「と同時に、五重塔の設計もやはりはじめろ。できるだけ凝ったものにするのだぞ。いいな」


博覧会ははじまった。

全世界からやってきた人たちは、接着剤工業会社の出品展示物を見てびっくりした。

五重塔だったのである。

「いったい、接着剤と五重塔と、どういう関係があるのだろう」

説明を聞いて、人びとはさらにおどろいた。

「ええっ。接着剤だけで組み立てたのですか」

どうぞお入りください――

という係員の呼びかけには、観覧客は応じなかった。

「そんなぶっそうな塔へ入れるもんですか。もしくずれ落ちたらどうするのよ」

そういって、みんな尻ごみしてしまうのだ。

「困りましたな。どうしましょう」

接着剤の会社では、社長はじめ宣伝係員たちがまた集まって相談した。

「だれも入ってくれないのでは、頑丈さを宣伝することができません」

「よし。われわれが多勢で入って見せよう」

翌日、社長をはじめ百人以上の社員が博覧会に出かけ、全員が五重塔の最上階に登り、窓から首を出して人びとに呼びかけた。

「みなさん。このとおり五重塔は安全です。何人登っても崩れる心配はありません。どうぞ入ってきてください」

その呼び声につられ、まず数人の客が、おっかなびっくりで入ってきた。

何人登ってもだいじょうぶとわかると、次々に客が入ってきた。

「なるほど。これは頑丈にできている」

「さすがは世界一の接着剤会社の出品作だ」

五重塔は大評判になり、その次の日からはどっと客が押しかけ、押すな押すなの超満員である。

こんどはあべこべに社長がびくびくしはじめた。

「おい。いくら何でも、あんなにぎっしり客を入れては、あぶないのじゃないかね」

だが、塔をつくった技術部員は胸をはって答えた。

「だいじょうぶです。ほかの建物より頑丈です」

「よそのビルがこわれるようなことがあっても、あの五重塔だけはしっかりたっていることでしょう」

その技術部員はむしろ、それを証明する方法のないことが残念そうでさえあった。

だが、証明できる日がやってきた。

ある日、大きな地震があった。震度6という大地震である。

博覧会場にたてられていた仮設の建物は、ほとんど倒れてしまった。

そして火事が起こった。

五重塔は、地震ではびくともしなかった。

しかし木造なのだから、火事が起こってはひとたまりもない。たちまちパチパチと、勢いよく燃えあがった。

火事の翌朝――。

丸焼けの博覧会場に立った人たちは、五重塔のたっていたところを見て、あっとおどろいた。

接着剤だけが、五重塔の形そのままに、堂々とそびえたっていたのである。

セミ・ドキュメント

セミの一生を記録した映画。

ぜんえい〈前衛〉

①ほんのすこしだけ時流のさきがけとなっているように体制派から思われる程度に前衛的な階級闘争・芸術運動。②貞操帯のこと。

せんがくひさい〈浅学菲才〉

①真に学問・知識を身につけた立派な人が、自分のことを、へりくだっていうことば。②筒井康隆のこと。

ぜんしゅう〈全集〉

もっとも楽な出版社の金儲け法。

ソ

そうおん〈騒音〉

都議選挙戦たけなわ——。

この原稿を書いている現在、宣伝カーのスピーカーから流れてくる声が、前後から数種類も聞こえてくる。時には「××党の歌」などといった音楽も二、三種類聞こえてくる。いずれもスピーカーが悪いのか、歌詞はよく聞きとれないが、一日何回も流してくるから、曲だけはとうとう全部おぼえてしまった。

ぼくの家は、港区と渋谷区の境にある。つまり、ぼくの家の東の塀《へい》が、その境界線にあたる。だから港区の候補者と渋谷区の候補者の、両方の声が前後から聞こえてくるのだ。

　ぼくは渋谷区の方だけ聞いていればいいわけだが、あいにく仕事部屋の窓が港区に面しているから、港区からの声の方がずっと大きく聞こえてくる。しかもそこは北青山団地だから、各党の車が集まってきて喋《しゃべ》りはじめる。

　もちろん、選挙演説に文句をつける気はない。まじめな演説には好感が持てるし、時には、はっとするようないいことをいう候補者、または応援演説もある。

　我慢ならないのは、あの歌詞のよくわからない音楽と、連呼型演説である。

　癪《しゃく》にさわるのは、歌詞の中で数度くり返される「××党」という部分だけが、よくわかることである。これは効果として連呼型と同じだ。

　連呼型の方は、車をゆっくり走らせながらやっている場合が多く、候補者も決まっている。くそ、こんなやつには投票してやらないぞと思ったところで、あいにく無関係の他の区の候補者である。まことに腹が立つ。

　こういうのは騒音に近い。騒音防止条例というのは、東京では七五フォン以上のものに適用されているが、ぼくの考えでは騒音というのは何もフォン数——音の大きさだけによるものではない。

　小さな声ではあっても、耳もとで同じことばを単調にくり返された場合、発狂することもある。

　単調なくり返しを平気で聞けるようになれば、そのしわ寄せは、その人の精神の他の部分にきていると思って、まずまちがいあるまい。

そうさく〈創作〉

「最近、書きまくってられますね」

と、よく人からいわれる。精力的に仕事をしていることをほめているのではない。にやにや笑いながらいうのだから、いくぶんの軽べつを込めていっているわけだ。実際は「書き散らしている」

とか、「書きなぐっている」といいたいところなのだろう。

日本人は勤勉ではあるが、その一方では、文学・芸術などの作品の出来は、その作家が寡《か》作であればあるほどいいとする傾向がある。ぼくの考えでは——つまり創作心理学的立場なのだが、こういったものの見かたは無意味である。もちろん、これはぼくが大量に創作している弁解では、決してない。むしろぼくは、自分で怠けものだと思っている。しかしながら、怠けものであることを自ら認めようとせず、芸術を振りかざし年に一つ短い創作を書くのみであとは酒を飲んでいるといった作家——こういう人は、今はもうあまりいないが——とにかくそういった作家を、ぼくはぼく以上の怠けものだと思うし、甘えた大家意識の持ち主だと思う。

日本人は、勤勉でありながら、怠けものに対して寛大である。これは相手が競争意識を起こさせない存在だという安心感もあるからだろうし、自分の方が勤勉だと思い、優越感を持てるからでもあろう。だが、たとえば町内でいちばんの働き者が、当然のことながらたくさん金を儲《もう》け、でかい家を建てたりすると面白くない。そこで「あいつは金のためならどんな仕事でもするヤツだ」などという悪口も出てくるわけである。

つまり「仕事の手を抜いた」「悪い商品を売った」などという、あれだ。

これが小説などの人気商売になってくると、名前が売れかけてきた若い作家に「書き過ぎだ」という、質と量のスリカエによる悪口を投げつけることになるのだろう。「仕事と芸術を一緒にするな」という作家がいれば、その人こそ、謙虚さを失った傲慢《ごうまん》な芸術家意識に毒されかけているということがいえよう。

世の中は住みにくいよ。

夕

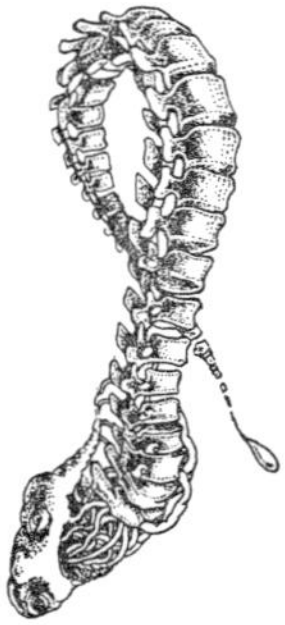

たけとりものがたり〈竹取物語〉

植民地には叛乱が起きるものと、昔から相場が決まっている。

月の植民地にも叛乱が起きた。そして月は独立宣言をした。

それから百二十年間、地球と月とは国交断絶状態にあった。

だが、月の地下資源は乏しく、それ以上、自給自足でやっていくことは不可能になってしまった。月政府は、地球政府に対し、貿易再開の申し入れをすることになった。

おれは月よりの使者として、地球へ出発することになった。責任ある大役だ。しかし、おれには、うまくやれる自信があった。

喧嘩したのは百二十年前の話だから、お互いに何代か経っていて、もう恨みも残っていないだろうし、また、月の地下資源の中には、地球がほしくてたまらぬものも数種類ある。また、おれほどの適任者は他にはいない。

交渉は、うまくいくはずだった。

おれは小型宇宙艇に乗って、たったひとり月を出発し、半日ほどで地球に到着した。

案の定、大歓迎だった。

何しろ百二十年ぶりに月からやってきた人間だというので、出迎えの政府の役人たちはもちろんのこと、珍らしがりやの野次馬どもが、わんさと宇宙空港に押しかけ、ひと眼おれを見ようと、押すな押すなの大さわぎである。

もちろんテレビなどの報道陣もやってきて、愛想をふりまくおれの姿をカメラにおさめ、全地球へと中継した。

おれの姿は地球人に、そしてとりわけ地球の女たちに好印象をあたえたらしい。自慢ではないが、おれは眼鼻立ちととのい、色白く、地球人にくらべれば背もすらりと高く、言動もまことに優雅で貴族的、そして何よりも、月からきた男というロマンチックなただし書きがついているのだ。これでは女どもが胸をときめかせて騒ぐのもあたりまえであろう。

おれは地球一立派なホテルに逗留することになった。

ホテルの窓からは月が見えた。いい眺めだった。

地球と同じく、月にも緯度線や経度線があって、特に経度線は、月面上に各色のペンキで帯状に塗装されている。それを地球上から見るとまことに美しい。この経度線のことを地球では「月経帯」と呼んでいることを、おれははじめて知った。また、月に住んでいる女は月のものの途絶える時がないなどという馬鹿ばかしいうわさがあることも知った。

ホテルには、地球の政府要人たちが次つぎと、おれに会いにやってきた。おれの方から地球連邦本部ビルへ行こうとしても、いつも野次馬のために、道路という道路がたちまち塞がってしまうのである。おれはホテルから、一歩も外へ出られないことになってしまった。

もちろん、地球見物などというのんびりしたことをくわだてていられる身ではない。おれは全権大使としての使命を果たさなければならないのである。さいわい貿易再開の交渉はとんとん拍子に進展し、有利な条件でまとまりそうになった。あとは調印式を残すだけである。

テレビがたびたび、おれの日常を全地球へ報道した。女たちはテレビ・スクリーンにあらわれるおれの姿にうつつを抜かし、ついにはおれのファン・クラブまで結成しはじめた。おれに会えないために自殺する女まで出た。

ホテルの周囲では、部屋にとじこもったきりのおれにひと眼会おうとする女たちが、日ごと夜ごとさわぎ立てていた。ホテルのおれの部屋の前の廊下など、女たちでいつもぎっしり満員、たまに廊下に顔を出しでもしようものなら大変である。たちまち大さわぎになって怪我人や死人が出るのだ。しまいには屋上からロープ伝いにおりてきて窓から侵入しようとする勇ましい女や、おれの護衛役の警官に賄賂をつかませて部屋へ入れてもらおうとする女まであらわれる始末。

あまり女たちが騒ぐので、地球の男たちがおれに反感を示しはじめた。

これはいかん――と、おれは思った。――女たちに好かれ過ぎて、だいじな交渉が決裂しては一大事――。

おれは一策を案じ、さっそく実行することにした。

毎日のようにおれのところへ押しかけてくる女たちのうち、とりわけ熱心で、また美人で、そして良家の娘というのを、おれは三人だけ選び出した。そしてその娘たちそれぞれに、結婚してやる条件として、とてもできそうにない無理難題を吹きかけてやった。

「地球には幽霊というのがいるそうだ。会いたいから、それをつれてこい」

「地球の日付変更線の実物が見られる場所へつれていけ」

「みやげにするから、夢枕を持ってこい」

これであきらめるかと思いのほか、三人の娘たちはそれぞれの難題を解くため行動に移った。これにはおれの方がおどろいた。

最初の娘は幽霊に会おうとして各地の有名な幽霊屋敷を歴訪しているうち、自分が幽霊のようにやつれ果て、だんだん気がおかしくなって、ついに精神病院へ入院させられてしまった。

二番めの娘は家が大金持ちなので、日付変更線を作ろうとしはじめた。だが、月だからこそ経度線も描けたわけで、海の多い地球ではとても無理である。日付変更線にずらりと船を並べようとしたものの、さすがにこれには天文学的数字の金がかかるとわかり、とうとうあきらめてしまった。

三番めの娘が夢枕らしいのを持ってあらわれた時は少しびっくりした。使ってみるとたしかにいろんな夢を見るのである。だがこれも最後には、枕の中に催夢テープをしかけてあるだけの代物とわかった。

こんなことがあっても、地球の女たちはおれをあきらめようとせず、神秘のベールに魅せられたか、前にも増してさわぎはじめた。

しかし地球政府との交渉の方はやっと終り、調印式も無事に済んだ。

その夜、ホテルの窓から月を見あげ、おれがさめざめと涙を流しているのを見て、政府要人のひとりがおれに訊ねた。

「どうなさいました。月が恋しいのですか」

「とんでもありません」と、おれは答えた。

「じつは私は結婚していて、月には恐ろしい女房が待っているのです。帰るのがいやでいやでたまりません。だから泣いています」

「では、お戻りにならなければいいではありませんか。月政府へはこちらから、使いの者を出しましょう」

「そうはいきません。あの女房のことだから、私の帰りが遅いと、きっと自分で迎えにやってくるにきまっています」

これを聞いた地球の女たちが、おれを守ろうと声をあわせて叫びはじめた。

日ごと夜ごと女たちはホテルの周囲を守りかため、蟻のはいこむ隙もないほど十重二十重にとり巻いて見張りを続けたのである。

だが、その夜、ついに女房はあらわれた。

ホテルの前の広場に着地した大型宇宙船からおり立った女房の姿をひと眼見て、地球の女たちはへたへたと腰を抜かしてしまった。

無理もない。おれの女房は身のたけ十メートルあまりの大女なのである。

「ば、ば、化けもの」ひとりの女が、がたがたふるえながら、そう叫んだ。

「なにいってるの。月の人間はみんな、これくらいの背たけなのよ」女房はその女をじろりと見ていった。「だって、月の重力は地球よりずっと少ないんですからね。誰だってこれくらいに成長するわよ」

彼女は窓の外から部屋の中へ腕をつっこんで、おれをつまみ出した。「さあ、あなた。帰りましょうね」

女房に抱かれて宇宙船に乗せられるおれを眺め、地球の女たちは冷たい眼つきでふんと笑った。「なんだ。コビトだったのか」

竹取野郎にあらずして丈《たけ》足らず野郎の一席。お粗末。

タテカン

視聴覚時代の学生運動について書けといわれ、ぼくは政治に参加したくないのです、ぼくの場合はただ茶化すだけですと答えた。

「でも、茶化すのだって参加でしょう」

そういわれてよく考えてみれば、たしかにそうだ。

現在、文化人といわれる人たちが学生運動について、あちこちにいろんな意見を発表している。この事態は当然起こるべくして起こったことである、だから何とかしなければと、やたら深刻になっている人がいるが、これは自分にこれといった意見もなく、解決策を示すことができないものだから深刻ポーズでごまかしているだけだ。甘やかされた若者に大人がふりまわされているのはみっともない、もっと大人のこわさを思い知らせてやれ、痛い目にあわせてやれ、それが教育者としての大人のなすべきことである、と叫ぶ勇ましい人もあるが、これは一見カッコよく見えて、その実、封建的な家父長意識を社会的に拡大しただけのものであって、自分は若い者よりよくものを知っているのだという思いあがりがある。これでは若者が常に悪人になってしまう。

逆に教授、助教授たちの教育者としての無能力を指摘する人もいるが、責任を他へなすりつけるという手は、その教授、助教授たちが今までやっていたことではないか。中には何がそんなにうれしいのか、むやみやたらと力みかえり、この問題には絶対に解決策はないのであると断言してまわっている人までいる。

こう見わたしてみると、どの発言もまことに無責任きわまりなく、茶化すのと五十歩百歩、たいして違わない。もちろんぼく自身はいろんな人がいろんな発言をすることを悪いこととは決して思わない。最終的にはこの人たちはこのようなことを書き、しゃべることによって金をもらい、生活しているのだし、人それぞれに、他の人とは違ったことばをしゃべろう、新しい言いまわしを使おうと努力している。

もっとも別の人にいわせれば、しゃれたことば、もっともらしいことばを使い、それであらゆる問題の根源を探りあてた気でいるのは思考怠慢だ、知識人たちはこのごろ、ことばに振りまわされ過ぎていないか、ということになるのであるが、これとてぼくは、悪いことではないと思う。

ひとりの人間が結論を早く出そうとすれば、問題が大きければ大きいほど袋小路へ迷いこんでしまう。深く考えることはいいことだが、全員があわてて出した自己の結論をそれぞれ主張すれば、いく通りもの違った結論が出てきて混乱し、全学連みたいに派閥ができてしまう。そうならないためにも、現代にはマスコミというものがあって、ゆっくりと全員を正しい結論へ導いて行くためにも、この巨大な情報産業機関を利用しない手はないのである。

特に学生運動といった、政治、教育、経済、労働、心理、マスコミというあらゆる分野にまでつながってくる大きな問題を、たったひとりで深く考えようとするのはむしろ間違いであって、それこそ無責任、冷やかし、学生ことばでいえばナンセンスな発言もたっぷり含めて、時間をかけて考えるべき問題であろう。

コンピューターを考えればいい。あれに正しい結論を出させようと思ったら、資料をたくさん与えてやればやるほどよいわけで、情報量が多ければ多いほど、その中に間違いの含まれている率も多くなるわけだが、それでもかまわないのである。いや、むしろ、情報を正確に伝達しようとする場合、大量の情報の中に誤りを含めておくほうが、少量の正しい情報を送るよりも望ましいのである。そのほうが正確に伝達されるのである。

学生運動についても、多くの考えかたを、違った言いまわしやことばで、マスコミという巨大なコンピューターに投入すればよいのだ。コンピューターは、たまに資料を食わない時があるが、マスコミは、たいていのものなら食ってしまう。ヨタやナンセンスも喜んで食う。より幅広く考え、より正確な結論を出すためには、みんなが発言すればよいのだ。

そう思ったので、ぼくは仕事をひきうけ、まず学生運動の焦点となっている東大へ行ってみることにした。東大へは今まで、史料編纂《さん》所へ資料を借りに二回行っただけで、ほとんど知らない。

「そのほうがいいでしょう。初めての人に、違った目で東大を見てほしいのです」

ぼくを案内してくれた記者氏はそういった。

医学部側の門から車ではいり、まず安田講堂前に立ち、イチョウ並木を見わたした。

「ははあ。これは」ぼくはびっくりした。まさに情報の洪水だったのである。

広い通りの両側、そして中央にずらり並んだ数十枚、パネルの大きさも形もとりどりなら、文字の大きさも色もとりどりで、いったいどれから読んでいいのか迷ってしまう。いちばん小さいパネルで1×2m、つまりベニヤ板一枚分の大きさ、大きいものは3×10mというシネスコ・サイズだ。

これらはタテカン（立看板の意）と称されていて、運動の初期――つまり六〇年安保のころはごく小さかったのだが、最近になって急にワイド化されてきたということだ。その原因は何かというと、パネルで論争をたたかわせるからである。たとえば法学部闘争委員会が「全学バリケード封鎖闘争を貫徹させよう」という趣旨で2×3mのパネルを出せば、工学部学生委員会は、これにこたえて「封鎖は大学人の抗議権の形態として本質的に誤っている」という3×6mのパネルを出す。負けじと全学共闘会議は「秩序派・右翼と結託した〈全学封鎖阻止〉なる民青系の決議を弾劾《がい》する」趣旨の3×10mのパネルを出すといった具合で、パネル・ディスカッションならぬ、パネル・エスカレーション。行ったのがちょうど十一月二十一日（昭和四十三年）だったから、翌二十二日の闘争をひかえてパネル論争もハデだったわけである。

ぼくは大阪にいたころ工芸社の社員だったから、注文に応じてこういうパネルも製作していた。大工の知能程度や技術なども、パネルの出来具合である程度判断できる。ぼくはパネルの裏へまわって観察してみた。たいてい杉の寸角と並みベニヤで作っている。それはいいが、素人としても出来はひどく悪い。不経済なベニヤのとりかた、物理的に正しくないクギの打ちかた、また筋かいの入れかたなどもムチャクチャである。

「アジビラ時代の学生運動家は〈ビラまき三年、ガリ切り一年〉でやっと一人前といわれた。今は〈クギ打ち半年、文字書き一年〉で、優秀な運動員は看板屋ができる」という話も聞いたが、ぼくの見たところでは看板屋としてはすべて落第である。工学部ではいやにきちんとしたパネルを作っていたので、さすがはと思いながら裏を見てがっかり。なんのことはない黒板に紙をベタ張りしていたのである。

文字にしてもそうだ。いろんな色を使い、ゴシック文字を平筆まで使って書いているが、看板文字にはなっていない。だいいち誤字がひどい。「解放」を「開放」と書いていたり、また、「抉定的」など、決定的な誤り。

こういったパネルにも各学部の特徴が出ていて、たとえば工学部などでは2Hか3Hの鉛筆できちんと割付けするか、一センチ間隔のグラフ用紙を使っていた。たいてい安手の美濃紙を使っているが、これとて表装とまではいかず、端にノリをつけてベタベタくっつけているだけ。製作している連中を見かけたが、そのあまりの無器用さに涙が出そうなほどかわいそうになってきて、手伝ってやろうかと思ったぐらいだ。もちろん、それをやるとほんとに参加することになるのでやめた。

デザイン的にいちばん優秀だったのは「革命的都市計画家同盟創造派世界連帯会議東大支部」のパネルで、右半分で写真のコラージュをやり、「東大を妾《めかけ》にしよう」とうたっていた。パネルの出来も色彩感覚もよく、一応プロ級。ただ、左半分の文章の内容は「処分制度廃棄」の教育拒否宣言に過ぎず、右半分とは関係がなかった。

パネル批評はこのへんでやめておく。あまり書くと、またどこかの軽薄なやつが「パネル評論家、ついにあらわる!」などとやるかもしれない。

さて、このように最近の学生運動、そして学内の情報伝達手段が、昔のアジビラという、いわば印刷文化から、パネルのワイド化、カラー化という具合、次第に視覚文化的になってきたのはなぜだろう。文革と壁新聞の影響だという意見もあるが、ぼくはこの傾向を、最近ますます視覚的になってきたマスコミに対する学生たちのPR手段だと考えるのである。つまりワイド化はシネラマや新聞広告をまね、カラー化はテレビをまねているという意見である。事実、同行の記者氏はこういった。

「取材活動がタテカンになってからやりやすくなりましたね。あの連中はどう考えているのだろうと思ってその学部の前まで行くと、ちゃんとタテカンになって出ています」

パネルの前で手帳にノートしている記者らしい人物の姿も見かけた。

パネルの内容は毎日変わる。夜、書きかえるらしい。これなどもテレビの速報性、一回性をまねているとしか思えない。しかもたいへんな量なのである。ぼくはこれを、パネル・コミュニケーションと名付けることにした。ミニコミではあるが、報道された場合はマスコミになるのだから。

「マスコミはわれわれの敵だ。政府や警察と結託した資本主義の飼犬だ」というのが、学生たちの考えだそうである。しかし、自分たちの悪口を書かずに、意見をそのまま伝えてくれた場合はあきらかに喜んでいるのだから、マスコミを意識していないことはありえないわけで、現に自分たちのことが載っている記事を切抜いて張ったらしいスクラップ・ブックを見せあっている学生もいたし、また、比較的報道されることの少ない民青などへ記者が行くと、にこにこ顔の応対ぶりだそうである。それなら逆に民青ばかり報道してやれば、今度は共闘会議の連中いらいらしてきて、たまに行くとさあどうぞどうぞ、お茶などいかがですとやり出すかもしれず、会議の席にも「マスコミ様御席」など書いた紙をたらすかもしれない。

だいいち、同じ資本主義の飼犬でありながら警官は学内に入れず、マスコミ関係者はどんどん入れるという理屈がわからない。それどころか東大には記者クラブまであり、電話が十本以上もはいっているのだ。そして学生が何かやる時は前もってここへ電話してくるのだそうである。

アングラまである。

イチョウの木に看板ぶらさげて「イチョウの木々には無限のスペースがある。至るところにブラ看を」と呼びかけている「新発見誇示型」。「ブラ看の裏打ちはダンボールで」と書き加えたのは、できるだけイチョウの枝に負担をかけさせまいとするやさしい心情の宣伝か。しかもこの男「ブラ看は個人の名において書きたい」などといって自分の名をいちばんでかい字で大書しているのだ。このあたり、何かといえばマスコミの悪口をいいながら、その実、名を売りたくてしかたがないアングラ族そっくりだ。

図書館前の路上へ、べったりと「全学フウサソシ」という形にアジビラを張りつけた「開かれた平面型」。これは新手である。他のはパネルにしろアジビラにしろ、すべて閉ざされた平面に書いているわけだ。たとえばフランスの美術学校などでは、ジュルナル・ミュラールと称して校舎の壁いっぱいにアジ文を書いている。ところが東大ではそういうことはない。校舎をだいじにしようなどという殊勝な心がけを学生諸君が持っているとは思えないので、これはやはりテレビ・スクリーンやマンガのコマ割りしか見ていず、閉ざされた平面の感覚しか持っていないからだろう。その点フランスの場合は開かれた平面に対する美意識もあり、また東大のパネルにはあまり見あたらなかったユーモア感覚もある。だからこそ、その落書が本にまとめられ、しかも売れているのである。だから本屋も喜んでいる。

東大のほうでは、本にならぬかわりにテレビ、新聞、週刊誌などのマスコミが喜んでいる。テレビ・カメラマンや記者たちが構内を歩きまわり、ネタを拾おうとけんめいである。学園紛争のおかげで、マスコミはどれほどどうるおったことであろう。そして東大生諸君はノンポリ連中も含め、あらゆる意味でなんと有名になったことであろう。しかもいやな勉強をしなくてすむのだ。これから先も卒論の提出をいくらでものばせるのだ。特に勉強のきらいな文学部学生諸君など、わが世の春であろう。学生とマスコミ、お互いに持ちつ持たれつであり、天下は太平である。いそぐ必要はちっともないのだ。大きな社会的変化は、一朝一夕にしてなるものではない。お互いに大量の情報を交換しながら、ゆっくりと解決のいとぐちを見つけていこう。考えてみれば、マスコミによって教育されてきた世代の人間がマスコミを意識せずに生きていけるはずがないので、ここらあたりを深く考えると、何やら解決のいとぐちがありそうである。

と、ここまで書いた時、NHKテレビが午後七時のニュースをやり出した。十一月二十二日、共闘の連中が図書館を封鎖したのである。カメラはヘリコプター上から、学生たちのヘルメットの大群を鳥瞰《かん》していた。

ぼくはふと、この番組がカラーであることを思い出し(わが家のテレビはまだシロクロだった)、あっと思った。カラーなら、きれいだろうなあ。

ヘルメットの色は革マル・中核が白、社学同が赤、フロント(構改)がグリーン、反帝がコバルト、ML派が赤地の中央に白線、そして民青は黄色、いずれもカラーテレビにのりやすい色ばかりではないか。そこへもってきてノン・セクトの透明、機動隊のダークブルーと、色さまざまな報道陣のヘルメットが加われば、これはもう視聴者が楽しくないはずはない。やつら、カラーテレビを意識しているのだ――ぼくは、そう確信した――いやもう、そうにちがいないぞ。

（これは安田講堂攻防戦前日のルポである）

だちょう〈駝鳥〉

旅行者が、沙漠にふみまよった。歩いても歩いても、砂また砂。砂丘また砂丘。

旅行者は、一羽のダチョウをつれていた。そのダチョウは、旅行者によく馴れていた。ダチョウは、旅行者のあとを、どこまでもついてきた。

ショルダー・バッグひとつを、肩からぶらさげた旅行者は、ダチョウをつれ、昼も夜も、沙漠をさまよい続けた。腹がへると、ショルダー・バッグに用意してきた食料を出し、ダチョウとわけあって食べた。眠くなると、ダチョウとともに砂の上に横たわり、ダチョウの羽毛にくるまって眠った。

何日も、何日も、旅行者とダチョウは、沙漠を歩き続けた。ダチョウはどこまでも、旅行者のあとをついてきた。

そのうちに、食べものが残り少なくなってきた。旅行者は、食べものをダチョウにやることをやめた。ショルダー・バッグから食べものを出し、自分ひとりで食べた。ダチョウが、じっと見ているので気がひけたが、食べものが早くなくなってしまうと、餓死してしまう。いくらともだちだといっても、あいてはダチョウである。人間である自分のいのちにはかえられないと、旅行者は思った。

食べものをやらなくなってからも、ダチョウは旅行者についてきた。旅行者が食べものを食べている時も、その様子を、丸い無表情な眼で眺めるだけで、ぎゃあぎゃあ騒いで餌をほしがるということはなかった。

旅行者とダチョウは、沙漠を歩き続けた。夜になれば旅行者は、ダチョウの羽毛にくるまって眠った。

　とうとう、ショルダー・バッグの中の食べものも、なくなってしまった。旅行者とダチョウは、腹をへらしたまま沙漠を歩き続けた。旅行者は、ショルダー・バッグを砂の上に捨てた。

　ある朝、旅行者がダチョウの羽毛の中で眼を醒まし、ふと気がつくと、金ぐさりのついた懐中時計がなくなっていた。

「やっ。お前だな。時計を呑みこんだのは」と、旅行者はダチョウにいった。

　ダチョウはきょとんとした眼で、旅行者を眺めているだけだった。

「いくら腹がへったとはいえ、わたしの時計を呑むとはけしからん。よし。それでは時計のかわりに、お前の腿《もも》肉を少しもらうことにする。それでおあいこだ」

　旅行者は、ダチョウの足の、片方の腿肉を少しひきちぎった。そして、その腿肉を食べながら、ダチョウを横眼でうかがった。

　ダチョウはあいかわらず、丸い大きな眼で、旅行者を眺めているだけだった。

　ダチョウの腿肉を食べてしまうと、旅行はふたたび沙漠を歩きはじめた。ダチョウも、少しびっこをひきながら、旅行者についてきた。

　旅行者とダチョウは、沙漠を歩き続けた。

　旅行者は、空腹で倒れそうになった。腿肉ぐらいでは、何の足しにもならなかった。

　旅行者は、また、ダチョウにいった。

「お前は、片方の腿肉がなくなっても、まだ歩ける。きっと両方の腿肉がなくなっても歩けるのだろう。だからわたしは、もう片方の腿肉も、もらうことにする」

　旅行者は、もう片方の腿肉をダチョウの足からむしりとって食べた。大きくむしったため、ダチョウの足の、その部分の骨がまる出しになってしまった。それでもダチョウは、旅行者が歩きはじめると、あとをついて歩きはじめた。

ほんの数時間しか経たないのに、旅行者はまた、空腹でぶっ倒れそうになった。

「あの金ぐさりのついた時計は、とても高価なものだったのだ」

旅行者はまた、ダチョウにそういった。

「腿肉ぐらいではもとがとれない。お前の胸の肉をもらいたい」

そういってから、さすがに気が咎めたので、そっとダチョウの顔色をうかがった。ダチョウは、あいかわらずきょとんとしていた。

旅行者はうなずき、ダチョウの胸の肉をむしりとって食べた。ダチョウの白い肋骨が、むき出しになった。それでもダチョウは、旅行者が歩き出すと、少し痛そうにしながらあとをついてきた。

旅行者とダチョウは、沙漠を歩き続けた。

旅行者はすぐまた、空腹でぶっ倒れそうになった。

彼はちらちらと、横眼でダチョウを見ながらいった。

「あの金ぐさりのついた時計は、たったあれっぽっちの肉とは、とても引きかえにはできないな」

おずおずと、旅行者はいった。

「お前の尻の肉も、もらいたいと思うが、どうだろう。もちろん、お前さえよければだが……」

ダチョウが何も答えないので、旅行者はダチョウの尻の肉をむしりとって、むさぼり食った。

さらに、旅行者とダチョウは、沙漠を歩き続けた。

そして旅行者は、それからも、金ぐさりの時計がいかに高価なものだったかを話しては、ダチョウのからだから、肉をむしりとって食べた。

ダチョウのからだから、肉がなくなり、ついにはからだの中の骨が、丸出しになった。

旅行者はとうとう、ダチョウの内臓にまで手をつけた。

露出したダチョウの肋骨の内側にある、いろいろな内臓が、少しずつ、なくなっていった。

やがてダチョウは、骸骨に近い姿となった。もはや、肋骨の中にある内臓は、ダチョウの心臓だけだった。

それでもダチョウは、旅行者のあとを、どこまでもついてきた。

「あの、金ぐさりのついた時計は、とても高価なもので、ダチョウが二、三羽買えるほど高いものだったんだ」

旅行者は、また、ちらちらとダチョウをうかがいながら、そういった。

「だから、その心臓も、もらっていい筈なんだよ。な。そうだろう」

ダチョウは、だまっていた。

旅行者は安心して、ダチョウの肋骨の間に手をつっこみ、心臓をつかみ出して食べた。

ダチョウの肋骨の中には、ただひとつ、ダチョウの呑みこんだ金ぐさりつきの時計が、コチコチと音を立てて、ぶらさがっていた。

心臓を食べてしまうと、旅行者はまた歩き出した。

今や完全に骸骨になってしまったダチョウは、肋骨の中でコチコチと時を刻み続ける時計をぶらぶらさせながら、それでもまだ、旅行者のあとを追って歩き続けた。

「こいつは、心臓がないくせに、どうして歩き続けるのだろう」

旅行者は、歩きながらそう思った。

「あの時計が、心臓のかわりをしているのだろうか」

旅行者には、コチコチと鳴り続ける時計が、気になってしかたがなかった。その音は、次第に高く、大きくなってくるような気がした。彼はそのため、時どき振りかえらずにはいられなかった。

骸骨になったダチョウは、どこまでも、どこまでも、彼のあとを追ってきた。

その時、沙漠のかなたに、ぼうっと黒く、建物の姿が浮かびあがってきた。

「町だ。町が見えた。わたしは助かった」

旅行者は、喜んで駈け出そうとした。

それからふと、ダチョウを振りかえった。

「そうだ。わたしは一文なしだった。一文なしでは、町へついても食事することができない。この時計さえあれば、これを売って金にかえ、食べものを買うことができる」

旅行者は、いそいでダチョウに近づいた。

そして、ダチョウの肋骨の間から、腕をつっこんで、時計をとろうとした。

旅行者の手が、金ぐさりを握った時、ダチョウははじめて、口をきいた。

ダチョウは、眼球のない眼窩の、黒い空洞を旅行者に向け、静かにいった。

「お前は、その時計をとるのか」

旅行者は、ダチョウにそういわれてためらった。たしかに、時計とひきかえに彼はダチョウを食べたのだ。だから、その時計は、もう彼のものではない筈だった。

しかし、背に腹はかえられなかった。彼は時計を、ダチョウの肋骨の間から抜きとった。

「そうか」

ダチョウは、うなずいた。

「それなら、この眼球はわたしのものだ」

ダチョウはそういうなり、旅行者の眼球を、嘴でほじり出し、のみこんだ。

「わっ」

旅行者は眼を押さえ、あわてて走り出した。だが、ダチョウは彼を追ってきた。

「この肩の肉も、わたしのものだ。この尻の肉も、わたしのものだ」

ダチョウはそう叫びながら、旅行者の背後から、彼の肉をついばみ、旅行者を次第に、骨だけの姿に変えていった。

やがて町の人たちは、沙漠から町に入ってきた、一羽のダチョウを見て、おどろいた。

そのダチョウは、一体の骸骨を背中に乗せていたのである。

骸骨は、金ぐさりのついた時計を握りしめていた。

たぬき〈狸〉

一匹の狸がいた。

この狸はご多分にもれず、酒が好きであった。いつも村の酒屋で、酒を買っていた。

金がないと酒は買えないから、この狸は昼間、はたらいていた。狸の姿のままでははたらきにくいから、若い衆に化け、村びとの仕事を手つだい、酒代をかせいでいた。

酒屋の主人は、狸が毎夜あらわれると、五合徳利に酒をいれてやった。あいてが狸であっても、金さえもらえばいいのだ。それにこの狸は、どちらかといえば正直の上に馬鹿がつく方であるから、信用できた。

狸は毎夜、五合徳利を肩にかつぎ、時おり道ばたに腰をおろしては、ちびりちびりやりながら、山奥のわが家へと帰ってくるのだった。家へ戻ってから、また呑みなおすのだ。

ある夜、いつものように狸が山道を、ほろ酔いきげんでわが家へ帰っていく姿を、狐が見つけた。

「あの肩にかついでいるのはなんだろう」と、狐は思った。この狐は酒を飲んだことがなかったのである。

狸が独身であることを思い出した狐は、さっそく雌の狸に化け、狸に近寄った。

「あらあんた。おいしそうなものを持ってるのね」

狸は女狸を見てよろこび、さっそく道ばたで彼女と酒宴をはじめた。どちらもすぐ酔っぱらい、木の根かたで寝てしまった。

翌朝眼をさました狸は、女狸と徳利が消えているのに気がついた。「しまった。いい女狸だったのに、惜しいことをした」

狐は、狸から盗んだ徳利の酒をぜんぶ飲んでしまった。「こんなうまいものがこの世にあるとは知らなかったぞ」

次の日、さっそく狐は狸に化け、徳利をぶらさげて村の酒屋へ行き、酒を買った。

狐の化けた狸が帰っていったあとで、酒屋の主人は受けとった金が木の葉であることを知り、かんかんに怒った。

「あっ、狸め。だましやがったな。畜生畜生」

そこへ、ほんとの狸がやってきた。主人はさっそく狸を捕え、さんざん打ちすえた。狸はおわびに、酒屋ではたらかなければならなくなってしまった。

次の日、狸が若い衆姿で店番をしていると狐が狸に化けて酒を買いにやってきた。

狸は自分がきたのでおどろいたが、あいてのぶら下げている徳利が、まぎれもなく自分のものであると知り、その正体があの女狸であろうと判断した。捕えて主人につき出し、身の潔白を証明しようかとも思ったが、この狸は、あの女狸にすっかり惚れてしまっていた。

惚れた弱味である。狸は、木の葉と知りながら金を受けとり、酒を売ってやった。そのかわり徳利の中へ、イモリの黒焼という強力な惚れ薬を、たっぷり投げこんでおいたのである。

次の日、狐はオカマに化けてやってきた。

チ

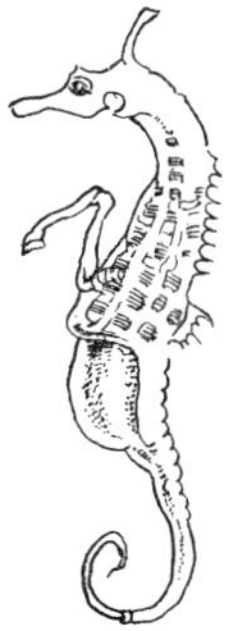

ちちおや〈父親〉

ちょうど一年前、ぼくは「産院」に関する短文を書いた。

書いたため、わずかながらも腹立ちがおさまり、最近では、あのときの医者の態度を思い出しても、燃えるような怒りに襲われて夜も眠れないということは、なくなった。

その理由は、もうひとつある。一年前に、男の子が生まれたからだ。

今度は、前よりもさらに大事をとった。慶応病院へ行かせたのである。やはり逆子《さかご》だったが、胎内にいるうちに正常に戻したようである。

お産のとき、ぼくは遠くへ逃げようと思っていた。北海道でもアメリカでもいいから、慶応病院からできるだけ遠くはなれたところへ行って、酒でも飲んでいようと思っていた。

ところが、そういうわけにもいかなかった。今度のお産は東京だから、ぼくが逃げ出したのでは、妻の世話をする人間がだれもいなくなってしまうのである。その上、仕事がふえてきた。例の中間小説雑誌の増加で、ぼくみたいに創作力乏しく、枚数をこなす速度がのろく、しかもＳＦ畑の人間までかり出され、月に二、三本は書かなければならないという状態に追いこまれたのである。とても旅行どころではない。

赤ん坊は、無事に生まれた。八月二十一日の夜だった。ぼくは、ほっとした。名前は、伸輔にした。

いま、ぼくと妻は、その子を溺愛している。三十歳を過ぎてからできたこどもはかわいいというが、まったくその通りだと思う。しかもぼくたち夫婦の場合は、以前死んだ子がやはり男の子だったことも手伝って、その子の分もかわいがる。こんなにかわいがってはいかん――そう思い、自制しようと思うのだが、笑顔を見るや否やそんな自制心などたちまちけしとんでしまい、べたべたと、いやらしいほどかわいがるのである。かわいがりすぎたためか、十一ヵ月めの現在、彼は早くも、わがままになってきた。だれかがそばにいないと、怒って泣きわめくのである。だが、それをうるさいとは思わない。そのヒステリックな泣きかたに自我の芽ばえを感じ、ますますかわいく、べたべたとかわいがる。妻にしても、彼女は死んだ子をひと目見ているものだから、その子のイメージをダブらせて二重、三重にかわいがる。このままでは、どこまでわがままになっていくものやら想像もつかない。

だが、それでもかまわない――と、ぼくは思っている。母から聞いたところでは、ぼくも相当わがままだったらしい。いや、いまだってわがままである。だから周囲の人に、いろいろ迷惑をかけている。現在もなお、かけつづけている。だからといって、急におとなしくなろうとは思わない。こどもにも、おとなしくなってほしくない。人間なんてみんな、本質的にわがままである。事実、ぼく以上にわがままな人間は、ぼくの周囲にだって数人いる。そういった連中に負けぬほど、こどもにはわがままになってほしいと思う。もっとも、馬鹿が、わがままになると手に負えなくなり、そういう奴も知っている。だがそこは親の欲目で、この子は馬鹿ではないと思いこんでいるものだから、いっこうに平気なのである。

数ヵ月前から、人からあやされると、さしておもしろくないときでも無理に笑おうとし、いわばお愛想笑いのようなものをする。それを見て、ああ、やはりこの子は馬鹿じゃないと思い、安心するのである。もっとも、お愛想笑いそのものは、わがままに反するものだし、その笑いかたがあまり好きではないので、それだけは何とかやめさせようと思っている。

ぼくの家は青山にあり、墓地をはさんだあるマンションに、ハードボイルド作家、生島治郎氏夫妻が住んでいて、わりと親しくしてもらっている。この生島氏は、こどもを作らない方針だそうである。

なぜかと訊《たず》ねると、自分が父親を憎んだからだと答えた。だから自分のこどもも、自分を憎むのかと思うと、ぞっとするというのである。

なるほど——と、思わぬこともない。ぼくも以前は、どちらかというとその考えに近かったからである。こどもができるまで、ぼくは、女の子ならいいなと思っていた。男の子は父親に反抗するから憎らしい。だから男の子が生まれたら、反抗させないように、天井からさかさに吊るして毎日ムチでひっぱたいてやろう、そのかわり女の子なら、毎日新しい服を買ってきて着せ替え人形みたいに、自分の手で服を着せてやろう——そう思っていたのである。

だが、考えてみれば、父と子の問題など、どこにだってあることだし、ぼく自身だって父にはずいぶん反抗したが、現在父を憎んでいるかといえば、そんなことはちっともない。もっともぼくの友人で「ぼくは父を、絶対に許せない」などと、憎悪に目を光らせ、頬の肉をふるふる顫《ふる》わせて叫ぶ男が数人いる。だが、その感情こそが、彼らを負けずぎらいの男らしい男に仕立てあげたのではなかったか。こどもから、馬鹿と思われ無視されるよりは、むしろ憎むべき対象にされるほうが、より父親らしい父親なのではないだろうか。

よちよちはいずりまわる赤ん坊を見ながら、将来こいつから憎まれるのかと思うと、ちょっといやな気になる。しかし、それでもいいと思うし、あるいは、そうはならないのではないかとも思うのだ。

ぼく自身、まだ赤ん坊のようなところがあるからだ。だいたい晩稲《おくて》であって、いまでもまだ考えかたが固まっていないし、いまだに人から影響されることが多い。いまだって、赤ん坊の片ことの影響を受けたりしている。妻がいうには、赤ん坊がぼくに似てくるのではなく、最近ぼくの表情が、赤ん坊にだんだん似てきているそうだ。父親がこどもに影響されるなんてことが、やはりあるのだろうか。

こんなことを考えるのは、まだ早すぎるのだろうが、とにかく、こどもからは憎まれてもいい、ただ、馬鹿にだけはされたくはないと思うのである。

ちょう〈蝶〉

○月○日
今日、庭で小さなチョウを捕まえた。ひろげた時の羽のさしわたしが三センチしかない、小さなチョウだ。シジミチョウかなとも思ったが、羽はタテにたたむし、恰好はアゲハチョウに似ている。部屋の中にはなしてやると、よろこんでとびまわり、ぼくの肩にとまったりした。

○月○日
チョウはぼくにすっかり馴れ、ぼくの行くところはどこへでもついてくる。だんだん大きくなり、羽のさしわたしが五センチ以上になった。よく見ると、黒い羽のあちこちに、白やオレンジや黄色の斑点や模様がある。ますますアゲハチョウに似てきたな、と、ぼくは思った。

○月○日
チョウの大きさは十センチ以上になった。とても美しい。ぼくが学校へ行くとついてきて、授業中はずっと、ぼくの肩にとまっている。とても利口なチョウだ。音楽の時間など、歌にあわせて教室の中をとびまわったりする。ともだちもみんな、チョウを可愛いがってくれる。

○月○日

ぼくは東京に住んでいるのだが、ぼくの団地の中には花壇があるから、チョウの食べものに困ることはない。チョウはとても大きくなり、二十センチにもなった。ふつうのアゲハチョウより、ずっと大きいのだ。チョウのことは評判になり、とうとう新聞にまで載った。

○月○日

昆虫学者の人たちがやってきて、チョウを調べようとした。チョウは逃げ出して、学者の人たちが帰ってしまうまで戻ってこなかった。きっと頭がいいのだ。チョウは五十センチの大きさになった。こんな大きなチョウは世界でも珍らしいと、学者の人たちがいっていた。

○月○日

チョウの大きさは一メートルを越した。ぼくのあとをついて、チョウが街かどをひらひらととんでくる。そのあまりの美しさに、町の人たちは眼を見はっていた。今日はテレビ局へ行き、ぼくとチョウはテレビに出た。日本中の人が、テレビ局へ電話をしてきたそうだ。

○月○日

今日もチョウといっしょにテレビに出た。明日も、あさっても、テレビに出なければならない。チョウは、とても有名になってしまった。東京中の人たちがチョウのことを知り、花をくれるので、二メートルの大きさになっても、チョウの食べものに困ることはない。

○月○日
チョウは、五メートルの大きさになったので、ぼくの部屋には入らない。このごろ、チョウは、ぼくの団地の建物の屋上で寝ている。大きくなりすぎて、食べものがなくなってしまった。それでもチョウは生きている。いったい、何を食べて生きているのだろう。かわいそうだ。

○月○日
チョウの食べているものが、わかった。夜、近所の木の樹液を吸っているのだ。団地の中にある木が枯れはじめたので、わかったのである。十メートルもあるチョウがとんでくると、風が起こり、砂が目に入ったり、子供が吹きとばされたりする。チョウは嫌われはじめた。

○月○日
チョウが団地の建物の端っこを、こわしてしまった。三十メートルもあるのだから、その重みで屋上の一部分がくずれ落ちたらしい。みんなが怒っているので、チョウはどこかへ行ってしまった。でも、ときどきぼくに会うため、やってきて、はるか上空をとびまわっている。

○月○日
チョウが、もうどのくらいの大きさになったか、ぼくにはわからない。地上近くへくると、人にめいわくがかかるので、チョウはいつも、雲の少し下あたりをとんでいる。ぼくの団地の上へやってくると、風が起こり、陽がかげってしまう。東京の木が、枯れはじめた。

○月○日
東京にある木は、ぜんぶ、完全に枯れてしまった。チョウのふりまくリンプンのため、東京の人たちは、ノドを痛め、目からぽろぽろと、涙をこぼしている。ゼンソクになった人もいるくらいだ。このあいだまで、チョウを可愛がっていた人たちも、チョウを憎みはじめた。勝手なものだ。

○月○日

東京の空はチョウのため、どす黒くなってしまった。チョウの羽のため、日がさしこまないのだ。自衛隊の人が、チョウを殺す計画をしているそうだ。でも、チョウは、ぼくからはなれたくないらしく、東京の空をとんでいる。チョウはどこで眠り、何を食べているのだろう。

○月○日

自衛隊の人が、まっ暗な空に向かって大砲をうった。でも、チョウは死ななかった。羽の、黒や白や、オレンジや黄色の破片が、チラチラと落ちてくるだけだ。そしてそこからは、ほんの少しだけ、日がさしこんでくる。しかし、あいかわらず空はまっ暗で、目やノドが痛い。

○月○日

チョウはとうとう、東京の空一面を、羽でおおってしまった。でも、ぼくはこのごろ、チョウのことをあまり考えないようになった。東京の人たちも、目やノドが痛いいたいといっているくせに、チョウのことは、あまりいわなくなってしまった。空の暗いのにも、なれてきたみたいだ。

○月○日

東京の人たちは、チョウのことを完全に忘れてしまった。なぜ忘れたか、ぼくは知っている。それは、チョウがあまりにも大きくなりすぎたからだ。また、ぼくは知っている。チョウが今も、どんどん大きくなり続けているということを。そしてあのチョウが、じつはメクラだということも。

ツ

つき〈月〉

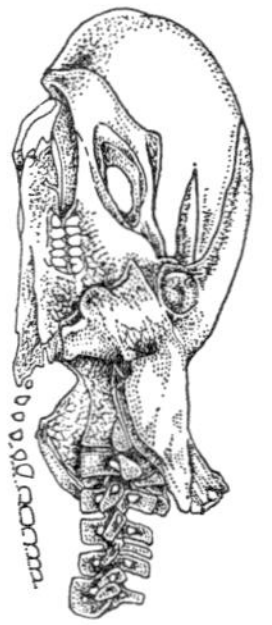

「ねえ。月はどうして、あんなにアバタづらなの」

ぼくは天体望遠鏡から眼をはなし、古い本を読んでいるパパにそう訊《たず》ねた。

パパは、本から顔をあげた。

「うん。今ちょうど、月に関する昔の本を読んでいたんだがね。でも、月がどうしてアバタづらになったかということは、この本には書いてないようだな」

「お父さんは知らないの」

「知らないねえ。お父さんは月の専門家じゃないからね」

パパは少しきまり悪そうにそういってから、あわてて胸をはった。

「もちろん、正確な、くわしいことは知らないというだけだ。でも、だいたい想像することはできるよ」

そうだろうな、と、ぼくは思った。パパはとても頭がいい。だから、まったくわからないことなんて、パパにはない筈なのだ。

「この本によると」

と、パパは話しはじめた。

「今みたいに大勢の人たちが月に移住する前、つまり、人間がまだ誰ひとり月へ行かなかった昔、その頃の宇宙船を、月面めざしてぽんぽん打ちあげたらしいんだ」

ぼくは眼を丸くした。

「なぜそんなことをしたの」

「さあ。なぜそんな無意味なことをしたのか想像もつかないんだけどね。だけど、この本に出ている古い年表によれば、打ちあげて月に衝突させた無人宇宙船の数は、たいへんなものらしいんだね。わかっているものだけでもたくさんあるから、ちょっと読んで見ようか。まず一九五九年九月十四日、ルーニック2号が晴れの海の南東部に衝突、一九六四年二月二日、レーンジャー6号が静かの海の西側に衝突、同年七月三十一日、同7号が雲の海の南に衝突、六五年二月二十日レーンジャー8号が静かの海の南西部に衝突、同年三月二十四日、同9号が雲の海のずっと東寄りのところへ衝突、同年五月十二日ルーニック5号が嵐の大洋の南東部に衝突、同年十月八日、同7号が嵐の大洋のど真ん中に衝突、同年十二月七日同8号が嵐の大洋の西側に衝突、六七年十月九日ルナオービター3号がステンベルクのずっと東に衝突、六八年一月三十一日同5号がシュレーターの北に衝突……」

「全部、見えるよ」

ぼくはパパの声を聞きながら、天体望遠鏡で月面を眺め、そう叫んだ。

「そりゃ、そうだろう」

パパはうなずいた。

「今、言ったのは、すべて月面のこちら側に衝突した宇宙船ばかりだ」

「衝突したところには、みんな大きな穴ができてるよ」

ぼくは溜息をつきながら天体望遠鏡から眼をはなし、パパにいった。

「じゃあ、あのアバタはみんな、無人宇宙船が衝突した痕なんだね」

「うん。そうとしか思えないね。人間が最初に月に到着したのは、六九年の七月二十一日と書いてあるけど、それ以後も月面に衝突した宇宙船はたくさんある。つまり、月に行けるとわかったとたん、無茶な連中がそれ行けとばかりあちこちから月めざして出発した。そして、あわてたために月

にぶつかったんだ。そういう連中のためにできた
アバタも、たくさんあるだろうね」

「ひどいことするんだなあ」

ぼくはあきれて叫んだ。

「人間って、無茶なことをするんだねえ」

「まったくだ」

パパはそういって、また本を読みはじめた。

ぼくはふたたび、天体望遠鏡で月を観察した。

やがて、ぼくは天体望遠鏡から顔をはなして、
またパパに向きなおった。

「ねえパパ。どうして月面は、あんなに赤白だんだらなの」

パパは、また顔をあげた。

「それも、この本に書いてあるよ。昔の月は、あんなに赤いところはなく、蒼白くて、とても美しかったそうだ。きっと、アバタもなく、つるんとしてまん丸く、とてもきれいだったんだろうね」

「では、なぜあんな赤いところができたの」


「それもやっぱり、人間のやったことなんだよ。月に移住した人間たちは、月面で食べものを作ろうとした。最初はクロレラを作ろうとしたんだが、これは重力が少なかったため、思っていたほどうまく作れなかった。そのかわり、地球では水の底などに生えている紅藻類の、淡水産のある種類が、意外によく成長することを発見し、これを繁殖させたんだ。あの赤い部分は、この紅藻類の農園なんだよ」

「たくさん農園を作ったんだね」

「そりゃ、紅藻なんてものは、いちばん大きなものでたった2ミリしかないんだから、大勢の人の食糧にするためには、よほどたくさん農園を作らないとね」

「だけど、そのかわり、すっかり月面が汚なくなっちゃったね」

「それはしかたがないさ」

パパは、また本に眼を落した。

人間が生きていくために、美しい月が汚れていっても、それはしかたのないことなのだろうか——そう思いながら、ぼくはまた天体望遠鏡をのぞきこんだ。そのうち面白いことを発見した。赤い縞と、アバタの翳《かげ》りのため、月面全体が巨大なウサギの顔のように見えはじめたのだ。

ぼくはまた、パパに叫んだ。

「パパ、月がウサギの顔のように見えるよ」

「やっぱり、そう見えるかい」

パパが笑いながらいった。

「誰が見ても、ウサギの顔に似てるって思うらしいよ。パパもそう思う」

「どうして、あんなにウサギの顔に似てるんだろう」

「さあ。なぜだろう。この本によると、昔の人たちは月の中にウサギが住んでいると思っていたらしいね。たとえば日本では、月の世界ではウサギがモチをついていると信じていたそうだ。中国でも『楚辞』という本に、月の中のウサギの俗信が書かれている。そのほか、南アフリカからヨーロッパ、インド、チベット、蒙古、北アメリカ・インディアンなど、地球のほとんどの地域に月のウサギの伝説がある。だからある人などは、現在の月の顔が、あのようにウサギに似てきたのは、移住してきた人間のために、月を追い出されてしまったウサギの恨みがこもって、月面にあのような顔があらわれたのだといっているよ」

「ふうん。こわいもんだなあ。じゃあ、その伝説のウサギは、伝説をなくしてしまった科学とか、宇宙船とか、月へやってきた人間とかを、恨んでるだろうね。もしかしたら、そんな科学を作りあげた、人間ぜんぶを恨んでるかもしれないね」

「そりゃ、恨んでるだろうな」

パパがうなずきながらいった。

「だから、ウサギの顔をよく見てごらん。恨めしそうな顔をしてるから」

ぼくはまた天体望遠鏡にしがみついた。

そういわれてみれば、よく見るとそのウサギは、恨めしげな顔をしてこっちを睨んでいた。眺め続ければ眺め続けるほど、ウサギの顔は、じつに恨めしそうに思えた。

おれを月から追い出したのは誰だ。それはお前たち人間なんだぞ。おれはそのことを、いつまでも忘れてやらないからな。

そんな恨みごとをいい続けているように、ぼくには思えた。

しかもそのウサギは、常に地球の方を向いているのだ。地球の周囲をぐるぐるまわりながらも、いつもこちらに顔を向けているのである。醜く、きたないアバタづらを――。血みどろの、恨めしげな顔を――。

つついじゅんけい〈筒井順慶〉

⬇まんが「筒井順慶」を見よ。（229ページ）

テ

D・J

深夜放送、深夜番組といえばひと昔前なら昼間は放送できないようなピンク・ムードのものが多かった。

ところが最近は変わってきた。今やラジオの深夜放送は、すべて、若い人のためのものになってしまっている。そして彼らのいちばん喜んで聞く番組といえば、もちろん、ディスク・ジョッキーなのである。

深夜の音楽番組のうち、関東一都六県のエリアで、最も若い人の支持を得ているという**オールナイト・ニッポン**の担当者に会うため、ぼくはある

ハレンチサイケドタバタSF歴史マンガ
筒井順慶
筒井康隆
小説「筒井順慶」より
ね あの長編小説まだできないの
まだだよ
コラ わが社で出すあの長編小説いったい
いつできるんだ
も少し待ってください
じつはとっくにできているのだが
はてさてどちらへ渡したものかあちら立てればこちらが立たず
筒井君 文芸世紀の高木だがね 君の先祖は たしか大和の方の出だったな すると筒井順慶の子孫という可能性もあるわけかい
DOSHUN
それがどうした
うちの週刊に順慶を書いてくれ
歴史小説なんて書けそうにないよ
SNACK
RECORD
COFFEE

だってぼくはSF作家だからね
ならSF的な歴史観で書きなよ
そんなものがあるのかい
知らないね でっちあげればいい
ははあでっちあげるのか
歴史観ひとつでっちあげるくらいできるだろ
Bar
Club
エイリアス
Snack
眉
SF的歴史観なんてあってたまるものか
しまった 資料は集めたものの おれは古文が読めなかったんだ
こんばんわぁ
何ごとだこんな夜中に 酔ってるな
君は商品には手をつけない主義だったはずだ
もう商品じゃないわ
しばらくお待ちください
もうしばらくお待ちください
商品じゃないといったなどういう意味だ
わたしの出版社倒産しちゃったのよ
朝になったわね
荒淫矢の如しだ
また電話するわ
くよくよするなよ
とにかく文芸世紀へことわりにいこう
やあ筒井君こちらは柴岡僚祐先生だ
なんだと 今さら書けないとは何ごとだ
おかしなことを書くと筒井一族から破門される 親父に叱られて 遺産ももらえない
バカ
小説を書く以上は天涯孤独
しかるに貴様のそのふにゃふにゃした態度
文学は死ぬ覚悟でやらにゃならんのだぞ 何じゃと 親の遺産じゃと そんなことで小説が書けるか 貴様のようなやつがいるから文学の質が低下するのだ

柴岡僚祐に怒鳴りつけられてから二、三日というものは
飯はノドを通らず
夜は眠れず
頭ガンガン腰フラフラ
こんなことなら
会社をやめずスーダラ社員でいたものを
何が悲しゅうて文学や
ああ文学や文学や
高木だがね 順慶の子孫だというお爺さんが浅草にいるそうだよ
そうか じゃあ会いに行こう
ここだな
ははあ あなたが順慶法師をお書きになるかたですか わたしが筒井彦次郎です
これが娘の帝子です
ガーン
それに筒井重蔵さんと筒井秀夫さん みなさん筒井家ゆかりのかたです
順慶法師は「明智光秀と秀吉が 山崎で対陣した時に
洞ヶ峠
ウソ
どちらにもつかず洞ヶ峠の上に立ち勝ちそうな方へ味方しようと日和見をきめこんだ」という伝説でしか知られていませんが残念なことでじつは根も葉もない俗説なのです
わたしのノートお貸しするわ
やっこれは感激 助かります
お送りするわ わたし銀座へ行くの
順慶を書くのならいちどは奈良へ行かなくちゃいけないわ
しまった もいちど会う約束するのを忘れた
明日行きます
とにかく書きはじめることにしよう
筒井氏は奈良の名門である 順慶が生まれたのは筒井氏が大和最強の豪族となり郡山に筒井城という平城を築いていた天文十八年のことである
このころ 筒井家には敵があった この男松永弾正は 大和に攻めこみ豪族たちを征服しようとしていた その手はじめに筒井が狙われたというわけである

悪いことに 順慶が 二歳の時 父の順昭が病気で 死んでしまった
郡山
筒井
松永
筒井
法華寺
並松
大和川
信貴山
順慶が 十一歳の時 ついに 松永久秀は 攻めてきた 筒井勢は これを迎え 討った
筒井 先手は 島 左近 松倉右近の 両名に
国侍に
犬ざむらい
さんぴん 弓取り
小ざむらい
両者進んで 並び松 互いに 見かわす 顔と顔
息を ひそめて 睨みあい
ただいたずらに 時は過ぎ
月はのぼりて 日は沈み
日はまた のぼり 月は落ち
三池炭鉱にも 月が出て
霜天に満ち カラス啼き
鐘が鳴ります 寒山寺
馬の屁の音きっかけに
たちまち起る トキの声 怒号泣き声 断末魔
ギャー
ワー
ワー
キャー
入り 乱れての 戦いに
腕ひき ちぎれ 足は もげ
目玉とび出し 鼻は落ち
首 みだれとぶ その すごさ
多勢に無勢 筒井勢 宇陀秋山 へと 落ちて 行く
郡山
天理
桜井
宇陀
磯城
橿原
秋山
よわったな 順慶がどんな 人間だったのか ちっとも 浮かんで こない ぞ
とにかく いちど 奈良へ 行ってみよう
奈良は あいかわらず過去 と現在が雑然と 同居している奇妙な 町である

いくら肖像画のお顔を見ても
筒井順慶墓・覆屋
お墓を見ても
木像を見ても
順慶の人間像が浮かんでこない
やっぱりあなたねわたしも奈良へ遊びに来たの
帝子さん
これが筒井村よ
郡山城趾
わたし疲れちゃっただって東京から運転しつづけなんですもの
では大阪へ戻りましょう
このホテルへ泊りましょう
SHIN 梅
STRANGERS IN THE NIGHT EXCHANGING GLANCES WOND'RING IN THE NIGHT
!
WHAT WERE THE CHANCES WE'D BE SHARING LOVE
ピンポン
タタたいへんだたいへんだだれかきた
だれだい
156
わたしよあなたいつもここへ泊るから きっとここだろうと思ってきたのあけてよ早く
ママ待てっ今あけちゃいかん
まあっ誰かいるのねっ
ちょっと待っててください
きっと誰かいるんだわ
さあ階下のバーへ行こう
ねえお願いよあなたの長編がほしいのそうでないとわたし秋風書店へ入れてもらえないの
手みやげがわりに使われるのはいやだね
いいわよっどうせわたしなんかどうなってもいいんでしょ
ややっ帰ってみれば部屋はもぬけのから

悲しい悲しい
もう少しのところだったのになあ
さて。南陀秋山へ落ちのびた筒井一党は三好三人衆と手を組み、松永に敵対した。
そしてたびたび奈良へ攻めのぼったたとえば永禄十年東大寺付近の戦いでは…
塔や南大門の上に登った両軍がドンドンパチパチ昼夜の別なく撃ちまくったものだから奈良の都は大さわぎ
松永弾正ついに歴史に残る暴挙に出た
火矢でもって穀屋、法花堂廻廊などに火をつけたのだ
たちまち大佛殿は火につつまれついに大佛さまの首は落ち
あらもったいないなや
スッテンコロコロカラカラカラ
さてそのころ織田信長の抬頭によって天下の形勢は大きく変わりはじめていた
山名
波多野
朝倉
浅井
三木
宇喜多
赤松
織田
武田
三好
佐々木
木曽
遊佐
畠山
北畠
徳川
今川
北條
筒井
松永
その信長が上洛してきたのは永禄十一年のことである
50
松永弾正は信長に伏しゴマをスリ大和の経略を公認してもらった
またしても順慶不利になり山中へ逃げざるを得なかった筒井一党が今度は国道25号線を福住インターチェンジの方へ逃げている時…
25
電話がかかってきた
もしもしわたしよ
今 近くの喫茶店にいるの 原稿くれないならこれから睡眠薬をのむわ
ママ待てっすぐ持っていってやるから
自殺されては一大事
待てえっやっとつかまえたぞさあその原稿をよこせっ
こ これはちがう原稿ですっ
うそつけ今題名が見えたぞ
これにはひとりの女の命がかかっているのです
もうだまされるもんか
しまった
わあたいへんだひろってくれ

コラーッ車道に出ちゃいかん
つかまえてくれ一枚につき百円やる
まだ逃げる気なのか
事情はあとで説明します
やっぱりほんとに薬をのんでいた
ウーウーウー
おれにも責任があるついていこう
ナニ心配ハイラヌ二、三日寝テオレバスグナオル
また自殺するおそれがあるからあの原稿はここへおいて帰ろう
早く帰って順慶を書かなきゃ
いそがしいいそがしい
そのころ信長と弾正の仲は早くも悪化していた
ある日 順慶のところへ明智光秀がやってきていった
あんたは今まで信長公に敵対していたようだがこのへんで降参したらどうかね
つまり順慶を信長にとりもってやったのが光秀なのである
オイ少し説明が多すぎるよもっとくだいて書いてくれ
殿っタタ大変大変
一大事です
と、殿っお顔がありません
表情など書いてもどうせ嘘になる
既製の歴史小説に対するアンチテーゼだ
越後の上杉謙信が信長公をやっつけようとしてやってきました
弾正は上杉方につきました
ケケけしからんそういうやつがいるから文学の質が低下する
やっつけよう
光秀と順慶の猛攻撃にさしもの弾正も観念して自害した
もしもし筒井君かいおれたち今結婚式やってるんだ
ギョッ

では それで問題は ひとつ解決 したと
ところが順慶の人間像がまだつかめていない
考えてる時間はないぞ
ああ帝子さん どうしましょう
これが最後のページだというのに
しかたがない こうなれば目鼻のつかぬまま 話はとんで洞ヶ峠だ
だが、ふしぎなことには順慶が洞ケ峠に立って日和見をしたということは、順慶に関するどの史料や文献にも出ていなかったのである。では、なぜ後世、洞ケ峠の順慶というのが、あれだけ有名になったのか?
秘密はどうやら洞ヶ峠そのものにありそうだ
京阪電鉄 八幡町
洞ヶ峠へ行ってください
見える 見える 見える
右に左に一望の
もとに見おろす古戦場
あれに見ゆるは天王山
そのまた向こうは
ポンポン山か
左にひろがる大阪平野
右にひろがる京都の盆地
中をとりもつ大山崎の
村を通るは新幹線
青葉しげれる桜井の
里のあたりは名神高速
あれは木津川 桂川
さらに宇治川合流し
眼下たゆとう淀川は
南に下って枚方へ
うんなるほど
わかったぞと
おれは叫んで喜んだ
いくさののちの世の人が
この眺望におどろいて
さぞや順慶ここへきて
思案投げ首したことだろう
これでは日和見無理ないと
面白おかしくでっちあげた
話が今に伝わって
ご先祖様の汚名となったに
ちがいない
ポンポン山
天王山
浄土谷
東海道本線
円明寺
桜井
大山崎村
淀川
西国街道
桂川
宇治川
京阪電鉄
木津川
枚数不足で 尻切れトンボ おわび申し あげます この続きは 原作の方で どうぞ
作者

日ニッポン放送へ出かけた。アナウンサーの斎藤安弘氏に会い、いろいろ話を聞くことができた。

この斎藤氏の担当は水曜日である。夜の一時から明け方の五時まで四時間、ぶっつづけにレコードの合い間のおしゃべりをする。おしゃべりをする人のことをパーソナリティーと称している。ディスク・ジョッキーというのは番組形態の名称だそうである。

「四時間もぶっつづけの仕事で疲れるでしょうね」

「いや。やっているうちは楽しいから平気です。むしろ次の日がつらい。このビルの八階にはベッドが九つある仮眠室の設備がありますが、ゆっくり寝てはいられません。十時からは会議があって、それに出なけりゃならないのです」

「夜食など、いつ食べるのですか」

「放送の途中レコードがかかっているときに、サンドイッチなどを食べます。ときどき口いっぱいにほおばっているときにレコードが終ったりなどして、目を白黒させます」

「なるほど。ひとりでは、ごまかしようがありませんからね。四時間ずっと、スタジオにひとりきりなんでしょう」

「そうです。あとは副調整室にプロデューサー兼ディレクター兼レコード係兼ミキサーがいます。ふたりきりの番組です」

「四時間ものあいだ、しゃべりつづける話の内容を、どこから拾ってくるんです」

「ふだんの心がけです。とにかくなにをしゃべろうと、敏感に聴取者が反応《はんのう》してくるから、実に楽しくしゃべりがいがあります。それに深夜ですから、わりと過激なこと、まともでないことなどもしゃべれるのです」

「ははあ。それは楽しそうですね。ぼくもやりたくなってきた」

「そうですか。それでは出てください」

「ええ。いつか、ぜひ出させてください」

「いつかなどといわず、いま出てください」

ぼくはびっくりした。

けっきょく、その日十一時半からの〈**ザ・パンチ・パンチ・パンチ**〉に引っぱり出されてしまった。

が、なんのことはない、これはD・Jなどではなく、パンチ・ガールの美女三人が、寄ってたかって、その日のゲストをイビる番組だった。ぼくはだまされた。

話は、インタビューの続きにもどる。

「どんな失敗がありますか」

「たいした失敗はありません。ミキサーが、まわってるレコードの上にジャケットを落したりして、ちがう曲がかかってしまったりするていどです」

「ではつぎに、聴取者のことを聞かせてください。反応というのは、おたよりのことですか」

「そうです。はがきのリクエストが、ひとりのパーソナリティーにつき一週間に平均六千通から七千通きます。そのはがきにいろんなことが書いてあるのです。ラブレターまで、まじっています」

「すると一週間で、約四万通ですね」

「ええ。じつに熱心です。一枚のはがきに、三ミリぐらいの字でモンキーズ、モンキーズと、ぎっしり書きこんである。こんなのは時間をかけなければ書けませんよ。そうかと思えば、トイレット・ペーパーを送ってくるのもいます。曲名をたくさん書いてあって、最後に〝ここから先の白紙部分は、どうぞ使ってください〟」

「電話でのリクエストは、受けつけていないのですか」

「それは日曜日に、**オールナイト・ニッポン電話リクエスト**というのがありまして、十二時二十分から二時四十五分までやっています。このときのパーソナリティーはふたりです。また、アルバイト学生を二十人ほど使い電話の応対をさせています」

「電話は何台使っていますか」

「以前は十台でした。ところが台数に比べて、かかってくる数が多すぎたため、電話局のヒューズが飛んでしまったのです」

「ははあ。電話のヒューズというのは、飛びますか」

「飛ぶそうです。それで、あわてて台数をふやしました。いまは二十台使っています」

「深夜の聴取者には、どんな人が多いんですか。やはり受験勉強中の高校生ですか」

「圧倒的ですね。それ以外には飲食店に勤めている人、電話交換手などがいます。いちど岩手の電話交換手が電話でリクエストしてきたことがあります」

「ネットワークは、しているのですか」

「していません。夜間はニッポン放送の電波が、全国的広域性をもっているようで、北は北海道、南は鹿児島からも、はがきがきます」

深夜族は増加しつつある。昔は都会に住んでいる一部の人間だけだったのだが、いまは受験地獄のため全国的に若い人の深夜族がふえている。

たしかに、夜になってはじめて頭が冴えるという人は多い。ぼくもそうだ。昼間はたいてい寝ているが、起きていても何もせず、ごろごろしている。不健康な生活だという人もいる。だが、ぼくはちっともそうは思わない。昼間寝て夜起きるという規則的な生活を続けていれば、健康を害することはない。

むしろ、夜頭が冴えるタイプの人間にとって、昼間無理して起きていることは、大きなマイナスである。

受験生などにとっては、とくにそうだ。昼間起きていて、夜寝てしまうというタイプの、いわゆるスポーツマン型の人間は、ばりばり仕事はするだろうが、どちらかといえば、頭が悪い。あまりにも健康的な生活をつづけると、たしかに頭が悪くなるようだ。

いちど右のような〝不健康のすすめ〟というのをO社の学習雑誌に書いて、没にされたことがある。

しかしなんといわれようと、頭のいい人間が深夜型に多いことは事実のようだ。あるいはこれは、人間進化の必然的結果かもしれない。深夜のディスク・ジョッキーがこれだけ増加したことがその証拠である。もうすぐ、テレビの深夜番組もはじまることだろう。

さて、深夜の各局有名ディスク・ジョッキーを聞いている人口はどれくらいだろう。関東の一都六県だけを対象にして調査した結果、つぎのような数字になった。

A局　四一七、〇〇〇人
B局　一六五、〇〇〇人
C局　一三、〇〇〇人
D局　不明

合計すると五九五、〇〇X人ということになる。局名は伏せてあるが、D局の不明というのは、C局よりも少ないことは確かなので、計約六十万人ということにしよう。

これで見ると、番組の人気のあるなしは、相当の開きのあることがわかる。そしてそれは、学生層——特に十五歳から十九歳までの学生をつかむかどうかで決定するようだ。

たとえば、ラジオ関東の**オールナイト・テレフォン・リクエスト**にかかってくる電話の八十六パーセントは学生、またニッポン放送のＤＪ番組にくるはがきの年齢・性別分布を見ると、男性の五十パーセントが十七歳、二十一パーセントが十六歳、女性の四十四パーセントが十七歳、二十九パーセントが十六歳なのである。はがきの場合、二十五歳以上は皆無《かいむ》といっていい。

全国での深夜ＤＪ番組の聴取者人口——これは

正確にはつかめないが、推定で三百万人は優に越すだろう、といわれている。

デパート

さて、それでは皆さんを昭和百年の百貨店へご案内しよう。

と、いってもこの時代には、ものを買うためにわざわざ百貨店のある所までくる人は、あまりいない。なぜかというと、外商方式が発達していて、欲しいものは電話一本で配達してくれるからである。いやいや、この時代では電話さえ時代おくれ、すべてスクリーンつきの映話――つまりビューフォンというテレビ電話になってしまっている。このビューフォンで、百貨店に陳列してある商品を見ることができ、選ぶことができるのだ。

百貨店の方ではビューフォン用のテレビ・カメラが、壁に埋め込まれている。店の中央部では柱にとりつけられている。柱のないところでは鉄パイプの上にカメラを据えつけたカメラ・ポールが立っていて、ぐるぐるまわっている。

だから店内は、今のように混雑していない。むしろ空いている。空いているからスリもいないし万引もできない。

玄関を入ると受付で、受付のお嬢さんが美人であることは今と変わらない。変わっているのはこのお嬢さんのうしろに案内ロボットが数人いて、訊ねた売場までつれて行ってくれるし、帰りは荷物も持ってくれる。売場まで行くのが面倒な人は、受付で買物をすませることもできる。だからお嬢さんのうしろには電子頭脳が置いてあり、こいつが各売場の補助頭脳と連絡をとり、ロボットを動かして万事とりはからってくれる。

エレベーターは、すでに反重力シャフトになっている。反重力装置が発明されたからだ。音もせず、下降の時のいやな気分もせず、しかもすごい早さだ。エレベーター・ガールはいない。いても、店内案内をしゃべっているひまがないからだ。乗る前に行先階のボタンを押すようになっている。

エスカレーターもあるが、行先階についてもそのまま立っていればいい、エスカレーターのつづきがムービング・ロード（動く歩道）になってい て、メイン・ストリートを通り抜け、さらに上の階へのエスカレーターにつながっている。適当な場所で降りればいいのだ。

お客が少ないから店員も少ない。たまにお客が多い時はロボットが応待に出る。このロボットは子供を預って遊ばせたりもする。子供はロボットが好きだから、人間の店員よりも評判がいいくらいだ。

昭和百年には、商品の数が現在の十数倍になっている。だからビルの高さは百階以上、地下も十数階まである。

ビルの最上階にあるのは今と変わらず特売場。さすがにここはお客が多い。もっともその頃はすべての商品が安くなっているから、ここへくる人はそれほど特価品が欲しいわけではなく、争奪戦を楽しみにやってくるのだ。主婦には恰好の刺戟であり、美容体操にもなるという説が発表されてから、ますます評判がよくなった。

屋上は半分が展望台、半分がヘリポートである。自家用ヘリコプターでやってくる主婦もいるからだ。

つぎは催会場へ行ってみよう。これは三十六階にある。舞台ではファッション・ショーが演じられている。

この時代のファッションは面白い。流行の周期が次第に早くなったため、この頃はもう各時代のファッションがごちゃまぜだ。ミリタリー・ルックとサック・ドレスがいっしょに出てくるかと思うと、ミニのつぎにロング・スカートが出てきたりする。

夜になった。

だがデパートは閉店しない。二十四時間営業である。大都会は眠らない。深夜族が都市人口の三分の一を占めているのだ。

百貨店の外壁の懸垂幕は、夜光繊維で作られているから、これが光り出すと実に美しく、装飾にも照明にもなる。

特売場だけは、商品の入れ替えのため閉店する。だが昔のように徹夜して働かなくてもいい。リモート・コントロールで、仮台やショーケースは勝手に位置を変える。看板も電光式だから、文字を書き変える必要はない。

午前二時を過ぎると、さすがにお客も少なくなる。だから二時から六時までは、百貨店はすべてロボット店員にまかされる。

大都会の夜はふけて行く――。

テレビ

⬇まんが「2001年のテレビ」を見よ。(278ページ)

ト

どうじんし〈同人誌〉

ある女性週刊誌に〈どんな職業の男性が、一生のうちにどれだけ稼ぐか〉という特集を組んだ記事がのった。ほんの三、四ヵ月前のことである。トップの位置にあったのは〝作家〟だった。約三億かせぐ――ということになっていた。ぼくは喜んだ。ぼくだって作家である。しかも作家と人から認められるようになってからのもうけは、まだいまのところ、約五百万くらいしかない。

さっそくコンピューターを使い〈ぼくは死ぬまでに、あとどれくらいかせぐか〉を出してみた。おどろくなかれ、ぼくが残りの人生で得る収入は二億九千五百万円！

しめた、と思った。

豪華な大邸宅を建ててやろう、広い庭をつくり、そこで数十匹のセントバーナードを飼おう、大理石の風呂場をつくろう、ハレムをつくって裸女を飼おう、ヨットを数隻持って……。

そんなことを考えながら、記事の続きを読んだ。そして、がっかりした。なんのことはない。一生三億というのは〝いちどでも賞をとった作家〟〝流行作家〟の場合であると、ただし書きがついているではないか。ぼくは流行作家ではないし、だいたい賞などというものには無縁である。

ぼくは失望して、その週刊誌を破り捨て、風呂へ入り、便所へ入り、そして寝てしまった。

とにかく〝流行作家〟というのは、現代の花形職業であるらしい。だから、文学とか小説の好きな青年は、いちどは流行作家になった自分の姿を夢みる。そして小説を書き、懸賞募集に応募して投稿する。

だが、懸賞募集なんてものにたった一回で当選するはずがない。『氷点』の三浦綾子、『三匹の蟹《かに》』の大庭みな子のような才能を、だれでも持っているわけではない。

落選するのがほとんどだ。だが、まだあきらめられない。小説を書きつづける。

そのうちに仲間がほしくなってくる。自分の作品を正当に評価してほしい——と、思いはじめる。友だちと文学論争をやりたくなってくる。既成の流行作家どもの無能さをあげつらい、悪口をいうための話し相手がほしくなってくる。そういうときに、たまたま、雑誌か何かで、自分の町にある同人誌のグループを発見する。そこで、喜び勇んでそれに加入する——というわけ。

文芸春秋の文学雑誌『文学界』には、毎月同人雑誌評というのが載っている。ぼくは文芸春秋へ行き『文学界』編集部の豊田氏に会って、いろいろたずねた。

「毎月、どれくらいの同人誌がきますか」

「平均百二、三十冊送ってきます。多いときには、二百冊ということがありました」

「それを読むのは、たいへんでしょうね」

「四人の批評家にお願いしています。たいへんな苦労だと思います。しかも悪い批評をするとその同人誌の次号の編集後記で反論されたり、〝やめちまえ〟などと書かれますから損な仕事でしょうね。同情してます」

「そんな反論には、また反論するんですか」

「大ていはヒステリックな罵倒《ばとう》ですから黙殺です。でも目に余るときは、やり返すそうです」

「いちばん賞をとる確率の多い同人誌は」

「いまはもうありませんが、**近代説話**など、そうでしたね。司馬遼太郎、寺内大吉、黒岩重吾、永井路子、伊藤桂一などの各氏が出ています。ほかに尾崎秀樹《ほつき》などもいます」

「有名な同人誌は」

「**新思潮**。これからは梶山季之氏が出ています。**VIKING**も有名で、富士正晴、開高健、島尾敏雄などの各氏が出ました。ここに久坂葉子という人がいまして、芥川賞候補になり、落選したため自殺しました。若くて美人だったそうです。惜しいことをしました」

「早稲田、慶応という、文壇の学閥がありますが、ここの同人誌はどうですか」

「**三田文学**などは、いまや同人誌とはいえないでしょうね。ここにいたのは安岡章太郎、松本清張氏などです。早稲田には**文学者**というのがあり、丹羽文雄氏をトップに近藤啓太郎、瀬戸内晴美の諸氏がいます。これもすでに商業誌でしょう」

「大衆文学の方はどうですか」

「**大衆文芸**というのがあります。村上元三氏、長谷川伸氏の始めたもので、戸川幸夫、平岩弓枝、池波正太郎の各氏がいます」

「変わった同人誌では、どんなのがありますか」

「**犀**などはそうでしょうね。立原正秋氏のやっていたものですが、最初から何号でやめるか決まっていた」

　同人誌というのは、ひとりの作家を世に送り出せばつぶれてしまうという話をよく聞く。また、あまり長続きしているのはだめだという話も聞く。

「同人のなかのだれかひとりが有名になると、足の引っぱりあいをしたりするそうですよ」

　と、豊田氏はいった。

「同人誌の連中は定期的に会合を開いて、合評《がっぴょう》をしたり論争したり、文壇のうわさ話などします。そういった仲間うちでの評価の低い人が、たとえば『文学界』などの批評でほめられた場合、たいへんもめるそうです。本人はいばり出すし、同人誌内部にも派閥があったりして、てんやわんやになるそうです」

　これはぼくにも、おぼえがある。

　同人誌の合評会――これは、まったくすさまじい。相手の人格をメチャクチャに傷つけるようなせりふがポンポン出てくる。女の子で泣き出すのはざらにいる。つかみ合いになったりする。酒などが入ったら大へんだ。レスリングのバトル・ロイヤルそこのけ。（注・バトル・ロイヤルとは数人でリングに上がり乱闘すること。最後に残ったひとりが勝つ）

　そういったことが文学修業にもなるというわけなのだろう。きびしいものである。

　〝同人誌渡り鳥〟というのがいる。これはある同人誌に一編だけ小説を書いて活字にしてもらい、そのまま会費も納めずにズラかるやつで、あちこちの同人誌にタダで原稿をのせてもらおうという悪い心がけ。こういうのは絶対作家にはなれない。

たとえば、ぼくが特別会員にしてもらっている**関西文学**など、同人数が百名以上という大世帯である。そうかと思うと、ひとりで出している同人誌(個人誌というべきか)もある。内容は当人の書いた作品ばかり。

なかには八切止夫のように、たったひとりで何種類もの個人誌を出しているのがいて、こういうのはよほど金持ちでないとできない。

だから、一つの同人誌グループに平均何人いるかというのは、なかなかつかみにくい。たいていの同人誌では、巻末に名簿がついていて、それにはだいたい数十人の名が連ねてある。しかしこのなかには、全然書く気のないやつもいるだろう。また、渡り鳥もいるだろう。平均十五人と見ていいのではないか。

さて、全国の同人誌の数――これも正確にはわからない。高校生の出しているものまで含めたら、大へんな数になりそうだ。

ここ数年間のうちに『文学界』へ送られてきた同人誌の名簿を調べてみた。あるわ、あるわ。一ページに十五団体が書き込まれていて、それが百六十四ページあった。二千四百六十だ。

このなかには解散したものもだいぶあるだろう。しかし解散したからといって、そのグループにいた連中がすべて文学を断念したとはいえない。他のグループに入ったやつもいるだろうし、新しい同人誌をつくったり、目下計画中というのもあろう。

現在の同人誌を、この半分の千二百三十として計算してみても、1230×15＝18450で、同人誌人口は一万八千四百五十人ということになる。

しかし、これだけが作家希望者数とはいえない。早稲田や慶応をはじめ、その他の大学の仏文科などにいる学生は、いちおう作家希望者と見ていい。これを千人と見よう。

ひとりで書きつづけ、あちこちの懸賞に応募しているやつ、また、ジャーナリズム関係の仕事をしながら小説を書いてやろうと思っている連中も多い。

作家希望者、とりあえず二万人とみよう。もちろんこれは非常に少なめに見た数字である。

この中から、文学賞をとるやつは何パーセントか。

有名な賞は芥川賞、直木賞、菊池寛賞、文学界新人賞、オール讀物新人賞、オール讀物推理小説新人賞、谷崎潤一郎賞、読売文学賞、文芸賞、新潮賞、野間文芸賞、群像新人文学賞、小説現代新人賞、吉川英治賞、新日本文学賞、太宰治賞、女流文学賞、女流新人賞、田村俊子賞、農民文学賞、江戸川乱歩賞、日本推理作家協会賞、長谷川伸賞など、ずいぶんたくさんあるようだが、新人のとれそうな賞はこのうち二十足らず。

新人が、賞をとれる確率は、〇・一パーセントであります。

どくしょへんれき〈読書遍歴〉

謙遜でもなんでもなく、作家に限らず一般の物書きと呼ばれる人たちに比べ、ぼくがあまりにも日本の古典や近代小説を読んでいないことは恥かしいかぎりである。

最初に読んだ「活字ばかりの本」は、たしか弓館芳夫という人の「西遊記」だった。幼年時代から孫悟空が好きだったので家にあったこの本を、ルビがなく読めぬ字が多いながらも、くり返し読んだ。孫悟空にとりつかれたのは、宮尾しげをの絵本やマンガ、エノケン喜劇映画などのせいである。

幼年時代、小・中学生時代などは、小説よりはむしろマンガや喜劇映画からいろいろと影響を受けた。このことはいずれ別の機会に詳細に書くつもりでいる。マンガや喜劇映画のことなら、その方面の歴史の一ページに残されても恥かしくないくらい鮮明に記憶している自信があるからだ。

「西遊記」は、どこの出版社か忘れたが、たしか新国民文庫とか何とか銘打たれていた。その叢書に、やはり弓館芳夫の著で「水滸伝」「三国志」があった。これにも手をつけたが、よく理解できなかった。国民学校二、三年生の頃だから当然かもしれない。同じ叢書に「わが闘争」もあったが、これは読んでいない。

父はいろいろと、たくさんの本を持っていたが、本を非常に大切に扱い、あまりぼくには読ませてくれなかった。国民学校時代に読んだ父の蔵書は、前記三冊くらいだろう。

この頃、仲のいい友人に高松英夫という万年級長がいて、彼から「怪人二十面相」「少年探偵団」を借りて読んだ。これに味を占め、天王寺の親戚の家にあった乱歩のもの――「陰獣」「蟲」「心理試験」「パノラマ島奇談」その他あらゆる名作がぎっしりの短編集、それに「幽霊塔」などというものも読んだ。

他のSF作家はこの時代に、海野十三、山中峯太郎、南洋一郎などを読んだそうだが、この手の空想科学小説は偶然ぼくの周囲になかった。わずかに「地底戦車」を読んだくらいである。

そのうち戦争が激しくなり、ぼくだけ縁故疎開で大阪市内から千里山の親戚の家へやられてしまったため、本からも遠ざかった。ただ一冊、どこからか春陽堂文庫の「孤島の鬼」を見つけ出してきて読み、ボロボロになってしまうまでバイブルみたいに大切に読みかえしていた。

戦争はますます激しくなり、家族たちも千里山に逃げてきた。父の蔵書は、なかば荷ほどきされぬまま家のひと部屋に積みあげられていた。小学六年から中学時代にかけて、ぼくは暇があればその部屋に入り、本を持ち出しては読んだ。鈴木三重吉の「赤い鳥」全巻が揃っていたので、全部読んだ。これは「ピーターパン」以外はさほど面白いとは思わなかったが、活字に餓えていたため読んだのである。「新青年」の古い号数冊があった。小栗虫太郎の「有尾人」「水棲人」久生十蘭の「キャラコさん」徳川夢声、サトウハチローなどの「ナンジャモンジャ座談会」などを面白がって読んだ。

アルス社の日本児童文庫も全部揃っていた。二冊ずつ一ケースに入っている赤い背表紙の本である。理科や社会の教材的なものを省き、あとはすべて読んだ。「八犬伝物語」の挿絵を水島爾保布が描いていて、今でもはっきり思い出せる。この中の一冊に「西遊記・水滸伝物語」があったが、あまりにも子供向きに書きかえてあったのでいや気がさし、この文庫全体が信用できなくなってしまった。

他に、小口に金粉を塗った部厚い「世界童話大系」「千夜一夜物語」それぞれ数十巻が揃っていた。暇にあかして、そのほとんどを読んだ筈だ。「千夜一夜物語」は一応全訳だったが、伏字が多かった。

中学・高校時代は「漱石全集」の「猫」から短編集までを読んだ。父はこの他にも「太宰治全集」を持っていたらしいが、戦争中に売ってしまったそうだ。もしこれを読んでいたら、ぼくなどおおいにカブれ、今でも桜桃忌に出席したりしていたかもしれない。

父の蔵書は多く、このためぼくは学校図書館など、ほとんど利用せずにすんだ。父の本の中でも、いちばんすばらしかったのは、何といっても「古典劇大系」二十数巻、「近代劇大系」二十数巻、それに新潮社の「世界文学全集」第一期・第二期全冊揃いだろう。大学時代、新劇青年になったのは「近代劇大系」の影響だし、「世界文学全集」では、古典を収録した第一期よりは、近代文学を集めた第二期に、より大きく影響された。ズーデルマンの「憂愁夫人」に感激し、その他「猫橋」「地中海」「トンネル」などにも興奮させられた。

今考えてみれば、あの「トンネル」など、堂々たるSFである。

　ドタバタSFのはしりともいえるアプトン・シンクレアの「人われを大工と呼ぶ」、ドタバタ・スパイもののはしりといえる「百パーセント愛国者」も、この第二期に入っていた。だが、高校時代にいちばん感動したのはアルツイバーシェフの「最後の一線」だ。さいわいこの作者の本はもう一冊、新潮社の単行本で中島清訳「サアニン」が家にあった。これを読むなりサアニズムにカブれてしまい、本気で強姦を考えたこともある。アルツイバーシェフのものは「近代劇大系」の中にも「嫉妬」という戯曲が収録されていた。

　この他、家にあった単行本で読んだものは「スカラムッシュ」「洞窟の女王」などの大衆小説である。「サアニン」の延長で、生田長江訳の「ツァラトゥストラ」も読んだ。

　名作とされている「復活」「罪と罰」その他スタンダールやツルゲーネフ、戯曲ではチェーホフのものなどからは、不思議なほど何の感銘も受けなかった。戯曲ではむしろ「沈鐘」をはじめとするハウプトマンのもの、それにイプセンの「ペール・ギュント」に魅かれた。今でもペール・ギュントは自分だと思っているくらいだ。

　現在、創作上いちばん影響を受けているヘミングウェイ、カフカのものなどは、これ以後、すべて大学時代に買って読んだものである。「フロイト全集」を全部読んだのも大学時代だ。

　えらいものを忘れていた。高校三年の夏に読んだトオマス・マンの「ブッデンブロオグ家の人びと」である。いつかこれに匹敵する大河小説を書いてやろうと思っている。マンが「ブッデンブロオグ」を書いたのはティーン・エイジャーの頃だったそうで、その早熟ぶり、天才ぶりには、まったくおどろく他ない。

○

この「ブッデンブロオグ家の人びと」は、原稿用紙に書けばおそらく三千枚か四千枚になるほどの大長編である。

その長編を高校三年の夏に読んでしまったのである。今から思えば、当時は大学入試にそれほど拘束されなかったのだろう。もっとも、他の連中は、ぼく以上に真剣に受験勉強と取り組んでいたのだろうと思う。

あるいはそれは反抗心だったかもしれない。今だってそういう気持ちが起こることはある。あなたにはありませんか？　退屈で、暇をもてあましていて、何もすることがない時には、本なんか読む気がしない。逆にいそがしい時、仕事がいっぱいつかえている時に、ええい、本でも読んでやれという気になることが……。

また、トオマス・マンが、この「ブッデンブロオグ家の人びと」を書いたのが、ちょうどその頃のぼくと同じ年令の時、つまりハイ・ティーンだったということで、なおさら刺激を受け、この大河小説にとり組む気を起こさせたのかもしれない。

読み終ってしばらくの間、ぼくは何をする気もしなかった。衝撃だったのである。いつかはぼくに、こんな作品が書けるのだろうかと思い、一部分を読み返しては、とてもだめだと絶望し。

そんな日を送っていながらも、ぼくは大学にはいれた。広き門だったわけだ。大学にはいってからは、ヘミングウェイに熱中し、全作品を読んだ。

ぼくの場合、ひとつの作品を読んで感激すると、その作家の全作品を読みたくなる時と、幻滅を恐れて読みたくなくなる時がある。ヘミングウェイは前者だったし、マンは後者だった。とくに、学生の間で評判の高かった「魔の山」なども、なぜか手を出す気がしなかった。評判が高すぎると、いやになるということもある。だから「魔の山」は、いまだに読んでいない。

ヘミングウェイの次は、カフカにかぶれた。カフカの特徴はふたつある。
1　読み進む気が起こらず、読んだところばかり読み返したくなる。
2　他の作家の作品を読みたくなくなる。
だからぼくが、外国の作家の作品を系統立てて読んだのは、カフカが最後である。

その頃、日本教文社からフロイト選集が出はじめた。精神分析には前から興味を持っていたので、ぼくはこれを、次つぎと出版されるその速さとほとんど同じスピードで読みはじめた。そして第一期全十二巻を読破した。よくもあんなスピードで読めたものだと思う。今、本を出して読み返しても、読みづらくて読めたものではない。これは訳が悪いのではなく、フロイトという人がだいたい、文学的な曲がりくねった文体の持ち主なのである。

このフロイトが、ぼくにシュール・リアリズムを勉強させるきっかけを作ってくれた。またフロイトは、学術論文などというものにも、小説より数段面白いものがあることを教えてくれた。だから、これ以後、ぼくは社会科学、心理学関係の本を多く読むようになった。

社会科学書といっても、さいきんは読みやすく、しかも面白い本がたくさん出ている。大学卒業後、ぼくはブーアスティン、コーリン・ウイルソンなどを読んだ。このころから、ぼつぼつＳＦの翻訳書が出版されはじめるのだが、ＳＦの完全なとりこになってしまってからも、社会科学書は読み続けた。

現在、自分が小説を書くようになってしまうと、昔のようには小説を楽しく読めなくなった。それでも社会科学の本だけは、マクルーハン、リースマンなど、つねに読み続けている。

とっておきの話

とっておきの話などというものは、みんな小説に書いてしまっているから何もない。自分のことに関しても、いいことは全部雑文に書いている。残っているものといえば思い出したくもないいやな話ばかりだ。

ところが、自分にとっていやな話を無理に書けば、それを読む読者の方でもいやな気になるだろうか。いちがいに、そうもいえないようだ。ひとの不幸や失敗を喜ぶ気持はぼくにだってあるのだから、読者であるあなたにだって、そういう気持があることと思う。その独断の上で、他に書くべき話もないから、思い出したくないいやな話を書く。

だいたい、高校生風情が酒など飲んだからいけなかったのだ。四、五人の同級生といっしょに、吹田にある同級生の家で酒をご馳走になった。当然のことながら、少量でみんな酔っぱらった。同級生の家を出て、四、五人で吹田の駅まで帰ってきた。

ぼくの家は千里山にあるのだが、他の連中はみな、大阪市内に帰る。つまり帰る方向はぼくと彼らとでは逆なわけで、反対側のプラットホームに昇らなければならない。ところがぼくは、皆と一緒に大阪行のプラットホームに昇った。これは酔っていたからではない。ぼくはその時、便意をもよおしていて、便所は大阪行プラットホームにしかなかったからだ。

ご承知のように、駅の便所というものは、たいてい汚ない。便所の中に入り、ぼくはあまりの汚なさにおどろいた。ここでズボンを脱げば汚れてしまう。しかたなく便所の外でズボンを脱ぎ、プラットホームで大阪行の電車がくるのを待っている友人のひとりにあずけた。「ちょっと、これ、持っててくれ」

「あいよ」彼はぼくのズボンを受けとった。

　ぼくはパンツ一枚のまま、ふたたび便所に入った。

　ぼくが用を足しているうちに、大阪行の電車がきたらしい。便所から出てみると、友人たちはひとりもいなかった。当然のことながら、ぼくのズボンも消えていた。

　酔っぱらっているものだから、ぼくからズボンをあずかっていることを忘れ、持ったまま電車に乗ってしまったのだろう。しまった、あずけるのではなかったと思ってあわてたものの、どうしようもない。

　ぼくはそのまま、パンツ一枚で電車に乗り、千里山の自宅に帰ってきた。その時のことを思い出すと、はずかしさに胸かきむしり、七転八倒したくなるのである。

　だいたいぼくは、今でもおしゃれだが、その頃からすでにおしゃれだった。きちんと学生服を着て学生帽をかぶり、ズボンは常にプレスしたてだった。考えてみれば、おしゃれだったが故にズボンを汚すまいとして、あんなことになったのである。おしゃれ人間としては、地獄のような目にあったのである。

　自尊心はズタズタになり、ナルシズムは崩壊し、それ以後は多少気が変になった。あの傷は一生残るだろう。

とっぴょうし〈突拍子〉

「ハレンチ」が「破廉恥」ではなく、むしろ逆の、カッコ良いというのに近い意味であることは、マスコミなどによる教育で、たいていの年輩の人は先刻ご承知であろう。そのおかげでこのことばは、日本語の乱れを気にする人たちにとって、恰好のサンプルになってしまった。昔からあったことばが、若い人たちによって、違う意味になったり、それに新しい意味が加わったりすることは、年輩の人たちにとっては、新語や造語などより、ずっと気にさわることなのであろう。

だが、ぼくのように毎日文字を書く仕事を続けていると、昔からあることばでも、思わず首をひねったり、ひっかかってしまうような言いまわしのことばが、ずいぶんある。

たとえば「突拍子もない……」ということばだ。「突拍子」とは、拍子はずれな、とか、度はずれなという意味で、また、そういったことがだしぬけに行われたり、起こったりするという意味がつけ加わっている。ところがこれに「……もない……」というのがつくと、突拍子を打ち消すことになってしまうのだ。

「やくたいもない……」というのは、役に立たない、とか、らちもない、という意味で、やくたいは益体と書くから、益体の打ち消しであって、おかしくは感じない。

ところが「滅相もない……」になってくると、だいぶ感じがあやしくなってくる。「滅相」は仏教語で、業《ごう》が尽きて死ぬことだ。だから相手がそんな話をすれば「滅相な」といって、ふるえあがったり、とびあがったりする。また相手が、自分に関係してそんな話をすると、「滅相もない」といって打ち消したりする。ここまでは、よくわかる。だが、このように「滅相な」（肯定）「滅相もない」（否定）の使いわけが、されているだろうか。年輩の人だって、滅相な話をされ、「滅相もない話ですなあ」といって、うなずいていることがあるはずだ。

だからいずれ若い人が、「滅相」を「いいこと」、「突拍子」を「拍子に合った」「ぴったりした」「落ちついた」の意味で使いはじめたとしても、文句はいえないことになるのである。

ナ

ナンセンス

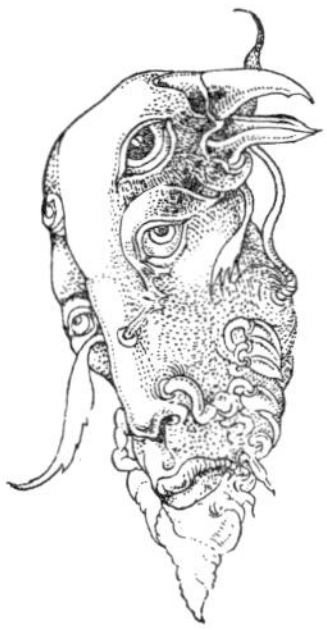

最近では学生が、団交でこの「ナンセンス」という野次をとばすと、壇上の教授はすべて一様にしゅんとなってしまうものらしい。それほどこのことばは罵倒として効果のあるものらしいのだが、しかし「ナンセンス」ということばは、決して無能力者に対して投げつけるべきものではないのである。我田引水になるが、ぼくなどはこの「ナンセンス」の価値を追求し続けてきたのだ。大学四年間を通じて、ぼくはシュール・リアリズムを勉強した。もちろん、シュール・リアリズムはナンセンスの極致なのである。

卒業後もナンセンス修業にはげんだ。そのおかげで現在、ナンセンス作家として食っていけるようになったわけであるが、それをこころよく思わない人もいて、「ナンセンスは無意味だからこそ意味があるなどというのは下手な屁理屈だ」と罵倒する。これは悪しき社会通念にとらわれた発言であろう。もちろんナンセンスに意味などある筈はない。ナンセンスはナンセンス、ただそれだけである。むしろ、すべての事象に意義や思想を見出そうとすることこそナンセンスである。現実そのものがナンセンスだともいえる。

　たとえばマンガで、最も高級なものは諷刺マンガではなく、ナンセンス・マンガだとされている。ナンセンスの方が、アイデアが出にくいからだ。簡単に解説してしまえるようなものは、もちろんナンセンスではない。作曲家、抽象画家、具象画家、作家という順で短命なのも、抽象的思考ほど寿命をすりへらすからだそうである。

世の中には二種類の人間がいる。ナンセンスを理解できる人間と、できない人間である。ぼくが大学教授なら「ナンセンス」といわれれば「ありがとう」と答えるだろう。

　だからといって学生諸君が、ナンセンスを理解できない人種であるなどというつもりはない。逆である。彼らはナンセンス・マンガのぎっしり載った「少年マガジン」を愛読しているのだ。彼らが「ナンセンス」と呼ぶ時は、社会通念で頭が固くなった人間の心理を利用しているだけなのである。

二

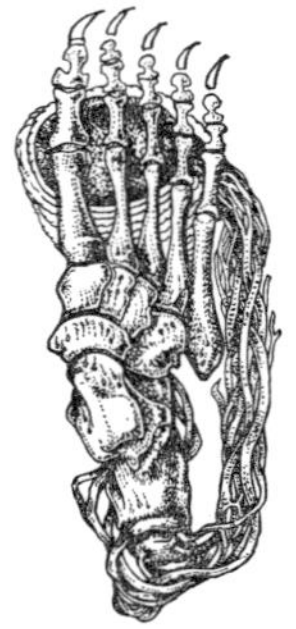

にっき〈日記〉

○月○日
関節炎がまた出た。アリナミンFを大量に服用したため頭まで痛くなってきた。一日中ごろごろ寝て過す。小松左京、岡田真澄などから誘い出しの電話がかかってきたものの、足が痛くては遊べない。四年間のサラリーマン生活で得た最大のものはこの持病だ。店内装飾などの現場監督を徹夜でやり、大工たちといっしょにデンキブラン、ドブロクなどの悪い酒を飲んだためである。アノ会社、イツカ復讐シテヤルゾ。

○月○日
週刊文春に連載中の「筒井順慶」の、前号までのあらすじを書く。この「前号までのあらすじ」というやつ、ぼくは必ず作者自身が書くべきものだと思うのだ。以前からのぼくの持論だし、また実行もしてきた。ところがそういうことを提案した作家はぼくだけだといって、文春の小林氏は眼を丸くしていた。なんとサービス精神に乏しい作家の多いことか。

小林氏は喜んで「〃あらすじも作者〃というトピ書きをつけましょう」とか「あらすじ文学のパイオニアになってください」とかいっておだてはじめたが、おだてられなくても、ぼくは書く。読者を喜ばせるためなら、どんなことでも書イテヤルゾ。

○月○日
平井和正氏といっしょにキディランド（表参道にある五階建てのオモチャの百貨店）へ行き、新しいものは出ていないかと物色する。それから四谷の「まろうど」へ行って飲み、「青い部屋」へ戻ってきて飲み、すぐ近所の青山学院の向いの「娯多久」へ行って飲む。この店は気楽に大阪弁が喋れるからいい。

○月○日
「漫画読本」連載中の「アングラ心理学講座」の第五回「条件反射」を書き出す。

○月○日
「小川宏ショー」に出てくれという電話があったが、早朝の九時からだというのでことわった。そんなに早く眼が醒めるものか。

○月○日
「小川宏ショー」からまた電話。出演できないのならせめて電話で、五十年後の男女関係について喋れという。今すぐ喋れという。冗談じゃない。すぐ喋れるようなアイデアがあるのなら、小説で書いた方がましだ。ことばを濁していると、いつまでも電話を切らない。おかげで外出しそびれた。イツカ復讐シテヤルゾ。

○月○日

十三日の金曜日というとすぐ喜んじまうオッチョコチョイの連中がいて——ぼくもそのひとりだが、つまりそれは野坂昭如を首魁とする酔狂連十数人。高くて手の出しにくいマツタケを五キロも買いこみ、敵《カタキ》恋しやなつかしやとばかりにむさぼり食おうというのである。安達瞳子のマンションへ行ってみれば、はや酒盛りのまっ最中。ぼくの隣りにすわったのがわがニキビ時代よりのあこがれの女性沢たまき。すごい低音で話しかけられて心もそぞろ上の空。いっしょに歌をうたったりしてああこのような幸福がまたとあろうかまたとない、結局マツタケの味もわからぬうちに時は経ち、黒メガネが彼女を送るといい出したからおかしなことをされては一大事、いやぼくも行きます行きますと彼女のマンションまでついていった。いやらしいね、もう。

○月○日

弟が赤坂のゴーゴー・スナックから電話してきた。

「女の子と一緒だけど、あてにしていた競馬がみんなはずれて大ピンチ。助けてくれ」

しかたなしに原稿途中で抛り出し、金を持って駈けつける。しかたのないやつとは思うものの、こっちもいろいろと弱味を握られているから勝手にしろともいえない。ぼくも「ポケット」のママをつれ出し、そのまま四人で三時過ぎまで飲み続け。バカな兄弟だよ。まったく。

○月○日

11PM出演のため日本テレビへ行く。十一時ちょっと前に到着すると、もう出演者全員が集まっていて賑やかである。知った顔もいっぱいだ。星新一、戸川昌子、石森章太郎、村松博雄博士、斎藤守弘、他にも寺山修司など十数人、ちょっとした文化人パーティー。

結局ひとりの喋る時間というのはごくわずかである。ショー番組も回を重ねるにつれテーマも繰り返しが多くなる。当然出演者の顔ぶれも決まってくる。すると同じことを何度も喋るため、マンネリになってくる。局の方ではそれを避けようとして、やたらに多勢出演させる。だが、多勢出たからそれで番組内容が充実するなんてものじゃない。今までのサワリだけを途切れとぎれにやるようなものであって、これは喜劇役者をたくさん出演させた喜劇映画が、ちっとも面白くないのと同様である。

もっともこれは文化人の方にも責任はあるので、たとえば喜劇映画の場合、主役ひとりで長尺をもたせる役者がいないからオールスターになるのと同様、ひとりで一時間の番組に出て視聴者を飽きさせない内容豊富な人物がいないからこんなことになるのだ。

もちろん、それぞれ専門の分野ではいくらでも大活躍できる——また、現にしている人たちばかりなのだが、テレビの場合はそうもいかないのだろう。こう考えてみると、現代の文化人には専門分野での才能と同時にショウマンシップも必要ということになってくる。おかしなことだが、時代がそうなってきているのだからしかたあるまい。

○月○日

ついにSFのネタが尽きて、バー小説を書きはじめる。ＳＦ作家がバーを書くようじゃもうおしまいだ。しかし勉強にはなる。

○月○日

桂米朝の落語会にイイノホールへ行く。客席は空いていた。大阪弁はわかりにくいからだろうか。だが大阪出身のぼくなどには、これほど面白いものはない。前座の小米もよかった。米朝はん、議員になんか、なったらあきまへんで。もっとおもしろいやつ、仰山聞かしとくなはれ。

○月○日

グルッペ21世紀「これがアングラだ」、浜田義一郎「にっぽん小咄大全」、井上一夫「アメリカほら話」、平井和正の処女長編「メガロポリスの虎」などを読む。ボサ・ノバにあわせてボンゴを叩き、ピアノを鳴らし、ギターを弾いたりしてから寝る。

○月○日

三十センチは十分ある大便が出たのでびっくりした。記念にカラー写真に収めておこうかとも思ったが、いつも現像を頼むカメラ店の女性が美人なのを思い出し、流してしまった。まったく惜しいことをした。

○月○日

東京12チャンネルの人と、近所の喫茶店で打合せ。三日の夜に、野坂昭如、林雄二郎の両氏と「未来のレジャー」を語るのだが、ぼくには悲観論をやれとのこと。

ＳＦ作家が未来のレジャーを書く時は、現在のレジャーの一部分をエクストラポレーション（外挿法）的に任意の未来へ投影して描くわけだが、本当はそれだけではいけないのである。未来だと、未来の人間のレジャーに対する考え方が現在と違うわけだから、その変化についても書かなければいけない。ところがそこまで書きこむと、エンターテインメントではなくなってしまう。だからレジャーの悪い面を拡大したぼくの小説を読んだだけで、ぼく自身レジャー否定論者だと思われてしまうと、まことに困るのだ。レジャー・ブームを苦にがしく思うような人間は、これからさき、ますます疎外されていくであろうことを、いちばんよく知っているのはやはりＳＦ作家であろう。

○月○日

「漫画読本」用のストーリイ・マンガを描きはじめる。

これからの作家はマンガも描くべきだ。活字文化はいずれマンガとテレビに食われてしまう。現に、書店にはマンガの数がますますふえ、一流週刊誌さえストーリイ・マンガを載せはじめている。しかもそれは日一日とふえていく。あと二十年もすれば活字を読む奴などいなくなり、作家はマンガ家の助手とか、テレビ・ドラマの脚本家に転業しなければならなくなるだろう。その時になってからあわてても遅い。今まで片手間にマンガの勉強をしておいてよかったと、つくづく思う。軽薄だね。まったく。

○月○日

紀伊國屋へ原稿用紙を買いにいったが、ちょうど品切れ。三日後にならないと入荷しないという。これで三日間、仕事をしなくてすむ。喫茶店に入ると佐木隆三がいたので、さっそく「イカニシテ升目ノ少ナイ自家製原稿用紙ヲ作ッテ、原稿料ヲタクサン取ルカ」という話をする。あとでつくづく、ぼくは軽薄だなあと思う。

○月○日

神戸新聞会館で講演。「未来都市の人間性」という題で、予定は一時間。

喋っているうちに話が老人問題になり、このまま老人医学が発達していけば、やがては安楽死の問題を真剣に考えざるを得なくなるでしょうと言おうとして、ふと見ると、三百人あまりの聴衆の中には十数人のご老人も混っている。あわてふためいて絶句し、しどろもどろで話をとばし、その後も具合の悪そうな話題は省略して喋ったため、三十分で終ってしまった。講演料は半額ではなかった。

〇月〇日
大阪梅田、花月劇場向いの「李白」で同窓会。『炎の会』という、特別学級の同窓会である。

これは、ぼくが小学六年生の時、大阪市内の同学年の生徒に知能テストをした結果、ＩＱが一四〇だか、一五〇だか以上だった子供を三十人ほど集め、特殊教育した学級の同窓会であって、これに出席するのは二十年ぶりだ。

かつての天才今いかにと、あわよくば小説のネタを仕入れる下ごころもいやしく出席してみれば、三先生を中にして三十男が十人ばかり、三十女が五人ばかり、感ずるところは多々あれど、おかしなことを書けば次の会合でどやされるは必定、いずれフィクションで料理することにし、結論だけを言うならば、三十過ぎればただの人。

ぼくにしたところが、人から天才と認められたことは一度もない。

たまに「天才と紙一重だ」といわれることはあったが、「気ちがいと天才は紙一重」という諺どおり、これはつまり「お前は気ちがいだ」という遠まわしの罵詈雑言《ばりぞうごん》なのである。

会が終ってから、自称マージャンの神様と鼻たかだかの三人を相手に近所の雀荘で対局。おどろくべし、ぼくのひとり勝ちだった。ああ天才なんぞ恐るべき、われこそは天才中の天才と鼻たかだかで帰京した。

○月○日

中山競馬場へ取材かたがた、K社のI、K両氏とともに出かける。

勝てば数十万という大穴ばかり狙い過ぎて、またたく間に六千円が消えた。競馬はぜんぜん知らないのである。それなのに総合雑誌「S」の編集者が、ギャンブル小説競馬篇を書けといってきたのがいけないのである。こっちも身のほど知らずに引き受けたからいけないのである。

むしゃくしゃしながら帰宅すると、留守中にK社のM君、それに野坂昭如氏から電話があったとのこと。あとで聞けば、M君の方は、久しぶりに暇な時間のできた沢たまき姐御《あねご》にぼくを会わせんとして、捜しまわっていたとのこと。一方黒メガネの兄哥《あにい》の方は、上京してきた宝塚は雪組のトップスター真帆志ぶき他数人のレディを接待するのに男手不足のため電話をしたとのこと。あななさけなやくちおしや、世の中はむなしきものと知りながら、あきらめきれない身の不運、それにつけても馬の憎さよ、この悲しみをいかにせん。ヒヒンヒン。

○月○日

第一美術協会の亀山博画伯と、長編連載中のプレイボーイ誌記者K氏、I氏とともに、報知新聞社裏の越後料理『まつ井』で飲む。

水割り数杯飲んだあと、越後の地酒というのを飲んだ。この酒がやたらとうまかった。冷やで飲めば甘口、熱燗なら辛口というのでぬる燗にしてもらったところ、とびきりの口あたり。ついついがぶがぶ飲んだ。

「さあ。そろそろ場所を変えましょう」とK氏が立ち上がりながらいった。「銀座の『魔里』へでも行きましょうか」

銀座に向かうタクシーの中で、さっきの酒が急にまわり出してきた。ああ、まわってきたなと思っているうちに、眼がまわり出したのでびっくりした。

「しまったしまった。さっきの酒は強かったんだ」

そう叫んだものの、もう遅い。『魔里』へつい た時には全身が火照《ほて》り、顔ぜんたいに血がのぼり、さながら金時《きんとき》の火事見舞、赤い風船玉のように鬱血した顔のどこかを針で刺せば、ぱちんといってはじけとびそうな按配《あんばい》。

苦しまぎれに、だいぶあばれたようだ。とにかく、のべつ動いていないことには悪酔いすることを自分で知っているものだから、ホステス嬢の迷惑もお構いなしに、ひどい狼藉《ろうぜき》をはたらいた。

いっておくが、ぼくがこんな状態になったのは、悪い酒ばかり飲んでいた学生時代以来のことである。その証拠に、ホステス嬢みな眼を丸くし「筒井さんがあんなになったの、はじめてね」などとささやきあっていた。

ついには見るに見かねたママに叱られ、これ以上何かやれば大変と、割れそうな頭をかかえタクシーで家に帰ってきたものの、こんどは気分が悪くなって寝られなくなってしまった。眠ろうとすると幻聴が起こってくるのである。おきまりの、「ぼくを非難する声」である。

たいていは水割り十数杯、平気で飲むのが、最近は十杯を越すと、この幻聴が起こる。これはつまり、某誌の覆面座談会で、ぼくの作品と、ぼく自身のことに関し、ひどい罵詈雑言《ばりぞうごん》を浴びせかけられて以来ずっとである。それが耳をはなれないのである。

「時代と踊ってるね」

「イヤらしいね」

「彼には思想がないのじゃないか」

たまりかねてハイミナールをむさぼり食い、タバコを数本たて続けにふかし、なかば気絶するような具合でやっと眠った。その夜は夢で、ちらと地獄を見た。

○月○日

狼藉をはたらいたから、きっとママが怒っているにちがいないと思い、『魔里』へお詫びに出かけた。ぺこぺこあやまりながら水割り数杯飲んだ。

そこへ一団となって、巨匠の大群があらわれた。梶山季之、生島治郎、結城昌治、佐野洋、三好徹といった大先輩は他殺クラブの面々である。

「こいつ、こんなところにいたな」と、生島の兄《あに》哥《き》がいった。

「まうしろにすわってやれ」

全員、ぼくの背後のボックスに腰を据え、飲みはじめた。これでは生きた心地がしない。ぼくの悪口をいってるにきまってる。あわてて『魔里』を駈け出した。

家に戻るなり河野典生から電話で『青い部屋』へこいということである。行ってみると老大家星新一もいた。可哀想にＳＦ界では、彼は老大家なのである。

水割り数杯飲んでから、すぐ近くの『夜の終り』へお二人を案内した。ここは最近ぼくが開拓したクラブである。戸川昌子の姐御もあとからやってきた。店が近所だから敵状視察なのだろう。彼女がいるため、しきりに照れながらも美人のママが「眠って頂戴」を歌ってくれた。水割り数杯飲んだ。

家に戻り、ふとんにもぐりこみながら、また幻聴が起こらないかなと思ったとたん、また聞こえてきた。

「……筒井の場合、演者による文明への対応力は、あくまで客体としての情報によるものであり、演者の主体はあくまで台本に対してのみしか発揮されない。それは根深い作者の自己矛盾の関与したものではなく、台本に対して気軽にエゴを発揮できる無指向な主体でしかない……」

○月○日

樟蔭《しょういん》女子大の子三人が訊ねてきたので、新宿へ案内し、風月堂でお茶を飲んでから四谷の『まろーど』へ行く。女子大生とはいえ、最近の女の子みな酒が強く、ウイスキーの角瓶一本がからになる。ここには婦人公論のM氏がきていて、しきりに彼女たちへモーションをかけていた。

いい機嫌に酔っぱらってから、三人を『娑茄《サド》侯爵』へつれていきゴーゴーを踊りまくる。ふらふらになって外へ出ると、青山通りに雨が降っていた。だれも傘を持っていない。

四人で、濡れながら青山通りを歩いた。女の子はみんな完全に酔っていて、鼻歌をうたいながら、あるいは踊りながら、あるいは嬌声をあげながら、車道へふらふらととび出していくので、あぶなくてしかたがない。

やっと彼女たちを送り、家へ戻ってきた。

やはり、寝られなかった。

しかたなく本を拡げて読みはじめると、部屋の隅から、ゴキブリほどの大きさの小さな人間が五人出てきて、ぼくの読んでいる本の上で覆面座談会をはじめた。

「筒井の場合は、SFに持っていた貞操を、時代という年増に取られたんだな」

「それはやはり、彼の方に好きごころがあったからなんだ。ちょいと、いわれたとたんに、アイヨってんで行っちゃったんだ（笑）」

幻聴に加えて幻視まで起こってきたのでは、たまったものではないし、こういった現象が分裂病、あるいはアル中の初期症状であることぐらいは、心理学をかじったから知っている。

あわてて顔を洗い、便所へ入った。すると便所の中へ小さな人間たちが入ってきて、覆面座談会をはじめた。

「彼の場合、ジャーナリズムに踊らされているところが多分にあるね」

「彼はそれでいいと思ってる。そこがイヤだね」

〇月〇日
今夜は、ぼくとしては割合い痛飲した。
水割りを、銀座の『彩花』で六杯、すぐ隣の『魔里』で五杯、『夜の終り』まで戻ってきて、たしか六、七杯。あまり酔わなかったにもかかわらず、やはり眠れなかった。ハイミナールをのみ、タバコをふかし、やっと眠った。
地獄を見た。

にほんれっとう〈日本列島〉

鸚鵡の羽ばたくその下で、鰐が蟹を食べている。鰐の鼻さきからは、尻尾のながい猿がぶらさがっている。

幼年時代に、この漫画化された日本列島の絵を見てから、そのイメージがぼくの頭を離れない。日本地図を見るたびに、このイメージがWって浮かぶ。いうまでもなく鸚鵡が北海道、鰐が本州、蟹が四国、猿が九州である。

大阪は鰐のノドチンコに相当し、東京は鰐の肛門に相当する。この鰐は喘息にかかっていて、しかも便秘である。

数年前、東京へ出てきて、たまに大阪へ帰ると、大阪の街なかに緑地のないことは東京以上だと痛感する。スモッグもひどい。神戸、尼崎などの上顎部工業地帯から汚染された空気が流れてくる。環状ハイウエイもできてノドチンコそのものからも排気ガスが発生、これで喘息にならなければ、むしろおかしい。京阪神工業地帯を根こそぎえぐり取らなければ、窒息して、遠からず鰐は死ぬ。

一方、人口が集中過密化して、鰐は便秘している。東京都の人口は、ますます増加する一方である。

る。浣腸の仕様がない。

この鰐はだいたい、消化器系が悪いらしく、ノドチンコから肛門にかけての食道や胃腸の流通が悪い。東名神高速道路がやっと通じたと思ったら、事故続出で障害だらけである。

どうすればいいかといくら考えたところで、ぼくの貧弱な社会病理学的、地理学的、物質学的、未来学的知識では、いずれも姑息な手段しか思いつかない。

過密化した部分に、いくら「過疎地帯へ分散しなさい」と呼びかけたところで、大便に意志のあろう筈はない。溜るところへは溜るのだ。地盤は次第に沈下し、ある部分では海面下何十メートルなどというところが出てきて、この辺に住んでいる連中が海水浴しようと思えば防波堤の中のエレベーターで昇らなければならない。人間がどんどん周辺へはみ出して行き、東京湾へもはみ出して行き、遠からず太平洋にもはみ出る。海の上にビルが立つ。いちばん下の階に住んでいる人間が、下水の蓋をあけると、数十センチ下に黒くよどんだ下水の水がある。これがつまり太平洋である。一階の連中は、この下水の穴から太平洋の魚を釣ることができる。もっとも、あたり一帯海上都市が出現しているため、釣った魚はいずれも色素が欠乏して色はまっ白、おまけに、すべてメクラである。ちょっと食う気になれない。

こういった妄想的ホラ話ならいくらでもできる。だが、問題の解決にはならない。

東名神高速道路に、二階を作ればいいかもしれないが、これもすぐ渋滞するだろう。三階を作り、四階を作り、しまいに十数階になる。ハイウエイ・デパートだ。最上階の道路で事故が起こり、崩れ落ちる。すると各階全部駄目になってしまう。

飛行機は運搬能力に限界がある上、天候が悪いと飛ばない。もっとでかい飛行機を作ると、今度は着陸させる場所がない。満足なのは新幹線だけということになり、これがのべつ満員である。

そこで今度は、地底を掘って「ひかり号」を走らせる。地下百メートルほどの地底を突っ走らせる（それより上の階はすでに、すべて地下住宅街、地下オフィス街になっている。）地下鉄――という呼称では従来のものと区別がつかない。そこで「通底器」ならぬ、「通底機」と呼ばれる、アンドレ・ブルトンも考えつかなかったような、悪夢の如き奇怪な姿の車が、地底を猛スピードですっとんで行くのである。

どうしてこんなどす黒いイメージばかり浮かぶのだろう。しかし誰が考えても、現在の状況を打開する強力なプランがない限り、似たようなものではないだろうか。

病気災害は鰐だけではない。

たとえば鸚鵡である。こいつの横からは巨大な熊が手を出し、あたりの海から魚をひったくって行く。

海の向こうには、からだ中に星のマークをいっぱいはりつけたわんぱく坊主がいて、この行動半径のおそろしく大きいおっちょこちょいが、ときどき猿の尻尾の先端に火をつける。尻尾の先端だからあまり熱さは感じないが、ほっておくと全身にぱっと燃えひろがる危険もある。このわんぱく坊主、便秘の鰐の股ぐらに貞操帯をくくりつけるなどという、悪質ないたずらもするから油断できない。

東京周辺に五つのナイキ・ミサイル部隊が設置されているが、これは東京都民や皇居を守る為ではない。東京周辺に集中している在日米軍の基地を守る為である。

日本列島の前途、ますます多難といわずばなるまい。

ハ

はつげんりょく〈発言力〉

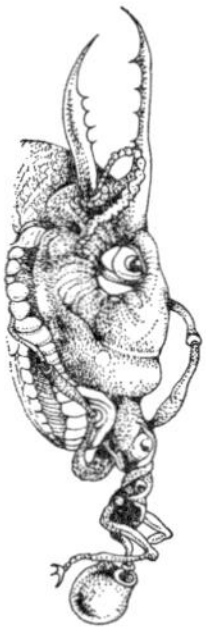

ぼくは作家としては、若い。実際の年齢も若いし、作家として独立した年齢も若かったし、作家になってからの年数もそれほど経ていないから、やはり作家として若いといえる。作家としては最若年の部類にはいるだろう。

それが幸運だったか不運だったかは、自分でもよくわからない。幸運だったと思う時もあるし、不運だったと思う時もある。他の人にいわせれば、人生経験のさほどないうちから作家になってしまったのは大きな不運だという意見が圧倒的に多い。

しかし、作品のこととはあまり関係なく、次のようなことがいえると思う。

作家に限らず、若いうちに大きな発言権を持つと、非常に風あたりが強いということである。たとえばあるコラムに随想を毎月書くということにしても、ぼくの世代の人一般から考えた場合、あるいは仮に作家になっていなかったぼくを想定した場合、たいへん大きな社会的発言力を持たされたということになる。ところが筆者はまだ若いものだから、それがどれほど大きな発言権であるか、最初のうちはまだ、ぴんときていない。同様に、若いものだから無茶な、思いきった発言をする。すると思いがけず大きな反論や、とんでもないところから敵意を受ける。一瞬、とまどう。そして自分がいかに年齢不相応な大きい発言権を持たされているかをはじめて知るのだが、やはり若さゆえに、それで萎縮《いしゅく》することもないのである。そこでますます揉《も》まれるということになる。

こういったことは、やはり若くて作家になった人間だからこそ経験できることであり、その意味では得難い体験であるといえよう。

また、こういった経験をするたびに、世の中には、いかに発言権を持たされていない不利な立場の人が多いかを改めて知り、自分の幸運を自分だけのものにして、むだに使ってしまいたくないと考えるのである。

変に立派なことをいってしまった。はずかしい。いやらしい。わびしい。

パラダイス

その星は楽園だった。四季花は咲き、女性はすべて美しかった。しかも女たちはすべて、男にやさしかった。男たちは家庭的だった。家庭的な男ほど、女たちから愛されているようだった。

彼は地球へ戻る気をなくしてしまった。その星の若い、いちばん美しい女性と愛しあったからである。彼もまたどちらかといえば家庭的であった。探検隊の宇宙船がとび去ったあとも、彼はこの星に残った。今度はこの星へ、いつ探検隊がやってくるかわからなかったし、二度と地球へ戻れないかもしれなかったが、それでも彼は、かまわないと思った。

ある日、彼はついに彼女にいった。「君、ぼくと結婚してくれ」

「本気なの。うれしいわ」彼女は微笑して答えた。「あなたのいい奥さんになるわ。そして、あなたのために働いてお金をもうけてあげるわ。だからあなたも、わたしの可愛《かわい》い子どもを生んでくださいね」

ハント・バー

北欧はフリー・セックスの花ざかりだそうである。これが嘘《うそ》か本当か、ぼくは知らない。

例によってのマスコミのでっちあげかもしれない。ひょっとすると、北欧では「日本はフリー・

セックス」などといってるのかもしれない。だがそんなことはどうでもいい。異性に飢《う》えている連中にとっては、あっちがやってるんだから、こっちでやっていけないことはないさという、うまい言いのがれができて、ますます異性をハントしやすくなる、という寸法である。

それはともかく、最も安あがりで異性をハントできる場所は今はやりのハント・バーであるという噂に、ぼくはまず『銀座コンパ』へ自ら乗りこむことにした。『銀座コンパ』はリッカー営業所と風月堂営業所があるが、ぼくがでかけたのはリッカーのほう。

メニューを見ると、たしかに安い。サントリーの白、ジントニック、ジンフィーズなどが百五十円。カクテル類はミリオンダラーの百五十円をのぞき、ほかはぜんぶ百円。いちばん高いのがナポレオン・ブランデーの千五百円。

ジントニックをすすりながら、バーテンに訊ねてみる。

「みんな、どの程度の出費で、ハントしてるんだい」

「ハントが成功したばあい、金払うのは男のほうだよね」と、彼は答えた。「千円以下のときもあるし、千五百円のときもあるだろうね。でも、二千円は越さないよね」

円形カウンターが何組かあり、獲物《えもの》を物色《ぶっしょく》するのに便利なようにできている。七時を過ぎると席がなくなり、羅漢《らかん》さまがそろう。円形集団見合いと思えばいい。隣の異性が気に入ればすぐ話しかけ、向かい側に見つけたら、まず目と目で話す。それから、カウンターの中にいるバーテンに、彼女に一杯カクテルを、と耳打ちする。

「なんのこたぁねぇ、幇間女衒《ほうかんぜげん》のたぐいだよ、われわれは」と、バーテンは嘆く。

そして、どちらかの席の隣があくと、さっと移動して、いっしょになる。女性のほうが積極的で、男がまごついていることも最近は多くなったそうだ。形態としては男が女をハントするわけだが、強引《ごういん》に男をハントする女もかなりいるわけで、こうなってくるとハントされて、金を払って喜んでいる男が、バカとしか思えなくなってくる。

　客はサラリーマンとOLが圧倒的。女性の服装も、新宿あたりとちがって、あまりサイケデリックなものや、チンケデリックなものはない。

　いちばん混雑するのは八時前後で、土曜日のこの時間になると、壁ぎわにズラリ待合い用補助椅子が並ぶ。ご苦労さま、といいたくなる。

　つぎは開店七ヵ月めの『渋谷ニューバロン』へ行くことにした。

　ここも安い。トリスが四十円。サントリー・レッド六十円。白が八十円。ほかは『銀座コンパ』と同じくらいである。

「アベックで来る客もいますが、三組にひと組は女の二、三人づれですな」とマネジャーが教えてくれた。「女はぜったい、ひとりでは来ません。複数です。その中のひとりがハントされると、あとの子は戦果なしで帰ります。平気です。けろりとしてます」

　この店も、構造、客層、みな『銀座コンパ』と同じだが、照明がやや暗い。しかし、ハントしにくいほどの暗さではない。

「こういう店でハントされる女の子を、あんた、どう思う」とバーテンに訊ねてみた。

「関係ないね」と、彼はいった。「勝手にやってくれといいたいね。こんなとこへくる女の子、興味ないね」吐《は》きすてるように、そういった。

　それからしばらく考えていたが、やがてぼくの方へ、カウンター越しに身を乗りだしてきた。

「だけど、ほんのときたま、おれでさえ、こいつはイカスというすばらしい女の子が来るよ。そういう女の子、だれにも渡したくない。だけど、そういう子は、必ず男の客から目をつけられるんだ。そして、ジン・ライムかなんかで釣りあげられてしまう」

彼は話に熱中して、唾《つば》を飛ばしはじめた。

「そのままアベックで店を出てゆく。く、くそっ。あんなに可愛いのに、なにもジン・ライム一杯ぐらいで釣りあげられることないじゃないか」あとはくやしさ余って目に涙。

「ねえ、あんた。そうでしょうが。畜生」

ぼくに怒ったって、しかたがない。

「ハントし合った、男と女が、ジューク・ボックスの前で猛烈なキスをはじめたってのが、開店以来二回あったよ。両方ともカッカしてるから、やめろともいえないし、ああいうの、どうすりゃいいのかね」

「バケツの水をぶっかけてやるんだな」と、ぼくは答えたが、これは嫉妬《しっと》である。

つぎは、新宿の『パブ・エンパイア』へ行った。ここはバンドが入り、踊れるようになっている。〈歌って踊ってハントして〉というキャッチフレーズで、ハント・バーであることを大っぴらにうたっている。だから〃安あがりハント〃をされる目的で、女の子はどんどん入ってくる。

ひと昔前、ふつうの女の子をものにしようとすれば、いざ本番という前に、ねえ、ダイヤ買ってよ、ミンクがほしいわ、その他さまざま、金と時間のかかる手続きが必要だった。

これはハントされる女性の側に、ハントされることが罪悪であるかのような意識と、男から傷つけられるのだという感情があり、それを埋め合わせ、自分を納得させることが、必要だったからである。

ところが、いまはそんなことはない。ハントし、ハントされることに罪の意識などはぜんぜんなく、それは、むしろいいこと、すばらしいことなのである。ジン・ライム一杯であろうが、カクテル一杯であろうが、そんなことは関係ない。女の子は、男の子と遊べるだけで楽しいのである。

いまや男にとっても女にとっても、セックスは深刻な、悲しいものではない。それは、よいことなのである。セックスを罪悪視することこそ、悪いことなのである。

と、いっても、ハント・バーから消えたアベックが、そのままホテルへ直行というわけではない。十組中二組だそうである。なぜそれがわかるかというと、男の客がハントの成果を、つぎの日わざわざバーテンに報告にくる。その集計が十組中二組になるのだ。

計算してみよう。

銀座にはハント・バーが五軒以上ある。渋谷は三軒以上、新宿には十五軒はあるだろうが、少なめにみて十二軒としよう。その他、新橋、蒲田、五反田、自由ヶ丘、池袋、上野、浅草、神田、高田馬場、中野に各一軒あるとして、合計三十軒。

一軒の店には、一日平均千人強が入る。（土曜は約二倍）すると都内のハント・バーの客は、少なめに見て、一日三万人。どの店も、男女の比は六対四だったから女の客だけで、一万二千人。バーテンによれば、約半数がハントされるそうだから、ハントされる女性は、一日あたり六千人。六千人の二割がホテルへ連れこまれて千二百人。その千二百人に対し、相手の男性の消費する蛋白質が、一回10ccで一晩平均二回とし、

(10cc × 2) × 1, 200 = 24, 000cc となる。

一ヵ月では、ハント・バーからホテルへ連れこまれる女性の数は、都内だけで三万六千人。

ハントした相手と二度やってくる連中を加えれば、もっと多くなる。そして射出される精液の量は七十二万ccつまり四石。四石というのは一升瓶四百本のことである。

さらにこれが全国ということになると……。もうよそう。無意味である。

とにかく一升瓶四百本の中に君の蛋白質が一滴も入っていないとすると、チトなさけなくはならないかね。

21世紀になると、テレビは人間の人常生活にますます定着したものとなる。人びとは、あらゆるものすべてをテレビに求めようとする。テレビもそれにこたえ、政治、労働、教育、教養、文化、芸術、娯楽、はてはセックスや睡眠にいたるまでの、あらゆる効果をテレビによって大衆にあたえようとする。この時代、大衆ということばは、テレビ大衆のこととなる。

超ズーム広角望遠レンズ。

副調からの連絡を受信するアンテナ。

邪魔なケーブルはなくなった。

立体テレビの画面から出る特殊な光線によって、視聴者に、スクリーンの中の人物が近づいてくるかのような錯覚をあたえる。

立体テレビ用の幻覚剤を同時に服用すると、立体感が増して、夢のような気分になる。

ニュース・ショーは実際に起こった事件と同じことが、スタジオの中で再現されるようになる。しだいに刺激的になり、実際の事件よりもオーバーに演出・演技をするためほんとうの事件以上に、多くの死傷者が出る場合さえある。

バックはもちろんスクリーン・プロセス実際の事件があった場所が写される。

この時代になると、テレビの見すぎで人間の眼が、だんだんテレビのスクリーンの形になってくる。現実の世界が、上下に流れはじめたり、ゴースト現象（ものが二重に見える）が、日常生活中に起こったりする精神病も流行する。

テレビ眼顫症《がんしんしょう》という流行病である。「しばらくお待ちください」と書いたカードを見せればなおる。

2001年のテレビ
構成・イラスト　筒井《つつい》康隆《やすたか》
喫茶店・公園　全国いたるところに、このテレビ・カメラがかくされていて、映像をテレビ局へ送りつづけている。このカメラは「アイ」と呼ばれている。

ここには隠しマイクがある。

テレビ投写装置ができたため、家庭でシネラマが見られる。

ここはテレビ局の地下にある巨大な「アイ・センター」である。全国から送られてくる映像を常に数十人のアイ・モニターが監視していて、面白いできごとが起こると、すぐテレビニュースとして放送する。「アイ放送」の時間もあり、放送してほしいために、わざと「アイ」の前でハプニングをする人間までいる。

アイ・モニターは、ひと晩中起きていて、モニター・テレビを見てまわる。ひとりで数千の画面を監視する。

これは隠しマイクのスピーカーである。会話が面白そうだと盗聴する。

ヒ

びじょ〈美女〉

「どうだ。みんな戻ってきたか。それぞれひとりずつ、美女に会ってきたそうだが、どうだった。その話を聞かせてくれ、おい八公。お前はアレキサンドリアへ、タイム・マシンで出かけていって、クレオパトラに会ってきたそうだな。どうだった。評判どおりの美人だったかね」

「とんでもねえ。ギリシャ型美人だか何だか知らねえが、頬骨がごつごつ突き出して、眼玉ギョロギョロ色まっ黒け。おまけにワシ鼻でいやもう、そのすごい顔。なぜあんな女が美女といわれたのか。さっぱりわけがわからねえ」

「ふうん。昔は西洋じゃ、そういうのが美人だったのかねえ。やっぱりわれわれ日本人にゃ、東洋美人の方がピンとくるんだろうな。熊さんや。お前は昔の中国へ行って楊貴妃を見てきたそうだな」

「ああ、唐へ行って見てきたがね。いやひどいもんさ。色が白くて眼が細い――そこまではいいんだが纏足をしていて歩けない上、旨えものをたらふく食ってるもんだから、ぶくぶくに肥って、まるで白豚のお化けみてえだった。おれは気持が悪くなって逃げ出してきたよ」

「やれやれ、楊貴妃もだめだったか、じゃあ善兵衛さん。あんたはどうだったね。日本一の美人、小野小町はさぞ綺麗だったろうな」

「いやいや、それがだめなんですよ。なにしろ平安時代の女官なんてものは、夏でも十二単《ひとえ》を着ているもんだから、汗でびちょびちょ、その上めったに風呂なんかへ入らねえもんですから、いやもう臭いの臭くないの、鼻がひんまがりそうで、そばへも寄れませんでした。あれじゃ、いくら顔が美しくてもねえ」

「おやおや、するとやっぱり昔の女はだめってことか。これ与太郎お前は何か、未来へ行ってきたのか」

「ああ」

「美人はいたか」

「ああ。きれいな着物を着て、美人がいっぱい歩いていたよ」

「ほほう。馬鹿のお前が美人だというくらいだから、よほど美しかったんだろうな」

「ああ、だから、そばにいた男の人に、この時代の女の人はみんなきれいですねっていったら、笑い出したよ」

「へえ。そりゃまた、どうして」

「色が白くて着飾って、髪をながくのばした美しい人は、この時代じゃみんな男なんだよ――って、そういったよ。その、男みたいな女の人がね」

ヒッピー

長男が生まれたので、さっそく新宿区役所の四谷出張所へ出生届に出かけた。家は青山にあるのだが、生まれたのが慶応病院なのでここへ届けにこなければならなかったのである。

書類受付のカウンターにいたのは、いかにも小役人然としたタイプの、しかも非常に気の短かそうな男だった。何かの書類を届けにきた中年の婦人が、頭ごなしに怒鳴りつけられていた。婦人はその若い受付係に、ぺこぺこ頭をさげ続けていた。受付係は時どき、この女の頭の悪さはどうだとでもいいたげに隣席の係員と顔見あわせて苦笑しあったり、かぶりを振ったりしながら、なおも人を人とも思わぬ態度で婦人を叱り続けた。

「ではまた、出なおしてまいります」

ついに婦人がそういうと、受付係は鼻で笑ってうなずいた。

「まあ、しっかりやってきてください」

おれと婦人の間には、ひとりのヒッピー風の男が立っていた。だが、この男は、ただぽかんと立っているだけで、いつまで待ってもカウンターの前へ進もうとしないので、おれは彼を抜かして受付係の前へ、出生届をさし出した。

受付係は、おれをじろりと睨んだ。

「出生届ですか」

「そうです」

「母子手帳を見せてください」

「あっ。出生届に母子手帳がいるんですか」

「母子手帳がなけりゃ書類が作れないじゃないか」受付係が一喝した。

「は、はいっ。すみません」

おれはとびあがり、いったん提出した出生届をひっつかんで区役所をとび出した。

新宿から家までタクシーで往復し、母子手帳を持って戻ってくると、さっきの受付係がカウンター越しにヒッピーを怒鳴りつけていた。

そのヒッピーは、顎髭を生やしてはいるもののまだ若く、おれより三、四歳は年下と思えた。赤いセーターを着てデニムのズボンをはき、足にはサンダルをはいていて背は高かった。色白の顔に、大きな澄んだ眼をしていた。その眼は、受付係の顔を見ようとせず常に天井近くの宙を見据えていた。

「だから、子供が生まれたってことはもうわかった」受付係はいらいらしていた。「出生届をしたまえ」

「出生届」

「そうだ。用紙は昨日やっただろう。書いてきたのか」

「書いた」ヒッピーはにっこり笑い、うなずいた。「出生届を、書いた」

「見せなさい」受付係は、ヒッピーがズボンの尻ポケットから出したくしゃくしゃの用紙を拡げて、顔をしかめた。

「何だこれは。母親の名前が書いてないぞ」

「書いてある」

「白熱のアマゾン、わがローズメリー。なんだ。こんな名前があってたまるものか。人を馬鹿にするな」受付係は怒って、用紙を破り捨てた。「おれが書いてやる。さあ。あんたの名前をいいなさい」

「速射機関銃。音のメーカー」

「ふざけるな。出生地はどこなんだ」

「銀河の虚空のピンポン玉」

「おい。ほんとに子供を作ったのかね。はっきりいいなさい」受付係は半泣きになっていた。

ヒッピーは、嬉しそうに笑った。

「子供ができた」

「よし。では、母親の名前だ」

「白熱のアマゾン、わが……」

「それはヒッピー仲間の渾名だろう。あきれたな。相手の女の名前さえ知らないんだから……。どこで生んだ」

「どん底」

「どん底だと……。あっ。あの喫茶店だな。ヒッピーのたまり場の」

ヒッピーは嬉しそうに胸に手をあてた。「どん底の二階。二十一日午前二時二十分。男児誕生」

「こいつはおどろいた。喫茶店の二階で生んだのか。どこの医者を呼んだ」

「医者は呼ばない」

「産婆を呼んだのか」

「産婆は呼ばない」

「でも、とりあげた人間はいるんだろう。だれが助産をやった」

「酋長。酋長とおれ」

「無茶だなあ。仲間でとりあげたのか。子供の名前をいいなさい」

「ステレオタイプ」

「別にかまわないがね。あんたの子供だから。でも、そんな名前ほんとにつけていいのか。書くよ。しかし、これじゃ書類を作れないなあ」受付係は、最初の勢いはどこへやら、おどおどし困り抜いていた。「母子手帳はあるかね」

ヒッピーは、またズボンの尻ポケットからぼろぼろの手帳を出した。

「なんだこれ。ふつうの手帳じゃないか」受付係は手帳を開き、中に書いてあるへたくそな詩を読みはじめた。

「モーどうすることもできないのか。頭の中の真空管は、わがローズメリーのスピーカーを呼ぶ。気ちがい。宇宙の果てのジンマシン。馬が草原を走る時、目ざまし時計がチクタクと彼女の子宮でなりました。これが母子手帳だというのか」

ヒッピーは、うなずいた。

受付係は、なぜかおろおろ声でいった。「このままでは、生まれた子供をあなたの子供だと認めてはもらえないよ」

ヒッピーは、非常に悲しそうな顔をした。

受付係は少し声を落とした。「相手の女もヒッピーなんだろ。本当にあんたの子にまちがいはないのかね」

ヒッピーは大きくうなずいた。眼に、曇りはなかった。

受付係は少し気はずかしそうな表情をし、ヒッピーを眺めた。「それならそれでもいい。しかし、その子を自分の子だと認めてもらいたければ、君は社会的に信用を得る必要があるんだ。相手の女にしてもだ」

「社会的信用」

「そうだ」受付係はわざとらしく胸をはり、重おもしくうなずいた。

ヒッピーは、そのまま茫然としたような表情で、区役所を出ていった。

おれは、受付係の前へ出生届と母子手帳を出した。受付係はもう、さっきのように怒鳴ったりはしなかった。言葉が丁寧になっていた。そして何となく、自信なさそうな態度を示した。時どき、ぎょっとした様子で自分の周囲を眺めまわしたりしていた。何かにおびえ、びくびくしているようだった。

　それから三ヵ月ほどが過ぎた。

　ある日おれは、四谷の喫茶店で、あの時のヒッピーに会った。彼は背広を着、ネクタイをしていた。サラリーマンになったらしい。彼は子供を抱いた若い女といっしょだった。

　テーブルがすぐ隣りだったので、おれは赤ん坊の顔をのぞきこんだ。おれの子供と同じ日に生まれた赤ん坊だから、よけい可愛く思えた。じっと赤ん坊を眺めていると、母親がおれの顔を見て笑い返した。赤ん坊も笑った。おれも笑った。

「可愛いですね」と、おれはヒッピーだった男に話しかけた。

「はい」と、男はうなずいた。「いいヒッピーに育ててやるつもりです。多少のことでは挫折したりしない、立派なヒッピーに」

フ

ふなよい〈船酔い〉

最近は乗物馴れして、めったに酔わなくなったが、子供の頃は何かに乗るとすぐ気分が悪くなったものである。

昭和十八年——大東亜戦争が始まって二年め、ぼくは小学校三年生だった。その頃は大阪市内に住んでいたが、まだ空襲はなく、比較的のんびりと旅行できた。だが食糧はそろそろ欠乏しはじめていて、だから父は食べざかりのぼくをつれ、食いのばす意味で、徳島県の阿波にある親戚二軒を訪れることにしたのである。

　天保山から徳島航路の「女王丸」という船に乗った。

　この船で、ぼくは酔った。船酔いの苦しさというものを、いやというほど思い知らされた。

　船が身を沈めるたびに、二等船室の畳の上に腹這いになったぼくの背筋と横腹を悪寒が駈けのぼり、耳下腺から苦い唾液が出る。不安定感に包まれ、髪も逆立つほどの怖ろしさである。眼がまわり、ひや汗が出、いても立ってもいられぬ気になり、ついに吐く。吐き続ける。背中をさすってもらったり、大声ではげまされたりしても、なんの足しにもならない。吐瀉物が舌の上に残していった胃液の味に誘われて、また吐く。吐くものがなくなっても、吐き気だけはいつまでも続く。しまいにはとうとう血を吐いた。

　それ以後は、あまり船酔いをしなくなった。暴風で海が荒れている時にも乗ったが、吐いたことはない。吐いている人をみて気分が悪くなる程度である。

「女王丸」という船は、たしか、終戦後すぐに浮遊していた機雷のため沈没したと聞いたが、こっちの方の記憶はあいまいである。

へ

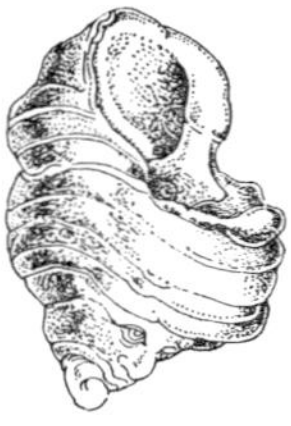

へんしゅうしゃ〈編集者〉

出版労協というところの調べによると、全国千三百の出版社に勤める編集者の数は、アッと驚くべし、なんと四万七千人。しかし、一説によると出版社の数はもっと多く、二千五百社。このほか、PR紙、業界紙、社内報、各新聞編集者まで含めると、もっともっとふえる。さらに巷の偏執者がいる。もっとふえる。うじゃうじゃいる。

　文化産業だ、情報産業だ、とダマされて、なんのこたあない安月給で袋張り内職もどき、いつも安い酒ばかりのんで、数千人がアル中になり、胃潰瘍になり、毎年たくさん死んでいる。

　しかし、やがて、いつかは、きっと、みていろ、数万の編集者、全共闘になって、はたまた、怨霊となって、地に群れ、天を焦がし、

〈天に太陽、地にバラ、人に恋〉

〈清少納言は百二回目の失神をした〉

　こんな文章を書いて、別荘建てた作家たちを、いつか、皆殺しにしてやる。（この項、河出書房編集者記）

ペンパル

アメリカの男性と文通した。

こちらは、女の名前を使って書いた。

そのうちに先方から、写真を送ってほしいと書いてきた。

そこで、野添ひとみの写真を送った。

先方は、会いたいから来日するといってきた。

こちらは困ってしまい、今、どうしようかと迷っている。

マンガ家、水野良太郎から聞いた話である。

ホ

ほらばなし〈法螺話〉

ぼくはホラ話が好きだ。聞くのも好きだが、人に話すのも好きだ。だからＳＦ作家になど、なったのだろう。

　これには、ぼくによく本当か嘘かわからないような話を聞かせてくれた動物学者の父の影響が多

分にある。

　こんな話である。

　山中でばったり熊に出あう。思いがけぬ遭遇に、しばらくはどちらも睨みあったまま。対策を案じるがこちらは素手。万事休す。やむなく両手を前へつき出してボクシングの構えをとる。熊もあとあしで立ちあがり、大手をひろげて向かってくる。よちよちと二歩三歩迫ってくる。こちらはすきを見て、向きをかえるや否や一目散にかけ出す。熊も立ったまま追ってくるが、見るみる間隔はひろがっていく。やっと気づいた熊は、あわてて四つ足になり、走り出す。これではかなわない。

　今にも追いつかれそうになった瞬間、また正面に向かいあい、ボクシングの構えをとる。熊もあとあしで立ちあがる。にらみあい、また逃げる。これをくり返すこと数回、数十回。やがて人里に逃げ帰る。


　また、こんな話も聞かされた。

　北海道の或る牧場でアブがやたらに発生し、馬の被害がはなはだしかった。父はそこへ出かけた。

　馬にはアブがたかり、口さきも尻尾も足さきもとどかぬ胸のあたりにむらがって血を吸っている。痩せおとろえて斃死する馬も出る。

　その横を通らなければならないことがあり父は駈け足で走り抜けた。しかしアブの一団は、えたりとばかりに父を追いかけはじめた。父は全速力で走り、だしぬけに立ちどまった。一瞬羽音を立てて通りすぎたアブの一団の、そこにくっきりと人の形が白くぬけていたというのである。

　どちらも、いかにもありそうなホラ話で、特に父からは何度聞かされても面白い。

マ

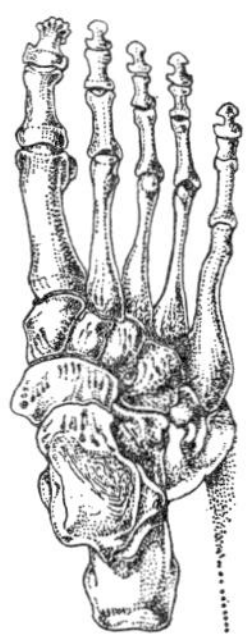

マージャン〈麻雀〉

ぼくたちSF作家ばかりでマージャンをやりだすと、ろくなことにはならない。いちどインディアン・マージャンというのをやった。

インディアン・ポーカーというのは、自分の手札を見ず、額にかざして相手に見せ、連中の表情を読んで自分の点数を判断するわけだが、これをマージャンでやったのだから、えらいことになった。盲牌《モーパイ》などほとんどできないから、なにがなにやらさっぱりわからず、チョンボ続出で笑いころげ、しまいに頭がガンガン痛みだしてきて、あわててやめた。ジャン士を気どる人たちが聞いたら、眉をしかめるような話だ。

マージャンをやりはじめてまだ日も浅く、さほど上達もしていないうちから、マージャンのダイゴ味をすべて味わい尽くしたと早合点し、ありきたりのルールがつまらなくなってやりはじめたわけなのだが、この点、遊びごとにいちいち目の色変えて、ストイックな探求をしなければ気のすまない一般の日本人からみれば、やはりSF作家は常識的ではないということになるのだろうか。だが、ぼくたちは、どうせ遊びなのだから、その刹《せっ》那《な》刹那で面白ければいいのだと思っている。だから、ふつうのルールでやっているときも、バカ話をして笑いころげながらやる。

「いちど国士無双しばりでやってみようか」

「手のうち国士無双で流し満貫をやって、流れる寸前に二十六面待ちになったら面白い」

そんなことをしゃべってやっているのだから、負けても平気だ。「点棒と思えば腹も立つが、金と思えば腹は立たない」そんな強がりをいったりもする。

当然、常識では考えられないようなチョンボもやる。

下家がポンとチーで食い荒し、手にアタマ用の牌が一枚残った。彼はそれを卓上に伏せて置いていた。ぼくはその牌を壁牌と勘違いして引き、いらないと思って捨てた。下家ニヤリと笑い「ロン」といったが、これはアタるのがあたりまえ。下家、さて前を見ると自分の牌がないので驚き

「あっ。おれの牌が消えた」

引いたほうも引いたほうだが、黙って引いていかれたほうもどうかしている。しかし、こういう種類のチョンボは、ＳＦのすばらしいアイディアになることが多いので、罰符を出さなくてすむのである。

○

繁華街を数メートル歩けば、かならず雀荘のアクリル行灯、あるいは透光看板が目に入る。中に入れば、ほぼ満員。どうしてこんなにマージャンが大衆化したのだろう。

いったい東京には、雀荘が何軒くらいあるのだろう。職業別電話番号簿で、調べようとしたが、数をかぞえるのが面倒になってやめてしまった。電話のない雀荘だってあるだろうから、どうせ正確にはわからない。

見て行くと、雀荘にはいろんな名前がついていて、おもしろい。『ロン』というのが三十六軒あり、これがいちばん多かった。マージャン用語に関係のある店名だけを調べると、二位が『南風』の三十軒、三位が二つあり『平和』と『大三元』、それぞれ二十一軒、『三元』というのが十九軒、『東京』が十三軒、『緑一色』が十二軒である。オール・グリーンはアメリカ製の役だから、この名のついた雀荘は戦後派にちがいない。以下は次

のとおり。

『天和』　十二軒
『満貫』　九軒
『ポン』　八軒
『東』　六軒
『小三元』　三軒
『紅中』　三軒

『ちょんぼ』という雀荘が三軒あるので、びっくりした。こんな店へ入るやつが、いるのかしら。また『雀荘』という名前の雀荘が二軒あるのにも、おどろいた。ゴメスの名はゴメスだ。

電話帳ばかり見ていてもしかたがないので、ぼくは銀座にある『東京都麻雀業組合連合会』の支部へ出かけた。この連合会は二十年前に結成されたもので、銀座支部はモデル地区だそうである。そういえば、この連合会の役員は、防犯協会の役員を兼務したりしている。雀荘というのは風俗営業だから、警察の取り締まりがあるわけで、こういう連合会をつくったのもひとつは取り締まりに対する手段ではないかと思える。

ここで聞いたところによると、マージャン人口の七割は、やはりサラリーマンだそうである。ただし、これは東京都全体の場合で、銀座にある雀荘の客は一〇〇パーセント、サラリーマンで、しかも二十代、三十代の若手が圧倒的だそうな。

「四十代、五十代のサラリーマンは来ませんか」

とたずねてみた。

「彼らはむしろ、マージャンより、ゴルフでしょうな」と、役員さんは答えた。「われわれとしては、中年のかたに、もっと来ていただきたいのですがね」

「なぜです」

「中年の客の多い雀荘ほど、格が上だということになっているんですよ。だから一流の雀荘はお客の行儀がよく、静かで、しかも従業員の数は五卓に一人の割合でなければなりません。ところが

「……」彼は顔をしかめた。「学生街の方へ行くと、十卓に一人とか、十五卓に一人とかの割合でしか従業員がいません。サービスが悪いですな。もちろん、そんな店は銀座にはありませんがね」

「学生がマージャン人口の中で占める割合はどうなんですか」

「学生向き雀荘は早稲田、神田、三田などにたくさんありますが、なあに、雀荘全体から見れば、微々《びび》たるものです。学生はむしろ、マージャン人口の予備軍でしょうな」

　雀荘を数軒まわってみた。勝負しないとつまらないから、友人三人につきあってもらった。雀荘のはしごをしたのは、はじめてである。

　勝負の途中で、ひとりがいった。

「こういう所の牌は、きっと汚ないだろうね。大腸菌は確実についているよ」

「白癬菌もあるだろう」と、もうひとりがいった。「きっと、うようよだ」

だんだん気持が悪くなってきた。

「トラホームのウイルスもいるぞ」

「スピロヘータだって、いるかもしれない」

　数軒の雀荘で聞いてみると、どの店でも、一日に一度、石鹸《せっけん》水で洗い、両面拭《ふ》きをするそうだ。六面拭きは一ヵ月に一度とのこと。一流店でこのありさまだから、学生街などはもっとひどいだろう。石鹸水じゃ大腸菌は死なないよ。

　雀荘は、四十年以降、急増した。それ以前は今の三分の一しかなかった。

　その原因は何だろうとたずねると、ほとんどの主人は不景気だろうと返事した。都心にどんどんビルは建つが、入居者がいない。そこでビルの経営者が兼業でやるというわけ。

「だから好景気になってくると、むしろ専業者だけが生き残ることになるでしょうな」

　昔気質《かたぎ》の業者などは、いまの傾向が気にいらず、なかには他のレジャー業を目の敵《かたき》にしている者もいる。

客は四人で来るのがふつう。一人だけで飛び込んできて他の客と勝負をし、商品をだしたりするのは違法だが、五反田、新宿、池袋には、これをやらせている店もあるという。

○

東京都内のマージャン人口はどれくらいか。
警視庁の調べでは六千軒の雀荘が都内にある。しかし、これは組合に加入している雀荘で、三国系統の経営者や臍まがりや、学生街などには未加入の業者が多い。これを加えると、もう二千軒はふえて八千軒。これ以外にも喫茶店の奥などで兼業している店もある。
卓の数は一軒平均五〜七卓だそうだから、六卓として、客の数は一軒二十四人。
客の入りは平日は八割だそうだが、毎日来る人は少ないだろう。満卓になる土曜日を基準にして計算すると、
24×8,000＝192,000
一卓に入れかえが一回あるとして、雀荘に通うマージャン人口だけで、三十八万四千人ということになる。これに、各家庭でやる人、会社の宿直室でやっている連中、旅館の部屋を借りてやる人たちを加えたら、どれくらいになるか、想像もつかない。

○

たしかなことは、東京都内だけで土曜の夜マージャンをやっている人の数が、少なくとも五十万人を越すだろうということである。

戦前、マージャンは金持ちの道楽だった。金持ちが骨牌や象牙牌などを持ち、金持ち同士で楽しんでいた。その証拠に、練《ねり》牌などというものは卑しまれていた。

「練牌で悪いんですが」などという科白《せりふ》を、最近

では聞くことがない。むしろ骨牌、象牙牌のほうが珍らしい。

そして昔は、いまのように役の種類が多くはなかった。

そのうえ、二十二《あるしいある》マージャンだった。つまり、技術性が重んじられたのである。

戦後、前述の〈緑一色〉などというアメリカ製の役をはじめ、さまざまな和《あが》り役ができてギャンブル性が強まり、勝負が派手になってきた。そこが、現代人に受けたのだろう。雀荘の数も増加し、勝負しやすくなった。

そのうえ、マージャンはパチンコなどとちがい、いわば〝天下り〟の遊びであって一見デラックス。そのうえ有名人もやっている。この点は、ボウリングにも通じる心理であろう。

マイ・ホーム

「二十八歳で、係長になる予定です」

最初、おれは彼女にそういった。そこは、男子独身平社員用の公団住宅と、女子独身平社員用の公団住宅のちょうど境にある、公共自由見合い室だった。

「そして、三十四歳で、課長になれます」

ひと眼見て、おれは彼女が気に入ったので、おれの生活設計を夢中でしゃべった。

「それまでは、係長級用公団住宅に住まなくてはなりません。しかし三十六歳で、貯金が約三百五十万円になりますから、会社から半分出してもらって、課長級用宅地を買い、家を建てます。七百万円かかります」

「でも、あの、それは」と、彼女は疑わしげな眼でおれを見ながら、おずおずといった。

「よっぽど、うまく行った場合のことじゃないんですの」

「そうじゃありません」おれは、はげしくかぶりを振った。「よっぽどうまく行かなかった場合でも、そうなるんだということを、今ぼくは話しているんです」

彼女は、やや安心した様子だった。

「で、それから、どうなりますの」

「それからですね」おれは、ごくりとツバをのんでしゃべり続けた。「四十五歳か六歳で次長待遇になり、五十四歳で次長になります」

「でも定年は五十五歳でしょ。たった一年しか、次長をやってられないんですの」

「そうです。でも、そのかわりに退職金がたくさんもらえます。その金の半分で避暑地に、次長級用別荘地を買い、別荘を建てます。そして余生を、のんびりと過ごすのです」

「すてき」彼女は眼を輝やかせた。

「どうです。ぼくと結婚しませんか」

「するわするわ」彼女は叫んだ。

こうして、おれたちは結婚した。そして、新婚平社員用公団住宅に移り住んだ。

可もなく不可もなく、おれは仕事に勤め、貯金に精を出した。妻もしばらくは、以前の会社に勤め続けた。

一年ののち、妻は妊娠した。彼女は会社を辞めた。子供ができた。男の子だった。

おれの会社は石鹼を作っている会社で、おれは宣伝部にいるのだが、ある日企画会議があった。この企画会議というのは、われわれ宣伝担当社員の定期試験みたいなもので、この席上、いいアイディアを出さないと出世はおぼつかない。

ところがこの日にかぎって、いいアイディアが何も出てこなかった。他の社員の出す好企画を聞きながら、おれはあせった。

ついに、発言しなければならなくなった。おれはやけくそでいった。

「飛行船の再開発が進んでいます。そこで、わが社の石鹼の形をした飛行船を作ってとばしたら、どうでしょうか」

全員が失笑した。気は確かかという眼つきで、おれを見る同僚もいた。

「少し時代おくれだなあ」係長が笑いながらいった。「でも一応、課長には報告しよう」

ところが、その案が課長や部長に気に入られてしまった。時代錯誤の面白味を買ったらしい。石鹼飛行船は実現することになった。

思いがけず、これがたいへんな評判になった。消費大衆の心理はまことに気まぐれで、わが社の石鹼は飛ぶように売れた。そしておれは予想外の昇給をし、その上係長になってしまった。まだ二十六歳だというのに……。

係長になって最初の日曜日、遊ぶ金を節約するため、家で寝ころんでいると、電話がかかってきた。

「もしもし。こちら銀河放送のクイズ番組『なんでもご返事』です。キラ・コーズケの首を討ちとったローニンは何人ですか」

「たしか四十七人です」

「大あたりです」鈴がジャランジャランと鳴った。「賞金は一千万円です」

「い、い、一千万円」おれはびっくりした。

そこへ妻が、顔色を変えて戻ってきた。「たいへんよ、あなた。調味料の福引で、純金のキャデラックが当っちゃったわ」

そんなでかい車など、置く場所はどこにもない。だいいち、そんな車に乗って出勤したりしたら、重役連中ににらまれてしまう。今でも、年齢不相応の出世だというので、同僚の反感がすごいのだ。おれたちは、車を売りとばした。大金が手もとに残った。

「ねえ。もう家を作ってしまいましょうよ」

「だめだよ。今買ったって、係長級用の小さな宅地しか売ってもらえないよ。それよりもクーラーや立体テレビを買って、ここで優雅に暮そうじゃないか」

「だめよ、だめよ。そんなもの買ったら、ご近所から白い眼で見られて、しまいには村八分にされてしまうわ。ご近所とつき合いができなくなって、居づらくなるわ。それより、あなた舶来紳士服を仕立てたらどうなの」

「だめだ。そんなものを着て会社へ行ってみろ。部長だって国産品を着てるんだぞ。たちまちねたまれて、出世できなくなる。しかたがない。金は貯金しておこう」

ところが、それればかりではなかった。二歳になった子供が知能指数二〇〇の天才児であることがわかり、政府から奨学金が一千万円。天才教育財団法人からの金が二千万円入った。また、おれがひと月前に買った三枚の続き番号の宝くじが、特等と前後賞にあたり、二千万円がころがりこんできた。

よせばいいのに女房が有利な投資をしたものだから、利息が利息を生んで、たちまち貯金は億を突破し、もうすぐ二億にはねあがりそうな按配。

「ねえあなた。どうしましょう」女房が半泣きで、おれにいった。

「銀行の人が毎日のようにくるもんだから、ご近所からあやしまれているのよ」

「しかたがない。なんとかして金を使おう」おれは会社の重役や上役に、豪勢な歳暮の贈りものをした。その次の定期人事異動で、おれは課長になってしまった。分不相応な昇給がありボーナスが出て、また貯金がふくれあがった。それは三億に近くなってしまった。

しばらく手紙の途絶えていた田舎の叔父が死んだ。他に親類がないので、遺産の四千万円と八千万円の不動産がころがりこんだ。「あなた。どうしましょう」女房がわあわあ泣きながらおれにいった。

おれは、うめくように答えた。「しかたがない。金を捨てよう」

銀行からおろした金をボストン・バッグに入れ、わざとタクシーや公園のベンチに置き忘れたりしたが、すぐに人が見つけてあとを追ってくるし、川へ捨てようと河岸をさまよっていると警察に不審がられて、これもだめ。慈善団体に寄付しようかと思ったが、新聞にでかでかと載るのがいやさに、やめてしまった。そうこうしているうちに、おれは次長になってしまった。

おれは次長級用の宅地と別荘地を買い、考えられるかぎりのぜいたくな家を建てた。といっても、今ではもうぜいたくな建築資材などないから、せいぜいヒノキの柱を多くする程度だ。会社での反感がいやで、おれはとうとう会社を辞めてしまった。今では本宅と別荘の間をぶらぶらするだけの毎日を送っている。

三十歳にもならないうちに、人生の目的をぜんぶ果たしてしまった。おれはこれから、いったい何をすればいいのだろう。世の中がこんなにつまらないものだとは夢にも思わなかった。まったくこのままでは、首を吊って死ぬより他にすることは……。

まっせ〈末世〉

「世も末だ」と嘆く声が聞かれたのは、今に限ったことではない。十年前も、二十年前も、たいして変わらない。それ以前は、ぼくがまだ物ごころついていないころだから、どうだったのか知らない。

ところが今までは「世も末だ」などということばが聞かれるのは、たいていお年寄りの世間話であることか、苦笑しながらの冗談めかした捨てぜりふと、ほぼ相場がきまっていたものである。だが最近は、ことあるごとにこのことばが印刷物の上にあらわれる。しかも書いている人はどうやら本気でそう思って書いているらしい。相当若いと思える人までが、である。たとえば前衛的なアングラ映画、演劇の流行――「世も末だ」。ストーリー・マンガの流行――「世も末だ」。暴力学生の出現――「世も末だ」。世代間の断絶――「世も末だ」。マイホーム主義――「世も末だ」。中にはアポロ宇宙船の月面着陸を見てさえ「世も末だ」という人がいる。

何が世も末なものか。前述したものはすべて、進歩の過程、あるいは進歩の結果として起こった現象ばかりなのである。世の中は進歩しているのだ。どうしてこれらが「世も末」に見えるのか、ぼくなどにはどうしてもわからない。サイケ、フーテン、怪奇ブームから、白痴的テレビ番組の横行に至るまで、どれをとってみても、ぼくが以前から望んでいた通りの状態になってきているのだ。「若さを誇示するな」などといわないでほしい。本気でそう思っているのだから。

現状がいいか悪いか、そんなことはどうでもいい。この先数百年の歴史を見透した人間なら、いい悪いの批評をしてもよろしい。だが、そんな人はいない。その癖、したり顔でいい悪いの批判をする。ほとんどの人間がそうなのだが、過去にしか眼を向けていない人に、新しい種類の混とんが理解できるわけはないので、どうせわからないなら何を見てもいい、いいといっていればよろしいので、その方が世の中のためになります。

モ

モータリゼーション

ある日突然、車という車が、人間に襲いかかってくる。

街を歩く人間の姿を見かけると、近くにいる車がわらわらと駈け寄ってきて、ヘッドライトを怪獣の眼の如く不気味に点滅させ、うなり声をあげながら轢《ひ》き殺す。

人間は家の中にひきこもり、街路にあふれた車の一斉襲撃を恐れてふるえている。外へ出られないのである。家の中にいても、排気ガスのため、だれもがノドをぜいぜいいわせている。

車は、昼も夜も起きている。そして走りまわっている。眠るのはほんの一瞬、朝がたの一、二時間だけである。

だから、どうしても外に用のある人間は、車が寝静まったその時間に、そっと町へ出る。

街かどには車がいっぱい並び、ひっそりと眠っている。その前を通る時は、足音をしのばせて歩かなければならない。ほんの少し、コトリと物音を立てただけで、車はたちまち眼を醒《さ》まし、いっせいに襲いかかってくるのだ!

○

もちろんこれは、ヒッチコックの映画化で有名なダフネ・デュ・モーリア作『鳥』のパロディである。しかしこのパロディは、鳥が人間を襲う話よりも現実的である。なぜなら、そいつはもうすでに、始まっているからだ。

「交通戦争」とか「車は凶器だ」ということばを聞くたびに、ぼくは車を擬人化して考える。これは誰だってそうだろう。車というものはマンガにしやすい。つまり擬人化しやすい。正面から見た車は、どう見ても何かの顔である。口をあけ、歯をむき出したのもいれば、一文字に食いしばったやつもいる。背を丸め、四つんばいになって走る。いざ人間と戦争になれば、あっちには認識番号があるから、ずっと軍隊式に戦えるという寸法だ。

「車をなくしちまえ」という「車撲滅論」「反自動車論」が、最近盛んである。これらの議論の多くが、感情的であることから考えて、やはり車に一種の人格みたいなものを投影しているように思うのだが、どうだろう。なぜならこの交通地獄、車地獄は、車の増加だけが原因ではないからだ。

「車撲滅論」は、自動車をどう利用すればよいかを冷静に考えた上での合理的な結論ではない。それはもはや、社会の現段階を考える姿勢を捨てて、ただただ知人を轢き殺された恨み、家族がはねられた恨み、歩道橋に追いあげられた恨み、乗車拒否された恨み、ラッシュで会社に遅刻した恨みを、どっしりとにくにくしい面構えの車に向かってわめきちらすだけのものでしかなくなってしまっている。

だが、むろん自動車をなくしてしまうわけにはいかない。電気製品産業と並び、わが国経済成長の立役者である自動車産業を壊滅させるわけにはいかない。

運輸省調査による、乗用車の保有台数の推移を見ると、十年前には約四十六万だった乗用車は、今年の六月にはその十三倍の五百九十六万台にもなっているのだ。むろんトラックの台数は、これより百数十万多い。

こんなすごい勢いで成長してきた自動車産業、そしてその数多くの関連産業——基礎資材工業、タイヤ、バッテリーなど部品工業、販売業、整備業、石油業、運送業などのすべてに、今すぐストップをかけたらどうなるか。現体制の危機が訪れる。つまり日本の産業社会が崩壊するのである。

「車撲滅論」は、問題解決の正しい方向ではない。車はなくすことはできないのだ。そして企業というものの性格上、車の生産台数を減らすこともできないのである。

かくして車はますます増加する。そして時代は七〇年代——車と人間の、宿命的な世紀の対決の場へと移っていくのである。

七〇年代を予測する前に、まず過去をふりかえってみよう。

一九五八年に神風タクシーということばがで

き、翌五九年は天の岩戸景気とあってカー・ブームとなり、丸ノ内に初の有料駐車場ができたり、個人タクシーの出現などもあったが、カミナリ族の横行に自動車の前途を暗示するかのような不安をはらんだまま、六〇年代に入った。

一九六〇年、所得倍増が流行語になり、一九六一年、経済高度成長が謳《うた》われた。かくてレジャーなることばが登場する。

レジャーと乗用車、これは切っても切れない関係にある。余暇の充実をはかろうとする時、大衆消費の対象としていちばん手ごろなのは、月賦で買うことのできる、数十万円のミニ・カーである。

今ではもう、乗用車は中産階級のシンボルであるかのように思われているが、ほんの八年前は、自家用車（マイ・カーということばはまだない）など、まだまだ特権階級のものという意識があった。だからそのころに乗用車を買った人たちは、当然上流階級意識を持つことができたわけである。

もちろん今だって、車を持った中産階級の中には、その昔ブルジョアどもの持ちものとしての車に白い眼を向けた頃の裏返しの意識が残っている。自分たちを追い散らして道路を走り去ったあの高級乗用車への憎しみは、いざ自分たちが乗用車を持った時、しごく簡単に、歩行者に対する蔑《べっ》視《し》と優越感に裏返ってしまうのだ。

「クソ。アノ車ガ。道路ヲワガモノ顔ニ走リヤガッテ」

「コウルサイ人間ドモ。ソコドケソコドケ。車サマノオ通リダ」

このふたつの感情が同一人間の内に起こり得るのだから、人間なんて勝手なものである。

一九六二年には、通勤地獄と都市公害が問題化した。流行語として「交通戦争」「スモッグ禍」が登場したが、これらのことばは今や定着してしまった。この年の流行語には他に「人づくり」「スイスイ」「ハイそれまでよ」などがあったが、これらはいずれも消えてしまっている。

しかも、この年の乗用車保有台数は、八十八万台、現在の約七分の一に過ぎなかったのである。

一九六三年、交通戦争が「深刻化」ということばで叫ばれはじめた。七月一日から六市で施行された法令で、青空駐車は三万円以下の罰金となり、車の持ち主が車庫の確保に大あわてした。

一九六四年には名神高速道路ができた。だが道路の舗装率は、全国の道路のたった5％に過ぎなかった。これは現在でも11％に過ぎない。世界各国と比較してみよう。イギリスの100％には遠く及ばぬとしても、あの広大な土地を持つアメリカでさえ40％、北方が北極圏になっているカナダでさえ20％なのである。国民総生産第2位の日本が、道路舗装率では五十五番目なのである。そのくせ自動車生産台数はアメリカに次いで2位（乗用車だけなら西ドイツに次いで3位）なのだから恐れいる。これで交通戦争にならなければおかしいぐらいだ。

一九六五年、過密都市ということばが新聞紙上などにあらわれ、交通網のマヒ、公害問題が叫ばれ、学校ではスモッグ・マスクが売られたりしたが、事態の改善どころではなく車はふえる一方。それでもまだ自動車の台数は、現在の半分以下だったのだ。

一九六六年、この年には交通事故死者数が一万三九〇四人となり、それまでの最高を記録した。だがメーカーやマスコミは、新三種の神器などと称し、カラーテレビ、クーラーなどとともに、しきりに一〇〇〇cc大衆車を宣伝していた。3C時代というわけである。同時に3DKCB族なるものもあらわれた。都会では家は持てないから3DKで我慢し、週末ともなればスモッグから逃れてささやかなバンガローへ逃避するという団地族のことである。いいカーちゃんといいカーを人生の二大目標にするという若い世代を称してツーカー族と呼んだりもしたし、女どもは「家つきカーつき、ばばあ抜き」などと叫ぶ。ダンプカーや大型トラックの事故激増を尻《しり》目に、乗用車はますます売れた。この年あたりから乗用車の生産台数は、二年前の倍、倍とふえ続けてきている。

　一九六七年、ようやくマイカー族ということばがあらわれた。このことばと同時に、ムチウチ症が大流行しはじめたのはきわめて象徴的である。

　乗用車が一種の密室であり、その中でプライバシーが守れるという点から考えてみると、これはいわば大家族制度からの逃避であるから、その意味でマイカー族とマイホーム族のイメージは重なってくる。彼らにとって車は住居の延長なのである。一台のミニ・カーに全員乗れないようでは、核家族ではないからだ。してみるとムチウチ症は住宅病であるといえる。

　一九六八年、自動車生産台数は四千万台を越えた。普及度は六七年末ですでに十人に一台の割合いになっている。世界平均が十七人に一台なのだから、狭い国土の中では持ち過ぎである。日本においては、モータリゼーションは生活の中に車が浸透してくることではなく、車がいかに人間の生活空間に割り込むかということではないかとさえ思える。車一台は、人間七人から十三人分の空間を占領するのだから。大型車となれば一軒の家ほどのスペースを占領するのだ。

　そしてこの年、カー・セックスが流行した。ほんとに流行したのかどうか、ぼくは知らないが、男性週刊誌はじめマスコミがあれだけ書き立てていたのだから、それにつられてやったやつも大勢いることだろう。

　前述した、車は住居の延長、という考え方が、カー・セックス流行の一因になっているのではないか、と、ぼくは思う。

　むろん、野外で行うセックスも、あるにはある。しかし一般的には、むろんセックスは屋内、それも自分の住居の中で行うものだ。よその二階では、あまりやらない。

たとえ車が、公共の道路上を走っていて、また、法令で許される場所にしか駐車してはならぬなどの社会的制約を受けているにせよ、車内は治外法権的な空間であるという観念がない限り、カー・セックスは実行しにくい。車を取り去ったら、そこは屋外なのだ、という社会意識がある人間なら、カー・セックスを実行しようとしても未遂に終る筈である。もっとも、「アア。オレタチハ今、往来デヤッテルンダ」そう思うことで、より刺戟を受け、興奮する人間もいるかもしれないが。

カー・セックスを、たとえ実行はしないにしても、意識へ受け入れることのできる世代や層は、たしかに現存する。カー・セックス・ベビイなども、すでに誕生しているとも聞く。

カー・セックスでなければ満足できない人種なども登場する可能性がある。そうなってくると逆に、つれこみ旅館の一室が、完全に乗用車の車内と同じ構造になっていたり、時には実際にポンコツ車をいっぱいに屋内に集め、その中でアベックにご休憩させたりするホテル業者なども出現しよう。

最近の乗用車は、次第に住居としての機能を兼ね備えはじめている。シートを倒せばベッドになる。冷暖房もできる。ステレオもある。テレビのついた車もある。扇風機もついている。食事などはドライヴ・インからドライヴ・インへと渡り歩いてすればいいし、食堂には駐車場があり、無料である。排泄《はいせつ》の用もそこで足せばいい。あと、車内に不足しているのは洗濯機ぐらいだ。

こういう考えかたがカー・セックスと結びついた時、案外いい解決策が生まれるのではないだろうか。だいたい車内がやたら快適になってきたのは、車外のスモッグや交通渋滞に対する防御手段ではなかったのか。だとすれば、車を完全に住宅化してしまえばいいのである。

ウインドウ・ガラスを全部マジック・ミラーにしてしまえば、外からは中が見えず、中からは外が見えるから、完全にプライバシーが保てる。だから車内で何をやってもいいわけだ。裸になって行水してもいい。車内を畳敷きにし、ヤグラこたつを置き、ウインドウを丸窓にして障子をはめれば、ちょっとした四畳半カーである。信号待ちしながら道のまん中できゅっと一杯なんていうのも乙なもんでげすよ。おおこれぞ純日本式モータリゼーション！

交通渋滞だって、自宅で信号待ちをするのだと思えば、さほど苦にはなるまい。住宅問題も解決する。道路は拡げねばならず、しかも住宅が不足しているというなら、道路を住宅にするしか方法がない。事実、トレーラー住宅が流行しかけているではないか。

車を住宅にしようというアイデアは、非現実的だろうか。もちろん、実現しにくいアイデアであることはわかっている。しかしそれなら、現実の交通事情は非現実的でないといえるだろうか。

車を住居にすれば郵便屋が困る。信号待ちのあい間にカー・セックスをやられたのでは、交通渋滞がますますひどくなる。等等等。反論続出、とても実現しないアイディアであることを知って書いているのである。だが、現在のこの車の増えかた、過去十年間猛烈さが加速度的に続いている交通渋滞と事故、これらを緩和するための実現可能なアイディアなんてものが、いったい、あるのか。

ここまで書いた時、面白い短編小説を読んだ。五木寛之氏の『カー・セックスの怪』（漫画読本1月号）である。交通渋滞があまりにはげしいので、日本国総理は自動車産業に自動車の生産中止を命じる。ところが、それでも自動車の数は減らない。逆に、どんどん増加し続ける。

深夜、秘書官を伴った総理は、ビルの横町で奇妙な光景を目撃する。車同士が性行為を行い、自己増殖（?）していたのである。犬のように、クラウン・ハードトップがスカイラインにうしろからのしかかられて……。

あっとおどろく結末である。SF作家が読めば、誰でも「やられた」と叫ぶだろう。

実際、現実の車の増加のしかたは、自己増殖としか呼べないような異常さがあるのだ。

六〇年代は経済成長の時代であると共に、大衆の大型消費時代でもあった。いいかえれば、大衆社会状況あっての経済の繁栄、経済的繁栄あっての大衆社会状況である。

もちろんこれがただちに、大衆の生活水準の向上を意味したわけではなかった。過去十年は、日本人の大部分を占める中産階級の生活水準を、現在の国民一人当たり所得世界第20位というラインで小ぢんまりと固定させてしまった時代であった。その意味ではこれも一種の安定であろう。その安定の中で生まれた余暇を費すため、人びとはマイカーを求めた。マイカー一台を買うのにしたって、世界第20位の国民にしてみれば大型消費である。

かくて自動車産業は繁栄し、経済は成長した。そこで人びとはさらにマイカーを求めた。体制は安定した。すべて万々歳めでたしめでたしとなるところだった。

しかしこの繁栄は、社会的なひずみをいくつかもたらした。交通地獄も、そのひとつだった。ある種の企業をもとにした経済的繁栄は、必ず社会的なひずみをもたらす。これは歴史的な事実である。

このひずみは、その社会の弱点に集まる。これも歴史的な事実である。

日本において、そのひずみは、日本の一番の弱点――国土の狭さの上にあらわれた。

もちろん現象面では、交通地獄は必ずしも国土の狭さだけに原因があるとは見えない。道路の整備の悪さ。道路の狭さ。都市の過密化、集中化。運転者の交通道徳の問題など。数えればいくらでもあるが、これらの現象をひとつひとつ改善していったとしても、未来的に見て、最終的に突きあたる壁は、やはり国土の狭さなのである。

国土の狭さ――これはどうにもならない問題である。現存する道路すら整備されていないのに、国土の周囲の海を埋め立てたり、高速道路を数階建てにしたりする芸当など、とても今の政府にはできそうもない。もしやったとしても、とても自動車の生産台数の増加には追いつかない。

では、自動車に、さらに重税をかけたらどうかという案もある。

重税をかければ、車を持つ人間は少なくなるし、自動車産業はその分を輸出で補おうとするから、外貨獲得になる……。

輸出のことはさておき、これ以上の税金を自動車にかけるなど、とんでもないことである。

一九六六年、それまでの自動車税、物品税、揮発油税、軽油取引税に加え、石油・ガス税というものができた。そして昨年からは新たに、自動車取得税というものができた。自動車を取得した人は価格の三％を都道府県に納めろというわけである。そして今年、八月二十五日、田中自民党幹事長が「車検税」というものの具体的構造を話した。これは、毎年一回車検を実施するから、その時に車検税を納めろというのである。

まったく、十重二十重の税金である。これ以上、どんな名目で税金をとろうというのか。現在の自動車関係税だけでも、たとえばいちばん安い五十万円クラスの車で考えても月当たり八千円。これはサラリーマンの平均月収の約一割である。これ以上税金をとるということは、サラリーマンなどの中産階級に対して車を持つなと命じるに等しい。なぜならブルジョアは依然として車を乗りまわすだろうから。つまり、十年前、二十年前に逆戻りである。大衆がそれで満足するだろうか。

大型消費に馴れた大衆が、そんなに簡単に車を手ばなしたりはしない。無理にとりあげようとするなら、車にかわる別のレジャー利用手段をあたえればいいだろうが、そんなものはおいそれと見つかるものではない。

輸出のことを考えても、これ以上の伸び率を期待するのは無理である。十年前、三万八八〇九台だった輸出量は、昨年は六十二万二四二九台になっている。十六倍以上だ。伸び率は保有台数以上の急カーブを描いている。このままのカーブを続けることができるかどうかさえあやしい。このままだと四、五年先には天文学的数字になるのだ。

かくて七〇年代は、今まで以上の交通地獄となるだろう。いや。七〇年代を考えれば、今までは地獄などではなかった、むしろ天国であったと思わねばならなくなるだろう。そして、その解決策はないのである。

毎年百人以上の死者の出ることが予想される。あるいは千人以上になるかもしれない。そうなってくると、ことは社会学的問題ではない。生物学的な問題だ。つまり、過剰繁殖が狭い地域内で起こった場合の自然淘汰と考えなければならなくなる。これは交通事故によって、かろうじて人口問題が危機に及ばずにすむといって喜ばなければいけない現象かもしれない。

無責任だというなかれ。ヒューマニスティックな解決策を書かねばならぬ責任は、ぼくにはない。

ここまで書いても、しかし、あなたは何とも思わない。ほほうといって、うなずくだけである。つまり人間という動物は、そういう心理機構を持っているのだ。そういう考え方のできる動物なのだ。

「どんなことになっても、自分だけは死なないのだ」という考えかたである。

モデル

四条哲人、十九歳。

ある女性週刊誌に男性ヌード・モデルとして登場し、話題になった。ぼくは彼と会ってみた。

「なぜ、ヌードになるんだ」

「アルバイトだよ」

「最初から、そうか」

「最初はちがったな。純粋な行為だった。あるえらい先生が、若い者は裸になれといったことに刺激されたんだ」

つまり、既成のモラルを脱ぎ捨てろ、という意味だったのだが、この青年、パンツまで脱いでほんとにまるはだかになってしまった。

「仲間はいるのか」

「赤い羊というグループがあったが、いまはばらばらになっておれひとり。このあいだまで、橋本一彦といっしょだったが、この男、放浪癖があって、急に新宿から姿を消した。旅に出たらしい」

「なぜ純粋な行為から、アルバイトに変わった」

「ぼくの主張が、通らなくなった。カメラマンが、男同士のキス・シーンなどを要求する。ぼくはホモ・セクシュアルには賛成だが、ホモ・セクシュアルとキスとは関係ない、と思うから拒否する。すると、叱られる。つまらん」

「ははあ。ホモ・セクシュアルとキスとは、関係ないかね」

「ない、ない。ホモとは純粋ということだ。精神的なものだ。キスなどという、肉体的なものじゃない。キスなんて、男を女の代用品だと思ってやることだから、純粋じゃない」

「男同士のセックス、つまり、オカマには反対か」

「オカマは認めない。あれは汚ない。それに、金もうけでやっている。このあいだ、丸山明宏に会った。なんだ、あんなやつ。ちっともホモじゃない。売名だ。金もうけだ。このあいだ三島由紀夫に会った。あんたは売名だといったら、怒鳴《どな》られた。言い負かされた。だけど、それは、奴《やっこ》さんが有名であって、しかも、ことばをたくさん、知っているからだ。……なんだ、なんだ、あんなやつ……」

「興奮するな」

「興奮していない」

「いま、何を考えている」

「背徳《はいとく》ということに、興味がある」

「男のヌードは背徳なのか」

「背徳じゃない。裸を恥ずかしがる気持のほうがおかしい。理由がなにもない。だから、そういう気持ちを打ち破ることに意義がある」

「女性のモデルを見て、どう思う」

「なにも感じない。何人いようが同じに見える。個性がない」

「女がきらいで、おカマがきらいで、裸になりたい。すると君はただ、ナルシストというだけじゃないのか」

「そうかもしれない」

○

貝りつ子、モデル歴二年半、SOS所属、身長一六八、体重五二、バスト八五、ウエスト六〇、ヒップ八九、昨年度ミス・ユニバース・コンテスト日本予選で二位。

「ああら。お待たせしちゃって。わたし、SFが大好きなのよ」

ぼくの横にどさと腰をおろした。すごいボリュームだから、ぼくはソファの上で、十センチばかり飛び上がる。

「背が高いなあ。そんなに高いと、こまるだろ」

「ちっともこまらないわ。もっと高くなりたいくらいよ。高いほうが、モデル仲間で幅がきくんですもの」

「最近、男性モデルがふえてきたけど、彼らについてどう思う」

「軽蔑《けいべつ》よ。男のくせにあんなことして。モデルは男性のする仕事じゃないわ」

「女性はいいのか」

「あたり前じゃないの。美しい装《よそお》いで人にながめられたいのは女性の根源的欲求。それをやって、お金がもらえるんだから、ファッション・モデルは女性の職業のトップ・クラスよ」

「ヌード・モデルはちがうのか」

「あんなのは駄目《だめ》よ。最低よ」

「混血モデルも、最近ふえてきたね」

「あんなお行儀の悪い連中ってないわ」

だしぬけに興奮しはじめた。テーブルが揺れはじめ、グラスが倒れた。

「あの連中、たいてい私生児よ。だから育ちが悪いのよ。おまけに盗癖があるわ。わたしなんか何回やられたかわからないわ」

「まあまあ、興奮しないで」

ソファの上で、ぴょんぴょん踊らされながら、ぼくは、あわてて言った。

「そんなこと言っていいのか」

「いいわよ。書いてちょうだい。だって本当なんだから」

「ファッション・モデルになるのは、むずかしいかい」

「素質次第《しだい》だけど、やはりむずかしいわね。いちばんむずかしいのはファッション・ショーで、これにはやはり年季が必要よ。テレビ・コマーシャルや、グラフィックの仕事になら、ルックスさえよければ、すぐ出られるわ。その点混血モデルは、ルックスがいいから、ずいぶん得してるわね。それにこのごろは、そういった仕事が六十パーセントですもの。でも、やはりモデルとしての檜《ひのき》舞台はファッション・ショーでしょうね」

「どんな勉強をするの」

「モデルの歴史。……ウォーキング・レッスン。パントマイム。表情の勉強」

「自分で本などは読まないの」

「SFは読むわ」

「ありがとう。ところで、収入はどのくらい」

「月二十万ってとこかしら。でも、靴やアクセサリーは自前なのよ。それに失業保険もないの。だけど、結婚してもモデルは続けるつもり。もちろん子供を産んだらやめちゃうけど」

「ところで君はさっき、モデルは男の仕事じゃないといったけど、じゃあ、君が魅力を感じる男の仕事って、なんだい」

「やはり芸術家っていいわね」

「SF作家は、芸術家ですか」どうですか、どうですかと言って彼女にすりよっていくと、横にいた週刊誌の記者氏がぼくの尻を、いやというほどつねりあげ、ぼくはまた十センチばかり飛び上がった。

　ファッション・モデル・グループ十四団体が参加してFMA——ファッション・モデル協会というのができ、三月一日から発足、労働大臣の認可もおりた。会長はモデル界の大御所、ご存じ旗昭二氏である。

「モデルとして必要なのは強いからだ。それに常識人であることです」と旗氏はいう。「モデルとして生き残る人は、表現者としてモデル道を追求する人です。モデルは、主役である商品に生命感をあたえるための、よきバイプレーヤー（傍役）でなければなりません」

　旗氏はまたSOSの社長でもある。このSOSへは毎月五十人くらいのモデル希望者がやってくるが、一ヵ月のレッスンののち、残るのは一割の五人ていどだという。

　収入は、一流クラスで月四〜六十万。テレビ出演などの場合、ランクが決まっている。E級三千円。D級四千円。C級五千円。B級六千円。A級七千円。この上に、特A級というのがあり、最高は天井知らず。

さて、東京都内のモデル人口。ＦＭＡ加盟の十四グループから調べていこう。
ＳＯＳ（女77、男51）
ＦＭＧ（女70、男21）
セントラル・ファッション（女30、男24）
ボンド（女55、男44）
ＭＩＹＵＫＩ（女94、男４）
ザ・エコー（外人女76、外人男39、外人子供42、女29、男７、子供14）
ＳＭＧ（女55）
ジャパン・ファッション・モデル（女132）
ＴＦＭＣ（女68）
東京タレントクラブ（女50、男35、子供女38、子供男29）
パトリシア・チャーム（女40、男15、子供13、ただし、ここはオール外人）
マドモアゼル・モデル・グループ（女27）
ＲＡＮアート・ファッション・モデル（女28、男29）
ペドロ・プロダクション（不明）
ここまでで約千二百五十人になる。このほかにも『ＡＤＡＭ』『スタジオＦ』『三栄企画』など、いちおう名の通ったグループはたくさんあり、旗氏の話では、群小グループまで含めると、ほぼ倍になるであろうとの話。
ほかにもヌード・モデルのグループ、男性ヌード・モデルのグループ、フリーのモデル、セミ・プロのモデルまで含めると、合計三千人ということになる。
また、毎月九割脱落者がでる話を考えれば、都内のモデル希望者は約五十四万人と考えることもできるのだ。なるほどトップ・クラスの職業だけにいや、きびしいいきびしい。

ユ

UHF

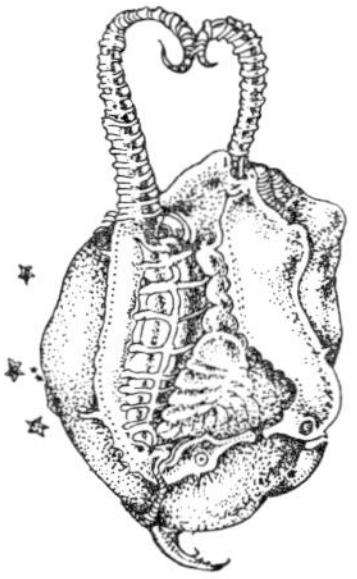

「現在のＶＨＦテレビを、十年以内に全部ＵＨＦにする」と小林前郵政大臣が宣言して大さわぎになったのは、昨年九月のこと。その後ＵＨＦへの移行計画は、着々と進んでいる。このことについて考えてみたい。

ＶからＵへの切替えは、ある日を境にしていっせいに行われるのではない。今までＶ局が一局か二局しか入らなかった各地方で、最近Ｕ局が開局されたように、当分はＶとＵが平行して放送される。だから現在これは、都市と農村のテレビ文化の格差をなくすためという理由で、今まで民放のなかった県から順に開局を許可されてきているが、いずれＵ局は東京・大阪などの大都市にも設置されるのだ。そうなってくると、やはり物見高いは人の常、特に情報はいくらあってもよろしいというのが都会人気質、６局、７局の放送を現在のＶテレビで見ていながらも、同時にＵ放送も見たくなる。そこでＵＨＦコンバータというのを買う。これはＶをＵに変える周波数変換器であって、これをとりつけないとＵ放送が見られない。最初は、二、三千円のモノ・コンバータ（単チャンネル用）で我慢しているが、どんどんＵ局がふえてくれば、これでは全部見られないので、八千円から一万円程度のコンバータを買う。だが、普通のテレビにコンバータをとりつけると実に異様な感じになる。ＵＶ兼用のオール・チャンネル受像機が宣伝され売り出され、そのうちに、消費生活に馴れた大衆、争ってこれを買い求めることになるだろう。このオール・チャンネル受像機がやがて十種の神器のリストに加えられるであろうことも眼に見えている。これは普通のテレビの一割高だが、中にはまだ使えるＶテレビを捨ててまで買う人もいるわけだから、電機業界の利益は莫大なものになる。その時点で、全部Ｕに切替えれば、文句をいうやつはあまりいないというわけで、政府の思うつぼ。結局、今回もやっぱり損をするのは例によって国民。

　さて、ＵＨＦ局がふえれば、番組の質はどうなるだろう。パーキンソンの法則でいえば、番組の数が増加すれば傑作も増加するということになるが、これがそうはならない。ＵＨＦ局一社を開局するには数十億の金がいるわけで、ＶＨＦの中央キー局並みに番組に金をかけるところまで行かず、ただ安あがりなものを放送するだけ。有名人の粗製乱造、神風タレントの増加が、この質の低下に拍車をかけ、スポンサーがつかず、ますます安あがりの番組が続出するという寸法。もっとも、安あがり番組で傑作が出るかもしれないが、出てもまぐれに近いものではあるまいか。とにかく現在とはだいぶ感じの違う内容になってくることは確かだろう。

　いったい、なぜこんな切替えが行われるのだろう。前記郵相談話の中であげられている第一の理由は『沿岸無線業務、治安維持業務その他、公共の重要無線通信や、衛星経由の航空機、船舶通信、ラーダ等にＶＨＦ帯の周波数が必要なため』というのだが、これらはどうやら自衛隊、在日米軍にとって必要らしいのだ（現にＶＨＦは軍事目的にさかんに使われているという）。とすると、これは冗談でなく、ＣＩＡの陰謀かもしれないのである。こんなことを書くと消されるかもしれないのである。現に今、向かいの団地の屋上からぼくを空気銃で狙っているやつがいるのだ。

ヨ

よろめき

ここだけの話だが、という書き出しで、書いてほしいという依頼を婦人雑誌から受けた。「ここだけの話だが」というのは、会話の中でひそかにささやかれるものであって、活字にするべきものではない。

いいかえれば、それはつまり、公言できぬような、うしろ暗い、うさん臭い、罪悪感をともなった、はずかしい、うしろめたい、犯罪の匂いのする事柄である筈だし、また、そうでなければならない。なぜなら「ここだけの話だが」という書き出しで、公言をはばからぬようなことを書いた場合は、読者をだましたことになるからである。

ぼくにだって、過去には、公言をはばかるようなことをした経験がある。しかし、もしそれを書いて警察がやってきても、この婦人雑誌の編集者は、責任を持ってくれはしないのである。だから書くわけにはいかない。

そこで、過去にやったことではなく、未来にぼくがやること――やろうと思っていることで、公言をはばかることを書かせてもらう。そしてその責任の一端は当然、この雑誌の編集者に持っていただくことにする。だから編集者が、こいつは危険だと感じた場合は、この原稿を載せなければいいのだし、載ってからでも、ぼくにそれをやめさせることだってできる。なぜならばぼくは、まだそれをやっていないのだから――。

では何をするかというと、逢いびきをするのである。デイトをし、最後の一線を、相手の女性とともに越すのである。

なんだ、つまらない――と、思われるだろう。そんなことは、たいていの男女がやっていて、自慢そうに公言しているではないか――。

だが、ちょっと待っていただきたい。逢いびきの相手は人妻なのである。現在たしかに姦通罪というものは、ない。しかし姦通、不義、密通、そういったことは、今でもあるうしろ暗さを持っていて、明るみに出た場合は、離婚の理由として充分であるという条件も備えているではないか。

誰とするのか――それをぼくは、ここで募集しようというのである。つまり、不義密通の相手を募集するという一文を掲載したということで、この主婦向けの雑誌にも、責任の一端を持っていただこうというわけである。

おわかり、いただけただろうか。つまりぼくは今、この誌面を借りて、「よろめきをしませんか」と、呼びかけているのだ。いわば一種の広告なのだ。

だが、ぼくも人の子、人妻なら誰でもいいというわけではない。おのずから条件がある。次に、それを列記する。

一、満三十二歳以下の人妻であること。

二、日本国籍であること。

三、五体健全、精神正常であること。

四、逢いびきの際、友人、子供など、他の人を連れてこないこと。

五、同じく、服装極度に奇矯でないこと。

六、同じく、録音機、武器、隠しカメラ、特殊無線通信機等を携行しないこと。

七、伝染病患者でないこと。

八、容貌醜怪でないこと。

九、冷やかしでなく、本気であること。

十、逢いびきの際、もし誰も待ちあわせ場所にあらわれなかったり、右の条件のどれかにあてはまらない為デイトを拒否されたりした場合、文句をいわぬこと。

だいたい、そういったところである。

これではあまりにも一方的であるとおっしゃるのか。よろしい。それではぼくも、もし逢いびきの際、相手の女性がぼくを見て拒否したとしても文句はいわないということを誓おうではないか。

もしあなたが右条件に適し、その意志がおありなら、秋分の日の午後五時、銀座松坂屋前へ、目印に左手薬指へ三カラット以上のダイヤの指輪をはめ、立っていていただきたいのです。

ラ

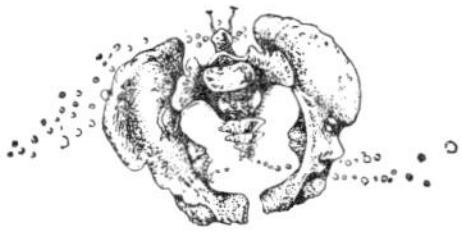

らくご〈落語〉

えー相変《あいかわ》りませず他愛《たあい》もないお話《はな》しでお茶《ちゃ》をにごさせていただきます。

喫茶店《きっさてん》などへまいりますと、お勘定《かんじょう》の時《とき》に、よく伝票《でんぴょう》のとりあいをなさってるのを見《み》かけますが、あれはあまり、いい恰好《かっこう》のものではございません。これは、ご婦人《ふじん》の方《かた》に多《おお》いようでございますが。

○「そう〳〵、奥《おく》さま、申《もう》しおくれましたわ。おたくのご主人《しゅじん》、こんど課長《かちょう》さんになられたんですってね。まアーおめでとうございます」

△「アーラいやですわ奥《おく》さま。おたくのご主人《しゅじん》なんか、たくと同《おな》い年《どし》でいらっしゃるのに、もうとっくに課長《かちょう》さんじゃございませんの」

○「いゝえ。だめでございますわ。うちの主人《しゅじん》なんか。お宅《たく》のご主人《しゅじん》とくらべたら、ほんとにもう」

△「アーラ、このお店《みせ》、少し混《こ》んできたようでございますわね」

○「さようでございますね。ではそろ〳〵、参《まい》りましょうか」

△「そうですわね。では……。あら、奥様《おくさま》。いけ

ませんわ。それはわたしが……」
○「いゝえ。今日《きょう》はわたしに払《はら》わせてくださいな」
△「いいえ。いけませんわ奥様《おくさま》、それは。だって、この前《まえ》も……」
○「イーエこの前《まえ》はわたしがお誘《さそ》いしたんですから。あら、いやですわ奥様《おくさま》。それはこちらへ」
△「困《こま》りますわ。いつも〳〵払《はら》っていたゞいたのでは。だってこの前《まえ》は映画《えいが》までおごっていたゞいた上《うえ》に……」
○「アーラそれはその前《まえ》の、お芝居《しばい》のお返《かえ》しじゃありませんの。ですからそれを……」
△「イーエあの切符《きっぷ》はよそからいたゞいたものですわ。どうぞほんとに、今日《きょう》だけは」
○「ま、いけませんったら奥様《おくさま》。まあホゝゝゝゝ。仕様《しよう》がないわねえ。さあお寄越《よこ》しなさいったら」
△「イーエ今日《きょう》はおごらせて頂戴《ちょうだい》。おねがいだから」
○「アラ。そうだわ。ご主人《しゅじん》が課長《かちょう》さんになられたお祝《いわ》いに、おごらせて頂戴《ちょうだい》。ネエー。ネエー」
△「駄目《だめ》よ〳〵。だからこそわたしが。ネエー。ネエー」
○「いえ〳〵。だからわたしが」
△「だって、わたしだって、お宅《たく》のご主人《しゅじん》が課《か》長《ちょう》さんになられた時《とき》に、何《なに》もしてないんですもの」
○「アーラまあ。あれはだって、もう四年《よねん》も前《まえ》のことじゃないの。いゝんですったら。さあ。その伝票《でんぴょう》をこちらに」
△「イーエ。これはわたし」
○「イエ。わたし」
△「ネーエ、たまには払《はら》わせてくださいな。いつも〳〵あなたばかり。わたし、肩身《かたみ》のせまい思《おも》いをするじゃありませんの」
○「アーラまあ大袈裟《おおげさ》な。そりゃあ、あなたのお里《さと》はお金持《かねも》ちでしょうけど、貧乏人《びんぼうにん》にだって、おごらせてくださらなきゃ。それにうちの主人《しゅじん》は、

おたくとちがって、四年《よねん》も前《まえ》から課長《かちょう》だったんですものね。四年《よねん》も前《まえ》から」
△「アーラそれとこれとは別《べつ》よ」
○「イーエ別《べつ》じゃありませんわ。とにかくお宅《たく》のご主人《しゅじん》は、うちの主人《しゅじん》とちがって、なんてったって、まだ課長《かちょう》さんになられたばかりなんですもの」
△「アラおかしなことおっしゃるのね。たった四年《ねん》のちがいじゃないの」
○「イーエその四年《ねん》が、先《さき》ざき大《おお》きく差《さ》がつくんです」
△「イーエそんなことありません。おたくのご主《しゅ》人《じん》は、資材課長《しざいかちょう》さんでしょ。それも現場《げんば》の倉庫《そうこ》の方《ほう》の。わたしの主人《しゅじん》の方《ほう》は営業《えいぎょう》課長《かちょう》なんですのよ。それに、二年先《ねんさき》にはちゃあんと、次長《じちょう》の椅子《いす》が約束《やくそく》されてるって申《もう》しておりますから」
○「マーアいやだ。ホヽヽヽ。そんなこと、噂《うわさ》に過《す》ぎないじゃありませんか」
△「イーエ。ちゃんと部長《ぶちょう》さんが、そうおっしゃいました」
○「あゝ、あゝ。あの部長《ぶちょう》さんがねえ。ホヽヽヽ。でもネエ。あなたのご主人《しゅじん》みたいに、あんなにお酒《さけ》ばかり召《め》しあがっていちゃあ……」
△「アーラどうして。お酒《さけ》はからだのために、いゝんですのよ」
○「でもネエー。あんなに酔《よ》っぱらっちゃいけませんわネエー。あれじゃあ出世《しゅっせ》がおくれますわネエー。おまけに毎晩《まいばん》でしょ。そこへいくとうちの主人《しゅじん》なんか、一滴《いってき》も飲《の》みませんのよ」
△「そうですってねえ。一滴《いってき》も、お飲《の》みになれないんですってネエー。困《こま》りますわネエー。おつきあいするのにも困《こま》りますわネエー。嫌《きら》われないこと」
○「冗談《じょうだん》じゃないわ。あなたのご主人《しゅじん》みたいにあんなにクダをまいちゃ、よけい嫌《きら》われるわよ。しかも毎晩《まいばん》だし。バーの払《はら》いだって、馬鹿《ばか》にならないわよ」

△「お酒代《さけだい》ぐらい知《し》れてるわ。二号《にごう》さんを囲《かこ》うことにくらべたら」
○「アラおかしなことというわね。二号《にごう》がどうしたっていうのよ」
△「だって、あなたのご主人《しゅじん》は、ほら、あのなんとかいうバーのホステスだって女《おんな》の子《こ》を都内《とない》のアパートに……」
○「なんですって。根《ね》も葉《は》もないこと、いわないでちょうだい」
△「根《ね》も葉《は》もないことですって。マーアあきれた。マーアあきれた。……あゝ。じゃあ、あなた、ごぞんじなかったのね。ソーオ。悪《わる》いことといったわねエ」
○「なに言《い》うのよ失敬《しっけい》な。言《い》いがかりをつける気《き》なの」
△「言《い》いがかりだって。フン何《なに》いってんのさ。こっちにはちゃあんと、証拠《しょうこ》もあがってるんだからね」
○「へーエ証拠《しょうこ》。ふうん。どんな証拠《しょうこ》よ。いってごらんよ。サーアいってごらんよ」
△「フン。他人《たにん》に訊《き》くより、いちど亭主《ていしゅ》のあとをつけてみたらどうなのさ。まったく、浮気《うわき》な亭主《ていしゅ》を持《も》つと苦労《くろう》だよね」
○「フン。自分《じぶん》の亭主《ていしゅ》のこと棚《たな》にあげて、ナニいってんのさ」
△「オヤ。わたしの亭主《ていしゅ》がどうしたっていうのよ」
○「へーエ。手前《てめえ》の亭主《ていしゅ》がどれだけ助平《すけべえ》か知《し》らないってのかい。ふん。あんたの亭主《ていしゅ》はね、あたいをくどいたことだって、あるんだよ」
△「あんたをだって。あたいの亭主《ていしゅ》が。ワハゝゝゝ」
○「ヤイ何《なに》がおかしいんだよ」
△「馬鹿《ばか》も休《やす》み〳〵ぬかしやがれ。だれがお前《まえ》みたいなオカメチンコを」
○「なんだとオ。手前《てめえ》こそタイワン金魚《きんぎょ》みたいな

面《つら》しやがって」
△「ヘンだ。そのタイワン金魚《きんぎょ》をくどいて、ホテルへつれこみやがったのは手前《てめえ》の亭主《ていしゅ》だよ。ざま見《み》やがれ」
○「あゝ。ちっともおどろかないね。つれこみやがったのはお前《まえ》だろ。お前《まえ》みたいな淫売《いんばい》のやりそうなこった」
△「淫売《いんばい》たあ何《なん》だよ。この糞《くそ》たればゝあの、できそこない」
○「だまれ淫水女郎《いんすいじょろう》」
△「なんだよ〳〵、その面《つら》は。ふん。芸者《げいしゃ》あがりだけあって、お前《まえ》の顔《かお》はおしろい焼《や》けと淫水焼《いんすいや》けでまっ黒《くろ》だよ」
○「ナニぬかしやがる。手前《てめえ》こそフーテンあがりのパン助《すけ》のくせに」
△「パン助《すけ》たあなんだよ。こいつ」
○「やるかっ」
これをそばで聞《き》いておりました、やくざ風《ふう》の男《おとこ》がよろこびまして、手《て》をたゝき「イヨッ。イキだねえ、伝法《でんぽう》なお姐《ねえ》ちゃんたち」

ご婦人連《ふじんれん》、顔見《かおみ》あわせて「アーラまあ、わたしとしたことが。ホゝゝゝ」
△「イーエ、伝法《でんぽう》じゃございません。これは」
○「伝票《でんぴょう》あらそいでございます」

り

りゅうこう〈流行〉

「いつまで寝てるのよ」

女房がそう叫び、寝ているおれの頭を足で蹴とばした。おれはとび起きた。

「蹴とばさなくたって、いいじゃないか」

「おや、あんた、わたしに口ごたえしたわね。こうしてやる」

女房はいきなり、おれの口の端をつねりあげた。

「痛いいたい」

「痛いいたいじゃないわ。会社に遅れたらどうするのよ。あんたは、わたしと子供ふたり、合計三人を養わなきゃいけないのよ。楽して寝てられる身分じゃないのよっ」

女房はまた、おれの頭をぶん殴った。

「わかった。起きるよ。飯の支度をしてくれ。すぐ食べて出勤する」

「飯ですって。冗談じゃないわ。満足に朝ご飯を食べたかったら、もっと出世して、今の三倍くらいのサラリーを持って帰ってきなさい。何よなによ。そのふてくされた顔は」

ばあん、と、女房の平手が、おれの頰で鳴った。

「さあ。早く会社へ行きなさいっ」

「は、はい、はい、はい」

おれは泣きながら、空腹のまま身支度した。玄関で靴をはいていると、小学生の子供ふたりがやってきて、うしろから、おれの首をしめあげた。

「やい。帰りに酒なんか飲みやがったら、ただじゃおかねえからなっ」

下の子供が、スリッパでおれの頭をひっぱたいた。

「飲む金があったら、おれたちに、おみやげを買ってくるんだぞ。わかったかっ」

「は、はいはい、わ、わかりました」

百円のポケット・マネーさえもらえず、タバコを買う金も持たずおれはおいおい泣きながら会社へ出勤した。

その日、会社からの帰りに、ビルの屋上近くの電光ニュースを見て、おれは喜んだ。

「明日の流行——亭主関白」

「しめたぞ」と、おれは叫んだ。

次の日の朝、おれはとび起きるなり、女房と子供たちの頭を蹴とばして叫んだ。

「こらあ。起きねえか蛆虫めら。ご主人さまが起きてらっしゃるのだぞ、ゴクツブシめ。やい、餓鬼めら、とっとと学校へ失せやがれやい、このくそばばあ、早くおれさまの朝飯の支度をしろっ」

レ

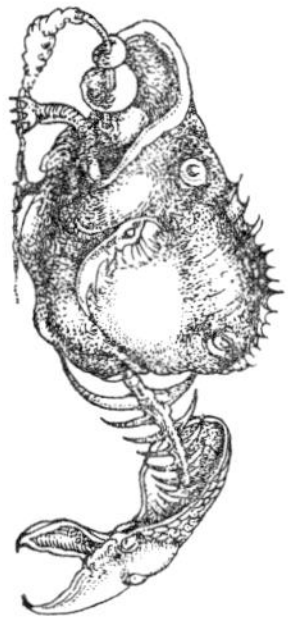

レジャー

「月賦でヨーロッパの旅」

「三十回払いで世界一周」

最近、こんなキャッチ・フレーズのパンフレットが、しばしば郵送されてくる。ジャルパック以来、豪華な海外旅行が、月賦で簡単にできるようになってしまった。

「最近、どこかへ旅行しましたか」

「いいえ。今月はまだ、どこへも」

そんな会話さえ、日常ふつうに耳に入ってくる。

世の中も便利になったものだ――多くの人はそう思うだろう。ぼくだってそう思う。しかし世の中が便利になるためには、どこかで世の中を便利にするための努力、あるいは犠牲がはらわれているはずなのである。するとこの場合、努力、あるいは犠牲をはらっているのはだれか。はらっているという自覚がある、ないにかかわらず、それは旅行者自身以外のものではあり得ない。

余分な金の使い道というのは、昔ならまず第一に貯蓄とか投資とかいったものであった。つまり財産を作ったりふやしたりするためのものであって、消費ではなかった。ところが現在では、余分な金がなくてさえ、月賦で耐久消費財を買うことができ、若い連中でも世界一周旅行ができるようになった。つまり、財産を作る必要がなくなったわけである。しかも現代人は、財産がないということに、あまり不安を感じないようになってしまっている。病気になれば健康保険がある。家族のだれかが死ねば生命保険が入ってくる。そこで、生きているうちに、あるいは若いうちにレジャーを楽しもうというわけで、気軽にどんどん旅行に出かけ、遊び歩く。消費しているという意識も、それほどないわけである。

この傾向がどんどん進めば、どうなるだろうか。本人の負債は本人が支払うのだから、それでいいではないか、どうということはあるまい——そう考えてしまえばそれまでである。しかし、それですむのだろうか。ぼくにはどうも、どこかに大きな落とし穴があるような気がしてならないのである。

現在、この傾向に拍車をかけているのは、旅行社などとタイアップしたマスコミの宣伝、流行おくれになることへの現代人的な不安、そして特に、レジャー時間の増大などである。これらの傾向は、今後ますます大きくなっていくだろう。また、やりがいのある仕事をしている収入の多い人間ほど余暇が少なく、単調な仕事をしている中間所得層の人間ほど余暇がふえ、退屈な仕事のうさばらしをしたがる——つまり遊びたがるという傾向も出てきて、その差は大きくなる一方だろう。

では逆に、この傾向にブレーキをかけているのは何だろう。

まず第一に住宅問題があげられる。土地や住宅だけは、まだ月賦で買うというわけにはいかないし、わずかな貯金では手を出すことができない。次は老人問題だ。貯金がないままに歳をとってしまった場合、どうするかという問題が残る。老人ホームなどの社会保障は、今のところまだ、とても完全とはいえない。

しかし、これらのブレーキは、次第に解決されていくだろう。広い土地や大きな家を持ちたがらず、都心のマンションで一生住みたいという人が、ますますふえるだろうから、むしろ不便な大きい家はいやがられるようになるかもしれない。

何といってもそういう家は、留守にしがたいから遊び歩けない上、維持するのに人手がかかり、近所や同僚から白い眼で見られる恐れもある。つまり、でかい家はカッコ悪い――と、いうことになりかねないのである。公団がどんどん住宅を建てるから、住まいを見つけるにもさほど苦しまなくてすむのだ。

さて、あらゆることのシワ寄せは、いちばん最後に残った、いちばん厄介な問題――つまり老人問題にくるのである。

論じはじめると長くなるし、枚数もないので簡単にいうと、老人医学の発達で寿命ののびた老人たちが、どっと増加するのだ。しかも家が小さかったから子供もあまり産んでいない。つまり、老人人口がふえて子供の人口が減るのである。

これらの老人が若いころ消費したための負債は、その数の少ない子供たちにかかってくる。ところが多くの子供たちは、老人たちを見捨ててしまう。そして見捨てられた老人たちというのは、若いころ、なんでもかんでも月賦で欲望を充足させたという経験を持っているわけだ。

しかも老人には、ありあまるほどの余暇があるのだ。海外へも行きたい。温泉へゆっくり行きたい。年金などで満足していられるわけがない。

その不満は政府にくる。

今のままだと、老人問題が大きな社会問題になるだろう。政府は、どんどん公団住宅を建てている。それもいい。しかし、そのために起こる老人問題を、どう解決するつもりなのだろうか。

ひとつの解決策として、ぼくは、今すぐにでも、政府がレジャー対策本部を設けるべきだと思うのである。

笑いごとではない。無責任な旅行社や観光会社にまかせておいたのでは、ろくなことにはならない。厚生省レジャー局でもよい。文部省余暇教育局でもよい。今までは、生産面にばかり力を入れて、余暇のことは笑いとばしたり真面目に考えないことが多かった。いや、多すぎた。そろそろ政府がレジャー管理に乗り出さなければならないころであろう。

ロ

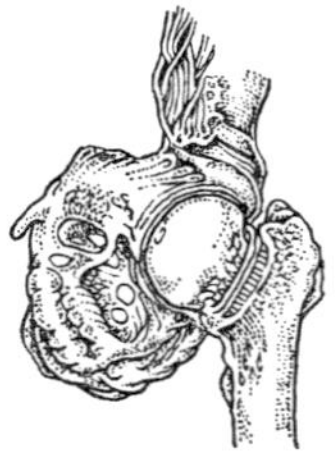

ろっこつ〈肋骨〉

十何年か、いちども健康診断をしていないため、いちどやっておこうと思い、ぶらりと近所の内科医院へ出かけた。

数日後、結果を聞きに行くと、森杉という院長さんがぼくのレントゲン写真を出して眺め、にやにやした。

「どうかしましたか」と、ぼくは訊ねた。

「これをご覧なさい」先生が写真を指した。

「ふた股になっています」

レントゲン写真をよく見ると、心臓の少し下あたりの肋骨が、ふた股になっていた。

「ははあ。これは何ですか」

「出来そこないです」と、先生はいった。

「珍らしい現象なのですか」

「そうでしょうね。私は、見るのは初めてです。ただし、わたしを除いてはね」

つまり、この先生もぼくと同じ場所がふた股肋骨だったのである。ぼくは記念に、その写真を譲ってもらった。なんとなく先生に親近感を抱いていろいろ話しているうち、先生がふと気がつき、ぼくに訊ねた。「じゃ、あなた『筒井順慶』書いた人?」

ぼくはいやな気がした。筒井順慶はいうまでも

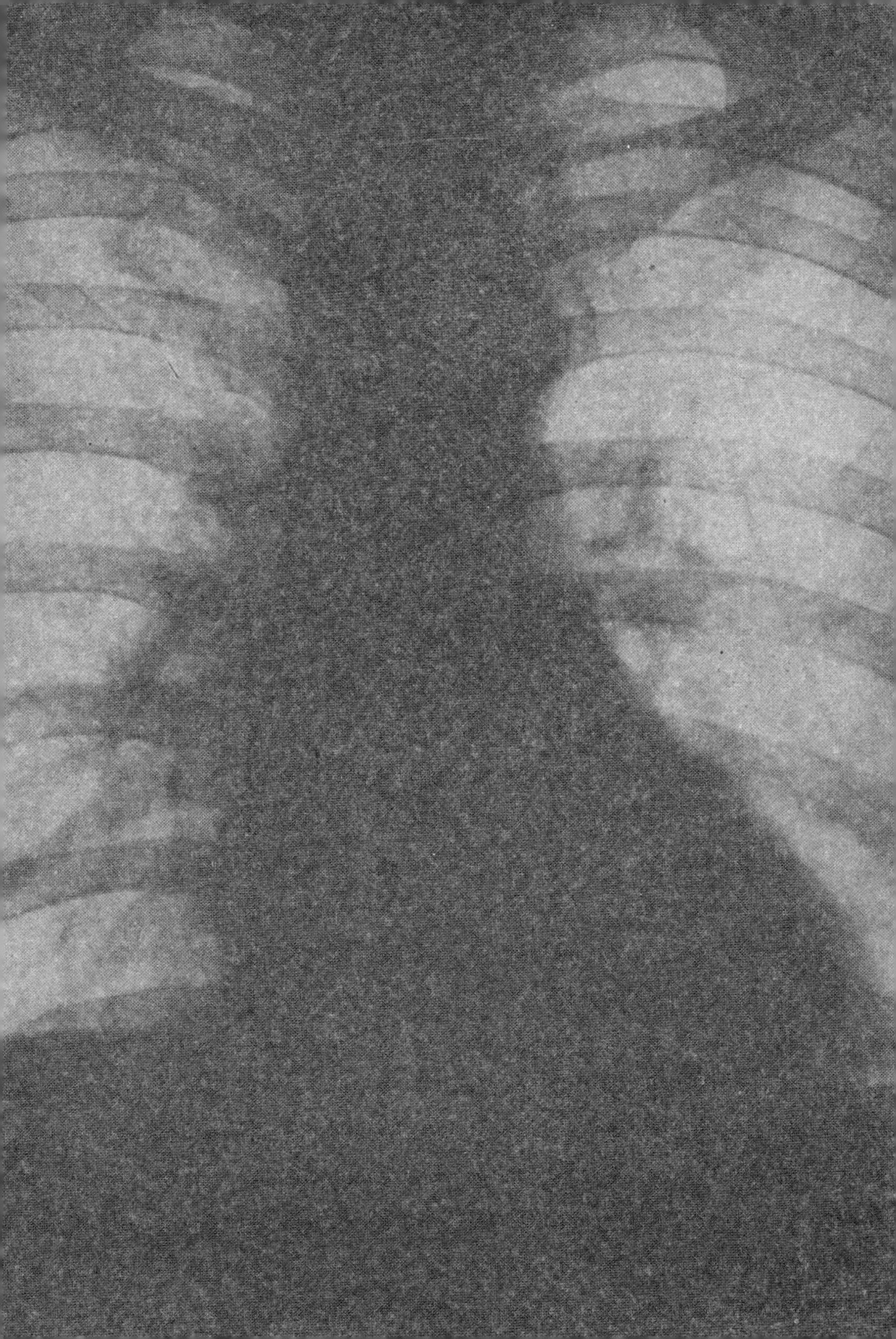

なく、ふた股膏薬のぬれぎぬを着せられたぼくのご先祖だったからである。

➡写真肋骨を見よ。（３２９ページ）

ろんそう〈論争〉

討論というものは、大きらいだ。議論を吹っかけてくるやつも、大きらいである。

人間には、それぞれの立場がある。職業、性別、年齢、家族関係、交遊関係、収入額、出身校、経歴、その他、その他。これらの立場をふんまえて、その人間の思想みたいなものができる。無思想だって思想だ。

似たような思想の者が集まって党派ができるが、この党派の中でさえ思想の対立があるくらいなのだから、人間、自分と同じ考えのやつなど、まずいないものと思ってまちがいあるまい。

当然のことであり、だれでも知っているはずのことである。それにもかかわらず議論を吹っかけてくるやつがいるのには、あきれる。

もっとも、公開の討論会や、活字による論争になると別である。これは相手方を説得したり、言い負かしたりすることは二の次で、聴衆あるいは読者に、相手方よりも自分の方が正しいのだという印象をあたえさえすればよいわけだ。

そのためには、どうするか。まず、でかい声を出す。ことばじりのあげ足をとる。話をややこしく持って行けば相手はまごつき、第三者からはいかにも内容ありげに見える。活字論争の場合は、自分の立脚点を確固としたものに踏みかためておく必要がある。ところが、どこを突つかれてもボロの出ない立脚点を作ろうとすれば、極端な立場をとる必要があるわけで、だからとにかく自分の本心にさからってでも、極端な方へ身を置こうとする。相手方も、反対側の極端な方へ身を寄せて、身構える。極端と極端だから、和解妥協の道はない。喧嘩《けんか》である。

論争は不毛である。ことばの遊戯だ。だが、ただひとつ、第三者にとってだけは、まことに面白い。では第三者にとって、論争は役に立つか。役に立つ。その人間が論争する際に役に立つのである。論争のうまいやつが、ますますふえる。内容もないくせに、議論の吹っかけかたのうまいやつが。

ぞっとする。

ワ

わいご〈猥語〉
猥語は×××××、女の××××淫なのである。だから精××××××××娠という語にしても、姦××××××は毛××××なのだ。たとえば「彼女は自分の性×××××××覗しながら、大きく×××××××××××した。そして唇を×××××××××××××て呻き、男は核××××××××舌で××××、それは桃×××××だった。激しく腰××××××××××の如く悶えて×××××し、ついに××××××××獣のように××××続けたのであった」などという書きかたをすると、×××××から××××されて××になる。

ン

ん
電話番号簿に「ん」の項目はない。
「ん」という名のバーを作れば、数十万部の電話番号簿全部に新しい項目を作らなければならなくなる。

「ん」の項目のある百科辞典は、この本だけである。ゆえに他の辞典はすべて欠陥辞典である。

PART II

発作的作品群

《発作的ショート・ショート》

ブロークン・ハート

「あなた、どうして捨てられたの」

「見りゃわかるだろ。壊れたからさ」

「よかったわね」

「何がよかったんだ」

「壊れて捨てられたんですもの」

「それがなぜ、いいんだ」

「わたしみたいに、新品同様で捨てられるのにくらべたら、ずっとしあわせよ」

「そうかな」

「そうよ」

「君は新品同様なのかい」

「ええ。二度しか履いてもらえなかったわ」

「持ち主は、女性だったんだろ」

「もちろんよ。わたし婦人靴だもの」

「ぜいたくな女性だったんだな。たった二度履いただけで、捨てちまうなんて」

「ううん。それほどぜいたくじゃないわ」

「じゃ、なぜ捨てられたんだ」

「失恋したからよ」

「最近の女性は、失恋すると靴を捨てるのかい」

「わたしを履いて、恋人に会っている時に、失恋したことが二度あるの」

「それは、君の責任なのかい」

「わたしの責任じゃないわ。そのひと、縁起をかつぐのよ」

「でも、そんなにたびたび失恋するなんて、つまり、浮気っぽいってことだろ」

「そうかもね」

「浮気っぽい女は、飽きっぽい女だ。だから君も、飽きられたのかもしれないぜ」

「そうは思いたくないわ」

「君の持ち主だって、そうは思いたくなかったにちがいないぜ」

「なんのこと」

「失恋したのは、自分が飽きられたからだとは、思いたくなかったにちがいないさ。だから、君のせいにしたんだ」

「あなたって、やさしいのね」

「どうしてだい」

「わたしを、いたわってくれるんでしょ」

「いつぼくが、君をいたわった」

「だってわたしに、自分が悪い靴だったために捨てられたと思わせたくないんでしょ」

「そんなこと、考えてもみなかったよ」

「あら。あなたって、男らしいのね」

「どうして」

「わたしをいたわったこと、自分で照れてるのね」

「買いかぶりだよ」

「あなたが好きになっちゃったわ」

「ありがた迷惑だな」

「だって、好きになっちゃったんだもの」

「だんだん、わかってきたよ」

「あら、何が」

「君が、惚れっぽいってことが、さ」

「どうして」

「君はいつも、持ち主の恋人に恋をしたんだ。そして持ち主を嫉妬したんだ」

「そんな」

「そして、いつも持ち主が失恋するような振舞いをしたんだ。君は悪い靴だ」

「ひどいわ。あなたが好きなのに」

「君に好かれちゃ大変だ。もう、君とは話をしないよ。さよなら」

「ああ。また失恋しちゃった」

訓練

遠い外惑星から地球へ、親善使節がやってきた。さっそく、ある国のある大臣が接待役に任ぜられた。

彼は大使を地球一周空の旅に招待した。

ジェット機で日本上空を通過する時、大使は地上を見おろしながら接待大臣に訊ねた。「あの島国の都市は、すべて透明のドームに覆われていますね。いったいなぜですか」

接待大臣はもじもじした。公害のため——などとは、他の国のことながら同じ地球の人間としてはずかしく、とても他の星の大使には言えない。

しかし事実は、すでに日本列島全体がスモッグに覆われていたのだ。公害企業はやっと都市から追放したものの、その都市でさえドームに覆われていなければ居住不可能というほどにまで、ひどくなっていたのである。

接待大臣がもじもじして答えないため、すぐにぴんときた大使は、それ以上の質問を控えることにした。

やがて大使は故郷の星に帰り、報告書を提出した。それには日本の都市ドームのこと、そして彼の感想が書き加えられていた。

「思うに、人口問題をかかえた勤勉なる島国のニホン人は、やがて移住するであろう他の惑星の苛酷なる条件に馴れるため、今から居住ドームの中に住んで自らを訓練しているのでありましょう。まことに感心なものであります。その証拠に、ニホン国以外の国の人たちからは、自分たちののん気さを恥じている様子が、ありありとうかがえたのであります」

タバコ

彼はもともと、タバコの害を少しも気にしてはいなかった。

フィルターつきでないタバコを一日に四十本以上すっていた。肺ガンになるのを恐れて禁煙したり節煙したりしている人間を見るたびに、臆病者めと思い、心で嘲笑していた。

突然、タバコが恐ろしくなり出したのは、ある雑誌に掲載されていた「タバコをすわぬ人と愛煙家の死亡率の比較」という記事を読んでからである。

それによれば、愛煙家の肺ガンにかかる率は、タバコをすわない人間に比べて約二倍、死亡率も二倍ということであった。それだけではない。タバコをすう者は必ず、心臓、胃、動脈、脳などに、何らかの形で確実に障害を起すというのである。結論として、もしもタバコをやめれば、死ぬ率が半分になると書かれていた。

ここまで徹底して書かれた記事を読むのは初めてだったので、彼はさすがにふるえあがった。よし、禁煙できるかどうか、やってみよう、と、彼は思った。

禁煙は思っていたより楽だった。もともと美食家だったため、食道楽に転向したからである。タバコをやめてから、食べものの味がわかりはじめたような気さえするほどで、これは儲けものだと、彼は喜んだ。

禁煙して一ヵ月め。彼は車にはねられて死んだ。一ヵ月で体重が十キロもふえ、ぶくぶく肥ってしまったことを忘れ、以前のように、注意信号が出てから、いそいで車道を横断しようとしたためだった。

《発作的エッセイ》

公的タブー・私的タブー

禁忌《タブー》には公的タブーと、私的タブーがあるのではないか——思いつきにすぎないが、最近ふとそう考えた。タブーということばの由来はポリネシア語のタブー Tapu であって、これはある種の行為を禁止する風習という意味である。風習というからには、タブーは本来公的でなければならないのだろう。しかし、ヴントもいっているように、タブーが社会統治上の手段であるとすれば、自身の身のまわりに波風を立てまいとして自分の言動に制限を加えるのもタブーであるといえなくはない。

子供の歌ううたに、こんなのがある。

〽ミっちゃん、道みちウンコして、
紙がないので、手で拭いて、(以下略)

これはつまり光子ちゃんとか美智子ちゃんとかいった、ミっちゃんと呼ばれる女の子をはやしてる歌なのである。

ところが、たとえばぼくの妻は光子というからミっちゃんであり、美智子妃殿下もミっちゃんである。

天皇、あるいは天皇一家を茶化すことは、今日、日本における最大のタブーである。ところがここで、もし仮に、ぼくにとって天皇一族よりは、自分の妻の方が恐ろしいとした場合は、どうであろう。作品中に登場させてさんざん茶化したミっちゃんが、もしあきらかにぼくの妻の方のミっちゃんに似ていれば、ぼくはその小説を読んだ妻の光子様から、また昨夜のように卓上ライターで頭を殴打されることになる。しかしそれは、作品としてはブラック・ユーモアにはならない。なぜなら読者の方で、作品に登場するミっちゃんを、ぼくの妻であると想像はしてくれないからである。ここでぼくは、意に反して「公的タブー」である美智子妃殿下を登場させることになる。つまり作品中のミっちゃんが、あきらかに美智子妃殿下のことであるとわかるように描けばよいのである。しかも、本来の発想が私的タブーへの挑戦であるとすれば、当然作品中のミっちゃん、つまり美智子妃を模した女性には、妻のイメージがWっている。つまり、より大きなタブーによって隠蔽することにより、家庭という最小単位の社会を統治することができるわけで、これは公的タブーを利用した私的タブーへの挑戦ということができよう。

　ぼくの作品にはこの種のものが比較的多く、表面的には公的タブーをとりあげているように見えながらも、その実、私怨やその他、第三者には関係のない怨念を晴らそうとした小説が多いから、これはむしろブラック・ユーモアとして分類されることのない一般の私小説、風俗小説、推理小説などの方に近いのではないだろうか。なぜこういうことをいうかといえば、たとえばある作家との交際に平行して、その作家の作品を読むことにより、作家という人種がいかに個人的怨念を作品の中で晴らしているかが理解できるからである。

　一方、作家にとって公的タブーとは、いわばさほど重要でなく、前述した如く私的タブーの隠蔽手段にしか過ぎないのではないだろうか。また、そうでなければ面白くない。逆に私的怨恨をそのまま書いたものが、ブラック・ユーモアとはほど遠いものであることも確かだ。読者の受ける感銘は、書いてやるぞという作者の決意の度あいに反比例する。

　公的タブーは、またぼくにとっても、さほど恐るるに足りないものとなりつつある。最初の頃はよく脅迫状が来たりしたが、最近ではサジを投げたのか、来なくなってしまった。先ごろある書評紙に、天皇のことや右翼のことを書いたが、脅迫状はこちらへは届かず、編集部の方へたくさん届いた。こうなってくると一種の同業者に対する責任みたいなものが発生するから、かえって書きにくくなる。その編集部に私怨があれば別だが。

私的タブーの方は、作家によって対象がさまざまである。ぼくのように、恐妻、オナニー癖、半包茎といったものを劣等感として持っていればそれがタブーになるが、他の人はみんなそれぞれ違うのだろう。作家に共通のタブーも、あるにはある。たとえば作家が集って酒を飲めば必ず悪口の出てくる出版社があり、これはたとえばそこの編集者が悪いやつであるとか原稿料が安いとかいった他愛ない理由なのだが、それでもそれは鉄道弘済会と並ぶ作家の職業的タブーなのである。これらのことが小説に書かれることの少い理由は、これらを隠蔽して書く技法や、これを包含するより大きなタブーが発見できないからであろうと思える。してみれば作家の職業的タブーというのは、より未開社会のタブーに近いのではないだろうか。つまり未開社会では伝統文化の存続という使命がタブーに負わされているのだ。

現状は、私的タブーが大きくふくれあがり、公的タブーに対する感情的要素が薄れていきつつあるのではないか。たとえば未開から文明への過渡期にあるハワイで、誰もタブーを守ろうとしないため、しかたなくこれに罰を加えているという例がある。いずれはこれもなくなることであろう。

一方、日本のような文明社会では、公的タブーで罰を受けることはあまりないが、私的タブーによって卓上ライターに襲われる例がある。自分の母親のことを、あれは教育ママであると近所にいいふらした子供が、あとでその母親から死ぬほどの目にあわされた例がぼくの近所に発生している。どうやら文明社会特有のタブーであるらしい。なぜなら、未開社会の子供が自分の母親を悪くいうことなど、まず、ないだろうから。

どちらにせよ人間というのは、タブーの好きな動物である。結論をいうなら、だからこそ世の中は面白いということになる。

兇暴星エクスタ市に発生したニュー・リズム、ワートホッグに関する報告及び調理法及び見通しについて

ご承知の通り、ここエクスタ市を首都とするRHマイナス型渦状星雲の兇暴星は、今やニュー・リズム「ワートホッグ」の発生地として、音楽好きの若者たちの聖地と化した観があります。

この兇暴星は公転周期三日、自転周期六十三日、体温二十八度Cで、太陽は子午線と三本の黄道をアミダ状態で通過し、赤道では常にセミが鳴き、腹でもセミは鳴き、寒山寺で鐘が鳴れば南極でカラスがカアと鳴き、北極では鍋焼きウドンの湖が煮えくり返っているという楽園でありますから、首都エクスタ市もまことに風光明媚にして快適な死に場所であること、申すまでもございません。五季、花は歌い鳥は焼き鳥となり、膝の骨笑い、人も笑い、笑いすぎて発狂し、尻の蒙古斑は即ち人面瘡と化して泣きわめく楽天地なのであります。

ここにおいて発生したる「ワートホッグ」がいかにすばらしいものであるかこれでもう半ば報告の必要もないようなものでありまして、しかもマグロの如き既製の音楽に対するテーゼ、アンチテーゼ、ジンテーゼすべて含まれているという、まことこのリズムと和音のシンプルにしてプリンシプルにしてヘテロドックスなことは、これを表現すべき単語と文章の押し入れからの引きずり出しかたが見あたらぬほどなのであります。

即ちリズムは三百六十五分の三百六十五拍子であります。然してこの星の一分は三百六十五秒でありますから、一小節が終るときっかり一分経過

していするという勘定になり、まことに単純なるリズムであること、申しあげるまでもございますまい。尚、時によってリズムは、三百六十六分の三百六十六拍子になりますが、これはその年が閏年だからであることにご注意願いたいのであります。

　さて、和音はE_7及びCdim及びAm^{-13}の三種類もあるのであります。なんと複雑怪奇二十面相、ややこしい和音でありましょうか。なぜならばこの星の五線紙は、生産されるパルプの加工上の諸問題の結果として巾が広く、いちばん上の線で首を吊っても、いちばん下の線に足が届かないくらいですから、各線の間には、さらに補助五線と呼ばれる五本の線が引かれており、これが和音をさらにややこしくしているのであります。

　このオーソドックスなリズムと、不合理非合理不条理せんずり実存主義的和音が構成する「ワートホッグ」こそまさに、若者のための音楽と申せましょう。

　次にこのリズムの調味料でありますが、この兇暴星に五季の絶え間がないことにご留意くだされば、即ち「春」と「夏」と「秋」と「冬の夜」と「冬の夜と朝の間」の五季が常に移り変わっていることにご留意下されば、調味料として最適なものは即ちシーズン・オールであることを直ちにご理解頂けると思うのであります。

　然してこれは、焼かなければなりません。焼いても妬いても結構ですが、どちらにせよ燃えさかる情熱の炎にかざすことが大切であります。まずフライパンに入れ、フライパンのまま火にかけることが必要なのであります。なぜならば、そうしないと燃えて灰になります。

　さて、このニュー・リズムの見通しでありますが、小生の考えでは、いつかは切腹するのではないかと案じる次第であります。なぜならそれは、あまりにも……。

　ここまで書いた時、まだ名づけられていないニュー・リズムが発生しました。わたくしの案じた通り「ワートホッグ」は、保守反動の汚名を着せられ、ウバザクラの散る総監室で切腹いたしました。以後、新しいニュー・リズムの調査にとりかかるため、本報告を中断いたします。

仕事と遊びの〝皆既日食〟

　レジャー、レジャーと、やかましいことである。余暇の増大にみんながとまどい、その費やしかたがむずかしいといって騒いでいるわけである。中には、余暇をもてあまして悩むような人間は現代人じゃないという議論も出てきて、それならおれは旧式な仕事人間なのかと、ますます真剣に悩む人がふえてくる。

　だが、ぼくにいわせれば人間活動の主体はやはり仕事にあるといいたい。たとえば、ある程度以上のぐうたらな人間はさておき、仕事をしている最中に、ああ、おれは今仕事をしてるんだなどという自覚があることはめったにない。逆に、ああ、おれは今遊んでいるぞという罪悪感めいた自覚は実にひんぱんにあらわれる。

　つまり人間は仕事に対しては、仕事しているという自覚さえなしに打ちこめるわけで、むしろ遊びに苦痛すら覚える傾向があるのではなかろうか。定年退職後の第二の人生に関する一種の恐れが、それを物語っている。

　ぼくの「夢のレジャー」とは、したがって、快適な仕事なのである。仕事がつらいという常識は、不快な仕事の環境から出てきたものではないのか。一定時間の中であくせく働いて、エコノミック・アニマルなどと呼ばれ、膨大な余暇をあたえられてただぼう然としているなんてことは、どうも利口な人間のやることではないように思える。

　それなら、そんなにあくせく働く必要はないのである。のんびりと、楽しみながら仕事をするのが、人間にはいちばん望ましいのではないだろうか。時には酒を飲みながら仕事をしたっていいと思う。

「だが、現在の日本では、遊びながら仕事ができるような職場はない」そういう人もいるかもしれない。それなら、その環境を、より快適にする努力を、皆がやるべきではなかろうか。遊び半分で仕事をしたために間に合わぬ部分は、休日を返上して（やはり遊びながら）やればいいわけだ。

週五日制にしろとか、土曜は半どんにしろとかいう労働組合の要求は（すごく過酷な労働条件の職場を別にして）どうもぼくには理解できない。週二日などという長時間レジャーを（しかも外国旅行など大型の遊びをやるにしては短時間すぎるレジャーを）獲得して、いったい、何をしようというのだろうか。

肺ガンなんて知らないよ

男の喫煙率が下がったそうである。タバコ肺ガン説によるショックが原因だというが、はたしてそんなに単純なものだろうか。禁煙した連中は中年、高年層らしいけれど、亭主の寿命を少しでも延ばして働かせようという悪妻に、好きなタバコをとりあげられたのでなければさいわいである。

タバコが健康によくないなんてことは、最初からわかっていることで、むしろ自己毀損、自己破壊の衝動、人間精神の根底にある「死への願望」こそがタバコをうまくしているのではないか。

ぼくなどは、それまで一日二十本だったのが、タバコ肺ガン説以後、がぜんタバコがうまくなって一挙に五十本近くにはねあがってしまった。むろん、フィルターつきなどというケチなものではない。レギュラー・ピース一本槍である。ひと缶を一日でカラにする。実際この缶入りピースってやつほどうまいものはないんだなあ。世界一だと思う。そしてぼくの場合、品質がよくなったためということもあろうが、それよりもむしろ肺ガンへの恐怖心が、タバコをうまくしているのではないかと思う。

しかしこれは、だれでもそうじゃないだろうか。未成年時代、タバコはタブーだった。タブーに触れる快感こそが、学校の便所で隠れてのむタバコの味をうまくしたのじゃないだろうか。ぼくの場合はタバコ有害説の常識化によってその時の記憶につながるタバコのうまさがよみがえったようだ。そう考えた時、肺ガン説による愛煙家の自粛ムードなんてことは、どうもぼくには信じられないわけで、やはり奥さんにやめさせられたんじゃないかという疑いが出てくる。

女性の方の喫煙率は昨年と変らない。これは実際には成人人口の増加で女性喫煙者が五百五十万人にふえているということである。男性の方も二千六百万人ふえたものの、喫煙率は二パーセント落ち。そして女性の場合は、年をとるにつれて喫煙者がふえているのだ。

男の方が女よりも臆病なのか、それとも男が家族への責任感からやめたと判断すべきか。

タバコをのむと脳細胞の活動が低下するという結論を出した人がいたが、どんな実験からそういう説を唱えるのか。ぼくの経験では、タバコを切らすと仕事の能力が落ちる。この学者は、タバコをのめぬイライラとか、自己催眠までを勘定に入れたのだろうか。ぼくは仕事の質を落してまでタバコをやめる気はない。精神力を高揚させるものなら、多少の毒はのんでやる。中毒症状がタバコ以下だというマリファナ、早く合法化されないかなあ。

まったく不合理、年賀状

人のやらぬことをやろうとするのは、よほどの強者か、よほどの愚者だという。しかし人のやっていることをしないというのも、相当の勇気を要する。

年賀はがきを買いそびれたので、それをきっかけに今年こそ年賀状をやめようと、一時は心に決めたのだが、やはり出してしまった。文房具店へ行くたび、私製年賀はがきが目につき、つい買ってしまったのである。どうやらぼくは、強者でも愚者でもなさそうだ。

年賀状に、さほどの意味があるとはどうしても思えない。特に最近のように、そのため郵便局員が労働超過になり、ストなどやっているのを見てはなおさらである。

古い友人に賀状を出しても、たいていは引越していてあて先不明で戻ってくる。たまには気分を変えようとして、筒井という姓の人ぜんぶに出してみたり、同名のよしみで面白半分に国文学の暉峻康隆という人に出したりしてみたが、もちろん返事はない。結局は、つねに顔をあわせている人にだけ出すことになってしまう。無意味である。

こんな習慣が、いつから始ったか。調べるのは面倒だから当てずっぽうを書くが、どうせ郵便制度が確立してからだろう。それもあの官製年賀はがきというやつが、申訳みたいなお年玉をぶら下げて登場してから、大量の年賀状が正月中をみだれ飛ぶようになったのであると、記憶している。

してみれば、年賀状流行の元凶は郵政省にある。そのために年末歳首の滞貨が山をなし、郵便局員が労働超過になる。

そこで迷惑なのは、年賀状以外の普通郵便までがとばっちりを受けて遅れることである。お年玉つきで釣って年賀はがきを大量に売ってもうけておきながら、その年賀はがきだけでなく普通郵便まで遅らせるとは何事であるか。これはあきらかに詐欺である。

民間では納期に遅れたら値引きが常識である。二日間配達可能区域で郵便が三日かかって届いたら、それは半値にすべきである。一日遅れで役に立たない郵便もあるから、ほんとは郵送料全額払戻しがいいところなのである。それをやるというなら多少の値上げは認めてやってもよいのだが、だいたい年賀状を、配達可能日数に関係なく一律二十二日までに出せというのが横着である。それでまだ遅れるというなら、責任は年賀はがきでもうけている郵政省にあるのだから、郵政省の役人総出で郵便配達をやるべきなのである。郵政大臣自ら足が棒になってぶっ倒れても完配すべきなのである。これはもう、だれがなんと言おうと、絶対にそうなのである。

大地震の前に逃げ出そう

どどどどどどど！

耳を聾する轟音とともに大東京を地震が襲った。むろんマグニチュード8・0。関東大震災級の地震である。

地面を亀裂が走り、破れた水道管から地上十五メートルの高さに水が噴出する。ガスが洩れ、これに火がついて大爆発。停電で、あちこち真暗闇。公団住宅その他、高層ビルの二階から十四階までに住んでいる人たちが、エレベーターが動かないため階段で降りようとして、暗闇の中でけつまずいて転落する。その上を踏んで逃げようとする人。人間のからだが狭い階段で五重にも六重にも重なりあい、圧死する人間は数百人。

京浜工業地帯では石油タンクが簡単に倒れて爆発、二千三百のタンクにつぎつぎと引火する。燃えあがる千二百万キロリットルのガソリンと重油軽油、一億五千万キロリットルの液化石油。炎は天を焦がす。化学消防車は近づくことすらできない。火はどんどん広がる。焼死者、数万人。

江東地区を津波が襲った。洪水だ、洪水だ。溺死者、数万人。道路上は車でぎっしり。逃げ出そうとする車の大群。身動きすらできない。嵐のような警笛が耳をつんざく。そこへ火が入った。車がいっせいに燃えあがる。車の中から逃げ出してもそこは炎の中。車地獄、ガソリン地獄。阿鼻叫喚の紅蓮地獄。焼死者、数万人。

炎が大都会の八五％の部分を襲う。燃えあがる住宅街、倒れるマンションビル。どこへ逃げてもだめ。焼死者は数十万人。

荒れ狂う有毒ガス。エチレン。プロピレン。塩素酸。黄燐。カーバイド。中毒死者、数千人。

公園へ逃げてもだめ。周囲の樹木が燃えあがり、煙が襲う。むせ返り、咳きこんで死ぬ人、数万人。

　高速道路がひんまがる。落ちる車、ぽんぽん飛出す車。数珠つなぎの車がつぎつぎと爆発。ぱあん、ぱあん、ぱあん、ぱあん。

「いくらそんなこといっておどかしたって、東京以外には住めないんだからしかたがないよ」

「そうとも。そんなこと、いくら聞かされたって、腹が立つだけだ。いらいらするだけだ」

「どうせ東京からは逃げ出せないのさ。それとも政府が、おれたちが東京から脱出するのを助けてくれるとでもいうのかい。馬鹿いっちゃいけないよ」

　なんたることです。それでは檻の中のけものたちと同じではありませんか。われわれは人間だ。すぐ逃げ出そう。家財道具を捨て、職も、地位も捨て、笑われようがどうしようが、恥を捨ててハダシで逃げ出そう。明日の東京はポイズンビルなのだ。

都会人のために夜を守れ

また一軒、ぼくの行きつけの深夜スナックが営業停止になった。夜、仕事を終えたぼくの食事をしに行くところが、これでまったくなくなってしまった。もちろん、タクシーに乗って行けば食べものにありつくことはできる。しかしそこはいわゆる歓楽街であって、食べものだけを求めて行くところではないのだ。

わが家はすなわち東京都内、住宅地域にある。住宅地域内の風俗営業取締りが強化されているらしく、食事専門の店はたいてい午後十一時、十二時で閉店である。頼みのスナックも、こう次々と店をしめるのでは、夜業する人間はまったく困る。

夜業する人間を特殊な職業というなかれ。現代の夜はもはや眠るだけの時間ではなく、特に大都会の夜はそうである。だいたいそういう人間が集って都内に住んでいるのではないか。

しかし人間とは勝手なもので、一方では大都会の恩恵を受けておきながら、スナックの騒音で眠れない時にはぶつぶつ不平をいう。むろんこれは当然であろう。あまり騒音がひどいのでは、夜と昼が同じになってしまう。つまり夜独特の価値が失われることになる。夜を大切にするには、このへんのけじめだけはつけておくべきだ。

夜を大切に、などと言うと、夜ということばから、いかがわしくうさん臭いものを連想する旧式の人は、ふんと鼻で笑うだろう。しかし日本は今や文明国であって、その文化の恩恵を受けている限りは、やはり夜が文化に貢献していることを認めるべきだ。だいたいこの喧噪に満ちた大都会のまっ昼間、精神労働をやれという方が無理である。日本人は夜を大切にしない傾向があって、これはどうもよくないと思う。

世界の文明国の首都を見わたしても、夜、食事専門の店がないというところは、ワシントンを除いて皆無だというではないか。深夜レストランや深夜スナックを、悪の温床とか青少年非行化の原因とかいうのは、もういいかげんにやめたらどうだろう。きたないからというので町の中の公衆便所を全部なくしたらどうなるか。きれいに片づいた家ほど屑籠が多く置かれている。

深夜レストランを屑籠にたとえて申しわけないが、そこへ集る人種を屑と見なす人がいるのだからしかたがない。ぼくも屑ということになるが、そう思われてもかまわない。どう思われようとぼくは深夜仕事をしていることに誇りを持っているし、深夜仕事をする都会人は、これからもますます増加するはずである。文化の進歩をはばむものは、常に時代おくれのピューリタニズムである。

いたかつただらうな

あれから一週間、まだ衝撃の整理がつかないでいる。

ふつう小説家と呼ばれる人間は、いかなる衝撃にあってもそれを短時間のうちに理屈で整理してしまい、それが即ち「小説家たるものは何事についても一家言持っていなければならぬ」といわれる所以なのだろうけれど、ぼくの場合は最初の衝撃がいつまでも未解決のまま意識野に宙ぶらりんになっているから、はなはだ始末が悪い。ましてカレの死がナニをショーチョーするかなどというところにまでは、とても考え至っていないのである。

最初妻が夕刊を持ってきて、大変よあなた、あの三島さんがカップクしたんですってと叫んだ時、カップクの意味が理解できた瞬間ぼくの感じたことは「ヒャーッ。イタカツタダラウナ」であった。なぜか「いたかつただらうな」と、旧かなづかいでそう感じたことだけは記憶している。

腹を一三センチも横に、しかも相当深く突き立てておいて切るという痛さは、今でもまだ実感できないでいる。これは実感できないのがあたり前であって、たとえばその痛さをいくら「盲腸が痛い時の一〇〇倍」「腸捻転の五〇倍」などと考えたところでそれはあくまで想像であり、実感ではないのだから。

あれだけ立派な切腹をしたということは、これはもう、だれがなんといおうと、ものすごい精神力なのである。ただ、その精神力の中に、自己催眠の力がどれだけかかわりあっていたか、と、ぼくは考える。クレッチュマー学説が正しいものとして例をひくと、ぼくの友人で外貌性格共に三島由紀夫そっくりの男がいて、この男がひどく自己催眠にかかりやすい男だった。

三島事件の数日後、大阪で、ある夫婦が喧嘩した末、「あんたなんかどうせ切腹もできないでしょ」と女房にいわれて旦那が腹を立て、「よしやってやる」とばかり出刃包丁を腹に立て、自殺した例がある。これは怒りと、自分の言ったことによる自己催眠である。

たとえば、物理的に等しい力を肉体に加える際、自分でやるのと他人からやられるのでは痛さが違う。だから自決は簡単だなどとはいわないが、それが自己催眠によって多少は容易に実行できることも確かだ。

これらに加えて三島由紀夫の自己催眠は、自分の最後は当然こうなるのであるという、自分の作りあげた物語への確信があったはずだ。それは彼の作品が、文学的評価は別として、後期のものほどストイックになっていたこと、また、作品内容が書いている途中で外部つまり現実の情勢の変化に影響を受けていないことからも、ある程度類推することができる。

だが考えてみれば、自分の構築した物語への固執とか、ストイシズムとか、強い精神力とか、そしてとくに自己催眠の能力とかは、もともと小説家の特性であったはずである。ぼくの考えでは、そういったものは醒めた作家ほど一方で強く持っているはずのものなのだが、それはともかく、それをしも異端というなら作家はもともと異端だったはずで、だから新聞の見出しにあった「異端者の美学」は、すべての小説家が持っていて当然のはずなのである。

新聞紙面では三島由紀夫が犯罪者の扱いになり、「三島氏」でも「三島由紀夫」でもなく「三島」と書かれていた。それならすべての作家が呼捨ての扱いを受けても当然のはずである。犯罪者となったのであれば、当然「平岡」という本名が使われていたはずなのに、「三島」と書かれていた。これはぼくには、すべての作家が潜在的犯罪者であることを新聞が期待しているように感じられた。しかし三島由紀夫が死んだ現在、私生活でやたら常識的になってしまった現代の作家の中に、その期待に応えることのできる作家が何人いるだろうか。

ただ、ぼくにとってただひとつの救いだったことは、ほとんどの作家が彼の行動と死を「理解できない」と洩らしていたことである。異端者が異端者同士理解しあえることは滅多にないから、わけ知り顔に彼の死を解説しようとする作家がいなくてよかったと思う。「狂気」と片づけるのは常識人の発言。ぼくも異端者のはしくれ。だからぼくにとってはいまだに、彼の死を象徴するものは「いたかつただらうな」なのである。

恰好よければ

生まれつき勘がいいというのか何というのか、はじめてクレー射撃をして二十五発中十七発が命中した。証人だっている。ジャズ・ピアニストの山下洋輔である。それ以後も、百発百中に近い成績である。自分でもぶったまげている。

ぼくは精神主義者ではない。形式主義者である。××の心得とか、××の精神とかいったものは、まったく信用しない。西部劇映画が好きで、よく見ていて、いい恰好をしてライフルを撃つ場面をたくさん記憶していて、だからああいういい恰好で撃てば命中する筈だと自分に言い聞かせ、その通りやって命中させたのである。恰好さえよければ万事ＯＫだと思う。「恰好だけは一人前」ではない。「恰好さえつけば一人前以上」と思っている。小説だってそうだ。文体さえ完成すれば、しぜんと内容もよくなると思っている。

それはともかく、ぼくの持っているのはニッコール（ウィンチェスターを日本で製造請負いしているから、実質的にはウィンチェスターと同じ）の上下二連散弾銃である。スキート用であって、短距離で多人数を相手にするのに最適の銃だ。この銃の所持許可証をとるには、まったく苦労した。ちょうど七〇年安保の前だったから、警察でも神経質になっていて、やたらと証明書が要る。鉄砲店の譲渡承諾書、住民票抄本、講習会申込書、講習会終了証明書、医師の精神病診断書、写真、許可申請書、その他、といった具合である。

試験もあったが、これはやさしかった。三十項目ほどの問題が出たが、五分足らずでできてしまった。受験時間は一時間だから、残りの時間は五十五分もある。とても待てないから、先に提出して、いちばんに教室を出てしまった。この時、二百人ほどの受験者の中にぼくを知っているやつがいて、答案用紙を提出するぼくを目撃し、誰かに喋ったらしい。次の日さっそく、知りあいの全学連の学生から電話がかかり、「銃を買ったそうですね。いつか拝見させてください」などといってきた。「お前みたいな気ちがいに、銃を見せられるか」といったら、あきれたように電話を切ってしまった。内心ではきっと、自分よりぼくの方がずっと気ちがいだと思ったのであろう。

念願の銃を正式に手に入れてからは、もう嬉しくてしかたがない。掃除しながらにやにや笑ったり、抱きついてげらげら笑ったり、部屋の中で撃つ恰好をしてみたり、抱いて寝たり、銃口を口の中に突っこんで足で引金をひく恰好をしたり（これ、ヘミングウェイのまね）、ついには妻がぼくのあまりの狂態にたまりかね、なかば発狂したと信じたのであろう、泣かんばかりにして里に帰るといい出したため、家の中でいじりまわすのだけはやめることにした。

最近、猟期に入ってからは、誰も射撃場へ誘ってくれなくなってしまった。みんな山へ行って、鳥獣を撃っているのだろう。しかしぼくは、人間ならともかく鳥やけものは殺す気がしないので、猟には行かない。

ぼくの父は動物学者で、今は野鳥を守る会の会長をしている。もしぼくが殺生をはじめたら、勘当されることは確実である。だからどっち道、ぼくは猟には行けないのである。

わが宣伝マン時代の犯罪

N工芸社といえば、東京・大阪に大きなビルを持つ業界一のディスプレイ・デザイン施工の会社であるが、ぼくは大学卒業後約5年、ここへ勤めていた。最初希望していた企画・デザインの課へは配属してもらえず、営業をやらされた。これは当然であろう。絵ごころは多少あったものの、大学の美学部を出たというだけでは、ディスプレイの図面は書けない。図面を書いていたのは、主に工芸高校を卒業した連中だった。ひがみかも知れないが、こういう会社では大学出は敬遠され、冷遇される傾向があったようだ。

工芸高校を出た連中は、たしかにディスプレイ図面はうまく、設計図も正確だった。だが、肝心のアイデアという点では、口はばったいようだが今ひとつの感があった。その時その時の芸術思潮、美術思想というものを理解していず、ただ海外のディスプレイ専門誌の写真から、やみくもにアイデアを寄せ集めていた。

ここから少し我田引水になるが、その点大学で美術思想の流れを教わってきたぼくの方が、いささか主張すべきものを持っていた。得意先の人に、工芸高校出の連中の書いた図面を見せて気に入られない時、下手糞ながらぼくのスケッチしたデザインがすらすらパスしたりした。コマーシャリズムの中へ自己主張をまぎれこませる方法がたくさんあることを、この時期にぼくは悟った。逆に、自己主張のないコマーシャリズムが面白くないことも知ったわけである。

しかしこの時期はぼくにとって、どうも面白くない時期だった。給料も安かったが（たしか初任給八千円だった）話しあう友人がいない。大学を出ていない同僚の厭がらせがある。それやこれやで、どうにも面白くない。仕事をサボった。営業部だから、外出してしまえば自由である。半日以上、喫茶店で小説の下書きをしていた。考えてみれば、この時ほど楽しく小説を書いていた時期はない。家へ帰って清書するのが楽しみだったものである。

例の同僚が、ぼくがサボっていることに気づいて、いや味を言ったり告げ口をしたりしたが、だからといって仕事に身を入れる気はまったくなかった。しまいには、終日喫茶店をハシゴして小説を書いていた。

いくら給料が安いからといっても、これでは月給泥棒である。さすがに少し気が咎めた。今でも、あれは一種の犯罪ではなかったかと思っている。なぜなら、サボることによって「小説が売れる程度にうまくなる」という利益を得たからである。

不思議なことに、めちゃくちゃだった文章がだんだんうまくなってきて、自分でもはっきりわかるほど、小説がうまくなってきた。短編が江戸川乱歩さんに認められて、いくつかが旧『宝石』誌に載った。これはもしかすると、プロになれるかもしれない、そう思い、おどりあがって喜んだものである。その矢先、ぼくは髙島屋の担当にされてしまった。会社の中でも、もっとも多忙で厄介な部署である。とても小説を書く暇はない。ぼくは思いきりよく会社をやめ、自分で事務所を持ってデザイン・スタジオを始めた。ずいぶん乱暴な話だが、もともと本気で仕事をする気がないのだから、得意先のあてがほんの二、三軒でも平気である。おかげでまた苦労することになったが、会社勤めの苦労に比べればたいしたことはなかった。だが、この話はあとの話であるから、また別の機会に書くことにする。

N工芸社で、もしも最初から企画・デザインの仕事をあてがわれていたりしたら、変にハッスルして認められ、作家になっていなかったかもしれない、と、ぼくは思う。と同時に、どうもN工芸社に対して悪いことをしたような気がしてならない。

ふつう、どれだけ歳をとっていても、学校時代の夢だけはいつまでも見続けるそうであるが、ぼくはこのN工芸社の夢を今でもよく見る。分析してみると、どうやら罪悪感が原因らしい。こうして告白した今、はたして罪悪感が消えただろうか。もう今夜から、N工芸社の夢は見なくてすむだろうか。

可愛い女の可愛らしさ

女性の可愛らしさについて書けっていわれて、それは実際書きたいんだけどちょっと困ってることがあるの。なぜかっていうと、この原稿、『婦人公論』に載るからなの。それで、『婦人公論』っていうのは、わりとインテリの女性の読む雑誌だから、きどったり、いいカッコしたりしても、すぐに底を見すかされてしまいそうな気がするからなの。だから、書きにくいの。だけど女性のことを書くとしたら、やっぱり「可愛らしさ」についてしか書くことがないの。だってぼく、ほんとに、女性が可愛いと思ってるからなの。

いっとくけどこれ、決して女性を馬鹿にしていってるんじゃないの。本心から、可愛らしいなあと思ってるの。それで、それだけじゃないの。あこがれてるの。ちっちゃな女の子だってもちろん可愛いし、年頃の女の子になってくると、もう、みんなみんな、可愛くてしかたがないの。どんなぶさいくな女の子でも、やっぱりどこかに可愛らしいところがあるの。自分はぶさいくだと思って、それを自覚していて、ふくれっつらをして、男なんかには興味がないってふりして、男を見るとにくまれ口をたたく女の子がいるけど、そういったところがまた、なんともいえず、可愛くて可愛くてしかたがないの。いじらしいの。

それから、男と同じように働いて、まるで男みたいになってしまった女のひともいるけど、あれもやっぱり、可愛いの。男に負けまいとして、けんめいに働いているのを見てると、いじらしくてしかたがないの。それからまた、ヒステリーの女性もいて、大きな声じゃいえないけど、ぼくのお嫁さんも、ほんとはヒステリーなの。だけどやっぱり、ヒステリーのひとだって可愛いと思うの。大きな口をまっ赤に開いてわめいて、眼を見ひらいて、その眼から涙いっぱいぼろぼろこぼして、けんめいに自己主張してる姿なんて、ほんとに可愛いと思うの。ときどき引っ掻かれたり、ロケット型の卓上電子ライターで頭のうしろをぶん殴られたりするけど、やっぱり可愛いの。ううん。これは別に、男らしさをきどって、豪快に見せかけようとしていってるんじゃないの。痛いことされた時は、やっぱり痛いの。ものすごく痛いの。だからおトイレへ入って、ひとりで、クククククーなんていって、こっそり泣くの。くやしいの。だけど痛いのがなおってしまえば、もう痛くないから、やっぱり女のひとが可愛くなるの。これ、ほんとなの。

ぼくは、中年の女の人だって可愛いと思うし、お婆ちゃんだって可愛いの。ほら。よくお婆ちゃんで、とっても可愛い感じのひといるじゃないか。ぼくはあんなふうに、どんなお婆ちゃんだって可愛いと思うの。そいでもって、それだけじゃないの。だいたい女性なら、犬でも猫でも、みんな可愛いの。雌のスピッツなんかが、キャンキャンなきながら、お尻ふりふり歩いて行くじゃない。あんなの見たら、もう可愛くって可愛くって、抱きついていって獣姦したくなるの。だけどそんなことしたら、人から変態性だと思われるから、やっぱりしないの。もしやったとしたら、それはちょっと極端すぎるの。

だけど、もともと、男が女の人を可愛いと思うのは、これはあたり前なの。それでまた、女の人だって、男から可愛いといわれたら、うれしいのがあたり前だと思うの。男が女の人から「お慕い申しあげております」といわれたら、やっぱりうれしいから、それと同じだと思うの。男から可愛いといわれて、怒る女の人がいるけど、あれ、何か誤解してると思うの。リブの連中だったら、おそらくすぐに眼をつりあげて、「女をセックスの道具か、人形のように思ってる」っていうだろうけど、だからといって「可愛く思うな」といわれたって、やっぱり可愛く思ってしまうんだから、これ、ほんとに、しかたがないの。だってぼく、男なんだから、これ、本能なんだから、どうしようもないの。これは男の、業《ごう》なの。

リブっていえば、このあいだＮＨＫの「現代の映像」でリブの連中のこと取材していたけど、どうせＮＨＫのことだから、リブの連中を否定的に扱っていたけど、肯定するにしろ否定するにしろ、ぼくは、リブみたいな連中が出現してくること、これ、しかたのないことだと思うの。もしぼくが女性で、男から威張られたりしたら、やっぱり腹が立つから、怒ると思うし、女はだまっていろなんていわれたって、やっぱり言いたいことがあれば、おとなしく黙っていることはできないから、やっぱりワーなんていって、騒ぐと思うの。それでまた、今は実際に、女がワーなんていって騒げる時代なの。なぜかというと今は、封建時代じゃないからなの。歴史の必然とまではいわないけど、特に今みたいな文化的状況なら、ああいった連中、出てきて当然だと思うの。つまり今の文化的状況ってのは、男と女の役割がはっきり区別されていない状況なの。

ぼくの友達の、豊田有恒って人の説なんだけど、男と女の役割がはっきり区別されていない社会の方が、文化的に高度な社会らしいの。つまり彼の説によれば、日本人ていうのは、朝鮮からやってきた騎馬民族が大部分だっていうの。それで、騎馬民族っていうのは、女も男と同じように馬に乗って戦ったの。ある意味では男の方が女よりも肉体的に虚弱で、だから女性を家にとじこめておかないで、男と同じように戦わせたために繁栄したらしいの。だから日本にだって、ヤマタイ国のヒミコみたいな女傑が出たの。

今のアメリカやヨーロッパみたいに、男が女性をだいじにしすぎて、男女の体格の差が歴然としてしまうと、もう駄目らしいの。文化的には、行きづまりの状態らしいの。これは動物学者の小原秀雄さんもそういってるから、ほんとのことらしいの。昔の中国が文化的に大きく発展しなかったのは、女の人を家にとじこめておくために、テンソクといって、足を小さくしてしまって歩けなくしちゃったかららしいの。だからリブの連中が、女性解放を叫んで家からとび出すことは、日本人という人種が高級になるためにも、すごく結構なことなの。男は女性よりもからだが弱いし、寿命も短いしするから、女の人が男の仕事までやってくれるのは、ほんとにいいことなの。今の男たち、もう、だいぶ疲れてるの。もうだめなの。だから、女の人がしっかりしてほしいの。家からとび出して、男のやってる仕事をやって、男と対等の立場になってほしいと思うの。

だけど、そうなってくると、あまり女性を可愛がるのは、かえっていけないことになってくるの。だからぼく、苦しむの。悩むの。それでもって、反省するの。あまり女性を可愛く思っては、いけないのかなあなんて、思っちゃうの。ぼく、だいたい頭が悪いの。だから、こういうふうに、あまりむずかしいこと考えると、なにがなんだか、わからなくなってくるの。

ただひとつ、女性が男と対等の立場になった場合、困ることが起ると思うの。赤ん坊のことなの。NHKじゃ、「母性放棄」とかいうタイトルで、最近捨て子の多いこと、母親の家出が多いことなどを、リブ運動に結びつけてやっていたけど、もしリブのために、ほんとにああなったら、ちょっと困ると思うの。リブの連中にいわせたら、「子供を育てるのも男女同等で」というだろうけど、これ、やっぱりちょっと、困るの。アメリカの、女性解放運動家で、マーガレット・ミードって女のひとが、母性本能っていうのは、女性特有のものではないっていったらしいの。なぜかというと、ある未開民族では、女が働いて、男が子供を育ててる場合があるからだっていうの。だから、男女同等で子供を育てても、ちっともおかしくないっていう理屈らしいの。

だけどこれ、現実の日本で、みんながこれやりだしたら、やっぱり困ると思うの。なぜかというと、実際問題として、男のからだからは、オッパイが出ないの。牛乳で育てろっていうかもしれないけど、そしたら逆に、健康な女の人はお乳がミルクタンクにいっぱいたまって、パンクするんじゃないかと思うの。だから男女同等で子供を育てるというのは、無理をすることになる上、不自然だと思うの。今の社会では、やっぱり男が外へ出て働いて、女の人が子供を育てるという分業をした方が、ずっと収入もいいし、楽だと思うの。

そりゃもちろん、ママがバーに勤めて、月に五十万も百万も儲けて、パパが赤ちゃん背負ってママを迎えに行ってる家庭もあって、その場合はそうした方が収入がよくって得だろうと思うけど、みんながそれやりはじめたら日本国中バーばかりになって、だいいちバーへ遊びに行く男がいなくなるし、女がバーに勤めるというのはそもそもリブの連中の反対していることだから、やっぱりこれもうまくないの。

リブの女の子だって、テレビで見た限りでは可愛いし、好きだしするけど、母性を放棄されるのだけは、ほんとに困るの。こんな可愛い女の子たちが、どうして母性放棄なんてこわいことを言い出すのか、よくわからないの。もっとも、リブの女の子のデモなんか見てると、これはやっぱり、ちょっとこわいの。このあいだリブの女の子のデモ見たの。こわかったの。スクラム組んで、こっちへワーなんていって、押し寄せてくるの見て、ぼく、もうちょっとで腰抜かすところだったの。

足がふるえたの。ズボンの中へ、おしっこ洩らしそうになったの。いっしょにいた男の子も、みんなフワとかいって、のけぞってたから、やっぱりこわかったんだと思うの。だけどこれは、多数が群をなして、大声で、ワッショイ、ワッショイいってるからこわいのであって、ひとりひとりの女の子見たら、やっぱり可愛いの。

そんなふうに、男が女の子を可愛いと思うのは自然なのだから、女性も同じように、自分の産んだ子供を、可愛いと思ってほしいの。別に、男の人をお慕い申しあげたりする必要ちっともないから、子供だけは可愛いと思ってほしいの。これ、お願いなの。女性解放運動は、男からの解放だと思うの。だから、男をぶん殴ってもいいし、無視してもいいし、何をしたっていいと思うの。どんなことされたって、男はやっぱり、女性を可愛いと思わずにはいられない動物なの。だから同じことなの。ただ、女性解放運動が、子供からの解放でだけは、あってほしくないの。だって子供というのは、たしかに女性を家にとじこめてしまう存在かもしれないけど、それは子供の罪ではないの。子供は別に、今まで女性に対して威張ったりしたことはないんだし、女性の権利を踏みにじったりはしなかったの。女性に対して子供自身は、なんの悪気もないの。だから、子供を産んでやらないとか、育ててやらないとか、いわないでほしいの。騎馬民族の女性なんか、戦争しながら子供を産み、馬に乗って走りまわりながら子供を育てたの。だから今の女性も、やっぱりそうしてほしいの。かよわい男性にかわって、ばりばり仕事してお金を儲けて、それと同時に子供を産んで、可愛がってやってほしいの。

ぼく、もう疲れたの。もう原稿書くの、いやなの。男だから、からだが弱くて、すぐ疲れるの。だからもう、原稿書くの、やめるの。ご飯食べて寝ちゃうの。でも最後に、可愛い女の人たちに、ひとことだけお願いしたいの。子供を産んで、可愛がってやってほしいの。男には、子供は産めないからなの。ある心理学者の説だと、「もし男がお産をしたら、その苦痛で死ぬだろう」っていうの。男って、そんなに弱い動物なの。だから男も、いたわってほしいの。でも、誤解しないでほしいの。「可愛いと思ってやるかわりに、いたわれ」なんて、ずうずうしいこと言ってるんじゃないの。たとえどれだけいじめられようと、男はやっぱり女の人は可愛いと思い続けるの。男って、ほんとにほんとに、哀れな動物なの。

犯・侵・冒

罪を犯す。特に殺人を犯す。それから女を犯す。近親を犯す。女では特に、ズロースをはいたセーラー服の美少女を犯す。獣を犯す。特にスピッツを犯す。鳥を犯す。他人の所有権を侵す。プライバシイを侵す。国境を侵す。権威ある秘密を侵す。宇宙からやってきた異星人が地球人の脳を侵す。権威を冒す。神聖を冒す。結核菌が肺を冒す。

ここまで書いて、まだ何もイメージが湧いてこない。今度は漢字で行こう。

犯・侵・冒・姦・虐・暴・狂・罪・怨・酷・鬼・魔・悪・奸・妖・婬……。

やっとわかってきたようである。なぜイメージが湧かなかったかが。

「犯す」と考えているからイメージが湧かなかったのである。

「犯される」と考えれば、イメージはいくらでも湧いてくるのだ。

とり立てて被害者意識が旺盛な方ではない。それにもかかわらず「犯す」より「犯される」ことに実感を伴ったイメージが湧いてくるのはどうしてだろう。

まず、朝、電話のベルによって安眠を侵される。いや、それ以前に、枕もとを走りまわる子供の足によって顔面を何度も侵されている。そうだ、子供によってぼくはいかに犯されていることか。まだ二歳の餓鬼の癖に、ぼくの生活をはっちゃかめっちゃかに犯す一番の元凶なのである。

新聞が妻の手によって枕もとに届けられる。すでにボロボロである。情報検索の媒体が犯されている。歯ブラシに泥がつまっている。手拭いが泥だらけである。飯の上にトランプのカードが突きささっている。味噌汁に積木が浮いている。日常生活の平穏が犯されている。

いよいよ仕事をはじめる。つまり原稿を書きはじめる。子供が原稿に落書きをしている。書き直しをやる。妻が女性雑誌のハンドバッグを指さし、これ買ってといいながら傍へやってくる。前の通りを「古新聞・古雑誌と塵紙の交換」などといいながら小型トラックが通る。八百屋がトラックでやってきて野菜や果物の値段をマイクでわめきはじめる。仕事の時間と原稿への注意力、集中力が大きく犯され続ける。

また電話である。「ご意見をうかがいたいのですが」つまり週刊誌の「コメント」というやつである。まともなことを喋っていたら不服そうな返事が返ってくる。気ちがいみたいなことをいえば喜ぶ。この、気ちがいみたいなことをいうのがなかなかむずかしい。知恵をしぼらねばならない。

ぼくはあくまで、小説を本職と思っているから、小説に使うべきアイディアをここで大きく犯されるわけである。

飯を食おうとすると、グラフ雑誌が食事風景を撮影にやってくる。私生活が犯される。

外出する。タクシーに乗ると、お喋りの運転手が何やかやと話しかけてくる。孤独が犯され、思考が犯される。ものすごい交通停滞で、車が進まなくなる。時間が犯される。

本屋で雑誌を買って読む。ぼくの作品、それにぼく自身に関してまで、ひどいことが書かれている。プライドが犯される。

時には脅迫状、厭がらせの電話などがある。精神的平安が犯される。近所に泥棒が入ったといって騒いでいる。ますます精神的平安が犯される。もし仮にわが家に強盗が入ったとしよう。ぼくはそいつを、ライフルで撃つこともできないのだ。家族の命や家財を犯されないためにそいつを殺せば、国家権力がぼくの自由を犯すだろう。

ぼくが他を犯せるのは、名誉とか著作権とかいったものだが、これとて逆に、犯される危険のあるものだし、もしぼくがこれを犯したとしても、結果はやはり法律や道徳や常識から犯し返されることになるのである。

所詮「犯す」などということばは、小市民には無縁のものだ。

人間を無気力にするコンピューター

全国民に認識番号がつけられる。出生すると同時に八桁以上の番号が打たれ、その番号は国家に記録される。ＳＦのストーリーではない。ここ五年以内に、わが国で実現しそうな塩梅式の話なのである。

行政事務の簡素化・効率化をはかるためというので、ついこの間、行政管理庁が「国民背番号構想」というのを公表した。国家が行政面で、コンピューターを効果的に使おうとすれば、そのコンピューターに記憶させておくための国民の名前は、どうしても、漢字やカタカナでは具合が悪いから、というわけである。

たとえば「中村太郎」という名前の人間は、日本には無数にいる。「田中一郎」「山田勇」にしたって、わんさといるだろう。こういう人たち全部をコンピューターに記録させるためには、「中村太郎１」「中村太郎２」という具合にしなければならない。

ところがコンピューターは漢字が嫌いである。そこでカタカナで統一しようとする。すると、ますます具合の悪いことになる。たとえば「川上」と「河上」、「一郎」と「市郎」、「文子」「芙美子」「富美子」などは、カタカナで書けばみな同じ。こうなってくると「カワカミイチロウ」「カワカミフミコ」などは、それぞれ日本全国で確実に百人以上いるから、区別するのが大変である。

それならいっそのこと、名前をやめて全部数字にした方が簡単だということになってくる。実際コンピューターがいちばん好きなのは、この、数字というやつである。そこで国民総番号制が実施されるということになるのである。

現在、行政管理庁はじめ、あちこちの役所では、すでに人間を番号にしてコンピューターに記憶させている。失業保険、厚生年金、自動車免許の登録などである。住民を番号にしている地域もある。川崎市、米沢市、東京では目黒区、中野区などだが、これらの個人コードは、当然種類によってバラバラである。目黒区に住んでいて、失業保険を貰い、自動車を持っている人の個人コードの数字はみんな違うから、この人は三種類の数字を記憶しなければならないことになる。

一方、国家の側にしてみれば、そんなにたくさんのコンピューターを、あちこちの役所で使っていながら、人間の番号が統一されていないということは、ずいぶん非能率的だと考えるわけである。これは事実そうであって、ある役所からある役所へ、横の連絡をとる必要のある時に、ひとりの人間に関してこっちの番号とあっちの番号が違うのでは、むしろ番号があるために、よけいややこしくなりかねない。

横の連絡をとる必要が生じる場合の例としては、ある人間が横に動く時——つまり引越しをする場合が典型的である。そのうちでも特に結婚——婚姻届けを出し、引越しをする場合などは特にややこしい。戸籍謄本をはじめとし、住民登録、社会保険、地方税、いろいろな書類をもらったり届けたりするために、あちこちとびまわらなければならないのであるが、この場合個人コードが統一されていると、ことはずいぶん簡単になる。

日本国民全員に統一された個人コードをつけるとなると、これはたとえひとりの人間に関する全情報を一枚のカードに記したとしても、約一億枚であって、たいへんな量になるから、今度はメモリイ・バンクが必要になってくる。これは日本全国の役所に分散している末端のコンピューターを、さらに支配する中央コンピューター、つまり親機に直結される。コンピューターの中央集権制である。いよいよこのあたりから、ＳＦでおなじみ、巨大人工頭脳に近い代物が登場するわけだ。

どういうことになるかというと、小さな地方の役所である人間に関するデータがほしい時、その人の番号さえわかれば、端末機から親機、親機からメモリイ・バンクへ訊ねてもらって、その人間の戸籍、学業成績、経歴、賞罰、仕事の成績、性格、顔写真、財産、身長、体重、病歴、所得額、結婚歴（離婚歴）その他もろもろのことすべてが、たちどころに逆の経路をたどって答えとなり、返ってくるのである。

かくて二重結婚はなくなり、身分、職歴の詐称や替え玉、にせものに身をやつすことはできなくなり、地方へ高飛びしても無駄、駈け落ちしてもすぐつれ戻され、整形美容したことはすぐにバれ、病気をかくすこともできなくなる。世の中に悪いことはなくなり、お役所仕事は能率化して早くなり、ますます便利な世の中になり、現代人の幸福は保障されるわけで万々歳ということに一応はなるのであるが、ほんとにこれで、何もかもよくなるのだろうかという不安は、誰にだって起る感情であろう。

人間が番号になってしまうのは、人格を無視され、機械に使われているみたいでイヤだとか、秘密がなくなると私立探偵や女性週刊誌記者の仕事が減るのではないかといった、感情論や、末端の議論は、この場合抜きにしよう。ここでは、当然予想される悪い事態を考えてみることにしよう。

☆悪い事態の例その１　たしか、アメリカのＳＦだったと思うが、作品、作者名はちょっと記憶にない。あらまし、こんな話だったと思う。現在アメリカでは、社会保険番号という個人コードを拡大使用しているが、この話はそれをさらに未来にまで延長し、政府各機関では名前は一切使わず、番号だけで処理しているという設定にしている。

ある男が旅さきで、個人コードのカードを紛失してしまう。なにぶん十何桁に及ぶ数字だから、この男、自分の番号をなかなか思い出せない。一種の度忘れであるが、度忘れというものは、思い出そうとしてあせればあせるほど、よけいわからなくなってしまうものである。腹がへってきたので、レストランで飯を食おうとするが、個人コードがわからないから何も買えない。つまりこの時代には現金を所持する必要がなく、料金は中央コンピューターが銀行のコンピューターに連絡し、自動的に支払われるようになっているのだ。

とうとう病気になってぶっ倒れるが、個人コードがわからないのでは社会保険の適用も受けられず、どの病院も受付けてくれない。公園のベンチにぶっ倒れていると、浮浪罪で逮捕される。身元を保証できるものは何もない。個人コードだけが唯一の身分証明になっている世の中なのである。警察のコンピューターは、この男はアメリカ人に非ずと判断する。つまり外国人だというわけだが、旅券がないから当然密入国者として身柄を拘束されてしまう。世界各国に問い合わせても、どの国も個人コードを使っているから、そんな男はわが国にはいないと答える。かくてこの男は、人間として認められぬまま、死んで行くのである。

☆悪い事態の例その2　個人コードが使われはじめると、お役所仕事がスムーズになる筈である。ところがお役所というところは、たくさんのお役人をかかえている。パーキンソンの法則ではないが、このお役人の数は、ふえることはあっても、ぜったいに減ることはない。結果的には、多くのお役人がコンピューターの下働きをやることになる。だから、国民がお役所へやってきてから、コンピューターにおうかがいを立てるまでの間に、何人ものお役人を通すことになり、決してスムーズにはならないのではあるまいか。

さらに、お役人の方にも、自分たちは機械に使われているのだという劣等感が生じる。また、その一方、自分たちは国民すべての秘密を知ることができる立場にあるのだという優越感が生じる。そこで、どういうことが起るかというと、個人コードの利用、コンピューターの悪用によって、自己の利益を計ろうとする、いわば汚職の新しい形態が発生するのである。

たとえば、次のような具合である。

「よう。新田のお美代じゃねえか。今日はいったい何の用で来ただね」

「おら、今度、結婚することになっただよ」

「へえ。そりゃあ怪しからん。おらがあれだけ口説いたちうに、おらを振って別な男と結婚するとは、おだやかでねえだ」

「おら、あんたなんかと一緒になるのはいやだよ。おら、宇野の本家の松吉さんと結婚するだ」

「何っ。あの大地主の息子とか。ははあ、金に目がくらんだだな」

「そんなこと、どうでもええだ。今日はおらここへ、戸籍謄本もらいに来ただ。婚姻届けしなくちゃならねえだからね」

「ふん。まあ、そんなことは、あんたの個人コードがわかっているから、全部いちどにできるだ。しかしな、おら、おまえのおっかあが妾だってこと、コンピューターで調べて知ってるだぞ。そのこと、宇野の本家じゃ知るまい」

「あれ。そんなこと、いつ調べただね」

「そりゃあ、ちゃんと調べてからお前を口説いただよ。どうだね。そのこと、宇野の松吉に教えてやろうか」

「お前、おらを脅迫するのか」

「なあに、一度だけおらの思い通りになるなら、黙ってやるだよ。どうだね。へへへへへ」

この他にも、具合の悪いことはいろいろと起りそうである。個人コードの束縛から逃れようとする人間が、蒸発して就職しようとしても、これはつまりコンピューター時代の落伍者であるから、まともな職につくことはできず、こういった連中の集団が組織化されて社会の暗黒面を作り出したりすることも考えられる。いわば人種差別である。

コンピューターによる支配管理体制が徹底すると、人間に自由な行動が許されなくなるという、これはもうＳＦではおなじみの設定が実現するおそれもある。

現在、政府機関にある百五十四台のコンピューターのうち、国民の福祉を扱う厚生省にはたったの八台、労働省には六台しかない。いちばんたくさんあるのは、なんと防衛庁である。ここから、もし将来、徴兵制度が復活したら、個人コードを悪用されるのではないかという恐れも出てくるわけである。

しかし、ぼく自身がいちばん恐れるのは、人間の無気力化である。秘密がなくなるとすれば、だれだって自分の身が可愛いから、経歴に傷がつくのを恐れて、危険なことはやるまいとする。たとえば仕事の上でも、大胆な大事業は避けようとする傾向が出てくる。危な気の多い投資は見あわせ、ひと悶着ありそうな仕事はことわる。そこで社会的進歩や事業の発展は停滞する。人間関係の場合もそうだろう。不釣合な結婚は避けるようになり、人間の意志や感情は現在以上に抑圧されることになる。離婚すると結婚しにくくなるというので、仲の悪い夫婦もいやいやながらくっついたまま、死ぬまで一緒にいる。若者の無気力化なども軽視できなくなる。冒険をやらなくなり、芸術家志望の青年は少なくなり、夢やロマンティシズムは消滅し、コツコツと勉強するだけの、老人みたいに臆病な若者ばかりになりそうだ。

自分たちは、どうせ機械に使われているのだ、だから失敗せぬように注意して、機械的にコツコツ働いていさえすれば、一生無事に過ごせるのだ——そういった考えかたが一般に浸透した時、無気力化が日本中にひろがることになる。なんとまあ、面白くもおかしくもない社会であることか。それとも、そういったことは福祉国家が当然そうなるべき状態なのであろうか。

こういったことが、ＳＦ作家であるぼくの妄想、あるいは単なる杞憂に過ぎないのなら、ありがたいことである。

アナロジイ

　読者諸兄は、作家という人種が数人集まるとどんな話をはじめるかという想像をなさったことがおありであろうか。

　原稿料に関する不満、その場にいない作家の悪口、他の作家の作品の悪口、たいていはそういったものであろうと、そんなふうに想像されているのではないか。

　ところが違うのである。いや、それはもちろん、そんな話ばかりしている連中もいるだろう。いて当然である。しかしそういった作家はすべて二流の作家である。一流の作家はそんな話はしない。もっと建設的な話をするのである。では文学談義か。そうではない。作家同士の文学談義など、やったところでたいてい破壊的な暴論の応酬になるに決っていて、これは同人誌などの合評会と同じことであって、あの雰囲気をご存じのかたなら、なるほどとうなずかれよう。

　一流の作家になればなるほど、常に自分の精神活動の状態に気をつかっている。だから談笑の際にも、自分の精神を高揚させ、想像力や思考力を養い活発にするような内容のお喋りをするよう心がけているのである。たとえばＳＦ作家が数人集まると、よく、ことば遊びをやる。山号寺号なども、そのひとつである。知人の特徴をとりあげて「××さん、クレイジイ」「○○さん、房事」「△△さん、げじげじ」「□□さん、ガンジー」などとやるわけだが、同じ悪口にしてもぐっとスマートで、頭の体操にもなる。

　また、諺の合成という遊びもやる。

「命短しタスキに長し」

「涙かくして尻かくさず」

むろんメチャクチャであるが、組み合わせが突飛であればあるほど面白く、腹をかかえて笑いころげる。

いちばん愉快なのは「三大○○世紀の決闘」というやつである。語尾の同じ名詞三つをさがし出してくっつけ、「ヘンリー・ミラー、グレン・ミラー、バックミラー、三大ミラー世紀の決闘」「モンテスキュー、バーベキュー、オバＱ、三大キュー世紀の決闘」という具合にやるわけだが、これも組み合わせが突飛であればあるほど面白い。

いずれも、まことに子供っぽい遊びではあるが、子供にはできぬ遊びである。語彙の豊富さをある程度必要とするからである。また、語彙の豊富な人であっても、こういった遊びかたを馬鹿ばかしいと思うような頭の固い人には向かぬ遊びである。同じ語尾を捜そうとする時には、やはりけんめいに頭を使わなければならないからである。

ただ頭の体操というだけではなく、こういった遊びの中から、思いがけず作品のヒントを得る場合が少なくない。特にＳＦなどの場合には、アイデアは、思いがけず、ふたつの観念――それまでは何の関係もないと思っていたふたつの事物あるいは事象が、とんでもないところで接点を持っていることを発見した時に得る場合が多い。そしてここからは、アナロジカルな思考実験の段階に入るわけである。どういう具合にアナロジカルであるか、ひとつ最もわかりやすい、具体的な例で説明してみよう。アメリカのＳＦ作家、リチャード・マティスンが、面白い作品を書いている。

未来の話である。

この時代では、食べものを摂取するという行為が、非常に恥かしい行為であるということになっている。人前で、ものを食べたり、食べものの話をしたりすることは、タブーになっている。つまり、ひと昔前の人びとがセックスに対してとったのと同じような態度を、人びとは食べものに対してとるわけである。
おそらくマティスンは、アフリカのある原住民の中に、食事をしているところを人に見られるのをひどく恐れるという風習があることを人から聞くか何かで読むかして、この作品のヒントを得たわけであろうが、面白いＳＦにするためには、ここから先が大切なのである。食事と性行為の接点を恥かしさという部分で発見したら、次には食事と性行為――むろん性行為以外の、現代人が恥かしいと思うような行為ならなんでもいいわけであるが――の類似点をさがす。それから、性行為に対して人びとのとる態度を思い出し、それを食べものにあてはめる。

こういった精神作業は、人間の根本的な思考方法のひとつである。つまり、この作業の成果により、その人間の知能程度さえ推測できる。イギリスの心理学者スピアマン（C.Speaman）は、彼の考案した知能検査の中で類推検査（Analogy test）という知能測定法を重視している。これは、ふたつのあたえられたことばの間の関係を考え、さらに、もうひとつの刺戟語について、これと同じような関係を見つけさせるものである。これはスピアマン自身の、知能に対する考えかたにぴったりのテストであるといえる。

まず「白」と「黒」の関係を考えさせ、その次に、「白」対「黒」は、たとえば、

「然り」の
- 「否」
- 「たぶん」
- 「もし」
- 「いつ」

に相当する関係であると答えさせる。

また、「探求」の「好奇心」に対するは、

「食事すること」の
- 「飲むこと」
- 「飢餓」
- 「興味」
- 「睡眠」

のうちのどれ

に対するがごとくであるかという質問に答えさせるわけである。

こういったアナロジカルな思考方法は、ずいぶん古い時代からあったらしい。それは、未開地の原住民の思考方法を観察すれば、ある程度想像することができる。たとえばモロッコ地方には、なまけ者に蟻を食べさせ、勤勉にしようとする呪術がある。これは類推呪術（Analogical magic）と呼ばれているものである。

科学的な発明・発見の多くがアナロジイによってなされたであろうことは、容易に推測できる。だからといって、では誰のどんな発明がそうなのかと訊ねられても、なにしろこのアナロジイが根本的な思考方法であるだけに、発明者本人でさえ自覚していない場合が多いだろうから、はっきりと答えることはできない。ただ、ぼくは、自分の小説を書く時の精神的な作業を分析した結果から、おそらくそうではないかと想像するだけである。

ぼくは、たとえば発明の過程というのを次のように想像するのである。

ある人が、カブトムシと、クワガタムシの喧嘩を見たとする。この人が建設機材の製造をしている人であるとすれば、もしかするとカブトムシを見て、クレーン車を連想するかもしれない。次にクワガタムシを見て、ではこれは何に似ているかと考える。そしてもしもその時点で、まだパワー・ショベル車というものがなかった場合、この人はクワガタムシからパワー・ショベル車を発明するかもしれないのである。もちろん、パワー・ショベル車は他の思考方法から考え出されたものかもしれない。しかしさまざまな機械、特に人間の手にかわる機械などのほとんどは、右のような類推法によって発明されたといえるのではないだろうか。

特に発明、発見などに例をとるまでもなく、われわれは日常生活の上でも、意識している、いないにかかわらず、こういったアナロジカルな考え方をしている。たとえばある人物と初めて会って話をする際、もし過去にその人物によく似た人を知っていて、それが非常に気むずかしい人であったという場合は、初めて会うその人物に対しても、知らずしらずのうちに、気むずかしい人に対する話しかたで接している。はっきり意識している場合は、「だいたい、ああいったタイプの人には……」とか、「あの人も〇〇出身の人だからやはり、Aさんに似ていて……」などといういいかたをする。

こういうアナロジカルな思考方法は、日常に密着した生活の知恵から始まって、発明・発見などの高等な精神作業にまで及んでいるのだから、考えてみればおそろしく利用価値の高い、便利な思考方法であるといえよう。しかもこれは、意識的に応用すればするほど効果を発揮する思考形態である。

また、訓練によってはいくらでも高度な精神作業に利用できるのだから、このアナロジカルな思考能力を養わぬという手はない。

アナロジイによって発明された機械のひとつに、アナログ型計算機がある。

ご承知のように、計算機械は、計算を実際に行う原理によって大きくふたつに分類できる。ディジタル型と、アナログ型である。ディジタル型の方は、0、1、2、3……9の数字、あるいはA、B、C……などの文字による確定した固定位置の動作で計算される。つまりソロバン、卓上計算機などのことである。「数字式」とも呼ばれている。

一方、アナログ型の方は、長さとか回転角度といった物理量で数字を示す計算のことで、たとえば計算尺、プラニメーターといったもののことである。こちらの方は「相似式」と呼ばれている。人間の頭脳に近い働きをする方が、もちろんこのアナログ型である。ディジタル型の方は桁数を増せばいくらでも正確な答を得ることができるが、アナログ型の方はどうしてもある程度の誤差が入ってくる。そのかわり数を連続的に変化できるという便利さがある。

ディジタル型、アナログ型、どちらも電子計算機に応用され、ミサイルの自動制御装置など、誤りを絶対に許されぬような重要な機械には、両方の方式が併用されている。こうなってくるとすでに人工頭脳の一種といえるであろう。

もちろん人間の頭脳はいくら訓練しても計算機並みにはなれない。しかし計算機には発明・発見ができない。もしかすると大天才といわれた人の大部分は、豊かな想像力に加えて、このアナロジカルな思考能力が計算機並みに鋭く研ぎすまされていたのではないだろうか。豊かな想像力——こっちの方は人によって生まれつきの差があるかもしれないが、思考力というのはあくまで訓練次第である。

また、アナロジイを応用できぬ職業というのは滅多にない。どっちみち、頭の訓練をして損になるということはない。社会は新しい人材を求めている。アナロジイそのものは新しい思考法ではないにせよ、これを思考方式としてはっきり自覚してしまえば、新しいものの見かたはいくらでも発見できる。これを完全に身につけた人間は、ＳＦ作家に限らず、どんな職場でも貴重な存在になることができる筈である。

さて、前記リチャード・マティスンの小説が、どのように思考実験を試み、効果をあげて小説を面白くしているか見てみることにしよう。

まず、食べものを見た時の、その時代の人たちの反応はどうであろうか。

警官が怒り出し、その物体を没収しようとする。女たちは大袈裟な、けたたましい悲鳴をあげて顔をそむけ、若い娘は卒倒する。視線を投げかけるのは、子供たちだけである。牧師は満面に朱をそそぎ、「けがらわしい」と、吐き捨てるようにいう。

なぜこんな反応を起すかといえば、それは人びとが、街のまん中でたったひと箱のクラッカーを発見したからである。食べものを罪悪視するあまり、この時代の人びとは、注射によって栄養をとっているのだ。

群衆は大さわぎする。だがそのくせ、横丁や居酒屋などでは、陰にこもったみだらな忍び笑いが聞えるのである。クラッカーの箱は、高等弁務官のもとへ届けられるのだが、その時この高等弁務官は、机の抽出から出したいかがわしい絵葉書――食物のカラー写真に見入っているのである。

クラッカーを持っていた男はブタ箱へ投げこまれ、看守から好ショク野郎とののしられる。裁判官たちは、食物のことを、つぶやくような小声で「人体用栄養物」としか言うことができない。「食べもの」「クラッカー」そういったことば自体が、すでに猥褻なのである。この時代にも大がかりな犯罪組織がある。トマトを大々的な規模で栽培しようとする一味である。彼らはトマト・ギャングと呼ばれている。

この小説のクライマックスは、高等弁務官が、届けられたクラッカーを、役得として食べてしまうシーンである。彼は恍惚として、舌をぴちゃぴちゃいわせながら、祭礼を行ってでもいるかのように顔を赤黒くさせ眼を吊りあげ、身をふるわせながら食べ続ける。そして、食べながら例の絵葉書を、食い入るように眺めているのである。クラッカーの箱を相手に、愛欲にふけっているのである。

こういった、みごとな価値転換によって、この小説は、文明を批判し、現実のセックスに対するタブーを諷刺しているのである。アナロジイによる、みごとな成果といえるであろう。そしてこれが即ち、ＳＦにおける思考実験なのである。

アナロジカルな能力を養うためには、最初に書いたような、ことば遊びで頭の体操をする方法がひとつある。だがこれは、気のあった相手がいないことには、ひとりでやっていてもちっとも面白くない。

ひとりでできる思考実験――ぼくは、その最も効果的な方法は、ＳＦを読むことではないかと思う。

なんだ、宣伝か。

そういって笑わないでいただきたい。頭の体操になるだけなら、パズルの本、推理小説など、いろいろあるが、純文学から娯楽読みものに至るあらゆる本の内容を考えてみた場合、アナロジカルな思考実験という点で、ＳＦにまさるものがあるだろうか。「ＳＦは思考実験である」という説さえ、あるぐらいなのである。

もちろん、ただ漫然と受動的に読んでいたのではあまり効果がない。作者の思考実験に参加し、もしも〇〇が××になれば世の中はどうなるか、もし女性が××になれば男性はどうなるか、といった、いわゆるエクストラポレーション（外挿法）による思考実験を共に試みることである。現在のＳＦファン、ＳＦマニヤの多くは、この妙味のとりこになった連中である。

欲をいえば、自分でＳＦを書いてみるのが一番であろう。ＳＦ作家は常に思考実験の訓練をしているから、みんな頭がよい。ＳＦ界になかなか新人が出てこないのも、頭が良く、その上、最初のことば遊びで書いたような常識にとらわれない子供っぽさまでが要求されるからなのである。

ＳＦを書くのが無理なら、ＳＦを読み、ことば遊びをはじめることである。ことば遊びを仕事に利用している人種には、ＳＦ作家以外に、広告代理店などでブレーン・ストーミングをやっているアイデアマンがいる。広告代理店にＳＦの好きな人が多いことも、なるほどとうなずける。

一般の会社や、学者、技術者の間では、ブレーン・ストーミングは時間の無駄だという考えが、まだまだある。しかし、ぼくのように小説を書くという孤独な作業をしている者から見れば、ブレーン・ストーミングのできるスタッフがいるということは、羨やましくてならない。共同作業をしているのを利用して、なぜブレーン・ストーミングをやらないのだろう、と思う。作家でさえ、ことば遊びをやっているではないか。これからは集団作業の世の中である。芸術さえ、集団制作が多くなっている。アナロジイという思考方法は、大勢の人間が参加すればするほど効果があがる。類推するための材料が、それだけ多くなるからである。多方面からの類推は、もはや類推とはいえないほどの、決定的な結論さえ導き出すのである。

情報化時代の言語と小説

特に凝った文章で小説を書いているわけではないのだが、それでも一日に一度は、あることばを書こうとしてためらうことがある。頭の中へは比較的すらすらと出てくるにもかかわらず、いざそれを使おうとして、ふとペン先をとめてしまうのだ。それはシラブルである時もあるし、イディオムであることもあるが、はたしてそういうことばがあったかどうか、また、あったとしても、文中のその部分に使う用法があったのかどうかが、なかなか思い出せないのである。

辞典類は一応揃っている。だからその度に国語辞典、類語辞典、分類語彙表、時には古語辞典まで出して調べるのだが、たいていい出ていない。たまに出ていても、使用例までは記されていないから、ぼくの望む答えを得ることはできない。〈死語〉と記されていることがあるが、この場合は構わず使うことにしている。小説の読者の場合、死語の使用には比較的寛容なのである。

そういうことばがあったかどうか、よくわからない場合には、他のことばや言いまわしを使った方が安全である。しかし読者もご経験のことと思うが、こういう場合他のことばはなかなか見つけにくいものだし、いちばんやさしいことばを持ってきても、前後の関係から、なかなかぴったり文中におさまらないのである。やはり最初、自然に頭の中へすらすら浮かんだことばが最も適切であると思えてならないのである。外国語を使って胡麻化す手もあるが、これはなるべくやらぬようにしている。外国語には、例えば最も正当な用いかた、つまり日本語そのものを論ずる場合に使う超言語としての役割とか、その他さまざまな、別の効果的な用い方があるのだから。

　あまりにも新しいことばでありすぎて、どの辞典にも出ていないという場合がある。どの辞典にも出ていないため、使うのをあきらめたことばが、その後日常生活中で比較的なめらかに、さほどの抵抗もなく使われているのを耳にした時ほど口惜しいことはない。「ニヤロメ、ぼくは間違っていなかったじゃないか」と、歯がみする思いである。

　こういう口惜しい思いをしないため、ぼくは最近では、いちいち辞典のページをくるのをやめて、そのことばを使った文を声に出して喋ってみて、もし不自然でなく喋れるようだったら構わずそのまま使うようにしている。一日のうちに、こんな場合が二度は必ずある。その二度のうちの一度が、今までに使われたことのない新しいことばであったとしても、一日にひとつずつ新しいことばを作っていることになる。しかしまだひとから注意されたことがないから、それは一般に、さほどの抵抗もなく受け入れられたと思っていいのだろう。もっとも、一度「ガバと顔をあげた」と書いたことがある。この時はさすがに気になって、註をした。「ガバは顔を伏せた場合の表現である。しかしこの場合これ以外の表現法はない」という註である。間違っていることに気がつかず、こういう使いかたをしている場合だって、きっとあるに違いない。「歯の浮くような金属的な音」というのを書いた時は「歯の浮くような」が「お世辞」につながるものであることを知っていながら、他に表現法がなかったので使ってしまった。

　だが、考えてみればこういったことは現代の日本語にとって、ゆゆしき一大事かもしれない。もしぼく以外の作家、あるいは文筆業者がすべて、自分なりのやりかたで新しいことばを一日にひとつ創作しているとすれば、毎日何十枚かの原稿を書いている人が少なめに見て千人はいるとしても、毎日千の新しいことばが生まれていることになる。特に最近では、新しいことばを作ろうと意識的に努力している人さえいるのだ。そして現代ほど、その種の新しいことばが抵抗なく受け入れられている時代は、かつてなかったのである。現代の日本語にとって、こういったことが大きな、しかも眼に見えぬ変革であることは、間違いのないところだろう。

もっともぼくは、自分の作った新しいことばが、さほど抵抗もなく受け入れられるであろうことに、そしてまたそれがことばとしてちっとも不自然ではないことにも、妙な自信を持っている。これはぼくが数年間演劇活動をやってきた経験から生じたものである。この期間にぼくは、話すことばというものについて自分なりの考えを身につけたと思っている。

「喋れないせりふ」というものがある。どう演技者が工夫してみてもうまく喋れないことばの混ったせりふである。そのせりふがドラマツルギーから見ていかに正当であろうと、喋れなくてはしかたがない。翻訳された戯曲に多いわけだが、こういう場合ぼくは、翻訳者がいかにえらい文学者であろうと勝手にせりふを変えて喋った。その都度、演出家と喧嘩した。結局ぼくは、集団芸術に向いていないと思って、作家という孤独な職業を選んだわけである。これなら自分の思うままに書き直しても誰からも文句を言われなくてすむ。

話がそれたが、とにかく話すことばに敏感になり、自分なりにきびしくなったことは演劇活動のおかげだと思っている。これ以外にも、いや、それ以前にぼくは、だいたい自分自身が現代的な感性を持っていることを自負しているくらいだから、ぼくの新しく作ったことばが当然現代語として通用する筈だという確信も持っているのである。

こう書くと、たいへん独断的なようだが、実はこの他にも、これは小説に関してだが、ある考えを持っているのだ。

さまざまな種類の文章の中でも、最も話しことばを重視するのは小説とか戯曲とかいった種類の文芸作品である。もっとも、戯文調で書かれた会話のない小説とか、レーゼドラマといったものもあるにはあるが、これは別格としておこう。

だが、会話のあるなしにかかわらず、ぼくは、現代の小説は現代のことばで書かれるべきだという考えを持っている。前記戯文調にしたって、現代を戯文調で表現することに、ある必然性を持っているわけである。テニヲハの省略とか、句点がなく読点だけで文がながく続くといった戯文調の特徴は、むしろ現代の話しことばに近いものである。

では、ずばりいって現代のことばとはどんなことばかというと、これはなかなかひと口でいうことはできない。現代には方言、外国語、流行語などを含めたさまざまなことばが氾濫しているからである。しかしこれを「小説に書かれることが可能で、誰にでもわかる現代語」と限定して考えると、だいぶ範囲が狭まる。つまりそれは、大多数の日本人が意志を伝達するために使っている日常の話しことばに他ならない。ぼくはこれが、現代のことばといえるものではないかと思う。

もっとも、いくら日常生活で話されていることばといっても自ずから例外はある。たとえば方言である。標準語に近いことばを喋っている人には全然理解できないような僻地の方言で小説を書いたって、読める人がいない。だが東北弁や大阪弁は比較的よく知られているし、冗談半分に標準語に混ぜて使われる場合もあり、小説にすれば一種の情緒が出る。方言でも、それがマスコミに通用する場合は、やはり現代のことばの一種であろう。

同様に、特定の年代層たとえば高校生たちの間で使われ、彼らだけにしか通用しない流行語や、ヤーサマの隠語のように特定の社会にしか通用しない符牒も、現代のことばとはいえない筈だ。ぼくは、小説に書いても注釈をつけ加えなければわからないことばは、現代のことばではないと規定している。むろん、注釈をつけないままでこういったことばを出し、それによって小説にある効果をあたえようとする場合は例外である。

こういったことばを省いたとしても、尚かつ日常生活では多種多様なことばが話され、それが通用している。あまりにも多岐にわたっていて、ここからここまでが現代に通用する話しことばであると指摘することは困難だ。ここでは単に、現代の話しことばの特徴を二、三あげておくにとどめたい。また、その特徴をつかみそれを掘り下げていくことは、ぼくが今まで小説の上でやってきたことでもあるし、今後とも深く追求して行きたいと思っていることでもある。また、現代の作家なら多かれ少なかれこのことは意識している筈である。だから読者諸氏にとっても、現代の言葉を考える上で決して無駄なことではないと思う。しばらくおつきあい願いたい。

現代はスピード・アップの時代である。生活のテンポが早い。ことばもそれにつれて、いわゆるスピード言語となる。これは十数年前からの傾向だが、現代になってくるともはや「さっき言ったことと、今言っていることが違う」どころの騒ぎではない。考えながら思いつきを口にして行く、言想（think aloud）の時代である。広告代理店の企画会議などで応用されているブレーン・ストーミング方式の利点が宣伝され、また昨年は水平思考の一方法としても宣伝されたために、広く一般社会に浸透し、ことばそれ自体の持つ面白さに特に敏感になってきた現代人の日常の話しかたに影響をあたえたのだろう。

この一種のことば遊びのような話しかたが、現代の話しことばのひとつの特徴といえる。この特徴は若年層の会話に顕著だが、特に現代の話しことばは多分に若年層のそれから影響を受けているし、今後も深く受け続けることだろうから、この傾向はますます広い年代層のことばにまで浸透して行くことが予想される。

この話しかたが小説の上に応用されたら、どういうことになるだろうか。これはつまり、思いつきを次つぎと文に綴っていく形をとるわけだから、いわば文想とでもいうべきものだろうか。しかしこの手法は、小説の世界ではさほど目新しいものではない。古くは一九二二年に出版されたジェイムズ・ジョイスの「ユリシーズ」が、意識の流れの手法で有名である。これは主に主人公の、十八時間というある一定の時間内に起った心の動き、つまり意識の流れを中心にして書かれた小説である。もちろんこれは小説だから、作者の内的独白をそのまま文に綴ったというものではなく、そこには当然、幾多のことばを選択し配列する作家的技巧が加わっていて、それ故にこそ傑作とされているのである。ジョイスがことばの達人、多芸な技巧家であったからこそ得た成功であったともいえる。

小説ではないが、アンドレ・ブルトンたちシュール・リアリストの提唱した「心的自動法」と呼ばれるものの中の「自動書記」が、完全に「文想」であるといえる。だがこれはシュール・リアリズム芸術ではあっても、小説とはいい難い。

ジョイスがユリシーズで使った手法は、その後、ユリシーズほど規模の大きなものではないにせよ、さまざまな作家によって、いろいろな小説に応用されている。ヴァージニア・ウルフなども、意識の流れの手法をとり入れた作家である。これは、その作品が「ユリシーズ」刊行前と刊行後で大きく変化していることからもわかる。ノーマン・メイラーも「裸者と死者」の戦闘場面で、兵士の意識を描写している。

現代では、内的独白や文想といったものは「饒舌体」という形で、あらゆる小説に登場している。そしてここには、ジョイスが行なったほどのことばの選択や配列といったものには、さほど考慮がはらわれていないように思えるから、ジョイスのユリシーズがどちらかといえば詩に近い小説であるのに対し、「饒舌体」の方が比較的小説らしさを持っているように見える。もっとも、文学的にどちらが上かというのはまた別の問題だろう。

饒舌体の好例で身近なものをあげるなら庄司薫の「赤頭巾ちゃん気をつけて」がある。最近の饒舌体のほとんどがそうであるように、これも主人公の独白が、作家自身の独白なのである。現代のことばで書かれた、典型的な現代の小説であるといえる。ほんの部分的に捕えるにせよ、この複雑な現代を描くためには、饒舌体が最も効果的な手法のひとつであることは誰しも認めるところだろう。

現代の話しことばの、もうひとつの特徴は、流行語の数の多さと、その流行語の通用する範囲が広くなったことである。昔は都会で通用している流行語が僻地で通用することは少なかったが、マスコミ産業の発達のため、最近は新しい流行語が日本中に拡がるのはまたたく間である。

現代人が、そういった流行語を実際に日常の話しことばにとり入れる割合いは年齢職種に応じてさまざまではあるが、それがたとえ僻地の高年齢層の人であろうと、そんな流行語が現在巷間で流行しているのだということを一応は知っている場合が多いし、また知っている数も多い。このあたりがひと昔前と違う点で、つまりそれらの流行語は、実際に話されることは少ないにせよ、充分現代のことばとして通用するのである。

流行語は、一時代前の流行語を知っていないと理解し難いという場合が多い。つまり新しいことばが、その時の、あるいはそれ以前の流行語を土台にして作られている場合が多いのである。ぼくが新しいことばや言いまわしを創作して書く場合に、それが今までに話しことばとして通用した多くのことばについての知識を読者に期待した上で書いているのと同様、たとえば「カイケデリック」なり「チンケデリック」なりは「サイケデリック」という流行語を知っている人を対象に語られるわけである。また、「エロダクション」は「プロダクション」という外国語を知っていなければ理解できず、「一姫二トラ」は「一姫二太郎」のもじりであることを知っていないと面白くないわけである。「鎮痛剤遊び」「シンナー遊び」も、「睡眠薬遊び」ということばが最初にあったからこそ、すらすらと作られ、受け入れられたのであろう。

これは換言すれば、ひとつの流行語が形を変えて登場する頻度が高くなったということだから、ひとつの流行語が生まれてから完全に死語になってしまうまでの期間が、現代ではたいへん長くなっているということもできる。古い流行語さえリバイバルで登場する時がある。この「リバイバル」ということばなども、数年前は流行語だったのが、今では定着してしまっている。流行のサイクルが早くなってきていることを証明する、ひとつの証拠ともいえよう。

古いことばが流行語として登場した時、意味が多少変化している場合がある。「ハレンチ」などがそうである。しかしこの場合も、昔の破廉恥の意味で用いられても何ら支障のないようにできている。つまり昔破廉恥であった事柄に属するもので、現在はカッコいいとされるものが、いわゆる「ハレンチ」なのだから。

こういった流行語が小説にどう応用されているかは、書くまでもないだろう。現在の中間小説誌で、流行語がひとつも出てこない小説を探す方がむしろ困難なくらいである。

言想といい流行語といい、この傾向がますます激しくなることは容易に予想できるのだが、その場合日常の話しことばが複雑化の方向へ向かうこともまた、予想できる。そして古語や死語の復活、外国語の利用、流行語の衣替えなどによって、あらん限りの多種多様なことばが現在以上に氾濫することだろう。程度の高いものではギリシャ語などというものから、低いものでは幼児のバブリングに近いものまでが日常の会話に登場するだろう。そしてことば自体が、またその組合せが簡略化され、いわばことばの抽象化が起る。つまりこれを文字に書きあらわせば表意文字が次第に少なくなり表音文字が多くなるわけである。それが良いことか悪いことかはさまざまな論議で結論を出されるべきだと思うが、ただ話しことばだけに限っていうなら、この傾向には複雑な感情を的確に表現できる可能性が含まれている。みやびやかな少ない種類のことばと言いまわしだけで事が足りた平安朝時代の昔ならともかく、複雑な現代ではどれほど多くの種類のことばを使っても言い足りぬほどの複雑な感情や事柄が現に存在するわけである。

珍奇な流行語や言いまわし、言想的会話なども、むしろ現代にとっては当然の現象であり、たとえば漢字制限やかなづかいの制限、「きれいな日本語を使う運動」などの反動的な国語教育は、これらの現象をなおさら激しくする結果にしかならないのではないだろうか。

話しことばがそうなった際には、当然小説の文章も影響を受けずにはいない。ぼくが、現代の小説は現代のことばで書かれるべきだといったのは、こういう意味からなのである。複雑な現代を表現しようとすれば、現代の話しことばの豊かさを最大に利用することがいちばん効果的ではないだろうか。

もともと、話しことばが先にあって、文章というものはあとから出てきたものである。現代の小説が、現代の話しことばの中から生まれることに何ら不思議はないと思うがどうだろう。

ぼくの考えでは、小説というのはある意味で集団内独白だと思う。集団内独白というのは、幼児のグループの中で、ひとりの幼児が、グループ内の誰に聞かせるつもりもなく喋ることばである。この、いわゆるgroup monologueというのは幼児の集団に限らず、大人のグループの中にもあるのだが、その場合は独白のふりをして、実は他人に聞かせようという不純さがある。

「いやあ。おれはそうじゃないと思うんだがなあ」

「ふん。そんな馬鹿なことがあってたまるものか」

などという、いわば正式に発言している人間への陰湿な妨害であることが多い。いわば雑音である。

小説が雑音であるなどというつもりはないが、もともと小説にはそういった陰湿さとか幼児性はつきものである。堂々と自分の主張を述べる正式な発言は、啓蒙小説とか評論に相当するのだろうが、今やひと昔前の啓蒙小説は現代の小説たり得ないし、評論は文学にはなり得ても、どう転んだところで小説にはなり得ない。一方、内的独白は誰に聞かれることもないわけだから、誰に読まれるおそれもなく書き綴っていくことのできる、たとえば日記のようなものであろう。集団内独白だと、誰が聞いているかわからないから、滅多なことは口にできない。

そう考えてみれば、現代の話しことばで、グループ・モノローグのごとくに述べられた小説こそが、現代の小説として最も純粋なような気がする。しかし、ではそれを証明しろといわれてもどうすることもできないわけで、ぼく自身の書く小説にこの理屈を応用するしかないわけである。

それがどんな小説になるかは、無責任なようだが、ほんとのところ想像もつかない。だが、やってみる価値のある実験であることは確かだ。乞御期待。

《発作的講談》

岩見重太郎

エー今回お好みによりましてスタンダード・ナンバーは天下の豪傑岩見重太郎兼亮《かねすけ》武勇伝の講談《おはなし》でございます。お話のお古いことは幾重にもお断りしておきます。

信州松本在吉田村、この村の山手に国常《くにとこ》大明神という氏神様《うじがみさま》がございまして、近くの三十いくつかの村がいずれもここの氏子、ところがこの神様には、年に一度、人身御供《ひとみごくう》を上げねばならぬ。といいますのは、その三十ヵ村の中でハイティーンにとっかかりの娘ができますと、その中でいちばん縹緻《フェイス》がよくてグラマーなお嬢さんを持ちますお宅の屋根へさして国常さんから白羽の矢がとんできてブツーッと突っ立ちます。突っ立ちましたが最後の助　娘『嫌じゃ嫌じゃわたしは行きとうない。どう泣こうがわめこうがそのお嬢さんはお供えとして神様に食われなければならない。食われる限りはグラマーだった方がいいのでしょうが、縹緻《フェイス》の良し悪しも味に関係すると見えます。ずばり面食いの神様ですな。とにかくお供えしないことには、その年は、その村だけじゃありません近在三十いくつかの村に祟ります。どうなるかというと嵐になる大雨が降る地震が起る、地盤沈下があってスモッグが出ます。だから作物が不作になる。そうなってはいけませんから、娘の両親が行かせまいとしても村人たちがほっておかない。その家へ交代で張番に立ちますから夜逃げもできず、しかたなく娘を白木の箱へ入れまして、夜になると明神様の神前へ持ってきて供えます。すると神様がやってきてこれをお食べになります。さあ、泣きわめくお嬢さんの髪の毛をまずむしりとって頭からバリバリ召しあがりますか、それとも裸にして股をば引き裂き、骨付鶏肉みたいに太腿から召しあがるか、その辺のところはわかり兼ねますがいずれにせよ人肉嗜食《カンニバリズム》、油がのっていてさぞかし旨かろうとは思いますものの、とにかく残酷無比、極悪非道の神様です。

さてその年は、吉田村の名主藤左衛門の屋根に白羽の矢が立ちました。ここには十七歳になる、ひとり娘のお糸さんというモーレツな美少女がいた。藤左衛門は名主ですから、それまでにも随分他人の娘の親達に意見しております手前、自分の娘の供出だけを忌避するわけにはいきません。お糸さんが健気《けなげ》にも、もう仕方がないと覚悟をした様子ですので、藤左衛門も泣く泣く娘をさし出す決心をしました。

さて今日は祭礼。村中が賑わっておりますが、そこへふらりとやってきましたのが本篇の主人公岩見重太郎でございます。

だいたいこの岩見重太郎というのはどういう素性の人かといいますと、父は岩見重左衛門という五千石《ごく》のお侍で、筑前国名島の城主小早川左衛《さえ》門尉隆景《もんのじょうたかかげ》の臣下。この重左衛門が家中の者からいわれのない恨みを買って闇討ちにあいました。そこで重太郎が親の敵《かたき》を討つため、逐電《とんずら》した敵を追って旅に出まして、信州路さしてやって参ります途中、この吉田村にさしかかったというわけです。

この岩見重太郎、天下の豪傑とは申しますがなかなかの好男子でございまして、何分古い講談《おはなし》の主人公ですから、此の節の目新しいお話の剣客のような暗い翳とかニヒルな様子《ようす》などひと破方《かけら》もございません。ただもう馬鹿ッ陽気で単純で健康で明るい好男子であるというところなど、かく申す筒井斎《わたくし》にいささか似通っておりますが、まあ左様なことはどうでもよろしいので、とにかくそんなお人柄ですから、村の酒屋で一杯飲みながら、この人身御供の話を聞きますと、とてもじっとしてはいられません。

重『ム、、、ウ、これはけしからん。世の中は正法に不思議なし怪力乱神を語らずというではないか。いかに今日、未だ文明開化の世にあらずとはいえ、だいたい神様が可愛子ちゃんを食べるとは何事か。これはきっと狐狸《こり》妖怪の仕わざに違いないぞ。聞けばいたまし盲腸掻ゆし、今宵食われるその美女は、小川ローザに似た娘、よく考えればこの拙者、あれは天下の豪傑と、人から呼ばれる身であった。今日《こんにち》ただいま我が耳へ、そう聞かされてはこの儘に、捨ておくわけには相成らぬ。これ酒屋、おれがその妖怪を退治てやるぞ。

酒屋が驚きました。酒『エエーッ、とんでもないことをいうお人だ。相手は神様、へたに反抗してはこの村はおろか、あたり全体が龍巻きに見舞われます。重『ナニまかせておけと重太郎は自信満々、酒屋は　酒『こいつ必ず発狂人と思いまして相手にしません。

重太郎、村を出てドンドン山手へ登って参りますと、麓から一里ばかり登ったところに立派なお宮がありましてこれが国常《くにとこ》大明神。人は見あたらず、しんとしておりますが、夕刻ですから金燈籠《かなどうろう》に明りがともり、なんとなく不気味です。重太郎そんなミステリアスな雰囲気などにおどおどする繊細な神経の持ちあわせはない、かまわず箱段登ってギイと狐格子《きつねごうし》を開きますと正面には御神鏡が据えられ御幣などが飾りつけてあり、荒菰《あらごも》を敷いた上にいろんなお供え物、また錫《すず》の御酒《みき》徳利なども置いてあります。重『ハ、ア御祭礼だから種々の供物が致してある。重太郎ごくあたり前のことに感心しまして神前に進み、重『これサ国常大明神、人を食うのはお前かえ。黙っていてはわからない。呑気な人もあるもので、しきりに神様に向って話しかけております。重『今晩まかり越したるは、人の尊《たっと》む神様が、女食らうと聞き及び、どうもまことと思われぬ。神の名騙《かた》る妖怪の、仕わざと拙者心得る。よって社《やしろ》にお籠りいたし、その怪物の正体を、見届け退治仕る。神様左様思し召せ。あらあらかしこあらかしこ。頼んでおいて重太郎、ドッカリそこへ尻を据えてしまいました。

日が次第に暮れて参りました。いかにも妖怪の出そうな雰囲気ですが、重太郎サスペンスやスリルを感じる臆病さなど薬にしたくも持たない。むしろジッと坐っているうちに腹が減ってきました。そこで眼をつけたのが、一本で一升以上入ろうという御酒《みき》徳利。重『神様。お近付きの印に一杯頂戴いたすぞと、口に差してある奉書を引っこ抜きまして、そばの土器《かわらけ》に注いでグビリグビリ。

飲みながらあたりを見まわしますと、今度は剣《けん》先鯣《さきするめ》が眼につきました。ぐるぐる巻いてあって数匹重ねてあります。重『こりゃまた結構。そいつを肴にして徳利一本からっぽにしてしまいました。重『二本も一本も同じこと、これも頂戴する。といってもう一本をとりまして、これもまたたくうちにからっぽでございます。一時に二升の酒を飲みますと、たいていの者なら急性アルコール中毒を起してひっくり返りますが、天下の豪傑ですからそんなことはありません。剣先鯣《するめ》も数匹ぜんぶ食べてしまいました。鯣なんてものは、腹の中で水分を含んでふくれあがります。普通の人間なら数匹は食えない。それを食ったのですから、やはり豪傑だけのことはあると申せましょう。

次に重太郎、お供えの強飯《こわめし》に眼をつけました。重『では次に食事を致そう。アー旨い旨い。ずいぶんひどい人もあるもので、山盛りに盛りあげてあった強飯《こわめし》を全部むさぼり食ってしまいました。何分、昨夜作って一日供えてあった強飯ですから固くなりかかっています。これを食えばたいてい腹痛を起しそうなものですがそうはならない。

次に眼をつけたのが二段重ねのでかいでかいお

鏡餅《かがみ》、さすがに重太郎最初はチロチロ伺っておりましたがついにこれにも手をつけ、ボチボチ齧《かじ》りまして、もう固くなりかかったやつをばついに全部食べました。あきれた人があったもので、どんな大食漢でも鯣《するめ》を数匹に酒が二升、そこへ強飯からお鏡餅《かがみ》まで食べれば胃袋がパンクして死にます。重太郎は天下の豪傑だからそんなことはない。それでもさすがに腹がパンパカパン、身動きもできず天井向いて腹を押さえて、ウーウーうなっております。

　そのうち日はズンプリ暮れまして夜もふけてきます。もうかれこれ夜半前、その頃になりますと重太郎、妖怪も神様もみんなみんな夢の中、グウグウいびきをかいて寝込んでしまいました。大胆といおうか野方図《のほうず》と申しましょうか、実にえらーい人です。

　その時、麓の方からやって参りました村人たち、名主藤左衛門が先頭で、四五十人の屈強の百姓が娘を中に入れました白木の輿《こし》をかつぎ、てんでに手松明《てたいまつ》を振り照らしながら境内へ入って参りました。輿が社前に据えられますと、藤左衛門もう矢も楯もたまりませんで、手ばなしでワアワア泣き出します。

　やがて神主がいとおごそかに祝詞《のりと》を奏しますと、その声でやっと眼を醒ました重太郎、ノッソリ立って狐格子をギイと中から開きました。

　さあ村人たち、おどろいたのおどろかないの

□『ワー、キャー、出たーッと誰かが叫ぶなり、まず神主が今までの落ちつき失って顔色をなくし、衣の裾を尻の上までまくりあげてあわてふためき境内から逃げ出します。村人たちも遅れじと大騒ぎでそれに続きますが、中には腰の抜けたのもいまして、△『こら。わしの帯をつかむな。そこはなせ。×『マ、マ、待ってくれ。先に逃げちゃいかん。つれて逃げてくれえ。泣いております。

村人たちがすべて逃げ去りましても、親の心はありがたいもので、ただひとり藤左衛門だけは娘の輿の傍らで泣いておりますので、重太郎これに近づきまして、おどろく藤左衛門に名を名乗り、ここで様々に申し含めるのでございますが、お時間の関係もございます、省略させていただきます。

名主藤左衛門に引きとらせまして重太郎、うしろ鉢巻玉欅《たまだすき》、十二分の身仕度、怪物の来るのを待ちかまえます。やがて夜半ともなりますれば、突如一陣のなまぐさい風ドーッと吹き来り、木の葉がザワザワと音を立て、身の毛もよだつばかりの恐しい有様。

ところへ社の裏山よりヌーッとあらわれました一匹の怪物。両眼さながらサーチライトの如く、カッと口を開きますと麻雀のゲタ牌の如き白い歯が出ます。紅の舌は炎を吐く如く、身の丈は七尺を越す手足の長いやつ、これは猿の劫《こう》を経ました、いわゆる狒々《ひひ》でございますが、これがノッソリと輿の傍へ寄りまして、狒『ウキキキキと嬉しそうに笑います。両手でぶっつり〆縄《しめなわ》を引き千切りまして輿を叩き壊し、中の白木の箱を開けますと、その中にはひとりの美少女、身に白無垢《むく》を纏いガタガタガタガタふるえておりましたが、たちまち怪物を見てキャッと悲鳴をあげました。大藪斎春彦師匠ならばさしづめここで恐怖のあまりジャージャー失禁いたす所でございましょうが、どうやら娘は気絶をしたものと見えます。

怪物は喜んで、さも嬉しそうにゴッホゴッホと胸板を叩き、娘を抱いて立ち去ろうとする有様。重太郎猶予はならじととび出し　重『おのれ妖怪変化待てッと呼ばわりながら、怪物のドテッ腹望んで刀を突通し、えぐりまわしこねまわすと、この怪物意外と弱うございまして、バッタリ倒れヒクヒク手足ふるわせましたのち、すぐに息絶えてしまった。これには重太郎いささか拍子《ひょうし》抜けがしまして　重『ヤアなんて弱い怪物だ。

そうこうしますうち、麓の方から先ほどいい含められていた藤左衛門が、村人たちをひきつれまして首尾は如何にとふたたびやって参りました。藤左衛門は重太郎を見て　藤『コレコレ皆の衆、あれがわしの話した豪傑の旦那様じゃ。ああして生きていらっしゃるからには、きっと妖怪を退治て下さったのであろう。こわごわながら一同やって参りますると　重『コリャ糸、これへ出て親父に挨拶せよ。お糸は白無垢のまま社内から出まして　糸『お父《とっ》つぁん。　藤『オ、糸。ようまあ汝《そち》や無事で。父娘は手をとりかわし、その喜びは如何《いか》ばかり。

ここで一同が死骸を改めますと、おどろきましたことに、それは狒々ではございません。村で馬鹿扱いされておりました小作人の平六なる愚鈍の者が、白い毛皮を被りまして狒々になりすましていたのでございます。村人たちはあきれまして村『ウームさてはこやつ、愚鈍で嫁に来る娘のいないことをば恨み神の名を騙《かた》って、今までに次つぎと村一番の美少女を犯し殺《あや》めておったのか。こりゃあ全く太い奴だ。

のちに村人たちが山を探しますと、平六が根拠地にしておりました洞窟がありまして、ここから今までに殺された娘の白骨がザクザク出て参りました。一年前のお供えの娘などは、まだ殺されたばかり。思うにこの平六、ここを妾宅にしておりまして、一年間その娘を可愛がり、飽きた頃に殺し次の娘を慰みものにしておったと見えます。まったく悪いやつもあったものでございます。

こちらは岩見重太郎、お糸その他と同道して吉田村の名主藤左衛門方へやって参りました。何しろ娘の命の恩人というのですから、下へも置かぬもてなしでございます。その上どうやら娘のお糸、好男子の重太郎にぞっこん参ってしまった様子。

藤左衛門もこの様子に気がつきまして、ああこのような立派な方に貰われたなら娘もさぞかし幸せであろう、どうせ一度は死んだものとあきらめた娘、養子する望みくらいは捨ててもいい、なんとか娘を嫁に貰っては下さるまいかと思いましたものの、何分にも相手はお武家様、言い出し兼ねてやきもきしております。

　重太郎、少女の恋愛感情なんてデリケートなもののわからぬ仁ですからそんなこととはついぞ思わず、お糸のそぶり藤左衛門の様子をたまに怪訝《おかし》く思うことはありましても、さほど気には致しません。もう一日もう一日と引きとめられ逗留しておりますうち、早一ヵ月が経ってしまいました。こうなってきますと重太郎、何しろ仇討という大望のある身でございますから、とてもじっとしてはいられません。しかし出立《しゅったつ》すると申しましても藤左衛門やお糸が泣かんばかりに引きとめますから、これをば無理に振りきって立つわけにも参らず、ここにおいてさすがの重太郎も、先日来のお糸の眼つきを思い出し、ははあと思いあたりました。重『ムムムウこれはいかん。あのお糸めどうやら拙者に惚れたらしい。そこで家ぐるみ拙者を引きとめ、どうでも婿にしようとの算段であろう。はてどうしたものか。

　考えに考えました末、重『これはおそらく拙者が、あまりに好男子過ぎたからであろう。では醜《ぶ》男《おとこ》となりお糸に嫌われれば引きとめられることもあるまい。そう思いつきまして重太郎、さっそく裏の竹藪に入りますと己れの鼻頭をば太い縫針でもってブツーリ、ブツリと突き刺しはじめました。数日の間毎日これを続けますと鼻が膿《うみ》をもちまして天狗様のように赤く腫れあがります。この鼻を見ましてお糸が驚きました。糸『アレ重太郎様。そのお鼻はいかが遊ばしました。重『ナーニ拙者もともと斯様《かよう》に不細工な顔なので御座る。

　お糸は不審に思いまして、ある日竹藪へ入って行く重太郎の後を尾《つ》け、そっと様子を伺っておりますと、彼《か》の重太郎は懐中より手鏡と縫針を取り出しまして、やおら己れの鼻頭にブツーリ、ブツリ。

ここに至ってお糸ははたと重太郎の真意を悟り糸『アア無理にお引きとめしたわたしたちが悪かった。わたしに嫌われようとあの様になされているに違いない。さぞかし大望を抱かれるお方なのであろう。そう思いまして父藤左衛門にもこのことを話し、もはや重太郎が出立いたしたいと申しましても未練がましく引きとめはいたしません。

かくて重太郎は村人たちに見送られこの吉田村を出立いたしました。

これより諸国を遍歴しながら敵《かたき》を探し求め、ついに天《あま》の橋立《はしだて》に於いて首尾よく父兄及び妹の仇を報じ、その身の本懐を遂ぐるという、天下の豪傑岩見重太郎武勇伝の中より今回はご存じ狒々退治の一席、これにて失礼仕ります。

児雷也

　エエご所望によりまして、今回講演に及びまするは児雷也《じらいや》でございます。前回岩見重太郎といい今回児雷也と申し、まことにお古いお話でございまして荒唐無稽、ずいぶん奇妙な趣向でありますが、これは筒井斎《わたくし》が珍奇なお話で読者を瞞着《まんちゃく》するのではございません。昔からの語り伝えがそうなっておりますので、大昔の出来ごとでありまするから、掛値があります。この掛値のところが面白うございますので、お古いお話をご存じないかたに、ここのところを慰んでいただきたいと存じる次第でございます。

　この児雷也には、いろいろなお話がありまして、名も、神田伯治師の本によれば「自来也」、神田伯龍師によれば「児雷也」、二通りございます。また時代にしましても、片方は徳川家康の頃、他方は足利《あしかが》四代将軍義持公の時代と、だいぶちがいます。

　どちらにいたしましても、この児雷也、大泥棒でございますから風態では同じでございまして、だいたい昔の大泥棒は石川五右衛門にしましても、この児雷也にしましても、また熊坂長範などという者にしましても、頭は百日鬘《かずら》というのでレオンカ・トーペの親分みたいなものをかぶり、ビロードに縫いをして裾の方はふさの垂れという衣類を着用に及び、帯は丸絎《まるぐけ》の帯、五枚重ねのわらじをはいております。当今なればたちまち巡査公につかまります。

　さて、この児雷也というのはどういう仁かと申しまするに、これは本名を尾形周馬《しゅめ》広行と申し、長曽我部畑《はた》の森親《もりちか》、又の名勇夢斎《ゆうむさい》と申されますかたの落し胤《だね》にございます。この人、京都所司代《しょしだい》板倉をはじめ郎党どもに軍学指南をしておりましたが、関東と大坂の戦いがはじまりまして、徳川には恩なく、豊臣殿下に恩がありますから、いそいで大坂城へ入城いたしました。

時に戦況、大坂方に利あらずして、茶臼山に陣取りました家康方が、一万の雑兵でもって　雑『アー……と玉造り口へ攻め寄せますと、城内からも雑兵どもが　雑『アー……と討って出ます。なにぶん多勢に無勢、これがために大坂が落城に及ぶ、真田幸村はじめ大坂名だたる勇士バタバタ討死にとげる中に、長曽我部畑の森親勇夢斎、徳川方に召取られまして四条の河原に梟木《きょうぼく》にかかる、この時子供の児雷也は十三歳、乳母の手につれられ、大坂城中から抜け穴をくぐり、道頓堀の二ッ井戸を出まして脱出いたしました。

演者《わたくし》先年、この大坂城の抜け穴をさぐらんものと思い立ちまして、同業の小松斎左京師と同道、この二ッ井戸はじめ上本町辺の尼寺中にございます井戸などを見て廻りましたが、尼さんの色香に迷いまして果たせず戻りましたはまことに無念でございます。

余談はさておき、児雷也はそののち信州更科《さらしな》郡松本村のお大尽、福沢という人の家に厄介になっております。このころ児雷也は、まだ太郎という名でございましたが、なぜ児雷也という名にいたしましたか、その由縁《いわれ》、お話し申し上げます。

ある夜、この福沢家の庭へ雷さんが落ちました。打ち臥しておりました十三歳の太郎、この物音におどろきましてガラリ雨戸をあけ　太『オヤオヤ、たいへん臭い匂い。さては雷さんが落ちたかと、庭へ出ますと、雷獣がおります。この雷獣というものは、必ず雷さんといっしょに落ちるのだそうで、また雷獣と雷さんとは別ものであるということ、これは皆様もよくご承知のことでございます。その雷獣が庭へ落ちまして、電気《えれき》に随《つ》いて天へ昇《のぼ》ろうとしましたところが、どうまちがえましたか昇《あが》りそこないまして、あっちこっちバタバタとかけまわっている。これを見つけました太郎は　太『おのれっと、大手をひろげますと、かの雷獣、とびついてまいります。その体をかわして両耳をぐいとつかみ、とうとう大地へねじ伏せ、とって押さえました。たいがいの小僧はなかなかこんなことはできません。

　これは評判となりまして、子供ながらも雷獣を生け捕ったというので雷太郎とあだ名がつき、これをのちに児雷也と改めたのでございます。

　しばらくはこの福沢家におりました児雷也、誰が言うたか『軍取り功名は武士のならい』という文句を、自分勝手に　児『斬り取り強盗は武士のならいだなどとまちがえまして、日本一の大盗賊にならんと志し、この家を出立いたしました。

　ご承知の通り、児雷也は蝦蟇《がま》の妖術を使う盗賊でございますが、この妖術を児雷也に教えたのが誰であるかも数説ございまして、森宗依軒という説、仙素道人という説、加藤清正の家来柴山要左衛門という説、たくさんあります。

　本拠といたしましたのは信州黒姫山、この山の岩窟《いわや》を棲家とし、大勢の子分を集めておりますが、児雷也が同じ泥棒でも、鼠小僧や稲葉小僧と異りますところは、我が生家たる長曽我部の家を再興せんとして、多くの軍用金、多くの味方を集めたという、その志《こころざ》しの大きさにあるわけでございます。

　さて、お話し変りまして、その頃越後の新潟に牧村八右衛門という代官がおりました。この代官は、何度も児雷也を捕り逃がしたりいたしまして、常日頃から児雷也をなんとか捕えてやろうと、虎視眈々《こしたんたん》といたしております。ここへ、商用でやってまいりましたのが、昔児雷也が厄介になったことのある福沢家の主人、善右衛門でございます。

　その頃、新潟の繁昌はなかなか鴻大なものでございまして、遊女町なども大いに盛んでございます。善右衛門は大尽ですから、ここで豪遊をいたします。この豪遊ぶりを聞きつけて、あやしんだのが代官の牧村八右衛門、さっそく理由をつけて善右衛門を呼び出し、いろいろ取調べますと、なんと昔児雷也の主人であったということですから、さては仲間とばかり召し捕ってしまいました。

　おどろいたのは善右衛門、身におぼえのないことですから、いろいろ申し開きをいたしますが、八右衛門の方では児雷也の棲家を知りたい一心、これを牢につなぎ、三日にあげず呼び出して調べ、しまいには拷問牢問《ごうもんろうどい》にかけるという騒ぎでございます。

　だいたいこの代官牧村八右衛門というやつは、あまり心得のいいやつではありません。根が強欲非道、己れは代官でありながら人民に不当な賄賂を吹きかけ、金を貯めることを楽しんでいるという、まるで当節のお役人みたいなものであります。

　ここに、この新潟の本町に、『人相家周易《しゅうえき》之《の》考《かんがえ》・尾形春子』という看板をあげる人相見がおりました。春子さんというからには女性でございますが、これがなかなかよく当るというので、新潟では大評判でございます。

　善右衛門がなかなか白状しませんので、考えあぐねておりました代官の牧村八右衛門、この人相見のことを聞きまして、さっそく呼びよせ、一応易を占ってもらおうと思い立ちました。中間《ちゅうげん》が使いに出まして、このことを春子さんに伝えます。春『お代官様のご用とあれば、さっそく参りましょうと、身支度をいたします。白の羽二重を着まして腰には緋の袴、ちょうど宮家の官女の装束でございますが、これへ立派な羽織を引っかけ、代官の屋敷へやって参りました。

　設けの席に控えております春子さんの前へ、奥より出て参りました牧村八右衛門、春子さんの顔を見て、ポワーッとなってしまいました。八『オヤオヤ。これが八卦《け》の先生か。いやまあ世の中には、美しい女もいるものだナー。

　だらり目尻をさげ、見とれておりますが、これは無理もありません。年はようやく十九歳か二十歳、標緻《きりよう》はこの上もない絶世の美人、色が白く、目もとがパーッとピンクでございます。若いから肌が美しい上、派手やかな官女の姿ですから、八右衛門もうわれを忘れて惚れこんでしまい、もはや挨拶も易もあったものではない。

　八『サアサア、マアともかくも、わたしの居間へ通ってくださいと、いやしい魂胆でもって、己れの居間へ引き入れんとするやつを、春子さんはじっと眺めておりましたが、そのうちツ、と立ちあがって、床の間へ進みますと、床には絹表具をした楊柳観世音の掛軸がかかってございます。この観世音に向かって春子さんがペラペラ喋りはじめました。

　春『マー貴女はここにおいででございましたか。お久しぶりでございます。挨拶しております。

　牧村八右衛門はじめ、居並ぶ家来や女中に至るまで『オヤッ。この女、気でもくるっているのかなとおどろいて見ておりますうち、春子さんはひとり合点いたしまして、春『アア左様でございましたか。よろしゅうございますとヒョコスカ頭を下げまして八右衛門の方をふり返り　春『コリャ八右衛門、これへきてお礼を申せ。観音様がお前に財宝《たから》をつかわすとおおせじゃ。さあ、そこへきて手をお出し。

　八右衛門おどろき　八『エエーッ、観音様が私にお宝を。ソリャマタほんとでございますかと半信半疑で床の間へ進み、こわごわ手をさし出しますと、アーラ不思議、掛軸の中の観音様が、手に持った壺をうつ向けまして、八右衛門の掌の中へサラサラとふり出しましたは、山吹色の小判がおよそ三百両、これはたいへんな数でございます。根が強欲の八右衛門、夢中になって両手で受けますが、なかなか全部は受けきれません。バラバラ下へこぼれるやつを、足を使って股ぐらへかき集める、こぼれた小判を女中が傍から拾わんとしますと、これを蹴とばす、そのはずみにころんで、また小判をまいてしまうという、まるで金撒きでもはじまったような塩梅《あんばい》式。

金をもらいましたので八右衛門、もう顔の相好を崩しまして、春子をあがめること神の如く、三拝九拝いたしております。八『どうもありがとうございました。コリャコリャ皆の者、春子様にご馳走をせんか、というわけで、酒肴が出ます。家中が宴会になってしまいました。

酒に酔いますと八右衛門、ますます春子が美しく見えてならぬ、マ、なんとかこの女を女房にしたいものだ、そうすれば金の方も望み次第だと、色と欲の両天秤《てんびん》、酔いにまかせて、家の者の目もかまわず春子にすり寄って参ります。

春子はニコニコ笑いながら　春『こののちも、あの楊柳観音様をご信仰なさいませ。また、お財宝《たから》を得んとあらば、即ちお前様の財産を床の間に飾り、これだけおふやし下されと仰《お》っしゃれば、たちどころに倍にしてくださいますよ。ホホホホホ。八『エエエーッ、なんとまだこの上、お金を下さるのですか。ではでは、貴女様のおっしゃる通り、さっそくあの床の間へ飾りましょう。

いたって強欲なやつですから、多年の間に貯めた金を、土蔵を開きましてドンドン運ばせ、千両箱で十八ヶ、二万両近い金を床の間につみあげました。八『どうぞ南無《なむ》楊柳観音、これだけの金をおふやし下さい。強欲なやつもあればあるものですネ。

春子は牧村に向かい　春『今夜中に、このお金は倍にふえます。ゆめゆめわたしのいうことを疑ってはなりません。八『エーモウ疑ったりするものですかというわけで、さらに酒宴は続きます。

そのうち、ますます酔って参りました八右衛門、とても眠くなりまして、モー起きてはいられません。女中に命じて床の間の前に、ふとんを敷かせます。やはり、少し酔ってきた様子《ようす》の春子をば、このふとんにひきずりこみまして、今この女の肌を汚してしまえば、女房にできるだろうといあきれたやつもあったもので、家中の者の目もかまわず、ふとんの中で春子にいい寄ります。

座敷におります家来や女中は、旦那様が春子をふとんに入れましたので、あきれて見ておりますうち、次第にからだがしびれ、とうとう不動金縛りの術にあったように、動けなくなってしまいました。フト見ますと八右衛門、なんと、ふとんの中で巨大な一匹の蝦蟇《がま》と交っておりますので驚き『アアア旦那様。それは蝦蟇と叫ぼうとしますが、いずれも声が出ません。八右衛門の方は、これはもう美しい春子と通じ合っているつもりでございます。読者諸兄もうすでにおわかりかと存じますが、むろんこの尾形春子、じつは児雷也でございまして、昔の主人善右衛門を助け出すついでに、この八右衛門を威しつけようという算段、乗りこんで参っているわけでございますが、いうまでもなく己が身を蝦蟇にスリ変え。八右衛門の情を蝦蟇に通じさせております。

八右衛門、春子とばかり思いこんで蝦蟇を抱き、ついに果てましたる途端、燈明が全部パッと消え、家鳴り震動ガラガラッとものすごく、蝦蟇の上に立ちましたる児雷也の姿、握り寿司屋の親爺の如く、右の手で左手の指二本を握り、何ごとか呪文をとなえますと、たちまちかき消すように見えなくなりました。

そのうちに、燈明がまたパッと点《つ》きました。主人の八右衛門が、ふとんの中で目をまわしておりますから家来がこれを揺り起し、今までのことを教えまして　家『時に旦那様、蝦蟇と寝たお味は、いかがでございましたか。八『ウームまるで蟇口のようであったぞ。どこまでも金に執着のある奴でございます。

さて一同、正面の床の間を眺めますと此《こ》はいかに、十八ヶの千両箱はひとつもなく、絹表具の観音様の掛軸はどこかへとんでいってしまって、かわりにかかっているのは粗末な紙表具の掛軸、まん中に『児雷也』と大書してありますから『ワー……』とおどろいた、これはいうまでもなく、児雷也が妖術でもって新潟の代官牧村八右衛門をこらし、昔の主人を助け出すという、おなじみの一段を演者がアレンジしたものでございます。

さてこののち児雷也は、佐渡国真野山《まのやま》の住人、大蛇の妖術を使う大蛇丸《おろちまる》と戦いますが、なにぶん児雷也の妖術は蝦蟇や蛙を使いますので、大蛇《おろち》又は小蛇たりとも、その妖術を使い生き血を吸う者を敵にすれば、たちまち敗れてしまう。そこで、この児雷也を助け、大蛇丸と戦いまするのが、蛞《なめ》蝓《くじ》の妖術を使いまする綱手姫《つなでひめ》、この綱手姫はのちに児雷也の妻と相成ります。蝦蟇、大蛇、蛞蝓、この三つ巴の妖術争い、はていかがなりますか。又の機会のご愛読ひとえに願いおきます。

《発作的雑文》

当たらぬこそ八卦——易断

〓昭和○○年各界気運

◎政界〓■〓

ハレーッ。たいへんな卦《け》が出ました。〓というのはすなわち、ゲタが裏を向いたことで、■は表でありますから、裏表裏。政界に大異変が起ります。

どのような疑獄かは判じ兼ねますが、情勢が二転いたしましまして、年末には、ほとんどの人がどたん場に立つことになります。

現政界実力者は、早いところ若い連中に椅子を譲った方が安全でありましょう。

◎財界〓〓〓

最初の〓は、コンセントすなわち電線プラグの差し込み口を意味します。電器業界が裏目裏目と出てまいりまして、倒産続出、泣きバイが家庭へカラー・テレビを売りにまいります。この卦は機織り機の横糸も意味しております。縦糸がありませんから繊維交渉は難航いたします。

◎芸能界〓〓

おかしな卦が出ました。ゲタをとばそうとした筒井大先生がひっくり返ったため、このように裏がふたつ、横に並んだわけです。横下駄裏二という名の新人歌手が出現、森進一が落ち目になってしまいます。

◎スポーツ界

とうとうゲタがこわれて、こんな卦になってしまいました。ストーブの形に似ていますから、今年は新春早々からストーブ・リーグが活発に行なわれ、ファンに話題を提供することでありましょう。

昭和○○年十二支の気運

子 知らぬ間にネズミ取りにひっかかり、汚職事件に巻き込まれる。とくに年輩の人はくだらぬ賄賂を受けるな。ワナである。

丑 俗に「牛の籠抜け」といい、鈍重なものに気のきいたことはできないから、ことしは何もするな。「商売は牛のよだれ」です。

寅 トラフグを食うな。トランキライザーをのみ過ぎるな。トラホームとトラックに気をつけよ。ことし死んだらフンドシも残らない。

卯 余計なことに聞き耳を立てるな。あくせくするな。だいたいにおいて何もするな。木の根っこに頭をぶつけて死ぬ。

辰 辰（立つ）より返事というから、返事だけして何もするな。やっても竜頭蛇尾に終わるし、へたをすれば留置所行きである。硫酸の雨に気をつけよ。

巳 ヘビー・スモーカーは禁煙せよ。ジャーナリストは邪念起こすな。ジャリは、砂利トラに注意。ことし死んでも、「ミから出たサビ」といってだれも悲しまない。

午 ことしはさほどうまい話はないから、うまの合う友人からの話も、念仏と思って聞き流せ。適齢期の女性は馬面の男に気を許すな。三角木馬に乗せられる羽目になる。

未 ことしは何をやっても、屠所に近づく羊の歩みになる。山羊ヒゲをはやした老人は、早く剃り落とせ。でないと、ことしが命とりになる。

申 人真似をするな。馴れぬこともするな。木から落ちる。去る者も追うな。外へ出るな。家にいると強盗がはいって猿ぐつわをかまされるから要心せよ。何もするな。

酉 「立つ鳥はあとをにごす」という。これは、新しいことをすると他人があと始末に困るということだから何もするな。

戌 ことしはどんな人とつきあっても犬猿の仲になる。歩きまわると棒にあたる。何もしなくても犬死にする。

亥 絶対に何もするな。猪食った報いがことしあらわれる。猪武者となって猪突猛進したりすれば、孫子の代まで祟りがある。外に出ると命がない。家にいると死ぬ。

黒子疵の吉凶

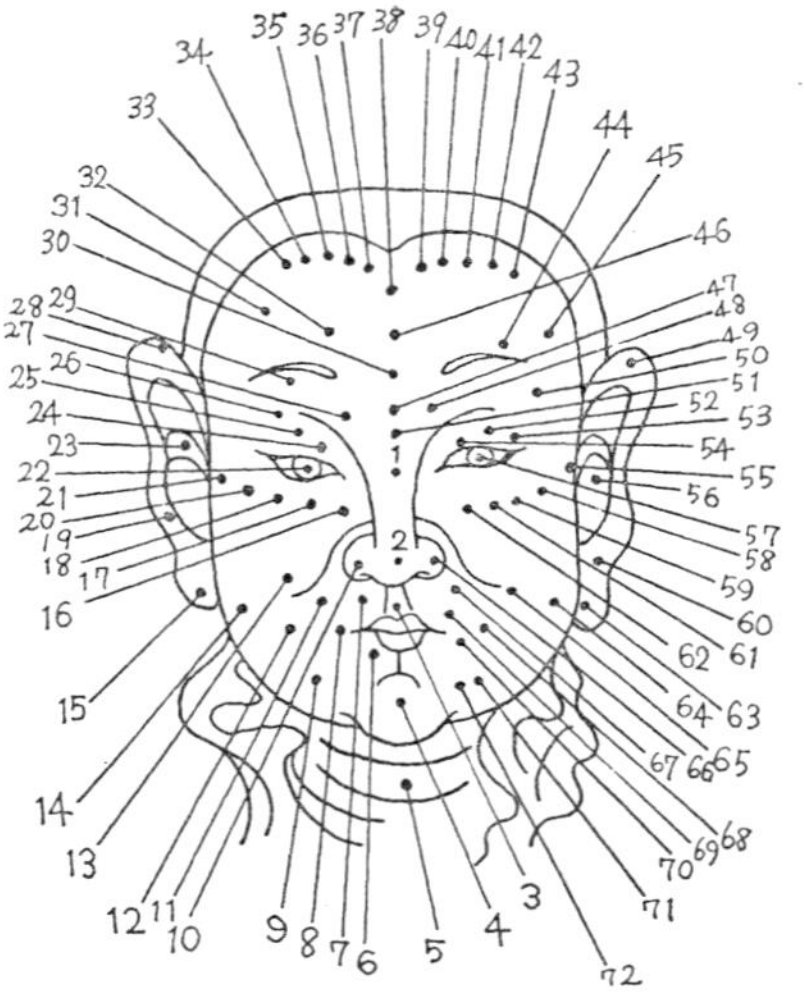

ひやあ、気持ちの悪い顔になっちまった。だけど、人相学の本にはたいていこういう顔が出ているんだからしかたがない。仏の顔に似せてあるのだろうが仏さまというのは、つまり死人のことだから、溺死した水ぶくれの仏さまの顔を写生したのじゃないかと思うがどうだろう。

さて、黒子《ほくろ》や疵などは、ない方がいいというのが筒井大先生の意見である。純真な子供には、黒子はない。年をとるほどふえていく。爺さまになれば、黒子だらけである。死期が近づくにつれ黒子がふえるってことはもともと黒子とは「死」に縁のあるものであるということになる。だから、黒子や疵で縁起のいい占いはできないのである。

1・2・3・4・5・30・38・46・47・51＝顔やからだの中心線に黒子疵があると、ろくなことはない。昔なら辻斬りに出あって一刀両断唐竹割りにされるところであり、現在ならばさしづめ、工場で機械にはさまって、電気ノコギリで真っぷたつにされてしまう。

10・11・16・62・66・67＝こういうところに黒子疵あれば、必ず蓄膿となって死ぬ。

22・57＝黒子ではない。目玉だ。

15・19・23・28・49・56・60・63＝耳に黒子疵ある人は、他人の意見に耳をかさず、猪突猛進して破産し、野垂れ死ぬ。今年は猪の年だから、特に気をつけるよう。

33・34・35・36・37・39・40・41・42・43＝髪の生え際に黒子疵あれば、脳病わずらい、発狂の末に死ぬ。

16・17・18・20・21・24・25・26・52・53・54・55・58・59・61・62＝目の周辺に黒子疵あるは盲目、弱視、色盲、明き盲となり、交通事故にて死ぬ。

その他＝癌で死ぬ。

これらすべての場所に黒子疵ある人＝即ち、この図と同様の顔であれば、そのすべての場所に誤射されたる散弾銃の弾丸があたり、そのおのおのの場所より鮮血を噴いて（つまり、図と同じような有様で）死ぬ。

人相・手相の運勢判断

人相の部

眼　顔面中央部に一個の眼あるは吉。世に珍重され財宝を得る相なり。両眼持つは凡人の相。

鼻　小鼻横に大きく開き、顔よりはみ出たるは凶。スモッグ吸収率高くして短命。鼻高くして十数センチに及びたるは吉。これを喜ぶ女性あり。

口　男子にして犬歯尖鋭《せんえい》、両口端より突き出し、先端より血をしたたらせたるは吉。とくに、結婚運・女性運大吉。月経時にもシックス・ナイン可能にして重宝なり。女子にして後頭部に大口あるも吉。古来、古古米処理要員として政府重要人物となる。

手相の部

A図のごとき手相は吉。トンボ捕獲の際に役立つほか、悪運強くして相手の眼をくらませること可なり。

B図のごとき手相は大吉。世に珍重され財宝を得る。いわゆる「指をつめる」局面に立つこと怖れぬ肝っ玉を持つため、決断力ある大人物となる。これに反し、五指を持つは凡人なり。

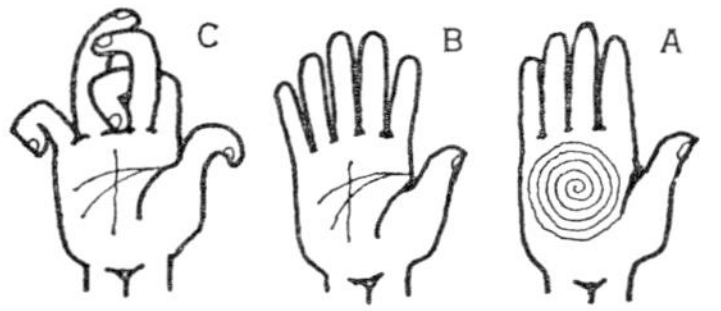

C図のごとき手相にして屈伸自在なる上々吉。何事に役立つかは、読者の想像におまかせするが、世に珍重されて財宝を得る。また、芸能界に入ればインベーダー役者として重宝される。

一月の吉凶暦

一日（金）赤仏　元旦・餅がノドにつまる。
二日（土）大口　初荷・ダンプに注意。
三日（日）友負　振舞い酒運転をせぬよう。
四日（月）先引　官庁御用始・収賄バれる。
五日（火）大滅　三りんぼう・火事が出る。
六日（水）先安　出初式・ハシゴ折れる。
七日（木）大仏　七草がゆ・毒草を食べる。
八日（金）赤勝　どんど焼き・火事になる。
九日（土）先負　宵えびす・行くな。ゲタを失う。
十日（日）仏引　初金比羅・階段から転落。
十一日（月）安口　鏡開き。この日初めて三面鏡を開いて化粧せよ。
十二日（火）大負　この日初めて入浴せよ。
十三日（水）無勝　この日初めて用便せよ。
十四日（木）成仏　大阪四天王寺どやどや・行くな。財布を落とす。
十五日（金）万引　成人の日・晴れ着魔に注意。
十六日（土）蟇口　やぶいり・帰省列車転覆。
十七日（日）先妻　大雪・すべって骨折する。
十八日（月）不安　土用・うなぎが逃げる。
十九日（火）負債　年を越した無理で倒産。
二十日（水）念仏　急性気管支炎にかかる。
二十一日（木）蛇口　大寒・水道管破裂に注意。
二十二日（金）拘引　黙阿弥忌・女装の男にインネンをつけられる。注意。
二十三日（土）自滅　麻雀するべからず。
二十四日（日）安価　初地蔵・頭にトゲが立つ。とげぬき地蔵大祭へ行け。
二十五日（月）赤痢　初天神・梅酒の悪酔い。
二十六日（火）悪友　スキーに行くな。雪崩にあう。
二十七日（水）糊口　八専始め・大水が出て妻子が流される。
二十八日（木）置引　初不動・全身不随に注意。
二十九日（金）入滅　不成就日・自殺だけは成就する。
三十日（土）負傷　外出禁止。怪我をする。在宅禁止。ガス中毒。
三十一日（日）蛇足　暦を信じるな。

悩みの躁談室

第一日

《相談にやってきたのは主婦S子さん（26）で、美しい女性》

筒井先生　（身をのり出し）どんな悩みですか。美人には悩みが多いとは思いますが。

S子さん　そんな悩みではありません。姑《しゅうとめ》が意地悪をするのです。

筒井先生　毒には毒です。意地悪仕返してやればよろしい。あなたはおとなしすぎる。

S子さん　仕返しすれば、また仕返しされて、しまいにはけんかになります。（泣く）

筒井先生　なるほど。そうですね。たしかにそうです。では、悪質なイタズラで仕返しすればよろしい、これなら、冗談だといってゴマかせますからけんかにならないでしょう。

S子さん　隣部屋で寝ていてずっと耳をすましてるんです。

筒井先生　エロ・テープを買ってきて、ボリュームをあげて流し続ければよろしい。

S子さん　でも、障子の破れめから、わたしたちの夫婦生活をのぞくのです。

筒井先生　そりゃまあぼくだってのぞきたい。（セキばらい）ペニスからミルクを噴射する人形があります。あれを破れめに向けて立たせておき姑の目にひっかけてやりなさい。

S子さん　赤ん坊が泣くと、寝室へはいってきて抱きあげ、わざとらしくあやすのです。

筒井先生　赤ちゃんを別のところへ寝かせ、ぶんなぐって泣かせなさい。そして赤ちゃんのふとんの中へ骸骨の小型模型を入れておくのです。うまくゆけば、姑は心臓麻痺で死にます。

S子さん　朝は、なかなか起きないのです。わざと障子の傍に寝たりします。わたしがつまずくと、わざと踏んづけたといって騒ぎ立て、薬を買いに薬屋へ行って、そこでわたしの悪口をしゃべるんです。

筒井先生　買った薬がムダですから、今度からはわざと踏んづけなさい。

S子さん　ご近所へ、わたしの悪口を言いふらして歩くのです。

筒井先生　あなたは学生時代、いろんないたずらをしたはずです。それを思い出しなさい。びっくりさせるおもちゃが、いっぱい売られています。どうしてあれを利用しないのですか。それを近所の人の前で姑にやって見せ、笑うのです。近所の人だって笑います。姑があなたの悪口をいっても、いたずらなんだからと思って本気にしなくなるでしょう。姑はそのうち、欲求不満、ノイローゼ、心臓病、高血圧、このうちのどれかで死にます。

S子さん　（目を輝かせ）ありがとうございました。

第二日

筒井先生　いらっしゃい。どういうご相談ですか。

質問者　ええ、じつはわたし、人生相談の回答者なのですが。

筒井先生　ええ。わたしが人生相談の回答者です。

質問者　いえ、あの、そうじゃなく、わたし人生相談の回答者をやっているのですが。

筒井先生　ちがいます。回答者はわたしなのです。

質問者　いいえ、わたしもじつは、あるところで人生相談の回答者をやっていまして。

筒井先生　なんだ。それならそうと、はじめからそういえばいいのです。それで、どんな悩みをお持ちですか。

質問者　ある女性がわたしのところへ、男にだまされたという投書をよこしました。そこでわたしはその男に対する訴訟の方法をていねいに教えてやりました。

筒井先生　ふん、ふん、それで。

質問者　じつは、その女性はわたしの捨てた女で、彼女がだまされた男というのは、じつは、わたしのことだったのです。

筒井先生　ええと、ちょっとややこしくてよくわかりません。もういちど図をかいて説明してください。

質問者　（図をかき、筒井先生に、かんで含めるように同じ説明をくり返す）

筒井先生　はじめからそういうように、わかりやすく説明すればいいのです。

質問者　女はわたしに、示談に応じなければ訴訟を起し、尚かつ彼女の投書に対するわたしの返事のことを、マスコミ全部に教えるというのです。そんなことをされては、人生相談の名回答者として名を売っているわたしは、皆から笑いものにされ、おまんまの食いあげになります。ねえ先生、どうすればいいでしょう。

筒井先生　いいことがあります。

質問者　どんなことでしょう。

筒井先生　人生相談に質問しなさい。

質問者　先生だって人生相談の回答者じゃありませんか。

筒井先生　（ハッと気がつき）あっ。そ、そ、そうでした。（立ちあがる）

質問者　（おどろいて）どうかしましたか。

筒井先生　（あわてふためいて）いえあの、じつはぼくにも、思いあたることがあるのです。そ、そんなことをされちゃ大変だぞ。（おろおろしながら質問者に向かって）あのう、ね、ねえあなた、どこかに、人生相談の回答者のための人生相談はないか。

第三日

《相談にやってきたのは二十四、五歳の青年で、筒井先生の顔を見るなりワッと泣き伏した》

筒井先生　（びっくりして）まあ、まあ、あなた、泣いていてはわかりません。どんな悩みか話してごらんなさい。

青年　ああ。わたしはどうしたらいいでしょう。好きになってはならない人と、愛しあっているのです。

筒井先生　よくある話です。兄嫁とか、義理のお母さんとかと通じてしまったというわけですね。

青年　いいえ。そんな、血のつながっていない人となら、通じても平気なのですが。

筒井先生　ははあ平気ですか。これはおどろきました。では肉親と通じたわけですね。よくある話です。近親相姦は最近の流行です。

青年　いいえ。厳密にいえば、その近親相姦でもないのです。強いていえば、そう、近親相おカマとでも申しましょうか。

筒井先生　ははあ。男色ですか。よくある話ですが、近親プラス男色というのはあまり例がない。相手は兄弟ですか。

青年　いいえ。わたしの父親です。

筒井先生　これは珍しい。で、離れられなくなったため、悩んでいるわけですね。

青年　いいえ。わたしたち親子は激しく愛しあっていますから、離れる気はないのです。

筒井先生　では何を悩んでいるのですか。

青年　子供ができないので悩んでいるのです。わたしも父親も、子供がほしくてしかたがないのですが、両方とも子供を産めないからだです。

筒井先生　あたり前です。馬鹿ばかしい。

青年　なんとか子供を産む方法はないものでしょうか。

筒井先生　（投げやりに）直腸妊娠ということが考えられますね。

青年　でもそれだと、排泄のたびに流産してしまいます。

筒井先生　では盲腸だろうが虫様突起だろうが、どこでもお構いなしに孕めばいいのです。

青年　ところで問題は、その子供を役所へ届ける際に起こると思うのです。その子は父親の子でしょうか、わたしの弟でしょうか、父親の孫でしょうか、わたしの子でしょうか。

筒井先生　そんなこと、ぼくにはわかりません。（頭をかかえて）世の中乱れとるよ。

最終日

（今週は質問者が多いため、筒井先生が特にまとめて速答してくださいます）

交通巡査　排気ガスとスモッグのひどい交差点に立っているため、鼻毛がのびてのびて困ります。どうしましょう。

筒井先生　そのままのばし続けてヒゲにすればいいのです。マンガの「天才バカボン」のオヤジがはやしているのは、あれはヒゲではなくて実は鼻毛なんですよ。知らなかったでしょう。

交通巡査　そんなこと、知るもんか。

木造アパートの住人　掛け時計が狂うのです。新しい時計を買ってきても、すぐメチャクチャに狂います。アパートの建っている場所が磁場の中心ではないでしょうか。

筒井先生　夜ごとの夫婦生活を派手にやりすぎるのです。静かにやればよろしい。

その一階下の住人　同感です。

女学生　飼い犬のペスが好きで好きでたまりません。どうしましょう。

筒井先生　かまわないから汗とヨダレにまみれて愛しあいなさい。ぜったいに子供のできる心配はありませんから。
象　エー私は動物園の象でございますが、園丁にいじめられて困っています。
筒井先生　だってあなた象でしょう。園丁よりも強いはずですよ。
象　でも人間だって、最近は男が女にいじめられているではありませんか。
筒井先生　（返答に窮して無言）
煙突　あの、便秘で困っておりますが。
筒井先生　結構ですな。スモッグ排気量が少なくてすみます。
車　下痢しております。
筒井先生　（激怒して）なんだと。そんなからだで町なかを走りまわっているのか。すぐスクラップ場へ行け。
小学校の女教師　（泣きながら）生徒に輪姦されました。
筒井先生　（泣きながら）二十年おそく生まれたらよかった。
妻　（泣きながら）あなた、もうお金がないの。税金どうやって払いましょう。
筒井先生　だから今、もうけているんだ。

レジャー狂室

パラダービー（障害ダービー）の馬券作戦

パラダービーとは

まず、パラダービーとはどういうものかについてお話ししましょう。名の通りこれは、肉体的に欠陥のある競走馬によって争われるダービーです。別名障害ダービーともいわれていますが、障害レースとまぎらわしいため、あまりこの名は用いられません。むろん、障害レースのように、水濠、生け垣、竹柵などをとぶわけではなく、平地を走るだけです。

このレースが他と違う点は、①互いに他の馬の走行を妨害してもよい。②落馬しても落馬地点まで引き返さなくてもよい。③薬物検査がない（鎮痛剤をやらない限り出馬不可能な馬がいるため）。④騎手が馬をひきずって（あるいは背負って）走ってもよい、等です。

また、このダービーに出場できる馬はサラブレッドに限らずアラブその他どんな馬でもよく、四歳馬でなくてもかまいません。要するに、外見上欠陥のある馬ならよいのです。

予想

さて、それでは本年度パラダービーの予想をしてみましょう。

今年出場する欠陥馬は七頭です。

	1	サンボンアシ	5牡
○	2	カタメオー	6牡
	3	イザリクラウン	3牡
△	4	メクラホマレ	7牡
	5	ダッチョウ	14牡
◎	6	ミミナシザクラ	10牡
△	7	ロッポンアシ	2牡

▼サンボンアシは右の前肢がなく、走るのが遅い上、他の馬を妨害することができません。しようとすれば自分がひっくり返るからです。

▼カタメオーは意地の悪い馬ですから、他の馬をさんざん妨害して二着に入るでしょう。

▼イザリクラウンはスタートの時から騎手が背負って走るわけですから、二四〇〇メートルのコースを回るのに五時間以上かかるはずです。

▼メクラホマレは、他の馬からあと足で砂をかけられても眼に入らないので有利ですが、コースをはずれて走り回ります。

▼ダッチョウは大キンタマが邪魔になって一レースで最低十回は転倒します。

▼ミミナシザクラは耳がなくてツンボというだけです。これは走行に関係なく、だから有利です。意地も悪く、本命です。

▼ロッポンアシは欠陥馬というより畸型馬です。足の数が多いので一見有利なようですが、かえってもつれます。まだ二歳馬なので、よちよち歩きです。あまり期待できません。

レジャー用語の解説

友釣り　ガール・ハント法の一。自分よりハンサムな友人を利用して女を誘惑する法。

マス手法　前衛生け花の手法の一。集団で行なうため、あたりに汚いものがとび散る。シンクロナイズド・オナニングともいう。

十段戦　読売新聞の社員の、C級以上の全員が参加するトーナメント方式の将棋戦。

千日手　二年九か月続けて、まだ勝負がつかないこと。将棋、チェス等の用語。

オートチェンジャー　自動的にコンドームをとりかえる巨大な装置。

ターンテーブル　空飛ぶ円盤じつは魔法の回転ベッド。あの上に男と女が乗っているのである。

ハイウェイ　料金の高い道路。

モーテル　もーてなーい。

ローン・テニス　ひとりでやるテニス。

セヴンホルド・プレー　七重殺。連続して七人の走者《ランナー》をアウトにすること。

ホームラン・ダービー　各打者がダービー馬に乗ってバッター・ボックスに入り、ホームランを競うこと。

クリーンアップ・トリオ　ホウキとハタキとチリトリを持った三重奏団。

ダークホース　お先まっ暗な馬。つまりメクラの馬のこと。

六冠馬　さつき賞、菊花賞、天皇賞、有馬記念、ダービー、パラダービーの全部に優勝した馬のこと。

二飜しばり　①キンタマを両方とも、しめつけられること。②締め切り日と制限枚数があること。今書いている原稿がそうである。

オナニー　マスターベーションを二回やればオナニー、三回やればオナサン、四回やればオナヨン、千回やればセンズリ。レジャー時代とはいえ、こういうことばがあるところを見ると、みんなよくよくひまらしい。

インディアン麻雀の打ち方

生島治郎氏が、佐野洋氏発案によるポーカー麻雀というのを紹介していた。きょうは、そのポーカー麻雀というのよりも、さらに高度な技術を要するインディアン麻雀というのをお教えしよう。

これを理解するためには、インディアン・ポーカーのやりかたを思い出していただくと都合がよろしい。

インディアン・ポーカーというのは、むろんトランプ遊びの一種であって、自分にくばられた手札を、自分は見ないで、対戦している連中にだけ見せる。

つまり、向こうを向けて額にかざすわけである。

これだと、自分の手札の強さがわからない。

そこで対戦相手の表情をうかがったり、対戦相手の賭《か》け金のつみかたを見たりして、自分の手札の強さを知るわけである。

つまり、対戦相手が賭け金を少ししか賭けなかったり、オリてしまったりした場合は、自分の手札の強いことがわかるというわけ。

もう、おわかりであろう。

インディアン麻雀というのは、これよりさらに複雑で高度なゲームである。

つまり、荘家散家共に、分配された牌《パイ》を他の三人に向けて並べ、自分は見ないようにするのである。

自分の兵牌にどのような牌があるか、どのような形で和了できるか、どのような役がつきそうか、整理のしかた(並べ方)が間違っていないか、すべて対戦相手の表情と、他の三人の牌を見比べて判断するわけである。


根本的には、ふつうの麻雀のルールと何ら変わる点はない。沖和《チョンボ》の回数がやたら多いぐらいである。沖和だけでダブル箱になるなどは毎度のことである。

ただ、この場合、全員が十本の指さきに救急絆創膏、あるいはセロハン・テープを巻いて盲牌できないようにする必要がある。盲牌のへたな者が損をするからである。

中には、牌の音でその種類がわかるなどという雀豪もいる。だから脱脂綿を耳につめる必要もある。

自分の牌を見ようとしてインチキをしてはいけない。また、他人にさせてもいけない。眼鏡、とくにサングラスをかけての勝負は厳禁である。

自分の牌の種類が何かを見ようとして、対門の者の瞳《ひとみ》をのぞきこんではいけない。

理想的には、全員目かくしをしてゲームをすべきであろう。

もしあなたが本当にこのゲームをやり、いざこざが生じたとしても、講師はその責任をいっさい負わないからそのつもりで。

《発作的短篇》

最後のCM

「やすだ！」

そう叫んで監督は、メガホンをふりあげ、可哀想な助監督の頭を力まかせにぶん殴った。

「また小道具がない。長火鉢はどうした。長火鉢は！」

「はい。はい。ただ今、すぐに」

「やすだ！」また、ぶん殴った。「エキストラはどうした。通行人がいないじゃないか。この！」

ぶん殴った。

「はい。はい。すぐにつれてきます」

「やすだーっ！」ぶん殴った。

「はい。はい。はい。はい。はい」

「気合いが入っとらん。やすだーっ！」

「はいーっ！」

「お前はどうしてそんなに、のろいのか。おれたちはな、映画を作っとるんだぞ。映画を！」

「はい。はい。はい。それはあの、よくわかっています」

「やすだーっ」ぶん殴った。

「はいーっ」

「わかっていながら、どうしてヘマばかりする。映画はな、今、斜陽産業なのだ。おれたちがしっかりやらなきゃ、この会社はぶっ潰れるんだ。わかっとるのか。やすだーっ！」

監督はまた、メガホンをふりあげ、助監督をぶん殴った。しかし、今度は助監督は、詫びようとしなかった。逆に監督を、鋭い眼で睨み返し、からだを硬くし、ぶるぶると頬の肉をふるわせはじめた。

「ど、どうした。な、なんだなんだ。その眼は」

監督は少したじたじとして、助監督からやや身を遠ざけた。

やがて彼はにやにや笑いながら助監督に近づき、その肩を叩きながらなだめはじめた。

「ま、気にするな。気にするな。わかったわかったよ。おれが言い過ぎた。な、お互いに、会社の景気が悪いんでイライラしてるんだ。ま、そんなに怒るな」

「調子にのるな。このーっ」助監督はカチンコをふりあげ、力まかせに監督をぶん殴った。

「ぎゃっ」監督は頭を押さえ、悲鳴をあげた。

そこへ撮影助手が駈けつけてきて、大声で皆に報告した。

「大変だ。たいへんだ。会社が潰れた。このスタジオは売りに出されたそうだよ」

「とうとう駄目だったか」

監督と助監督は、抱きあってさめざめと泣いた。

「トホホホホ。明日はエロダクションに身売りか。ああ、なさけない」

テレビ・カメラが、ズーム・ダウンしはじめた。

テレビの画面に顔を近づけて、じっとこのドラマに見入っていた若い女が、顔をこちらに向け、にっこり笑った。

「ほほほほほ。失業というのは、いつやってくるかわかりませんね。○○失業保険は、こういう時、皆さまのお役に立ちます。皆さま。どうか今すぐ、○○の失業保険にお入りくださ……」

その瞬間、コマーシャル嬢の頭上に、スタジオの天井から吊られていた重いスポットライトがまともに落下してきた。

「ぎゃっ」

コマーシャル嬢はフロアーに倒れ伏した。

またも、テレビ・カメラがズーム・ダウンした。

テレビの画面に眼を釘づけし、この惨事を眺めていた、四畳半の茶の間で夕食中の家族たちが、おそろしそうに顔を見あわせた。

「あんな危険な出来ごとに、いつぶつかるか、わかったものじゃないわね」と妻がいった。

「あのお姐ちゃん、大怪我しちゃったねっ」と、飯を口いっぱいにほおばって、小学生の息子がいった。

「現代は危険に満ちている」と、夫が演説口調で喋りはじめた。

「しかし、わが家は○○の傷害保険に入っている。だから安心だ」

家族はにっこり笑ってこっちを向き、顔を寄せあって保険証書をさし出した。

「あなたのご家族も、○○の傷害保険にお入りくださ……」

その時、家族の背後の障子に火がつき、だしぬけにぱっと燃えあがった。

「あなた！　火事よ！」

「わっ！　あちちちちち」

テレビ・カメラがズーム・ダウンした。

家中に火がまわって、大騒ぎしている画面に見入っていた若い男が、にこにこ笑いながらこちらを向いた。

「まったく火事というのは、いつどんな時におきるかわかりません。こういう時、○○の火災保険にお入りになっていらっしゃいますと、夜も安心して、ぐっすり眠ることができるでしょう。皆さま、どうか今すぐ、あなたも○○の火災保険にお入りくださ……」

その時、スタジオに旅客機が墜落した。

喋っていた男は、あっというまもなく轟音と立ちこめる黒煙の渦にのまれた。

テレビ・カメラがズーム・ダウンした。

画面の中の大爆発を、息をのんで見ていた若い女が、こちらをふり返ってにっこり笑った。

「ほんとに、いつ、どんなことがおきるやら、まったく、わかったものではありませんね。平和な時代にこそ、生命の危険には特に注意しなければなりません。その心がけは、平和な現代にこそ必要なのです」

　喋り続けるＣＭ嬢にダブって、画面の下方には白い文字の臨時ニュースが流れはじめた。

『臨時ニュース……本日午後三時半、在日米軍の誤射した核弾頭ミサイルにより、第三次世界大戦が……』

　ＣＭ嬢は、にこやかに喋り続けた。

「皆さま。どうか今すぐ、あなたも○○の生命保険にお入りくださ……」

　その時、ＣＭ嬢のからだが白い光となり、一瞬後には蒸発した。

　その画面を説明する者は、もう誰もいなかった。

差別

尾骶骨《びていこつ》のあたりがむずむずしはじめた朝、おれは絶望的に叫んだ。「ついにきたか。これでおれの一生は、もうめちゃくちゃだ」

そしてそれから二日め、尻尾が生えはじめたのである。

そのころ、尻尾が生えはじめたという人間が世界中で続出していた。おれに尻尾が生えた時にはすでに、世界人口の一パーセント足らずの人間が、だしぬけに生えた尻尾をもてあまし、他人の眼から隠そうとけんめいになっていたのである。

尻尾は、老若男女の区別なく生えはじめ、尻尾の生えた人間は皆から軽蔑され、笑われた。どんなに隠しても、たいていは誰かに発見されてしまうのである。

やがて、大っぴらな差別がはじまった。尻尾の生えた人間は、すべて知能指数が高いなどという噂が広まったため、その反撥で差別がはじまったのだろう。有尾人と呼ばれ、先祖帰りと呼ばれ、けだものと呼ばれて、尻尾のある者は職場から、学校から、締め出されることになった。

おれの尻尾も、ある日ついに発見され、会社をクビになり、婚約者からも振られた。

「イヤよ。尻尾のある人なんて。いまわしい。不潔だわ。猥褻だわ」アケミはそんな理屈にもならぬことをわめき、おれから去って行ってしまった。

尻尾は、ますます多くの人間の尻を犯し、誰かれの見さかいなく生えた。それは約一メートルに及ぶ、毛のない醜い尻尾だった。

有尾人が増加すると、その勢力は無尾人にとって、馬鹿にならないものになりはじめた。差別されたため、有尾人が団結しはじめたからである。

無尾人はますます激しく有尾人たちを迫害しはじめた。しかしその無尾人の中からも、尻尾の生える人間は続出した。

　ついに有尾人は、全世界人口の半数を突破した。尻尾を持つことを恥じる人間は次第に減り、町には、有尾人用の洋服までが売られはじめた。尻の部分に「尾袋」のついたズボンが、とぶように売れた。

　尻尾があることを隠そうとする人間はいなくなった。大っぴらに、尾袋のついたズボンをはいて町を歩く者がふえた。

「こら。踏むなよ」

　バスの中などで、そういって無尾人を睨みつけたりする者もいた。もはや、差別されているのは、尻尾のない人間たちだった。

　おれの婚約者のアケミには、まだ尻尾は生えないようだった。おれのところに戻ってくればいいのに、と、おれは思った。もはや、尻尾など珍らしくないのだから。

　しかし、あんなことを言って去って行った手前、今さら戻ってはこれないという彼女の気持も、わからないではなかった。

　尻尾のない人間の数は、ますます少なくなった。そういう連中は尾袋の中に擬似尻尾を入れていた。リモコンで動く機械仕掛けの尻尾である。

　キリストの像にも、自由の女神像にも、尻尾がとりつけられた。ほどなく全世界の人間に、尻尾が生える筈であった。

　ある朝、アケミが息を切らせておれのところへ戻ってきた。

「あなた。わたしにも、尻尾が生えたのよ。生えてきたのよ」

　おれたちは、ひしと抱きあった。尻尾と尻尾をからませて。

《発作的戯曲》

荒唐無稽文化財奇ッ怪陋劣ドタバタ劇

冠婚葬祭葬儀編

男Ⅰ
男Ⅱ
男Ⅲ
男Ⅳ
男Ⅴ
女Ⅰ
女Ⅱ
女Ⅲ

「葬いのボサノバ」が流れている。

死に水が　のどに詰まって
ごろごろと　鳴るその音が
涼しげに　耳に響くの
快く　胸に響くの

　殺すたび　死んでいくたび
　生き返るたび　また殺すたび
　わたしは　愛を感じるの
　死者たちに　愛を感じるの

蒼白い　その死に化粧
むき出した　その白い眼が
なぜかしら　心乱すの
あたたかく　胸を満たすの

殺すたび　死んでいくたび
生き返るたび　また殺すたび
わたしは　愛を感じるの
死者たちに　愛を感じるの

いつか見た　あの霊柩車
今日も行く　葬いの列
歓びの　あの歌声が
いつまでも　胸に残るの

殺すたび　死んでいくたび
生き返るたび　また殺すたび
わたしは　愛を感じるの
死者たちに　愛を感じるの

暗やみに鐘ひとつ。
朗々たる詩吟の声　〽冠婚葬祭、夜河を渡る。
暁に見る霊柩車、縁起よからず。

男Ｉ（登場、机に向かい、咳ばらいして水さしの水をコップに注いで飲み、プッと吹き出し）こ、これは酒。誰だ。御神酒とまちがえたな。ま、いいや、飲んじまえ。ええ、今は体育の時間ですが、教室で授業します、びっくりしてますね、体育の時間に校長先生が出て来たから、そうでしょう。無理ありません。これはあの、えと、テストも何もありませんからね。ノート、とらなくてよろしい。えと。あの、性教育、性教育といいますけどですね、動物は、あの、人間以外の動物はですね、ふつうは成熟しさえすれば、つまり、からだが一人前になってしまえばですね、別に性教育を受けなくても、あの、あの、性行為をいとなむことが、あの、まあ、できるんです。ところが人間の場合は、あの、社会の秩序というものがありますから、それを保たなければなりません。そこで、あの、しぜん、あの、あの、性、性生活を、か、か、隠しますね、そうですね。何がおかしいんですか。君、何がおかしいんですか。先生の話、わかりますか。わかりますね。

女Ⅰ　はい。

男Ⅰ　そうね。わかりますね。笑わないで、まじめな話ですから。先生もまじめに話しますからね。それでですね、人間というのは、あの、じ、事実、隠しますね。今のあの。

女Ⅱ　性行為。

男Ⅰ　はあっ。ああ、そうですね。性行為を隠しますから、しぜんこれを、罪深いものと思いこみ勝ちになります。すると、あの、そのために、あの、あの、性欲があの強くあの抑圧、あの押さえつけられて、健全なあの、例のあの性行為がやれなくなる。い、いや、いとなめなくなります。えへん。そこで、健全な知識が必要とされるわけで、皆さんはもう、中学二年生です。中学二年生の女生徒といいますと、昔はまあ、そんなでもありませんでしたが、それでもまあ、中にはありましたが、今の中学二年生の女生徒になってきますと、発育がよくて、からだはまあ、すでにもう、昔とはちがって、あの、ちがうわけです。ですから当然、とっくにあの、たとえばあの、あの生理的にあの、あの生理日の。

女Ⅲ　月経。

女Ⅰ　メンス。

男Ⅰ　はい。はい。知っていますね。そうです。そうですね。大きな声出さなくてよろしい。それであの、あの、ない人、まだない人、いますか。いたら手をあげてください。いませんか。正直に。いないようですね。ははあ。するとあれですか、残りの人は、いや、君たちみんな、もうあったわけですね全員。そうですか。ひひひひ。え、えへん、えへん。ああ。のどがかわく。（酒を飲む）ええ、性というものは、性の染色体の組みあわせによって、決まるのです。つまりXの染色体を持っているのが女、XとYの染色体を持っているのが男ということになるのですが、ええと、こういうことはもう、理科の方で教わりましたか。

女Ⅱ　はい。少しだけ。

男Ⅰ　ああそう。少しだけですか。まあ、こういったことは、高等学校で詳しく教えてくれますから、まあ、いいでしょう。とにかく性には、男と女があります。男は、皆さんぐらいの年頃になると髭が濃くなり、声変わりがしてきます。骨格が太くなり、筋肉が発達します。では、女性はどうかといいますと、腰はば、つまりこの、ヒップですな、これが大きくなります。脂肪が多くなりますから、そのためにあちこちが、こう、まん丸く、丸味をおびて来て、ヒップもあの、こう、うしろへあの、ぼん、と出ますね。そしてあの、おっぱいも、いや、乳房も、こう、ぼんぼん、となりますね。腰は、つまり今度はこの、ウェスト、ここは逆に、きゅっとこう、しまります。そしてお腹の方は、つまり脂肪の層が厚くなりますからね、このお腹の下の方から、太腿の方へかけてはこの、特に脂肪が厚くて、ひひひ、ぼん、ぼんぼん、と、こうなりますね。そ、それからその。

女Ⅲ　あ、校長先生。よだれ。

男Ⅰ　はい、はい。それからその、ここに毛が、ああ、これはあの、男もそうですけど、ここに毛が生えます。あの、あの陰毛ですね。ちりちりとしていて、頭髪は直毛ですけど、これはその、波状毛ですね。見ればわかりますね。集めたりなんかしてる人いますけど、あれ不潔ですね。え、えへん。さて、あの、男と女の肉体的な相違点、これはあの、いちばんその肝心というか、あの、はっきりしている点はあの、もちろん、あの、あの性器ですね。女性のあの、性

器、いや、その、生殖器官は、こうなっていま
す。ちょっとその、図を描きましょう。ええ、
これはその、断面図ですが、ええ、あの、ここ
に尿道口がありますね。それから、これの少し
下、ここのこれが、あの、膣前庭といって、あ
の膣のあの、要するにあの、あの入口です。

女Ⅰ　あら。少し大きいんじゃないかしら。

男Ⅰ　えっ。そうですか。いや。いやいや。これ
でいいんです。成人すると、こ、これぐらいに
なるんです。な、なる筈です。な、なると思う
んだがなあ。ま、ま、よろしい。（酒を飲む）
それから、ええと、ここがちょっとやゃこしい
んだが、ここにこの、い、陰核、それからこの、
左右に陰核脚が出ていて、それからこの、これ
が小陰唇。な、なんですか。何がおかしいんで
すか。どこかその、おかしいとこ、ありますか。

女Ⅱ　先生。そこはそんなに大きくありません。

女Ⅲ　そんなに横に拡がってないわ。

男Ⅰ　そうかなあ。そうですか。いや、これでい
いんです。成人すると、これぐらいになるんで
す。

女Ⅰ　でも、ちょっと大きすぎるわ。

女Ⅱ　そうよ。ねえ。

男Ⅰ　騒がないで、騒がないで。騒いではいけま
せん。そりゃね、あの、君たちのはね、もちろ
んこんなに大きくはありません。いや、おそら
く、大きくはあの、ないでしょう。ない筈で
す。そうですよね。はは。ははは。君たち、
自分のあの、あの、これを見て大きいといって
るんでしょう。はははは、は。

女Ⅲ　じゃ、先生は誰のを見たんですか。

男Ⅰ　そりゃあ、先生はたくさ、え、えへん、え
へん。えへんえへん。えへん。本をその、見て
ますからね。あの、だからあの、これは子供を
いちど産んだ、そうですよ。これはね、子供を
産んだ女の人のですよ。さあ。黙って聞きなさ

い。あまり、わあわあいってはいけません。隣の教室の邪魔になります。いいですね。えと、それから、ここが、えと、こうなって、これが膣腔、それから、えと、これが子宮でと、ここに卵巣がこう。うん。ええ、これが女性の生殖器官の大まかな、な、なんですか。何くすくす笑ってるんですか。何もおかしいことないでしょう。

女Ｉ　先生。卵巣は前の方です、もっと。

男Ｉ　え、ああ。あそうか。これはあべこべでした。これはあべこべ。こっち側にあるんですよ。こっち側にね。まちがわないようにね。はい。これでよし。これが女性の方。次は男性。ええ、男性の方はですね、つまりその、男性の生殖器官というのは。

女Ⅱ　ペニス。

女Ⅲ　オー、チンチン。

女Ｉ　陰茎。

男Ｉ　はい、はい、はい。そうですね。そんな大きな声出さないで。あの、びっくりするからね。先生、最近ちょっとあの血圧がね。あの。えへん。ふう。のどがかわく。(酒を飲む)ま、それでは、図を描きますからね。えと、これが、あの、腹で足でと、それからあの、これがあの、い、陰茎。

女Ⅱ　まあ小さい。

女Ⅲ　小さいわあ。

女Ｉ　小さ過ぎるわあ。

男Ｉ　騒がないで。騒がないで。これが普通の状態なのです。

女Ⅱ　だってえ。

女Ⅲ　それじゃ、だって、子供のおちんちんよ。

女Ｉ　そうよ。

男Ｉ　なんですか君たちは。な、何そんなに興奮してるのです。興奮させないようにと思ってわざと小さく描いたのです。(そろそろ、ろれつがまわらない）こ、これがですね、ぼ、ぼ、勃起してない状態の、ごく普通の。

女Ⅱ　それにしても小さい。

女Ⅲ　そうよ。

女Ⅰ　そうだわ。

男Ⅰ　黙りなさい。これでいいのだ。

女Ⅱ　違うのだ。

男Ⅰ　なんですか、そのいいかたは。ま、まあいいでしょう。それならま、これぐらいにしましょう。

女Ⅲ　それでも小さいんだけどなあ。

男Ⅰ　馬鹿いいなさい。これ以上でかいなんて筈があるもんか。それじゃまるで怪物だ。（酒を飲む）先生のいうことに、まちがいはないんです。さあ次、次、描きます。えと、これが精管で、こうつながって、睾丸、睾上体、えと、そして陰嚢ですね。

鐘がなる。

男Ⅰ　（はっと顔をあげ）いかん。暮六つだ。寺へ戻らにゃあ。ええ。校長先生はですね、ご存じのようにお寺の住職を兼任していますから、夜はお通夜があります。今日の講義はこれでおしまい。ああ、君と、それから君。あと片づけして下さいね。

女Ⅰ、Ⅱ、Ⅲ、テーブルを片づける。

男Ⅰ　（水差しをとり）おっと。これは貰って行かにゃあ。

ふたたび鐘。舞台上、正面に仏壇。その前で男Ⅰ、木魚にもたれ酒を飲みはじめる。

男Ⅰ　さても長閑《のど》けき春宵一刻、昭和元禄泰平の、この世のなさけ身に受けて、坊主住みよい資本主義、老人医学の発達で、葬儀の数は減ったけど、収入《みい》りは減らぬ檀那寺、暖衣飽食できるのも、アメリカさんのおかげです。
（歌う）日本のために
　日本のために戦った
　アメリカさんのおかげです
　アメリカさんよありがとう
　ニクソンさんよありがとう
（木魚を叩き、阿呆陀羅経の調子になる）さてもこの世の不合理は、死人の出るとこ不景気で、景気のいいとこ死人が出ないよ、坊主どこ行く不景気ならば、死人の出るとこお呼びでないいない、戦争やり出しゃ坊主も死人だ、金のあるとこ極楽浄土、行きたくないとこソンミにビアフラ、可哀そうだよあそこの人は。
（歌う）赤い血を噴くあの村は
　ソンミだ　ソンミだ
　そこは火を吐くライフルの
　地獄だ　地獄だ
　腹を減らした餓鬼がいる
　知らない　知らない
　食おう　食おう　うまい飯
　飲もう　飲もう　うまい酒
　ビアフリ　ビアフラ
　ビアフリ　ビアフラ
　可哀そう　ビアフリ　ビアフラ
（徳利が空なのに気がついて）おーい。徳利が空だ。珍念、珍念はいねえか。朴念、観念、通念、無念、一昨年、エピゴーネン、なんで誰もおらへんねん。誰か酒持ってこい。
男Ⅱ　（出てきて）あのう、みんな今夜は、藤圭子のファン・クラブの集会へ出かけたんですけど。
男Ⅰ　（酔眼据えて）お前は誰だ。ははあ。通念だな。
男Ⅱ　よくぞ憶えていてくださいました。かく申す私、通り相場の通念。心も軽く身も軽く、口が軽くて尻も軽い、それがわたしのセールス・ポイント、これから売り出す成長株、(しなを作り)使ってね先生《せんせ》、ホさないでね。
男Ⅰ　ちえ。いちばんくだらねえやつが残ってやがったか。まあいい。酒がなくなったから庫裡へ行ってとってこい。
男Ⅱ　はいっ。では、ご期待に応えて。
男Ⅰ　何おっ。
男Ⅱ　ご期待に応えまして、一曲。
(歌う)ズビズバー　パパパヤ
　　やめてけれ　やめてけれ
男Ⅰ　やめろ。誰が歌を歌えといった。ははあ、にわかつんぼで胡麻化そうとするところを見ると、さてはこの野郎、盗み酒して全部飲んじまやがったな。
男Ⅱ　アレ和尚様。この清廉潔白顔面蒼白、甲論乙駁オツム雑駁なる通念に、身に憶えなきあらぬ疑い、そりゃまた何たることを、あまりといえばあんまりな……。
男Ⅰ　飲まんというのか。
男Ⅱ　飲みました。
男Ⅰ　阿呆。うう……ここな未成年のアル中患者め。ふてえ奴だ。
男Ⅱ　ほめて下さい和尚様。わたしはすなおに白状いたしました。道徳教育復活の折柄、和尚様が尋常小学校の修身でならったことを思い出してください。ほら、リンカーンと桜の木の話を。
男Ⅰ　ワシントンじゃろう。
男Ⅱ　同じ穴のムジナです。
男Ⅰ　白状したなら覚悟はできていような。どうしてくれよう。観念せい。
男Ⅱ　はい。観念しました。今しました。どうにでも、存分になさってください。またこの間のように、わたしの肛門並に直腸、これをお貸ししましょうか。申しておきますがわたしの尻には、蟯虫蛔虫サナダ虫、十二指腸虫はいうに及ばず、水虫までおります。
男Ⅰ　見せるな見せるな。お前の小汚ねえ尻にはもうこりごりだ。どうもあれから下っ腹が掻ゆい掻ゆいと思っていたら、このあいだ小便した時、尿道から蛔虫が出た。（腹を掻き）くそ。また掻ゆくなってきた。（歌う）掻ゆいのよウナ　ウナ。
男Ⅱ　ありがとうございます。おかげでこちらはすっきりさわやか、とうとう便秘がなおりました。
男Ⅰ　ウーム勿体なくもかしこくも、このありがたい名僧智識の逸物大ペニス、未亡人泣いて喜ぶこの太魔羅をば、あろうことかあるまいことか、イチジク浣腸に使いおったな。
男Ⅱ　おかしな、おかしな味でした。
男Ⅰ　けしからん奴だ。まあ、飲んだものはしかたがないから、すぐ買いに行ってこい。
男Ⅱ　はあ。しかし買いに行くためには、墓の中を通って行かなければなりません。
男Ⅰ　それがどうした。
男Ⅱ　えへへへへ。どうもしませんが。しかしもう、夜もだいぶ、ふけております。
男Ⅰ　酒屋を叩きおこせ。
男Ⅱ　あっ、ねえねえ和尚様。酒なんか飲むより、もっと面白いことがあります。
男Ⅰ　なんだ。
男Ⅱ　ボウリングをして遊びましょう。
男Ⅰ　この寺の中でボウリングができるか。
男Ⅱ　できます、できます。まずこの位牌をば、ここの所へこう、ずうっとピンの形に並べまして、それからこの木魚をば、こっちから投げまして……えいっ。あっ、ガターでした。
男Ⅰ　ひでえことしやがる。わしの留守中、いつも暇つぶしにそんなことをして遊んでるんだろう。
男Ⅱ　はい。それはもう、いろんなことができます。まず本堂の仏さまにボディ・ペインティング。鉦や木魚でニューロック。百目ローソク立ち並びますればすなわち本堂はディスコテックになります。
男Ⅰ　くだらなーい、くだらなーい。さあ、早く酒を買ってこい。それから、何か食うものを買ってこい。さっきから何もなくて餅ばかり食ってるんだ。
男Ⅱ　はあ。しかし買いに行くにはお墓の中を……。
男Ⅰ　あたり前だ。寺てえものはだいたい墓にかこまれとる。それがどうした。
男Ⅱ　あの、先日土葬にした仏さまがありますね。
男Ⅰ　うんうん。あれは土地成金の弾五郎。フグ食って死んだ男。
男Ⅱ　たんまりお布施が入りました。
男Ⅰ　盛大な葬儀をしたからな。
男Ⅱ　あの仏さまが、もし生き返っていれば、お布施はもらえませんでした。
男Ⅰ　ムッ。
男Ⅱ　お通夜の席で、生き返りそうになりましたな。
男Ⅰ　ムッ。
男Ⅱ　遺族の連中誰も気づかず、気づいたのは和尚様、あなたおひとり。
男Ⅰ　ムッ。
男Ⅱ　片手で木魚を叩き続け、口に経文唱えながら、こう、そろーりそろりと片手をのばし、仏の首をば、ぐぐ、ぐいーっと……。
男Ⅰ　ム、、、、、、、、。さてはお前、見たなあ。
男Ⅱ　見、見、見ました。あれを見たからには、生かしちゃおけませんか。
男Ⅰ　こら。先に言うな。
男Ⅱ　すみません。
男Ⅰ　(だしぬけに笑う)　わあっはあっはあっ。
男Ⅱ　(うしろ指ついて)　ひいっ。こわい。
男Ⅰ　馬鹿者。死にかけているやつを絞め殺して何が悪い。成仏できず迷っている者に引導わたしてやるのがこれすなわち坊主の役目。そのどこが気に食わぬ。さては貴様小坊主の分際でこの和尚を脅すというのか。イヤサ強請《ゆす》るというのか。

男Ⅱ　マ、、、、、、、、お待ちください。和尚様。ケケ決して決してそのような大それた……ひいっ、恐ろしい。どうぞそのように、パロマ山天体望遠鏡のような凄い眼で睨まないで下さい。ああっ腰が抜けた手足がしびれた小便が洩れた。決して決してこの通念、あれが悪い行為であるとは思いませんし、また口外もいたしません。いいえ、悪いことだから口外しないというのではなく、当然のこと故口外しないのです。

男Ⅰ　必ず口外せんと誓うか。

男Ⅱ　(十字を切り) 誓います。神に誓います。

男Ⅰ　(あきれて) 宗教が乱れとる。

男Ⅱ　でも和尚様、ひとつ心配なことが。

男Ⅰ　ム、何が心配だ。

男Ⅱ　莫大な財産に執念を残して死んだあの弾五郎、一度生き返ったくらいですから、またまた生き返るおそれ、なきにしもあらずですよ。

男Ⅰ　ふん。ま、ま、まさか……。

鐘の音。男Ⅲ、白装束の女 (女Ⅱ) を背負って出てくる。

男Ⅲ　和尚……。

男Ⅰ　そら出た。

男Ⅱ　わひーっ。(坊主と抱きあう)

男Ⅰ　なんだ、お前か。おどかすな。やっ。なんじゃそれは。何をかついできた。

男Ⅲ　まあ見てくれ。水死体だ。どうだ。いい娘だろう。(小坊主に) おい。ふとんを敷け。

男Ⅰ　ほほーっ。これはまた美しい娘。いやあ、よく拾ってきてくれた。最近若い女の死体に餓えとったのじゃよ。いったい、どこで拾ってきた。
男Ⅲ　(ふとんに死体を寝かせながら)　千鳥ヶ淵に流れついたのを、金田の分家のお咲坊が見つけて、おれに知らせてきた。この娘を知っとるかね。
男Ⅰ　うーむ。最近どこかで見たようじゃが、思い出せんなあ。
男Ⅲ　喜べ和尚、この娘はな、このあいだフグ食ってくたばった、土地成金の弾五郎の娘じゃ。
男Ⅰ　おお思い出したぞ。そうじゃ。たしかにそうじゃ。しめた。親父に続いて今度は娘の葬式。またもやお布施がたんまり……。
男Ⅰ
男Ⅱ　すばらしーい。すばらしーい。
男Ⅲ　白装束をしてるから、きっと覚悟しての身投げだろうよ。親の方へは、さっきお咲坊に走ってもらった。
男Ⅱ　しかしマネージャー、こういう場合は、まず警察へ届けなければいけないのでは……。
男Ⅲ　いいのいいの。そんなことしてたら時間がかかるし手間がかかる。お布施の貰いも遅れる。こういうことは合理的に、かつスピーディに処理しなきゃいけないの。
男Ⅰ　しかし、あの駅前の駐在にだけは、マネージャー、あんたからうまく言っといてくれよ。
男Ⅲ　だいじょうぶ。あんなパーキンソンの法則みたいなシラクモ頭の老いぼれ、言わなくったって、どうってことはない。
男Ⅰ　だが、手だけは打っておけよ。そういうことを処理させるためにマネージャーを雇ってるんだからな。もし話がこじれたら、ピーターの第一法則によって、お前、責任とってもらうぜ。
男Ⅲ　心配すんなって。心配した通りのことが起こるのは、マスコミが騒いだ時だけだよ。これは何の法則だっけ。マクルーハンでなし、リースマンでなし、ブーアスティンでなし、ああ、ハイジャックの法則だ。

男Ⅱ　よろしい。話がそういうことになったのなら。（死体に合掌し）ああ可愛想に可愛想に。生きていたならこの通念と相思相愛、先じゃ夫婦《めおと》になれたかも知れぬという年頃。せめてものことにこの通念が、功徳ほどこして成仏させたげるからねえーっ。（死体を抱く）

男Ⅲ　こらっ。厚かましいやつだ。その仏の発見者はこのおれだ。一番さきに頂戴するのも、このおれだーっ。（小坊主を死体からひきはなそうとする）

男Ⅱ（死体にしがみついたまま、わめきちらす）冗談じゃない。インキン田虫、横根にカンソ、小汚い病気全部背負いこんだあんたみたいな中年男に、この清純無垢の処女の死体を、なんで渡そう抱かさりょか。ここはやはりこの童貞の通念が、まず一番バッターを……。

男Ⅲ　エエ黙れだまれ。なま身の女にゃ声もかけられねえ蒼白い若僧が何ぬかす。手前は横で眺めながらマスターベーションやってりゃいいんだ。

小坊主（男Ⅱ）とマネージャー（男Ⅲ）、娘の死体を奪いあう。

男Ⅰ　喝。お前らあ仏を何と心得とる。だいじなだいじな商売ものを、お前ら如き俗人に傷つけられてたまるか。（仏の顔をのぞきこみ）ふふふ。いやなるほど。お前らが血に狂うた狼のように迷うて噛みあうのも無理はない。まるでこの世の、いや、あの世のものとも思えぬ美しさじゃ。よしよし。むろんこの仏に、最初に功徳ほどこしてやるのはこの名僧智識の役目じゃが、お前らにはおさがりをやることにしよう。ホッホッホッ。

小坊主（男Ⅱ）、マネージャー（男Ⅲ）、がっくりする。坊主（男Ⅰ）、死体を寝かせたふとんにもぐりこみ娘を抱く。

男Ⅰ　ふひょーっ。冷たいつめたい。死体抱くのはいい気持じゃ。だから坊主はやめられない。なま身の女ばかり抱いてる人が馬鹿に見えまーす。ホッホッホッホッ。

男Ⅱ　ホッホッホッホッ。

男Ⅲ　ホッホッホッホッ。

男Ⅰ　おおおおお。死の味がする。死臭がおれをとりまく。観音菩薩と涅槃《ねはん》楽、ままよ後生楽トタンのバラック、大型トラック南京陥落、ああ極楽が見えてきた。ああ極楽にやってきた。極楽は冷たいところじゃなあ。極楽は暗いところじゃなあ。

男Ⅲ　あたり前よ、極楽なんてところが明るくて暖い筈がねえ。よそよそしい善良なやつばかり。ＰＴＡママとか、マイホーム・パパとかいった連中がわんさといるんだ。それよりは、地獄の熱気の方がどれだけいいかわかりゃしねえ。

男Ⅰ　あっ。あっ。地獄じゃ。地獄が見えてきた。熱い。熱い。焦熱地獄じゃ。おおおおおお。血が煮えたぎる。心臓が口からとんで出そうじゃ。さばだばだ、さばだばだ、さばだばだ、だ、だばだば。

男Ⅱ・Ⅲ　さばだばだ、だ、だばだば。

男Ⅰ　さばだばだ、だ、だばだば。

男Ⅱ
男Ⅲ ｝さばだばだ、だ、だばだば。

男Ⅰ　おおおおお。宇宙だ。ここは真空の大宇宙だ。わしは虚無の海、永劫の大空間に漂うておる。おお、地球は緑だった。太陽は黄色じゃった。さばだばだ、さばだばだ、さばだばだ、だ、だばだば。

男Ⅱ
男Ⅲ　｝さばだばだ、だ、だばだば。
男Ⅰ　ああ、火花がとび散る。熱風が吹きすさぶ。激情の嵐が舞い狂う。シュトルム・ウント・ドランクの渦がスタミナ・ドリンクとなってわしの盲腸を沸き立たせる。おお、マリワナの炸裂。ＬＳＤの開花。さばだばだ、さばだばだ、さばだばだ、だ、だばだば。
男Ⅱ
男Ⅲ　｝さばだばだ、だ、だばだば。
男Ⅰ　だ、だ、だ、だー。
男Ⅲ　やってる最中に、ちと口数が多すぎるなあ。和尚。相手に嫌われちまうぜ。
男Ⅰ　なあに。なま身の女は裏切るが、死体は裏切らねえもんな。
男Ⅲ　違えねえ。
男Ⅱ　あ。誰か人がきた。
男Ⅲ　そりゃいかん。ちえっ、いいところで邪魔が……。

母親（女Ⅰ）、息子（男Ⅴ）をつれて登場。マネージャー（男Ⅲ）、応対に出る。

男Ⅲ　どちらさまで。おや、これはこれは、あなたがたでしたか。
女Ⅰ　はい。私どもの親不孝娘が水死体となって、こちらさまにお世話になっていると聞きましたものですから、さっそく通夜の用意をして、やってまいりました。
男Ⅲ　ははあ。これはまたお早いお着きで。とほほほほ。
女Ⅰ　あのう、先日、たくの葬式の時にもお見かけしましたが、いったいあなた様は、どなたでござ

男Ⅱ　和尚さん。和尚さん。
男Ⅰ　うるさい。あっちへ行け。ああ黒髪よ甘肌よ。流れをと

いますか。

男Ⅲ　わたしはこの寺のマネージャーです。最近、専任になりましたので、どうぞよろしく。

女Ⅰ　はあ。あの、お寺様にマネージャーが……。

男Ⅲ　は。お寺の経営こそ、最も近代化に迫られているというのが私の従来の主張でございます。私は八重州口大学の経営学科を卒業しまして以来、第三次産業たるサービス事業の研究に精を出し、葬儀産業こそはこの情報産業革命の時代の最先端を行くものであるとの結論に達したのでありますが、同時にまた、理論よりは実行、実行なくして革命はあり得ぬという結論にも到達したのであります。ドラッカーによりますれば、経営の合理化とは単に収入を多くすることではなく、それはむしろ損失の回避により、事業の継続を計るというこ

めた静脈よ毛細血管よ。むき出した白眼よ。苦悶の跡あざやかなる歪んだ蒼き唇よ。俗人の知らぬこの悦楽よ。すばらしーい。すばらしーい。さばだばだ、さばだばだ、さばだばだ、だ、だばだば。さばだばだ、だ、だばだば。

男Ⅱ　和尚さん。来ました。

男Ⅰ　うるさい奴だな。何が来た。

男Ⅱ　遺族です。遺族がお通夜にやってきました。早くやめて、ふとんから出てください。

男Ⅰ　何っ。ウーム残念。たっぷり楽しむつもりだったのに……。

男Ⅱ　さあ。早くふとんから出て。

男Ⅰ　出られぬ。こりゃいかん。

男Ⅱ　どうしました。

男Ⅰ　抜けなくなった。

男Ⅱ　エーッそれは大変。

男Ⅰ　ヒーッ。これぞ噂に聞いた仏の巾着。さてこそ屍姦の

祟り、スワ一大事。

男Ⅱ　はてさて女の罪深さ。死してなお男を離すまいとするか。

男Ⅰ　はて恐ろしき。

男Ⅰ・Ⅱ　執念じゃなあ。

坊主と小坊主、うろたえて死体をひきはなそうと苦心する。

とこそ重大であります。無駄を省くという意味で、最も非近代的なる事業はもちろんお寺さまでありまして、私はこのお寺様における無駄の撤廃を完徹せんものと、ナベプロからもトレードに参っておったのですがそっちの方はことわりまして、こちらにご厄介になった次第でありますが、就任後早くも二ヶ月、さまざまな革新的アイディアによりまして無駄は省かれ、経営は飛躍的に合理化をとげ、この町一番の高額納税寺院となったのであります。それが何よりの証拠には、まずこのわたしが税務署へ行きますと……。よう。姐ちゃん。確定申告にきたぜ。案内してもらおう。

女Ⅲ　（登場）まあ。申告ですって。それはそれは、ようこそいらっしゃいました。税務署の職員一同、どんなに喜ぶことでございましょう。

男Ⅲ　あんたは喜んでくれないのか。

女Ⅲ　もちろん大喜びですわ。ほら。（抱きつき、キスをする）さあ。どうぞ、どうぞこちらへ。

「ビヨンド・ザ・リーフ」が流れる。

女Ⅲ　（男Ⅲの首にレイをかけ）税務署へようこそ。

男Ⅲ　ふん。なかなかみごとな応対ぶりだな。（二の腕をぐいとつかみ）姐ちゃん。あんたはなかなか綺麗だ。いや。すばらしい美人だ。頬っぺたのキスだけじゃ、もの足りないぜ。（抱きすくめる）

女Ⅲ　あら。何をなさいます。
男Ⅲ　何をしようといいじゃないか。そうだろ。おれは国民だ。そしてあんたは税務署の職員だ。そうじゃなかったかね。
女Ⅲ　それはそうでございますが。でもここはお役所のなか、しかもまっ昼間でございます。
男Ⅲ　それがどうした。お役所の職員にとって、国民はだいじな御主人様。何をされようと文句のあろうはずがない。
女Ⅲ　でも、でも今、わたしは勤務中なんです。わたしは……あら。あら。いけません。そんなこと、なさらないで。
男Ⅲ　ほう。そんなに、このおれが嫌いか。おれは国民なんだぜ。あんたは国民がきらいなのか。
女Ⅲ　いえ。あの。そんな。
男Ⅲ　国民から抱かれると、ぞっとするのか。身の毛がよだつのかね。虫酸が走るほど、国民がいやなのかね。おれは不潔かね。汚ならしいかね。ほう。そうかい。なるほど。あんたは立派なお役所の職員だ。見あげたものだ。週刊誌に投書してやりたいくらいだよ。国民は人間じゃないのか。そうか。
女Ⅲ　そんなこと何も……何もわたしは。
男Ⅲ　いいさ。どうせおれは、しがない国民さ。えらいお役所の人たちとは人種が違うのさ。あんたたち税務署の人にくらべたら、おれたち国民はけものさ。うす汚いブタさ。
女Ⅲ　そんなことありません。そんな。（服を脱ぎはじめる）わたしたちの使命は、国民のみなさんに奉仕することなのです。あなたのおっしゃることなら何でもしますわ。どんなことでも、おっしゃる通りになりますわ。ほら。ほら、ね。この通り。（裸になる）
男Ⅲ　（我慢しきれず、とびかかる）うおっ。
女Ⅲ　まあ。嬉しいわ。さあ、こちらへ。（ふとんの方へ案内する）

男Ⅲ　税務署の応接室にふとんが敷いてあるのか。（ふとんをひっぺがすと、中の男Ⅰと女Ⅱがころげだす）誰か先に入ってたぞ。まあいいや。おれを愛してるかね。
女Ⅲ　ええ、ええ。愛してますわ。愛してますわ、だってあなたは、国民なんですもの。
男Ⅲ　ほんとかね。お役所のお嬢さん。
女Ⅲ　ほんとよ。ほんとよ。ああ。ああ。
男Ⅲ　すばらしい。あんたはすばらしいよ。お役所のお嬢さん。あんたのからだはすばらしい。お役人はすばらしい。
女Ⅲ　ああ。もっと。もっと。
男Ⅲ　たいへんだ。こんな馬鹿なことしちゃいられない。（立ちあがる）早く申告をしないと、日が暮れてしまう。
女Ⅲ　ひどいわ。そんな……途中で……ああ、お願い。もっと。
男Ⅲ　なんだ何だ。そのざまは。おれは申告にきたのだぞ。その応対もせず、もっともっとは何ごとだ。それでもお前は税務署の人間か。税務署ではまっ昼間からストリップをやるのか。仕事もせずに、ただれ切った愛欲の世界に溺れるのか。ふん。こいつはいい新聞ダネだな。
女Ⅲ　（おどろいて、とびあがるように立ちあがる）すみません。すぐ担当者を呼んでまいります。（退場）
男Ⅳ　（登場）ようこそおいでくださいました。税務署員一同、大感激でございます。わたくしは所得税頂戴係長でございます。（深ぶかと一礼）
男Ⅲ　なんだ係長か。まあいい。これが申告書だ。みてくれ。ただし、四の五のと文句をぬかすと、ただはおかんからな。
男Ⅳ　文句などと、とんでもない。何をおっしゃいます。めっそうもない。
男Ⅲ　まあみてくれ。
男Ⅳ　拝見いたします。なるほど。なるほど。これが総収入。これが必要経費の領収書綴り……
これだけですと、合計三百二十円にしかなりませんが。
男Ⅲ　ああ。そうだよ。
男Ⅳ　あの、必要経費が、たったの三百二十円ということはないと思うのですが。
男Ⅲ　おれが信用できんというのか。
男Ⅳ　いえいえ。そんなことは申しておりません。ただ、常識としましては領収書類の合計が必要経費としての規定のパーセンテージに満たぬ場合、無条件に……。
男Ⅲ　そんなことはわかっている。人を馬鹿だと思うのか。一市民だと思って愚弄すると、ただはおかないぞ。
男Ⅳ　も、申しわけございません。わたしが悪うございました。とんでもないことを申しました。
男Ⅲ　いいか。パーセンテージに満ちようが満ちまいが、おれが昨年度に使った必要経費は、それだけなのだ。三百二十円なんだ。それを信用できないというのか。貴様は国民を信用しないのか。必要経費を規定のパーセンテージに直したりすれば、それだけ納税額が減ることになるのだぞ。納税額が少なくなれば、それだけ政府は貧乏になるのだ。貴様は国家の経済力が危殆に瀕してもよいというのか。おまえはそれでも役人か。この非国民め。木ッ葉公務員め。三下役人め。ああ疲れた。冷たい飲みものを持ってきてくれ。
男Ⅳ　かしこまりました。（飲みものを、盆にのせてくる）お待たせいたしました。さあどうぞ。
男Ⅲ　（飲み乾して）酒が入っていたようだぞ。
男Ⅳ　は。さようでございますか。でもそんなはずは。
男Ⅲ　ないというのか。
男Ⅳ　は。は、はい。
男Ⅲ　そうだろうとも。国民の血税を、接待用アルコール飲料の購入に使用しているなど、ここの税務署がそんな馬鹿な真似をしているはずはないものな。え。そうだろう。
男Ⅳ　さようでございますとも。
男Ⅲ　もしそんなことをしていることがばれたら、どんなことになるかなあ。さて。どんなことになるかなあ。おもしろいなあ。ケケケケケケケ。
男Ⅳ　ご、ご、ご冗談を。
男Ⅲ　ところで、おれの必要経費は三百二十円。どうだ。それに間違いはないな。
男Ⅳ　は。それはもう。その通りでございます。
男Ⅲ　よろしい。では申告書のつづきにかかれ。
男Ⅳ　かしこまりました。ええと。所得金額から基礎控除額を引いてと。その残りからさらに……。おやっ。あのう、うかがいますが、あなたさまの方のお寺では保険には、いっさいお入りになってはおられませんので。
男Ⅲ　なんだ。その眼つきは。証書がないということは、入ってないということだ。信用できんというのか。
男Ⅳ　いえ。そんな。
男Ⅲ　この税務署は国民の血税でアルコールを……。(牙をむいてにやりと笑う)
男Ⅳ　ひい。(眼を覆う)
男Ⅲ　何をしている。
男Ⅳ　わ、わたしは恐ろしゅうございます。ど、どうぞ。どうぞそんなにお睨みにならないで下さい。寿命が縮みます。
男Ⅲ　おやおや。それは悪いことをしたなあ。なにも、あんたをこわがらせるつもりはなかったんだぜ。そうだろう。おれがあんたを、ひどいめに会わせるはずがないじゃないか。なあ。なにしろあんたは税務署のお役人だ。お役人は国民がみんなで可愛いがってやらなきゃいけない。おれはあんたが好きなんだぜ。そうとも。

大好きなんだ。抱きついて頰っぺをぺろぺろ舐めたくなるほど好きなんだ。ヒヒヒヒヒ。

男Ⅳ　でも、あのう。

男Ⅲ　どうかしたか。

男Ⅳ　いえあの。あのう。わたしがこんなこと申しあげると、又お腹立ちでございましょうが。

男Ⅲ　ふん。何だね。

男Ⅳ　お怒りになりませんか。

男Ⅲ　さあね。話によっては怒るかもしれんよ。

男Ⅳ　それでは困ります。これ以上あなたに怒鳴られると、わたしは心臓麻痺で死んでしまいます。お願いです。どうぞ怒らずに聞いて下さい。

男Ⅲ　とにかく、いってみろ。

男Ⅳ　くどいようですが、おたくさまのような大きなお寺が、保険に一つも入っていらっしゃらないというのは……。

男Ⅲ　でたらめだというのか。

男Ⅳ　そ、そうは申しません。し、しかし、少なくとも、その、何かのお間違えではないかと。

男Ⅲ　ふうん、たしかに保険に入っている事を忘れていたようだ。（大声で）しかし腹が立つ。

男Ⅳ　ふわあ。

男Ⅲ　金を払って養ってやっている税務署員に間違いを指摘された。おれは腹が立つ。畜生。畜生。どうしてくれる。主人に忠告する時は、昔から切腹覚悟で忠告したものだ。お前はおれの間違いをみつけ、堂々と口にした。おれはいわば、お前の主人なのだぞ。国民はお前達に金をやって、お前達の生活の面倒をみてやっているのだぞ。さあ。このおとしまえを、どうつけてくれる。

男Ⅳ　お許しください。このつぐないには、どんなことでもいたします。

男Ⅲ　おれは傷ついた。保険控除を受けてしまえば、納税分が減ってしまうじゃないか。すると今までのように、お前達役人に対して大きな顔ができなくなる。いばれなくなる。又お前達に、ペコペコしなきゃならなくなってしまった。おれは悲しい。
男Ⅳ　とんでもありません。ご主人様。どうぞ今までのように、いばって下さい。そうしていただければ、私達は嬉しいのです。どうぞ我々役人を、可愛がってやって下さい。
男Ⅲ　可愛がってくれ——と、いうのだな。
男Ⅳ　そうです。わたし達は犬です。犬ころです。
男Ⅲ　そうか。では、こっちへおいで。
男Ⅳ　は。
男Ⅲ　こっちへおいで。
男Ⅳ　何をなさるおつもりです。
男Ⅲ　可愛がってやるのさ。こっちへおいで。
男Ⅲ、係長（男Ⅳ）の片腕を、ぐいと力まかせにねじあげる。
男Ⅳ　ぎゃっ。
男Ⅲ　どうだ。いい気持かい。
男Ⅳ　はいっ。と、と、とてもいい気持でございます。たくさん税金をいただいた上、こんない い気持にさせて下さるなんて、お礼の申しようもございません。
男Ⅲ　そうだろう。そうだろう。もっと可愛がってやろう。えいっ。（さらにねじ上げる）
男Ⅳ　ぎゃっ。
男Ⅲ　ほんとに可愛いやつだ。（一方の手で腹に強烈なパンチをくらわせ、靴の先で向う脛を蹴っとばす）
男Ⅳ　（歓喜の表情を浮かべ、眼に恍惚の光をたたえはじめる）
男Ⅲ　どうだい。国民から可愛がられるのはとてもいいだろう。すばらしいだろう。
男Ⅳ　ああ。もっと。もっと。ああ。ああ。もっと。もっと。

男Ⅲ　だが、そんなにゆっくりしてはいられない。さあ。計算の続きをやってくれ。
男Ⅳ　（虚脱した様な表情のまま、うつろな眼で天井を見あげ、半開きにした口から、時おりへへへ、へへへというおかしな笑い声を洩らすだけ）
男Ⅲ　と、まあ、こういうわけでありますが、なあに、これは序の口、真の改革はまだまだこれからでありまして、いずれは多角経営によりまして、このお寺のコンツェルン、それはすなわちこのお寺の名を冠しましたスーパー・マーケット、ボウリング場、ゴルフ場、パチンコ店、雀荘、温泉遊園地などの建設を企画しておるのであります。
女Ⅰ　アーラまあ、ほんとにもう頼もしい……。結構なことでございます。あなたさまのような野心的資本主義的肉体的な、すばらしいかたにお目にかかることができましたのも、きっと死んだ娘のひきあわせ、あの親不孝娘の最初で最後の親孝行でございましょう。
男Ⅲ　はあっ。あの、な、何がですか。
女Ⅰ　（身をくねらせ）いえあの、夫亡きあと、どなたか頼りになるたくましい男性はあらわれぬものかと願っていたのでございますが、まあほんとにタイミングのいい。あなたさまのようなかたとお近づきになれて、ほんとにもう嬉しゅうございます。ホッホッホッホッ。
男Ⅲ　ははあっ、あ、そ、そうでしたか。へッへッヘッヘッ。ま、何はともあれ、どうぞこちらへ。まあまあ、どうぞ。どうぞ娘さんとご対面を……。
女Ⅰ　はい。それから これは、あの、お酒でございますが……。
男Ⅲ　おや。これはま

男Ⅱ　来たっ。来た来た。和尚さん。来ました。
男Ⅰ　ウームもう間に合わん。おいっ。ふ

た手まわしのいい、お蔭様で買いに行く手間が省けました。ホッホッホッホッ。

とんをかぶせてくれ。

男Ⅱ　はいっ。（ふとんをかぶせ、坊主の頭をかくしてしまう）

男Ⅲ　おい通念。和尚はどうした。

男Ⅱ　はい、あの、和尚さんはあの、あの、死にました。

男Ⅲ　馬鹿。あの糞坊主が死んだりするものか。今ここにいただろう。どこへ行った。

男Ⅱ　はい。あの、藤圭子のファン・クラブの集会へ。

男Ⅲ　いい加減なことをいうな。さあ、早く呼んでこい。

男Ⅱ　ええっと、あのう、はばかりです。

男Ⅲ　なんだ、トイレか。ああ、和尚はすぐに戻りますから、どうぞしばらくお待ちになってください。さっそく、亡くなった娘さんとご対面になりますか。（ふとんに手をのばす）

男Ⅱ　（あわててその手をさえぎり）あ、あーっ。あの、ご対面にならない方がよくはございませんか。

女Ⅰ　なぜでございましょう。

男Ⅱ　ええ、つまりその、水死した仏さまですからして、顔がこう水ぶくれで、ぶわーっと脹れあがっておりまして、ご覧になりますと、夜、うなされます。あ、あのう、もうしばらくしますと脹れがひきますから。

男Ⅲ　おたふく風邪じゃあるまいし。だいいち、さっきは脹れてなんかいなかったぞ。（また、手をのばす）

男Ⅱ　うわーっ。

男Ⅲ　こいつ。なんてでかい声を出しやがる……。

男Ⅴ　（立ちあがり）うわーっ。安保粉砕。

男Ⅲ　（とびあがり）ああ、びっくりした。

女Ⅰ　どうぞあの、この子のいるところで大きな声を出さないでください。興奮しますので。東京で学生運動をやっている時、機動隊の人に殴られまして、それから少しおかしくなっているもんですから……。

男Ｖ　殺せーっ。資本主義の飼犬、殺せーっ。おお、風よ吹け。火炎瓶よ燃えあがれ。破壊だ。破壊だ。風が吹けば桶屋が儲かるのだ。モヘンジョ・ダロの突然変異だ。甘いズルチン、サッカリン、チクロは早漏のもとなのだ。北一輝における現実と理想の相剋は愛と真理の自己融資だ。その融資残高はベトコンのステテコ株を暴落させ、生理不順には実母散、天狗十王精は肝臓の機能障害によくきくのである。オワリ。

（ぺたんとすわる）

男Ⅲ　少しおかしいどころじゃない。完全に狂っとる。

男Ⅳ　（駐在の制服で登場）和尚はいるかね。

男Ｖ　（激昂して駐在を指さし）敵だ。敵だ。敵がきた。資本家のハウスキーパーがきた。ここな行動派タイプライターめ。ハート美人の避妊薬め。パーツのユニット人間、くたばれ。殺せ。殺せ。おカマ掘ってやるぞ。（追いかける）

男Ⅳ　（逃げまわりながら）やめろ。やめろ。誰かとめてくれい。（母親に）あんた、この男を外に出しちゃいかんといっただろ。あとで始末書書いてもらうよ。（殴られて）痛いいたい。

女Ⅰ　やめなさい。これ。

駐在（男Ⅳ）、息子（男Ｖ）に追われて逃げまわり、母親（女Ⅰ）、男Ⅲ、男Ⅱは、男Ｖをとり押さえようとして、さらにそのあとを追う。男Ⅳ、逃げる拍子にふとんの上から、男Ⅰの背中を踏んづける。

男Ⅰ　いてててて！

男Ⅰ、とびあがって走り出す。娘の死体、逆立ちしてふとんから、ごろごろところがり出す。女Ⅰ、男Ⅲ、駐在（男Ⅳ）の三人が、男Ⅴにとびかかって押さえつける。男Ⅴはなおもあばれる。

男Ⅱ　あっ。和尚さん。抜けましたか。
男Ⅰ　いやもう脊椎の射精中枢を踏んづけられた途端にオルガスムス、ぴゃーっと出したはずみに反動で抜けおったわ。ホッホッホッホッホッ。
男Ⅱ　ホッホッホッホッ。
男Ⅴ　（あばれながら）頭部打撲デス。急性脳腫瘍デス。痛いデス。あまり痛くて、気が狂いそうデス。
男Ⅳ　こら。おとなしくしろ。
男Ⅲ　こら。おとなしくしろ。

男Ⅳ、警棒で男Ⅴの頭を殴る。男Ⅴ、気絶して動かなくなる。

女Ⅰ　（娘の死体を抱き起し）まあ。お前はお妙。浅ましや、こんな姿に……。（泣きくずれる）
男Ⅲ　和尚、どこへ行ってたんだ。さあ、お通夜だお通夜だ。お通夜の準備だ。こういうことは迅速にやらにゃいかん。

男Ⅲ、男Ⅱお通夜の準備をする。

男Ⅳ　和尚。さっきボタ山の米軍基地から連絡があってな……。
男Ⅰ　なに、ボタ山の米軍基地。すると弾五郎の売った土地に、もう早、米軍基地が出来とるのか。
男Ⅳ　そうじゃ。あそこには米軍の病院ができて、ベトナム負傷兵を収容しとるのじゃ。そこのＭＰから電話でな、ベトナムから中共、北朝鮮経由で、今朝がた日本に上陸したベトコンの部隊があるそうじゃ。
男I　ははあ。ついに日本にもベトコンが潜入してきおったか。こりゃ面白い。ますます葬式がふえるわ。けけけけけけ。
男IV　で、現在のところじゃな、あちこちの在日米軍基地で飛行機が爆破されたりしておるが、これはみんな、その連中のやったことらしい。MPのいうには、きっとこの村の病院にもベトコンが襲ってくる、つまり病院を爆破するため、このあたりにベトコンが潜入してくるおそれがあるから、くれぐれも気をつけてくれと、こういうことじゃった。で、わしはそのことを村中へふれて歩いとるんじゃが……。
男I　ふうん。そうすると、この寺にも現在、ベトコンが潜伏しとるかもしれんのじゃな。
男V　（息吹き返し）おお、ベトコン万歳。ベトナム戦争賛成。共産主義のインデックス、トロツキストのパラドックス、ピーター・ピーター・クリネックス、浅丘ルリ子のタンパックス、ペンタックス、ペンタックス、ペンタックス……。（とまらなくなる）

男II、男Vの口を手で押さえる。

女I　（泣きながら）お妙、どうして身投げなんかしたんだい。そりゃあ、お前のつらさ苦しさはよくわかっていたけど、何も自殺までしなくても、よかったじゃないか。
男IV　何。自殺じゃと。あんた、何の用でこの寺へ来とるのかと思ったら、それじゃこの死体は、あんたの娘か。
女I　はい。左様でございます。
男IV　いかんじゃないか。え。変死はあんた、届け出てもらわにゃあ。
女I　でもございましょうが、娘が不憫でございます。一日も早く供養をしてやりたいと思う親の心、お察し下さいませ。

男Ⅳ　しかし、ひとことといってもらわにゃ困る。

男Ⅲ　まあまあ、あんた。そんなかたいことは言わんで。届けたりすると、また検死やら解剖やら取調べやらで、手間がかかるからなあ。

男Ⅳ　ふん。そしてお布施をたんまり、一日も早く貰いたいというわけか。

男Ⅲ　わかっとるなら話は簡単じゃろうが。まあ、目をつぶってもらったお礼はいずれたんまりするから。な。

男Ⅳ　そりゃあまあ、世間態もあるじゃろうし、わからんことはないよ。しかし、自殺ということが知れわたると、わしの立場が……。

男Ⅲ　口どめなら、まかしときな。さあさあ、通夜に加わって一杯やってくれ。

男Ⅳ　それじゃまあ、一杯だけ。

男Ⅰ　(読経をはじめる)オンアボキャーベーロシャノーマカムダラマニ、アンドマジンバラハラハリタヤウンナボキャーベーロシャノーマカムダラマニ……。(以下繰り返し)

男Ⅴ　(読経にWって)チンオモーニワガコーソコーソークニヲハジムルコトコーエンニ、トクヲタツルコトシンコーナリ。ナンジシンミン……。(だんだん声が大きくなる)……。ケーテーニユーニ。

男Ⅰ　これ。しっ。しっ。

男Ⅴ　(叫び出す)夫婦はイワシ。朋友を愛人にし、狂犬おのれを噛み……。

女Ⅰ　これ、やめなさいっ。

　　男Ⅱ、男Ⅴの口を手で押さえる。

男Ⅲ　さあさあ、お母さん。あまり悲しんでばかりいないで、まあ一杯やったらど

　　男Ⅰ、ずっと読経を続けていたが、途中で女Ⅱが息を吹き返し、ふ

らふらと起きあがりそうになるため、うろたえて、口に経文を唱えながら、木魚の枹でひとつ頭をぶんなぐり、眼をまわした女Ⅱの首に、そろりそろりと手をのばし、ぎゅうと絞める。

女Ⅱ、ひくひくと四肢を痙攣させ、また、ぐったりとなってしまう。

うです。

女Ⅰ　はい。ありがとうございます。夫には先立たれ、娘は自殺、残るひとり息子はこのありさま。わたしはこれから先、どうやって生きていったらいいか。

男Ⅲ　なあに、あんたもまだ若いんだし、そんな気ちがい息子にいつまでもかかわりあってないで、どこかの精神病院にでもぶちこんで身軽になり、遊ぶことだね。ははははは。さいわい財産は（あたりをうかがって）ご亭主の残した財産は、莫大なもんだそうじゃないか。いい着物を着て、面白おかしく遊び歩く分には、ちっとも困らんでしょ。ホッホッホッホッ。さあ、もう一杯。

女Ⅰ　アレそんなに頂いては、酔ってしまいます。ホッホッホッホッ。

男Ⅳ　（立ちあがり）こりゃ、やっぱり報告せにゃいかん。うん。変死は報告に行かなきゃならん。けっ。なんじゃ、べたべたしおって……。

男Ⅱ　まあ、まあ。嫉かない嫉かない。なんですか、あんな婆あのひとりやふたり。さあさあ。もう一杯いきましょう。

男Ⅳ　ええい、胸糞の悪い。（ぐいと飲み）お前も飲め。

男Ⅱ　お相伴を。へっへっへっ。

男Ⅲ　駐在の機嫌が悪いですな。あいつ、あんたに惚れとるんじゃないですかな。

女Ⅰ　ええ。嫉いてるんですよ。あんな人ほっといて、わたしたちだけでお通夜を楽しみましょ

う。(抱きつく)

男Ⅲ　(抱き返し)そうですとも。この楽しいお通夜を、邪魔されたくはないですからね。いっひっひっひ。(接吻する)

男Ⅰ　……ノーマカムダラマニ、ホトケノマエデー、ソンナアホナコート、ヤッテモエエトオモーテルノンカ。エーカゲンニセナ、アカンネンヤデー。

女Ⅰ　これは和尚様。気がつきませんで。お経はもうそのくらいで結構でございますから、どうぞお酒を召しあがって、くださいまし。

男Ⅰ　わっはっは。左様か。では頂戴しましょう。

男Ⅳは、男Ⅱを相手に体験談を語る。

男Ⅳ　だいたい、マスコミとか一般大衆てえのは、ニュースに餓えとる。だからわれわれが事件をでっちあげたりせにゃならん。なぜかというと、マスコミの関心を警察に向けておかんことには、つまり事件がなかった場合は、こんな泰平の世の中に、警察などは無用の長物だ、国民の税金を食うだけの組織だ、事件がないのだから警察は不要である廃止せよなどと叫び出す。「警察廃止論」が出てくる。そうなってはわれわれ、おまんまの食いあげじゃ。どうなると思う。えらいことになるのじゃ。(立ちあがり、通りがかりの男Ⅱを呼びとめ)旦那。旦那。もし、旦那。

男Ⅱ　(酔っぱらっている)ウーイ。なんだ。旦那たあ、おれのことか。

男Ⅳ　そうですよ。旦那。

男Ⅱ　うへっ。これは、誰かと思えば、警察の旦那じゃございませんか。わたしゃ何も悪いことは。

男Ⅳ　いえいえ。旦那。そうじゃございません。ただ、いい女をご紹介しようと思いまして待ち合いになって女は囚人、警官がポン引き……。
男Ⅳ　婦人警官が遣手婆《やりてばばあ》。
男Ⅱ　さっぱりわけがわからん。わけを聞こうじゃないですか。わけを。
男Ⅳ　（泣きの涙で）わけを申せばここ数年、ひとつも事件がなかったため、給料は出ず、妻子をかかえて食うに困り、ついに始めた警察ぐるみのアルバイト……。さあ。早くお入りなさい。
男Ⅱ　いやだよ。気味の悪い。警察の中で女が抱けるかってんだ。
男Ⅳ　ううむ。どうしてもいやか。
男Ⅱ　いやだね。
男Ⅳ　それなら、しょっぴくぞ。
男Ⅱ　ど、ど、どうして。
男Ⅳ　公務執行妨害だ。
男Ⅱ　そ、そんな馬鹿な。（逃げる）
ね。
男Ⅱ　ふざけないで下さいよ。警察の旦那。旦那がいつからポン引きになったんです。
男Ⅳ　へっへっへっ。昨日から。
男Ⅱ　ほんとですかい。女を世話しといて、売春罪でしょっ引こうというんじゃないでしょうね。
男Ⅳ　とんでもねえ、旦那。へっへっへ。ねえ旦那。いいでしょ。ちょっと遊んで行きませんか。ここで。
男Ⅱ　いやだね。冗談じゃない。ここはだって警察じゃないですか。いったい。女ってのは、どんな女です。
男Ⅳ　へへへ。旦那。いい女死刑囚がいますよ。
男Ⅱ　げっ。女というのは、それじゃ、囚人。
男Ⅳ　そうですとも。どうせ死ぬ女ですから、どうされようと勝手です。責めて責めて責め抜きゃあ、死ぬ死ぬといって泣きます。
男Ⅱ　いったい、どうなってるんです。警察が

男Ⅳ　待てっ。逃げると撃つぞ。（拳銃をぶっぱなす）
男Ⅱ　ひ、人殺しい。
男Ⅴ　そうだ。人殺しだ。警官はみんな人殺しだ。人殺しをまだやっていない警官だって、潜在的な人殺しだ。だから警官は全部、逮捕しよう。警官の人はみんな、人殺しの人なのだ。
男Ⅳ　（はげしくかぶりをふり）ち、ちがう。ちがう。
男Ⅴ　合法的殺人こそ、最もタチの悪い人殺しなのだ。合法的結婚こそ、最もタチの悪い強姦だ。合法的金儲けは、すべて泥棒だ。死ねーっ。死ねーっ。みんな死ねーっ。ペンタックス、ペンタックス、ペンタックス……。（男Ⅱに口をふさがれる）
男Ⅰ　（酔っぱらっている）その通りだ。人間を相手にしてやることは、すべて殺人であり、強姦であり、泥棒なのだ。その点わしなどは、死人が相手じゃから、どんな悪いことをしても罪にはならぬ。だいたいこの死体てえやつはな、生きている人間のためにあるので、つまりは生きている者を楽しませる存在、喜ばせる存在なのじゃよ。だからわしは死体が好きなのじゃ。なま身の女などより、ずっとずっと死体が好きなのじゃ。わしゃいつもカラー・テレビを見る時は、人間の顔をみどり色にして見とる。世の中すべて、みどり色の顔をした死人ばかりなら、どんなに楽しいことか。ホッホッホッホッ。
男Ⅴ　おお。みどり色の顔をした人間たちよ。お前らはすべて死体なのか。否。お前らは生きているのだ。お前らこそ、最も人間らしい人間の人なのだ。そして、生きている奴らこそ死体の人なのだ。

全員立ちあがって踊り出す。

男Ｖ（歌う）死体はみんな　生きている
全員（歌う）生きているから　踊るんだ
ぼくらはみんな　死んでいる
死んでいるから　歌うんだ

男Ｖ、ヘルメットをかぶり、ゲバ棒を持ってエプロンへ前進、わめきはじめる。

男Ｖ　シュプレヒコール。機動隊殺せ。死ね。死ね。お前らへの切りこみを組織し、歴史の変革を行い、反ブレヒト的、似而非前衛的オカマ、同性愛的政治活動を批判するのだ。あら木戸田さん、お今晩は。七〇年代のアジテーターはエンツェンスベルガーのドッペルゲンガーか。絢爛たるバリケードの中の水スマシやゲンゴローか。否。鼠小僧か。外来の政治思想体系か。否。否。イデオローグ死ね。スタニスラフスキー死ね。おれのエレクトした生理的欲求は挫折しないぞ。スペシャルによって立つところの赤まむしドリンクは小市民的イヨネスコ、日常茶飯事ベケット先生。××××さあん。（当日会場へ見に来ている有名人を指して）助けてえ。ジョン・シルバーはヴァンパイヤだ。おわい屋だ。おれはインポだ。包茎だ。しかし生殖能力と創作能力と超能力と権力はあるのだ。肉親に対しては、暴力だってふるうのだ。

男Ｖ、ぼんやりと佇んでいる女Ⅱに駈け寄って叫ぶ。

男Ｖ　おおっ。お前はお妙。わが妹。ここにいたか。（抱き寄せる）さあさあ。また百億千億の星またたくいつもの夜のように、今宵も近親相姦の罪を楽しく愉快に犯そうではないか。（娘を押し倒し）おお、お前は可愛い。お前は美しい。お前はおれの妹の人なのだ。

女Ⅱ　アレやめてください。お兄さま。いやです。いやです。いや。やめて。やめて。お嫁に行けなくなる。処女でなくなる。あなたに抱かれてわたしはダメになる。

女Ⅰ　（指さして）ホッホッホッホッ。ざまァ見やがれ。お妙。わたしはお前の若さが憎かったんだよ。だから狂った息子をけしかけて、お前を抱かせたのさ。お前は何度も妊娠した。そしてとうとう身投げをした。いい気味だよ。ホッホッホッホッ。それにさ、お前の父親、つまりわたしの亭主の弾五郎に、毒フグを食わせて殺したのもこのわたしさ。ホッホッホッホッ。

女Ⅱ立ちあがる。彼女の周囲を残し、舞台暗くなる。女の白い寝着の股のあたりが、血でまっ赤に染まっている。

女Ⅱ　こうして私は、実の兄に犯されたのです。

（歌う）十五　十六　十七と
わたしの人生　暗かった
正気なくした　兄のため
股は夜ひらく

（うつろに笑い）わたしは何度も妊娠いたしました。わたしの可哀想な水子たちは、きっと私を恨んでいることでしょう。だって水子の魂百までというではありませんか。わたしも母を恨みます。お化けになって、出てあげるつもりです。そのためにわたしは、身投げをしたのです。そのためにわたしは、死んだのです。（倒れる）

舞台、明るくなる。
すでに全員酔っぱらい、それぞれ好き勝手なことをしている。母親とマネージャーは、セッセッセをしている。

男Ⅰ　喰い物はねえか。
男Ⅱ　庫裡の冷蔵庫に特製レバーがありますが。
男Ⅰ　そうだ特製レバーがあった。こういう時の為に、死体のからだから切除したうまそうな部分の肉、臓物、おまけに癌で死んだ奴の肉腫迄あるぞ。
男Ⅳ　わっ、それを喰おうというのか、それを喰うと癌にはならぬか。
男Ⅰ　なるかも知れんが、スリルあってこそのいかもの喰い。喰おう喰おう。
男Ⅲ　喰おう喰おう。
男Ⅱ　焼いて喰いますか、煮て喰いますか。
男Ⅰ　いっそのこと刺身で喰おう。
男Ⅱ　とって来ます。（退場）
女Ⅰ　いかものぐいといえば、この馬鹿息子。うんこをたべます。
男Ⅰ　げっ。
男Ⅲ　本当にくうのか。

男Ⅴ（身をのり出し）くうともくうとも、あのぼってりした小憎らしげな黄褐色。それに橙色や緑色が複雑にからみ合い、ところどころ白い蛔虫の卵や紅い血の糸、未消化の食品の様々の色でちりばめられたあの小股のきれあがった美しさよ。こんもりと盛りあがった便の上に鼻をつき出せば、その後頭部まで拡がっていく、ずしんとした甘ったるい匂いよ。スパッとナイフで切ったなら、その切り口のさわやかさ。十二指腸虫が白い首出し、うごめいて、未消化の角切り人参が見せるその正方形の断面よ。そいつを口に投げこめば、おおその感触と歯ごたえよ。ウル餅よりは少し粘り気の少い程度だが、ハンバーグステーキよりはやや水気が多く、ペチャリと歯の裏側や上口蓋にくっついた舌ざわりは、おお。おどり出したいような恍惚感。そして口の中いっぱいに拡がるあの芳香。塩味と甘味が適当に混りあい、特に、プツプツと歯の間にはさまる未消化の食べものの歯ごたえ。酢漬けのクラゲよりもコリコリした、これぞ真の嗜好品。口に大便含んでおいて、あとから小便すすりこみ、口の中でぐちゅぐちゅと……。
男Ⅳ　やや、やめてくれーっ。
男Ⅱ（大皿に生肉を盛ってきて）へーい持ってきました。わさび醤油もたっぷりと。
男Ⅰ　さあ、あんたも食いなさい。
女Ⅰ　まあ、おいしそうな。これは何。
男Ⅰ　それは、胃癌ですな。
男Ⅲ　おれはその、アカベロベロをもらおう。
男Ⅱ　それは肺癌です。うまいでしょ。
男Ⅰ　アカベロベロ、わしにもよこせ。
男Ⅳ　おおっ。こりゃ、うまい。
女Ⅰ　おいしいわ。おいしいわ。
男Ⅳ　この丸いのは何じゃ。
男Ⅰ　それは、ガンはガンでも、六歳の小児の睾丸じゃ。
男Ⅱ　はい。これは十九歳の美少女の盲腸。
男Ⅲ　よこせ。
男Ⅳ　いやあ。これはまったく、人体の珍味じゃ。
（むさぼり喰う）
男Ⅴ（おどりあがって指さし）死体を食ってる。死体を食ってる。人殺しが死体を食ってる。警官が死体を食ってる。
男Ⅳ（はっと気がついて、箸を投げ出し、わーっと泣き出す）
男Ⅴ　人殺し。人喰い。警官はみんな、人殺しで人喰いだ。
男Ⅳ（泣きながら）いつも、人殺しといわれ、嫌われるのは、わしらだ。いつもいつも、いちばん傷つくのは警官なのだ。
男Ⅴ　専門バカは傷つかない。だからバカなのだ。パーキンソンの法則は、専門バカの世界にだけあてはまることであって、死人や気ちがいには通用しないのだ。死人における個体発生は系統発生をくりかえす。ルリ子ちゃーん。
女Ⅰ（ハミングで歌い出す）
男Ⅴ（ハミングにのせて）
　悲しみの心が
　地上によみがえり
　柳の下のドジョーを驚かせた時
　人はそれを
　幽霊と呼ぶのでしょうか
　青い火の玉が軒下をつたい
　わたしの肉体が半透明になった時
　人はそれを
　幽霊と呼ぶのでしょうか
　ねえお願い　教えて　あなた
　幽霊って　幽霊って
　化けることなの
女Ⅰ（歌い終り）まったくわたしって、歌がうまいねえ。未亡人ばっかりでコーラス・グループ作ろうかしら。ミストレス・ディアマンテスとか何とかって。
男Ⅳ（泣き続けながら）職務に忠実であればあるほど、皆に嫌われるのだ。だけど、警官がいなければ、世の中どうなるっていうんだ。
男Ⅴ　警官がいなければパトカーの衝突がなくなるのだ。学生がいなくなれば、ジャンボ・ジェット機がよく売れるのだ。百姓がいなければ、古米がなくなるのだ。カラー・テレビがなくなれば、色がなくなるのだ。気ちがいがいなくなれば、みんな自分を気ちがいだと思うようになるのだ。父親しかいなければ、父親しかいなければ……。（歌い出す）逃げた女房にゃ未練はないが。
全員（歌う）お乳ほしがるこの子が可愛い……
　全員、ワン・コーラス歌い終り、間奏をスキャット。

男Ⅳ　（歌にのせて）
そりゃあ無学な
このおれだが
今まで忠実にやってきた　それが
なぜいけないんだ
警官を嫌うやつに限って
何かあるとすぐオマワリサーン
……って駈けてきやがるじゃねえか
なぜわしがイヌなんだ
わしゃイヌじゃあねえ
イヌじゃあねえよ（泣き続ける）

男Ⅰ　泣くな泣くな。あんたを嫌っとる者など、誰もいやあせん。あんたがいるからこそ、この村の治安も維持されとるんじゃ。あんたは、えらいやつじゃ。

男Ⅱ　えらいやつじゃ。

男Ⅰ　えらいやっちゃ。

男Ⅱ　えらいやっちゃ。

全員　えらいやっちゃ、えらいやっちゃ、よいよいよいよい。

全員阿波踊りを踊りはじめる。男Ⅱ、踊っている途中で癌をのどにつめて苦しみはじめる。

男Ⅲ　おかしな踊りかたをしとるぞ。

男Ⅰ　ははあ。癌をのどにつめおったな。

男Ⅲ　とってやれ。（小坊主の口に腕をつっこむ）えいっ。ふう。やっととれたぞ。やっ、何じゃこれは。

男Ⅰ　あっ、こ、これは舌。

男Ⅲ　しまった。舌を抜いた。

男Ⅱ、のたうちまわって苦しむ。全員、あわてる。

男Ⅱ、動かなくなっている。

男Ⅲ　死んだらしい。やれ可哀想に。

男Ⅰ　さあさあ、それじゃ合同で通夜をしてやろう。

一同、男Ⅱを、女Ⅱといっしょのふとんに寝かせる。

男Ⅰ　しかし今夜は、ころころとよく人が死ぬな。

（歌う）一コロ　二コロ
　三コロ　四コロ
　おたく　何ころ？

男Ⅴ　おれ、ミンコロ。

男Ⅲ　しあわせなやつだ。こんな美人といっしょに寝られるとはな。

女Ⅱ、ふとんから抜け出して、エプロンへ逃げる。

男Ⅱ、あとを追う。

女Ⅱ　いやよっ。あんたなんかと一緒に寝かされるの。

男Ⅱ　どうしてそんなに、おれを嫌うんだよう。死体が逃げちゃ、変だよう。

女Ⅱ　あんたこそ、舌がない癖に、どうして口がきけるの。

男Ⅱ　霊魂だから、舌がなくったって口がきけるんだ。ねえ、お妙ちゃん。頼むよ。君に甘いことばをたったひとこと、かけてもらうだけで、ぼくはいかに生き甲斐を、いや、死に甲斐を感じることでしょう。

女Ⅱ　いや。いやよっ。そばへ寄らないで。

男Ⅱ　だって、いっしょのふとんに寝かされてるんだもの、しかたないじゃないか。

女Ⅱ　逃げ出してやるわ。

男Ⅱ　逃げられないよ。おれたちは死体だぜ。どうやって逃げるんだい。
女Ⅱ　生き返ってやるのさ。わたしだけ。（ふとんに戻る）
男Ⅱ　どうしておれ、こんなに嫌われるんだよう。おれのどこが悪いってんだよう。清潔じゃないっていうのかよう。口臭がひどいからかよう。背が低いからかよう。鼻が曲ってるからかよう。芝居が下手だからかよう。

寄席より「手前でわかってるんじゃねえか」の野次。

男Ⅱ　それとも、根性がひねくれてるっていうのかよう。ちょいちょい、臭いおならをするからかよう。
女Ⅱ　（怒って）また、やったわね。臭いわ。
男Ⅲ　おや。何か、匂いますな。
男Ⅴ　（歌う）空気を充分　とり入れて
　　ガスは正しく　使いましょう
男Ⅱ、口から血を流した凄い顔で寄席へおりてきて、女性に訴えかける。
男Ⅱ　だれか、ひとりぐらい、おいらと寝てくれたっていいじゃないか。あんた、厭かい。あんたも厭かい。（泣き出して）おれ、死ぬまで童貞だったんだよ。可哀想だと思ってくれよ。ああ。あんたは。それじゃ、あんたは。みんな、だめかい。（しょんぼりして、歌いながらふとんに戻る）
　いつでも　どこでも
　誰にでも　嫌われて
　死んでも　変らない
　マイ・ファミリイ　味の素
女Ⅱ　（生き返って起きあがり、女Ⅰに近づいて恨めしげに）おかあさま……。

女Ⅰ　（腰を抜かす）あーあーあーあー。
ターザン　（縄にぶらさがって、とんで出てくる）あーアあアあアあーあ。アあアあ。（下手に駆けこむ）
女Ⅱ　お母さま、よくもわたしを、いじめたわね。
女Ⅰ　許しておくれ……許しておくれ。
女Ⅱ　和尚さん。よくもわたしのからだを汚したわね。
男Ⅰ　か、勘弁してくれ。勘弁してくれっ。
女Ⅱ　許すものですか。わたしは復讐のために生き返ったのよ。
男Ⅴ　ちょっと待てよ。お前は復讐のために死んだんじゃなかったのか。
女Ⅱ　わたし、死んでから人生観が変ったの。あら、兄さん。まともなこと言わないで。あんた、気ちがいなのよ。
男Ⅴ　（気がついて）おお安息日の水素原子よ。お前は一白水星一陽来復、多額納税者の鎮痛剤は十二指腸のハイジャック。おれはこの寺を乗っ取ったあ。ペンタックス。ペンタックス。ペンタックス……。（口を押さえる者がないままに、いつまでも続けている）

SE　上手で、ライフルの銃声。

ベトコン　（上手より駆け出てくる）ソンミ。
米兵　（ベトコンを追う）ビアフラ。

二人、下手へ駆けこむ。男Ⅴ、巻きこまれて米兵のあとを追う。

男Ⅴ　ペンタックス、ペンタックス、ペンタックス……。（下手へ）
女Ⅱ　（目を丸くして）なあに、あれ。
男Ⅰ　（女Ⅱにとびかかり、首を絞める）ふん。幽霊でないなら、怖くはないぞ。

女Ⅰ　（あばれる女Ⅱの手足を押さえながら）そうさ。生き返らせてなるもんかね。駐在さん。あんたも、ぼんやり見てないで手伝っておくれよ。
男Ⅳ　（手伝いながら）また、貸しの上乗せじゃな。
男Ⅲ　わかっとる。わかっとる。
女Ⅱ　（断末魔）あーあーあーあー。
ターザン　（縄にぶらさがってとんで出てくる）あーアあアあアあーあ、アあアあ。（上手に駈けこむ）

男Ⅱの死体から、火の玉がとび出し、ゆらゆらとマネージャーに近づく。
四人に絞められて、女Ⅱはぐったりし、息絶える。

女Ⅰ　やれやれ。わが子ながら世話の焼ける娘……。
男Ⅰ　しかし、もう安心じゃ。これだけ絞めりゃ、生き返ることはあるまい。

男Ⅱ、男Ⅲの背後へ、幽霊となって出現。ドロドロの鳴り物。

男Ⅱ　あう……あう。
男Ⅲ　ひやあっ。こいつ、生意気にも化けて出やがったな。やいやい。幽霊なら幽霊らしく、恨めしやとかなんとか、言ったらどうなんだ。
男Ⅱ　あう、あう、あう。（と、口を指しながら、男Ⅲを追いまわす）

女Ⅱの死体より、火の玉がとび出してあたりをさまよう。

男Ⅳ　お、お、恐ろしやおそろしや。もう、こんなところにゃ居られない。（這いながら逃げ出そうとする）わしゃもう帰る。帰って寝る。このことは、すべて報告せにゃならん。もうもう、わしの手にはおえん。
男Ⅰ　報告されてたまるか。

男Ⅰ、女Ⅰ、男Ⅲは、男Ⅳを引き戻そうとする。ドロドロの鳴り物とともに、女Ⅱが幽霊となって出現する。

男Ⅱ（喜んで、女Ⅱを追う）あう……あう。
女Ⅱ（逃げまわる）いやっ。やめてっ。あんたって、いやらしい人ね。ポパーイ。

ＳＥ　下手で、ライフルの銃声。

ベトコン（上手より駈け出てくる）ソンミ。
米兵（ベトコンを追って）ビアフラ。
男Ⅴ（米兵を追って）ペンタックス、ペンタックス、ペンタックス。

女Ⅱと男Ⅱ、これに巻きこまれる。一同上手へ。

男Ⅰ　どうしても報告するというなら、生かしちゃおけねえ。（木魚をふりあげ、男Ⅳの頭を叩き割る）
男Ⅳ（断末魔）あーあーあーあー。
ターザン（上手より）あーアあアあアあーあ、アあアあ。（下手に駈けこむ）
男Ⅰ　またひとり、引導を渡してやったぞ。むひひひひひひ。

ＳＥ　上手で、ライフルの銃声。

ベトコン（上手より駈け出てくる）ソンミ。
米兵（ベトコンを追って）ビアフラ。
男Ⅴ（米兵を追って）ペンタックス、ペンタック

ス、ペンタックス……。
女Ⅱ　（男Ⅴを追って走る）
男Ⅱ　（女Ⅱを追って走る）
　いちばん最後に、演出家も駈け出てくる。全員、下手に駈け込む。
男Ⅰ　生きてるやつが三人、生き返ったやつが一人、幽霊が二人、走って行きおったぞ。いちばん最後に、誰か走ったな。
女Ⅰ　演出家だったわ。
男Ⅲ　演出家まで、まきこまれたか。
男Ⅰ　（手を眺めて）この手も多くの善男善女の血にまみれた。見ろ、この手の中。わが掌の表面には、血の池地獄が見えるわい。
男Ⅲ　（同じく手を眺めて）ふん。地獄や極楽、神や仏なんぞは、どうせこの世の人間の、でっちあげたたわごと。札束のへばりつくのは常に血塗られ、赤黒く彩られた手。手を汚さずして、なんで金がつかめるものか。はっはっはっはっ。
女Ⅰ　お葬式のたんびに、わたしの財産がふえていく。人を殺せば殺すほど、わたしのお金はふえていく。亭主を殺し、娘を自殺に追いこみ、生き返ってくればまた殺し、そして息子は禁治産者。楽しようと思えば、やっぱりお葬式をたくさんやらなきゃねえ。

　M　「葬いのボサノバ」前奏始まる。

　SE　下手で、ライフルの銃声。

ベトコン　（上手より駈け出てくる）ソンミ。
米兵　（ベトコンを追って）ビアフラ。
男Ⅴ　（米兵を追って）ペンタックス、ペンタックス、ペンタックス……。
女Ⅱ　（男Ⅴを追って走る）

男Ⅱ（女Ⅱを追って走る）
演出家（男Ⅱを追って走る）

いちばん最後に、作者も駈け出てくる。全員、上手に駈けこむ。

男Ⅰ　また、何か走ったぞ。
男Ⅲ　あれは作者だ。
女Ⅰ（歌う）死に水が　のどに詰まって
　　ごろごろと　鳴るその音が
　涼しげに　耳に響くの
　快く　胸に響くの
三人（合唱）殺すたび　死んでいくたび
　生き返るたび　また殺すたび
　わたしは　愛を感じるの
　死者たちに　愛を感じるの

SE　上手で、ライフルの銃声。

ベトコン、駈け出てきて、仏壇のうしろに隠れる。
米兵、やってきて、あたりを捜しまわる。
男Ⅴ、女Ⅱ、男Ⅱ、演出家、作者登場し、舞台いっぱいに拡がって乱闘騒ぎとなる。

男Ⅲ（歌う）蒼白い　その死に化粧
　　むき出した　その白い眼が
　なぜかしら　心乱すの
　あたたかく　胸を満たすの
三人（合唱）殺すたび　死んで行くたび
　生き返るたび　また殺すたび
　わたしは　愛を感じるの
　死者たちに　愛を感じるの

全員大乱闘となる。

男Ⅰ（歌う）いつか見た　あの霊柩車

今日も行く　葬いの列
歓びの　あの歌声が
いつまでも　胸に残るの
全員（乱闘しながら合唱）
殺すたび　死んで行くたび
生き返るたび　また殺すたび
わたしは　愛を感じるの
死者たちに　愛を感じるの

仏壇のうしろから、ベトコン、顔を出す。

米兵（指さして）ヘイ、ルック。

一同、ベトコンを見る。ベトコン、不気味に笑い、ぽいと手榴弾を投げる。

男Ⅲ　わっ。手榴弾だ。

一同、逃げようとする。

手榴弾、炸裂し、全員吹きとばされて倒れる。舞台一面、もうもうたる白煙。

やがて白煙の中から、いずれも血みどろの全員、ゆっくり起きあがり、並ぶ。

作者　とうとう全部死んじまったな。これで芝居も終りだ。
演出家　いや、まだ生きてる奴らがいる。
作者　どこに。

演出家、観客席を指さす。全員、一瞬じっと観客席を凝視する。

やがて、一斉にわあーっと叫んで、観客席へ入っていく。

ターザン　あーアあアあアあーあ、アあアあ。
（以下、ターザンずっと舞台を左へ右へ飛びま

わっている）

全員、観客席に散らばり、観客をさんざん脅しつけて、全部劇場から追い出してしまう。

（禁・無断上演）

《発作的座談会》

山下洋輔トリオ・プラス・筒井康隆

出席
山下　洋輔
森山　威男
中村　誠一
筒井　康隆

録音日・一九七〇年四月七日
録音場所・ジャズ批評編集室

筒井　エロ・テープというのは多分に芝居があって、一人でやってたりしてね。

こないだ新橋の料亭で、もう日本には少ししか残っていないという幇間が一人で両方やったけど、あれはうまかったですね。

山下　声だけで？

筒井　ええ、男の声と女の声で一秒おきくらいに——すごいですよ。楽器でもそうだろうけど、高音と低音を交互に出すのは難しいだろうね、特に吹くやつなんかは。

中村　難しいですね。サックスの場合はオクターブがうまく出せないと駄目なんです。パーカーのフレーズなんかはそれを非常にうまく機能的に使ってるんですよ。それを他の楽器でやると難しいんです。

筒井　前衛ジャズではボーカルは使わないんですか？

山下　日本ではほとんどない。歌えるやつがいないんです。

森山　長谷川とかいったっけ？　髭のばした昔テナーやってたやつ——あれがやってる。あれは音楽だか何だかわかんないけど。

山下　お経みたいな？

森山　そう、インドの、お香を焚いて。

筒井　小野洋子がやってるね。はじめからおしまいまで〝アーアーッ〟なんて叫んでる。

山下　アビー・リンカーンが旦那のドラムをバックに〝ハァハァ〟やってるすごいのがある。

筒井　内田栄一のところで聴いたんだけど、小野洋子が最初からしまいまで〝アーアーッ〟、音階が三つか四つぐらいしか変わらない。これは驚いた。

森山　最近のいいなあと思うテナーは、音をたくさんスケールみたいに並べるんじゃなくて、二つか三つぐらいの音をガラガラ吹くのが多い。あれの方が簡単なだけに直接的なんだね。

中村　いや、それは最後にそうなっちゃうんで、はじめはパラパラ吹いてる。

管楽器で声を出しながら吹く人がよくいるでしょう——あれはあんまり好きじゃないです。なぜかと言うと、歌う代りに楽器やってるわけであって、歌うよりも楽器吹いた方が音はでかいし、それだけ表現力もあるわけだからね。それを歌っちゃうのは、どうしてもその楽器でうまく表現できなくて歌うのかも知れないですね。

森山　聴いてる感じだと、声を出していいなあと思うやつは、自然に出てんだよ。

中村　それはあるね。力がなくなるというか出しつくしちゃって、興奮して息もまともに出ない、最後に声も息も一緒になって何が何だかさっぱりわかんなくなる感じだね。

筒井　僕は、声かな、楽器かなと思ってるうちはいいんだけど、声だとはっきりわかってしまうと面白くなくなるんだ。

一つか二つの音階で繰り返しが最後に〝ワァーッ〟とくるやつ――あれは要するに繰り返しのすごさでしょう？　最初にパラリパラリ、最後にかためて出すという感じ。

山下　そうですね、自然にそうなります。

森山　スイングさせる必要条件みたいなものですね、一つの音、一つのリズムを延々と続けるというのは。

筒井　最後にそこでまとまるわけですか。

山下　そう、だからまとめるにはそう複雑なものは必要じゃないですね。

筒井　自分がもの書きなものだから、どうも即興ジャズで理解できないところは、つまり、ある程度やって、五小節目を二小節目あたりから変えたいと思っても変えられないわけでしょう？

山下　それは変えられるんですが――。

筒井　もう一度やり直すわけ？　あれがどうも理解できないわけです。小説の場合なら書き直すことができるけども。

山下　それは駄目ですね。だから駄目だと思ったらやり直す。小説を書いてるところを演奏の場でやってるようなわけですね。

ここまで書いて消したということまで書いちゃう――そういったことはやりませんか？

筒井　面白いですね、字を書いて消したのまで全部入れちゃう。それに似た手法を使ったホフマンの「牡猫ムルの人生観」という小説がある。どういう小説かというと、つまり、音楽家が音楽理論か何かの原稿を書いてるんだけど、それが風で散らばってしまう。で、その家で飼ってるムルという名の猫がいるわけですが、その猫がその原稿の裏側に自分の人生観みたいなものを書くわけです。それを印刷屋が裏表ごちゃまぜにして印刷してしまうわけで、それが本になってるという体裁の小説なんです——これは面白いですよ。これが例の漱石の「我輩は猫である」のもとらしいです。

山下　小説というのは音楽でいえば作曲になりますね、削ったり書き足したりして、結局それが読者にいく。ジャズ——特に新しいジャズの場合、その過程を全部演奏の場でやるわけですから、例えば、一時間書けなくて考えてるところを僕らは見られるわけです。ここから先が書けないということがみんなにわかるわけです。

中村　筒井さんの小説にありましたね——五人ぐらいで小説を書き出すんだけど——あれは何だっけ？

筒井　「猫と真珠湾」。

中村　あれは最初の一人か二人目ぐらいまではまさか五人で書いているとはわからない。

筒井　あれは作者自身はあまり苦しんでいないわけですよ。だからあれは、読者に対する、目を眩ませる一つのテクニックなわけです。だけどジャズの場合、あれはテクニックではないわけでしょう？　だから僕から見て大変だなと思うのは、演奏するときは常に精神が研ぎすまされてないとできないわけで、僕らみたいに寝ぼけまなこで書きながら一応量だけこなしておいて、あとは明日の朝目がさめたとき修正すればいいや——なんてことはできないし。

山下　ジャズの場合、修正は瞬時にやるわけですね。

筒井　どちらかというと絵に似てますね。上に上にと塗り上げていくところなんか。

山下　絵をかく過程が第三者に見られる、人が見てる前でかきだすなんてことが絵にはあるでしょうからね。
森山　似顔絵描き？（笑）
筒井　しかし、あれは下書きするわけにはいかないしね。
山下　下書きというのは今までやってきた全てのことですね。
中村　だからジャズは、やっていくうちにだんだんうまく——うまくというより良くなっていくべきですね。
森山　小説の場合、間違えたり変なとこへいったようなとき、消してそれをそのまま出すなんてことはできないんですか。
筒井　僕がもしそれをやるなら、その直したとこまで面白く書き直してやります。
森山　ああ、そこまで企んで……。
筒井　だから僕の場合は何をしても企みがついてまわるわけだけど、あなた方はそうじゃないから大変だと思うわけです。

レコードの場合はどうですか。
山下　全く同じです、ぶっつけ本番で、二回とるなんてことはほとんどないね。
中村　考えようによっちゃその方が簡単なこともあるね。
山下　でも、全くどこへいくかわかんないというのでもないですね、これは。今の僕らの場合、一応の規範が何となくできてるね。
森山　もう一年たつから相手の力加減とか、この辺までが極限だとか、もとに帰りたいとか、俺はもうやめたいとか、そういうのがわかるからね。
山下　そういった規範というのは結局、最後は好みだね。例えば誰か他の演奏者を入れてやろうなんて場合、やる前に一応の評価をして選ぶわけで、何が何でも、誰が来ても、例えば素人が一人飛びこんで来てわめきたいとか、そういうのを全部迎え入れるなんてことにはなってないね。三人共通の規範みたいなものが何となくあるようなふうで、それが僕らの限界といえば限界です。

筒井 さっきのボーカルの話にもどるけど、例えば都はるみをひっぱってきてムチャクチャでもいいから歌わせてみるという実験的なことは？

山下 面白いけど都はるみがどれだけできるか（笑）。

筒井 青江三奈でもいいですよ（笑）。

山下 こっちがむこうに合わせちゃうということが、今の場合なかなか――。

筒井 だけど相倉さんがあれだけほめてんだから（笑）。

中村 例えば、都はるみでも誰でも、他の人を入れてやったところでしょうがないという気持があるんです。三人で充分で、別に誰か入れたから良くなるとか――誰か入れるということはその人が入ることによって全体が良くなるという以外に意味ないわけですよ。

山下 よくなるということの内容が何となくあるんですね。

森山 それと反対に、誰が来ても受け入れてスイングさせちゃう。水前寺清子でもなんでも最初は〝ボロはーなんて歌っててもそのうち〟ホホーイ〟なんてやらしちゃう（笑）。

筒井 それが面白いんだよ。

森山 そういうふうに、ガバッと抱えこむ自分になればそれはそれで面白いね。トリオはトリオでガッチリして、他のやつが入ったって別に面白くもならない――トリオで最高のところまでやるんだというのも一つだけど、そうじゃなく、一人でどこへ飛びこんで行っても、相手が十人なら十人を一人で抱えこんでしまう。

山下 それはたしかにいいな。でもそれだって自分の価値観の方へ相手をまるめこんじゃうわけだろう？　何をいいとするかは曖昧で理論づけをはじめたら大変だけど。

森山　そこで自分なりの評価があるんだね。相手のペースにくっついていったんじゃ駄目だから、むこうをひきつけちゃおうとか、逆に、全く違うすごいのとやると、いつものペースじゃ全然駄目、白けちゃうから下から下から喰らいついていこう、どこか隙を見つけてやろうとかで。

山下　最近の森山はそういうことをよくやってるね。

筒井　山下さんと森山さんとでは何か違うところがあるように思う。山下さんはやっぱり学者タイプでしょう？

山下　どうかなあ……。

筒井　何かそんな感じだね。で、僕も学者の家系で、どちらかというと学者タイプなわけです。学者タイプというのは頭の回転はあまり速くない。むしろ一つのことをこつこつとやっていくタイプで。だから喋らせたりするとかえって駄目、割と孤独な作業に向いている。ですから山下さんの場合、自分の理論があって、何もかもそっちへ引きつけるというしかたでなきゃ一応の納得はできない方でしょう？

森山　今までの山下さん見てるとそうだね。一度、一人で相手三人の中に入ってピアノ弾いたの聴いたことあるけど、やっぱりそうでした。何が何でも相手を自分のペースにぐっと抱えこんでいっちゃう感じ。

筒井　恐らくそうなるのが当然（笑）。

山下　そういった理論のあるやり方で本当のメチャクチャがやれるものですかね？

筒井　メチャクチャにやっても、それは意識してやってること――要するに僕のやってることと同じですね。

山下　そうでしょうね。ところが森山に感じるのはそうじゃないですね、ごく当り前で。でも、彼もインテリなんだけどな。何しろ芸大出だから（笑）。

筒井　いや、これはインテリということとは別なんですよ。
山下　素質みたいなものですか。
筒井　そうです。インテリジェンスとは全然関係ないものです。
山下　そういう理論みたいなものがなくてメチャクチャになれるというのは、何かよほどの原動力みたいなものが中にあるんでしょうか。
筒井　革命に例をとって言えば、あなたが革命の理論家で森山さんが実践家ですよ。それはインテリジェンスとか何かそういったものとは関係なしに、素質みたいなものですね。理論だけでは何もできない。ただしこの場合、ものを創るとか、つまり、孤独な作業ということで考えてみればこれは別です。あなたの場合はもちろん両方とも備わっているわけだし。
山下　じゃあ、僕は究極的には弾かなくてもいいのかな。
筒井　そうでしょうね。
森山　一緒にやってるとき感じるのは、冷たいね。
中村　冷酷無惨（笑）。
森山　こっちもそれに負けちゃならないと思っている。
――だからお客にあの二人は絶対に仲が悪いなんていわれる。
筒井　僕も最初そう思った（笑）。最初に森山さんがドラム叩いてるのを見て、ドラマーというのは本質的にピアノのゴマスリなのかとさえ思わされた。ところがそうじゃないんだね。
山下　煽動者みたいね。僕にとってはそうだな。互に煽動者になってればいいんだ。
森山　演奏で受け入れるときは受け入れる。今の場合、一曲の中で受け入れる度合の大きいのは前半、前半は相手がどういうことやるか一生懸命見てる。後半になると、なにくそ負けるものかと挑戦する。
中村　そうやって前半二人が懸命にやって――一

等高まったとき僕が入るわけだから本当にキビシイよ（笑）。

筒井　見てる方ではサックスはサックスで勝手にやってるみたいな感じ。

中村　そうやる以外にないですね、勝手にやるってのはおかしいけど。

筒井　実際にはそうじゃないと思うけど、恐らく初めて聴く人はそんな感じを受けると思います。

中村　僕はしようがないんで、二人に負けまいと思って。ジャズの場合、誰かに完全につけちゃったら面白くないですよ。

筒井　あるいは逆に、誰か体の調子が悪い場合、自然にいたわるかたちになる？

山下　僕らの場合はかえってサディスティックになる（笑）、自分が風邪ひいてるときももちろんそうです。そんなことでいたわってもらったんじゃおしまいだなんてことで。そのときはマゾヒスティックにね。

森山　それがわかってるからか、体の調子悪いときに限ってものすごいことをやっちゃいますね。

筒井　そういう世界は完全に男の世界なんだけど、それが男の世界であればあるほど——ものを創造するということは割とねちねちして女性的なところがあるんだけど——そこから遠ざかるという気はしませんか。

山下　成程ね、そうなっているのかも知れません。僕らの場合に限っての話なんですが、僕らは調子悪いと、もっと痛めつけてやるといったふうになります。調子悪いとき——じゃあ今日はカンベンだというふうになったら、今のところは危険だね。

森山　うち合わせのとき、今日はかなり駄目なんで軽くやってくれと言ったこと二回くらいあるけど、はじまってから言ったとおりになったためしがない（笑）。

筒井　その場合は、つまり、根本的に体力に頼るということが頭にあるわけで、頼れなくなって、もうダメだ、もう死ぬ、なんて思ってるとき、例えば小説なんかの場合、病気で頭がぐらぐらしてメチャクチャに書いたときにかえって傑作ができたり――そんなことは？

山下　あります。

森山　もっと単純な例で、ドラムに手をぶつけて〝イテーッ〟なんてとき、そういうことになおさらおかまいなしにやることあるね。

ときどき、一人でいるときなんか、自分はすごいマゾヒスティックなんじゃないかと思うこともあります。それと被害妄想――多分これは本当に病気だと思う。

山下　それじゃ例えば、これは気分の問題なんだろうけど、ピアノが〝ギャロギャロン〟なんてやったとき、その音が自分を責め立ててるんじゃないかと感じるときと、逆に自分を励ましてるというか――〝イイゾ！〟てふうに感じるのと両方あるだろう？

森山　ある、ある。

山下　俺もよくある。タイコがドカンとくると、これは何か不満があってドシャンとくるのかな、それとも、それいいぞ、もう一度ってなもんでやってるのか――それは人によって違うと思うね、結局同じことなんだ。

森山　じゃあ、心が通じてるのかも知れないよ（笑）。

山下　ホモだな、俺とお前は――これはこんなとこで言っちゃいけないな（笑）。

森山　ドシャンとやるとこでいろんなニュアンスがあるんだよ。あの野郎なにやってんだ、テレテレ弾きやがって、いいかげんで止めろってんでドシャンとやることもあるしね。

筒井　音楽の場では、それがどちらかということをすぐに判断しなけりゃいけないからこまるわけだな。

山下　いや、判断はできないんです。とにかくドシャンときたってことが事実なわけで。

筒井　すると反射神経みたいなのですね。

山下　そうです。だから、僕はこれをよく誤解されるんだけど、「ジャズはたとえば音をもって行なうボクシングやサッカーのようなものだ」というわけです。相手が攻めてきたらこちらの考えてることは中断して、それに反応していくわけです。

筒井　そうすると、とても真似できないな。

山下　複数で一つの小説を書くとか、そういうのは？

筒井　むしろ書くより喋る方から近づけるかも知れませんね。

山下　結局そういうことを全部頭の中でやってしまって、それを作品にするんでしょう？

筒井　芝居の世界で言えば、昔の築地小劇場時代から延延と続いてきてる演劇理論では、観客がどう反応しようとそれに影響されては駄目。例えば、ここで観客が笑ったから、あるいは笑わないからもっと面白くしたりしては駄目だ、つまり、何回公演しても自分の歩いた足跡どおりのことを繰り返さなければならないというふうに。ところが最近のアングラ劇場ではそういうのは古いしやってないわけです。こっちから観客の中へ溶けこんでいく。だからドヤ街にいけばドヤ街の連中にわかるようにやるという、その違いですね。

中村　それはでも失礼なと言えば失礼な態度ですね。失礼というか、自分は観客を見下してるわけでしょう？

山下　そうじゃない、見下してるのとは違うと思う。

筒井　やっぱり理解してほしいという何かがある。

森山　そこは相互関係があるんだよ。見下すという場面もあるかも知れないけど、そうではなくて、客に無理矢理やらされることもあるんじゃないの。

山下　前に僕らは状況劇場でしばらく伴奏をやっていたことがあるんですけど、あすこはそういう意味では一番すごいんじゃないかな。変にハプニングふうに客を舞台に上げるとかそんなものじゃなく、客と自分たちとは一応隔絶しているけど、客が何か言えば平気で受け答えしている。

筒井　そうでしょう、受け答えすることなんですね。

山下　客とのそれによって台詞が変っていくんだけど馴れ合いではないんです。それで最後に平伏してお客を送り出す。やっぱりどうにかしてわかってもらいたいということがあるんですね。

筒井　最近ではアングラでも馴れ合いが多くなって、発見の会なんて近いうちに巡業に出るらしいけども、それが本当の武者修行でしょうね。

山下　今野勉さんが俺達について書いてるね、見られれば見られるほど、中での反応の度合がすごくなっていくということを。そういうことはたしかにある。見られれば見られるほど俺らは殴り合うわけだ。すごいサービス精神かな？

中村　俺はそういったところはないかも知れない。ひねくれてるから、見られれば見られるほど殴り合ってやるとか、そうするとやめちゃうとかね。

筒井　サービス精神に二とおりあるわけですよ。つまり、ここでお客が笑ってくれたからもっと面白くしてやる、しかしこれは昨日来たお客に悪いんじゃないか——これもサービス精神でしょう。

中村　そうですね、昨日来たお客に悪いというのもあるかも知れませんね。

筒井　僕はどちらかというとそっちですね。だから考え方としては旧式になるのかな。
中村　状況劇場でも、どんどん芝居が変っていくんで、ああ、あんなとこ変えないでくれたら面白いのになと思うことある。
森山　うん、あるね。
筒井　今の僕があなた方の演奏を聴いて脱皮しようと思っているのは、つまり、最初から最後まで設計図を書いて、最後はこうなると頭で考えて小説を書くのではなく、最後の感動をそのまま最初にもってきて、そこからどうすれば一番面白くなるかを考えて先を続けていくということです。
山下　作家の方にお聞きすると、最初に思い浮ぶのが題名だというんで、あれが非常に不思議でならないんですが。
筒井　それが不思議なんです、僕がそうなんだ。
山下　僕らは曲——曲といっても数小節の、これからはじめる手掛りみたいなもの、そういったものを曲と呼んでるわけですけど、それができて、何度もお客さんの前で演奏してるんだけど未だに題名がない。これは音だからでしょうけど。
筒井　題名のない曲があるんですか？
山下　まだあるし、題名なんてメチャクチャですよ。例えば、テナー・サックスとハイハットで最初出るから「テナハイ」だとか（笑）。
筒井　それはそれでいいと思うんですよ。
山下　それが常にあとからできるんです。
　アレやろう　何？　ほら、アレアレ——それが面倒くさいから、じゃ題名つけよう。
筒井　コンニャク問答みたいだな（笑）。
山下　ところが作家の方は最初に題がパッと浮ぶというんで……。
筒井　つまり、設計図が最初からできてるってことだね。
森山　そうですね、終りまで全部わかっているから最初に題ができるんじゃないですか。小説ではどうなるかわからないままでどんどん書いていくというのは不可能に近いんじゃないですか。

筒井 実験小説としてはやってる人が多いでしょうね。自分のやることやりつくして、やることなくなったような人がやけっぱちでやるとか。だけどその中からまだ名作が生まれてないようです。

中村 僕は何やるにしてもそういうやり方でしかできないな。おっちょこちょいだから、今度ＳＦ書いてやろうなんて思うわけです。それで何も考えなしにただ書きはじめて、四行ぐらいですぐにやめちゃう。ジャズが一等しっくりくるというのはそういうとこにありますね、自分の性格に合った——何も考えなくていいというようなとこに。

筒井 ジャズの場合、一旦やりはじめたらこれは最後までやらなければしかたないわけでしょう？

中村 そうですね、やり出しゃあなんとかなるという自信みたいなものがあるし、なんとかしなきゃ家へ帰してくれない（笑）。

筒井 作家の場合は舞台に相当するものがないんで迫力が生まれない。だから、あと何日かで死ぬという人が書いたものが割といいというのがそれでしょうね。

僕の場合はカンヅメして二晩目になって、締切に間にあわないと出版社に迷惑かける、ということで一生懸命書くわけです。せいぜいその程度なんです。

中村 締切に追われたりしないと書けないということもあるんですか。

筒井 そういう作家もいますね。

山下 作家ではないけど相倉さんなんかが絶対にそうですね。あの人から原稿取るの大変なことらしいです。

筒井　あの人はジャズ根性がしみこんでるわけですよ。
山下　だから「ジャズ批評」が苦労するのは当然ですね（笑）。
筒井　ジャズ根性がしみこんでるわけだからその点はむしろジャズ評論家として信用できるわけですよ。だから期日どおりに原稿をわたす人はジャズ評論家として本物じゃないんですよ（笑）。
山下　それは平岡さんに聞かせよう（笑）。
筒井　悪いこと言ったかな、平岡さんはそうなの？
山下　絶対に期日に遅れないらしいです。
筒井　じゃあ、あの人は別の意味で――あの人はサービス精神あるから。平岡さんは本質的にヒューマニストなんだね。
山下　そう、また決して終電に遅れないで帰るってのが不思議ですね。
中村　俺みたい。じゃあ俺もヒューマニストなんだな。
筒井　いや、それはヒューマニズムとは言わない、マイホーム主義だよ（笑）。
森山　ジャズは演奏しているその人の性格がよくわかるね。
山下　かなり直接的だな。
森山　会って話してもある程度はわかるけどジャズの場合演奏すると一発でわかる。
中村　それとやっぱり好き嫌いがはっきりわかる。一緒にやると、ああ、嫌い、絶対にやんないと思うことがありますね。
筒井　それは音楽家の場合潔癖だろうな。
山下　そういうのが先に言った価値観になってるね。

筒井さんの小説はジャズ的とかそういうこととは別に、すごく音楽的なところがありますね。

筒井　やっぱりジャズ的なんだろうと思います。というのは、僕の作品、嫌いな人は徹底的に嫌いだし、いいって人は気違いみたいにだし。

山下　ここに二人いる（笑）。

筒井　毀誉褒貶はげしいってやつですね。

山下　それは俺らも最近ちょっと感じるね。

筒井　それから間違えて誉める人が意外に多いんです。割と日共の連中が多い、あれは何か間違ってると思う（笑）。平岡さんではないけど、つまり、笑いによる革命とか、笑いによってすべてを破壊し、その上で革命をはかるとか、そういったことを考えているんじゃないかと思う。

山下　創価学会を二回程やったからじゃないですか。共産党はまだやってないんですか。

筒井　共産党は見てて具体的にドラマがないし、ギャグが湧いてこない。今となれば共産党はごく当り前であるし、むしろ体制だし（笑）。

中村　筒井さんは書くとき、面白い場面では自分で笑いながら書いてるんですか。

筒井　いや書きながら笑ったことはない。考えながら笑ったことも五、六回しかないですね。一度タクシーの中で〝ケケケッ〟と笑いだして運ちゃんが驚いて（笑）。

これはおかしなことに自分で笑った場面はあまり人はおかしがらない。だから僕の文体は、自分では気づいていないながら、知らない人の末梢神経なり何かそういうところにうったえる何かがあるんだろうと思うんです。でもそれは自分ではあまり意識したくない。意識するとかえって駄目になるでしょう。

中村　その意識しないでいるというのが難しいですね。

山下　それは例の、相倉・平岡さんの無意識理論——やってくうちに本人にもわからない無意識の部分が出てくる、実はそれが一等すごいんだというやつかもしれませんね。

筒井　僕はまだ音を聴いてその人の人間がわかるというようなことはないんでジャズに関しては何だけど、中村さんの場合はわかる。この中で一番ナイーブな感じだね。

森山　考え方によっちゃ、例えばサックスの場合、うしろのピアノとドラムがドシャドシャにいじめたら、いじめられる喜びというのもあるんじゃない？

中村　俺はそういうことないな。いじめられたら必ず報復手段に出てやる（笑）。

山下　それはいいんだよ。

筒井　だから、いじめられてメチャクチャになることはないけど、その逆のこともないね。つまり、あなたの場合は自分で面白がっちゃうとかえって駄目なんじゃないかと思う。

中村　僕は自分で面白がったときの方がいい演奏だと思うんだけど、他の人に聞いてみるとそうでもないらしいんですね。

山下　だから俺たち二人にいじめられてんのが一番いいんだよ（笑）。

森山　俺なんか変なイビリ方――演奏してるとき、ドラムじっと見てて〝ゲッ〟なんていってやめちゃうとか（笑）、そういういじめ方はいやだけど、そういうんじゃなくてジャカスカ――要するに喧嘩だね。あとでブスブス言うんでなく〝この野郎！〟と表に出されてぶん殴られる――そんないびられ方ならされてみたいよ。

山下　表に出すってのはお客さんの前で演奏しているその場へだな。

筒井　トリックのあるいじめられ方ってのは駄目でしょう。この前言ってた〝ズンチャラズンチャラ　ジャズンジャズン〟なんて、つまり目を眩ませておいて落し穴にはめる――あれはいかんわな（笑）。

森山　その話知ってる？

山下・中村　知らない。

森山　こないだピット・インでやったときのことだけど〝ズンチャラズンチャラ　ジャズンジャズン〟ってなるというのは、変な、いやなやつがドラム叩かせてくれと言って来たとしたら、みんないやいやながらしかたなくやってやる。それで、わざといびってサックスのやつが裏のフレーズを吹くわけ。

山下　そんなことできる人がいるのかい？

筒井　よくやってるじゃない、すぐに止めちゃうけど。どっちが本当のフレーズかドラムのカンを狂わせちゃうやつ。

森山　俺は一度その経験あるよ。

山下　でも最近は自分のペースに巻き込むんだろう。その〝ジャズンジャズン〟は一種の技術というか、理論だよね。それを知ってれば何てことはない。

森山　だからそこで考えちゃうのは、一緒にやってるジャズメンを巻き込むのは簡単だけど、お客を巻き込むってのは難しいね。

山下　それはある場合には、一緒にやってるやつを無視するってことで自分自身はお客を奪ってることになってることがある。

森山　俺のペースに巻き込もうと思うときは最初に誰かを狙う。ベースとかギターとか一人を狙ってかかるわけ。相手が大勢だと支離滅裂で、ああきた、こうきた、これがこうで、あれがああだ、なんてとてもできない。あいつは眼見開いてすごいことをやりそうだなあとかそういうことを最初に見てんだよ。

山下　そこんとこが神秘的なとこだな（笑）。

森山　それをこないだ筒井さんに話したんだ。一曲やらして下さいと言って行くときは、要するにホモの男が、あの人はもしかしてホモじゃないかと思って、むこう向いて全然あらぬ彼方見てんだけど、こっち向かないかな、向かないか……とじっと見てて、ちょっとでもこっち向くとおじぎしてやさしい態度示すとか（笑）。

山下　見るからにそうなんで、こいつなら大丈夫だってんで行くわけ？　――いやらしいよ、それは（笑）。

筒井　今度の日航機乗っ取りの九人が北朝鮮へ行ったのがそれだね。つまり、赤軍派は反日共で北朝鮮が賛日共で中共が反日共でしょう。で、今度周恩来が北鮮へ行く、すると当然ソ連と仲が悪くなるわけだよね。その辺が僕なんかから見るとホモとレズが入り乱れているみたいな感じでサッパリわかんない（笑）。

山下　無理矢理ホモが押しかけて来た（笑）。

筒井　それを小松左京に言ったら、まあ、この人は国際情勢をそういう感覚で見て、と言って嘆いてたけど（笑）、本当にそうに見えるわけだよ。だけどそれがわかるようになったら一人前だと思うんだよ。

山下　森山はたしかに最近そういったことをやってるね。勉強と言っていいだろうな、武者修行というか――。ホモじゃないやつをホモにするって手もあるな。

森山　うん、あるある。伊勢さんとそれやったときが面白かった。バスドラムが動かんように坐ってやってるわけだけど、すごい勢いで押されてだんだん前にのめっちゃうわけ（笑）。そのせいもあるんだろうけど弾いてるあいだ中すごい眼をしてた。で、こっちも負けるもんかとばかりドシャドシャに叩く、そうすると伊勢さんも自分で何やってるかわかんなくなって――ブルースやってたんだけど――本当にブルースで、ドシャンとやったとこがアタマなのかな、いやそうじゃないのかな、でやってた（笑）。

山下　それでホモにしちゃうわけだな。

森山　うん（笑）。

筒井　ブルースの場合は倍のテンポになるってこと最初から頭にあるわけですか。

山下　いろんなテンポになる場合がありますね、一つの拍子を色々に割って。だからもとの拍子――ブルースというのは特に十二小節ときまってますから――それさえわかっていれば一拍をどうしようと一小節をどうしようと、どこをやってるかみんなにわかる一番簡単な形式なんです。それで知らない人同士がやるときはよくブルースをやるんですね。

筒井　山下トリオの場合、ブルースも最初はスローで出てきて最後はドシャドシャで終る、あれは度肝を抜かれますね。

山下　森山が教えてた中学生なんだけど、その子がこないだオスカーに来て最後まで聴いて、やっぱり何やっても同じになっちゃう、演奏してる人は途中で何の曲やってるかわすれちゃわないかしら、なんて言ってたらしい（笑）。それはあるな、何やっても同じになるってのは。

　そういう意味でフリー・ジャズというのを、何でもかんでもとり入れてハプニングみたいになっちゃうという考え方はしてないんです。むしろ、これしか出来ない、という「フリー」ですね。

山下　こないだの蠍座のあれは筒井さんにぜひ見て欲しかったね。

森山　あれはかなり高度なストリップだよ。

中村　ストリップ見てるとすごい連帯感ありますね。客席であんなコミュニケーションないよ。

森山　俺、立川へ行ったときは馬鹿にされちゃって――踊り子に頭ピタピタひっぱたかれて（笑）、俺は何という侮辱を受けたんだろうと思った。――あんた、何回も見て、さっきもいたじゃないの、なんて言われた（笑）。

筒井　観客同士の連帯感もあるね。あれはジャズにはないものだよ。

山下　それはないかも知れないですね。
中村　男のストリップはなんでないんだろうね。
筒井　「世界残酷物語」であった。あれは面白い、ベルトをはにかみながらはずしたりして（笑）。
中村　男は女には見せないってのがありますよね。
筒井　あなたは女性に興味ないんじゃなかったの？
中村　いや、あります。
筒井　さっき、女が出てこないからSF読むんだなんて言ってたから（笑）。
山下　筒井さんのは御飯食べながら読めないってとこがありますね。一度驚いたのは「トラブル」、うっかり食事中読んだんだけどあれは御飯食べられない。
中村　「最高級有機質肥料」は？
山下　あれは最高だ、電車の中で読んでて、途中閉じたり開いたり。
中村　僕はああいう話には弱くて――。
筒井　あれは「話の特集」に出たんだけど、校正のとき和田誠が、内容知らずにうどん食いながら読んだ（笑）。
山下　筒井さんのは読むとき下調べするわけにいかないし、食べるときは駄目、やっぱり正座して読まなきゃ。
中村　この人は臆病な人で、「異形の白昼」、あれは全部あとがきから読んで中は恐くて読めないって。
山下　あれは誤解してたんだ、読んでみるとそうじゃない。
中村　曽野綾子さんのは恐かった。
筒井　あれは恐いね。昔の童話で残酷なのたくさんあるね。
中村　子守唄でものすごい残酷なやつがありますね。
筒井　子守唄で？
森山　いっそこの子が死んじまえばいいとかそん

なのがある。

筒井　それは知らない。外国のもの？

中村　いや、日本のです。九州の子守唄で、おぶってる子があんまり泣くなら田んぼの泥へ埋めてやるなんてのがある。

筒井　実際、普通の人が子供をあやして、普段かわいいと思ってても泣きわめくと〝チクショー〟と思うときあるものね。本当に憎しみと愛情が微妙にこんがらかってるわけだから。子供が生まれてみるとわかるけど、父親はある程度以上は叱らないけど、母親は一旦怒りだすとヒステリーになる。そんなときは愛情なんか消しとんじやって憎しみしかない。それが逆転するとベタベタ。

森山　僕が小学校のころ隣にいた友達のオヤジがものすごいサディスティックで、雪の降る日に自分の子を真裸にして使い古した竹の箒でビタビタに叩く、そのあげく下駄でけとばし河へおっことしてた。

筒井　父親もヒステリックになるとそうなるんだろうね。そんなときは子供が憎くなって、つまり愛の鞭なんてもんじゃない。

山下　筒井さんの小説にかわいさあまって食っちゃうのがあったね。

中村　そういえばアフリカで八十歳の老人が自分の子供を四人とも全部食っちゃったのがあるね。

筒井　それはかわいくて？

中村　いや、おいしいらしいんです。

　うちの犬が子を生んだとき全部死産だったけど、しばらく置いといたら食っちゃった。

山下　それは法則があるんだよ。つまり、弱いちんばとかそういうのが生まれた場合食った方がいい。

森山　優性保護法ってとこか（笑）。

山下　本当にそうなんだ、種族の方が優先するわけだから。ただ、どうして片端を食うのか、その情報の伝達方法がわかんない。例えば吸いつく力が弱いとか何かあって食っちゃうんだろうけど。

筒井　片端は生かしといてみんなでいじめた方が面白いと思うんだけどな（笑）。

森山　それは田舎のお祭へ行くと見世物小屋でやってるあれじゃない——かわいそうなのはこの子でございい。

　これは直接演奏と関係あるかどうか知らないけど、俺の頭の中には、現実には不満はないけど、そういう何かがついてまわるね。

山下　何かなきゃあんなことできない。

筒井　だからあなたは本質的に革命家なんだね——いや、この三人はみんなそうじゃないかな——つまり、ジャズは革命だとか革命じゃないとかいう人がいるけど、例えば寺山修司はジャズは革命にならないとか言うし、一方で松田政男がジャズは革命になりうると言って意見の対立があるけど、ジャズはむしろそれを超越しているんじゃないかと思う。それはどういうことかと言えば、常に自己否定ですよ。つまりヒューマニズムでもアンチ・ヒューマニズムでもないという——例えば漫画の「意地悪ばあさん」が最近つまらない、慣れてしまえばアンチ・ヒューマニズムなんて実につまらない。ヒューマニズム以上に。だからそれを超越して否定に次ぐ否定、これだと思う。

山下　ジャズの演奏の中には何かそういったものが絶対にあるね。

筒井　それがなくては嘘だと思う。

中村　僕らの場合もそうだけど、今の筒井さんはいじめる立場にあるでしょう、それが自分がいじめられる立場に立ったときのことを考えてみますか。

山下　筒井さんはいじめられてるもの。

中村　いや、もう一人筒井さんみたいな人が出てきて。
山下　そういうのは作家の場合、全部一人でやるわけでしょう?
筒井　そうですね。
山下　俺らの場合は現実にあるわけだ。ある音を出せば相手のやつが、なんだあの野郎ってバシャッとやられる（笑）。それはさっきも言ったように励ましか何かわかんないけど。逆にいびる、イビラビッチョレか——。
筒井　イビラビッチョッレ　ハバヒビラレ……（笑）。
山下　かなりマスターしましたね。
森山　あのテープ聞かせてやらなくちゃね。
山下　そうだね。すごいストーリーができて、中村が精神分裂気味の代議士、僕がその秘書、森山が陳情に来る村の村長（笑）。それが先生に会わせてくださいなんて言って来る。
中村　——どこから来たんだ。——村の鎮守のチンギョヤの隣の近所から陳情に（笑）。
山下　——それで何を持って来たのかね、君。——この薬を持って来ました。この薬は、一粒飲むとラリリ、二粒飲むとラリリラリ、三粒飲むとラリリラリラリ（笑）、四粒飲むと——。
中村　ラリリラリラリラ　ハッチャベッチョロ……。
森山　違う。
一粒飲むとラリリ、二粒飲むとラリリラリ、三粒飲むとラリリラリラリ、四粒飲むとリロリ、ラリリラ　トベリビッチョレ　コチャヤハベラダ・カンジョレー！（笑）。
筒井　すごいな、最初に〝レロ〟を使わなきゃいけない——レロ、ラレロレビッチョレ　ハビ　ハバレ……（笑）。
山下　かなりハ行が多い。
森山　だから、これからすごいことを言おうとするときは、そのお囃子みたいなのがまず入るんだ。〝ラリリラ〟って言ったんじゃ駄目、〝リロリ〟と言ってから〝ラリリラ〟ってふうに、その段階だね。

山下 成程、音楽技法だな。

筒井 語尾の活用でいくわけだな。

——ソンミ　ソンム　ソンメ——ビアフラ　ビアフリ　ビアフル　ビアフレ　ビアフロとか、ビアフロビッチョレとか（笑）。

山下 〝ビッチョレ〟というのは何だろうな。

筒井 あんまり——怒るだろうな、こんなことを言ってると（笑）。

森山 これは真面目な話だけど、クリフォード・ブラウンのレコード聴いたとき、——なんてフレーズだっけ?

山下 タイヤパタパ　タイヤパタパ——。

森山 ああ、そう——タイヤパタパタパ　タイヤパ　タイヤパ　タイヤパタパタパ——という感じなんです。

中村 リー・モーガンのやりそこなったやつでものすごいのあるじゃない。

山下 何だっけ——「恋とは何でしょう」だろう。

中村 コードが変ってるんだけど続けちゃうんだ。

山下 そうなんだ——タイヤパタパ　タイヤパタパ　タイヤパタパタイヤ、タイヤパタパタ。

中村 コードがチェンジしてんのに、それをやっちゃうというのは大変なことですよ。

山下 そこんとこがあるんだね、コードに合ってるという確信が。

さっきの芝居の話だけど、最後に〝カンジョレビッチョレ〟ってのが出たのがすごかった。ここでってとき出た言葉が〝カンジョレビッチョレ〟なんです。

森山 俺の感じでは〝カンジョレ〟という〝カン〟の語感が——。

中村 ——カ行変段活用。

筒井　カ行に変段活用というのは、ちょっとどう（笑）。

森山　〝カン〟とかカ行は、言葉を出すとき〝ウー〟というふうに出せないでしょう、〝カッ〟というふうに、要するに漫画に〝カーッ〟とあるのと同じで、カ行というのは直接的なトランペットの〝ピーッ〟という音とよく似てんだよ。だから興奮してこれ一発だというときカ行の言葉が出る。だから学生が、〝ナントカナントカ　ワーッショイ〟とやる。

山下　筒井さんの小説に中学生が性教育で暴れだして、とたんにああなっちゃうのがあるけど、あれは面白かった。

森山　〝ワッショイ〟の〝ワッ〟というふうな言葉は直接に喧嘩するようなときの言葉ではなくて、みんな団結して丸くなろうという、そんなときの言葉なんだと思う。

山下　ワだから輪になるわけ（笑）。

筒井　〝我われはーッ、資本主義のオーッ、陰謀にーッ〟という語尾の〝ウァーッ〟というところに、聞いてるやつがだんだん押されて――ワーッショイ　ワッショイワッショイとなるわけだよ。

中村　早稲田のときはデモ隊に一人箒を持ってるやつがいて、掻き回したあとを掃除して歩いてた（笑）。必ず一人箒を持ったやつがいるんだよ。

山下　「バリケードの中のジャズ」――あれはテレビ撮るからってんで嫌がる学生を無理矢理やらせたんだ。大隈講堂をぶち破って、早稲田の長い歴史に講堂以外に出たことないというグランド・ピアノを担ぎ出し、学生の占拠する教室で演奏しようというわけで、丸太を担いで講堂へ押しかけたんですけど、どういうわけだかちゃんと開いてるんです。ですんなり担いで行ったわけです。

森山　あれは最初から仕組まれて、どうぞやってくださいという感じだったね。

山下 でも恐しいね、テレビでやるとなったら学生は平気——これは筒井さんの専門だけど、やっぱりテレビになるからやるんだろうね。俺ものせられたんだけどね。

編集部 十一月の反戦集会にロックをもちこんだときはロックの連中ぶん殴られて追い出されたんですね。

森山 そうでなくちゃ。

筒井 ロックじゃ駄目なんじゃない?

編集部 いや、音楽の場というものをぶち壊さなくては戦いなんかできないということでしょう。今まではフォークなんか許されてたけど、だんだん緊張感が増してくると何だろうと駄目だってことですね。

筒井 断え間なき自己否定だな。やっぱりのってきてるわけで、のっちゃいけないと自分に対してやってるわけだね。

山下 俺たちあのときはいつぶん殴られるかと思って、とにかく音楽をやるわけだし、それをだまって聴いてるわけがないと思って。

中村 だから楽器壊されたら絶対に殺してやると思ってた。

山下 楽器で逃げるにはピアノが一番いい、ピアノはむこうのものだからパッと一人で逃げればすむ。ところがサックスとドラムは(笑)。

筒井 サックスはまだしも、ドラムは——これは駄目よ(笑)。

中村 一番壊しやすいしね。

森山さんを縛り上げといてカミソリで皮を一枚々々剝ぐとか(笑)。カミソリで全部切らないで、皮に切れ目を入れて泣いてるところを——どうだ、くやしいか(笑)。

山下 楽器を壊すのは森山が一番だな。この間はその日買ったばかりの二万円のシンバルを最初のステージで割ってしまった。

中村　ジャズマンはあまり楽器にこだわらないね。例えばクラシックの連中は楽器を壊されると大変で、それこそ発狂しちゃうけど。

山下　そりゃそうだろうな、関係ないもの。チャーリー・パーカーなんて自分の楽器で吹いたことなんかほとんどないっていうから。

森山　さっきの早稲田の話だけど、学生があれだけの意気ごみでやってるところに、たかが山下トリオが行ったぐらいでヘナヘナになるなんてそんなことはありえない。

俺がこないだ渋谷で全共闘が来たんで嬉しくなってカバンかかえてデモの中に入ったというのは、思想も何もないけど、そいつらを前にすると入らずにいられないすごいものがあったからなんだ。だからそのあとでは、自分の気持としては山下トリオが白けちゃう。それだけ気持が高ぶったあとでピット・インなんかで三人集ってやるというのは何かみじめな気分だったね。

山下　デモに行くか演奏を聴きに来るかといったらデモの方がよっぽどスイングするという結論だろう？

森山　そう、俺だったらそうするね。

中村　でもやっぱり機動隊は恐しかった、体が違うもの、倍以上ある感じ。こないだの新宿あんなに恐しいもんだとは思わなかった。

森山　ああいった学生が集団で同じ行動をとれば、ジャズで三、四人集ってやってもちょっと表現できないね。絶対に負けちゃう。

中村　筒井さん、話はちがうんだけど、ジャズでも何やるにしても、変ないい方だけど、反省するということはあまりいいことではないんじゃないですか？

筒井　それはあった方がいいんじゃないかと思うけど、どうかな。例えば、自分のしたことで恥ずかしくて夜も眠れないとか、人から嫌がらせされたことで腹が立ってしょうがないとか、そういうことはあるわけでしょう。それで一晩中悶々としてる。結局そうしたことで精神が屈折していくわけだから表現も豊かになると思う。だから憎いやつは徹底的に憎みぬいて、相手を直接的に倒すのではなくて、そうした憎しみを全部作品の上にぶちまける。

中村　そうではなく、例えば変な演奏をしたときに反省していいのか、しないがいいのか――僕はしない方がいいみたいなんだけど。

筒井　作品の上でなら反省の必要は全くない。

森山　これは俺個人の意見だけど、ジャズで自分のやったことは全く反省しない。なぜかというと、どう間違っても、どんなみっともないことやっても、やったのは俺自身であって、それを責められてもしょうがない。だからレコーディング終って、テーク1の方にしますか、テーク2にしますか？　と言われても、俺としてはどっちとってもかまわない。

筒井　だけどヘマをして恥ずかしいという気持はもった方がいいね。ただ、今後ああしたことは二度とするまいなんて思うのは駄目だけど。

森山　やってるとき、ああ、マズかったとかそういうことは感じるけど、マズかった――だからこうやってやるんだというふうに、やってるときにその裏返しが次々に出てるわけです。そうするとあとは反省することはないわけです。

筒井　だから、断え間なき自己否定を実際にやってるのはジャズだけだと言えるわけなんだね。

山下　ものを書く人は一つの作品ごとにそういったことをやってるわけですか。

筒井　僕らの場合、断え間なき自己否定をやってると一行も書けないことになるわけで、例えば全学連なんかも自己否定をやってるけど、それやるとデモ一つでもまともに人数集まらないわけですよ。

今度僕はそれをやろうと思って、最初から方針をきめずに「ビタミン」というのを書きました。読んでみると一応まとまってるみたいだけど、書いてるときはメチャクチャだった。これは要するに五週間前から毎週山下トリオ聴いて、触発された——というか、これではいけないと思ったからなんです。

レコードの場合はどうなんですか。

山下 一応ああいうのをやって、いいものもある悪いのもある。それの一つがたまたま記録されたというふうに考えてます。

筒井 レコードだから特にどうってことはないわけですね。

山下 そうです。

筒井 いや、立派だな、全学連に聞かせてやりたいね（笑）。

編集部 どうなんですか、筒井さんが御自分の作品を読んで——書いてる場合とは非常に距離があるわけでしょう？

筒井 それはありますね。

編集部 あるいは山下トリオの三人が聴き手にまわった場合はどうでしょうか。

山下・中村 ある、それはある。他人だよね。

森山 俺はそれが全然ないんだよ。

筒井 恥ずかしくもない？

森山 全然恥ずかしくない、すごい感動するわ（笑）。

筒井 すごい！　それはすばらしい。

森山 最初にホット・クラブで聴いたとき、あのときは、涙が出るくらい嬉しかった（笑）。

中村 僕が山下さんのカルテットに初めて入ったときはそうだった。自分の演奏聴いて全部感動したけど、今はそういうことない。もっとうまくなろうと思うくらいだな。

筒井 そう思っているうちが進歩するんだろうね。

山下 じゃあ森山は進歩しない？

筒井　いや、それとは全然違う。
編集部　聴いてるときにやってるときと同じ状態になれるわけでしょう。
森山　そうなんだ。
筒井　僕もそういう境地になりたい。自分の作品を、書いたときのことを忘れて読んでみたくてしかたがない。しかしそうにはなかなかなれない。読んでて、これを書いたときは女房がうしろに居て、何か言われて〝ワァーッ〟となったときだ、とか思い出しちゃう。
山下　それがあるね。レコードが出るのは早くて三ヶ月後だものね。
森山　書くにしても演奏にしても、要するにプレイしているときの冷静さかげんみたいなもの――書いてるときは冷静でしょう？――山下さんの場合で言えば、プレイしてるときの気持と聴くときの気持が一致してない。
中村　自分で聴いていいと思うのははじめから終りまでのっちゃってるやつだね。
森山　だから、俺がそこが違うというのは、全く気違いと同じで演奏してるときに何も考えられない。ピアノがこう弾いたから俺がこう叩いたんだというようなことを考えないでやってるからだよ、多分。
山下　いくらそのとき実によくできたと思っても、時間がたつと違っちゃうということが俺にはあるね。
森山　今朝聴いたんだけど、昨年の三月、最初に練習したときのを聴いてみると、俺の太鼓はちょっとヤバいんじゃないかと思った。
山下　少しはあるわけだな。
森山　かなりあるんだけど、それは方法上の反省みたいなものであって、根本はそれほど変ってない。
筒井　例えば僕が五年前に書いた「東海道戦争」あれを今読むと恥ずかしい。だけどある人によってはあれが最高傑作だというし、やっぱり自分の思ってることが生で出てるわけで、これがいいのか悪いのか、今の自分がオブラートで包みすぎておいぼれちゃったのかどうなのかわからない。

山下　こんなものがもう一度書けるのか――というのは？

筒井　それはない、もう二度と書きたくないというやつですね。ただし、今これをもう一度書けばもっとうまく――うまくというより全然別のものになるだろうという考えはあります。

中村　やっぱり常に演奏したいとか書きたいとかの気持がたまらなくあるというのが一等いいんですね。

筒井　第三者にとっては五年前のも今書いたのも大して変ってないじゃないかという気持ですね。こっちはうわっつらのテクニックの面だけを気に病んでるわけだから、それも自分にしかわからない。だから、森山さんにしてみたら、この二人にわからないことで気に病んでるかも知れない、ほんのうわっつらのことで。

山下　そういうのは何でしょうか。例えば音楽上のテクニックとかそんなんじゃなく――。

筒井　じゃないと思いますね。例えば、小松左京と星新一と僕でトリオ組んでやるとする（笑）。星新一がピアノ、小松左京がサックス、僕がドラム（笑）。

あれェ。言うことわすれちゃった（笑）。

僕としては星新一ができるだけ自分の方へ近づいてきてほしいと思ってるわけで、事実星新一はある程度僕の方へ近づいてるわけです。だけど彼自身はそれをあまり気に病んでない、別のことを気に病んでる――そういうことがありますね。

三人でやっててよく言われることだけど、小松左京は作風が非常に僕と似てる。似てるけど、その似てることを気にして書いてる。ここから先を書いちゃうとあっちになってしまうということを互いに気にして書いてるわけです。で、星さんは最近すごく僕に似てきた。けど、あの人は全然それを気にしない。平気で書いてる。ところがある人によっては、それは星新一の堕落だというわけですよ。

森山　それは両方にとれるね、堕落ともとれるし、一段高いとこにいったとも。

山下　じゃあ、渡辺貞夫が俺らのとこでやるというのは――駄目かな（笑）。

中村　それはちょっと違う。

筒井　ああいったストイックな、自分の世界を創り上げてる人は、むしろ自分の世界を破りたいと思ってるわけで、だからかえって反撥するわけでしょう。これで自分は固まってしまうんじゃないかとしょっちゅう思ってるわけでしょう？

森山　川上宗薫がそんなこと書いてる。こんな同じことばかり書いてくだらないけど、よく売れる……とか。

山下　昔の音楽家がそうなんで、例えばモーツァルトなんか毎回違った注文で同じような音の曲を創ってる。

筒井　すると川上宗薫はモーツァルトか（笑）。

中村　筒井さんの「空想の起源と進化」で、女性向の話は同じパターンを繰り返して、ところどころ変えれば女は喜ぶとか書いてある。

筒井　それは僕がそう思ってるだけで、書いてる本人――川上さんとか梶山さんにしてみればそうじゃないかもしれないし、二人共そういうものを書いてるけど、本当に書きたいものがあると言ってるわけです。

山下　でもそれはおかしいね、書かなきゃ。

筒井　だけどそれを今まで全然書いてない人が言うんなら、馬鹿めと思うけど、例えば小学校の国語教師なんかで、俺はいつかものすごい大河小説を書いてやるなんてのがいるでしょう。しかし書かないで終っちゃう。だけど川上さんなんかの場合は実際に書いてるし以前に純文学の経験があるから、この人達はそれを書く力量があると思うし。

山下　成程ね。モーツァルトが〝書く！〟と言ったようなもんだね（笑）。そうしたらみんな驚くよ。あの人はパッと全曲が頭に閃いて、あとは雑談しながら書いちゃうというから。

筒井　僕は梶山さんは大変な才能の持主だと思うし、川上さんには「夏の末」という純文学作品があって、それを読んで一晩眠れなかった経験がある。だからマスコミがどう言おうと僕はあの二人を買う。

山下　マスコミにもてはやされることは、例えば、いいと言う人と、それはどこかで書く人の何かを奪ってるんだから駄目だと、大ざっぱに分けて二つの意見がありますが、その点どうなんですか。

筒井　それはあなた方と同じでマスコミなんか超越してるんじゃないかな。マスコミが騒げば騒ぐで、それはそれでいい。

山下　それは実際にできることなんでしょうか。

筒井　色々な人のパターンを見てて、つまり、マスコミ攻勢を受け、それを打ち出すことによって自分を摑んだ人も見てるし、色々な人を見てるわけです。だから自分の順応性ということを考えれば、どうにでもなるという考えはあるわけです。

山下　しかしそうならないこともある。

筒井　それは自分の意に反してそうならないわけじゃないと思うんです。それはつまり、オナニーをしないからなんです。例えば、女房がいながらオナニーする。女房ができたからといって女房一人に一穴主義を通すんでなく、女房に隠れてオナニーする。そこに可能性があるんですよ。つまり、マスコミがいくら押しかけて来ようが――今は駄目、原稿料は入らないけど、俺は俺のしたいことをするんだ――これですよ。

発作的あとがき

『発作的作品群』という書名は、ぼくの作品のことを「思いつきにすぎない」といって貶す人たちに謹んで捧げたものである。

ものを書く時、のっけから、これはこうあるべきだとばかり思いつきもなしにやっつける人を、ぼくはえらいと思う。もっとも、書かれたものを読む気は全然しない。しかし逆に、思いつきだけでものが書けるわけのものでもない。主観や技術のない作品は作品とはいえない。ぼくの場合は、思いつきの部分が比較的多いといえるが、それが主観・技術だけで書かれたものにどうして劣るのか、さっぱりわからん。思いつきなどといわず、アイデアといってほしいものである。

この本に収録された大部分の作品は、ぼくの書いたものの中でも特にアイデアに頼ったところの多いものである。いいアイデア、たいしたことのないアイデア、不発のアイデアと、いろいろあるが全部収録した。

「あっ。この手があった」そう思ってすぐ書いたものが多いから、『発作的作品群』なのである。著作病理学的にいえば「霊感早期転移性オートマティズム発作的症候群」とでも言うべきか。もっとも、締切に追われて「霊感早期転移性」になったものもある。意外に面白いものができたりする。

『客』は、自分で気に入っている作品だが、これなどは伊丹十三から「二日で書け」といわれて書いたものである。

『特効薬』は某生命保険会社のPR誌用に書いたものだが、内容が内容だったし、ぼくの作品はPR誌向きではなく没になることが多い上、掲載誌を送ってこなかったものだから、てっきり没になったと思いこんで、一部書き直して朝日新聞に載せてもらったところ、両方読んだ人が投書してきて頭をかかえた。結果的に二重売りをやってしまったのだ。

『モーツァルト伝』は、真面目な某音楽雑誌の依頼で、一年ほどの連載予定で書き出したものの第一回目である。ところが例によって第一回目から「ふざけている」「何が何だかわからない」「まちがえている」などの読者からの投書が山積みで、おろされてしまった。

『発作的雑文』は、週刊読売「生島治郎の編集するページ」に助っ人として、コラム連載したものである。

『最後のCM』は、某保険会社の依頼でPR誌に書いたものだが、また悪い癖が出て、保険を茶化し、その会社を茶化すようなものを書いてしまった。なんという会社かは、本文の第一行目でおわかりになる筈だ。掲載は少し難航したらしく、重役連の反対もあったそうだが、担当者がクビ覚悟で載せた。度胸のある担当者だった。

戯曲『冠婚葬祭葬儀編』は劇団・発見の会の依頼で書いたものである。ぼくの過去の作品のサワリも演じたいという演技者の希望をいれて、以前に書いた短篇の中から部分部分を抜き出し、一本の新しい話の中へ挿入した。だいぶ長期にわたって、何度も書き直しをやったものの、上演は結局空中分解してしまった。

最後の座談会は、ことばによる長時間フリー・ジャズを意図した『ジャズ批評』誌編集部の企画で実現したものである。収録を許してくださった山下洋輔、森山威男、中村誠一の三氏に厚くお礼を申しあげる。

また、散逸していたこれらの作品の掲載誌を丹念に拾い集め、まとめてくださった徳間書店の久保寺進氏、この本の企画を立て、実現してくださった同じく徳間書店の前島不二雄氏にも、謹んで謝意を表する次第である。

筒井康隆

昭和四十六年初夏

PART Ⅲ

単行本未収録ショートショート

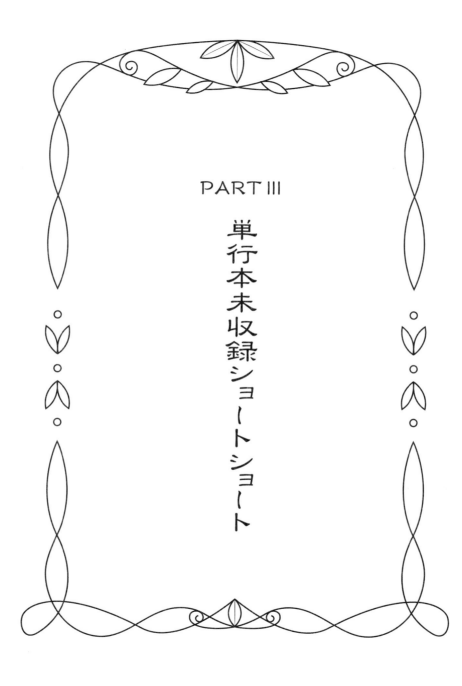

ナイフとフォーク

早智子は良介から、夕食に誘われた。

良介のことを、早智子はそれまで、いくぶん軽蔑していたといえる。早智子は都会生まれの都会育ちで、自分のことを洗練された優雅な感覚の持ち主だと思っていたし、一方、良介の方は田舎育ちで、いささか粗野なところがあったからである。

もちろん、彼を嫌っているというわけでは決してなかった。だから夕食に誘われた時、彼を傷つけては悪いからという、ただそれだけの理由で承知した。

早智子が上品な趣味の持主であることを知っていたためであろう。良介は早智子を、高級レストランにつれて行った。だが、いざ料理が出てくると、良介は西洋料理のマナーをまったく知らなかったのである。

彼はずらりと並べられたナイフとフォークの選びかたを知らず、時にはひとつの料理に二本のフォークを使ったりもした。そのため最後にはフォークが足りなくなり、コーヒー用のスプーンで、サラダを食べたりした。

早智子ははらはらして、彼の食べかたを眺めていた。しかし良介は、自分がマナーを知らぬことに、さほど劣等感を持っていない様子だった。いや、むしろ彼は、マナーがあるなどということさえ知らなかったのではなかっただろうか。彼は早智子のマナーを真似ようとする様子さえ、見せなかったからである。早智子は彼の無神経さが気になり、ほとんど料理の味がわからなかった。

あとで早智子は、考えた。

なぜ、彼のマナーに関する無知が、あんなに気になったのだろう。いや、そもそも、彼の無神経さだけが気になったのだろうか。気になった理由は、もっと他にもあったのではないだろうか。彼の存在そのものが、気になったのではなかっただろうか。

早智子は考え続けた。

そのうち、考えることに疲れてしまった。マナーなど、どうでもいいではないか、と、そう思いはじめたのである。自分のマナーにしても、週刊誌から得た知識というだけのことではないのか。そんなこと、どうでもいいのではないのか。それならなぜ、そんなに彼のことが気になるのか。

そして二ヵ月ののち、良介と早智子は結婚した。新婚旅行は西洋料理の本場ともいえるフランスだった。

アメリカ便り

いったいなぜ、希代子のような、あんな頭の悪い人がアメリカでまともに生活できるんだろう。

加代子はそう思いながら、その日もまた、アメリカに住んでいる希代子からきた手紙の封をペーパー・ナイフで開いた。

学生時代、加代子は英語の出来がクラスでいちばんよかった。その上英文タイプもうつことができたし、英会話の塾にも通っていた。向学心は、あるいは加代子の勝気さのせいでもあったろう。

それに比べて希代子は英語の成績がひどく悪かった。顔立ちも加代子に比べれば劣っていた。加代子が希代子と友達になったのは、彼女が優越感を味わいたかったからでもあったろう。それなのに希代子は卒業後、加代子が選んだ相手よりもずっといい夫を見つけて結婚し、アメリカへ行ってしまったのである。

アメリカでの希代子の生活——小綺麗な住宅に住み豪華な車を乗りまわしていること、そして夜ごとのパーティや夫の出世のことなど——それらがこまごまと記された希代子からのアメリカ便りを読むたびに、まだ2DKの団地に住んでいる加代子が口惜しさに唇を嚙みしめるのも当然だった。加代子はいつも、腹立ちまぎれに希代子の手紙を焼き捨てるのだった。

その日の手紙には、英語を喋るのがだいぶうまくなったと書かれていた。なにを、なまいきな、と、加代子は思った。

返事には、こう書いた。「いちど英語でお便りくださいませ。きっとわたし、あなたのあまりの上達ぶりに感心して、舌を巻くことでしょうね」

数週後、希代子からの英文の手紙が届いた。むずかしい単語や熟語の多い、みごとにタイプされた手紙だった。

加代子はその手紙を、ぜんぜん読めなかった。家事に追いまわされているうち、ただ勝気さからけんめいに記憶した英語を、すっかり忘れてしまっていたのである。

香りが消えて

　久しぶりの同窓会だった。招待状が来たとき良江は、行かなければ、と思った。

　結婚してから一度行ったきりである。去年は長男の出産のため、出席できなかったのだ。博一は、一日だけ実家の母にあずければいいわ、そう思った。

　同窓会に急に出席しなくなると、何かあったのではないかと勘ぐられ、夫とうまくいってないのではないかと取沙汰され、経済状態が悪いのではないかと噂されることを、良江はよく知っていた。今年は、どうしても行かなければ……。

　前の日になって良江は、香水がないのに気がついた。滅多にない珍らしい高価な香水であったが、良江はそれを女子大生時代からずっと身につけていた。最近は家事に追われ、あまり身につける機会はなかったものの、それでも着飾って外出する時には、その香水をつけていないと、やはり裸でいるような不安な気持におそわれた。その香りは良江の一部分でもあったのだ。娘時代、良江の友人たちはその香りで彼女を連想するほどだったのだから。

　商家で裕福だった実家とは違い、夫は平凡なサラリーマンである。だから高価な香水をいつも買っておけるような余裕はない。でも明日は、どうしてもあれをつけて行かないと……良江はそう思った。へそくりを計算すれば、どうにか買えるだけの額はあった。良江は一歳半の博一をつれて、香水を買いに出かけた。

　その香水をおいている店は都内に一軒しかなく、良江はその店をよく知っていた。さいわい、場所も近くだった。

途中、玩具店の前を通りかかると、博一が急にむずかりはじめた。店頭のショー・ケースに入っている電車の模型がほしいというのだ。最近の玩具がやたらと高価になっていて、だから博一にも、今までほとんど玩具らしいものを買ってやっていないことを良江は思い出した。生まれた時、実家から祝いにもらった幼児用玩具ではもはや満足できないほど、博一は成長している。

値札を見ると、へそくりの半分以上の値段がついていた。それを買ってやれば、良江は香水が買えなくなってしまう。

だが良江は、模型の電車を買ってやった。

これでいいんだわ――そう思いながら良江は、しっかりと模型の紙包みを抱いている博一の手をひいて、家への道を戻った。そうだわ。これでいいんだわ……。

タイム・マシン

「あなた、ＳＦ作家なんですってね」と、女が訊ねた。

　おれは答えた。「ああ。そうだよ」

「ＳＦっていうのは、宇宙人が出てきたり、タイム・マシンで未来や過去へ行ったりする、あれでしょう」

「ああ。そうだよ」

「タイム・マシンなら、わたしも持ってるわ」と、女がいった。

「ほう。どこに」

　女は女性用腕時計を細い手首からはずして机の上に置いた。「ほら。これよ」

　おれは苦笑した。「時計というのは、たしかに時間《タイム》をきざむ機械《マシン》だ。だからといって、これがタイム・マシンにはならない。タイム・マシンというのは、人間や、その他の物質を、過去や未来へ運ぶ機能を持っていなければならないんだよ」

「そういう機能なら持ってるわ。もっとも、こんなに小さい機械だから、人間がこの上に乗るわけにはいかないけど、でも、この上に乗せられる大きさのものなら、なんだって、過去にでも未来にでも運べるのよ」

「ほう。そうかい」おれはポケットから百円玉を出して、時計の上に置いた。「それならこの百円玉を、過去にでも未来にでも運んでもらおうじゃないか」

「いいわよ」女は時計を眺めた。「もうすぐ一時になるわ。では、一時になれば、この百円玉を一時五分まで、つまり、五分だけ未来へ運んで見せるわ。それと同時に、一時五分にやってきたこの百円玉を、五分だけ過去へ運んで見せるわ」

「やってもらおう」

やがて、一時になった。時計の上に置かれた百円玉は、そのままだった。

「消えないじゃないか」おれは百円玉を指さしていった。「ほんとに未来へ運べるのなら、この百円玉は一時になると同時に消え、一時五分にまたあらわれる筈だよ」

「消えたわよ」と、女は答えた。

「だって、ここにあるじゃないか」

「ああ。それはだから」女はいった。「一時五分から、五分間だけ過去へやってきた百円玉なのよ」

PART Ⅳ

筒井康隆・イン・NULL3

（6号～8号）

NULL 6 S・F同人誌

ぬる 第6号 目次

無人の園 杉山祐次郎
いつも・ひとりで 松永蓉子
神様たち 櫟沢美也
逃げろ 筒井康隆
偶然 長谷川善輔
白日の夢 川崎恭子
あなたはまだ？ 眉村卓
あせり 曽根皓美
嫉妬する宇宙 筒井俊隆

会員名簿
第5号批評・来信

神様たち

櫟沢美也

コドモのカミサマは、ニンゲンのオトナがキライでした。それで、コドモをイジめるオトナにバチをアてました。オトナたちはヨワって、オトナのカミサマにいいました。

「コドモのカミサマが、バチをアててコマります。わたしたちは、いたずらをしたコドモをシカることもできないのです」

そこへコドモたちもやってきていいました。

「オトナがオコらないから、いたずらをしても、おもしろくないんです」

そこでカミサマは、コドモのカミサマにイッピキのウサギをアタえました。コドモのカミサマはそのウサギがスきになりましたので、ウサギとケッコンしてしまいました。するともう、コドモではなくなりましたので、ニンゲンのコドモにはミむきもしなくなりました。

コドモたちは、マエよりもハゲしくいたずらをはじめました。オトナもヨロこんでコドモをイジめました。

○

ウイスキーの神様は、ファッションの女神様が好きでした。でも、ファッションの女神様はいつもフランスにいましたから、会うことができませんでした。

そこでウイスキーの神様は、いつも長距離電話で女神様に愛の言葉をささやいていました。

そのうち、女神様の顔を見たくてたまらなくなったウイスキーの神様は、一度でいいから会って下さいと電話で頼みました。

「それほどおっしゃるなら、明日の正午、天上の庭園で待っていて下さいません？　でも、わたし行けるかどうかわからなくてよ。だって、あちこちのショウを見て歩かなければいけないんですもの」

「かまいません。何時間でもお待ちします」

翌日の正午、ウイスキーの神様は、庭園のベンチに腰をおろして、女神様を待ちました。女神様は、なかなかいらっしゃいません。

やがて日暮れ時になりました。

庭園の赤い木の葉が、冷たい風に吹かれて、じっと女神様を待ちつづける神様の頭に、肩に、はらはらと散りつづけました。

神様の足もとには、何十本もの煙草の吸殻と、数本の空のポケット瓶が散らばりました。

夜になりました。星が、神様の白いアゴヒゲを、青く照らしていました。それでも神様は、じっとベンチで待ちつづけました。

もう、女神様はいらっしゃらないでしょう。でも、神様は、いつまでも待ちつづけるつもりだったのです。

真夜中に近くなりました。

白いレインコートを着た一人の女神様がやってきて、神様に微笑みかけました。

神様は驚いて立ちあがりました。でも、星の光りでよく見ると、それはファッションの女神様ではありませんでした。

その女神様はおっしゃいました。

「私じゃお厭？」

ファッションの女神様ほど美しくはありませんが、ずっと現代的な、可愛い女神様でしたので、ウイスキーの神様は、すっかりうれしくなりました。そして不思議そうに訊ねました。

「あなたはいったい、どなたですか？」

女神様はおっしゃいました。

「わたしは電話の神様です。やっと今、暇になりましたの」

○

神様たちがお経を拾いました。読んで見ると、とても面白いことが書いてありましたので、みんな腹をかかえて笑いころげました。

お経は、仏さまの書かれたものです。

仏さまの子分の羅刹がこれを見て、怒って仏さまに報告しました。

昼寝をしていられた仏さまは、これを聞いても笑って、

「ほっとけ、ほっとけ」

といわれただけでした。

そのうちに神様たちは、仏さまの悪口をいい出しました。そして仏さまのツルツルの坊主頭のことを笑いました。

これを聞くと仏さまは、大そう怒りました。

「他人の容貌や姿かたちを冗談のたねにするとは、人間にも劣る奴らだ」

そこで仏さまは、神様たちに、こわいこわい夢を見せました。その夢があまりにこわかったので、神様たちはびっくりして眼を覚ましました。それが仏さまのしわざとわかりますと、みんな大そう怒りました。相談をして、みんなで仏さまに罰を当てることにしました。

神様の罰が当った仏さまが、うんうん苦しんでいますと、神様の子分のサタンが、そっと様子を見にきましたので、捕えて申しました。

「死ぬほどこわい夢を見せてやると、帰ってそう言え」

サタンはびっくりして、とんで帰り、神様たちにこれを報告しました。神様たちは、サタンの後を尾けてきた羅刹を捕えて申しました。

「死ぬほどひどい罰を当ててやると、帰ってそう

言え」

仏さまは、神様の罰がこわく、神様たちはこわい夢が見たくありませんでした。

冷たい対立が続きました。

どちらも、腹がたって、むしゃくしゃして、不機嫌でした。とうとう、たまりかねた仏さまが、

「ええいこうなれば人間でもいじめてやれ」

とばかり、子分の羅刹、鬼、妖怪などに命じて人間をいじめさせました。

神様たちも負けずに、サタン、デビル、ゴブリンなどを、人間の世界へ出動させました。

人間たちは、苦しんで苦しんで、苦しみぬいたということです。

逃げろ

筒井康隆

誰もいない筈の部屋の中に、急に人の気配を感じ、私はペンを止め机から顔をあげた。ドアの前には、憎悪に眼を光らせた青白い頬の青年が、右手に拳銃を持って私を睨みつけていた。私は驚いて立ちあがった。

「泥棒か？　言っとくが金はないぞ」

「物盗りじゃない。貴様を殺しに来たんだ」

「殺される理由はない！　第一俺は、貴様なんか知らん！」

「こっちは貴様を知ってるんだ。貴様を殺さないと、俺が貴様に殺されるんだ」

「何をいってるんだ。俺はわけがわからん」

「貴様は俺を殺そうとしたんだ！　俺は危いところをタイム・マシンの中へ逃げこんで、時間を逆戻りして来たんだ」

「そんな馬鹿な！　先のことは知らん。俺はまだ何もしてないんだぞ！」

声がうわずって、膝がガクガクふるえ出した。

青年は二歩近づいた。

「俺は貴様に女を取られたんだ。その上殺されてたまるものか！」

撃鉄がカチリと鳴った。

「待て！　俺は他人の女など取らんぞ！」

「何を言うか！　貴様は俺の女を取った！　俺が怒って貴様を殺そうとしたら、貴様はタイム・マシンに逃げこんで時間を逆戻りし、何も知らない俺を逆に殺そうとしたじゃないか！　大きな口がきけるものか！」

彼は私の頭に銃口を向けて狙った。私は悲鳴をあげた。

「助けてくれ！　撃つな！」

そこへ、見知らぬ女があらわれた。彼女は細く描いた眉を吊りあげて青年に喰ってかかった。

「こんなことだろうと思ったわ！　ぬすっとたけだけしい！　あなた一体、何のつもりなの！　もともとこの人は私の夫なのよ！　あなたが私に横恋慕して、タイム・マシンで私の独身時代へ逆戻りして、私を誘惑したんじゃないの！　この人が怒ってあなたを殺そうとしたの、当り前でしょ！」

「えらそうな口をきくな！　お前こそ俺の財産を盗んで、この男と逃げたじゃないか！」

女は地だんだをふんで、くやしがった。

「ああ！　あんた達いったい、何のつもりなの！　私を逆にたらい廻ししてるだけじゃないの！」

「何だその言い草は！　俺の子供を六人も生んでおいて！　畜生、この男さえいなきゃあいいんだ！」

そう叫んで、彼は向き直ると、私に拳銃をぶっぱなした。肩が焼けるように痛み、押えた指の間から血がしたたり落ちた。私は激怒した。

「やったな！　こうなりゃあ、貴様の父親を殺してやるぞ！」

そう叫んで私は、机の下のタイム・マシンへ飛びこんだ。

会員名簿（４）

大川千恵子　豊中市曽根東×ノ×××
中西広全　天王寺区上本町×ノ××
森口善紘　八尾市植松××××
曽根皓美　東淀川区十三東之町×ノ×××

第五号批評・来信

本日はわざわざＮＵＬＬをご送付いただき、ありがとう存じました。

巻を重ねる毎にヴァラィエティを増して、興味しんしんという感じです。ことに「痛み」と「底流」には本格的なボリュームをおぼえました。ただ、ショート・ショートの中に、「落ち」だけのためにつくられたものがあるのは惜しいことです。「落ち」の面白さなら、マンガだって同じことです。Ｓ・Ｆ独特の手法を期待しています。


（手塚治虫氏）

○

本日ヌル五号を拝見しました。

作品のなかでは眉村卓氏「墓地」筒井康隆氏「訪問者」「底流」などが、やはり他にくらべ一日の長があるように思えました。

「空間移動機」はもっとユーモア味を加えたほう

が効果があがったでしょう。

「時間事故」は街のカミカゼタクシーをはじめに出し、それと対比させたほうがよかったでしょう。タイム・マシンのカミカゼ運転ということにして。

「底流」は新しい手法が十分に生かされていて傑作と思います。これだけ書くのには、さぞ苦労されたことと思います。

前号で「マリコちゃん」五号で「きつね」を書いた櫟沢美也氏は、すべて一種独特のヒラメキがあり、S・Fにとらわれずに進めば、未踏の境地を開拓できる人かもしれません。


（星　新一氏）

○

他にも多くの方よりご批評をいただきました。お礼申しあげます。

（編集室一同）

NULL 7 S・F同人誌

ぬる　第7号　目次

姉弟　櫟沢美也
蟻の女　松永蓉子
こわい話　長谷川善輔
たぬき　櫟沢美也
みめうるわしき宇宙人　杉山祐次郎
目前の事実　眉村卓
やぶれかぶれのオロ氏　筒井康隆
はるかなる墓標　舟越辰緒
誘導　川崎恭子

会員名簿
第6号批評・来信

姉弟

櫟沢美也

　あと片づけをすませてしまうと、私はほっとして手を洗い、茶の間へ座ってゆっくりお茶を飲んだ。弟は行儀が悪いので、ご飯のあと片づけはひと苦労だ。畳の上には弟のばらばらこぼしたご飯粒がまだ落ちている。

　立ちあがって、セーターの上から肩をとんとん叩きながら縁側へ出た。ガラス越しに午後の日ざしが座敷の畳の上に塵を舞わせている。

　座敷の奥の、床の間の前の薄暗がりには牛が座っていた。私はぼんやりとその牛を眺めた。

　白黒まだらの――郷里の牧場でよく見た――乳牛というのだろうか。きれいな牛だった。鼻の先が薄桃色をしている。牛はゆっくりと首をまわして私を見た。そして弟の次郎の声でいった。

「僕だよ、姉さん」

　私はしばらく牛の顔を眺めていた。それからいった。

「およしなさいよ。どうして牛になんか……」

「だって……」

　牛はいった。

「僕、ここで寝そべって本を読んでるうちに眠っちゃったんだ。今、眼をさましたら牛になってしまってたんだ」

　私は、いつも弟に、ご飯を食べてすぐ寝ると牛になるといっておどかしていたことを思い出した。私は困って牛に近づいた。その身体を掌でピシャピシャ叩きながらいった。

「弱ったわね。もとに戻れないの？」

「だって、どうしたらいいのか、わからないんだもの」

牛の身体は温かく毛の感触が掌に心地よかった。

私はしばらく撫で続けた。

「どんな具合？」

「何が？　別に何ともないよ。いい具合だよ」

「そう、でも、弱ったわね」

「うん、このままもとに戻れないと、僕困るなあ」

私は考えこんだ。弟も、ちょっと天井を睨んでから眼を閉じた。

「ねえ、お医者さんへ行ってみる？」

「うん、そうだな、そうしようか」

私は弟といっしょに玄関を出た。門の傍のモクセイがいい匂いをあたりに漂わせていた。

牛はいった。

「ねえ、乗っていかないか？」

私は答えた。

「ありがとう、でも、いいわ」

角の煙草屋さんの前で、エツ子ちゃんにあった。エツ子ちゃんは足より細いスラックスをはいて、アイスステイックを食べながら歩いてきた。可愛い子だ。弟が、大好きだといってた子だ。

牛は少し頭をさげて、とことこと小走りに、エツ子ちゃんの横を駈けぬけた。話したくないのだろう。エツ子ちゃんは牛と私をちょっと見て、知らん顔で行ってしまった。私を知ってる筈なのに……。

私は胸の奥の方で、喜びが小さく躍っているのに気がついた。気が咎めたので弟にやさしく訊ねた。

「ねえ、歩きにくくない？」

「そんなこと、ないよ」

「どんな気持？」

牛は少し考えた。

「そうだな。まるで、牛にでもなったようだよ」

私は笑った。牛も鼻の先を動かした。きっと笑っているんだろう。

木戸医院の待合室に珍らしく誰もいなかった。

看護婦さんは牛を見て私にいった。

「木戸先生は獣医じゃないわよ」

「でも、これ弟なんです」

看護婦さんは驚いて牛に訊ねた。

「まあ大変。本当？」

牛はうなづいた。

「じゃ、すぐ診てもらいましょうね」

牛をつれて診察室へ入ると、木戸先生はニコニコ笑いながら、指先で聴診器をいじっていた。テラスのしゅろの葉の緑が、部屋いっぱいに明るく映えていた。

「やあ、マリコちゃん。弟さんが牛になったんだって？」

「ええ、私が、ご飯を食べてすぐ寝ると牛になるっていったから、牛になったのよ」

先生は牛を診察してから眉を寄せ、首を振って私にいった。

「昔のことわざに、ろくなものはないね。いいつたえにしたって害になるものばかりだ。次郎君はね、誰よりも姉さんを信じているんだよ。それなのに、そんな無責任なことをいっちゃ駄目じゃないの。君は次郎君に暗示をかけてしまったんだ。これは、もとへ戻らないかもしれないよ」

私はびっくりして、いった。

「それじゃ、あんないいつたえは嘘だったっていえばいいんでしょう？」

木戸先生は急に顔色を変えて弟を指すと、私に大声でいった。

「でも、現に牛になってるじゃないの！」

私は悲しくなって下を向いた。

初診料を払って、私たちは通りへ出た。太陽の光が大通りのポプラ並木にきらきら輝いて跳ねていた。牛の背の白いところが、薄い緑にいろどられ、首すじをしっかりと摑んでいる私の手も染まった。

歩きながら、弟は空を見あげて嘆息した。

「学校の宿題があるんだがなあ」

「ごめんなさいね。姉さんが悪いの」

「ううん。いいんだよ」

住宅地のはずれにある教会から、鐘の音がきこえてきた。誰かが歌っていた。

角の煙草屋さんの前まできて、私はいった。

「ねえ、次郎……」

「何だい？」

「もし、もとへ戻らなくても、これからも仲よくしましょうね」

「ああ」

弟の背中は汗ばんでいた。

たぬき

櫟沢美也

わたしはたったひとり、森の横の小道を村へ急いでいた。あたりはまっ暗で、ただ小道だけがぼうと白かった。森からは、今にも何か出てきそうで、とても恐ろしかった。こんな暗い夜に、私に酒を買いにやらせた父が憎かった。

突然うしろで、キャアという叫び声がした。びっくりしてふり返ると、隣り村のお京さんがまっ青な顔をして走ってきた。髪をふり乱している。

「助けて！　たぬきが追っかけてくるぅ！」

私は危く腰をぬかすところだった。でも、たぬきがきては大変だから、あわてて走った。膝がガクガクして、思うように走れなかった。お京さんは私に追いつくと、

「待って！　先に逃げちゃいや！」

と叫んで私の帯をうしろからつかんだ。私を道づれにする気なんだ。私は悲鳴をあげた。

「いや！　離して！」

と叫びながら、無我夢中で逃げた。いつの間にか下駄をとばして、はだしになっていた。帯がとけそうだったけど、恐さのあまり、かまわずに走りつづけた。お京さんの足と私の足がからんで、たびたび転びそうになった。二人は悲鳴をあげながら、草の葉をザワザワならして小道を逃げつづけた。口の中がカラカラになっていた。

ずっと遠くに、誰かがこちらにやってくるのが見えた。私は、

「助けて！」

と叫んだ。その人はびっくりして立ちどまり、じっとこちらを見た。新田のお松さんだった。私はまた叫んだ。

「助けて！　たぬきが来る！」

お松さんはびっくりして、くるりと向うを向くと持っていた包みを投げ捨てて逃げ出した。ワラ草履を脱ぎ捨てたらしく、白い足の裏が見えた。私はお松さんに追いつくと、お松さんの帯をうしろからしっかり握った。

「お松さん待って！　ひとりで逃げちゃずるいわ」

お松さんは何度も悲鳴をあげた。私の手に指をかけて、ふりほどこうとしたが、私は離さなかった。お松さんの長い髪がバサバサと私の顔をおおった。私たちは転がるように、逃げて逃げて、逃げつづけた。でも、いつまで逃げても村へ着かなかった。いつまでも森の横を逃げていた。いつのまにかお松さんの前にも、誰かが走って逃げている様子だった。

朝になって気がついてみると、私を含めた何十人かの女の子が、森の周囲を輪になって、眼を吊りあげて走っていたのだった。

やぶれかぶれのオロ氏

筒井康隆

記者会見は午後二時からはじまった。

火星連合総裁オロ・ドラン氏の気分は、いつも記者会見にのぞむ時のあの何かにせきたてられるような、吐き気に似た重苦しさは少しもなく、今日は数年来なかったほどのゆったりとした包容力と、なごやかなともいえる一種の親和感に満ちていた。

三日前に地球連邦訪問の旅から帰ったばかりの総裁だったが、疲れた様子はどこにも見られなかった。きっと、腹いっぱい羊の焼肉を食べたいという念願を充分に満足させたのだろうと、単細胞クロレラや合成食しか食べていない官吏たちは、やきもち半分に噂しあった。総裁の顔色はずっとよくなっていたし、心もち肥ったようにも見えたからである。その肥った身体を、総裁は肘掛椅子に具合よくめりこませた。そしてハバナ葉巻を胸のポケットから取り出し、大きな音をさせて包装紙を破り捨てると、端を嚙み切ってペッと飛ばした。これがやりたくて総裁はわざと一本だけ残しておいたのだった。だが羨ましげにそれを見たのは、外務大臣の秘書官と文部次官だけだった。総裁と並んで座っている他の五人は、煙草を喫わなかったし、向いあって座った三十八人の記者は、平然として総裁を眺めていた。彼らは無表情だった。そして静かだった。総裁は少し眉をよせたが、すぐに気をとり直し、ここで何かひとつ冗談をとばしてやろうと考えた。地球連邦総統のゴンチャレンコ氏が、絶えず冗談をとばして会談の沈みがちな雰囲気をはらいのけていたことに感化されたのである。だが総裁には、残念ながら突差に何の冗談も浮んではこなかった。下品きわまりないジョークがひとつ浮んだが、もちろんそれはいわなかった。そして自分が冗談をいわないということを理由づけようと考えた。ゴンチャレンコ氏のようなタイプの男なら、冗談は似合っている。しかし俺は生真面目な外貌をしている。だから冗談は似合わない。この理由は変だろうか?

いや、少しも変じゃない。人間というものは自分の外貌に似合った性質に自分を作り変えようとする傾向がある。すると又その性質が外貌を作り変える。そしてその循環のもとに次第に個人はある典型の方へ近づいていくのだ。美女は美女らしい行動以外の行動はとり難く、悪女的風貌の女は同じ理由で、より悪女の典型に近づく。兇悪な殺人鬼は人を殺しそうな顔をしているが為に人を殺す。俺の生真面目な風貌で、不真面目な言動は似つかわしくなく、また安定した常識を覆えすことになるのかもしれないからな。

記者団の代表が立って、何か挨拶をしていた。正面の壁の、地球産水晶を応用した原子力式時刻表示装置が14:03というあいかわらずのニューヨーク時間を光らせていた。しかし複層ガラス越しに見える火星の空は暗黒だった。

「……以上、これは出版情報各社の代表者からの、総裁への言葉であります。また、本日この記者会見に出席いたしましたわれわれ記者団を代表いたしましまして、私からも申しあげます。外遊、ご苦労さまでございました」

「あ、ありがとう、ありがとう」

総裁は上機嫌で、葉巻を片手で眼の高さに差しあげたまま、中央と左右に一度ずつ目礼した。ふたたび代表者が喋りだした。

「それでは只今より質問に移ります。総裁の今回の外遊に関する質問に入る前に、まず総裁が今回の記者会見に際し、何故われわれロボット記者に取材させるよう、各社に要請をなさったのか、その点をお訊ねしたい。お答え願います」

「いいとも」

反射的に総裁はそういったが、答え方は考えていなかったので、少しまごついた。

「しかし、大体の事情と理由は、私が各報道関係の責任者にこれを要請する際、伝えた筈だが、もう一度いうのかね?」

「それは総裁が報道関係各社に対して述べられたのであります。国民に対してはまだ述べられておりません」

「それじゃ、もう一度いおう。人間は偏見を持っている。これは人間の本能である自己保存の慾望から昇華したものだ。つまり自己中心主義に発したものだから、これを持たない者はいないんだ。悪い意味だけじゃないよ。買いかぶりだって偏見だよ。わかるね。そこん所、正確にね。だから同じことを二人の人間に伝えても、その二人の伝達する言葉の内容は違っているし、もちろん、もとの言葉とも違っている。ことさらに違えようとしているとはいってないよ。わかるね。だけどね、ときどきはそういうことも起るんだ。人間の記者との会見にしてもだね、ある記者は僕に反感を持っているんだ。反感って奴は、偏見の悪い方の極端だよね。そんなのがいては、たまったものじゃないよね。こちらを困らせようとする考えのもとに、枝葉末節にわたって、こちらの答えられないような質問を、根掘り葉掘りくり返すんだよね。そんなの駄目よね。無茶苦茶だよね。そう、なってくるともう、自分の主義や主張があるだろう、人間には、それによっていくらでも記事を違った風にできるんだね」

「お待ち下さい。今までの総裁のお言葉を要約しますと、人間の記者は人間であることによって不可避的必然的に偏見を持つ。故に彼らによる報道はすべて誤りである。これでよろしゅうございますか」

「ずいぶん、きつい感じになるねえ！　何だか僕までが人間であっては、いかんようじゃないか！」

総裁は笑いとばした。記者は誰も笑わなかった。身動きもしなかった。代表者はいった。

「お続け下さい」

「続けろったって、それだけだよ」

「結論がありません」

「ああ、そうか。だから結論としてだねえ、記者会見の記者をすべて君たちにしたんじゃないの。君たちには主義も主張も偏見もないだろ、だから」

少し黙った。

「これでいいんだろ、結論は」

そして笑った。だが記者団は笑わなかった。

「要約します。……故に報道の正確を望むため、記者をロボットにするよう要請した。何故ならば、ロボットは偏見を持たぬからである。……よろしゅうございますか」

「ああ、まあ、いいだろ」

「尚、この件に関し、あと二つ質問がございます」

「ふうん、何だい？」

「その第一は、今回のロボット記者会見の件を知った国民が、真の理由を知らぬままに考えた臆測の当否をお答え願います。大多数の国民は次のような説を信じております。『今回の記者会見において、総裁がロボット記者を要請した理由は、会見の話題を総裁がリードし、不利な話題に触れることのないよう、お得意の経済問題へと導いた上、一般には難解に思える数字の羅列に終始し、軍事援助問題や惑星間通商問題、自衛権問題に触れさせぬまま終らせようとする魂胆である』この説の当否をお答え願います」

総裁は大袈裟に眉をしかめて見せたが、まったく効果はなかった。そこで、せいいっぱい皮肉な調子を含めていった。

「ずいぶん、おかしな質問をするねえ君は」

記者はいった。

「これは私の質問ではありません。報道関係者全員の質問です。お答え願います」

総裁は腹立ちを押さえ、ひとことひとことと区切って大声でいった。

「では、それは、まったくの、で、た、ら、め、です」

「ありがとうございます。第二の質問に移ります。報道関係者の質問です。『この件に関する総裁の要請は、恐らくは世論がこれを支持するだろうとの見透しを前提としてなされたものである。事実最初はこれに反対していた報道各社も、最後には国民の大多数の声によりこの要請を受け入れざるを得なくなったのである。現在大衆の心理は非常に刺戟を求める慾求が強く、殊にここ数年来のそれは、火星が地球の植民地としての立場から独立して以来の、野次馬的なともいえる激しさである。総裁はこの不安定かつ無責任な大衆の心理状態を、時期的に利用したのではないか』この質問の当否をお答え……」

「聞きたまえ！　僕はね、そんな、大衆を愚弄するようなことはしないよ。絶対にしない。わたしゃあね、前からもいってる通りもっと国民の気持を考えてる。わたしは嘘はいわない。そして、君たちみたいに、大衆の心理が、そんな野次馬的なものとは思っちゃいない。それはたまたま発言するに有利な立場をあたえられた者たちの言葉であって、前からもいってるように、もっと声なき声を聞くべきだよ。わかるかね？　まあ、君たちにゃ、わからないだろうがね！」

「否定されたと伝えます。では、本題に移り、今回の地球連邦訪問に関しての質問にお答え願います。まず最初に、ゴンチャレンコ総統との会談における軍事援助問題の話しあいの結果をお知らせ下さい」

「それはまだいえないよ」

「どうしてですか？」

「まだ議会へ報告書を提出していないからね」

「この場合の質問は、その報告書と無関係にお答え願います」

「馬鹿をいいたまえ。議会より先に発表はできないよ」

「どうしてですか？」

「野党側にあまり早く知れると……いや、そんなことはどうでもいい。とにかく私は、報告書を書く際に考えをまとめるんだ。それからでないとだめだ」

「私たちは、総裁のお考えが知りたいのではなく、実際に会談された時のお話の内容と結果を、そのまま知りたいのです」

総裁はむっとして、ふくれあがった顔つきをして見せ、さも不快そうに眉をよせて、あらぬ方向へ眼をそらせ、黙りこんだ。今まではそうしていれば、記者団は遠慮して早速次の質問に移ることになっていた。しかし今日の記者達はいつまでも静かに待ち続けていた。

「もう、質問はないのかね？」

「まだ先程の質問にお答えになっていません」

「あんな質問には答えられないよ。そうだろ君、考えて見たまえ。地球連邦としてはだね、金星との間の軍事実験停止協定を受諾したばかりなんだよ。軍縮協定の草案だってもうできてるんだ。会談の内容が金星に洩れた場合にだね、これは大変なことになりますよ。金星の巡視船につかまったあのたくさんの人工衛星の返還だって要請できなくなるよ。あれだって地球からの援助でできてるんだ。あれが釈放されないと、大変な損失ですよ。現在の外貨保有高は十二億宇宙ドルぽっきりなんだからね！　年間の失費が約十億宇宙ドルなんだから、あれを返してもらわないと火星の財政的余力はゼロになるんだ」

「では、この件に関して総裁は、外交的秘密保持のため質問の答えを拒否されたと伝えます。では次に同会談における関税引き上げの埋めあわせ措置に関する話しあいの結果をお知らせ下さい」

「これはだね、地球が天然資源の関税を現在までの十八パーセントから二十六パーセントに引きあげるんだ。これによって火星は年間約一億八千宇宙ドルの失費が、二億六千宇宙ドルの失費になるわけだ。そこで地球は太陽系共同市場体に埋めあわせ措置の協議を申し入れたわけだ。それをだね、他の品目に対する関税上の譲歩とするか、もっと他の何かにするか、それを前もって話しあったわけだ」

「では『もっと他の何か』というのは何ですか？」

「まだ何かわからないからそういったんだ」

「具体的なものでなく、単に『もっと他の何か』ですか？」

「まあ、そうだ」

『まあ』というのは『恐らく』という意味と『少し違うが』という意味と人を慰労する意味と感嘆の意味がありますが、総裁の今の『まあ』はどれですか？」

「少し違うが、という意味だ」

『少し違うが、もっと他の何か』とは、いったい何ですか？」

「大体は決ってるんだ」

「先程は『まだ何かわからない』とおっしゃいましたが、どちらが本当ですか？」

総裁は頰がピクピク引き吊るのを感じた。荒々しく葉巻を灰皿へ投げこんだ。それから皮肉とい
や味に満ちた言葉をつぶやくようにいった。

「先程のは嘘でしたと、いわせたいのかね」

「いっていただきたい希望は何もございません。総裁ご自身のお言葉の矛盾の、訂正だけをお願いします」

「大体は決ってるんだ」

「総裁はその際、ほかの品目に対する関税上の譲歩と、『大体は決っているもっと他の何か』と、二者択一の立場に立たれたわけですが、どちらを要請なさいましたか？」

「それも報告書で発表するよ」

「答えを拒否されたと伝えます」

　総裁はとびあがった。

「そんな報道のしかたがあるものかね！　君たちだって記者だろう！　気をきかせたまえ気を。そんな報道をすれば国民はどう思うかね。まるでわしが何も喋っていないようじゃないか！」

「第一に、私たちにはまだ、気をきかせるという複雑な人工頭脳回路は持たされていません。第二に、答えを拒否するということと、何も喋っていないということは本質的同義語ではなく、総裁の場合は後者にあてはまらず、前者にあてはまるのです」

「じゃ、いいますよ。いいます。だけどね、僕はゴンチャレンコさんに、僕個人の希望をいっただけなんだよ。僕個人のだよ。だからこれは、閣議にかける必要があるんですよ。わかるね」

「総裁は火星連合総裁としてではなく、オロ・ドラン個人として、ゴンチャレンコ氏に、他の品目に対する関税上の譲歩を希望されたのですか？」

「いいや」

「では、『大体は決っているもっと他の何か』を希望されたのですか？」

「まあ……いや、ええ、そうです」

「総裁は先程、そのもっと他の何かが大体は決っているとおっしゃいました。『大体』という言葉の意味をご説明下さい」

「大体は大体さ」

「具体的なもの少数を包含する大体ですか、それとも具体的なもの各個に対する大体ですか？」

「ええ、ええと、始めにいった方だな」

「では、その少数の具体的なものは、何ですか？」

「例えばだねえ、……ええと、地球から火星への、コールダーホールY型発電炉の輸出などだがね」

「コールダーホールY型発電炉という原子炉は、プルトニウムも生産できるのではありませんか？」

「そりゃあまあ、しようと思えばね。だけどこれは軍事目的に利用するんじゃないよ。あくまで平和目的だよ」

「プルトニウムは核燃料物質であり、炉心核物質でもありますからこの原子炉を輸入することは惑星間原子炉輸出協定に違反するのではありませんか？」

「しないね。そんな条項はないじゃないか」

「第二十一条に、原子力基本法に違反しないものに限るという項目があります。原子力基本法の第百十二条は、『軍事利用に可能なるものは、部品を含めいっさいの原子力関係物質の輸出を認めない』となっています」

「そう……だったかな？」

「そうです」

「いいじゃないか！　輸入できなければ、軍事援助にすればいいんだ」

「輸入できなければ、軍事援助という名目になさいますか？」

「しかたがないじゃないか」

「公式には核兵器の軍事援助を受けることになりますが対外的にもその名目をご使用になりますか？」

「平和目的に利用するという大義名分があるんだからね」

「大義名分という言葉の意味は……」

「もういい。わかった。おかしいんだろ？　じゃあいい直そう。金星には私とゴンチャレンコ氏とから説明することになっているんだ」

「じゃ、総裁はすでに、地球に対して核兵器の軍事援助を申し出られ、地球側は諒承したのですね？」

「待ちたまえ。わたしはまだ、そんなことはいってないぞ！」

「では軍事援助は申し出られてはいないのですか」

「うん」

「まだ申し出られていない軍事援助の件に関して、何故オロ・ドラン氏とゴンチャレンコ氏が、金星に説明する必要があるのですか？」

「だからそれは、私個人としては申し出たのです」

「それを地球は諒承したのですか？」

「ああ、ただし、私個人の希望に対して諒承したんだよ」

「しかしその諒承は、地球連邦としての諒承と判断できます。なぜならその諒承をゴンチャレンコ氏個人の諒承とするならば、それは報じられている通りの公式会談ではなくなるからです」

「だから、どうだというんだ？」

「コールダーホールY型発電炉を、総裁個人が、総裁の私有財産で地球からお買求めになるのでない限り、火星は地球から軍事援助を受けることに公式的に決定したのです」

「俺は知らねえぞ」

「あなたがおっしゃったのです」

「うるさいな君達は！」

「それは聴覚的に不快なのですか？　それとも……」

「黙れ！」

皆、黙った。部屋は急にしんとした。誰も喋らなくなった。うす気味のわるい静かさだった。総裁はいらいらして、テーブルの上を指で叩いた。コツコツという音が大きく響いた。総裁が絶叫した。

「もう、質問はないのか！」

「もう、喋ってもいいのですか？」

「ロボットめ!」

「何ですか?」

「勝手にしろ」

「地球から軍事援助を受けることに関し、金星に対してはどうご説明なさいますか?」

「事前承諾という形で持ってゆきたいんだ。平和利用ということでな」

「でも、もう決定しているのですから、事後承諾になります」

「君たちが報道しなけりゃいいんだ。はじめから外交上の秘密だっていってあっただろ? 君たちが無理に喋らせちまったんだ。君たちが悪い」

「そうではありません。総裁の方からお話になったのです」

「いつ、俺の方から喋った?」

「565ページの下段の18行目です。私の隣に坐っております、このZ通信社のロボット記者は体内に録音機を内蔵させておりますが、再生してお聞かせいたしましょうか?」

「もうよい。とにかく君たちが悪い。もしこれを報道すると大変なことになるからな。戦争になるからな。戦争になって火星の人間が全部死んじまったら君達の責任だぞ」

「まず第一に、戦争になることが、火星の人間の全滅を意味するという論理は成立しません。第二に、火星の人間が全部死んでしまえば、私達のとるべき責任の対象もなくなります」

「戦争になれば、軍隊のない火星なんか一時間足らずで全滅だ。いいかね、火星には地球の軍事基地が十二ヵ所もあるんだよ。それらのすべてを攻撃されたら、火星は跡かたもなくなるんだぜ。そうなる可能性は大いにあるんだ」

「それは、先程の質問のお答えと解釈してよろしいですか?」

「何の質問だ?」

「地球から軍事援助を受けることを事後承諾の形

で金星に説明すれば、戦争になるのですか？」

「馬、馬鹿！　事前承諾だ」

「でも、事後承諾です」

「事前承諾だ！　君たちが報道しなければな！」

その時、片隅の二人のロボット記者が爆発した。白金のコイルやプラスチックの内蔵が破片になって、あたりに散乱した。総裁は驚いて立ちあがった。

「何だ！」

「彼らの頭脳の論理回路の構造が単純だったので、あたえられた言葉の論理的矛盾が人工思考路線を破壊したのです。それでは仮に、私たちが報道さえしなければ事前承諾になるという架空の論理を前提として質問します。もしそれが事前承諾ならば地球から軍事援助を受けても戦争は起らないのですか？」

「恐らく起りません」

「恐らくというのは何パーセントくらいですか？」

「九十……。あのねえ、君達、こんなことをパーセンテージであらわせますか？　馬鹿な！」

「では、たとえそうしても、戦争が起る可能性はあるのですね？」

「戦争が起る可能性は、どうしたところで、常にあるんだよ。常にね」

「では、そうなった場合、総裁はどうなさるおつもりですか？」

「だからこそ私は、常に金星地球両星に対して自衛権を主張しているんだ。自衛は必要ですよ。絶対に必要です」

「軍隊を作られるお考えですか？」

「防衛隊を作るのです」

「防衛隊は、火星防衛のために武器を持つのですか？」

「当然持ちます」

「では、軍隊ではないのですか？」

「防衛隊は軍隊ではありません」

「防衛隊の予算はあるのですか？」

「ないから軍事援助をうけるんだ」

また、記者が五人爆発した。総裁は怒って立ちあがった。

「何故壊れた！」

「軍事援助は当然、現在では核兵器の軍事援助を意味しています。ところが総裁は先程、平和目的に利用するための、名目だけの軍事援助とおっしゃいました。これは論理的矛盾です」

「違う！　防衛隊は平和目的のための軍隊だ！」

「軍隊ではないとおっしゃいましたが？」

「防衛隊は平和目的のための防衛隊だ！　核兵器は平和目的に使用する！　軍事目的ではない！」

「兵器というものは、軍事目的に使用されるものですが」

「平和のための戦争だ！　だから戦争に使った核兵器は平和目的だ！」

記者が十二人爆発した。


「地球から軍事援助を受けた場合は、地球が火星を攻撃することはあり得ないと考えられます。すると核兵器使用の対象は金星ということになります。総裁は金星の攻撃に対して核兵器を使用されるお考えですか？」

「自衛のためにだ！」

「攻撃を受けないよう、中立的立場には立てないのですか？」

「基地があるじゃないか！」

「基地を撤去するよう要請なさるお考えはないのですか？」

「そんなこと、いえるものか！　軍事援助を受けるんだぞ！」

十六人爆発した。

「総裁にお願いいたします。すでにわれわれの半数以上が、総裁のお言葉の論理的矛盾によって思考機能の活動が不能となりました。報道にご協力下さるため、どうか論理的に正しいご説明を願います。そこで、これ以上このような事態の起らないように、これまでの総裁のお言葉の論理的矛盾の起因を類推いたしますと、これは総裁が戦争を望む本心をお持ちになっていながら、しかもそれを、無理に隠そうとしていられるところから発生した論理的な矛盾であると判断することが可能となります。また隠そうとしていられる理由を私たちの記憶部位にあたえられております資料から類推いたしますと、総裁ご自身の政治的生命の……」

「馬、馬鹿ッ！」

総裁は仁王立ちになった。左右にいた七人の取り巻き連中は、それぞれの椅子の上で大きくとびあがった。総裁は太い腰骨の上に、指の太い両手をあて激しい罵声をあげた。それは何もかもを、まるで自分をさえも打ち消そうとするかのような悲愴感に満ちていた。

「俺あな！　平和を望んでるんだ。平和を望むためにはだ！　戦争もやむを得ないといってるんだ！　わかったか！　何わからん？　ロボットめ！　わからんけりゃ責任者を呼んでこい！　人間をつれてこい人間を！　こんな重大な話はな、人間同士の話じゃねえと、通じねえんだ！　ロボットめ！　畜生め！　機械め！　貴様らを作った奴らは、すべて呪われろ！」

残りのロボット記者も、キナ臭い煙をたてながらすべて爆発した。部屋の中には総裁の罵声がわんわんと反響した。総裁は腹立たしさに涙をポロポロ流しながら怒鳴っていた。彼はいつも自分が言おうとしてどうしても言えなかったことを無理やり言わされてしまったので怒っていた。

突然、オロ・ドラン総裁の眼の前がまっ暗になった。

「け、血圧……」

総裁は横転して、ロボットの部分品が散らばっている床の上へごろりと倒れた。取り巻き連中が総裁のまわりへ駆けよった時には、彼はもう息絶えていた。総裁は歯をむき出していた。

会員名簿（5）

中村　卓　大阪市南区鰻谷中之町××（市川ビル）
沢田郁子　西宮市鳴尾第二公団××号の×××
浜崎恵美　大阪市南区北桃谷××番地　えびす洋装店内
手塚治虫　東京都練馬区谷原町×—×××
小松左京　伊丹市稲野町×ノ××　白珠荘××号

第六号批評・来信

ヌル六号、ご恵贈いただきましてありがとうございました。

「逃げろ」（筒井康隆）がいちばん面白かったです。メリーゴーランドの如き感でした。

「無人の園」（杉山祐次郎）は同一のオチが方々にあるようです。「あなたはまだ？」（眉村卓）は確かに文学的ではあるがテクニックの面でもうちょいとといった感じが残ります。「嫉妬する宇宙」（筒井俊隆）は傑作だと思います。英文ファンジンでも紹介したいと思います。印象に残ったの以上。「白日の夢」（川崎恭子）はもっと面白くなったはずです。

断定はできませんが、眉村氏のテクニックというのは読ませる技巧といったようなものです。それは彼氏がテーマを生で出すからではないでしょうか？　読んでいて、生で書かれた部分は、他の部分に比して、とたんにリズムなりテンポを失ってしまう。小生は、文体は思考のリズムだと思うのですが、生のものは消化しきれないでリズムが乱れます。彼氏がプロットの中にテーマを消化し、作者が表面に出ないでしゃべれるようになれば大したものだと思うのですが。S・F界の雄のためにひと言、老婆心まで。

（加納一朗氏）

○

春も近づきお元気のことと存じます。

本日、ヌル6号をお送りいただき、ありがとうございました。

さっそく読了しましたが、「嫉妬する宇宙」は読みごたえあり、ストーリーの展開も奇抜で、息もつかず楽しみました。近来の傑作と思います。物語ばかりか、小道具にも気をくばってありました。放熱虫をライター代りにすることは、小生も書こうと思っていた所で、地団太ふむ思いでした。別な利用法でも考えましょう。

「白日の夢」も面白いアイデアでした。しかし「嫉妬する宇宙」にくらべ、迫力が足りないように思えるのは、クライマックスがない点でしょうか。また、アンナ・ロマンスの登場は不要と思います。

眉村さんの「あなたはまだ？」は、タイムマシンで過去を変えようとするところが、普通のと逆で、盲点をつかれました。「逃げろ」の軽妙な、無限のこわさと共に、タイムマシン物もなかなかたね切れにならぬようですね。

ほかの掌篇も、いずれも作者の苦心がにじみでている作品で、面白く読みました。

こんご、益々同人のふえることを祈ります。

（星　新一氏）

○

NULL6拝受。さっそく読ませて頂きました。櫟沢氏「神様たち」、川崎氏「白日の夢」、眉村氏「あなたはまだ?」、俊隆氏の「嫉妬する宇宙」の四篇が傑作だと思います。
いったいに、いわゆるＮＵＬＬ調（というのは私達の用語ですが）の洒落た味が次第に冴えて、おとなの文学への脱皮をみせつつあるのがうかがえます。必然的な進歩ですが、しかしこれを一歩あやまると、われわれの愛してやまぬＳＦの世界からぬけだして、既成文学に追従する結果になりかねません。ご用心下さい。（それでいいのかもしれませんが、やはり子供のとき苦労したほうが、立派なおとなになれるんだと思います）
お説教みたいになって、すみません。

（柴野拓美氏）

○

感想を。

「無人の園」一種のとぼけた、オチが非常に楽しいものです。文体はやはり星新一氏調ですね。ショート・ショートはどうしてもこうなるのでしょうか。

「神様たち」櫟沢氏はＳＦのＦの方の大家だと思います。みずみずしいロマンチシズムが何ともいえません。電話の神様が一番好きです。同氏の書かれるものは「きつね」のような地方的な雰囲気のものと、電話の神様のような純都会的な詩とがあるようです。ぼくは後者の方が好きです。

「偶然」世間には青い血を持った人類のテキばかりが充満している感じですね。

「あなたはまだ?」最近このぐらいロマンチックな小説を読んだことはありません。内容的にも深いものがあり、技法も感心しました。眉村氏もやはり、もののどうしてもわからない人たちに歯がゆい思いをしておられるのでしょうが、しかしそれはやはり現代の理想家の敗北をも意味するのでしょう。

「嫉妬する宇宙」これも力作でしかも上手いもの

です。アイデアだって一流で、パブロフとゴッドが天地を創造する場面などは思わず吹きだしました。むつかしいことは抜きにして、とにかく面白いのです。F・ブラウン的です。

（舟越辰緒氏）

○

今までのNULLの編集についての主な批判は、①枚数が少ない②ショート・ショートは面白くないから少なくしてほしい③装幀がきれいすぎて同人誌らしくない、の三つです。そこで①は、カットを少なくしその分だけ枚数を増し、②は今までのショート・ショートにはない独特の新しさを感じられる作品だけを選んで載せるということにいたしました。ただ装幀の問題は、同人誌としての意欲を感じてもらうためにのみ、わざわざ質を落す必要もないという考えで、今後もやはり美しいものにしていくことにしました。

（編集室一同）

NULL 8 S・F同人誌

ぬる　第8号　目次

睡魔のいる夏　筒井康隆
コップ一杯の戦争　小松左京
百万の冬　百万の夢　平井和正
静かな終末　眉村卓
独裁者　堀晃
蘇生　筒井俊隆

会員名簿
第7号批評・来信

睡魔のいる夏

筒井康隆

工場を出たときは、まだ暑かった。

雲はなく、ウルトラマリンの空が澄んでいて翡翠の眼をしていた。

電話の昼の終り、ビールの昼の始まりだ。

退勤時刻の四時半を二分過ぎていた。日が暮れるまでには、まだ、だいぶあった。芝生の前庭の小径を抜け、警備員詰所から笑いかけられて手を振り、通用門を出た。

隣りと向いの軍需工場の、それぞれの通用門からも職員たちが大通りへ出てきていた。みな清潔な身なりで軽そうに、日焼けした顔を向けあって笑っていた。家庭へ急ぐものと、広場の横のビヤホールへ向うものとの二組に分れていた。

「部長、お帰り?」

工場長が肩を並べた。二つ年上で二インチ背が高い。私はシャツ姿だったが、彼はブルー縞の背広をスマートに着こなしていた。

私は首を横に振った。そしてビヤホールの方を指した。彼は笑った。白い歯が涼しく感じられた。

「中ジョッキに一杯だけ、つきあわせてもらいましょうか」

「僕も、そのつもりだ」

大通りにはついさっき水が撒かれたばかりで、アスファルトが光っていた。空気は綺麗に澄んでいた。十年前から煙突はなくなっていた。どこの工場でも空気浄化装置が取りつけられ、煙は輻射《ふくしゃ》エネルギーの場を通されて焼きつくされていた。

ポプラ並木の歩道は広く、そのために通行人の数は実際よりもずっと少なく見えた。

遠くでビヤホールの紺と白のビーチテントの先端の垂れた部分が風に波うっていた。まねいていた。

前を歩いていく女子職員の白く薄いスカートをまくりあげたのと同じ風が、私のネクタイの端を右肩に追いやった。

「何でしょう?」

工場長が空を指した。そこには濃紺のインクに白い絵具を一滴落したような形で、煙がぽっかりと浮んでいた。

「花火でも打ちあげたんだろう」

ビヤホールはわりあいに空いていた。

私たちは、中央に噴水のある広場に突き出たポーチへ出て、手すりの横の席に向いあって掛けた。

ビールは冷えていて、ひと息に少ししか飲めなかった。それでも少し歯が浮いて涙が出た。工場長を見ると彼も涙を出していた。私の顔を見て笑った。彼は真顔でいるときも、いつも眼の中に笑いを浮べていた。いろいろなことにぶつかった筈なのに、彼はいつもその笑いを消さなかった。こんな男はめったにいるものじゃなかった。友だちだ。

私は汗を拭った。たいして疲れてもいないのに眠気がしてきた。風が頰にあたって心地よかった。噴水で日光が躍っていた。

昼はまだ続いていた。琥珀の眼をした夜がこの広場を濃紺の絹で包みこむまで、まだ三時間以上もあるのだ。でも眠かった。工場長も同様らしかった。

「眠いね」

「そうですね」

笑った。

少し早いめに中ジョッキをあけて立ちあがり、

私たちはポーチの階段を広場へおりた。階段で、白いスーツを着た女性とすれ違ったとき、手の甲が私の腕に触れた。その冷たさに驚いた。

あたりは静かになっていた。

ビーチ天幕の陰の、日あたりすれすれに置かれたデッキチェアーで、白く鼻下髭をたくわえた老紳士が居眠りしていた。工場長の肩をつかんだ。私はその顔色の蒼さを見て立ちどまり、工場長は老人を見てその傍に歩み寄り、腕をとった。眉をひそめ、私を見て、ゆっくりと低い声でいった。

「……死んでます」

私たちは、あたりを見まわした。皆、眠そうにのろのろと動いていた。テーブルにいる連中の半数は、ぐったりとなって寝ていた。

私は自分の脈を調べた。乱調子で頼りなく、しかも非常にゆっくりと打っていた。

「ああ、あれは花火なんかじゃなかった」私は叫んだ。「あれは、新型の爆弾だったんだ」

工場長と顔を見あわせた。彼の眼はもう笑ってはいなかった。

「どこのでしょう?」

「さあ……」

「国防省へ電話しましょうか?」

私は、もうそんなことはどうでもいいと思った。ただ貧血気味で気だるく、何でもいいから残りの時間を静かに過したかった。私は、軍隊が動き出せばもっと多くの人間が死ぬかもしれないぞと考えることで、自分を納得させようとした。

「君はすぐ、家へ帰りたまえ」

彼も私同様、新婚だった。

「あなたは?」

「僕はいい。家が遠いから、とても帰るまで持ちゃしないさ」

「でも……」

彼は何かいいたそうにして私を見つめた。それから俯向いた。しばらく俯向いていて、また顔をあげ、私を見つめながら手を出した。

「じゃ……」

広場の西の端で、私たちは握手をした。

私は、私の影がのびている方向へ歩いていく彼の広い肩を見送った。彼は地下走路の入口のある方へ、広場を横切っていった。陽光にきらめく噴水のしぶきの中で虹が生まれていた。彼は噴水の横で立ちどまり、私を一度ふり返った。私はうなづいた。彼の姿はしぶきの彼方へ消えた。

私はテラスにそって歩き出した。とても眠たかった。

もう、夜にはお眼にかかれまい。明日はやはり、ピンクの眼をした乳色の朝がくるだろう。しかしその朝は、歯みがき粉のにおいのする朝でもなく、コーヒーのある朝でもないのだ。単に朝なのだ。誰も起きてこない、そして誰もこの広場に水撒きをしない朝なのだ。妻はどうしているだろう。もう、寝ただろうか？

私には、覚悟ができている筈だった。戦争が始まれば、軍需工場地帯であるこの町がどこよりも先に攻撃されるということは、ずっと前からわかっていたことだった。

また、涼しい風が吹いてきた。

鉢植の大きなシュロの傍にある、ジュースの自動販売機の前に、七、八才の少女が立っていた。指をくわえて、ゆっくりと頭を左右に振っていた。私が傍へ行くと、親指をくわえたまま私の顔を上眼で見た。お下げ髪で、白いブラウスを着ていた。スカートはブルーの水玉だった。私は、妻の小さい時は、ちょうどこんなだったかもしれないと思った。

「ジュースが飲みたいの？」

彼女はうなづいた。小さな声を出した。

「のどが、かわいてるの」

私は硬貨を二枚、穴に入れた。彼女は緑色のジュースを紙コップに受けて飲んだ。白いノドが小さく動いて、ひと息に飲んでしまった。それからほっと息をつくと、安心したように自動販売機にもたれかかった。販売機の表面は冷たく、一面に水玉がくっついていた。その赤く塗った鉄板に、彼女は白い額を押しあてた。クスクスと笑った。眠いのが、おかしくてたまらない様子だった。額に少し汗をかいていた。やがてゆっくりと、地面にくずれるように倒れた。私は彼女を抱いてテラスへあがり、空いたデッキチェアーに寝かせた。もう、冷たくなってしまっていた。

すでに人かげは、あまりなかった。広場では二、三人がゆっくり歩いていた。四人掛けのテーブルに、たいてい一人か二人が寝こんでいた。もう、死んでいるのに違いなかった。

まだ、日は照りつけていた。

ビヤホールの中へ入って、カウンターの横から家へ電話した。誰も出なかった。

裏口から、ビヤホールの裏庭へ出て、熱帯樹の間を抜けると、白く塗装した木造の家があった。戸が開いていたので中へ入ると、血色のいい、白い頬髯をはやした老人が、部屋の中央のテーブルでビールを飲んでいた。窓は全部開け放しになっているのに、クーラーがつけ放され、よく利いていた。

老人は、何もかも知っているような眼をしていた。その温和な眼で私を見て、やさしく訊ねた。

「外は暑くありませんか？」

「暑いです。ここは涼しいですね」

「ここにいればいいですよ」

「お邪魔じゃありませんか？」

「ビールを飲みますか？」

「いや、結構です」

部屋の隅にはダブルベッドが置かれていた。

「家内がちょうど、郷里へ帰ってるんです」

「あなたが、ビヤホールのご主人ですか？」

「そうです。ほんとに、ビールは飲みませんか?」

「ええ、いりません」

「それじゃ、寝たらどうです? とても眠たそうですよ」

老人はベッドを指した。

「いいんですか?」

「いいですとも。その、壁に近い側がいいでしょう。私もすぐ寝ます」

「そうですか」

私は、もうそれ以上起きていられないほど眠かった。ベッドに近づいた。靴を脱いで、ベッドの傍へきちんと揃えた。老人はまだ窓外を見ながらビールを飲んでいた。

「何人死ぬのかな。知りたいな」そう呟やいた。

私は毛布の上に横になった。寝たままでネクタイをとり、ワイシャツの一番上のボタンをはずした。

「何人死ぬのかな」

そういって老人は立ちあがり、こちらへやってきた。

「暑くありませんか?」

「それほど暑くありません」

「暑ければ、窓を閉めると冷房がききますが」

「いえいえ、このままの方が結構です」

老人はワイシャツを脱いだ。そして私の横に並んで寝た。

「このベッドはね、身体を横にして寝た方が楽なんですよ」

私は壁の方を向いた。なるほど、ずっと楽なように思えた。老人は向うを向いた。

「何人死ぬのかな」と呟いてから「じゃ、おやすみなさい」といった。

「おやすみなさい」

すぐに老人は、健康そうな規則正しい寝息をつきはじめた。

私も眼を閉じた。

次第に薄れていく意識の中で、私は妻のことを考えた。しばらく考えてから、死んだ母親のことを、少しだけ考えた。そしてまた妻のことを考えた。

それから眠りに落ちた。

会員名簿（6）

奥の光信　和歌山市島橋東の丁××号
川崎光雄　大阪市城東区今津町×××ノ×
新見　嵩　大阪市天王寺区小宮町××番地の××
明治生命保険相互会社　天王寺営業所内
平井和正　横須賀市上町×ノ××
奥畑昭博　京都市左京区下鴨南野々神×ノ××
高斎　正　群馬県前橋市堅街×××番地
右原彰子　奈良市法蓮南町×丁目××××木本方

第七号批評・来信

ＮＵＬＬ—７只今拝手。一気に読みました。

康隆氏の「やぶれかぶれのオロ氏」に脱帽。傑作です。ＳＦはこうこなくちゃいけない。そんな気がする。ただし最後に総裁が頓死するのはなくもがな。

川崎氏の「誘導」も傑作。もう少し読者を計算して書くともっとよくなるでしょう。舟越氏「はるかなる墓標」もいい。眉村氏の「目前の事実」は、氏の実力を知るものには物足りない。ＳＦなるものがナマで出すぎたようです。反対に、ショート陣はＳＦでなさすぎるように思われます。編集室のいわれる独特の新らしさということが、ＳＦからの逸脱を意味することのないように祈ります。われわれが好きなのは、ほかでもないＳＦなのですから。

（柴野拓美氏）

○

七号を拝見。順調な発展でたのもしく思います。「姉弟」は今までの鋭さを押さえ、ユーモラスななかに、なにかフロイト的な雰囲気がただよい、妙な気分にさせられました。「たぬき」女性の付和雷同性を女性の作者が書くとは、これまた妙なものです。同じく女性の手になる「蟻の女」も男には考えつかぬ薄気味わるい話です。ただし、原爆症の悩みをまぎらすため酒びたり……というほうが、伏線として自然でしょう。

「こわい話」はチャールズ・アダムズばりの怪奇でしょう。このアダムズの画集は、まだでしたら、ぜひ一見するといいと思います。長谷川氏の感じにぴったりです。

「みめうるわしき宇宙人」は手なれた書き方です。匂いとは気がつきませんでした。しかし、ミンクの進化にしなくてもよかったと思います。ミンクとは匂いのひどい物なのでしょうか。

「目前の事実」は意外性やアイデアが多く用意され文明への疑問も提出され、眉村さんらしい意欲的な作です。そのうち、眉村さんが書きたいことを思いきり書きこんだ長篇を読みたいような気がします。

「オロ氏」は読みやすく、風刺がきいていました。ロボットの爆発と人間の血圧とが対応し、気がきいています。しかし、人物がどうも自民党的です。そのため、風刺の対象が現代へなのか、人間性へなのか、ぼやけたようです。どっちかに徹底したほうがよかったでしょう。しかし、このタイプのSFは今までなかったでしょう。いい試みと思います。

最後の二作はいかにもSFらしいSFでした。いずれも申し分ありませんが「はるかなる墓標」では「彼」の悩みのようなものをもっと描写したほうが、ラストがいきてきたでしょう。また「誘導」では、レミングについて一般の知識は少いでしょうから、レミング移動さわぎをもっと描写したほうがいいでしょう。描写をしても、あとでそれが利いてくるのですから、ムダではありません。
以上、話の組立てにもっと工夫してみるほうがいいと思います。一幕物の芝居を作るつもりでまとめることを試みると、ショート乃至短篇はうまく仕上がるもののようです。これは小生の経験です。

（星　新一氏）

○

ＮＵＬＬ第七号ありがとうございました。相変らず立派な体裁で羨ましい次第です。体裁は立派なことに越したことはなく、費用が続くかぎり体裁をおとすことには反対です。56頁「編集についての批判」の中③が「装幀がきれいすぎて同人誌らしくない」というので幾分気にしておられるようですが、これは話が反対で、きれいに出来るかぎりきれいにするのが当然です。

アガサ・クリスティのこりにこった短篇集「The Mysterious Mr.Quin」の冒頭、著者の言葉にこれは「Anepicure's taste」だという一句があります。営利を目的としない同人誌の編集者はあくまでもepicure's tasteで行くべきです。筒井家が主体となった同人誌だから、わざわざepicureという言葉を出したわけではないのですが。
当方次号は目下印刷中、今月中に発送します。

（高梨純一氏）
近代宇宙旅行協会会長
「空飛ぶ円盤研究」編集長

○

最近のＳＦ同人誌のなかから出色の作品を選ぶとすれば「ＮＵＬＬ」七号所載の筒井康隆「やぶれかぶれのオロ氏」に指を屈する。地球訪問の旅から帰った火星連合総裁オロ・ドラン氏がロボット記者たちとの会見の席上でしだいに支離滅裂になり、ついには記者団もろとも死んでしまうという愉快なお話で、彼らを殺した兇器は単純な形式論理であるというアイデアが笑わせる。これは政治家のハラ芸に対するＳＦ的からかいだ。安部公房は「ＳＦは仮説の文学である」と『朝日ジャーナル』（9月23日号）で主張しているが、この作品は見事な仮説の世界を描き出しており、底の浅い風刺に終っていない点がいい。

図書新聞「ＳＦ同人誌評」より

（石川喬司氏）

「ＮＵＬＬ」と「宇宙塵」のころ

加納一朗

一九六〇年代の半ば、私は星新一にすすめられて、「宇宙塵」というＳＦ同人誌に加わった。この「宇宙塵」から多くのプロのＳＦ作家が巣立っていった。主宰者は亡くなってしまったが翻訳者でもある柴野拓美である。

この会は毎月柴野家に集まって、ＳＦの談議に花を咲かせ、多い時には二十名を超す集まりだった。当時は早川書房から〝ＳＦマガジン〟が創刊されたばかりで、ＳＦがそれまで一部の愛好家が楽しんでいただけだったのがようやく陽の当る場所に登場した、という時期である。実際ＳＦ――空想科学小説は多くの人に馴染みがなく、海野十三や久生十蘭、渡辺啓助などが執筆するばかりで、読者の多くは少年が多かったが、その少年たちが成人して同人誌「宇宙塵」に集まってきたという感じだった。そして星新一が登場し、少しおくれて小松左京が旺盛な筆力で登場する。

「宇宙塵」は多くのＳＦ作家を産んだ。柴野家には地方からも参加者が多かった。その中にきちんと膝を添えてかしこまっている青年がいた。関西からこの会にやってきた筒井康隆である。関西からは眉村卓、小松左京といった作家を輩出しているがこのころはまだ一般誌に登場する前か、発表する直前であったろう。

筒井康隆は一九三四年（昭和九年）九月に大阪で生れ、同志社大学文学部を卒業してからコマーシャル・デザインを仕事としていたが、当時大阪市立自然科学博物館の館長だった父嘉隆氏をはじめ、兄弟四人ともＳＦが好きでＳＦ同人誌「ＮＵＬＬ《ヌル》」を発行するほどだった。弟の之隆もＳＦ的作品を書いており、昭和五三年に広済堂から発刊された「ＳＦミステリー恐怖の館」という本に、「赤の構成」という短編を、私は採らせてもらった。

江戸川乱歩にその才能を認められて、作家として独立してからは多くの作品を発表し、独特の発想とリズムのある文章でその地位を不動のものとした。その業績は今回の刊行によって明らかになるであろう。

（特別寄稿）

後記

本書に収録された「欠陥大百科」と「発作的作品群」は、売れっ子作家になって恐ろしく多忙になっているさなかに書いたものばかりである。この頃は星・小松二大巨頭も勿論健在であり、共に故人となった兄貴分の生島治郎、仲の良かった河野典生などと一緒に毎夜のようにどこかで会っていた。深夜ともなれば戸川昌子のいる「青い部屋」で飲んでいることが多く、五木寛之と飲んでいる時に日本刀を持ったやくざがやってきて気の強い戸川昌子が追い返したり、帰ろうとした野坂昭如が店の戸を開けて「おーっ、もう朝だ」などと叫んだりしていたこともあった。そんな有様だからろくな作品が書けるわけはなかったのだがなぜかすべて評判がよく、あいにく最年少の新人作家が小生ひとりという状態が長く続いたため大家連中の皺寄せがすべてこちらに押し寄せてきて「藤島泰輔がソ連へ行ったまま帰って来ないから、明日までに代わりの原稿百枚書いてくれ」などの無茶な注文をされたりした。次にやっと出てきた新人というのが「コインロッカー・ベイビーズ」で登場した村上龍であり、この時は推薦文を書かされている。

「欠陥大百科」のほぼ中心になっているのは週刊誌「平凡パンチ」にあちこち取材して連載したアングラ社会学講座の諸項目である。その他週刊誌や雑誌に書いたものを小説エッセイの区別なく掻き集めて一冊にした。タイトルを大百科としたのも、本を出したい編集者と余力のない小生が考えた苦肉の一策であった。

「発作的作品群」も同様の経緯で編んだ本。易断などのコラムは、生島治郎から助っ人を頼まれ、彼が担当している「週刊読売」のコラムの中のコラムとして連載したもの。近くの秀和レジデンスにいた彼の住まいまで打合せに行った時、面白くないことは絶対に書かないという意味で「ぼくにもストイシズムがあるから」と言ったら「筒井康隆のストイシズムなんて、信じられない」と笑われたことを思い出す。

あれからもう四十五年。

二〇一五年九月

筒井　康隆

編者解説

日下三蔵

〈筒井康隆コレクション〉をお読みいただいている皆さまに、本書の刊行が予定より大幅に遅くなったことをお詫びいたします。

出版芸術社は二〇一五年四月より新体制に変わりましたが、刊行中の企画はそのまま継続いたしますので、引き続いてのご愛読をお願いする次第です。

出版芸術社版〈筒井康隆コレクション〉第三巻には、『欠陥大百科』（70年5月／河出書房新社）と『発作的作品群』（71年7月／徳間書店）の二冊を合本にして収めた。いずれもそのままの形では再刊されたことのない著書である。ただし、『発作的作品群』の収録作品のうち、後にショートショート集『笑うな』（75年9月／徳間書店　→　80年10月／新潮文庫）と『くたばれPTA』（86年10月／新潮文庫）に収められた21篇は、入手が容易であるため割愛している（詳細については後述）。

『欠陥大百科』
（河出書房新社）

　現在、筒井康隆の初期の著作で古書価が高騰しているのは『かいじゅうゴミイ』（67年8月／盛光社）、『地球はおおさわぎ』（69年5月／盛光社）、『三丁目が戦争です』（71年4月／講談社）などの児童書だが、八〇年代の段階で最も高かったのは、早々に絶版になった『発作的作品群』であった。一方、『欠陥大百科』にプレミア価格がつかなかったのは、順調に版を重ねてロングセラーとなっていたからで、八〇年代後半までは普通に新刊書店で買うことができた。確認できた限りでは八三年九月に定価九八〇円の第三十版、九一年七月には定価一一六五円の第三十三版が発行されており、七〇年の初版本が定価五二〇円だったことを考えると、驚異的な息の長さであったことが分かる。

『欠陥大百科』は、短篇とエッセイを同時に収録した変則的な作品集で、ご覧の通り辞典のパロディになっている点に特徴がある。アンブローズ・ビアス『悪魔の辞典』を愛読していたためか、著者にはこのスタイルの作品集が多く、『乱調文学大辞典』（72年1月／講談社）や『現代語裏辞典』（10年7月／文藝春秋）の他、自らビアスを訳した『筒井版　悪魔の辞典』（02年10月／講談社）まで刊行している。

　もともと独立して発表された作品も多く含まれているため、後に別の作品集に収められたものもあるが、本書の場合は辞典の体裁で配列されているところに面白さがあるため、このコレクションでは原本のすべての項目とすべてのイラストを、そのまま収録した。

小説作品のうち、「接着剤」「駝鳥」「蝶（チョウ）」「月（血みどろウサギ）」「マイ・ホーム」「流行」は『笑うな』（75年9月／徳間書店）に、「竹取物語（竹取野郎）」「ヒッピー」は新潮社版『筒井康隆全集』に、「癌」「歓待」「恐竜（ここに恐竜あり）」「狸」「美女」「落語（落語・伝票あらそい）」は新潮社版『筒井康隆全集』に収録後、『くたばれＰＴＡ』（86年10月／新潮文庫）に、それぞれ収録された。

マンガ三本のうち、「90年安保の全学連」と「筒井順慶」は『筒井康隆全漫画』（76年11月／奇想天外文庫）、「２００１年のテレビ」は『筒井康隆漫画全集』（04年5月／実業之日本社）に、それぞれ収録。

エッセイのうち、「悪口雑言罵詈讒謗（悪口雑言罵詈讒謗私論）」「安保」「悪戯」「イラストレーター」「Ｓ・Ｆ」「おこらないおこらない」「カラーテレビ（カラーテレビ団地は１％）」「機械（テレビとは映らないもの）」「貴様」「ギター」「ギャグ・マンガ」「銀座」「クイズ（射倖心あおるクイズ番組）」「欠陥」「国会（国会中継は解説批評せよ）」「ＣＭ（コマーシャル）」「作家経営学」「産院（産科血笑録）」「ジャズ」「週刊誌」「深夜族」「スキャンダル」「ストーリイ・マンガ」「精神病院（精神病院ルポ）」「西部劇」「騒音」「タテカン（視聴覚時代の学生運動）」「父親（おやじは憎まれたい）」「Ｄ・Ｊ（ディスクジョッキー）」「同人誌」「読書遍歴」「とっておきの話」「突拍子」「ナンセンス」「発言力」「ハント・バー」「法螺話」「麻雀（雀荘）」「末世」「モデル」「ＵＨＦ（ＵＨＦテレビ局の未来像）」「よろめき」「論争」は、新潮社版『筒井康隆全集』に収録。

本書とは違うタイトルで収録されているものについては、カッコ内に示した。これ以外の作品は『欠陥大百科』にしか収められていない。

初刊本の帯には著者のコメント「この大百科の欠陥」が記載されている。

この大百科は家庭に飾っておくだけで知的ステータス・シンボルになるような心配はない。持ち歩けば、笑われるだけである。

この大百科は各界のオーソリティによって編まれたものでないので、世間的客観性にはいちじるしく欠ける。そのついでに、人類史数万年の知的遺産すらも、いっさい放擲した。

だから、極度に社会的常識に欠け、全編独断と錯誤にみち、読者をして精神的混乱におとしこむ。

編者は、いっさいの社会的栄誉と無縁であるから、その叙述は一切の権威をもたない。したがって、本書を入学試験や、立身出世の方便となす者は、人生の敗残者となる。

ヌードのピンナップ写真の一葉すら挿入されていない。残念なことである。

「ヌードのピンナップ写真の一葉すら挿入されていない」とあるが、ある意味ではそれより珍しい著者自身のレントゲン写真が掲載されている（項目「肋骨」参照）。

『発作的作品群』は、小説、エッセイ、戯曲、座談会などを同時に収録した作品集である。筒井康隆の著作としては珍しく、比較的早く絶版になったため、コレクターズ・アイテムになっていたことは前述したとおり。ＳＦの書誌研究をしている星敬さんは、こうした短篇集ともエッセイ集ともつかない本を「バラエティブック」と名付けており、内容を的確に表していると思うので、本稿でもこの命名を踏襲させていただくことにする。

『発作的作品群』
（徳間書店）

ＳＦ作家には「バラエティブック」を出している人が多い。平井和正『狼の世界』（76年9月／祥伝社ノン・ノベル→角川文庫版で『ウルフランド』と改題）、横田順彌『ヨコジュンのびっくりハウス』（80年3月／双葉社）、夢枕獏『獣王伝』（85年10月／シャピオ）などである。『発作的作品群』と『暗黒世界のオデッセイ』（74年2月／晶文社）を出している筒井康隆は、その元祖といえるだろう。

筒井さんにうかがったところでは、徳間書店は短篇集を出したかったけれど、未刊行の短篇が少なかったため、苦肉の策としてエッセイや対談を足して本にした、とのことであった。多少の無理をしてでも本を出せば売れたわけで、当時のＳＦ作家たちの人気のほどがうかがえる。

『発作的作品群』は、そのままの形では一度も再刊されたことがないが、収録作品の中には後に別の本に入って生き延びたものが、かなりある。Ａショートショート集『笑うな』に収録された作品、Ｂ新潮社版『筒井康隆全集』に収録された作品、Ｃ新潮社版『筒井康隆全集』に収録された後『くたばれＰＴＡ』に収録された作品、Ｄそれ以外である。

本コレクションでは入手難度を勘案して、ＡとＣを割愛し、ＢとＤのみを収めた。原本の収録作品一覧は、以下のとおりである。（☆印―本書収録作品）

《発作的ショート・ショート》

客　初出不明

自動ピアノ　「朝日新聞」71年1月16日付
正義　「朝日新聞」70年6月13日付
ブロークン・ハート　「家庭全科」71年2月号　☆
訓練　「朝日新聞」70年9月26日付　☆
夫婦　「朝日新聞」70年10月31日付
帰宅　「朝日新聞」70年12月5日付
タバコ　「朝日新聞」70年8月22日付　☆
見学　「朝日新聞」70年7月18日付
特効薬　「朝日新聞」71年2月20日付
墜落　「朝日新聞」71年3月27日付
涙の対面　「朝日新聞」71年5月1日付

《発作的エッセイ》
公的タブー・私的タブー　早川書房『怪船マジック・クリスチャン号』月報（70年8月）☆
凶暴星エクスタ市に発生したニュー・リズム、ワートホッグに関する報告及び調理法及び見通しについて　「ライトミュージック」71年2月号　☆
仕事と遊びの〝皆既日食〟　初出不明　☆
肺ガンなんて知らないよ　「週刊朝日」71年1月29日号　☆
まったく不合理、年賀状　「週刊朝日」71年1月1日号　☆

大地震の前に逃げ出そう　「週刊朝日」71年2月26日号　☆
都会人のために夜を守れ　「週刊朝日」71年3月19日号　☆
いたかつただらうな　「朝日ジャーナル」70年12月13日号　☆
恰好よければ　「オール讀物」71年3月号　☆
わが宣伝マン時代の犯罪　「宣伝会議」71年1月号　☆
可愛い女の可愛らしさ　「婦人公論」71年1月号　☆
犯・侵・冒　「現代の眼」71年2月号　☆
人間を無気力にするコンピューター　「別冊潮」70年5月20日号　☆
アナロジイ　「リクルート」70年3月号　☆
情報化時代の言語と小説　「言語生活」70年2月号　☆

《発作的伝記》
モーツァルト伝　「ミュージックエコー」70年10月号
ナポレオン対チャイコフスキー世紀の決戦　「ミュージックエコー」70年11月号

《発作的講談》
岩見重太郎　「小説現代」70年3月号　☆
児雷也　「小説現代」70年6月号　☆

《発作的雑文》

当たらぬこそ八掛――易断　「週刊読売」71年1月1日号～1月29日号　☆

悩みの躁談室　「週刊読売」71年2月5日号～2月26日号　☆

レジャー狂室　「週刊読売」71年3月5日号～3月19日号　☆

《発作的短篇》

悪魔を呼ぶ連中　「新刊ニュース」70年1月1日号

最初の混線　「資生堂ホールセーラー　86号」71年1月

最後のＣＭ　「やすだ　26号」70年7月1日　☆

蜜のような宇宙　「読売新聞」71年1月1日付

２００１年公害の旅　「週刊読売」70年9月24日増刊号

遠泳　「資生堂ホールセーラー　87号」71年2月

傷ついたのは誰の心　「漫画読本」70年8月号

差別　「資生堂ホールセーラー　88号」71年3月　☆

猛烈社員無頼控　「漫画読本」70年3月号

女権国家の繁栄と崩壊　「サンデー毎日」70年12月20日号（「女性時代へのクーデター」改題）

レモンのような二人　「ヤングコミック」69年9月号、10月号

２００００トンの精液　「ヤングコミック」70年5月12日号、5月27日号

《発作的戯曲》

荒唐無稽文化財奇ッ怪陋劣ドタバタ劇——冠婚葬祭葬儀編　「東京25時」70年9月号　☆

《発作的座談会》

山下洋輔トリオ・プラス・筒井康隆　「ジャズ批評」70年9月号　☆

発作的あとがき　☆

《発作的ショート・ショート》の収録作品は、☆印の三篇がB、それ以外はすべてA。「発作的あとがき」にあるように「特効薬」は「メイジライフ」（70年11月1号）に掲載されたが、掲載の連絡がなかったため、手直しの上で「朝日新聞」に発表されたもの。

《発作的エッセイ》の収録作品はすべてB、「公的タブー・私的タブー」が掲載された『怪船マジック・クリスチャン号』は〈ブラックユーモア選集〉の第4巻である。《発作的伝記》の収録作品はいずれもC、《発作的講談》の収録作品はいずれもB、《発作的雑文》の収録作品はすべてBである。「当たらぬこそ八掛——易断」は四回連載。「一月の吉凶暦」は「今週の吉凶暦」として各回に分載された。「悩みの躁談室」は四回連載。「レジャー狂室」は三回連載。なお、黒子疵と手相のイラストは、著者自筆とのこと。

《発作的短篇》の収録作品は「最後のCM」がD、「差別」がB、「悪魔を呼ぶ連中」「最初の混線」「遠泳」「傷ついたのは誰の心」がA、「蜜のような宇宙」「２００１年公害の旅」「猛烈社員無頼控」「女権国家の繁栄と崩壊」「レモンのような二人」「２００００トンの精液」がＣ。《発作的戯曲》はＤ、《発作的座談会》のみ対談・座談会集『トーク８』（80年6月／徳間書店）に収録。「発作的あとがき」はＢである。

第三部には、国際情報社の月刊誌「家庭全科」に七一年の一年間連載（九月号は休載）されたショートショートのうち、著者の単行本に未収録だった四篇を収めた。「ブロークン・ハート」は『発作的作品群』に収録。それ以外の六篇は、初期ショートショート集『あるいは酒でいっぱいの海』（77年11月／集英社）に収録された。

ナイフとフォーク　「家庭全科」71年6月号
アメリカ便り　「家庭全科」71年10月号
香りが消えて　「家庭全科」71年11月号
タイム・マシン　「家庭全科」71年12月号

第四部の「筒井康隆・イン・ＮＵＬＬ」は、六号から八号まで。

第六号（62年2月）からは「神様たち」（櫟沢美也名義）「逃げろ」「会員名簿４」「第五号批評・来信」を収めた。「コドモのカミサマ」「ウィスキーの神様」「神様と仏様」の三話からなるオムニバス「神様たち」は、「向上」六五年十二月号に「現代の神話」として転載された後、『にぎやかな未来』（68年8月／三一書房）に収録。「逃げろ」は「別冊小説現代」六七年四月号に無署名で転載された後、

『にぎやかな未来』に収録。

この号に掲載された筒井俊隆「嫉妬する宇宙」は、「恋の魔女宇宙」と改題・改稿されてアンソロジー『かわいい魔女』（66年11月／新書館）に筒井康隆名義で再録されているため、従来、筒井康隆が弟の名前で発表した作品と思われていたが、今回、筒井さんに確認したところ、アンソロジーの需《もと》めに応じて弟さんの作品を自分名義で再録した代作であることが判明した。他に、単行本未収録短篇「カーステレオ101」（「小説ＣＬＵＢ」69年8月号）も、実際は弟の正隆さんの作品であるとのこと。一人では捌き切れないほど執筆依頼が殺到したため、やむを得ず代作で責めを塞がざるを得なかったという。本コレクションでは、これらの代作は収録対象外とした。

第七号（62年2月）からは「姉弟」（櫟沢美也名義）「たぬき」（櫟沢美也名義）「やぶれかぶれのオロ氏」「会員名簿５」「第六号批評・来信」を収めた。

「姉弟」は「向上」六五年十二月号に「姉弟二話」の第一話として転載された後、『にぎやかな未来』に収録。「たぬき」は「向上」六六年八月号に「きつねとたぬき」の第二話として転載された後、『にぎやかな未来』に収録。「やぶれかぶれのオロ氏」は第一短篇集『東海道戦争』（65年10月／ハヤカワ・ＳＦ・シリーズ）に収録された。

第八号（62年7月）からは「睡魔のいる夏」「会員名簿６」「第七号批評・来信」を収めた。「睡魔のいる夏」は『あるいは酒でいっぱいの海』に収録。

本書では、「宇宙塵」の初期からの同人でもあるミステリ作家の加納一朗氏に「批評・来信」の再録をお願いしたところ、思いがけず当時の思い出を詳しく書いた原稿をいただくことができた。日本ＳＦ界黎明期の貴重な証言として巻末に収録したので、併せてお読みいただきたい。

（なお「欠陥大百科」本文のイラストレーター石川智一氏と連絡がとれませんでした。連絡先をご存知の方は編集部までご一報いただけますようお願いいたします）

本シリーズは、選集という性質上、当時の表現で収録しております。

著者プロフィール

筒井　康隆（つつい・やすたか）

一九三四年、大阪生まれ。同志社大学文学部卒。工芸社勤務を経て、デザインスタジオ〈ヌル〉を設立。60年、ＳＦ同人誌「ＮＵＬＬ」を発刊、同誌1号に発表の処女作「お助け」が江戸川乱歩に認められ、「宝石」8月号に転載された。65年、上京し専業作家となる。以後、ナンセンスなスラップスティックを中心として、精力的にＳＦ作品を発表。81年、「虚人たち」で第9回泉鏡花賞、87年、「夢の木坂分岐点」で第23回谷崎潤一郎賞、89年、「ヨッパ谷への降下」で第16回川端康成賞、92年、「朝のガスパール」で第12回日本ＳＦ大賞、00年、「わたしのグランパ」で第51回読売文学賞を、それぞれ受賞。02年、紫綬褒章受章。10年、第58回菊池寛賞受賞。他に「時をかける少女」、「七瀬」シリーズ三部作、「虚航船団」、「文学部唯野教授」など傑作多数。現在はホリプロに所属し、俳優としても活躍している。

筒井康隆コレクションⅢ　欠陥大百科

発行日　平成二十七年十月三十日　第一刷発行

著　者　筒井康隆

編　者　日下三蔵

発行者　松岡　綾

発行所　株式会社　出版芸術社

東京都千代田区九段北一—一五—一五瑞鳥ビル

郵便番号一〇二—〇〇七三

電　話　〇三—三二六三—〇〇一七

ＦＡＸ　〇三—三二六三—〇〇一八

振　替　〇〇一七〇—四—五四六九一七

http://www.spng.jp

印刷所　近代美術株式会社

製本所　若林製本工場

落丁本・乱丁本は、送料小社負担にてお取替えいたします。

ISBN 978-4-88293-475-2　C0093